D1327708

TEMPS MORTS

JOHN R. MAXIM

TEMPS MORTS

FRANCE LOISIRS
123, boulevard de Grenelle, Paris

Titre original :
Time out of Mind

Traduit de l'anglais par Cécile et Ives Trevian

Édition du Club France Loisirs, Paris,
avec l'autorisation des Presses de la Cité.

© 1986 by John R. Maxim
© Presses de la Cité 1987, pour la traduction française
ISBN 2-7242-3960-1

A Irwin Shaw,
qui eut toujours le temps.

Nous serons, elle et moi, à nouveau réunis
Dans cette vie ou dans une autre
Dans le passé, s'il le faut, je retournerai
Nous serons, elle et moi, à nouveau réunis
Dans les temps ensevelis
Là où ceux qui nous haïssent ne furent jamais
Là où ils sont redevenus poussière.

C. G. Sterling, *Outback.*

Ne vous y trompez pas. Les gènes avec lesquels nous naissons ont une mémoire. Ils renferment des connaissances que nous n'avons jamais acquises, des dons que nous n'avons jamais travaillés, et même la crainte de phénomènes auxquels nous n'avons jamais été confrontés. Mais l'un de nos ascendants a, à une époque, possédé ces connaissances et ces dons, éprouvé ces peurs. A vrai dire, il n'y aurait rien d'absurde à affirmer que chacun de nous est, d'une certaine façon, hanté. Non, cela n'aurait vraiment rien d'absurde.

1

Il n'avait pas l'air d'un homme qui se laisse facilement impressionner. Mais ce qui le terrorisait plus que n'importe quelle brute avinée ou que tout chien enragé n'aurait su le faire était la neige. La neige ordinaire. Celle qui saupoudre régulièrement et bombarde parfois New York entre novembre et avril. Jonathan Corbin voyait des choses dans la neige. Des choses qui ne pouvaient être. Des choses qui n'auraient pas dû exister.

Il n'était arrivé à New York que depuis septembre. De Chicago. C'était bien ce qu'il y avait de plus absurde dans toute cette histoire. Il tombait à Chicago deux fois plus de neige qu'à New York. Toute sa vie, Corbin avait connu les rudes hivers du Middle West. Il avait aimé la neige là-bas. Il n'en dégringolait jamais assez alors ! Cinq ou six centimètres de neige fraîche purifiaient et embellissaient les rues les plus sinistres. Mais à deux mois de la fin de son premier hiver new-yorkais, tout avait changé. Maintenant, les premiers flocons qui s'égrenaient d'un nuage passager prenaient l'allure de créatures vivantes. Malveillantes. Inquisitrices. Tels les éclaireurs d'une armée en marche. Ils voletaient paresseusement devant les fenêtres de son bureau, butant parfois contre la vitre pour s'assurer qu'il était bien là, profitant d'une saute de vent pour venir se livrer à une seconde inspection.

En ce vendredi de fin février, les premiers cristaux épars firent leur apparition avant midi. Il les vit aussitôt, non par la fenêtre de son bureau à laquelle il tournait le dos, mais dans les yeux troublés de sa secrétaire, qui fixait un point au-delà de son épaule. Il ne se retourna pas. Resta assis, pétrifié, jusqu'à ce que la jeune femme ait rassemblé ses papiers, quitté la pièce sans un mot et refermé la porte derrière elle.

Quelques minutes plus tard, Corbin l'appelait sur son poste et, d'un ton soigneusement mesuré, lui donnait pour instruction d'annuler son déjeuner d'affaires au *Plaza* et de ne lui passer aucun appel. Il n'était plus là pour personne.

Quatre heures s'étaient écoulées. Il était plus de 15 heures lorsque Corbin se prit à espérer qu'il en serait ce jour-là quitte pour la peur. De sa fenêtre, devant laquelle il était resté obstinément planté, il plongea son regard sur la Sixième Avenue, trois étages plus bas. La neige ne tenait toujours pas. Seule une pellicule translucide adhérait aux toits des voitures. Peut-être n'arriverait-il rien aujourd'hui, pensa-t-il. Il enfonça les doigts dans l'une de ses cuisses pour tenter d'apaiser les tremblements spasmodiques qui lui parcouraient la jambe. Rien n'arriverait cette fois. Rien ne pouvait arriver. La neige allait cesser.

Il écarta à nouveau les tentures, et ses yeux se heurtèrent à son propre reflet sur les doubles vitrages. Une vision écœurante. Celle d'un homme recroquevillé sur lui-même, tremblant de tous ses membres à la vue de quelques flocons de neige fondue. Terré au fond de sa

14

tanière comme un chien battu. Excédé, il tourna le dos à son image et s'obligea à regagner sa table de travail. La colère, il le savait, était bon signe, elle survenait toujours quand la peur commençait à décroître. La terreur cédait alors le pas à la fureur. Il n'avait rien à craindre. Tant que les prévisions de la météo se révéleraient exactes, tant qu'il ne neigerait pas davantage.

Il regretta d'avoir annulé son rendez-vous. Une réunion importante, prévue depuis des semaines. Il aurait pu s'en tirer. Les autres auraient juste remarqué qu'il avait l'air patraque. Qu'il était pâle, sans appétit, que la sueur perlait à son front. Mais il aurait pu donner le change. Du moins tant que dehors la neige ne se serait pas mise à tomber plus dru. Tant qu'il n'aurait pas commencé à voir passer, devant les baies vitrées du salon edwardien, des êtres n'appartenant plus à ce monde depuis longtemps.

Mais cela n'arriverait pas. Pas cette fois. La météo ne s'était finalement pas trompée. Légères chutes de neige. Bourrasques. Pluies dans la soirée. Le *New York Times* avait affirmé que le plus gros de l'intempérie passerait au sud de la ville. Pronostic que le centre météorologique avait confirmé à chacun des appels de Jonathan.

Corbin cligna des yeux. La pièce s'était soudain assombrie. Il s'éjecta de son fauteuil et ne fit qu'un bond jusqu'à la fenêtre. La Sixième Avenue s'enfonçait dans une ombre ouatée. La neige s'était épaissie, jetant un voile encore fragile sur les trottoirs et les branches des ormeaux dont les bourgeons commençaient tout juste à éclater. Et le ciel... Il planait de plus en plus bas sur la ville, avalant déjà les derniers étages des plus hauts buildings. De l'autre côté de la rue, l'hôtel *Warwick* devenait flou et, sur sa droite, les étages supérieurs de l'immeuble de leur concurrente, ABC Television, s'étaient évanouis. Leurs occupants ! Il lui vint soudain à l'esprit qu'il se trouvait des gens, là-haut. Une partie de lui les vit hurler, s'affoler tandis que la ville qu'ils connaissaient s'effaçait devant quelque chose qui reprenait vie après une longue disparition.

— Mon Dieu ! bredouilla-t-il.

Il pressa les paumes de ses mains contre ses tempes, comme pour expulser cette image de son cerveau.

— Mon Dieu, ne me laissez pas devenir fou.

Corbin savait qu'il n'y aurait aucune manifestation de panique chez ABC. Aucun hurlement. Il s'y verrait, au pire, un peu d'inquiétude. Certains regretteraient de ne pas s'être équipés de bottes et de parapluies. D'autres se réjouiraient à la perspective d'un bon week-end de ski. Ou parce qu'ils étaient sensibles à la poésie de la neige. D'autres encore pesteraient contre les désagréments de l'hiver. Mais aucun n'aurait peur. Parce qu'aucun ne verrait ce que Jonathan Corbin verrait, lui.

« Alors ne regarde pas, bon sang ! Rien ne t'oblige à mettre le nez dehors. Tu peux dormir ici, sur le divan de ton bureau. Rien ne t'oblige non plus à rester le nez collé à cette saleté de fenêtre. »

Corbin happa le cordon des tentures et tira. Trop brutalement. Dans sa précipitation, il avait saisi le mauvais cordon. Celui-ci cassa net dans sa main qui, emportée par le mouvement, provoqua la chute d'un pot de fleurs. Il perçut le grincement du fauteuil de sa secrétaire, s'avança vers la porte et resta quelques instants aux aguets, souhaitant de toutes ses forces que Sandy n'intervienne pas, ne vienne pas frapper à la porte de son bureau. Il demeura immobile jusqu'à ce que les

16

roulettes du fauteuil de sa secrétaire fassent à nouveau entendre leur crissement. Il ne put voir le hochement de tête soucieux de la jeune fille, ni la main qu'elle avança vers le téléphone.

Une fois de plus, Corbin fut inexorablement attiré vers la fenêtre. La neige tombait toujours plus fort. De biais. Un vent soufflant du sud s'était levé. Déferlant en rafales sur Manhattan. Retournant les parapluies. Fouaillant les imperméables. En quelques minutes, tout ce qu'il pouvait voir de la ville s'était dilué en un brouillard blanchâtre. Tout était devenu inconsistant.

Trop tard pour fuir. La gare était à vingt minutes à pied. Trouver un taxi relèverait de l'exploit. Corbin savait qu'avant qu'il n'ait parcouru un pâté de maisons, avant qu'il n'ait atteint la Cinquième Avenue, la ville aurait commencé à se transformer.

Il aurait d'abord l'impression qu'elle se contracterait. Comme si Manhattan n'était qu'une masse de terre glaise aplatie par la main d'un géant. Les immeubles se tasseraient, deviendraient plus trapus, s'affaisseraient les uns vers les autres, rétrécissant du même coup les rues et les trottoirs. La main géante jouerait avec leurs formes, briserait leurs lignes, modèlerait renflements et corniches. Puis, elle se retirerait, libérant une cité massive. Les derniers étages de chaque immeuble auraient disparu. Pas dans les nuages, non. Ils auraient cessé d'exister, tout simplement. Se seraient évanouis. Il remarquerait, parmi la foule des employés de bureau regagnant leur domicile, des gens vêtus selon une mode depuis longtemps révolue, longerait des maisons qui n'existaient pas à la lumière du soleil. Camions et bus deviendraient transparents et, à travers leurs contours flous, il distinguerait de nouvelles formes.

Il verrait passer des voitures hippomobiles. Pas seulement le genre d'attelage que les touristes louent à Central Park dès les premiers beaux jours. Non, toutes sortes de véhicules non motorisés. Des petits fardiers tirés par des chevaux, disparus des rues de New York depuis... Corbin ne savait plus. Quatre-vingts ans ? Peut-être cent. De lourdes voitures de charge, des chariots de brasseries encombrés de tonneaux, des coupés, des landaus, conduits par des cochers en livrée, assis bien droits, rênes en mains, exposés aux intempéries. Et ils seraient en mouvement, vivants. Il verrait la buée s'échapper des naseaux des chevaux, la vapeur monter de leurs flancs, sentirait l'odeur de leur crottin, des monticules de crottin que roues et sabots réduiraient en une répugnante gadoue brunâtre. Les piétons seraient principalement des hommes. Corbin n'apercevrait que peu de femmes. Sauf dans les voitures, bien au chaud sous de confortables peaux de bison. Les hommes, du moins les hommes d'affaires, seraient tous vêtus de noir, de pelisses doublées de fourrure ou d'ulsters. Équipés d'une canne pour la plupart. Tous porteraient un couvre-chef, chapeau melon ou haut-de-forme, et presque tous la barbe ou la moustache. Et tous le verraient, lui.

Ils n'auraient pas l'air effrayés ou surpris, ni même particulièrement intéressés par sa présence. Mais ils le verraient. Un grand policier le saluerait d'un signe de tête, sa matraque allant respectueusement effleurer le rebord de son casque, casque semblable à celui des bobbies anglais, à ceci près qu'il paraissait moins haut et d'un ton moins soutenu. Corbin se souvenait également avoir croisé deux femmes la dernière fois qu'il avait rencontré le policier. Elles marchaient juste derrière lui, comme si elles entendaient demeurer sous sa protection aussi longtemps que possible. Les deux femmes, ou plutôt les deux jeunes filles, étaient escortées par une troisième personne, âgée, elle, d'une trentaine d'années. Un chaperon. Les deux oiselles avaient modestement baissé les yeux en croisant Corbin, tandis que la troisième femme l'avait gratifié d'un regard courroucé, comme s'il s'était rendu coupable de quelque entorse aux convenances en osant remarquer ses protégées. Corbin avait été frappé de la petitesse de leurs pas, de minuscules enjambées hachées qui ne semblaient couvrir que quelques centimètres. Il lui était venu à l'esprit que les trois femmes étaient sans doute hors d'haleine et s'efforçaient de ne pas trahir leur essoufflement. La responsabilité en incombait à leurs corsets, avait-il supposé. A ces invraisemblables inventions tout en baleines et en métal qui leur étranglaient la taille et leur raidissaient la colonne vertébrale, leur interdisant tout exercice physique. Tout en évoquant ces pensées, Corbin se sentit envahi par une gêne inexplicable, comme s'il avait commis un nouvel et plus grave impair. Pour quelle raison ? Leurs corsets ? Oui. Il n'aurait pas dû se laisser aller à critiquer les dessous de ces dames. Même en son for intérieur.

Toujours confus d'avoir permis à son imagination de s'insinuer sous leurs robes, il les regarda peiner pour se hisser sur l'impériale d'un omnibus. Il fut sur le point de s'élancer vers elles, de les retenir, de s'offrir à leur trouver un cab. Il renonça pourtant à leur proposer son aide. Le risque de les embarrasser ou, pire, que ses intentions soient mal interprétées était trop grand. Il déplorait pourtant qu'il leur faille supporter les désagréments d'un trajet dans une voiture bondée, offrant pour toute protection contre le froid une horde de corps malodorants et quelques centimètres de paille crasseuse sur le plancher. Du moins le contrôleur parut-il leur prodiguer tous les égards dus à leur condition. Il sauta sur la chaussée pour leur offrir son bras et écarter ceux des usagers qui auraient le front de tenter de leur passer devant. Comme il aurait dû s'y attendre, elles déclinèrent le secours de son bras. Elles avaient, pour relever leurs jupes de façon à pouvoir grimper dans l'omnibus sans offrir au tout-venant le spectacle d'une cheville, besoin de leurs deux mains.

Deux hommes se levèrent immédiatement pour leur céder leur place. Le contrôleur foudroya du regard un troisième individu habillé comme un ouvrier d'un caban et d'une casquette de laine. Ce dernier finit par capituler et abandonner son siège au chaperon qui, des trois femmes, était montée la dernière. Rassuré, Corbin redressa son chapeau et s'enfonça dans la bourrasque.

Il se demandait à présent comment elles s'y prendraient pour s'asseoir. Toutes trois portaient en effet tournures et paniers et, avec les mètres de bonne étoffe dont elles étaient enveloppées, on aurait pu habiller de pied en cap une dizaine de femmes de son bureau.

De son bureau... A cette pensée, Corbin fit volte-face et concentra une fois de plus son attention sur l'omnibus qui s'estompait. Un brusque revirement du vent, un courant ascendant, quelque chose avait créé une accalmie dans la tempête, et tout changeait à nouveau. L'omnibus avait presque disparu. La silhouette d'un bus métropolitain se matérialisa à l'endroit précis où l'antique véhicule s'était arrêté. Corbin reprit peur. Il venait de comprendre qu'il n'appartenait pas au même monde que ces femmes ou ce policier. Si un tel monde existait. S'il n'était pas tout simplement en train de perdre la tête. Ne venait-il pas de réajuster son chapeau, justement ? Mais il ne portait jamais de chapeau. Que se passait-il, bon sang ? Vacillant, Corbin repartit vers la gare. Bientôt, il se mit à courir.

C'était du moins ainsi que les choses s'étaient passées une fois. A la veille de Thanksgiving. Mais rien n'était jamais pareil. Le décor changeait d'une fois à l'autre. Il avait cependant noté trois constantes. Il évoluait dans une époque depuis longtemps révolue. Une tempête de neige faisait rage et, au plus fort de la tourmente, alors qu'une nuit d'encre s'était abattue sur la ville, une femme, tête nue, fuyait devant lui. La femme qu'il allait assassiner.

Il se retrouverait au coin d'une rue, il ne savait exactement où, plié en deux pour lutter contre un vent d'une extraordinaire puissance qui le mitraillait de rafales de neige. Inutile de continuer dans cette direction. La femme n'aurait pas fui par là. Corbin savait en fait très précisément où et quand il la verrait. Pourtant, il se sentait à chaque fois contraint de faire semblant de la chercher, comme s'il vivait ces moments pour la première fois. Il allait obliquer vers le nord et, sur le trottoir devant lui, il apercevrait, à demi ensevelie sous la neige, une masse noire ressemblant à un cadavre de corbeau. Un chapeau. Son chapeau. Une étroite petite toque parée de plumes. De chez Lord and Taylor de Broadway. Les furieux assauts de la bourrasque avaient arraché à la femme l'inutile accessoire.

Le même vent aiguillonnait Corbin, le poussait dans la direction qu'elle devait avoir empruntée. Il reprit sa course trébuchante et, plantant fermement ses talons dans la couche de neige pour y trouver prise, parvint au carrefour suivant. Là, il s'accorda une pause sous le porche d'une officine d'apothicaire.

Elle avait tourné à droite, il en avait la certitude. En songeant à la raison qui lui avait dicté cet itinéraire, il sentit au fond de ses tripes gronder un bouillonnement de douleur et de colère. Il ne pouvait cependant imaginer pourquoi. Il savait en revanche qu'il devait se hâter. Il releva son col, se laissa surprendre par le contact rugueux de la garniture en laine d'agneau noir puis replongea dans la tourmente, se courbant pour franchir l'étroite avenue nord-sud dans laquelle le vent s'engouffrait avec l'impétuosité d'un ouragan. Par deux fois il perdit l'équilibre, s'étant pris les pieds dans l'enchevêtrement de fils télégraphiques qui encombrait la chaussée et les trottoirs. Il avait du mal à croire que la femme ait tenté de suivre un itinéraire aussi périlleux. Mais avait-elle eu le choix, au point où elle en était ? Avilie comme elle l'était par une faute qui la couvrirait de honte, la condamnerait à la réprobation publique, au déshonneur ?

Corbin poursuivit son chemin.

Un banc de neige lui bloqua tout à coup la route. Il l'escalada et laissa échapper un cri. Il y avait quelqu'un, là, sous la neige. La main gantée de Corbin se referma sur une autre main gantée, rigide, inflexible, immense. Le souffle court, il se rejeta en arrière. Mais l'autre main resta un instant accrochée à la sienne, et son mouvement de recul fit surgir la partie supérieure du corps enseveli. Les yeux mi-clos du visage gelé se fixèrent sur lui.

Et Corbin reconnut ce visage. George. L'homme s'appelait George. C'était tout ce dont Corbin se souvenait. Il était de bonne taille, à peu près aussi grand que lui, et arborait une moustache hirsute. Ses yeux morts étaient exorbités, comme sous l'effet d'une grande douleur, et sa bouche béait, prête à accueillir un souffle qui n'était jamais venu. George était mort. S'était effondré là. Deux heures plus tôt. Corbin était certain qu'il n'existait aucun lien entre cet homme couché dans son linceul de neige et la femme qui fuyait dans la nuit. Alors, que venait faire cet homme dans son rêve — dans son cauchemar ? s'interrogeait une partie de Corbin, tandis qu'une autre partie de lui-même regrettait la mort de George. Mais qui était George ? Pas un ami, pas un ami intime du moins. Une relation d'affaires, peut-être. Ou un voisin. Corbin laissa délicatement retomber le cadavre sur sa couche et lui recouvrit respectueusement le visage. Il étreignit les mains du mort, comme pour se faire pardonner de l'abandonner là, puis l'enjamba et alla tant bien que mal se mettre à l'abri de la tempête, contre l'immeuble le plus proche.

Il suivait à présent une rue étroite en pente douce. Le vent avait, par quelque tour de passe-passe, déblayé la neige du trottoir sur lequel il cheminait. Sur sa gauche, en revanche, de l'autre côté de la rue, les portes et les fenêtres des appartements en rez-de-chaussée disparaissaient entièrement derrière un amoncellement de congères, certaines atteignant trois à quatre mètres de hauteur.

Soudain, il remarqua un imposant bâtiment. Un édifice massif. Toute sa façade, jusqu'à la ligne accidentée du toit qui devait coiffer entre huit et dix étages, avait disparu derrière un plâtras de neige et de glace. Corbin se sentit saisi d'un nouvel accès de colère. Toutefois, il ne tarda pas à reporter son attention sur le trottoir ténébreux où il se tenait. C'était par là qu'il allait la voir. Elle ne le distancerait que de quelques mètres, progressant avec une démarche syncopée. Silhouette presque invisible, que seules lui révéleraient furtivement les quelques rares fenêtres éclairées. La rue était bordée de becs de gaz. Tous éteints. Aucun allumeur de réverbères n'assurerait sa tournée ce soir-là.

Elle s'avancerait de quelques pas, ferait halte, se tournerait vers le bâtiment et se remettrait en marche. Corbin comprit que les congères qui formaient un barrage à partir du milieu de la chaussée et obstruaient les entrées de l'immeuble l'avaient prise au dépourvu. Elle observa une nouvelle pause, portant les mains à ses oreilles rougies pour les réchauffer, tandis qu'elle cherchait en vain un moyen d'accéder au trottoir opposé. Ce fut alors qu'elle vit l'ombre mouvante de Corbin et hurla. Il nota que son cri exprimait devantage la haine et la révolte que la peur. Il entr'aperçut la blancheur de ses dents alors qu'elle relevait ses jupes gelées pour reprendre sa course.

Ç'avait été sa première vision distincte de la femme. Jeune. Elle n'avait pas plus de vingt-quatre ans. Quand il ferait jour, il se souviendrait d'elle comme d'une personne jolie, presque belle. Mais pour l'heure il la trouvait laide, haïssable. Corbin s'ébranla. Dans sa main droite, il nota l'éclat poli d'une canne en ivoire, qui s'élançait au rythme de ses enjambées. Il en sentait le pommeau en argent sculpté dans la paume de sa main. Ce fut à cet instant qu'il remarqua la manche de son manteau. De la laine de mouton — encore — en gansait le poignet. Le tissu écossais qui la prolongeait ne lui rappelait rien. Il ne possédait aucun pardessus de ce

24

genre. Quand il releva les yeux, il constata qu'il avait réduit de moitié la distance qui le séparait de la femme.

Elle commençait à paniquer, à s'épuiser. Elle vacilla contre une haute grille en fer forgé, dans le halo que dispensait la baie vitrée d'un salon. Un homme s'approcha vivement de la fenêtre, s'y attarda le temps d'en embuer le verre à hauteur de sa bouche puis s'éloigna.

— Monsieur, l'entendit-il appeler, je vous en supplie, aidez-moi.

Corbin savait que cela ne servirait à rien.

Ses paroles, déportées par le vent mugissant, ne seraient pas entendues. Si elle essayait de grimper la volée de marches conduisant à la porte d'entrée et si on ne lui ouvrait pas promptement, elle se retrouverait prise au piège. Ayant apparemment raisonné de même, la femme se remit à courir.

Ils débouchèrent sur une nouvelle avenue qu'enjambait, telle une araignée géante, une monstrueuse construction sombre. Des voies ferrées. Oui, c'était bien cela. Une ligne de chemin de fer aérien et une gare. Corbin crut l'entendre pousser un gémissement de désespoir tandis qu'elle tentait de distinguer, à travers les tourbillons de neige, le bâtiment désert qui surplombait la rue. Elle ne trouverait aucune aide là non plus. Incapables de gravir la moindre déclivité sur les voies ferrées gelées, les trains avaient depuis longtemps cessé de circuler. La gare ne serait qu'un nouveau piège. Corbin la vit se traîner jusqu'à l'un des piliers d'acier du pont, puis tomber à genoux, poitrine haletante, essayant de rassembler ses forces pour rallier le pilier opposé. Soudain, elle tressaillit. Elle avait perçu quelque chose.

Elle leva une main pour se protéger les yeux des morsures du blizzard.

— Police ! Cria-t-elle. Police, au secours !

Mais le bruit de sa voix se perdit dans la tourmente. Le vent avait aspiré ses mots, les avait désarticulés, déchiquetés avant de les lui renvoyer à la figure, mutilés, méconnaissables. Alors, elle se remit pesamment sur ses pieds et amorça un mouvement vers le salut qu'elle avait avisé. Mais le vent infligea à ses jupes un traitement aussi impitoyable que celui qu'il avait réservé à son appel à l'aide. Cruellement fouettées, ses chevilles se dérobèrent sous elle. Réduite à s'enfuir à quatre pattes, elle lança un œil vers l'ombre menaçante de Corbin et s'employa à traverser l'avenue.

En Corbin, ou du moins en ce qui subsistait de Jonathan Corbin, se réveilla un vague sentiment de pitié. Il eut envie de lui dire qu'elle n'avait aucune raison de hurler, de fuir. Mais une autre partie de lui savait que c'était faux. Il fallait qu'elle souffre ! Il était juste qu'elle paie pour le terrible tort qu'elle lui avait causé. Et Corbin, une main sur l'épaisse coiffe de fourrure qu'il portait, s'élança dans l'avenue. Ses yeux fatigués par le vent distinguèrent, à un pâté de maisons de là, le secours vers lequel la femme s'était tournée mais qu'elle n'avait pas eu la force d'atteindre. Deux agents de police qui s'échinaient à relever un cheval renversé. Sur le banc de la voiture de livraison à laquelle l'animal était attelé, Corbin vit le corps inerte, sans doute sans vie, du cocher. Il hésita. Fut tenté d'offrir son assistance et jugea que c'était inutile. Le malheureux n'avait sans doute plus besoin d'aide et, dans le cas contraire, il était déjà en de bonnes mains.

La femme avait enfin atteint l'autre côté de la chaus-

26

sée et se remettait sur ses pieds. S'il la laissait filer, tou-
ver un asile, qu'irait-elle raconter ? Quelles nouvelles
humiliations irait-elle lui infliger ?

Il la rattrapa devant une maison. Une maison gigantesque. Un manoir de brique et de pierre, en retrait
derrière une haute grille de fer forgé hérissée de piques.
Les portes de la propriété étaient grandes ouvertes,
l'allée et les jardins généreusement éclairés. Un chemin
coudé menait à une porte cochère assez large pour
laisser passer les plus spacieuses berlines. Elle s'était
arrêtée là, pantelante, les yeux rivés sur la demeure.
Corbin pouvait presque lire ses pensées. Une autre avenue battue par les vents s'ouvrait devant elle. Elle savait
qu'elle n'aurait plus la force de s'y engager.

Mais cette superbe maison ! Elle pourrait certainement y trouver refuge. Les domestiques la laisseraient
entrer. Elle leur demanderait de ne souffler mot de sa
présence à leur maîtresse. De lui permettre de se
réchauffer à l'office, d'attendre le matin assise sur une
chaise. Leur maîtresse n'aurait nul besoin de savoir
qu'elle s'était introduite dans sa maison sans y être invitée. Dans un tel état. Hélas, il n'y avait aucune illusion à
se faire. Cette maudite valetaille lui rapporterait inévitablement l'histoire ou, pire, la vendrait au colonel
Mann pour un vulgaire dollar. Et en moins d'une
semaine son humiliante mésaventure serait rendue
publique par le journal de cet horrible bonhomme.

La femme, Corbin le savait, ne pouvait accepter cette
perspective. Elle ne se réfugierait pas dans cette
demeure. Avec un balancement accablé de ses bras, elle
se détourna de la chaleur de ces lumières et se rejeta à
corps perdu au cœur de la tempête.

De l'autre côté de la rue, il remarqua, à la lisière d'un

grand jardin public, un chantier, un bâtiment en construction. Tout autour s'élevaient des piles de briques et des amas de madriers recouverts de bâches claquant au vent. Les intempéries avaient transformé ces tas en petites montagnes et partiellement comblé les vallées qui les séparaient. C'était vers le chantier que la femme courait. Nulle lumière là-bas. Seulement la clarté lointaine jetée par les lampes à arc du manoir. Mais ce fut suffisant pour qu'il puisse distinguer ses traits quand elle lui fit face et y lire l'insolent mépris qu'elle ressentait à son endroit. Une tache, qui ressemblait à du sang séché, souillait sa bouche. Ses cheveux, tout à l'heure rassemblés en un chignon et dessinant des accroche-cœurs sur son front, n'étaient plus qu'une masse rousse glacée ballottant sur ses épaules. Il connaissait la raison qui l'avait forcée à se détourner du manoir. La vanité. La honte. La peur que son aventure soit commentée à voix basse dans les salons, que son nom soit rayé de toutes les listes d'invitation, que celles roulant carrosse refusent de saluer la femme qui avait eu le front de se présenter à la porte d'Alice Vanderbilt dans une mise si désordonnée. Si seulement elles s'étaient doutées ! Si seulement elles avaient connu la véritable étendue de sa honte !

Il s'immobilisa devant elle, vit sa canne se dresser. Elle recula. De ses lèvres retroussées s'échappa un ricanement rauque. Un mot. *« Children * »* fut ce qu'il crut entendre. Rien d'autre. Proféré comme une menace. Corbin s'avança, pointant sa canne sur elle, l'acculant bientôt au bout du chantier, là où la neige était plus profonde. Elle trébucha, lança les bras derrière elle pour

---

* En anglais, *children* : enfants.

tenter d'amortir sa chute et s'enfonça jusqu'aux épaules dans la neige molle. Elle ne tenta même pas de se relever.

— Finissons-en !

La jeune femme cracha sur la silhouette qui se penchait sur elle.

— Bats-moi... *Children.*

Encore ce mot !

Corbin vit l'embout ferré de sa canne trouver une place entre les seins de la malheureuse. L'objet heurta quelque chose de dur, de métallique. Curieusement, la femme ne sembla pas souffrir tandis que, faisant porter le poids de son corps sur sa canne, il enfonçait toujours plus profondément sa victime dans la neige. Déjà on ne voyait plus ses oreilles. Les bords fragiles de l'empreinte que creusait sa tête s'effritèrent contre ses joues. Enfin, elle se mit à se débattre, crachant, tentant inutilement de mordre la canne. Mais, à chacun de ses efforts, ses bras s'enlisaient davantage derrière elle. Corbin vit alors son propre pied s'abattre brutalement sur les boutons du manteau de la femme et écraser un point entre ses genoux. Elle était clouée au sol. Impuissante. Incapable du moindre geste.

À cet instant, il eut honte de lui. Rien ne justifiait que l'on traite une femme de la sorte. Si seulement elle disait quelque chose. Prononçait quelques paroles gentilles. Des mots qui sauraient panser la blessure saignant au plus profond de lui, sans qu'il parvienne pour autant à s'en rappeler l'origine. Oui, il lui ferait grâce si elle lui demandait pardon. Ou si elle pleurait. Il la laisserait partir le plus loin possible. Le plus loin possible de lui. Avec son déshonneur.

Quel déshonneur ?

Elle connaissait la réponse. Ou peut-être Corbin s'était-il exprimé à voix haute sans s'en rendre compte, car, à cet instant, elle dit :

— Il vaudra mille fois l'homme que vous êtes...

— Et l'autre ? s'entendit interroger Corbin d'une voix froide et unie.

— Prenez garde !

Il intensifia la pression de sa canne sur son sternum.

— Et l'autre ? répéta-t-il. Quelle sorte d'homme est-ce ?

— Mille fois l'homme que vous êtes.

Elle souleva la tête et hurla :

— Mille fois et plus encore. Sur tous les plans. Le diable vous emporte !

Ils n'échangèrent plus un mot plusieurs minutes durant.

Elle resta silencieuse. Immobile. D'une immobilité de mort. Comme l'homme nommé George.

— Je ne sens plus rien, murmura-t-elle, comme assoupie.

— Non, répondit-il. Je crains bien que vous n'ayez jamais été capable de sentir ou de ressentir quoi que ce soit.

Et Corbin la maintint prisonnière là jusqu'à ce que ses propres pieds s'engourdissent. Jusqu'à ce que, sur le visage de la femme, la neige ait cessé de fondre.

2

La jeune Anglaise blonde et élancée était enfermée depuis quatre heures dans une salle de conférences aveugle quand on l'appela au téléphone. En reconnaissant la voix préoccupée de la secrétaire de Jonathan Corbin, elle fronça les sourcils et devina que dehors la neige s'était mise à tomber.

Gwen Leamas écouta, se rembrunissant davantage.

— Ça dure depuis la fin de la matinée. Ça va faire des histoires, car il a annulé un déjeuner avec les organisateurs des Masters de golf. Et en plus, il y a deux minutes à peine, j'ai entendu un bruit de casse dans son bureau.

— Pourquoi ne m'avez-vous pas appelée plus tôt ? chuchota Gwen.

— Parce qu'il neigeait à peine ! répondit Sandy. Ça ne s'est mis à vraiment dégringoler que depuis quelques instants.

— Vous êtes un amour, Sandy. J'arrive.

Elle s'excusa auprès de Bill Stanford, invoquant un problème personnel urgent. La réunion au cours de laquelle ils avaient débattu du lancement d'un nouveau magazine d'informations touchait presque à sa fin. Stanford, qui adorait sa femme mais ne détestait pas être tout yeux et tout oreilles devant Gwen, ne dissimula pas sa déception. Il se plaisait à dire que la jeune

Anglaise donnait un peu de classe à la boîte. Elle avait déjà totalement conquis le futur présentateur du magazine, un éditorialiste de commerce plutôt difficile répondant au nom de Hobbs.

Sandy Bauer respira plus librement en entendant le précieux cliquetis de bijouterie ambulante et le soupir du pantalon de cuir qui annonçaient l'arrivée de la petite amie de M. Corbin. Ou son ex-petite amie, s'il fallait en croire les potins du bureau. Ils avaient vécu deux ans ensemble à Chicago avant que Gwen ne s'installe à New York, précédant Corbin de six mois. Sandy savait de source sûre que son patron avait logé chez elle avant de se trouver un endroit à lui. Mais quelle qu'ait été la nature du sentiment qui avait pu les unir, leurs relations semblaient s'être nettement dégradées depuis que M. Corbin avait déniché cette vieille masure bizarre qu'il habitait maintenant dans le Connecticut.

Gwen fit halte devant la machine à écrire de Sandy et, réduisant d'une main ses bracelets au silence, contempla la porte close du bureau de Jonathan Corbin.

— Il ne s'est pas du tout montré ? interrogea-t-elle avec cet accent précis et suave que Sandy s'essayait parfois à imiter.

— Pas depuis qu'il s'est rendu compte qu'il neigeait.

De la pointe de son menton, elle désigna le téléphone.

— J'ai raconté à tout le monde qu'il était en réunion, mais n'importe qui peut se pointer d'une minute à l'autre. Et je me vois mal interdire l'entrée de son bureau à quelqu'un comme Stanford, pour ne nommer que lui.

Gwen acquiesça et baissa les yeux sur la montre qui

pendait à sa ceinture d'argent. Stanford en avait encore pour un moment.

— Je vais essayer de le faire sortir de là, énonça-t-elle posément. Pensez-vous pouvoir tenir chacun à distance encore un moment ?

Sandy hocha la tête.

— Mademoiselle Leamas, qu'allez-vous...

Elle se mordit les lèvres.

— Je veux dire, si vous comptez juste le mettre dans son train, j'aimerais autant le ramener chez moi et l'y garder le temps qu'il recouvre ses esprits.

Les regards des deux femmes s'affrontèrent.

— Je me charge de lui, répliqua sèchement Gwen, avant d'ajouter, d'une voix radoucie : « C'est vraiment chic de votre part, Sandy. Vraiment très chic ! »

La jeune secrétaire sourit, satisfaite d'avoir eu le cran de suggérer cette solution et soulagée de s'en tirer à si bon compte. Quant à être chic, Sandy doutait qu'elle le resterait longtemps si Jonathan Corbin s'avisait de poser sur elle l'un de ces regards qu'il accordait encore occasionnellement à Gwen Leamas.

« Non que je sois jalouse », se dit la jeune fille.

D'ailleurs à quoi aurait rimé d'être jalouse des hautes pommettes et des immenses yeux noisette de ce *top model* qui réussissait à avoir l'air à la fois sympathique et intelligent ? De cette superbe paire de seins et de cette minceur d'autant plus enrageante quand l'on connaissait la passion immodérée de Gwen Leamas pour les cheeseburgers.

Gwen, la main sur la poignée de la porte, hésita un instant. Elle avait envie de demander à Sandy de garder le silence sur l'état de son patron et sur leur départ impromptu. Mais pareille requête serait sans doute jugée vexante par la jeune fille. Jonathan était le patron de Sandy, qui lui était visiblement très attachée, pour ne pas dire plus. Gwen opta pour un clin d'œil, prit une profonde inspiration et pénétra dans le bureau de Jonathan.

A son entrée, Corbin se raidit mais ne se détourna pas de la fenêtre devant laquelle il s'était posté. Sur sa droite, les tentures oscillaient légèrement, comme s'il venait à peine de les lâcher. Une zone toute chiffonnée témoignait de la fureur avec laquelle sa main avait étreint le tissu. Elle réalisa qu'il cherchait à présent à se composer l'attitude du cadre supérieur méditant sur quelque grave problème, le regard consciencieusement perdu au-delà de la fenêtre. Elle était cependant certaine que ses yeux étaient fermés.

— C'est Gwen, Jonathan.

Elle vit ses épaules s'affaisser et l'entendit expulser l'air emprisonné dans ses poumons. Sa tête remua mollement, mais il ne broncha pas.

— Les choses que tu vois, interrogea-t-elle avec douceur, sont-elles là ?

— Non.

Le mot avait été coassé par une gorge rêche et serrée. Corbin toussa et déglutit.

— Je ne les vois jamais d'ici.

— Dans la rue, alors. Tu les vois quand tu es dehors, dans la rue ?

Corbin croisa les bras et acquiesça.

Elle appuya du bout des doigts sur la porte pour s'assurer qu'elle était bien fermée, puis le rejoignit. Elle le prit par les épaules pour le faire pivoter. Il tenta d'abord de lui résister puis se laissa faire. Ce ne fut que lorsqu'il lui eut fait face qu'il ouvrit les yeux. Se rapprochant alors davantage de lui, elle appliqua ses paumes fraîches sur ses joues et déposa un baiser sur ses lèvres sèches.

— Jonathan ?

— Oui ?

— Veux-tu essayer de me les montrer, cette fois ?

— Non.

Il tenta de se dégager.

— Les vois-tu quand tu n'es pas seul ?

— Oui, répondit-il avec un cillement.

En vérité, il n'en avait aucune idée. Jusqu'ici, il les avait toujours vues alors que d'autres êtres réels évoluaient autour de lui. Mais qu'en serait-il s'il se faisait accompagner par quelqu'un qu'il connaissait ? Quelqu'un dont il pourrait tenir la main. Quelqu'un qui l'empêcherait peut-être de basculer dans une autre époque ?

— Je ne sais pas, reprit-il d'un ton absent.

— Alors essayons, Jonathan !

— Non !

— Tu ne vas pas passer ton week-end terré ici comme un rat dans son trou. Comment feras-tu pour t'alimenter si la neige ne se décide pas à cesser ?

Corbin avait déjà pensé aux distributeurs de boissons et de friandises, près du monte-charge, ainsi qu'aux reliefs de déjeuners régulièrement abandonnés dans le réfrigérateur de la cafétéria. Il secoua piteusement la tête.

— Gwen, tu ne peux pas comprendre !

— Alors, explique-moi. Qu'y a-t-il dans ces rues qu'un garçon que j'ai jadis connu si peu timoré puisse tant redouter ? Des monstres ? Des êtres maléfiques ?

— Non, rien de la sorte.

Une main qu'il pourrait tenir. Sauf que ça ne marcherait pas. Normalement, c'étaient les fantômes qui
étaient censés s'évaporer, céder le pas à la réalité. Mais
dehors c'étaient les vivants, les êtres de chair et de sang
qui s'éclipsaient.

— Si tu vois vraiment ces choses dont tu m'as parlé,
ce doit être sacrément fascinant. Comme un voyage
dans le temps.

— Un voyage dans le temps ! la rabroua-t-il, une
étincelle de colère dans les yeux, comme si elle venait de
sortir une énormité. Et si ton voyage ne comprend pas
de billet de retour ? Et si un beau jour je ne pouvais plus
revenir ?

Gwen s'humecta les lèvres.

— Tu crois donc que tout cela est réel ?

— Non, bon Dieu, non ! Je sais, poursuivit-il dans un
souffle, que je ne voyage pas vraiment dans le temps.
Aussi réelles que ces visions puissent me paraître, je sais
que tout se passe uniquement dans ma tête, mais si je
suis capable d'explorer ce monde par la pensée, je peux
tout aussi bien m'y retrouver coincé.

— C'est donc ça qui te fait si peur ?

— Principalement, oui !

— Que crains-tu d'autre ?

Corbin porta une main sur le visage de la jeune
femme et écarta la longue mèche ondulée qui lui était
tombée sur l'œil. Il soupira longuement. Ses lèvres
remuèrent sans effet. Enfin, il répondit, comme à
contrecœur.

— La même chose que toi.

— C'est-à-dire ?

— D'être en train de perdre complètement la
boule.

36

Gwen lui saisit les mains et les étreignit.

— Je te connais, Jonathan, dit-elle fermement. Mieux que quiconque. Il n'y a jamais rien eu de bizarre en toi avant ton arrivée à New York. Avant que tu ne poses les yeux sur cette ridicule bicoque. C'est à ce moment-là que tout a commencé. Et ça n'a fait qu'empirer avec l'hiver. Avec l'arrivée de la neige. Pourtant, rappelle-toi, à Chicago il en dégringolait deux fois plus qu'ici. Et ça n'a jamais paru te tracasser le moins du monde ! Il me paraît par conséquent logique de conclure que la cause de tes problèmes réside davantage dans les rues de New York que dans ta tête, et qu'il doit y avoir moyen de leur trouver une explication rationnelle. Mais il s'agit de la traquer, Jonathan, de l'affronter. Je ne tolérerai pas qu'un homme que je... respecte s'y dérobe.

Elle s'écarta de Corbin, alla décrocher le trench-coat pendu à une patère derrière la porte et le lui tendit.

Il ne fit pas mine de le saisir.

— Demain, murmura-t-il. Je t'appellerai demain. Nous en reparlerons.

— Nous allons en parler aujourd'hui même.

Elle secoua le trench-coat d'un geste impatient.

— Je m'en vais te plonger dans un bon bain chaud et te faire avaler quelque chose de bien raide. Ensuite, nous nous attellerons à démêler tout ça...

— Gwen...

Corbin secouait toujours la tête, mais sa résistance semblait s'être déjà émoussée.

— Un pâté de maisons, insista-t-elle. Un malheureux pâté de maisons jusqu'à la bouche du métro, puis une centaine de pas à peine de la sortie du métro à chez moi.

Les yeux de Jonathan se rétrécirent puis se tournèrent à deux reprises vers la fenêtre. Elle n'avait aucun mal à voir comment s'agençaient les rouages de son cerveau : il calculait le temps et la distance. Un malheureux pâté de maisons. Peut-être une centaine de mètres de l'entrée de l'immeuble *Burlington* au métro. Moins d'une minute à pied. Vingt secondes s'ils couraient. Puis le salut. Aucun risque de chutes de neige, de maisons ectoplasmiques se matérialisant derrière le rideau de flocons blancs dans le métro. Rien qu'une foule bruyante et la crasse.

— Allons, Jonathan !

Elle avait jeté le trench-coat sur ses épaules et était déjà en train de le remorquer vers la porte lorsque le voile qui obscurcissait son regard sembla se déchirer.

Sandy Bauer les précéda le long d'un petit couloir qui traversait la salle du courrier pour l'heure déserte, et ils rallièrent les ascenseurs devant la réception. Tandis que Gwen appuyait sur le bouton de descente, Sandy se dirigea en jacassant vers le réceptionniste, bloquant son champ de vision, l'empêchant de distinguer l'expression de panique qui s'était peinte sur le visage d'un Jonathan Corbin tremblant des pieds à la tête.

3

Au quatrième étage de l'hôtel *Warwick*, dans une chambre faisant face au bureau de Jonathan Corbin, un quinquagénaire massif se leva de la chaise qu'il avait occupée devant la fenêtre et rabattit brutalement le panneau vitré sur les quelques centimètres de neige dont la tablette était tapissée. Il dévissa l'objectif de son Nikon, rangea le tout dans un étui matelassé, consigna l'heure et la date dans un calepin et boutonna le pardessus qu'il n'avait pas quitté depuis qu'il s'était installé à son poste d'observation cinq heures plus tôt.

Empruntant l'escalier de service, Raymond Lesko gagna son nouveau poste d'observation, l'entrée du bar du *Warwick,* en moins d'une minute. De là, il avait vue sur toutes les sorties de l'immeuble *Burlington.* A moins qu'il ne saute dans un taxi, Corbin passerait immanquablement devant l'hôtel pour se rendre à la Gare Centrale.

Deux ou trois clients considérèrent Lesko avec un certain malaise en entrant dans le bar. Il ne s'en émut pas, ayant depuis longtemps l'habitude de ce genre de réaction. Il était doté d'un physique de lutteur et, même lorsqu'il n'était pas en colère, levait sur ses semblables des yeux de videur de boîte de nuit ayant épuisé ses réserves de patience. Il possédait en outre une bouche mince et cruelle qui dissimulait les deux rangées de dents étincelantes dont il était si fier. Mais ces magnifiques quenottes elles-mêmes indisposaient les gens quand il les exhibait. Ce qui ne manquait pas de l'affliger lorsque d'aventure il se sentait d'humeur sociable.

Mais pour l'heure, Raymond Lesko était beaucoup moins soucieux de son apparence physique que de Jonathan Corbin et du travail grassement rémunéré qui occupait ses journées. Il avait eu le pressentiment qu'aujourd'hui il allait se passer quelque chose. La neige. Ce quelque chose était la neige. Ce qu'il avait entendu dire sur Corbin se révélait exact.

39

Le type perdait les pédales quand il neigeait. Non qu'il fût un modèle de santé mentale en temps normal.

Célibataire, plutôt bien de sa personne, disposant pour ses loisirs de New York et de ses innombrables femelles, il ne trouvait rien de mieux à faire que de déguerpir chaque soir de son bureau à cinq heures tapantes et de foncer tête baissée à la gare pour retrouver au plus vite son cher Connecticut. Et le matin, même topo. Il déboulait au bureau, toujours tête baissée, sans jamais jeter un regard à droite ou à gauche. Inutile de dire qu'il fallait se lever de bonne heure pour réussir une photo correcte de lui ailleurs que devant la fenêtre de son bureau.

Lesko vérifia l'heure. Que pouvait-il bien fabriquer ? Bon sang ! Il réalisa qu'il avait guetté un trench-coat solitaire, la silhouette d'un Corbin affolé piquant son sprint tête baissée. Mais cette fille, Gwen Leamas, l'accompagnait.

Lesko se redressa de toute sa hauteur et passa en revue les portes de l'immeuble *Burlington,* de la plus proche à la plus éloignée. Ils apparurent enfin. Il avait bien failli les louper, mais ils étaient là, tout frais expulsés de la dernière porte à tambour, s'en allant dans la mauvaise direction, vers le nord, détalant comme s'il avaient une meute de loups affamés à leurs trousses. Avec un juron, Lesko entama sa filature dans la tempête.

En dépit des flocons épais et des camions qui traversaient son champ de vision, il parvint sans difficulté à s'arrimer à Corbin. Ce dernier était facilement repérable dans la foule qui se ruait vers l'abri du métro. Il y avait quelque chose de particulièrement fébrile dans ses mouvements. Il n'allait pas tête basse cette fois, mais lançait des regards éperdus autour de lui.

Suspectait-il qu'il était filé ? se demanda Lesko avant de conclure par la négative en le voyant faire un bond.

« Que vois-tu, Corbin ? Que vois-tu à cet instant même, dans le vent qui déferle sur la Sixième Avenue ? Et la femme qui hurle dans ton oreille, elle te pose la même question, non ? »

Un bus bondé s'arrêta dans un concert de grincements, masquant à Lesko Corbin et sa compagne. Quand il eut redémarré, le couple s'était évaporé.

« Merde. Tu ne te serais pas faufilé dans ce bus, hein, Corbin ? Non. Pas sans t'être préalablement enduit de vaseline, en tout cas. Bon, alors tu t'es engouffré dans la bouche du métro. Le métro, bien sûr ! »

Lesko ne les y suivit pas. En revanche, il s'empressa d'aller pêcher son calepin dans les profondeurs d'une poche intérieure et, l'ayant abrité de son corps, le feuilleta rapidement, à la recherche de l'adresse de Gwen Leamas. 145 77e Rue Est. Il soupira. Oui, ça expliquait le coup du métro. Un petit bout de trajet vers l'est puis un changement à Lexington, et ils atteindraient son appartement dans quinze, disons vingt minutes. Lesko s'engagea sur la chaussée de la 55e Rue, se frayant un chemin à travers les files de véhicules roulant au pas en direction de l'est, et avisa l'un de ces taxis qui encapuchonnent leur signal lumineux à la moindre menace d'intempérie. Lesko abattit son poing sur le capot du véhicule et, s'étant acquis l'attention du chauffeur, agita un badge et une carte de police devant son pare-brise.

— Vous êtes bigleux ou quoi, mon vieux ?

Des articulations de ses doigts, le chauffeur donna un coup sec contre le plafond de son véhicule.

— Le cache, là-haut, ça veut dire que je suis pas en service !

Lesko montra les dents.

— Dommage que tout le monde n'ait pas votre chance ! Ouvrez !

De mauvaise grâce, le chauffeur donna une pichenette sur un bouton qui débloqua les quatre portières. Lesko grimpa dans la voiture, remballant sa carte de police avant que le chauffeur n'émette le souhait de l'examiner de plus près.

— Vous êtes sur un gros coup, c'est ça ? grommela le chauffeur. Les flics sont toujours sur un coup fumant quand ils se sentent pas d'humeur à prendre le métro.

Lesko loucha vers la licence qui trônait sur le tableau de bord. Marvin Posey. Un nom bien précieux pour un si revêche petit con.

— Marvin, je dois être dans les plus brefs délais dans la 77e Rue entre Lexington et la Troisième Avenue. Je compte fermement sur toi pour déployer les ailes de ton civisme et nous y acheminer vite fait.

— Hein ? balbutia le chauffeur avec une mine subitement abêtie.

— Mets ta putain de tire en branle !

Lesko ne tarda pas à constater que, revêche ou non, Marvin Posey connaissait son boulot. Il grilla un feu rouge, se força un chemin à travers la horde de piétons qui essayaient de traverser, déboucha sur la Sixième Avenue qu'il dévala à grands renforts de coups de klaxon jusqu'à Central Park, grilla un deuxième feu rouge en quittant la 72e Rue et tourna sur la Troisième Avenue moins de dix minutes après avoir démarré.

Tandis que les roues du taxi écrasaient la neige non déblayée de la 77e Rue, Lesko se pencha pour repérer un endroit d'où il pourrait surveiller à la fois le n° 145 et la sortie du métro de Lexington Avenue.

— Arrête-toi là, indiqua-t-il à Marvin Posey.

— Je vous ferai remarquer que c'est une bouche à incendie et que les bons citoyens ne stationnent jamais devant les bouches à incendie.

— Arrête ton char, Marvin !

Le taxi s'arrêta, et Lesko s'en extirpa juste à temps pour voir Jonathan Corbin émerger de la station, à trente mètres de là.

Un nouveau Jonathan Corbin, constata Lesko avec intérêt. C'était à présent Corbin qui, droit comme un i et solide comme un roc, soutenait la petite Leamas. Il ne semblait même pas avoir conscience des rafales de neige qui lui giflaient la figure. Qu'était-il arrivé ? Le métro avait-il des vertus curatives insoupçonnées ? Ou devait-on attribuer ce changement bénéfique aux attentions lénifiantes de la très dévouée Mlle Leamas ? Peut-être les mauvais esprits de Corbin ne sévissaient-ils que dans les quartiers à loyers élevés.

Corbin avait à présent l'air heureux. Pas soulagé ni remis, simplement heureux. On était vraiment en droit de se demander pourquoi diable la neige du centre ville lui donnait les foies alors qu'il se fichait comme de la pluie de celle des quartiers périphériques. Tant qu'on y était, on pouvait également se demander pourquoi Raymond Lesko se faisait un tas de gros billets verts rien que pour filer le train à ce timbré qui ne paraissait pas avoir de pire ennemi que lui-même. Mais poser la question revenait à y répondre, du moins en partie. Le pire

ennemi de Jonathan Corbin n'était pas Jonathan Corbin.

Ce fut au cours de leur trajet souterrain vers Lexington Avenue que Gwen Leamas commença à noter
qu'un changement subtil s'opérait en Jonathan.

Quand ils avaient quitté le bureau, le jeune homme
s'était pratiquement catapulté vers la station de métro,
sur la 55e Rue. Elle l'avait vu lever la tête et regarder,
non la neige ou le ciel, mais l'espace aérien qui coiffait la
Sixième Avenue, comme si quelque gigantesque créature était en train de s'y matérialiser.

— Qu'est-ce que c'est ? Que vois-tu ? avait-elle crié
dans son oreille, n'obtenant pour toute réponse qu'un
regard accusateur.

« Tu vois ? Ça recommence, même quand tu es
là. »

Elle l'avait entraîné vers le salut de la bouche de
métro. Et là, tout avait brusquement changé. Il avait
happé la rambarde de l'escalier comme un filin de sau-
vetage et, titubant, le corps affaissé sous l'effet du soulagement, s'était enfoncé sous terre. Il s'était retourné
pour couvrir d'un dernier regard l'objet flottant qui
l'avait tant effrayé, mais la peur avait fait place à... elle
n'aurait su dire à quoi exactement. A un premier balbu-
tiement de récognition, peut-être. Elle aurait tout le
temps de l'interroger plus tard.

Une fois dans le métro, elle avait presque pu sentir le
pouls de Jonathan redevenir normal. Le battement des
veines de ses tempes s'était apaisé. Ses mains, toujours
agitées, s'étaient desserrées. Il avait peu à peu cessé de
scruter les visages des autres passagers. Assis, la tête
renversée, il lisait maintenant avec application le

chapelet de publicités qui tapissait les murs de la station. Gwen devina que ces affiches lui servaient de repères, lui prouvaient sans équivoque qu'il ne s'était pas fourvoyé dans un autre monde. La moitié d'entre elles portaient des messages en espagnol. De même que la moitié des passagers étaient des Hispaniques. Gwen jeta un regard à la ronde. Presque autant de Noirs. Restait une minorité de Blancs. Plus nombreux que d'habitude, pourtant. Aujourd'hui, le métro pouvait s'enorgueillir de la présence de quelques voyageurs aisés, d'Américains bon teint qui méprisaient d'ordinaire ce moyen de transport mais qui avaient dû renoncer à trouver en surface de quoi rentrer chez eux.

Une femme appartenant justement à cette catégorie sociale apparut soudain devant eux. Après s'être frayé un chemin dans la voiture bondée à la recherche d'une place disponible, elle s'était arrêtée devant le strapontin occupé par Jonathan, désespérant sans doute d'en dégotter un pour son propre compte. Gwen ne put s'empêcher de la détailler. Âgée de trente-cinq ans environ. Des vêtements coûteux. Son long manteau de fourrure à capuche trahissait la griffe Bergdorf Goodman. Autour du cou, elle portait un collier dont la pièce principale était une grosse améthyste montée à l'ancienne. Son visage au charme fade s'était crispé en une grimace exaspérée exprimant le martyre qu'elle endurait dans cet inconfort et cette promiscuité, au milieu de gens qui, en temps normal, évoluaient à mille lieues de son monde à elle. Elle s'évertuait à respirer aussi peu de leur air vicié que possible et à éviter tout contact physique avec leur triste décor. Il y eut un violent cahot, et la femme, dont le nom, Gwen en décida, devait être Alicia Pointdexter ou quelque chose dans ce goût-là, avança une main réticente vers la barre métallique à laquelle elle se retint du bout de ses doigts gantés.

Soudain, Jonathan bondit sur ses pieds, s'inclina devant elle et, d'un geste courtois de la main, lui offrit son siège. La femme hésita, le dévisageant comme pour sonder ses véritables intentions, mais un instant seulement, car une autre femme, plus brune de peau et plus forte, s'était déjà rapprochée, prête à fondre sur le siège libéré si Bergdorf Goodman tergiversait encore le temps d'un battement de cils. La femme au manteau s'avança, pivota sur elle-même et se laissa gracieusement choir sur le siège qu'on lui avait si complaisamment abandonné. Ses yeux sévères effleurèrent un instant ceux de Jonathan qu'elle remercia d'un imperceptible hochement de tête avant de s'absorber dans la contemplation du sac Gucci qu'elle serrait jalousement sur ses genoux.

« Merde alors, se dit Gwen. Qu'est-ce qu'il lui prend ? Il était, il y a dix minutes encore, terrifié à en perdre la raison, et voilà qu'il se met à jouer les jolis cœurs pour une pimbêche mortifiée d'avoir à partager la compagnie des pauvres prolétaires que nous sommes. »

Elle ne fit cependant aucun commentaire sur l'incident, ni sur le coup ni plus tard lors de leur dernière étape vers son immeuble. Corbin se montrait calme, impassible même. Et c'était tout ce qui importait pour le moment. Elle se prit à espérer qu'il ne lui serait pas nécessaire de le faire descendre à bout de bras du métro qui glissait déjà vers leur station.

Elle se leva et le prit fermement par la main.

Mais Corbin n'opposa aucune résistance. Il s'effaça poliment pour laisser descendre les passagers pressés puis suivit docilement Gwen qui le tirait par la manche.

46

Il marcha avec elle d'un pas régulier jusqu'aux tourni-quets et trottina vers la lumière naturelle qui se déver-sait de la rue. Gwen ne savait si elle devait se féliciter ou s'alarmer de ce nouvel avatar de son comportement. Il semblait inconscient du mugissement du vent qui cou-vrait presque le grondement décroissant du métro, ou des quelques flocons épars qui se hasardaient dans l'air chaud de la station, jusqu'au bas de l'escalier.

« Continue comme ça, Jonathan. Où que se soit évadé ton esprit, qu'il y reste, du moins le temps que nous nous soyons dépêtrés des quelques dizaines de mètres qu'il nous reste à parcourir. »

La tempête avait redoublé d'intensité. Ce fut Gwen qui resta sans voix devant le tourbillon arctique qui les attendait.

« On dirait un ballet fou d'abeilles blanches, pensa-t-elle. De créatures vivantes. »

Elle se ressaisit.

« Si maintenant Jonathan se met à déteindre sur moi... »

— Allons-y, Jonathan !

Elle lui prit la main, et ils entamèrent la laborieuse ascension de l'escalier, une marche traîtresse après l'autre, montant à la rencontre de la tourmente rugis-sante qui semblait s'être tournée vers eux.

— Mon Dieu ! lâcha-t-elle en manquant de trébucher sur la surface gelée de la 77e Rue.

Tandis qu'elle s'efforçait de vriller ses talons dans la couche de glace polie par le vent, une rafale cinglante amena quelques couleurs sur ses joues et lui lacéra les jambes.

— Puis-je me permettre ? entendit-elle Corbin décla-rer.

— Te permettre ?

Elle plissa les yeux pour tenter de discerner ses traits entre ses cils déjà alourdis de minuscules stalactites.

— Puis-je ? ajouta-t-il, tandis qu'une main robuste s'emparait de son bras et que l'autre lui enserrait la taille.

Et ce fut un Jonathan serein et courtois qui l'aida à retrouver son équilibre, l'entraîna, lui fit traverser la chaussée verglacée de la 77e Rue et guida ses pas vers la volée de marches qui attendait, invisible dans la tempête.

Elle tirerait tout cela au clair plus tard, décida-t-elle en s'extirpant de ses bottes dans l'entrée de son appartement, au deuxième étage. La couche de neige qui s'était incrustée sur son manteau fondait déjà sur le tapis où elle l'avait laissé tomber. Se tournant vers Jonathan, qui n'avait pas bougé depuis qu'ils étaient entrés, elle entreprit, de ses doigts gourds, de défaire les boutons de son trench-coat. Ses yeux reflétaient une vague confusion, avaient perdu l'imperturbabilité dont ils étaient empreints quelques minutes plus tôt. Elle passa derrière lui et lui retira son manteau, qu'elle secoua et déposa à côté du sien, sur le tapis. Puis elle le débarrassa de sa veste qu'elle accrocha au bouton de la porte du cagibi.

— Un bon bain chaud ! lui rappela-t-elle, le pilotant vers le vaste salon à haut plafond. Un bon bain chaud et un énorme scotch, puis une petite dînette devant une joyeuse flambée. Avec tout ça, nous réussirons peut-être à venir à bout de cette tempête qui fait des ravages sous ton crâne.

Corbin parvint à grimacer un sourire contraint et se

48

laissa conduire dans la vétuste salle de bains carrée où trônait une baignoire géante, accroupie sur ses pieds recourbés. Gwen l'appelait sa baignoire pour « bains aux chandelles ». Elle ouvrit les deux robinets à fond, se redressa et fit coulisser d'un geste engageant le rideau de la douche. Corbin hésita, comme s'il ne savait pas très bien ce qu'il était, à ce stade, censé faire.

— Selon l'usage courant, il convient d'abord de se déshabiller, à moins que tes vêtements n'aient un besoin urgent d'une bonne trempette.

Si elle n'avait connu Jonathan si intimement et depuis si longtemps, elle aurait juré avoir vu une légère rougeur pigmenter ses joues. Elle l'observa tandis qu'il retirait sa cravate et la pliait soigneusement sur le panier en osier verni. Il s'attaqua ensuite à ses chaussures qu'il prit la peine de ranger sous le tabouret. Gwen comprit qu'il essayait de gagner du temps mais ne pouvait en imaginer la raison. La vue de Jonathan dans le plus simple appareil n'était pas une nouveauté pour elle. Ils avaient partagé cette même baignoire maintes et maintes fois lors de ses premières semaines à New York. Mais, à présent, planté devant elle, le regard fuyant, il triturait le troisième bouton de sa chemise, comme s'il rechignait à se déshabiller davantage en sa présence. Gwen se pencha pour fermer les robinets. Il en profita pour lui tourner le dos et, tirant sur le col de sa chemise, fit prestement passer le vêtement par-dessus sa tête.

— Qu'est-ce que tu fabriques ?

Ce n'était qu'un détail, elle le savait, mais elle venait d'être témoin de la dernière des petites bizarreries qui émaillaient son comportement depuis quelque temps. Combien de fois l'avait-elle vu ôter sa chemise ? Des centaines au bas mot. Mais elle ne l'avait jamais vu s'y prendre de façon aussi compliquée.

Sa question sembla le perturber. Son regard, imitant celui de la jeune femme, se posa sur la chemise qu'il tenait pressée contre sa poitrine. Les doigts de sa main libre couraient sur la rangée de boutons non défaits. Avec un haussement d'épaules contrit, Corbin se couvrit le torse, lança un regard embarrassé à Gwen et attendit.

— Dois-je en conclure que tu préfères rester seul ou est-ce simplement que tu désires garder secrète la technique à laquelle tu recours pour enlever ton pantalon ?

Les lèvres de Corbin remuèrent sans effet.

— Tu te souviens tout de même de moi, n'est-ce pas ?

Toujours pas de réponse. Seul son regard d'une tristesse accablée lui révéla qu'il avait conscience de l'étrangeté de son comportement, qu'il n'ignorait pas combien sa façon d'agir la déconcertait.

— Je vais te chercher un verre, émit-elle enfin avec un sourire forcé avant de quitter la salle de bains et de refermer la porte derrière elle.

— Tu te souviens tout de même de moi, n'est-ce pas ? lui avait-elle demandé.

Corbin retourna la question dans son esprit tandis que l'eau chaude du bain massait les muscles hypertendus de son cou et de ses épaules. Le double scotch avait rapidement traversé son estomac vide et exerçait déjà une action bienfaisante sur ses pensées, en émoussait les contours. Bien sûr qu'il se souvenait de Gwen. Mais à certains moments, pendant de brefs et fugitifs instants,

50

il l'assimilait à quelqu'un d'autre. A une femme qu'il connaissait sans la connaître. A Margaret.

« Elle a même un nom », songea-t-il. Il se rappelait son visage, sa façon de rire et de parler, pouvait presque sentir la douceur de sa peau veloutée. Margaret. Délicieuse Margaret. Ma bien-aimée. Une merveilleuse jeune femme. Une grande dame. Qui avait le pouvoir de faire de lui l'homme le plus heureux ou le plus malheureux de la terre.

« Margaret ? Margaret, bon Dieu, qui es-tu ? »

Par moments, dans le métro, il avait cru être avec elle. Assis à ses côtés. Avant qu'il se soit levé pour céder sa place à cette autre femme... de qualité.

Une expression qu'il n'avait jamais utilisée de sa vie. Il n'était pas non plus dans ses habitudes de céder sa place à une femme, à moins qu'elle ne fût vieille, exténuée, ou encombrée d'un bébé. Cette fois-ci, pourtant, ce geste lui avait paru naturel. En y resongeant, il n'était plus aussi sûr que cette femme ait été une femme de qualité. Elle puait le fric, mais ce n'était qu'une m'as-tu-vu. Une mijaurée. Aucune de ces réflexions ne l'avait effleuré sur le coup. Il était heureux, alors. Avec Margaret. Et ils se rendaient vers la maison en grès brun où elle vivait. Sauf qu'il n'en était rien. Il l'avait compris en franchissant le seuil de l'appartement de Gwen, quand il avait reconnu l'endroit. Il savait que son trouble et sa déception n'avaient pas échappé à la jeune femme. Il n'était pas chez Margaret. Gwen n'était pas Margaret. Mais elle l'*avait été,* bon sang ! Quelques instants plus tôt. Quand il l'avait aidée à marcher, un bras autour de sa taille étroite, jusqu'à cette maison. Margaret.

Corbin porta la main à son verre et avala une gorgée de whisky. Il aurait préféré un rhum brûlant, par un temps pareil. Ou peut-être une rasade de vin chaud poivré. Deux boissons auxquelles il n'avait jamais goûté de sa vie.

Et cette histoire de chemise ! Corbin ne parvenait pas à comprendre pourquoi il s'était tout à coup senti si honteux à l'idée de se dévêtir devant Gwen. En revanche, il tenait une explication pour la chemise. Il n'en avait détaché que trois boutons parce qu'il avait cru qu'elle n'en possédait que trois. Le reste du vêtement devant être très rigide. Amidonné. Et il l'avait fait passer par-dessus sa tête parce que c'était ainsi qu'il convenait de retirer une chemise qui ne s'ouvrait pas entièrement. Et parce qu'il s'y prenait toujours ainsi. Même s'il savait pertinemment qu'il n'avait jamais porté ce genre de chemise.

Sous l'effet conjugué du double scotch et de la chaleur de l'eau, son angoisse commença à se diluer, à se muer en une sorte de détachement insouciant qui suscita des pensées qu'il aurait normalement refoulées. Des mots qu'il n'aurait osé associer à son état.

Des mots tels que *possession, hantise.*

« Pauvre vieux Jonathan ! Te voilà obligé de te démener comme un beau diable pour essayer de défendre ta vie contre quelqu'un qui cherche à te l'usurper. Un mort. Un fantôme. Qui se met à voir d'autres revenants dès qu'il a accès à tes yeux. Un fantôme qui tue dès qu'il prend possession de tes bras et de tes jambes. Un fantôme éperdument amoureux de Margaret. »

— Qui es-tu, fantôme ? chuchota-t-il à la brume qui montait du bain. Et pourquoi ne te manifestes-tu que lorsqu'il neige ?

Mais ce n'était pas tout à fait exact. Il commença à se demander si ce fantôme n'avait pas toujours été là, présent. Simplement invisible. Chaque fois que, dans sa vie, il avait accompli des actes qui lui avaient après coup paru totalement dénués de sens. Peut-être même lors de l'achat de cette maison dans le Connecticut.

« Était-ce toi, fantôme ? Est-ce moi qui me sens si bien là-bas, ou est-ce toi, en réalité ?

« Et Gwen. Regarde ce que tu fais subir à Gwen. On n'en rencontre pas deux comme elle dans toute une vie. J'ai toujours pensé qu'il y avait quelque chose de pas net en moi. Un manque. En fait de manque, c'était toi, mon salaud. Toi qui me glisses à l'oreille chaque fois que je m'attache à quelqu'un : *Non, pas celle-là. Ce n'est pas la bonne. Celle que tu attends mesure environ un mètre soixante, a de larges yeux bruns pailletés d'or, une bouche sur laquelle erre en permanence un demi-sourire, une chevelure châtain clair lui tombant jusqu'à la taille, taille que tu peux enserrer de tes deux mains.* Je la connais à présent. Margaret. Je l'ai vue. Je lui ai parlé. Mais qui es-tu, bon Dieu ? »

— Qui es-tu à la fin ?

Corbin sut qu'il avait hurlé cette question en en entendant l'écho répercuté par les carreaux de la salle d'eau.

4

Comme le taxi se rangeait le long de Lexington Avenue, devant l'entrée de la Gare Centrale, Raymond Lesko laissa tomber une coupure de dix dollars sur les genoux d'un Marvin Posey éberlué qui s'était plutôt attendu à voir le prix de la course lui passer sous le nez. Lesko était persuadé que la compagnie de taxis ne verrait pas la couleur de cet argent, Marvin n'ayant pas enclenché son compteur au début de leur virée. Mais, avec le billet de dix dollars en poche, le gaillard se sentirait peut-être moins enclin à bavarder. Lesko entendit le claquement significatif du blocage des portières, entreprit d'escalader un remblai neigeux, produit de déblayages successifs, et s'engouffra au pas de charge dans la gare.

Dans le hall, l'ancien flic new-yorkais vérifia l'heure. Quatre heures et demie. Il disposait de vingt minutes avant son rendez-vous avec le mystérieux petit bonhomme qui commanditait ses activités présentes. Lesko acheta le *New York Times* à un vendeur qui avait soustrait son étal à la tourmente et s'était replié, pour pratiquer son petit négoce, près de l'*Oyster Bar*.

Le bar, constata le détective avec soulagement, était quasiment vide. Mais d'ici une heure il grouillerait de banlieusards déprimés, coincés à New York par le mauvais temps, et dont certains ne pourraient même pas rentrer chez eux ce soir, faute de trains.

S'étant juché sur un tabouret, au bout du comptoir, Lesko se commanda une Heineken, qu'il dégusta tout en parcourant son calepin et en y couchant ses tout derniers frais. Ceci fait, il déplia son journal sur la manchette duquel s'étalait un mot unique : BLIZZARD, et passa directement aux pages sportives.

Ce fut une présence muette sur sa droite qui le tira de sa lecture, quelque quarante-cinq minutes et deux bières plus tard.

— Bonjour, monsieur Dancer, fit-il sans même tourner la tête.

54

Depuis combien de temps le petit bonhomme l'observait-il ? L'avait-il suivi ? Il était dans les habitudes de M. Dancer, auquel il ne connaissait pas de prénom, d'arriver en avance à leurs rendez-vous. Il attendait alors, à l'abri des regards, l'apparition de Lesko puis choisissait un coin propice à une conversation discrète.

— Il y a une table qui fera parfaitement l'affaire, dans ce coin, là-bas, entendit-il la petite voix sèche lui chuchoter.

Une pointe d'irritation y avait percé. « Très bien. Laissons ce petit con se demander si je l'épiais depuis aussi longtemps qu'il m'épiait moi. » Lesko plia son journal, empoigna l'anse de sa chope de bière et rejoignit Dancer qui avait déjà pris place, son attaché-case entrouvert devant lui.

— Puis-je avoir l'assurance, monsieur Lesko, attaqua-t-il sans même se fendre d'un bonjour, que vous n'avez pas exercé vos talents de détective sur ma personne ?

— Quand vous louez les services d'un détective, vous louez son instinct, répliqua Lesko d'un ton désinvolte. Je peux néanmoins vous assurer que je ne vous ai pas suivi.

Il se garda bien d'ajouter que si jamais l'envie lui en prenait, il n'irait pas mettre ce petit péteux dans la confidence. Ou de préciser qu'il n'avait pas eu à forcer son instinct pour sentir sa présence dans son dos, vu qu'il s'aspergeait d'assez d'Aramis pour rameuter sur son cul n'importe quelle pédale croisant dans un rayon de cinquante mètres.

Dancer maugréa, indiquant par là que Lesko en était

quitte pour cette fois, et, plongeant le nez dans son attaché-case, se mit à tripoter un objet qui émit des cliquetis sourds.

Lesko n'était pas dupe. L'autre le sondait, vérifiait s'il n'avait pas de micros sur lui et s'apprêtait sans doute à enregistrer ses propos. Le détective en profita pour étudier son employeur. Exercice peu fructueux au demeurant, étant donné que Dancer ne changeait pas d'un poil d'un rendez-vous à l'autre. Il portait comme toujours un luxueux costume trois-pièces bleu nuit. Ses armoires devaient en abriter six autres absolument identiques plus peut-être un modèle bleu à fines rayures pour ses moments de débauche. Ses chemises, probablement de chez Brooks Brothers ou de chez Sulka, étaient invariablement blanches et soigneusement amidonnées, ses cravates d'un pourpre soutenu, excepté la fois où il s'était oublié et avait arboré celle d'un club bien connu. Ses pieds, remarquablements petits, même pour un homme d'une taille si peu remarquable, étaient chaussés de mocassins sobres de chez Bally. Le corps de Dancer présentait une minceur de joueur de squash, ou peut-être d'habitué des courts de tennis, songea Lesko en notant la callosité qui ornait son pouce droit. A son poignet, Dancer exhibait une montre en or Patek Philippe à cadran noir, ne laissant apparaître aucun chiffre. Ce qui seyait parfaitement à sa personnalité. Lesko lui donnait trente-huit ans, bien qu'il pût tout aussi bien en avoir dix de plus.

— Vous buvez quelque chose ? s'enquit Lesko, quoique connaissant parfaitement la réponse.

— Un Perrier, je vous prie, avec deux zestes de citron vert.

Lesko leva mentalement les yeux au ciel tout en

hélant le serveur. Le sombre crétin buvait même de l'eau en vogue.

— Votre rapport, s'il vous plaît.

Dancer poussa son attaché-case entrouvert à un bout de la table. Faisant comme si de rien n'était, Lesko ouvrit son calepin à une page marquée par un trombone.

— J'ai un topo assez complet sur la vie du sujet. Que voulez-vous entendre ?

— Tout, répondit Dancer. Faites comme si je ne savais rien.

L'ancien policier attendit que la serveuse ait déposé sur leur table le Perrier et sa bière accompagnée d'un bol de cacahuètes fraîches et reprit la parole :

— Le nom du sujet est Jonathan T Corbin, né en...

— Que signifie le T ?

— Rien. Il ne s'agit que d'une initiale portée sur son certificat de naissance. Si ce T a jamais signifié quelque chose, tout le monde semble avoir oublié quoi. Bref, Jonathan T Corbin est né à Evanston, Illinois, le 25 décembre 1944.

— Vous êtes sûr ?

Dancer s'était légèrement tendu.

— De quoi ?

— Ça ne fait rien, continuez !

— Les parents étaient feu Agnes Ann Haywood, de Wilmette, Illinois, et le capitaine Whitney Corbin. Le père n'a jamais vu son rejeton. Pilote de l'armée, il fut porté disparu en Europe, le 6 novembre 1944. Sa mort a été confirmée par la suite.

— Vous avez retrouvé la date du mariage des parents du sujet ?

— Ils se sont mariés le 13 juin 1944. Le môme était

déjà en route. Depuis trois mois. Le capitaine avait obtenu une permission au mois de mars de la même année, époque à laquelle Jonathan T Corbin fut conçu.

— Poursuivez...

— C'est tout pour le père. Deux médailles lui furent décernées, une pour avoir bombardé un train et l'autre pour être mort au combat. L'université de Notre-Dame, où il avait suivi ses études, a fait poser une plaque à sa mémoire. Quant à la mère, Agnes Haywood Corbin, elle demeura chez ses parents, mit au monde son enfant et se remaria deux ans plus tard avec un avocat du nom de George Satterthwaite. Ce dernier acheta une maison à Winnetka, et c'est là que l'enfant fut élevé.

— Sous le nom de Satterthwaite ?

— Curieux que vous posiez la question ! Les archives sont loin d'être claires sur ce point. En fait, Satterthwaite adopta le gamin puis effectua une demande de rectification d'état civil. D'ordinaire, les juges n'accordent pas pareille requête à un père adoptif, mais Satterthwaite connaissait naturellement les tribunaux du coin comme le fond de sa poche et n'eut aucun mal à faire passer la combine. Ce qui, en fin de compte, fut peine perdue, car le gosse reprit son ancien nom juste avant d'entrer au lycée. La deuxième requête de rectification d'état civil stipulait qu'il désirait garder son identité et que, d'autre part, Jonathan Satterthwaite était un nom trop long et trop compliqué. Essayez donc de le prononcer quand vous aurez trois ou quatre Perrier dans le nez.

Dancer balaya cette suggestion d'une main impatiente, et Lesko lut sans ses yeux un curieux mélange d'excitation et de contrariété. Ainsi, avait-il l'air de se

58

dire, c'était là, à cause d'une lubie d'avocat, qu'avait disparu le gamin. Dans le fatras des paperasses administratives. Le détective eut l'impression qu'il venait de gagner ses honoraires.

— Cela dit, reprit-il, le gamin acheva ses études au lycée et marcha dans les foulées de son vrai père à Notre-Dame. De bons résultats. Pratiqua les mêmes sports. Cocapitaine de l'équipe de base-ball. Mais il était loin d'être la vedette qu'avait été son père. Son truc à lui, c'était la boxe. Bien classé dans les matches universitaires poids moyens. Il se serait même présenté aux sessions éliminatoires des jeux Olympiques de 1968 si une monocluéose ne l'avait pas foutu par terre. Il enfile toujours les gants de temps à autre au Club athlétique de New York. Le type n'a rien d'une tapette, même s'il n'a pas toujours la tête sur les épaules.

Les sourcils de Dancer s'arquèrent.

— Vous avez trouvé un historique à ce sujet ?

— Sur ?...

— Des traces de comportement irrationnel, de compulsion, de paranoïa...

Lesko étudia le petit homme.

— Qui a dit une chose pareille.

— Vous avez trouvé quelque chose, oui ou non ?

Non, Lesko n'avait rien trouvé. Pas vraiment. Rien dans le passé de Corbin, en tout cas. Enfin, peut-être un petit truc de rien du tout.

— J'ai parlé à un de ses anciens profs qui se souvenait de ce qu'ils appelaient à l'époque une « crise d'identité ». Mais rien de bien sérieux. Le vieux n'en aurait même pas fait mention si je ne lui avais pas dit que j'effectuais une enquête pour le compte du gouvernement.

— Continuez.

— C'est à peu près tout. (« Voyons ce qui va se passer si j'en rajoute un peu. ») Sauf que je ne serais pas surpris que le gamin ait eu des problèmes. Aussi loin que j'aie pu remonter, j'ai constaté que la famille était frappée d'une sorte de malédiction.

Quelque chose passa sur le visage de Dancer. Une altération subtile de ses traits. Comme si ce que Lesko savait l'intéressait subitement plus que les faits eux-mêmes.

— Qu'est-ce que vous me chantez là ?

Solidement accoudé, Lesko se pencha en avant.

— Jonathan Corbin est fils unique. Son père, Whitney Corbin, fils unique également, mourut de mort violente avant la naissance de son fils.

— Les guerres entraînent généralement bon nombre de morts violentes, monsieur Lesko.

— Son grand-père, poursuivit Lesko sans tenir compte de cette intervention, qui s'appelait également Jonathan T Corbin, fut tué en mai 1944, la même année que son fils, par un chauffard qui prit la fuite. Il s'est débrouillé pour se faire tamponner par une bagnole alors que, du fait de la guerre et des restrictions, l'essence était sévèrement rationnée et que seules quelques voitures privées pouvaient encore rouler. Ce grand-père était lui encore un fana de base-ball. Il appartint même à un club célèbre. Passons à l'arrière-grand-père, Hiram Forsythe Corbin, qui décéda dans un accident de chemin de fer, en 1888. Lui non plus n'eut jamais ni frères ni sœurs, et lui aussi mourut avant la naissance de son fils, le premier Jonathan T Corbin, qui naquit le 25 décembre 1888.

Lesko guetta la réaction de Dancer qui, comme la

première fois où il avait été question d'une naissance un 25 décembre, tiqua. Lesko savait qu'il avait levé un lièvre et que, quel qu'il fût, il se cachait dans son calepin. Mais en pièces détachées. Tel un puzzle.

— Un point intéressant à signaler : ces Corbin ont toujours été des plus traditionalistes en matière de noms. Ainsi, le regretté capitaine Whitney Corbin s'était vu donner pour prénom le nom de jeune fille de sa grand-mère. Cependant, personne ne semble s'être soucié de donner à quiconque l'un des noms du grand ancêtre Hiram Forsythe.

— Monsieur Lesko...

Dancer allongea le bras et effleura le calepin de son interlocuteur.

— Je ne doute pas que tous ces faits soient passionnants, mais c'est sur les vivants que mon intérêt se porte en priorité.

— Si c'est aux Corbin vivants que vous vous intéressez, vous n'allez pas avoir grand-chose à vous mettre sous la dent, monsieur Dancer. Le seul membre de la famille qui ait jamais dépassé les soixante piges a été la veuve de ce bon vieux Hiram, qui vécut jusqu'à l'âge de...

Raymond Lesko s'humecta un doigt et entreprit de repartir quelques pages en arrière. Une fois de plus, Dancer tendit la main vers le carnet.

— Pendant que j'y pense, monsieur Lesko, je désire que vous me remettiez vos notes.

Les sourcils de l'ex-policier se haussèrent. Il referma la main sur son carnet, un doigt en marque-page, et découvrit sa superbe denture.

— C'est hors de question, monsieur Dancer.

— Il me les faut, monsieur Lesko. Je les ai payées, que je sache.

— Vous avez payé des renseignements que je sers tout chauds au magnétophone camouflé dans votre mallette. Mais ce carnet m'appartient.

— Je n'ai aucune envie de passer la soirée à en débattre avec vous, monsieur Lesko.

Le petit homme ouvrit grand la main.

— Je le veux, maintenant.

— Arrêtez vos simagrées, monsieur Dancer.

Les yeux de Lesko se durcirent.

Corbin lui avait tout raconté. Tout ce qu'il savait, du moins. Gwen l'avait aidé à sortir de la baignoire, enveloppé d'un peignoir blanc, et l'avait fait allonger à plat ventre sur la carpette rugueuse devant le feu qui ronronnait dans le salon. Puis, revêtue d'une ample et chaste chemise de nuit, elle s'était assise à califourchon sur son dos et, tout en lui massant les muscles des épaules, s'était efforcée de comprendre ce qu'il racontait, de l'encourager. A la chaleur de l'âtre et du corps de la jeune femme, la neige n'était plus pour Corbin qu'un mauvais souvenir.

Il ne savait même pas par où commencer. Il lui parla d'abord de la femme qu'il pourchassait dans la tempête, des choses qu'il avait vues et entendues cette nuit-là, de la gare surélevée, du pont de chemin de fer qui s'était à nouveau matérialisé alors que Gwen et lui couraient vers la station de métro. Il évoqua sa première expérience dans la neige new-yorkaise, quand la ville s'était métamorphosée pour la première fois. Quatre mois plus tôt. En novembre. Une réunion du service commercial, suivie d'un pot au *Warwick,* l'avait retenu en ville plus tard qu'à l'ordinaire. Le matin suivant, il en avait rejeté la faute sur son imagination débridée et quelques scotches de trop. Son esprit avait simplement visionné une scène d'un vieux film oublié. *Hantise. La splendeur des Amberson.* Mais il avait reneigé.

— Et le Connecticut, c'est là que tout a commencé, n'est-ce pas ? murmura-t-elle.

Oui et non. Tout avait commencé avec l'autre femme. Margaret. Il était vrai que son nom venait juste de lui revenir, qu'elle venait à peine de reprendre forme. Mais il lui semblait qu'elle avait été là toute sa vie. Quand il était petit garçon. Dans ses rêves troubles, ses peurs nocturnes, il sentait qu'elle le serrait contre elle, le berçait dans ses bras. Puis à l'époque de l'université, mais sous une forme différente. Jusque-là, elle n'avait été que la figure fantomatique mais réconfortante d'une mère ou d'une tante. A son adolescence, elle était devenue une jeune fille de son âge, aimante, généreuse, brillante et gaie. Jonathan était sorti avec bon nombre de filles pendant ses années universitaires. Mais aucune ne lui avait paru aussi merveilleuse que cette femme dont il ignorait le nom.

Margaret.

En y repensant, Corbin comprit que sans Margaret il ne serait sans doute jamais venu à New York. Il serait resté à Chicago avec Gwen. Elle ne l'aurait pas quitté après deux ans de vie commune. Deux merveilleuses années.

— Nous devrions songer à nous marier, disait-elle. Juste y songer.

Jonathan acquiesçait :

— Oui, nous devrions y songer.

Et le temps passait.

— J'ai vingt-huit ans, disait-elle. Si je dois avoir des enfants, un au moins, il vaudrait mieux ne pas trop tarder.

— Bien sûr !

Il souriait. L'idée lui plaisait. Avoir un enfant de Gwen, un fils. Il concluait :

— Nous devrions y penser.

— Mais nous y avons pensé et repensé !

— Bientôt. Nous prendrons une décision bientôt !

— L'idée te séduit, Jonathan, mais dès que nous parlons de passer aux actes, tu commences à regimber. Tu veux des enfants, oui ou non ?

— Oui.

— Mais pas, si je comprends bien, s'il faut en passer par le mariage. Pourquoi, Jonathan ? Tu penses que je ferais une mère indigne ? Tu considères peut-être que je me suis déshonorée en vivant avec toi dans le péché ?

— Pour l'amour de Dieu, Gwen !

— Jonathan, veux-tu oui ou non m'épouser ?

— Gwen...

Il lui avait pris les mains.

— Je t'aime. Sincèrement. Mais je ne peux pas t'épouser. Je veux dire... j'ai besoin d'un peu de temps pour réfléchir.

Elle l'avait pressé de prendre une décision. Il n'avait pu s'y résoudre. Pour des raisons qu'il n'aurait jamais osé lui avouer. Des raisons tellement stupides. Puériles. Comment lui parler de la femme qui habitait son imagination ? Ça aurait eu l'air si bête. Si blessant.

Et puis, il y avait l'autre fantôme. Un homme. Pas celui en qui il se transformait lorsqu'il neigeait. Celui-là était grand, plus grand que Corbin, et très maigre. Habillé comme un croque-mort. De même que la femme aux yeux noisette, il vivait depuis toujours dans un recoin de son esprit. Et il haïssait Corbin. Comme il aurait haï la femme et les enfants que Corbin aurait pu avoir. Assez pour vouloir leur mort.

Corbin ne craignait pas vraiment l'homme en noir et sa haine. En avoir peur serait revenu à reconnaître qu'il était réel. Et à admettre ce que Corbin soupçonnait depuis longtemps : que dans le même repli de son esprit où résidait l'homme une certaine folie avait pris racine et croissait inexorablement. Il ne pouvait demander à Gwen de partager cela. Il devait se battre seul. A un contre un, comme sur le ring. A part que, sur le ring, l'adversaire était à portée de main, ou plutôt de gant.

Gwen resta avec Jonathan. Mais un nuage planait sur leur bonheur. Quelques mois plus tard, un travail lui fut proposé à New York, pour le double de son salaire. Son patron lui déclara à regret qu'elle serait folle de laisser passer une occasion pareille. Elle demanda un mois de réflexion. On lui accorda dix jours. Au soir du neuvième, elle invita Jonathan au restaurant.

— Je te pose une dernière fois la question...

Sous la table, sa main chevauchait, légère, celle de Jonathan.

— Veux-tu m'épouser ?

— Le boulot t'intéresse ?

Jonathan baissa les yeux.

— Tu songes réellement à accepter ?

— Bien sûr, je vais devenir productrice à part entière.

— Je veux bien t'épouser...

— Mais ?

— Mais j'ai encore besoin de réfléchir.

— De réfléchir seul ?

— Peut-être.

Jonathan avait simplement voulu dire que s'il restait seul quelque temps, seul face à lui-même, ses fantômes émergeraient peut-être plus nettement de l'ombre. Il saurait enfin qui ils étaient, s'ils étaient réels ou non. Mais Gwen entendit autre chose. « Je t'aime bien, mais pas autant que tu le souhaiterais, et je ne suis pas sûr d'avoir besoin de toi. »

— Tu me manqueras, Jonathan.

Une semaine plus tard, Gwen s'était envolée pour New York.

Ce fut environ quinze jours après son départ que Jonathan réalisa son erreur. Une erreur colossale. Son sentiment d'abandon était si grand qu'il évinça ange et démon. Ils ne se manifestèrent plus, s'étaient évaporés. Il appelait Gwen chaque jour du bureau, puis à nouveau le soir pour lui souhaiter une bonne nuit, s'envolait chaque week-end pour New York. Gwen se montrait tendre, aimante, mais plus réservée que par le passé.

Soudain, au milieu du mois d'août, un poste se libéra à New York. Ben Tyler, le responsable des programmes de sport, avait été victime d'une attaque en jouant au tennis. Les médecins conclurent que sa vie n'était pas en danger mais qu'il ne pourrait reprendre ses activités à plein temps avant un an au moins. La chaîne proposa sa place à Corbin, qui sauta sur l'occasion. Gwen joua la surprise quand il l'appela pour lui annoncer la nouvelle. Mais il savait déjà par Bill Stafford, son nouveau patron, avec quelle insistance elle avait intercédé en sa faveur.

Il s'installa à New York le week-end du Labor Day. La chaîne avait besoin de lui sur place pour la rentrée de la saison de football. Gwen prit l'avion pour aller l'aider à boucler ses valises. Après que Corbin lui eut avoué s'être comporté comme un imbécile et l'eut remerciée pour sa patience, ils firent l'amour par terre, au milieu des cartons.

— Était-ce... est-ce à cause d'une autre femme ?

Corbin secoua la tête et l'embrassa.

— J'ai besoin de savoir, Jonathan.

— Il n'y a pas d'autre femme.

Il vrilla son regard dans le sien.

— Il n'y a jamais eu d'autre femme.

Ce n'était pas vraiment un mensonge.

Après ses premières semaines à New York, Jonathan crut avoir gagné la partie. La femme aux yeux piquetés d'or et l'homme en noir s'étaient repliés au tréfonds de leur sombre domaine. Il était de toute façon trop préoccupé pour leur accorder la moindre pensée. Son travail lui plaisait. Il devait loger chez Gwen jusqu'à ce qu'il se soit trouvé un endroit à lui. Gwen s'était montrée très ferme sur la question. L'un et l'autre avaient besoin de faire le point avant de se lancer dans un projet commun à long terme.

En attendant, ils ne se quittaient plus. Ils cherchaient ensemble son futur appartement, faisaient les magasins, exploraient de nouveaux restaurants, des musées, assistaient à des spectacles à Broadway, goûtaient à tous les plaisirs que leur offrait la grande ville en automne. A la fin du mois d'octobre, un jeudi, Corbin déposa une importante caution pour retenir un petit appartement, juste au-dessus du pont de Queensborough, libre trois semaines plus tard.

— Tu sais ce qui serait chouette ? avait lancé Gwen. Nous devrions célébrer l'événement en nous offrant un week-end à la campagne.

Dans le Connecticut, les couleurs du feuillage étaient au faîte de leur splendeur, et Gwen connaissait une charmante petite auberge à Greenwich. Une vieille demeure victorienne restaurée, garnie de meubles d'époque. Ce qui lui donna une nouvelle idée.

— Pourquoi ne jouerions-nous pas le jeu à fond ? Tu vas t'acheter un canotier et un pantalon de coutil blanc. J'ai, dans mon armoire, une vieille robe de grand-mère, toute bleue, avec des ruches. J'arriverai peut-être à me dégotter une ombrelle. Nous ferons des parties de croquet, nous nous baladerons tranquillement autour de la *Homestead*...

— La *Homestead* ?

Son visage avait pris une expression rêveuse.

— Tu connais ?

— Non.

Il cilla.

— Non, je n'ai jamais mis les pieds à Greenwich.

La *Homestead*. Un nom courant. Mais Corbin se demanda si l'auberge n'était pas blanche avec des volets noirs, et si elle ne dominait pas, juchée au sommet d'une éminence, une pelouse escarpée.

Le week-end qu'ils y passèrent fut parfait d'un bout à l'autre. Dans leur chambre, une délicieuse reconstitution victorienne, ils découvrirent un lit bateau en acajou, des lampes Tiffany, un bouquet de fleurs artificielles sous verre et une imposante commode en noyer surmontée d'un plateau de marbre rose. Bien qu'une salle de bains moderne lui ait été adjointe, la pièce était équipée d'une antique cuvette et d'un broc rempli d'eau parfumée au lilas.

Dans la salle à manger à haut plafond, une ancienne

étable dont les poutres avaient récemment été dégagées, ils prirent place sur des chaises Windsor.

Le menu, quoique fort alléchant, désappointa Corbin qui rêvait de canard de Barbarie, spécialité ne figurant pas sur la carte. Il jugeait en outre qu'un sorbet au marasquin aurait été le bienvenu entre chaque plat. Et le terrapin ? Comment un repas digne de ce nom pouvait-il ne pas comporter de terrapin ? Ils se firent servir une savoureuse bisque de moules suivie d'un copieux assortiment de gibier : cailles, faisan, chevreuil, perdrix. Point de coq de bruyère. Une regrettable lacune.

Après le dîner, les deux jeunes gens allèrent prendre le frais sur la terrasse, un verre de cognac à la main. Alors qu'il se tenait là, un bras passé autour de la taille de Gwen, Jonathan laissa son regard dévaler le tapis de pelouse qui rejoignait la route. L'envie de s'éclipser avec sa compagne pour aller prendre un bain de minuit l'effleura alors. A l'abri d'une petite crique cachée juste derrière le rideau d'arbres sur la droite. Avec un sourire entendu, il chassa l'idée de son esprit. Même si la baie en question existait, et rien ne le prouvait, on était déjà à la fin du mois d'octobre. L'eau se révélerait sans doute plus tonique qu'il ne s'était plu à l'imaginer. A cette pensée, il frissonna et se remémora la quiétude et le confort de leur chambre.

— Je n'ai jamais fait l'amour dans un lit bateau, murmura Gwen, comme si elle avait lu dans ses pensées.

Le samedi, après un tardif petit déjeuner au lit, ils allèrent flâner vers les demeures cossues de Belle Haven. Et ce fut en revenant de leur promenade que Corbin vit pour la première fois l'auberge à la lumière du jour. Elle ressemblait fort à l'idée qu'il s'en était faite lorsqu'il avait entendu Gwen en prononcer le nom la semaine précédente. A ceci près que ses murs étaient marron et non blancs, et qu'elle était flanquée d'annexes qui n'avaient pas figuré dans sa vision.

Après un déjeuner léger, ils décidèrent d'aller jouer au croquet. Gwen avait revêtu, comme promis, sa désuète robe bleu pastel dont le col se fermait par un camée. Corbin avait pour l'occasion, et pour le plus grand plaisir de la jeune femme, acheté non seulement un canotier mais encore un blazer blanc à rayures brunes et un pantalon en coutil. Quelques joueurs applaudirent lorsque le couple fit son apparition sur le parcours de croquet, et Gwen, enchantée par l'enthousiasme de son public, décida de jouer les jeunes victoriennes effarouchées. Elle insista pour que Corbin se place derrière elle et l'aide à soulever son maillet, puis parut se choquer quand il s'exécuta. Cette petite comédie achevée, elle se mit en devoir de le battre à plate couture, en trichant sans vergogne. Corbin jubilait. Chaque instant de ce week-end le ravissait. Dans le train qui les ramenait à New York, le dimanche soir, il affirma à Gwen que ce week-end avait été, et de loin, le plus heureux de son existence et que Greenwich, ou ce qu'il en avait vu, lui semblait l'endroit le plus charmant du monde.

Le jour suivant, son employeur demanda à Gwen de se rendre à Londres sur-le-champ, afin d'y négocier l'achat des droits sur une production de Thames TV. Elle ne pouvait se permettre de dire non. Corbin la conduisit à l'aéroport et l'accompagna jusqu'à la porte d'embarquement. Il lui dit au revoir d'une voix voilée et prétendit s'être enrhumé.

— Je t'aime, répondit-elle.

Corbin se dit qu'il tenait là une bonne occasion de prendre le temps de lire, de jouer au tennis, ou encore d'aller voir deux ou trois de ces films à l'hémoglobine que Gwen ne pouvait souffrir. Il s'appliqua à se persuader que deux semaines de solitude lui feraient le plus grand bien. Mais à peine fut-il de retour dans l'appartement de son amie qu'il put pour la deuxième fois juger de la véracité du vers « Un seul être vous manque et tout est dépeuplé. » Il se remémora avec nostalgie leur intimité à la *Homestead.*

Le vendredi suivant, ne pouvant supporter la perspective d'un week-end solitaire à New York, il se laissa porter, à la sortie du bureau, par le flot d'hommes et de femmes qui se déversait vers la Gare Centrale. Pourquoi pas ? Il ne se sentait pas d'humeur à retourner à la *Homestead.* Sans Gwen, le charme serait rompu. Mais quel mal y aurait-il à explorer Greenwich un peu plus sérieusement ? Il pourrait rentrer à New York le soir même ou coucher sur place.

Il passa la nuit à Greenwich. Il s'y sentait bien sans savoir exactement pourquoi. Mais à quoi bon chercher une raison ? Ça valait toujours mieux que de cafarder à New York. Greenwich se révéla être une petite ville adorable, pleine de superbes demeures, de jardins splendides, de gens élégants, de femmes en tenue de tennis. Les feuilles y ressemblaient, avec leurs teintes rouge et or, à des bijoux japonais. Après avoir passé la matinée à flâner et à respirer l'air vivifiant de l'endroit, il décida de déjeuner dans un grand hôtel qui, du moins croyait-il s'en souvenir, se dressait sur la berge du Long Island Sound. Mais il ne le trouva pas. Il avait dû confondre. Aucune importance, l'endroit ne manquait pas de restaurants engageants. Alors qu'il se dirigeait vers le plus proche d'entre eux, il croisa une agence immobilière dans la vitrine de laquelle étaient exposés une douzaine de clichés de maisons à vendre. Corbin stoppa net. Deux d'entre elles ressemblaient à la *Homestead*. Des demeures victoriennes. Mais moins vastes. Pensif, il alla déjeuner. L'après-midi, il était de retour à New York.

Le mercredi suivant, il reprit un train pour Greenwich. Il savait que cette expédition ne rimait à rien. Mais il adorait Greenwich. Il passerait deux ou trois heures là-bas et sauterait dans le dernier train pour New York. Ça ne pouvait pas lui faire de mal. Le jeudi soir, il renouvela l'expérience. Gwen lui téléphona de Londres le vendredi soir pour savoir comment les choses se passaient.

— Bien, répondit-il. Dépêche-toi de revenir.

— Plus qu'une semaine. Je t'aime.

Aussitôt après, il boucla son sac et partit pour Greenwich.

Bien que n'ayant pas l'impression d'avoir ferré un client sérieux, l'agent immobilier, une quadragénaire répondant au nom de Marge, se montra amicale et serviable. Corbin avait demandé à voir des demeures victoriennes, et elle lui en fit visiter six. Aucune ne sut éveiller son intérêt.

— Que cherchez-vous exactement ? finit-elle par lui demander.

— Je ne suis pas vraiment fixé.

— Mais vous reconnaîtriez la maison de vos rêves au premier coup d'œil ?

— Je crois, oui.

Juste au-dessus de Post Road, non loin de Greenwich Avenue, une propriété assaillie de broussailles attira l'attention de Corbin. Au milieu du parc s'élevait une maison qu'il put à peine apercevoir derrière les saules

72

pleureurs qui la dissimulaient. Il demanda à Marge de faire demi-tour.

— Celle-ci ?

— Oui.

Elle engagea sa voiture dans l'allée de gravier, où traînait, malmenée par le vent, une pancarte *« A vendre »*.

— Cette maison est dans votre agence ?

— Elle est dans toutes les agences de la ville. Depuis deux ans. Je me dois de vous avertir qu'elle est loin d'être en bon état. Cette affaire ne pourra intéresser que quelqu'un étant à la recherche d'un terrain.

— Et qui fera raser la maison ?

— N'en feriez-vous pas autant ?

— Allons jeter un œil à l'intérieur.

Avant même que Marge n'ait ouvert la porte, Corbin savait à quoi ressemblerait le rez-de-chaussée. Une petite pièce sur la droite. Un escalier central. Une cuisine sentant la soupe de légumes sur la gauche. Un chemin d'escalier rose, fixé avec des tringles de laiton. Il ne « voyait » pas l'étage et se contenta d'imaginer la disposition des chambres.

Le rez-de-chaussée lui apparut exactement tel qu'il se l'était représenté.

— Vous savez qui a vécu ici auparavant ? demanda-t-il à Marge.

— Le seul propriétaire dont j'ai souvenance était le vieux Mullins. Comme vous pouvez le constater, il n'avait pas les moyens d'entretenir l'endroit. Il a fini ses jours dans une maison de retraite.

— L'allée n'était-elle pas bordée de treillis sur lesquels grimpait de la vigne ?

— Oui, avant que le tout ne tombe en poussière. Vous connaissiez cette maison ?

— Non.

Corbin évita son regard.

— Mais je connais bien les maisons de ce style.

— Heu... écoutez, monsieur Corbin.

— Jonathan.

— Jonathan, vous n'envisagez pas sérieusement d'acheter cette ruine ?

— Je crois bien que si !

— Vous êtes célibataire, je crois ?

— Plus ou moins fiancé.

— J'espère que c'est plus que moins. Ce n'est pas un environnement pour un célibataire, ici. Il y a surtout des couples mariés avec de grands enfants. Vous aurez du mal à vous faire des amis.

— Marge, la perspective de toucher votre commission n'a pas l'air de vous enthousiasmer beaucoup, dites-moi !

— La commission ferait bien mon affaire. J'ai justement besoin d'une nouvelle voiture. Mais j'aimerais autant la toucher sur une maison dans laquelle vous vous plairez. Vous pourrez avoir celle-ci pour une bouchée de pain, mais il vous faudra débourser au minimum trente mille dollars pour la remettre en état. Vingt mille si vous êtes un champion du bricolage. Est-ce le cas ?

— Pas spécialement.

— Vous voulez réfléchir jusqu'à demain ?

— Je suppose que ce serait en effet plus sage.

— Je vous ferai visiter autre chose, je viens de penser à une maison adorable à Riverside.

— Bien.

Mais à neuf heures le lendemain matin, il lui remettait le chèque qui faisait de lui le propriétaire en titre de la maison Mullins.

— C'est dans le Connecticut que tout a commencé, n'est-ce pas ? lui avait demandé Gwen.

Oui. Oui et non.

— Cette fois, je crois que tu es vraiment tombé sur la tête ! s'exclama-t-elle le jour de son retour de Londres.

Il l'avait fait monter dans la Datsun d'occasion qu'il venait de s'acheter et l'avait conduite à Greenwich.

— Elle ne te plaît pas ?

Corbin eut l'air déçu.

— Mais c'est le même style que la *Homestead*. Ou du moins ça le sera quand je l'aurai retapée. Dorénavant, tu sauras où passer tes week-ends !

— Tu aurais pu m'en parler avant, Jonathan.

— Mais c'est un investissement. Ce n'est pas comme si j'allais l'habiter à demeure. Je n'y viendrai que deux ou trois week-ends par mois. Je garderai l'appartement de New York.

A la vérité, Corbin n'avait pas songé à l'avenir. L'appartement qu'il avait retenu lui était complètement sorti de la tête.

Il ne passa que quelques rares nuits à New York. Quelques rares nuits avec Gwen. La plupart du temps, il attrapait le premier train possible pour arriver à la maison Mullins avant 19 heures. Là, il travaillait d'arrache-pied, grattant, ponçant, replâtrant, oubliant le plus souvent de dîner, jusque vers minuit.

Il ne comprit pas pourquoi Gwen paraissait lui en vouloir. Il constata seulement qu'elle était de moins en moins disponible, mais resta persuadé qu'elle reviendrait à de meilleurs sentiments une fois qu'elle verrait la maison achevée, quand les papiers peints seraient posés, les pièces meublées. Alors, chacun de leurs week-ends serait aussi heureux que celui passé à la *Homestead*. Aussi heureux qu'il l'était, lui.

Depuis cette visite à la maison Mullins, Gwen ne l'avait plus vu heureux. Hormis pour Thanksgiving. Il rayonnait comme un collégien lorsqu'elle était arrivée pour le week-end. Il était si fier de ses travaux dans la maison et du déjeuner, qu'il avait préparé à l'aide d'un vieux livre de recettes victoriennes, qu'elle fit l'impossible pour ingurgiter sa farce d'huîtres et sa purée de navets sans grimacer. Les meubles de la salle à manger, qu'il avait dénichés à une vente aux enchères, étaient d'authentiques antiquités victoriennes. Le reste de la maison était vide, ou presque.

— Mais attends Noël. A Noël, tout sera parfait.

Entre Thanksgiving et Noël, il neigea à plusieurs reprises, et Jonathan commença à changer. Au début, Gwen ne fit pas la relation entre son comportement et la neige. Elle s'aperçut simplement qu'il se faisait porter malade plus souvent qu'à son tour. Il lui fallut un certain temps pour se rendre compte que chaque fois qu'il attrapait la grippe ou souffrait d'une rage de dents, il neigeait. Son absentéisme commençait à faire jaser dans les bureaux. Quand elle tentait d'en discuter avec lui, il liquidait la question d'un « ... simples coïncidences, je joue de malchance, voilà tout ».

A présent, il passait tous ses loisirs à Greenwich et semblait à peine se souvenir de Gwen. Ce que la jeune femme avait de plus en plus de mal à supporter. Quand il lui téléphona pour l'inviter à Greenwich, à l'occasion de Noël, elle refusa d'emblée. Mais la déception de Jonathan lui parut si sincère qu'elle se laissa fléchir. Une visite à la maison Mullins lui permettrait au moins d'avoir avec son nouveau propriétaire une explication sérieuse. Finalement, ce Noël fut agréable et tendre. Gwen dut reconnaître que la maison était joliment arrangée et le réveillon victorien délicieux. Mais elle ne parvint pas à avoir avec Jonathan la conversation souhaitée.

Il neigea beaucoup en janvier. Jonathan ne fit que de rares apparitions au bureau. Ce fut Sandy Bauer qui la première passa voir Gwen dans son bureau pour lui confier combien elle était inquiète.

— Je ne comprends pas, avait-elle dit. En ce moment même, il est dans son bureau, le nez à la fenêtre. Littéralement terrorisé. Terrorisé par la neige !

Il était déjà parvenu aux ascenseurs quand Gwen le rattrapa.

— Une réunion à l'autre bout de la ville, tenta-t-il de bluffer.

Il était déjà en retard, devait se dépêcher.

— A d'autres ! avait-elle répliqué. Explique-moi, Jonathan, dis-moi ce qui t'arrive, bon sang !

— Rien, tout va bien. J'ai juste un peu de température.

— Arrête de me raconter des salades ! Où vas-tu ?

— A l'autre bout de la ville. Écoute, je t'appellerai.

— Je viens avec toi. Je te suivrai, s'il le faut !

Et elle le fit. Sans prendre le temps d'enfiler son manteau, elle lui emboîta le pas. Elle le vit éviter des obstacles qui n'existaient pas, plisser les yeux pour distinguer des choses invisibles pour elle, décela sur son visage une terreur grandissante.

— Qu'y a-t-il, Jonathan ?

Elle s'accrocha à la ceinture de son trench-coat.

— Laisse-moi, je t'en supplie.

— Je vais hurler au meurtre si tu ne me réponds pas. Tu te drogues ? Tu as des hallucinations ?

— Gwen, par pitié !

Ses yeux affolés louvoyaient en tous sens. Soudain, il l'attrapa par l'épaule et l'attira vers lui comme pour laisser passer quelqu'un. Mais il n'y avait personne aux alentours.

— Que vois-tu, Jonathan ? De quoi as-tu si peur ?

Frissonnant, elle mit ses bras autour de son cou et déposa un baiser sur sa joue rougie par le froid. A son grand étonnement, il la serra contre lui, timidement d'abord, avant de l'étreindre farouchement. Ils demeurèrent enlacés quelques longues minutes, puis il murmura, avec infiniment de tendresse :

— Je dois te quitter maintenant, très chère. Mercredi, je te rendrai visite mercredi.

— Quoi ?

Son ton avait été si étrange. Elle inclina la tête, le dévisagea et fit un pas en arrière.

— Jonathan ?

— Porte-toi bien, ma bien-aimée.

Il lui fit un baisemain, esquissa une révérence puis redressa le chapeau qu'il ne portait pas et s'éloigna d'une démarche leste, comme si tout allait pour le mieux dans le meilleur des mondes, sous le regard abasourdi d'une Gwen Leamas statufiée.

L'homme qui se faisait appeler Dancer inspecta

l'*Oyster Bar*. Des banlieusards moroses occupaient les autres tables et s'agglutinaient autour du bar.

La conversation avait pris un tour inquiétant. Mais il lui restait encore beaucoup de choses à apprendre de Lesko et sur Lesko.

— Je considère que ma requête n'a rien de déraisonnable, monsieur Lesko. Puis-je savoir pourquoi vous faites tant d'histoires pour quelques pages de gribouillis dont vous connaissez certainement le contenu par cœur ?

— Une affaire de principe.

— Vraiment ?

Dancer se permit un demi-sourire.

— Ce principe s'appelle couvrir ses arrières. Si vous êtes avocat, comme votre côté pinailleur très prononcé me donne à le croire, vous connaissez la différence, en tant que preuves, entre des notes originales et une reconstitution orale des faits. Vous savez également, je présume, qu'aucun flic ou journaliste n'acceptera jamais de se défaire de ses notes.

— O.K., monsieur le flic défroqué.

— Policier à la retraite, rectifia Lesko.

Dancer se carra sur sa banquette, croisa les bras et débattit *in petto* de l'opportunité de rappeler à cette crapule qu'il s'en était fallu d'un cheveu que sa mise à la retraite d'office ne soit suivie d'une inculpation pour trafic de drogue et meurtre. Mais il jugea que mettre Lesko sur la défensive ne lui rapporterait rien de bon, d'autant que ses transgressions passées pourraient se révéler fort utiles dans un avenir proche.

— Continuez, je vous prie, finit-il par dire en se penchant vers Lesko.

Le détective soutint le regard de Dancer pendant un

long moment, se demandant s'il devait reprendre là où l'autre l'avait délibérément interrompu, alors qu'il évoquait la veuve d'Hiram Corbin, mère du premier Jonathan Corbin. La digne femme s'était faite octogénaire, ce qui n'avait rien de remarquable en soi, même pour un Corbin. Sauf qu'elle n'était pas, elle non plus, morte de sa belle mort.

Lesko feuilleta quelques pages de son carnet, histoire de laisser Dancer se mâchonner les lèvres quelques secondes de plus.

Il n'avait pas vraiment besoin de notes. Il se souvenait. Une coïncidence. Mme Hiram Corbin, née Charlotte Whitney, de Baltimore, était elle aussi passée de vie à trépas en mars 1944. Un accident. Asphyxie. Elle s'était éteinte dans son sommeil, alors que la veilleuse de son chauffage au gaz en avait fait de même, pour une raison indéterminée. Pas plus d'autopsie que d'enquête. Étrange. Une enquête aurait dû être ouverte. Vu la date, surtout. 19 mars 1944. Deux jours avant le 21 mars de la même année. Date à laquelle son fils de cinquante-cinq ans s'était, lui, fait tailler un short par une voiture en plein Chicago. Les faits étaient là, la vénérable Charlotte Corbin, femme connue du tout Chicago, et son fils unique, Jonathan Corbin, premier du nom, avaient glissé dans l'autre monde à deux jours d'intervalle, et il ne s'était trouvé personne d'assez concerné pour se poser des questions. Même pas leur petit-fils et fils, le capitaine Whitney Corbin ? Voyons voir... Mai 1944... C'est à cette époque qu'il mettait en route son propre marmot, notre Jonathan Corbin d'aujourd'hui. Rappelé pour un double enterrement, il avait dû se consoler dans le lit d'Agnes Haywood avant de regagner l'Angleterre. Les dates concordaient. Corbin, le Corbin actuel, était

80

né un 25 décembre, ce qui signifiait qu'il avait été conçu autour du 25 mars. Donc Whitney avait bénéficié d'une permission d'une semaine au moins. A supposer que quelqu'un ait voulu buter tous les Corbin, comment avait-on pu rater le capitaine ? Des doubles funérailles. Beaucoup de monde. Des amis partout. Trop de monde. Et la mort de Charlotte Corbin avait dû avoir les honneurs de la presse. Peut-être n'avait-on pu approcher Whitney ou voulu prendre le risque d'un triple enterrement. Ou peut-être que lorsque l'on s'était mis à sa recherche, le beau capitaine s'était déjà calfeutré quelque part avec Agnes. Quand il était revenu, en juin, pour épouser la future maman, il avait dû se pointer à l'église escorté par la moitié de l'armée de l'air. Intouchable. Peut-être s'était-on finalement décidé à attendre sagement la fin des hostilités, ou que Hitler se charge lui-même de la sale besogne.

— Monsieur Lesko...

Dancer fit tinter le stylo en or qu'il n'avait cessé de tripoter nerveusement contre le rebord de son verre. Lesko reposa son carnet sur la table et épia le regard du petit homme. Il le vit s'arrêter sur les notes qu'il venait de parcourir, sur les dates.

Lesko fit voleter ses pages et se pencha sur celles concernant les activités du vivant.

— Le sujet, se remit-il à lire, fut muté en septembre dernier à New York, au quartier général de la chaîne WLAD.TV. Il avait vécu huit ans à Chicago, au 1500 North State Street. Pendant les deux dernières années, il avait partagé son logis avec une journaliste travaillant pour la même boîte. Son nom est Gwendolyn Fiona Leamas. Gwen pour les intimes. Une Anglaise. Son arrivée à New York précéda de six mois celle du sujet. Il se peut que son affectation à la maison mère ait pesé sur la décision du sujet de venir s'installer sur la côte Est. Pour ma part, je suis enclin à penser que non, car, depuis son arrivée, hormis pendant une courte période de vie commune, ils ne se sont guère vus. Le couple va à vau-l'eau, à vrai dire.

— Pourquoi, dans ce cas, est-il venu ici ? Vous avez une idée sur la question ?

— Un meilleur job.

Lesko haussa les épaules et ajouta :

— La maison mère.

— Aucun indice d'un intérêt soudain pour New York ? Pas de visites à caractère non professionnel dans la ville avant son déménagement ?

— Non.

Lesko se souviendrait de l'anxiété qui avait percé derrière ces questions. Il reprit :

— Le poste devint vacant quand le type qui l'occupait tomba malade. La fille, Gwen Leamas, recommanda Corbin, mais on lui aurait sans doute proposé la place de toute façon.

— L'adresse de cette fille ?

— 145 77e Rue Est. Deuxième étage. Corbin s'y trouve probablement à l'heure qu'il est. Et il y restera tout le week-end.

— Vous avez pourtant dit que le couple ne fonctionnait pas très bien.

Lesko haussa une fois de plus les épaules.

— Ça va, ça vient.

— O.K., continuez.

Dancer s'humecta les lèvres.

— Je m'intéresse aux activités personnelles de Corbin depuis son arrivée ici.

82

Lesko narra à Dancer comment, après avoir déposé une caution pour se réserver un appartement du côté de la 60e Rue, Corbin avait brusquement laissé tomber pour acheter une vieille bicoque à Greenwich.

— La fille qui la lui a vendue m'a servi une connerie d'agent immobilier du style : cette maison fera le bonheur d'un bricoleur. Mais il était visible qu'elle trouvait Corbin un peu siphonné. De plus, d'après ce que je sais, le sujet n'avait jamais ce qui s'appelle planté un clou de sa vie. Et le voilà, heureux comme un cochon dans sa bauge, qui passe toutes ses soirées et ses week-ends à refaire les plâtres et à chiner afin de redonner à l'endroit l'aspect qu'il devait avoir il y a un siècle. Quant aux voisins, ils n'arrivent pas à décider s'il s'agit d'un doux dingue ou d'un pédé. Aussi, dans le doute, s'abstiennent-ils d'entretenir des relations avec lui.

— Conclusion ?...

— Je n'en ai pas.

— Vous relevez des indices de comportement instable, et vous ne concluez pas à l'instabilité ?

Raymond Lesko s'octroya une rasade de sa bière.

— Quelle instabilité ? Ce type s'est découvert un hobby qui le branche. Les autres résidents du coin passent bien leur temps à glander sur leurs bateaux ou à collectionner des canards en plâtre.

— Pourtant, d'après ce que vous m'avez dit, Corbin n'avait jusque-là jamais fait montre du moindre intérêt pour la réfection de vieilles demeures. Un hobby à présent si dévorant qu'il passe son temps à rechercher des tapisseries d'époque.

— J'ai dit « autant que je sache ». Peut-être s'y était-il mis avant !

— Mais ce n'est pas votre impression ?

— Non.

Lesko ne se souvenait pas avoir dit à Dancer que Corbin recherchait des tapisseries d'époque. Quelqu'un devait suivre de près l'évolution de ses travaux.

— Vous avez cependant évoqué une crise d'instabilité au lycée.

— Je n'ai pas dit cela.

— Une histoire de confusion mentale, alors.

L'ex-flic y alla d'un nouveau haussement d'épaules. Confusion mentale. Ce vocable en valait bien un autre pour les gogos qui essayaient de régler leurs problèmes chez les psys. Pour en revenir à Corbin, son histoire de « confusion » pouvait être due à n'importe quoi. La peur de ne pas être digne de son héros de père. Peut-être s'était-il fait larguer par une gonzesse. Ou alors il n'aimait déjà pas la neige, à South Bend. Ce qui nous ramenait au présent. A l'après-midi même.

— Ce type ne peut pas blairer la neige.

— Pardon ?

— Le sujet, Jonathan Corbin, déteste la neige. Si vous êtes à la recherche de problèmes psychologiques, vous voilà servi. Quand il neige, il ne met pas le nez dehors. Je tiens ça d'un de ses collègues. Beaucoup d'entre eux traînent leurs guêtres au *Warwick* après le boulot. Je me suis fait passer pour un pékin de Chicago qui avait vaguement connu J.C. là-bas. J'ai payé deux verres au type, et il m'a dit que tout le monde aimait bien Corbin, mais qu'on commençait à sérieusement s'inquiéter, dans la maison, de sa phobie des flocons blancs. S'il tombe ne serait-ce que trois centimètres de neige, ils ne le voient plus pendant deux jours. Ça finit par faire un paquet de jours d'absence au bout de l'hiver !

84

Dancer fronça les sourcils, l'air de ne pas bien saisir, ce qui ne manqua pas de décevoir Lesko.

— Bref, quand la radio a annoncé qu'il y avait un risque de chutes de neige aujourd'hui, je me suis pris une chambre au *Warwick* d'où j'ai pu observer notre bonhomme. Eh bien, c'est tout ce qu'il y a de plus vrai, quand il neige, il perd complètement les pédales et essaie de rentrer sous terre. A l'heure qu'il est, il serait encore enfermé dans son bureau si la gente demoiselle Leamas ne l'avait pas attrapé par le colback et traîné de force jusque chez elle.

— Ce qui signifie ?

Lesko soupira mais ne répondit pas. Quelle que fût la signification de toute cette histoire, il avait espéré glaner de quoi s'en faire une idée dans la réaction de Dancer. Mais ce dernier était resté d'une impassibilité apparemment non feinte. Son étonnement se mua imperceptiblement en irritation. Il se redressa sur son siège et fit craquer ses articulations.

— Autre chose ? fit Dancer.

— C'est tout pour aujourd'hui. Sauf que j'ai réussi quelques bonnes prises de sa binette.

Lesko déposa la pellicule sur la table. Dancer la happa aussitôt et la fit disparaître dans une poche.

— Dès demain, j'aimerais que vous vous concentriez sur ses activités dans le Connecticut. Je veux savoir ce qu'il y fait, et pourquoi. S'il reste ce week-end en compagnie de Mlle Leamas, comme vous paraissez le croire, vous disposerez de tout le temps voulu pour fouiller sa maison. Recherchez-y photos, calepins, tout indice susceptible de nous éclairer quant à ses projets.

— Ça s'appelle une effraction, monsieur Dancer.

— J'appelle ça une investigation. J'imagine que ça ne sera pas une première pour vous.

— Ça s'appelle aussi de la connerie. Vous êtes en train de me demander de laisser mes empreintes dans soixante centimètres de neige fraîche.

— Vous voulez peut-être un supplément, répliqua Dancer en faisant apparaître deux enveloppes bistre. Cinq cents dollars devraient vous aider à relever le défi. Ce qui m'amène à la question de vos honoraires et de vos frais. M'avez-vous apporté les comptes que je vous ai réclamés ?

Raymond Lesko produisit une feuille unique, que Dancer examina en détail avant de la lui rendre.

— Voici quatre mille sept cents dollars. Vérifiez, si vous le désirez, mais faites-le discrètement. Vous avez touché un supplément de vingt dollars que je compte récupérer lors d'un prochain rendez-vous.

— Vous voulez garder ma montre en gage ? demanda Lesko d'un ton ironique.

Dancer ne releva pas le sarcasme et posa la main sur la seconde enveloppe.

— Cette enveloppe contient quinze mille dollars.

Il marqua une pause pour jouir de la surprise de l'autre qui était resté bouche bée.

— Oui ?

— Je ne compte faire appel à vos services que deux semaines encore. Le montant de vos honoraires n'excédera probablement pas la somme contenue dans la première enveloppe.

— Oui.

— Il y a également la prime de cinq cents dollars dont je vous ai précédemment parlé. Cela dit, il vous est loisible de gagner une prime nettement plus substantielle en vous arrangeant pour donner à vos « investigations » une conclusion dramatique.

— Venez-en au fait, monsieur Dancer, lâcha Lesko tout en sachant pertinemment que son client ne lui donnerait pas plus de précisions, du moins tant que tournerait le petit magnétophone dissimulé dans son attaché-case. Dramatique jusqu'à quel point ?

— Là, vous m'en demandez trop, monsieur Lesko. Quelque chose d'irrévocable, j'imagine. Désirez-vous réfléchir à la question enveloppe en main ?

— Ça pourrait peut-être me donner des idées.

— Peut-être, monsieur Lesko.

L'homme du nom de Dancer se leva et fit glisser la deuxième enveloppe puis l'addition vers l'ex-policier.

— Je vous attendrai dans une semaine, exactement à la même heure, dans le hall de la bibliothèque municipale de New York. J'espère que, d'ici là, vous aurez gagné l'argent que je vous ai remis.

5

Gwen Leamas disposa la dernière bûche de bouleau sur les braises et souffla sur le foyer jusqu'à ce que de timides flammèches viennent lécher le bois. Puis elle se réinstalla sur la carpette hirsute et glissa une main entre les omoplates de Corbin qui, dans son demi-sommeil, marmonnait des paroles indistinctes. La petite pendule sur le manteau de la cheminée marquait 19 heures.

« On se croirait plutôt à l'aube ! » songea-t-elle.

Jonathan avait pour l'instant l'air paisible. Sa prescription — un bain chaud, quelques whiskies et un bon feu — avait fait merveille. Mais il ne pouvait passer le reste de l'hiver devant une cheminée.

Il s'agita en sentant les doigts de Gwen jouer sur sa nuque, faufila une main sous sa chemise de nuit et la laissa reposer sur la chair tendre de sa cuisse.

— Rendors-toi !

Elle lui administra une petite tape sur la main.

— Ouch !

— Tiens-toi tranquille. Dors.

— Je n'ai pas toutes les nuits l'occasion d'être allongé devant un feu de cheminée en compagnie d'une merveilleuse femme nue, figure-toi, marmotta-t-il, les yeux mi-clos.

— Je ne suis pas nue. Je porte une chemise de nuit tout ce qu'il y a de plus décente, et tu abuses de la situation.

— Chut ! Tu es nue. Sans un fil sur le dos. Je suis ton prisonnier, et tu es sur le point de donner libre cours à tes fantasmes et à tes déviations, d'abuser de mon pauvre corps sans défense.

Elle se pencha vers lui et l'embrassa sur la joue.

— Tu vois ? Tu ne te contrôles déjà plus !

Souriante, elle écarta le col du peignoir blanc qu'elle lui avait prêté et posa doucement les lèvres sur ses épaules. Il frissonna.

— Tu ne devrais pas faire ça, grogna-t-il en libérant ses bras du peignoir. Quelle honnête femme voudra jamais de moi, après ça ?

— Nous, les femmes de mauvaise vie, avons aussi nos besoins, s'esclaffa-t-elle en s'installant à califourchon sur ses reins et en se dépouillant de sa chemise de nuit.

Elle se pencha, lui titillant quelques instants le dos de la pointe de ses seins, puis se plaqua contre lui. Corbin sentit sa joue se blottir contre la sienne et vit l'écran doré et soyeux de sa chevelure tamiser l'éclat du feu. Une nouvelle chaleur monta en lui.

— Gwen ? murmura-t-il.

— Hum ?

— Merci.

— Chut.

Ils restèrent silencieux plusieurs minutes durant, immobiles, somnolents, le corps chaud, puis, anéanti par sa journée, Corbin sombra à nouveau dans un sommeil léger. Son corps se mit peu à peu à flotter, et il prit confusément conscience des picotements brûlants qui assaillaient le dos de sa main reposant près du feu. La douleur était agréable. Satisfaisante. Les articulations de ses doigts lui élançaient, ses poings avaient donné leur maximum...

Corbin fronça les sourcils. Ses paupières closes se convulsèrent tandis que son esprit embrumé tentait de rattraper et de sonder cette dernière pensée. Mais son sens se résorba dans les ténèbres. Flou, dans le lointain, il vit le poing. Son poing qui entaillait ces mêmes ténèbres, frappait le néant puis ce qui lui sembla être de la chair et des os. Le visage d'un autre homme. Un homme maigre. Oui. Oh, oui. Maintenant qu'il pouvait voir sa figure, tout lui revenait.

Une volée de coups de canne aurait aussi bien fait l'affaire. Une plus grande humiliation. Mais, dans ce cas, un combat aux poings s'imposait.

— Envoie un direct, mon gars, lui avait enseigné le

89

grand John Flood. De ton gauche, une fois, deux fois, une troisième si c'est nécessaire, tant qu'il a les bras levés. Ensuite, toujours de ton gauche, tu lui balances un crochet dans les côtes. Il rabaisse illico les bras et pointe son museau comme une donzelle attendant un baiser. Tu n'as plus qu'à faire marcher ta droite et c'est gagné !

Rentrer le menton. Oui, Corbin s'en souvenait. Aussitôt arrivé dans la place, il avait repéré son homme au milieu d'un groupe d'individus presque aussi grands que lui. Grâce à l'éclat de son épingle de cravate en diamant et de cette autre pierre qui ornait l'un de ses longs doigts crochus. Ses mains lui avaient toujours rappelé des pinces de pickpocket. Il était plus jeune et plus mince que ses compagnons assemblés en un demi-cercle autour de lui. Un beau ramassis de canailles. Des hommes que l'on ne recevait jamais dans les bonnes maisons. Qui forçaient la porte des clubs à coups de pots-de-vin. Des individus rudes, brutaux, vulgaires. Sans naissance ni manières. Celui-ci, disait-on, était de meilleure extraction. Mais Corbin n'en croyait pas un mot. Il en mettait plein la vue, mais il puait comme un maquereau mort recraché par la mer.

L'homme aperçut Corbin, affecta un air accablé et leva les yeux sur le gigantesque tableau représentant des nus folâtres qui couvrait la quasi-totalité d'un mur. Puis, murmurant quelques propos railleurs, il se tourna vers son compagnon le plus proche.

Tirant sur leurs cigares, les deux hommes ricanèrent.

Corbin se débarrassa de sa pèlerine et de son chapeau, qu'il abandonna sans même s'arrêter sur le comptoir du vestiaire, avec sa canne. Au bar, sur sa droite, face à la fresque, un homme portant un chapeau de cow-boy sur de très longs cheveux décocha un coup de coude à son voisin. L'autre, un acteur que Corbin connaissait, sourit et applaudit.

— Hourrah ! l'entendit crier Corbin.

Dans la salle longue et étroite, deux douzaines de têtes se tournèrent vers le nouveau venu. Quelques visages exprimèrent la surprise ou la réprobation, d'autres l'excitation, voire la jubilation, et quelques autres encore, notamment dans le groupe de l'homme, le mépris. Des bouffées de fumée montèrent de leurs cigares qui rougeoyaient sous leurs yeux mi-clos. Sans dire un mot, Corbin se campa, jambes écartées, face à son adversaire, et attaqua. Son poing gauche fendit l'air et vint s'écraser sur le bout brûlant du cigare, qui se brésilla sur la bouche de l'homme, arrosant son plastron d'une pluie de cendres incandescentes. La tête de l'autre valsa, ses yeux chavirèrent, son chapeau tournoya sur sa tête. Des vivats montèrent du bar. Un nouveau direct réduisit les lèvres de l'homme en bouillie avant qu'il n'ait eu le temps de cracher le tabac qui s'y était accroché. Le troisième coup lui défonça la cage thoracique et draîna un flux de bile dans sa gorge. Corbin attendit, pour assener son dernier coup, qu'il se redresse ou cherche à prendre la fuite. Mais il ne fit ni l'un ni l'autre. Plié en deux, le visage vultueux, il s'affala sur le plateau de marbre d'une petite table ronde. S'agrippant à son rebord, il essaya de repende sa respiration. Un accès de toux libéra un jet de sang. Enfin, il roula un œil vers Corbin. Et ce dernier y vit, plus fort que la douleur, un insupportable sentiment d'humiliation.

Et une haine implacable.

— Je te ruinerai, couina-t-il entre ses lèvres enflées.

Je te briserai, je marquerai à jamais la gueule de ta putain. Je te...

Corbin l'attrapa par une touffe de cheveux avant qu'il n'ait pu achever et lui renversa la tête contre l'immense peinture de nus. Pendant un long moment, ils restèrent immobiles. Corbin voulait qu'il soutienne son regard, qu'il y lise une haine plus forte que la sienne. L'homme maigre essaya d'aboyer une injure, mais seul un pauvre jappement de chien apeuré sortit de sa gorge quand il vit le poing de son ennemi devenir menaçant, s'ouvrir et une main large comme un battoir s'abattre sur son nez. Aveuglé, glapissant, l'homme en noir sentit ses yeux se fermer sous le pilonnage meurtrier des coups de son assaillant.

Enfin, Corbin laissa retomber la masse désarticulée et gémissante sur le sol. A cet instant, les cheveux de sa nuque se hérissèrent. Il s'écarta d'un pas, fit volte-face, les poings armés pour parer. Mais il ne fut pas assez prompt pour esquiver la canne qui s'abattait sur lui. Sur son bras gauche. Une deuxième canne crocheta son bras droit, tandis que le propriétaire de la première levait à nouveau la sienne. Mais elle ne retomba pas. Elle resta comme suspendue en l'air, tremblante et l'assaillant de Corbin, soudain effrayé, remua les lèvres comme un dément, d'abord à son adresse, puis vers l'homme aux longs cheveux dont la main s'était refermée comme un étau autour de son poignet.

— Or ça, monsieur, dit l'homme qui, du bar, n'avait rien perdu de la scène, voilà qui n'est qu'un vulgaire coup bas !

De son autre main, il saisit le bras au bout duquel s'agitait toujours la canne et, d'une soudaine torsion, déboîta l'épaule de l'agresseur de Corbin, qu'il envoya

92

atterrir sur la forme inanimée de son compagnon. Puis le deuxième homme du bar, l'acteur, s'avança et, du pouce et de l'index, tordit le nez de celui qui avait, de sa canne, crocheté le bras droit de Corbin.

— Et ceci, monsieur, en est un autre...

Il lui pressa le nez jusqu'à ce que du sang en jaillisse. Une gifle retentissant paracheva la leçon.

— Ça ira comme ça, messieurs.

Un homme de forte corpulence, en tenue de soirée, sortant de ce qui semblait être une salle à manger, apparut dans le bar. Il adressa à Corbin un regard où se mêlaient approbation et reproche.

— Le combat a été loyal, Oscar répondit l'homme aux longs cheveux. Une correction diantrement méritée.

— Il se peut, colonel, mais pareille scène ne saurait être tolérée en ces lieux. Restons-en là pour aujourd'hui, voulez-vous ?

Celui qu'il avait appelé « colonel » se tourna vers le bar, y cueillit un brandy et l'offrit à Corbin qui, à l'aide de ses dents, s'évertuait à emmailloter tant bien que mal sa main dans une serviette de table.

— Avec mes compliments, monsieur. Après que vous aurez réparé vos forces à l'aide de ceci, Nat et moi veillerons sur vous jusqu'à ce que vous soyez en sécurité dans un cab.

Les doigts de Corbin, qui avaient agrippé la carpette de Gwen, se détendirent, et le jeune homme éloigna sa main du feu. Les yeux encore fermés, il tâta un mollet nu presque aussi brûlant que sa main, le caressa tendrement et poussa un gémissement de plaisir en découvrant une joue veloutée contre la sienne en humant le parfum des cheveux qui lui chatouillaient le visage. Il ouvrit une paupière et nota avec surprise qu'ils semblaient presque blonds à la lueur du foyer. Une fois de plus, il sentit qu'il se raidissait. Il se souleva légèrement pour se libérer du poids de ce corps sur le sien.

Comprenant la raison de ce mouvement, Gwen se laissa glisser sur le tapis, s'agenouilla et tourna un Jonathan docile sur le dos. Il sourit en sentant sa main fraîche cheminer sur sa poitrine nue et frémit sous la caresse de ses cheveux qui, il le devinait, annonçait celle de sa bouche. Doucement, légèrement, ses lèvres se posèrent sur son torse et entamèrent leur délicieuse exploration. Ses doigts s'appesantirent sur la partie de son anatomie qui s'était raidie, la fit se tendre davantage, se dresser. En proie à un spasme, Jonathan cambra les reins. Il se réjouissait de ce qui allait suivre. Et pourtant, quelque chose en lui ne pouvait y croire. Elle le touchait, l'embrassait, là. Il sentit le contact humide et chaud de sa langue. Ses lèvres s'écartèrent davantage. Que faisait-elle ? La chaleur moite de sa bouche l'emprisonna.

— Qu'es-tu... qu'es-tu en train de me faire ?

Elle releva la tête et le regarda avec un sourire espiègle, qui s'effaça brusquement quand elle découvrit son trouble, sa gêne et quelque chose qui ressemblait à de la répulsion. Quand elle vit ces yeux qui interrogeaient ses traits, sa bouche, ses cheveux, surtout ses cheveux.

— Merde !

Gwen s'essuya les lèvres et s'assit.

— Merde, répéta-t-elle d'un ton plus amer.

Corbin se mit sur son séant.

— Gwen, je ne..., bégaya-t-il, cherchant ses mots. Je rêvais, Gwen. Il y avait une bagarre, des coups de poing. Puis soudain je me retrouve avec toi et je...

— Avec moi, tu parles ! Tu étais avec *elle* ! cracha-t-elle.

— Gwen !

— Quoi encore ?

Les flammes du feu dansotaient sur ses yeux noyés de larmes.

— Ta précieuse Margaret ne te fait pas ce genre de chose ? Sa condition de femme du monde ne lui autorise sans doute que la position du missionnaire. Comme le disait ma chère arrière-grand-mère, manifester son plaisir est indigne d'une femme. Ferme les yeux, très chère, et pense à l'Angleterre. Eh bien, va te faire foutre, Jonathan. Je ne t'infligerai plus mon savoir-faire de traînée, c'est juré.

— Margaret était une prostituée, souffla-t-il dans un soupir.

Gwen sursauta. Une certaine gêne d'abord, puis un étonnement grandissant radoucirent ses traits. Sa peine et sa colère s'évanouirent. Car, dans les yeux de Jonathan, elle avait décelé un désarroi bien plus profond, bien plus terrible que le sien.

— Tes œufs ! dit-elle en déposant le plateau sur le sol.

Corbin lorgna les assiettes fumantes et les tasses de café. Son regard glissa ensuite vers Gwen, qui avait enfilé une vilaine robe de chambre molletonnée lui tombant aux doigts de pied. Il attrapa une moitié de muffin, l'enduisit d'une épaisse couche de marmelade et l'offrit à la jeune femme, qui s'était accroupie devant le feu agonisant.

— Comment le sais-tu ? Je veux dire, que Margaret était une putain.

— C'était ce rêve.

Ses mains esquissèrent un geste d'impuissance. S'était-il seulement agi d'un rêve ?

— Tu te trouvais avec Margaret, qui était une putain ?

— Non.

Corbin secoua la tête.

— J'étais dans un grand bar très élégant. Peut-être même un club, car je n'y ai aperçu aucune femme. Mais je pencherais plutôt pour un hôtel. Il y avait une bagarre. J'étais venu là pour rosser un homme que je connaissais, que je connais depuis toujours sans cependant parvenir à le situer dans ma mémoire. Après que je lui eus flanqué deux ou trois coups, il m'a dit qu'il nous aurait, moi et ma putain. Qu'il lui ferait taillader le visage. Je sais qu'il parlait de Margaret.

— C'est pour elle que vous vous battiez ?

— Non.

Corbin but une longue gorgée de son café.

— A mon avis, non. Il n'a jamais été question d'elle avant cette menace. A vrai dire, j'ignore pourquoi je m'en étais pris à lui, mais je sais que je haïssais ce salaud et que j'aurais été ravi de lui brûler la cervelle. En fait, je tenais surtout à ce que les autres voient à quel point il était lâche.

— Jonathan...

Gwen était plongée dans la contemplation de ses œufs brouillés.

— Aimes-tu Margaret ?

— Non. (« Pas comme tu l'imagines. ») Je crois que le fantôme est amoureux d'elle. L'homme que je deviens lorsqu'il neige, celui que j'étais lors de la bagarre. Ils ont des rapports sexuels. Fréquemment.

96

Mais je pense que ce que tu as dit tout à l'heure est exact. Ils doivent faire l'amour d'une façon très orthodoxe. C'est tout ce qu'il connaît. Margaret est peut-être un peu plus savante en la matière, mais je pense qu'il serait choqué si elle essayait d'innover.

— Ce qui est arrivé, en somme...

Gwen eut une moue.

— Tu es en train de me dire que je m'apprêtais à tailler une pipe à un fantôme ?

Corbin tiqua.

— Pas exactement.

— Alors quoi, « exactement » ?

— Il est vrai que...

Cherchant ses mots, Corbin avala une nouvelle gorgée de café.

— Il est vrai que, quand j'ai émergé de mon rêve, j'ai cru un instant que tu étais Margaret, et j'ai été surpris de lui découvrir des cheveux blonds. Mais c'était moi. Je n'étais plus le fantôme. Moi, Jonathan Corbin, j'étais allongé là, nu, avec cette femme appelée Margaret, et nous allions faire l'amour. Cette pensée m'horrifiait. J'ai cru que c'était ce que tu me faisais qui me choquait. Mais je me trompais. J'aurais ressenti la même chose dans une autre position. Ça n'aurait rien changé. Coucher avec Margaret me paraissait mal, répréhensible.

Gwen se rapprocha de lui et lui prit la main.

— Sais-tu pourquoi ?

— Non.

Il porta les doigts de la jeune femme à ses lèvres.

— C'est un peu comme si je me réveillais un matin au lit avec ta sœur.

— Ce qui veut dire que faire l'amour avec Margaret

97

n'est pas convenable bien qu'elle semble être une prostituée ?

— Oui.

— Un fascinant petit casse-tête. Au fait, es-tu sûr que Margaret n'est pas la femme que tu laisses mourir dans la neige ?

— Certain. Elle ne lui ressemble absolument pas !

— Mais tu m'as dit que ta victime était jeune et belle ! Et brune.

Corbin opina.

— Et si tu te réveillais dans son plumard à elle, quel effet ça te ferait ?

Bonne question, songea Corbin. Désagréable, à défaut d'être troublante. Son esprit désirait s'en écarter au plus vite, revivre la scène du bar. S'était-il battu avec l'homme maigre à cause d'elle ? Il ne pouvait le dire.

— Juste du dégoût. Je ne l'aime pas.

— C'est le moins qu'on puisse dire.

Corbin ne put s'empêcher de sourire de son euphémisme.

« Je ne l'aime pas. Je la pourchasse par une nuit d'encre, dans une tempête épouvantable, la cloue au sol et la laisse mourir dans la neige. Non, je ne l'aimais pas. »

— Je suis contente de te voir prendre ça moins au tragique.

— Je suppose que ça me fait du bien d'en parler.

— Es-tu prêt à en parler à un spécialiste ?

— Tu plaisantes, j'espère !

— Non, je suis tout ce qu'il y a de plus sérieuse, répondit-elle d'une voix unie. Je suppose que tu as envie de connaître le fin mot de cette histoire, de comprendre ce qui t'arrive. Il me paraît évident qu'un psy pourrait t'aider à aller plus sereinement au fond du problème.

— Ça m'a paru évident à moi aussi, admit-il. Il y a des mois. Mais peux-tu imaginer le temps qu'il faudra à un psychiatre pour en arriver à envisager la possibilité que je sois hanté ? D'autre part, nous sommes presque au printemps. Si mon fantôme ne se manifeste que par temps de neige, je risque d'être persuadé, pendant huit mois, que le type m'a tiré d'affaire, alors qu'en fait je me retrouverai à la case départ dès la première chute de neige.

— Tu as tout de même conscience que ce fantôme n'existe que dans ton esprit ?

— Évidemment.

Il se mit sur ses pieds et dériva jusqu'à la fenêtre dont il écarta le rideau juste assez longtemps pour constater que, dans le halo projeté par les réverbères, la neige ne désarmait pas.

— Mais c'est réel, ajouta-t-il.

— Jonathan...

— Ne te fatigue pas à m'expliquer que ce n'est réel que pour moi. Je revois des événements qui se sont bel et bien produits. Je me souviens de détails que j'aurais été bien incapable d'imaginer. Je n'y connais rien en matière de véhicules hippomobiles, et pourtant, en ce moment même, je pourrais te citer les noms de tous les attelages que j'ai croisés dans les rues. Je peux t'expliquer comment conduire un traîneau et pourrais probablement te faire une démonstration. Je sais à qui appartient chaque équipage, que la livrée des gens des Vanderbilt est écarlate. Celle de la maison Astor, bleue. Je peux te citer des expressions d'argot ou des idiomes que je n'ai jamais entendus de ma vie. Je suis capable de te dire ce que ces gens boivent par temps froid. Et puisque tu as conclu que je travaillais du chapeau, ajoute tant que tu y es la paranoïa à ton diagnostic. Il y a dans ces rues un homme qui me hait au point de vouloir ma mort.

— L'homme que tu as mis sur le carreau dans le bar ?

— Oui.

La voix de Corbin resta ferme.

— Un homme que j'ai, que quelqu'un a proprement rossé, il y a des générations de cela, et qui est encore là, quelque part, désireux de se venger.

— As-tu envisagé que tu pourrais avoir vécu une existence antérieure ?

— Ce qui ferait de moi un autre genre de cinglé ?

— Pas du tout. Un être humain sur trois croit en la réincarnation. Qui peut affirmer que tous ces gens ont tort ?

Corbin hocha la tête.

— Ce n'est pas pareil. Ces gens s'imaginent avoir vécu diverses vies à diverses époques sans toutefois savoir grand-chose de chacune. Je n'ai, quant à moi, pas l'impression d'avoir vécu une vie antérieure. Je me souviens simplement d'événements très particuliers ayant marqué la vie d'un homme qui n'est pas moi. Et je revois ces événements à travers ses yeux. Quel que soit ce phénomène, il ne ressemble en rien à ce qu'on entend habituellement par le terme « réincarnation ».

— La maison du Connecticut, c'était la sienne ?

— Je n'en sais rien. Je ne crois pas. Tout m'y semble familier sauf les étages. Comme si je n'y étais venu qu'en visite. Et le plus fort, c'est que je ne le sens pas en

100

moi lorsque je me trouve là-bas. C'est différent, je suis juste heureux comme...

Les mots moururent sur ses lèvres.

— Comme quelqu'un de totalement différent ? suggéra Gwen. Une autre personne ?

— Je l'ignore. Peut-être. Quand j'essaie d'y voir clair, je... en vérité, je n'essaie même pas. Je m'y plais, c'est tout.

— Jonathan...

Elle se mit à genoux devant lui.

— Peut-être que tenter de rationaliser tout ça n'est pas la bonne méthode. Peut-être devrais-je tout simplement te laisser faire, voir où cela te mène. Ce qui t'arrive est tout à fait réel pour toi, et pourtant tu luttes contre cette idée. Parfois, tu te crois même possédé, et cependant c'est à ces moments-là que tu as le moins peur. Dis-toi que tu n'es pas fou. Que tout est réel, ou l'a été. Fais confiance à tes sentiments. Laisse-toi guider par eux, vers leur source.

— Tu crois ? Tu crois que tout ça a réellement existé ?

— Comment le saurais-je ?

Elle leva les bras au ciel.

— Mais on peut s'employer à découvrir si tel est le cas. Demain, nous essaierons de refaire le chemin que tu as suivi la nuit de la tempête. Nous nous baladerons dans la ville jusqu'à ce que tu rencontres un endroit qui réveille un souvenir en toi. Ensuite, nous pourrons aller à la Société historique de la ville pour y examiner de vieux clichés, ou encore à la Bibliothèque pour y compulser de vieux journaux. Si ça ne marche pas, nous irons tenter notre chance à Greenwich. Et pourquoi me fixes-tu en ricanant comme un imbécile heureux ?

Il la conduisit dans la chambre à coucher où ils firent l'amour jusqu'à ce que, derrière la vitre, l'obscurité se résolve en un gris opaque, jusqu'à ce que Jonathan sente qu'il pourrait enfin dormir d'un sommeil sans rêves.

Il n'était pas dans les intentions de Lesko de filer Dancer. C'était trop risqué. Il suffirait au bonhomme de tourner n'importe où dans la gare et de guetter l'apparition de Lesko. Lequel passait difficilement inaperçu. Non, il avait simplement décidé de se payer un steak chez *Charley Brown* avant de rentrer chez lui, à Queens. Mais *Charley Brown* était plein à craquer. Du coup, Lesko s'achemina vers le buraliste situé à côté des cabines téléphoniques dans l'idée de s'acheter un ou deux Milky Way, histoire de calmer sa fringale. Il venait juste de dépasser la première cabine lorsqu'une odeur vint chatouiller ses narines. Aramis. Il continua son chemin comme si de rien n'était.

Pourrait-il s'agir de lui ? s'interrogea-t-il tout en réglant ses friandises. Quelles étaient les probabilités de rencontrer dans la même gare deux hommes aussi imbibés de ce cocktail exotique pour en imprégner la porte d'une cabine téléphonique ? Lesko longea lestement la rangée de cabines et risqua un œil furtif dans la dernière. Cette coupe de cheveux ! C'était bien Dancer. Qui faisait son rapport.

Lesko n'arrivait pas à distinguer les mots prononcés par son employeur, mais il en entendait le ton. Respectueux quoique sans déférence. Du style « Ne vous en faites pas, j'ai la situation en main ! » Il essayait visiblement de clore la conversation.

— Oui, monsieur, l'entendit-il dire. Plus tard, monsieur. Quelque chose comme :

— Je vous recontacterai quand j'aurai plus de temps.

Lesko s'apprêta à déguerpir aussitôt que Dancer ferait mine de pousser la porte. Mais le bonhomme coupa la communication et garda le combiné en main. Le détective prit le risque de tendre le cou pour voir à travers la vitre. Pas de pièces, cette fois. Lesko savait que Dancer en avait utilisé pour sa précédente communication, car il en avait entendu une retomber avec un petit claquement métallique. A présent, il se servait d'une carte de crédit. Un appel interurbain. Chicago, peut-être ? Lesko vit un doigt manucuré effleurer une touche sur la rangée supérieure, une autre sur la rangée inférieure, puis remonter d'un cran. Zéro pour Chicago. Sans doute le code 203. Le Connecticut. Un numéro à Greenwich, aurait-il volontiers parié.

Quelqu'un, à l'autre bout de la ligne, décrocha. Dancer prononça une dizaine de syllabes étouffées. Son nom, sans doute, et celui de son interlocuteur. Rien qui ressemblât à Dancer, en tout cas. Le ton paraissait sec. Il s'adressait à un subalterne. A une bonniche, peut-être. Il y eut un silence d'environ vingt secondes, et Dancer se redressa brusquement. Parla à nouveau. Lesko reconnut son propre nom à deux reprises, et trois fois celui de Corbin, avant que le petit homme ne reprenne son souffle. Le ton était à présent zélé, servile. « Dancer, espèce de sale petit lèche-cul. » Lesko décida de s'éloigner, de ne pas tenter le diable. Mais Dancer avait l'air si fasciné par la voix de son maître que même l'explosion d'une bombe ou un ongle cassé n'auraient su le distraire.

« Bon Dieu », soupira Lesko et, ne faisant qu'une bouchée de son Milky Way, il s'enfourna dans la cabine voisine, prenant soin d'en refermer doucement la porte.

Là, il sortit son portefeuille bourré de papiers et de cartes diverses, l'arrondit tant bien que mal, apposa l'objet ainsi déformé contre la paroi métallique et colla son oreille contre la tendre bouche de cuir.

6

— Allez, debout, paresseux !

Corbin sentit un souffle d'air froid lui parcourir le dos alors que Gwen le dépouillait de la couette. Elle s'avança ensuite vers la fenêtre dont elle écarta les lourdes tentures. Une lumière blafarde inonda aussitôt la chambre. Corbin grimaça et se couvrit les yeux. Elle avait remis cette affreuse robe de chambre et sortait de la douche. Ses cheveux, à présent raides comme des baguettes, dégouttaient sur ses épaules. Jonathan affecta de s'étirer puis tenta de récupérer la couette au pied du lit.

— Non, mon petit !

Elle posa le pied sur l'une des extrémités de l'édredon, lui arracha son oreiller et, tel un jeune chien, secoua sa tête mouillée sur lui. Avec un beuglement, Corbin roula à l'autre bout du lit.

— Allez, on se remet au lit, chantonna-t-il. Que sont donc devenues nos grasses matinées oisives et câlines ?

— Elles sont réservées aux gens oisifs et câlins ! rétorqua-t-elle. Nous, au contraire, nous sommes une paire d'enquêteurs froids, énergiques et déterminés. J'ai établi une liste de ce que nous avons à faire aujourd'hui et laissé un bol de café chaud sur le lavabo. Magne-toi !

Corbin loucha vers la fenêtre et se rembrunit.

— Mais il neige toujours, Gwen !

— Va prendre ta douche, Jonathan, insista-t-elle d'une voix plus tendre.

— Et j'aurai le droit de la voir quand, cette fameuse liste ? s'enquit-il en boutonnant son trench-coat tout fripé.

— Elle est inscrite dans ma tête de femme froide, énergique et déterminée, répondit-elle en ouvrant la porte.

— Je la sens déjà, murmura-t-il une fois dans le hall de l'immeuble.

— Tu sens quoi ?

— L'odeur dont la ville est imprégnée quand... je vois ces êtres.

— Jonathan...

Elle posa une main apaisante sur son bras.

— Ferais-tu par hasard allusion à la pisse de cheval ?

— Ça doit être ça, oui.

Gwen le poussa vers la porte.

— La faute en incombe à ce répugnant moutard du troisième étage qui s'oublie parfois derrière le radiateur, ou encore au non moins répugnant chat de la propriétaire qui défèque régulièrement dans le bac du caoutchouc.

Elle tira la lourde porte d'entrée de l'immeuble. Corbin tressaillit au pasage de quelques flocons qui, aspirés par l'appel d'air chaud, virevoltèrent vers lui.

— Il neige à peine.

Gwen le fit pivoter pour lui remonter le col de son

trench-coat. Corbin leva les yeux. Dans le ciel pommelé, des nuages avaient éclos. Ils n'allaient pas tarder à crever et vomir leur saleté blanche, songea-t-il en regrettant qu'ils ne soient pas restés au lit une heure de plus.

— Voici en quoi va consister notre première expérience, commença Gwen en lui prenant la main. Nous allons marcher tranquillement jusqu'à la station de métro du coin de la rue. Tu me raconteras ce que tu vois, si tant est que tu voies quelque chose, et ce que tu ressens. N'essaie pas de raisonner tes impressions ni, *a fortiori,* de les nier. Puis nous prendrons le métro, et nous descendrons sur la Cinquième Avenue. Une fois là, nous irons à pied jusque chez Saks où nous nous offrirons un bon petit déjeuner et t'achèterons une paire de caoutchoucs, une chemise, des chaussettes et des sous-vêtements. Après que tu te seras changé dans une cabine d'essayage, nous ferons un saut chez Barnes and Noble, où nous nous procurerons un plan de Manhattan. Tant que nous y serons, nous en profiterons pour voir ce qu'ils ont comme bouquins illustrés sur New York au dix-neuvième siècle. Enfin, si tu te sens d'attaque, nous pousserons jusqu'à l'immeuble *Burlington,* puisque c'est là que semble commencer et prendre fin ta mortelle randonnée. Tu verras, tout se passera bien, Jonathan.

Elle ajouta sans le regarder :

— Tu t'en tireras tellement bien que, pour conclure l'après-midi, je t'offrirai un thé ultra-chic au *Plaza...* avec oncle Harry.

Corbin stoppa net.

— Eh ! Attends une minute !

— Harry ne t'a plus vu depuis que nous avons dîné

ensemble à Chicago, reprit-elle avec son sourire le plus innocent. Il m'a demandé de tes nouvelles.

— Quand ? demanda Jonathan, nullement dupe.

— Quand quoi ?

— Quand t'a-t-il demandé de mes nouvelles ? Ne serait-ce pas par hasard alors que j'étais sous ma douche ?

— C'est en effet à ce moment-là que je lui ai téléphoné pour lui proposer de venir prendre le thé avec nous cet après-midi.

— Gwen, pour l'amour du ciel !...

— Oh, Jonathan !

De son index, elle lui scella les lèvres.

— Quel mal y a-t-il à cela ? Harry Sturdevant appartient à l'une des plus anciennes et des plus opulentes familles new-yorkaises. Il connaît l'histoire de la ville sur le bout des doigts.

— Et pour tout arranger, c'est un psychiatre.

— Absolument pas. Il est médecin, c'est tout.

— Son domaine est la médecine du sport. Plus exactement l'étude de l'influence de l'esprit sur les performances sportives. Ce qui, à mes yeux, en fait un psychiatre. Que lui as-tu raconté ?

— Trois fois rien.

Elle le força à se remettre en route.

— Maintenant, cesse de rouspéter. Nous sommes à mi-chemin du métro, et tu te conduis beaucoup trop normalement. Fais quelque chose ! Appelle tes fantômes !

Mais il ne se passait rien. Corbin regarda autour de lui. Une rue tranquille de quartier résidentiel, un samedi matin. Aucune circulation. Un visage écrasé contre la vitre d'un bar, au coin de Lexington Avenue. Sous une enseigne en lettres d'or épelant *O'Neill's*.

— Attention !

Gwen le tira par la manche, lui fit éviter un ormeau qu'il semblait ne pas avoir vu et le guida jusqu'aux marches gelées de la bouche de métro.

Une matinée splendide, pensa-t-il, tout guilleret. Quelques courses. Une promenade vivifiante après un copieux petit déjeuner. Peut-être iraient-ils ensuite patiner dans le parc. Une excellente idée. Ils pourraient se procurer un pique-nique chez *Delmonico* et, après quelques figures sur le lac, le partage autour d'un feu de joie avant que le soleil ne décline. « Et tant pis si on nous voit ensemble. »

— Attention aux marches, très chère ! dit Corbin en offrant son bras à Margaret.

Raymond Lesko s'écarta de la vitre embuée, alla poser son gobelet de polystyrène sur le comptoir, attrapa un paquet de biscuits, l'empocha et sortit un dollar. Puis, sans attendre sa monnaie, il vissa son chapeau sur son crâne, poussa la porte et se hâta vers le métro.

Alors que sa tête allait s'enfoncer au-dessous du niveau de la chaussée, le détective capta du coin de l'œil un reflet étincelant. Il s'arrêta. Une portière de voiture. Grise ou gris métallisé. Entrouverte puis retenue. Un pied jaillit de la voiture et s'immobilisa, comme si la main sur la poignée s'était rendu compte qu'elle avait agi prématurément.

Lesko descendit quelques marches, afin de ne pas être visible de la rue, puis observa une nouvelle pause, aux aguets. La portière claqua. Lesko s'avança vers les tourniquets, ticket à la main. Juste devant lui, Gwen et

Jonathan trottait vers les quais. Le détective perçut un bruit de pas derrière lui mais ne se retourna pas, se contentant de sourire tandis qu'il poinçonnait son ticket.

« Dancer, petite canaille méticuleuse, aurais-tu décidé que ton vieux limier avait besoin d'une laisse ? Si c'est le cas, tu ne vas pas tarder à t'apercevoir qu'une laisse a toujours deux extrémités. »

— Tu étais avec elle ?

Gwen et Jonathan étaient restés debout face à la portière dans le compartiment quasi vide.

— Non, mentit-il. Mon esprit était juste en vadrouille. J'ai dû faire un lapsus.

— Ça suffit, Jonathan ! La dernière personne à m'avoir appelée « chère » ou « très chère » était une vieille tante complètement gaga.

— O.K.

Il baissa les yeux.

— Bon, qu'as-tu vu ?

— Y a-t-il un bar à l'angle de la 77ᵉ Rue et de Lexington Avenue ?

— Un bar ? Non. Il s'agit d'un marchand de journaux.

— Le *O'Neill's* ?

— Non, le commerce est tenu par un Grec. A la réflexion, je crois qu'il a un distributeur de boissons.

— C'était un bar lorsque je l'ai vu. Sur les bords de la vitre, en filigrane, courait une frise dorée. Un homme se tenait derrière la vitre, et il nous observait.

— L'as-tu reconnu ?

— Non, j'étais trop loin. Mais je n'ai pas eu l'impression que c'était un fantôme. Il ne s'agissait probablement que d'un type qui nous regardait parce que nous étions les seuls passants.

— Non, nous n'étions pas seuls. J'ai remarqué au moins une douzaine de personnes, y compris le facteur que nous avons croisé.

Corbin prit un air ébahi.

— Tu ne l'a pas vu ? Tu te souviens quand même que je t'ai évité de rentrer dans un arbre !

— Je me souviens que tu m'as dit de faire attention, mais j'ai cru que c'était pour la neige qui tombait des fils électriques.

Corbin haussa les épaules et ajouta d'un ton résigné :

— Je sais, il n'y avait pas de fils électriques.

— Et Margaret, t'a-t-elle dit quelque chose ?

— Non, je pensais l'emmener patiner à Central Park. Peut-être avait-elle peur pour moi. D'être vue en ma compagnie, j'entends.

— Parce que tu es un homme... respectable et elle une prostituée notoire ?

Corbin blêmit. Ce n'était pas une prostituée, pas au sens strict du terme. Non, c'était une dame. Cultivée. Elle jouait du piano et savait chanter. Ce dont Gwen était bien incapable. Elle lisait des romans de Henry James, de Mark Twain. A présent, elle s'était même attaquée à *Sapho,* de Daudet, en français. Elle avait tellement de talents. Une erreur n'efface pas tout. Mais aux yeux de certains c'était trop tôt. Trop tôt après...

— Ma femme..., murmura-t-il.

— Margaret était ta femme ?

— Non.

Il serra les poings, comme pour retenir le souvenir.

110

— La femme dans la neige, celle qui meurt, était ma femme. Et pour devancer ta question, non, je ne l'ai pas tuée pour pouvoir vivre avec Margaret. Ça n'avait rien à voir !

Lorsque Gwen et Jonathan furent à pied d'œuvre pour leur balade jusque chez Saks, la neige avait cessé de tomber.

Le *Waldorf Astoria,* le premier immeuble qu'ils aperçurent en émergeant de la bouche de métro, déconcerta Corbin. Il connaissait le *Waldorf.* Il y était déjà allé. Pourtant, aujourd'hui, le fameux hôtel lui semblait tout à fait inconnu. Sa forme, son architecture, son site même, avaient changé. Corbin n'aurait su expliquer en quoi ni décrire l'hôtel tel qu'à son avis il aurait dû se présenter. Gwen ne le pressa pas de le faire.

Gwen mâchonnait un muffin anglais qui, selon elle, n'était qu'une grossière contrefaçon, tandis que Corbin reconstituait ses forces à l'aide d'une deuxième assiette d'œufs au bacon. Il avait successivement réclamé du hareng saur puis du haddock fumé, deux plats ne figurant pas sur la carte. Gwen essaya de se souvenir si, depuis qu'elle le connaissait, elle l'avait jamais vu avaler l'un ou l'autre de ces mets.

Au rez-de-chaussée de chez Saks, elle lui acheta une paire de caoutchoucs, une casquette de pluie ou un parapluie pliant. Cela fait, ils passèrent au rayon hommes où, sur les instances de la jeune femme, il se choisit deux chemises à fines rayures et un change de chaussettes et de sous-vêtements.

Pendant qu'il se changeait, l'œil de la jeune femme tomba sur un présentoir chargé de cannes. Elle les passa en revue, à la recherche d'un modèle noir. Avec un pommeau d'argent. Rien de la sorte ici. Tant pis. Dans ses randonnées, Jonathan maniait une canne noire à pommeau d'argent.

— Oh ! s'écria-t-elle.

Et elle alla sur-le-champ échanger le petit parapluie pliant contre un autre, noir et long, roulé très serré. Il n'avait pas de pommeau d'argent. Ni de pommeau tout court, du reste. Juste un manche recourbé. Mais il ressemblait à une canne noire. Et, qui sait ? Peut-être ferait-il effet de détonateur ?

Chez Barnes and Noble, sur le trottoir opposé, un peu plus bas, Gwen dénicha un dépliant sur Manhattan et un carnet à spirale dans lequel elle s'appliqua immédiatement à consigner les impressions de son compagnon qui, son parapluie noir à la main, l'avait précédée dans le rayon Histoire.

La partie du rayon consacrée à New York recelait une douzaine d'ouvrages sur la ville au XIXe siècle. La plupart étaient généreusement illustrés de photographies et de gravures. Gwen porta son choix sur un grand livre intitulé *Le Vieux New York à travers la jeune photographie*, puis sur *New York aux dix-neuvième siècle* et *Portrait historique de New York par Columbia*. Un quatrième volume, *New York, passé et présent*, attira également son attention. Celui-là renfermait une série de scènes de rues du vieux New York auxquelles faisaient pendant des vues récentes de ces lieux prises sous le même angle.

— Jonathan, regarde ! s'écria Gwen en faisant défiler sous son nez plusieurs représentations de la Cinquième Avenue un siècle plus tôt. C'était vraiment un coin charmant à l'époque. Un peu comme Mayfair. A part qu'à Londres nous n'abattons pas nos gracieuses vieilles bâtisses chaque fois qu'un mégalo se prend d'envie de donner son nom à un gratte-ciel.

Mais Corbin était loin de prêter toute son attention au livre qu'elle lui montrait ou à ses propos. Quelque chose l'avait rendu nerveux. Il jeta un coup d'œil aux alentours.

— Par exemple, poursuivit-elle, il ne nous serait jamais venu à l'idée de démolir le *Claridge* ou le *Savoy* pour ériger cet abominable phallus qu'est l'Empire State Building. Quand j'y pense ! Détruire ce superbe hôtel pour offrir aux suicidaires des tourments prolongés, quel scandale !

— Fais voir !

A côté d'une vue récente de l'interminable building se trouvait la photo de la bâtisse infiniment plus élégante qui s'était jadis élevée sur le même site. Pas plus de dix-huit étages. L'entrée principale, sur la 34e Rue, était signalée par une rangée de colonnes qui, il le savait, dérobaient la longue cour intérieure dans laquelle se rangeaient les voitures des clients. Il comprit en un éclair pourquoi le *Waldorf Astoria* lui avait paru si bizarre deux heures plus tôt. Parce que le vrai, celui qu'il connaissait, était là, sur la photo. Il savait que, s'il traversait la cour et se présentait à la grande porte, un homme rasé de près et vêtu d'une livrée bleue l'introduirait dans un hall à colonnades au bout duquel trônait un bar à quatre côtés qui, à sa connaissance, n'avait pas son pareil au monde. Et dans la salle à manger ornée de pilastres sculptés présiderait Oscar. Le même Oscar qui, dans le bar d'un autre hôtel, avait attendu pour interrompre la rixe avec l'homme en noir et ses amis que

113

celui-ci se retrouve à terre, sans connaissance. Oscar, il devait être plus âgé maintenant. Il devait...

Corbin frémit. Il fut submergé d'une colère rance, mêlée d'une étrange nervosité. D'une sensation de danger. Il examina à nouveau les alentours. Personne, dans le groupe clairsemé de clients, ne justifiait son appréhension. A part cet homme âgé qui, sans en avoir l'air, n'avait cessé de les lorgner.

— Tu connais cet épouvantail, là-bas ? demanda Corbin à Gwen en indiquant d'un œil un vieil homme émacié qui paraissait à présent passionné par un roman d'horreur gothique.

Ce dernier portait un manteau de bonne coupe et, visiblement, d'un bon prix, ainsi qu'un de ces chapeaux noirs que l'on n'apercevait qu'exceptionnellement au nord de Wall Street. Il avait remonté le col de son pardessus.

— L'homme au feutre ? Non, pourquoi ?

— Il n'arrête pas de nous reluquer.

Dans le même magasin, près d'un bac de livres d'occasion, s'était posté Raymond Lesko. Il ne surveillait qu'occasionnellement Corbin. Il avait repéré l'étagère sur laquelle la fille et lui avaient pris leurs livres, dont il noterait les titres une fois que le couple serait parti se présenter à la caisse. Pour l'homme en noir, c'était une autre histoire. Il fallait vraiment se donner du mal pour ne pas le remarquer. Lesko le trouvait pathétique. Son accoutrement était aussi peu adapté à une filature qu'aux transports en commun ou même qu'à des déambulations matinales un samedi. L'ancien flic n'avait pas cessé d'étudier ce drôle de vieillard depuis que celui-ci s'était attaché aux pas des jeunes

114

gens dans la station de métro de la 77ᵉ Rue pour accomplir ce qui avait dû être le premier trajet en métro de sa vie. Il l'avait vu contempler tour à tour, l'air ébahi, les tourniquets puis les distributeurs de billets, avant de faire le rapprochement entre les deux appareils. Une fois dans la voiture, n'ayant pu se résoudre à se poser sur les banquettes crasseuses, il était resté debout, ballotté de gauche à droite, jusqu'à ce que l'idée lui vienne de se raccrocher à la poignée de la portière. Il était évident que ce vieillard qui semblait si peu dans son élément dans les transports en commun ne travaillait pas pour Dancer. C'était sûrement l'inverse. Et il se tramait quelque chose d'assez grave pour que le type qui tirait les ficelles derrière ce pantin de Dancer ait décidé de se rendre compte par lui-même de quoi il retournait pour qu'il n'ait pas pu ou voulu patienter jusqu'à ce que la pellicule remise la veille à son homme de main soit développée. Il se démenait comme un malheureux pour essayer de voir la bobine de Corbin mais s'obstinait à plonger derrière un groupe d'adolescents chaque fois que le jeune homme levait le bout du nez. Lesko avait cru déceler une étrange fièvre dans les yeux du vieillard. Une expression bien plus complexe que la peur. L'expression d'un homme qui, s'étant cru tiré d'affaire, réalise soudain qu'il est cuit.

Son visage lui semblait en outre vaguement familier. Un politicien peut-être. Ou un gros bonnet de la finance. Ou tout simplement un archétype. Un de ces vieux bonzes qui occupent la banquette arrière des limousines à vitres teintées et vivent dans de grandes demeures enceintes de murs infranchissables. Un insulaire. C'était le mot. Le genre de pékin qui trimbale ses murs avec lui. Qui possède argent et pouvoir. Et qui n'a que mépris pour quiconque en possède moins que lui.

Le vieil homme sursauta. Corbin avait bougé. Il s'était retourné et s'avançait maintenant dans sa direction, vers les caisses. L'homme en noir se mit à trembler et à papilloter des yeux, comme s'il venait de recevoir un soufflet. Corbin sembla remarquer sa présence hébétée mais passa son chemin et ne put voir son observateur vaciller, se rattraper de justesse à un présentoir, provoquant ainsi la chute d'une pile de livres de poche. Lorsque, ayant réglé ses achats, le jeune homme jeta un coup d'œil derrière lui avant de se diriger vers la sortie, le feutre était toujours cramponné à son étagère, la respiration hachée, les yeux hagards, comme si l'image de Corbin était encore imprimée sur sa rétine.

Lesko n'avait pas bougé non plus, désireux d'observer le vieil homme dont la peur semblait avoir dégénéré en choc. Il l'avait reconnu. Aucun doute là-dessus. Quoi que Jonathan Corbin représentât pour lui, quelle qu'ait été l'impulsion à laquelle il avait obéi en s'éloignant de ses murs protecteurs, il connaissait Jonathan Corbin. Il avait vu son visage qui, de l'avis de Lesko, était plutôt avenant, sympathique. Rien à voir avec celui de Robert Redford, mais pas mal quand même. Et pourtant, pour cet homme, ce visage était aussi hideux que ceux des plus immondes monstres peuplant les mauvais trips à l'acide.

« Et qu'as-tu donc vu, le vieux ? Le diable ? L'ange de la vengeance, peut-être ? N'aurait-il pas par hasard quelque chose à voir avec tous ces Corbin qui passèrent l'arme à gauche, à Chicago, il y a une quarantaine d'années ? Évidemment ! Mais quel que soit le rapport entre tous ces événements, ce n'est pas en restant planté chez Barnes and Noble le reste de la journée qu'on en apprendra davantage, pas vrai ? »

Décrivant un large cercle pour éviter le vieil homme, Lesko atteignit le rayon Histoire et fit une pause devant les étagères d'où Gwen Leamas et Corbin avaient extrait leurs bouquins. Il inscrivit en sténo les titres présumés des livres qu'ils avaient emportés, se fiant pour ce faire aux espaces laissés entre les volumes restants, s'en choisit un qui pourrait tenir dans sa poche et gagna la caisse. « Allons, pépé, embraye ! » Corbin ne devait pas être loin. Si le vieux consentait à se mettre en branle, Lesko parviendrait à tenir tout ce beau monde à l'œil. Non que cela eût beaucoup d'importance, à présent. Même s'il perdait Corbin, il saurait où le retrouver ce week-end. Pour aujourd'hui, il ne se soucierait de lui que tant qu'il remorquerait dans son sillage l'homme au feutre noir. Car Lesko entendait bien avoir fait connaissance, avant la fin de la journée, avec les murs qui protégeaient le vieux hibou des fantômes du passé. Et avoir appris le nom de l'individu qui était prêt à sacrifier quinze mille dollars pour que le dernier des Corbin aille rejoindre au plus vite ses malheureux ancêtres. Il pourrait au passage se révéler intéressant de savoir pourquoi. Et infiniment plus intéressant encore de savoir combien de milliers de dollars supplémentaires le cadavre de ce diable de Corbin pouvait bien valoir.

Ainsi que Lesko l'avait espéré, et pas tout à fait à dessein, Corbin et Gwen Leamas continuèrent leur promenade à pied. Peu de taxis sillonnaient la Cinquième Avenue. En effet, même si la plupart des artères principales avaient été dégagées, de nombreuses rues restaient interdites à la circulation. Jonathan ne rechignait pas à marcher. Le soleil avait percé, et la ville n'avait jamais l'air plus propre qu'après une bonne tempête de neige.

— Il fait un temps superbe.

Gwen glissa son bras libre sous celui de Jonathan. Elle avait insisté pour porter leurs emplettes. Ce qui laissait à son compagnon tout loisir de manipuler sa canne-parapluie.

Tandis qu'ils progressaient vers le Rockefeller Center, Jonathan se rendit compte que Gwen était à l'affût du moindre signe de malaise ou d'étonnement en lui. Mais il ne se passait rien.

Rien, sauf qu'il y avait eu cet homme, dans le magasin, qui les avait épiés. Non qu'il fût rare que des représentants du sexe fort, même d'un âge aussi vénérable, se retournent sur Gwen ou la dévisagent avec insistance. Mais il ne lui semblait pas que le regard qu'il avait surpris sous le rebord du chapeau noir pût être qualifié d'admiratif. Il n'aurait su le définir avec certitude. Le plus dingue de tout était qu'il lui avait fallu refréner une envie absurde d'aller étaler le bonhomme sur le carreau. Pourtant, ce vieillard ne s'était en rien montré menaçant et n'éveillait en Corbin aucun souvenir susceptible d'expliquer cette antipathie instinctive. Ce vieux corbeau lui avait profondément déplu, voilà tout. Il raffermit sa prise sur sa canne.

Le tiraillant par la manche, Gwen le fit bifurquer sur la 52e Rue. Corbin chassa le drôle de vieillard de son esprit, s'obligea à ne pas se retourner et décida de profiter de sa promenade dans la ville purifiée.

— Alors, que ressens-tu ?

Ils avaient fait halte quelques minutes sur l'esplanade de l'immeuble *Burlington,* entre deux fontaines gelées.

— Rien, tout va bien.

— Et la ligne de chemin de fer aérien ?

— Pardon ?

— Sur la Sixième Avenue.

Elle venait d'ouvrir l'un des livres.

— Elle a existé, et elle se trouvait là. Tu dis que tu l'as vue prendre forme hier quand nous courions vers le métro. Et la gare sous laquelle tu passes en pourchassant ta... cette femme s'élevait au-dessus de la 57ᵉ Rue.

Les lèvres de Corbin remuèrent. Ébauchèrent un mot. Un nom. D'autres noms se brouillant les uns les autres. Une soudaine tornade de souvenirs déferla sur son esprit.

— Parle, Jonathan. Tu sens quelque chose ?

— J'avais son nom sur le bout de la langue.

— A quoi ressemblait-il ? Tes impressions. Fais confiance à tes impressions.

— Un nom court comme Amma ou Emma.

— Tu as serré les poings à l'instant, le simple fait de penser à elle suffit à te mettre en colère ?

Corbin plissa les yeux, essayant de rattraper et de trier les bribes de souvenirs qui venaient de traverser son esprit en ébullition. L'homme du bar réapparut. La femme et lui se mêlèrent comme des amants. Était-ce un mari jaloux ou bafoué qui avait corrigé son rival ? Sans doute. Pourtant cette pensée ne provoquait en lui aucune rage. Il y avait autre chose. De beaucoup plus grave. Qui avait un rapport quelconque avec la ligne aérienne.

— Laisse tomber. Ça te reviendra quand tu n'y penseras plus.

Elle referma le livre et le fourra dans le sac qui béait à

ses pieds. Puis elle sortit le guide de New York et son carnet, sur lequel elle griffonna quelques notes.

— Et maintenant, c'est là que ça risque de devenir passionnant ! Tu dis que, dans tes visions, tu poursuis la femme sur la Cinquième Avenue et que tu passes sous la gare. Voyais-tu le ciel au-dessus de ta tête ou juste des rails ?

— Non, pas de rails. C'était un terminus.

— Alors, tu te trouvais au croisement de la 58e Rue et de la Sixième Avenue. Mais, auparavant, tu es tombé sur le cadavre de cet homme, George, sur la Septième Avenue. Que savons-nous d'autre ? Avant cela, tu avais tourné à gauche, tu marchais sur le trottoir où tu avais ramassé son chapeau. Une toque de chez Lord and Taylor. Un détail capital, soit dit en passant ! Tu étais sûr qu'elle avait pris cette direction parce que tu savais où elle tentait de se rendre. D'autre part, elle ne pouvait s'être engagée dans la direction opposée parce que, même pour toi, le vent qui s'engouffrait dans la Septième Avenue était trop violent. Donc, avec le vent dans ton dos, tu as obliqué vers l'est. Ce qui signifie que, quand ton rêve a commencé, tu te trouvais à l'angle de la 57e Rue et de la Septième Avenue.

Corbin se pencha sur l'intersection qu'elle désignait sur le plan et détourna les yeux. Il visualisa le carrefour dans son esprit et sentit le vent de cette terrible nuit le frigorifier, aspirer toute la chaleur qu'il avait emmagasinée depuis le matin.

— Et alors, quel intérêt ? demanda-t-il placidement.

— C'est ce que nous allons nous efforcer de savoir.

Corbin ne se souvenait pas être passé, depuis les

six mois qu'il était à New York, devant cette intersection. Non qu'il l'eût délibérément évitée. C'était simplement un quartier sans intérêt à ses yeux. Les banques, magasins ou restaurants qu'il fréquentait, les bureaux où il lui arrivait de se rendre et même la Gare Centrale étaient situés au cœur de Manhattan. Sur la 57e Rue, la Sixième Avenue délimitait deux mondes totalement différents. A l'est, vers la Cinquième Avenue, la large artère prenait des allures de boulevard, rappelant aux touristes la rue de la Paix. Elle s'enorgueillissait d'aligner les boutiques les plus chic du monde. Des fourreurs, exposant des manteaux de zibeline à six chiffres, des galeries d'art, des antiquaires chez qui le prix de la moindre babiole aurait permis de nourrir un village du tiers monde une année entière. De l'autre côté, vers la Septième Avenue, on constatait un contraste presque délibéré. Là, pas de boutiques de luxe, mais une succession de magasins de musique, de studios de danse. Cette partie de la rue constituait la section bohème d'un axe culturel qui se prolongeait au-delà du Carnegie Hall, déviait sur Broadway et atteignait son apogée au Lincoln Center, sur la 60e Rue Ouest.

Alors que Corbin marchait aux côtés de Gwen Leamas vers la Septième Avenue, une confusion d'idées bizarres l'assaillit soudain. Une certaine gêne pour commencer. Comme s'il n'était manifestement pas à sa place en ce lieu. Une sensation absurde qui aurait été justifiée s'ils s'étaient trouvés à Harlem. Il ne se pratiquait cependant pas pareille exclusivité ethnique sur les trottoirs de la 57e Rue. Pourtant, bien qu'aucun passant ne manifestât curiosité ou méfiance à leur égard, cette sensation d'aliénation persista. Certains jugeaient qu'il n'avait rien à faire dans les parages. Mais qui pouvaient bien être ces gens ? Il n'en avait pas la moindre idée. Les nantis qu'il avait laissés derrière lui sur la Sixième Avenue ?

— Tu sens quelque chose, n'est-ce pas ?

— Rien de très défini.

Gwen crut déceler une certaine défiance dans son attitude. Il s'était redressé, avançait d'un pas plus résolu, la pointe de son parapluie martelant l'asphalte.

— Tu n'as pas l'impression que notre présence dans cette partie de la ville est déplacée ? finit-il par demander. Peut-on trouver critiquable ou incongru de fréquenter ce quartier ?

— Bien sûr que non ! Je viens souvent par ici. J'ai assisté à plusieurs concerts au Carnegie Hall, notamment lors du festival Bach, et il m'arrive fréquemment de déjeuner ou dîner au *Salon de thé russe*.

— Qu'est-ce que c'est ?

— Un restaurant près du Carnegie Hall, dont la clientèle se compose principalement de musiciens. A l'heure du déjeuner, l'endroit cultive un genre de chic bohème, afin que les inconditionnels des jeans et des tennis continuent à s'y sentir chez eux. Mais le soir, on y rencontre surtout des mélomanes cravatés.

— Comme chez *Tony Pastor* ?

— Je ne connais pas *Tony Pastor*.

— Ou au *Hoffman*. Sauf que seuls les hommes y sont admis.

— Tu plaisantes ?

Corbin la dévisagea.

— Où veux-tu trouver dans cette ville un bar où les femmes ne soient pas admises ?

— Eh bien... c'est..., balbutia un Corbin subitement

assombri, le regard perdu dans le lointain. C'est une question de...

— De quoi, Jonathan ?

Elle tentait de suivre son regard.

— De convenance, lâcha-t-il d'une voix à peine audible.

— Parle-moi du *Hoffman,* souffla-t-elle.

— C'est un hôtel comme tant d'autres.

— Et son bar ? On y reçoit des messieurs de ta condition ?

— On y côtoie également des athlètes professionnels, des acteurs. Et bien entendu des péquenots en visite à New York qui se sentent obligés de venir s'ébahir devant son célèbre tableau. Non, on n'y voit pas que des gentlemen, très chère. Il s'y trouve aussi...

— L'homme que tu as rossé ? Il était au *Hoffman* ?

Corbin acquiesça, les yeux dans le vague.

— Son nom, Jonathan ! Vite, avant qu'il ne t'échappe.

— Un des hommes de Gould. Corning. Carney. Ou quelque chose d'approchant.

— Qui est Gould ?

— Je ne sais pas. Jay Gould, je crois. L'un de ces requins de la finance.

— Tu crois, dis-tu. Il y a un instant à peine, tu en aurais été certain.

Gwen savait qu'elle ne devait s'en prendre qu'à elle-même. Ne l'avait-elle pas appelé Jonathan ? « Je ne ferai pas la même erreur deux fois, se promit-elle. Comment Margaret l'appelait-elle ? Ils ne se donnaient tout de même pas du " très cher-très chère " à longueur de journée, j'imagine. Chéri ? Employait-on cette expression en ce temps-là ? Oui. »

— Nous avons fait des progrès, reprit-elle à son adresse. Ton fantôme a flanqué une raclée à un homme dont le nom ressemble à Corning, lequel travaillait probablement pour le financier Jay Gould, dans le bar réservé aux hommes de l'hôtel *Hoffman.*

— Ce n'est pas un bar réservé aux hommes, c'est un bar. Les femmes n'y vont pas, voilà tout.

— D'accord. Et maintenant, passons aux choses sérieuses. Pendant que nous marchions, tu as vu quelque chose qui a fait resurgir ces souvenirs en toi. Tu regardais vers le coin de la rue, là-bas, à l'endroit où commencent tes rêves.

Corbin leva la tête et fit le point sur le pâté de maisons qui, de l'autre côté de la Septième Avenue, faisait face au Carnegie Hall. Il ne ressentit rien. Sur la 57e Rue, il repéra un auvent vert abritant l'entrée d'un grand building. Sur la toile étaient peints des signes. Un numéro de rue et un nom dont il ne put distinguer que les deux premières syllabes. Le *Os...*

— Hé-ho, chéri ?

Il ne répondit pas. Ses yeux louvoyèrent une fois encore vers l'immeuble massif. Il sentit son estomac se révulser.

— Chéri, que se passe-t-il ?

Il avait remarqué le bâtiment tandis qu'ils portaient leurs pas vers le Carnegie Hall. Il eût été impossible de ne pas le voir. Il lui semblait familier. Si familier qu'il n'avait transmis aucun signal à son cerveau, comme l'entrée de son bureau qu'il franchissait chaque jour sans y faire attention.

— Je vais bien, affirma-t-il alors que son regard revenait une nouvelle fois se poser sur la toile verte.

— C'est cet immeuble en grès brun ?

124

Il opina. L'immeuble comportait onze étages, ce qu'il savait sans avoir besoin de les compter.

— Tu le connais ?

— Non.

Ce fut au tour de Gwen d'écarquiller les yeux.

— Le nom qui est écrit sur la tente commence par le *Os...*, dis-moi la suite.

— Le *Osborne*.

— Tu as déjà vu cet immeuble ?

— Je crois.

— Merde, Jonathan ! L'as-tu déjà vu, oui ou non ?

— Je ne pense pas. Je ne suis jamais venu par ici.

— Alors comment en connais-tu le nom ?

— Je me suis peut-être trompé.

— Tu es exaspérant, à la fin. Allons voir ça de plus près.

— Gwen, je ne mettrai pas les pieds dans cet immeuble !

— Nous n'y entrerons pas, lui promit-elle, nous nous contenterons d'en vérifier le nom et éventuellement de jeter un petit coup d'œil dans le hall.

Corbin se détourna, les mâchoires serrées. Gwen décida de ne pas insister. Le calme relatif dont il avait fait montre toute la journée commençait à s'effriter. Par deux fois son fantôme s'était imposé, et il avait réussi à supporter l'épreuve. Mais cet immeuble semblait, plus sûrement que tout autre stimulus, l'avoir rapproché du cœur du problème. Un seul regard sur l'entrée libérerait peut-être une foule de souvenirs assez précis pour leur faire accomplir un pas gigantesque dans la résolution de ce mystère. Mais l'expérience risquait, ainsi que

Jonathan le craignait, de faire resurgir l'autre personnage. Et d'emprisonner son cerveau. Pour toujours.

— Traversons, tu m'attendras devant ce fast-food pendant que j'irai y jeter un œil.

Corbin se rétracta mais se laissa entraîner. L'idée d'être planté au coin de la rue — de cette rue précisément — ne l'emballait guère. Il se demanda si elle n'agissait pas ainsi à dessein mais s'efforça néanmoins de ne pas céder à la sensation d'appréhension qui croissait en lui.

Là, elle l'examina et ne tourna les talons que lorsqu'il lui eut adressé un petit signe rassurant. A sa grande surprise, Corbin se sentait maintenant tout à fait à l'aise, et prit le temps de se demander pourquoi. Il tournait le dos à l'imposant bâtiment de grès. Autour de lui, rien ne lui semblait familier. Reportant ses regards sur le Carnegie Hall, de l'autre côté de la rue, bâtiment au moins aussi ancien que le *Osborne*, il eut l'impression de le découvrir pour la première fois. C'était certes la première fois qu'il le voyait sous cet angle. Pourtant, si l'homme qui le hantait s'était tenu ici même et si cet endroit lui avait fait une impression assez tenace pour ne pas s'être émoussée un siècle plus tard, le Carnegie Hall aurait dû lui aussi susciter quelque émotion en lui. Mais il ne ressentait rien. Sinon une lancinante sensation de nouveauté.

Laissant son regard dériver vers le sud, d'où avait soufflé le vent cette nuit-là, il n'avisa qu'une théorie de bureaux de béton et de verre. La chaussée même était beaucoup plus large que la rue sombre et encombrée de fils électriques rompus qui se dessinait à la périphérie de son esprit. Incroyablement plus large. Toutes les maisons n'avaient tout de même pas été décalées depuis le

126

siècle dernier ! Non, il ne pouvait s'agir de la même rue !

Tandis qu'il scrutait la Septième Avenue, du côté de Central Park, il ne put s'empêcher de baisser les yeux sur l'endroit où il se souvenait avoir aperçu le chapeau de la femme. Le chapeau d'Emma, d'Anna ou d'Ina, quel que fût son nom. Il n'avait pas non plus sorti cette toque de son imagination. A moins que son imagination ne soit si fertile, ou plutôt que son subconscient recèle tellement de connaissances insoupçonnées qu'il soit capable d'en retrouver la provenance. Lord and Taylor de Broadway, alors que personne aujourd'hui ne se souvenait que Lord and Taylor avait jadis tenu boutique à Broadway.

A l'endroit où il avait découvert la masse gelée de tissu et de plumes, même la neige et la glace avaient un aspect différent. Il pointa bientôt son regard vers le coin où, s'il fallait se fier au plan de Gwen, il avait buté sur le cadavre de George. Il y avait un immeuble très ancien là-bas aussi. D'où il se trouvait, il lui semblait que chaque centimètre carré de sa façade était orné d'inextricables motifs sculptés. Impossible d'oublier pareille bâtisse une fois qu'on avait posé les yeux sur elle. Et il ne l'avait jamais vue. Jamais avant ce jour.

— Tu es prêt ?

Au son de la voix de Gwen, Corbin refit surface. Elle avait rangé son carnet dans son grand sac d'où elle extirpa l'un des livres achetés le matin. Elle en parcourut la table des matières alors qu'ils s'acheminaient vers la 58e Rue.

— Est-il arrivé quelque chose pendant que tu m'attendais ?

— Non, rien. Rien du tout.

— Je veux dire dans ta tête. J'imagine que ça t'a rappelé cette fameuse nuit ?

— Oui, admit-il, mais il ne se trouve rien aux alentours qui me dise quoi que ce soit.

— Sauf le *sborne*.

— Mais comment pourrais-je connaître le *Osborne* et non le Carnegie Hall ? Ou cet immeuble, là.

De son index, il indiqua la façade sculptée de l'immeuble qu'il avait remarqué plus tôt.

— L'*Alwyn Court* ? lut Gwen après avoir consulté l'index de son livre. Construit par untel et untel... Commencé en 1907, achevé en 1909. Il y a tout un baratin sur ses fameuses sculptures. On dirait de la dentelle, tu ne trouves pas ?

— Je ne l'ai jamais vu, j'en suis sûr.

— Quant au Carnegie Hall, selon ce bouquin, sa construction a été achevée en 1891. Apparemment, ça concorde.

— Qu'est-ce qui concorde ?

— D'après ce que m'a raconté le concierge, le *Osborne* est la plus ancienne construction du quartier. Il a été occupé dès 1885. Si ton fantôme a fréquenté le *Osborne* entre 1885 et 1891 et qu'il ne l'a jamais revu par la suite, rien d'autre, dans le coin, ne peut lui être familier. La Septième Avenue est aujourd'hui bien plus large qu'elle ne l'était à l'époque.

— Un instant.

Corbin s'arrêta.

— Comment s'y prend-on pour élargir une rue ?

— En rognant sur les trottoirs, évidemment.

Corbin jeta un regard sceptique autour de lui.

— Ces trottoirs n'ont pas l'air d'avoir été rétrécis, ils me paraissent d'une largeur normale.

— Oui, mais beaucoup de ces immeubles possédaient jadis des petits jardins clos ou des escaliers de pierre. Quand il fut question d'élargir la chaussée, la municipalité n'hésita pas à les faire disparaître. C'est ce qui s'est passé dans certains quartiers de Londres au début du siècle.

Corbin se rembrunit. L'explication de Gwen tenait debout. Et pourtant le contrariait. Des images de majestueuses façades et de délicats jardinets saccagés à coups de marteaux et de leviers défilèrent dans son esprit. Puis il commença à discerner, parmi ces visions, des maisons particulières, des résidences connues. Associés à ces maisons, des noms entamèrent une ronde infernale puis s'envolèrent avant qu'il ait pu les retenir. Un seul s'imposa. Tammany. Le club démocrate qui avait commis ces sacrilèges avec une joie impie.

— Allons-y ! proposa-t-il.

Ils n'attendirent pas, pour traverser la 58e Rue, que le feu passe au rouge. Corbin ne sentait plus ses doigts de pied, et le soleil ne dispensait, en cette fin d'après-midi, qu'un rayonnement sans chaleur. En dépit de la désagréable perspective de passer deux heures sous l'œil inquisiteur de l'oncle Harry, il commençait à aspirer au confort du *Plaza*, encore à deux rues de là.

Il ne ralentit même pas à l'angle de l'*Alwyn Court*, là où George était mort, sous des congères bien plus spectaculaires que celles amoncelées aujourd'hui contre l'immeuble. Mais, un peu plus loin, il eut un brusque halètement.

— Que se passe-t-il ?
— Rien.

Rien et tout. Rien de ce qu'il voyait ne lui était familier. Et pourtant il connaissait cette rue. Elle était étroite, bien plus étroite que les autres, et plongée dans la pénombre, presque ténébreuse. Comme cette rue qui, dans son rêve, décrivait une déclivité.

— C'est la même rue, n'est-ce pas ?

Il acquiesça. Il pouvait presque la voir courir devant lui. C'était là qu'elle s'était retournée, effrayée et rageuse, et l'avait vu, lui, s'avancer vers elle. Là qu'elle avait porté la main à sa bouche — où il avait dû la frapper, car il s'y dessinait une tache de sang séché — et appelé à l'aide en direction d'une fenêtre soigneusement calfeutrée contre la tempête. Puis elle avait virevolté et s'était enfuie. Les bras en croix, pour préserver son équilibre. Le parapluie de Corbin s'élança, et il suivit. Gwen lui emboîta le pas.

— Tu la vois ?

— Plus ou moins.

— Ça va ?

— Oui.

— Ça te revient ?

— Oui.

Tout lui revenait. Les impressions affluaient à vitesse folle, si confusément qu'il ne parvint qu'à grand-peine à en saisir une. Un enfant. Un enfant qu'il méprisait presque autant que la femme qui tentait de lui échapper. A qui était cet enfant ? Était-ce son enfant ? Non. Il l'avait cru, mais c'était faux. Il l'avait laissé quelque part derrière lui. Dans cette maison.

— C'était ma...

Il ne parvint pas à former le mot.

— Dis-le, Jonathan.

— Sa femme, J'en suis sûr, à présent. Il y avait un bébé, un garçon.

— Et puis ? le pressa-t-elle d'une voix contenue.

130

— Je crois que tu dois avoir raison au sujet du *Osborne*. C'est là qu'ils habitaient. Le bébé dort dans une petite pièce aveugle. Une sorte de cagibi. Seul. La nounou et la bonne n'avaient pu venir ce jour-là, à cause de la tempête.

— Jonathan ?

Gwen reprit sa respiration.

— Aurais-tu pu être cet enfant ?

— Non ! se récria-t-il furieusement.

— Du calme, Jonathan.

Elle posa une main apaisante sur le bras du jeune homme.

— C'était une suggestion, rien de plus.

— Je ne suis pas cet enfant. Rien ne nous lie, lui et moi, ajouta-t-il d'une voix acérée.

— Mais la femme est ta femme ?

— Sa femme, oui.

— Donc, elle a eu cet enfant avec quelqu'un d'autre ?

— *Un direct avec ton gauche, mon gars. Puis tu lui défonces les côtes.*

Corbin porta les mains à son visage puis laissa son regard dévaler la rue étroite et s'immobiliser sur un hôtel sans caractère.

— C'est là qu'elle se rendait.

Sa voix avait retrouvé toute son indifférence.

— Il vivait là. Dans les *Appartements.*

— Les appartements ?

— C'était le nom de la résidence. Les *Appartements* quelque chose. *Espagnols,* je crois. C'est lui. C'est le même homme.

— Quel homme ? Celui avec lequel tu t'es battu au *Hoffman ?*

— Oui. Corning, Carney ? Car...

— Tu l'as corrigé parce qu'il avait fait un enfant à ta femme ?

— Oui. Carling.

— Et c'est aussi pour ça que tu l'as laissée, elle, mourir dans la neige ?

— Ansel Carling. J'ai retrouvé son nom.

Gwen se mordit la lèvre. Ses mains tremblaient.

— Elle allait le rejoindre ? Elle te quittait ?

— Elle disait que je ne lui arriverais jamais à la cheville. Mais je l'ai percé à jour. J'ai montré ce qu'il valait. Maintenant, tout New York sait quel...

— Jonath...

— Elle disait que son enfant vaudrait mille fois mieux que moi. Mais nous prouverons le contraire, toi et moi. C'est le sang qui compte. Et un vrai foyer. Tu auras ton propre foyer, Margaret. Une nouvelle vie s'ouvrira à toi. Et le fils que tu me donneras deviendra fort et courageux.

— Oui, mon chéri.

Gwen fit de son mieux pour garder une voix ferme.

— Notre enfant sera fort et courageux. Pas comme l'autre.

— Tu lui apprendras le piano.

La voix de Corbin se radoucit, se fit affectueuse.

— Tu lui parleras français, et tu lui enseigneras les bonnes manières, tandis que je me chargerai d'en faire un homme.

L'esprit de Gwen tournait à cent à l'heure.

— Tu lui enseigneras les arts martiaux. La boxe. Le pancrace.

— Oui. Tout comme John Flood me les a appris. Et je lui apprendrai à jouer au base-ball, à monter à bicyclette, à nager et à conduire un cabriolet. S'il le désire, il ira à Harvard. Et un jour, comme promis, je lui donnerai mon nom.

« Ton nom ! Dis ton nom ! » le supplia-t-elle intérieurement.

Mais ce fut une autre question qui franchit ses lèvres.

— Nous allons nous marier, alors ?

Son regard se déroba.

— Peut-être cela sera-t-il possible... un jour.

Gwen se sentit blessée et peinée pour Margaret. L'aimait-il ou se louait-il une pondeuse ?

— J'aimerais tellement que ce fût possible !

— Pas autant que moi, répondit-il tristement. Mais tant que mon père vivra et que nos affaires me retiendront ici, il nous faudra patienter. Bien que tu ne veuilles l'admettre, tout l'amour que je te porte ne suffirait jamais à effacer les effets de l'ostracisme dont tu aurais à souffrir.

« Bon. Il a au moins eu la décence de ne pas lui servir qu'elle s'était trop déshonorée pour pouvoir prétendre au mariage. »

— Où sera la maison où j'élèverai notre enfant ?

Il la couvrit d'un regard interloqué.

— Mais je te l'ai déjà dit maintes et maintes fois !

— Oui, mais je ne suis qu'une faible femme. Tant de choses s'envolent de ma pauvre mémoire.

Nouveau regard interloqué. C'était le genre d'ânerie qu'aurait pu sortir la grand-mère de Gwen. Mais la pauvre avait une cervelle d'oiseau. Margaret ne devait pas jouer les ravissantes idiotes.

— Je te taquinais, mon chéri. Mais j'aime tellement t'entendre en parler.

Un sourire patient, charmé, éclaira le visage de Corbin.

— La maison est l'une des plus jolies propriétés des environs de New York. J'y ai fait installer le téléphone, un modèle récent. Tu pourras entendre ma voix, quand je serai loin de toi, aussi distinctement que tu l'entends à présent. J'ai également demandé à M. Johnson d'y poser l'électricité, et il m'a promis que les travaux seraient achevés avant la fin de l'été. La maison sera également la première de la ville à être chauffée à la vapeur. Il te suffira de tourner un robinet pour voir couler toute l'eau chaude que tu voudras. Cela t'épargnera la corvée de porter des seaux d'eau lorsque tu désireras prendre un bain.

— Tout cela semble charmant !

— Dans les écuries, tu trouveras une voiture et un traîneau.

Son sourire pâlit, il lui effleura la joue.

— Tu seras heureuse là-bas, Margaret.

— Je sais.

— Tu couleras des jours paisibles. Tu auras un avenir sans histoire et nul autre passé que celui que nous aurons choisi de te donner. Personne ne saura jamais rien. Tu seras une jeune veuve convenable, une très jolie veuve. Quant à moi, je serai dans un premier temps ton protecteur puis ton chevalier servant.

« Un nouveau passé ? » Ça veut dire un nouveau nom.

— Quel sera mon nouveau nom, Jonathan ? Oh, merde !

Les yeux de Corbin devinrent vitreux et se mirent à papilloter. Il s'écarta de Gwen et lança autour de lui des regards interrogateurs, tel un voyageur qui s'aperçoit brusquement qu'il s'est égaré.

— Jonathan ?

Gwen déposa son sac à terre et le saisit par les revers de son trench-coat.

— Jonathan, quel était ce nom ? Comment t'appelais-tu, toi ?

— Elle n'a jamais dit « *Children* » !

— Quoi ?

Ah oui, le mot qu'avait répété la femme pendant qu'il l'enfonçait dans la neige.

— Jonathan, dis-moi ce nom avant de l'oublier, vite ! supplia-t-elle.

— Elle disait « Tilden ». Il s'appelle Tilden !

7

Raymond Lesko traversa la rue étroite, dépassa Corbin et son Anglaise qui, sur le trottoir d'en face, avaient l'air complètement absorbés par une discussion particulièrement captivante, et continua son chemin jusqu'à l'angle de la Sixième Avenue, où il s'immisça dans un petit groupe de gens attendant des taxis devant le *Plaza*. Il profita de cette pause pour se masser la nuque. A force de garder un œil sur le couple Corbin et un autre sur le vieux qui crapahutait derrière eux, il s'était flanqué un torticolis.

La peur et la surprise qu'il avait lues sur le visage du vieil homme s'étaient accusées depuis qu'ils avaient quitté Barnes and Noble. Il avait l'air hagard d'un homme qui, errant dans une maison hantée, tente par tous les moyens de se persuader que les fantômes n'existent pas mais n'en redoute pas moins d'en voir surgir un à tout instant. Lesko se serait presque laissé aller à prendre le pauvre bougre en pitié si celui-ci ne lui avait inspiré une aussi profonde antipathie. Son feutre avait pris en chemin un petit air penché, sans doute lors d'un des nombreux moments où il s'était arrêté pour éponger son visage ruisselant de sueur.

« Curieux, les feutres ! Portez-les droits, et tous les dégonflés de la terre vous font des salamalecs, portez-les de travers, et vous passez pour un poivrot ! »

Au croisement de la Septième Avenue et de la 57e Rue, Lesko s'était mis en faction, les pieds englués dans trente centimètres de neige, derrière un kiosque à journaux fermé, afin d'observer les réactions du vieux et celles de Corbin qui paraissaient l'un et l'autre plus que bouleversés à la vue du *Osborne*. Chez Corbin, de l'avis de Lesko du moins, il s'agissait d'une sorte de malaise, une réticence à aller y voir de plus près. Quant au feutre noir, sans le secours du mur du Carnegie Hall, il se serait probablement écroulé. Et c'était le *Osborne*, aucun doute à ce sujet, qui leur faisait cet effet-là. Lesko en avait acquis la certitude grâce à l'Anglaise. Il n'aurait sans doute jamais fait le rapprochement si elle n'avait pas largué Corbin sur la Septième Avenue, puis fait de grands gestes en direction de l'immeuble avant de se ruer à la réception pour vérifier... Quoi qu'elle ait cherché à vérifier, il lui serait facile de le savoir en interrogeant les employés. En attendant, elle était bien la seule du trio à garder la tête sur les épaules.

« Oh, attention ! On dirait tout à coup que Corbin

136

s'est ressaisi et que maintenant c'est la petite dame qui a l'air tout chose. Voyons, on dirait... Du calme, Raymond ! »

Raymond Lesko venait d'être frappé par une idée, une intuition, que sa nature farouchement pragmatique avait immédiatement voulu refouler. Il avait l'étrange impression que Jonathan Corbin était soudain devenu quelqu'un d'autre. Le jeune homme avait rejeté les épaules en arrière, se tenait droit comme un i et marchait avec une raideur quasi militaire. Curieusement, il avait l'air heureux. Et rajeuni de dix ans. Bien qu'il n'y eût rien d'effrayant ou de menaçant dans son attitude, Lesko sentit un frisson lui parcourir la colonne vertébrale. Et il fut soudain pris d'une furieuse envie de laisser tomber toute cette histoire, d'aller illico se remettre les idées en place au bar du *Plaza*. L'air devait véhiculer quelque chose de contagieux. Car voilà que brusquement, sans raison aucune, il s'était mis, lui aussi, à avoir peur de Jonathan Corbin. D'un Jonathan Corbin transfiguré.

Et qui subissait une nouvelle métamorphose. Lesko observa son « client » qui se ratatinait à vue d'œil, reprenait quelques rides, redevenait l'homme qu'il connaissait : lançant des regards interrogateurs sur tout et sur rien, délivrant de ses lèvres des exclamations saccadées que le détective ne pouvait saisir.

— Tilden ?

Corbin secoua la tête. Tilden était reparti, s'était éclipsé, et Corbin n'avait pas le pouvoir de le faire revenir à volonté.

— Jonathan, fais un effort. Essaie de te souvenir de son nom de famille.

137

Ils étaient presque arrivés sur la Sixième Avenue.

— Elle voulait escalader les escaliers, là. Mais ils étaient couverts de neige. Et elle n'aurait trouvé aucune aide là-haut, de toute façon.

Corbin s'enferma dans un long silence.

— Il y avait quelque chose d'obscène dans le fait qu'elle tente de chercher refuge dans une station de la ligne de chemin de fer aérien. Je n'étais pas le seul à qui elle avait porté tort, je veux dire à Tilden. Tu comprends ? Avec Carling, elle avait terriblement nui à un homme pour qui j'avais beaucoup d'estime. Je lui confiais des choses qu'elle allait répéter à Carling. Et certaines personnes s'en retrouvaient ruinées. Elle lui donnait des informations. Des armes contre eux. Mais si elle avait réussi à le rejoindre, cette nuit-là, je crois bien qu'il l'aurait mise à la porte.

— Qui était l'homme à qui elle avait nui ?

— Je ne sais pas. Il construisait des choses. Quantité de choses.

— Des lignes aériennes, par exemple ?

Gwen réalisa qu'elle la désignait de son index, comme si elle existait encore.

— Peut-être. Ça semblerait logique.

— Étais-tu également impliqué dans la construction du réseau ferroviaire métropolitain ?

— Ça se pourrait.

— Mais tu n'en es pas sûr ?

— Tout m'échappe, Gwen. Je me souvenais de telle-ment de détails, il y a seulement deux minutes. Mais maintenant tout s'éparpille, comme quand on sort d'un rêve.

— Suivons encore cette femme. Peut-être que ça te reviendra.

138

— Sale bâtard ! cracha-t-il brusquement en tournant la tête vers la rue d'où ils venaient de déboucher.

— Qu'y a-t-il ?

Elle tourna la tête à son tour mais ne vit rien, sinon un concierge occupé à déblayer le trottoir et un petit groupe de clients s'apprêtant à se séparer sur le seuil d'un bar.

— Jonathan, qu'as-tu vu ?

— Rien, j'imagine, fit-il en se frottant les yeux.

— Alors pourquoi as-tu dit cela ?

— Je ne sais pas.

Son corps semblait à nouveau s'être tassé. Et ce fut au tour de Gwen de frissonner.

— Allons nous réchauffer au *Plaza*, Jonathan.

— Il y avait quelqu'un derrière nous, Gwen.

— Je sais, répondit-elle.

Lesko, sûr quant à lui de ne pas s'être fait repérer, mais néanmoins troublé par le fait que Jonathan Corbin se soit rendu compte qu'il était suivi, ralentit le pas afin de laisser le vieux au feutre le dépasser. Ce dernier venait de réapparaître. Lesko ne savait pas exactement où il s'était dissimulé mais, à en juger par la neige accrochée à son manteau, il avait dû plonger derrière une poubelle quand Corbin s'était retourné. Titubant, ses yeux vides fixant le lointain, le vieil homme ne remarqua même pas le détective en passant devant lui. Sans doute avait-il purement et simplement oublié son existence. Et, dans le crépuscule qui s'appesantissait déjà sur la ville, Lesko ferma désormais la marche.

Un peu plus loin, il vit Gwen Leamas tirer Corbin par la manche tout en lui indiquant, du moins le lui sembla-t-il, l'entrée du *Plaza*. Mais Corbin secoua la tête et, laissant l'hôtel derrière lui, longea la façade d'un petit cinéma, continua en direction de la Cinquième Avenue et s'immobilisa devant la vitrine de Bergdorf Goodman, sur la 58e Rue. Lesko le vit tendre la main vers la vitrine et les murs du magasin comme s'il voulait s'assurer qu'ils n'étaient pas intangibles. L'Anglaise le prit par le bras, plus fermement cette fois, et le força à se remettre en marche. Elle lui fit traverser la rue, mais lui ne parut pas s'en rendre compte. Tout en marchant, il n'arrêtait pas de gesticuler, pointant son parapluie d'abord vers Bergdorf Goodman puis en direction de l'esplanade de Grand Army, à la manière d'un homme relatant un événement ayant eu lieu dans les parages. Puis Lesko vit les deux jeunes gens s'arrêter et Corbin indiquer, toujours de l'extrémité de son parapluie, un endroit où il n'y avait rien de spécial à voir. On aurait dit qu'il cherchait à harponner ou à embrocher quelque chose avec la pointe de son pépin. Enfin, l'Anglaise le secoua, et le détective les perdit de vue.

Lesko attentit que le vieux suive le mouvement. Mais celui-ci hésitait. Il esquissa à plusieurs reprises un mouvement dans la direction prise par le couple pour aussitôt faire un bond en arrière. Quel était le problème ? Le vieux était au bout du rouleau ou quoi ? Le *Plaza* ! Évidemment. Corbin et sa petite amie se rendaient au *Plaza*, et l'ancêtre ne savait s'il devait les y suivre. Parce qu'un type comme lui avait toutes les chances d'être reconnu dans un endroit de ce genre. Quelqu'un pourrait le remarquer et du même coup se demander pourquoi il avait l'air si démonté. Son nom risquait même d'être prononcé assez fort pour que Corbin l'entende.

« C'est bien ça, hein ? Allons, décide-toi, mon petit père ! J'aimerais autant savoir ce que Corbin glande par ici. Mais ça dépend de toi. Où tu iras j'irai ! »

Lesko nota avec satisfaction que l'autre relevait la tête, époussetait la neige accrochée à son manteau, renouait son écharpe et redressait enfin son feutre. Il s'était décidé à sauter le pas.

— C'est bien, grand-père, murmura Lesko en gravissant derrière lui les marches qui menaient à l'entrée du salon de thé du *Plaza*.

Harry Sturdevant, qui, à défaut d'être vraiment l'oncle de Gwen, connaissait la jeune Anglaise depuis son baptême, était arrivé depuis une vingtaine de minutes. C'était un homme impressionnant, doté d'intelligents yeux bleus et d'une bouche généreuse qui avait acquis, au fil des ans, une expression de perpétuelle bonne humeur. Il affichait un mètre quatre-vingt-dix et avait pris vingt-cinq kilos depuis ses années universitaires à Harvard. Il portait néanmoins son embonpoint avec bonheur, grâce aux bons offices d'un tailleur ultra-talentueux qu'il avait découvert à Londres pendant la guerre.

Il se leva à l'approche de Gwen, qui se frayait un chemin à travers le dédale de petites tables, et la serra dans ses bras avec une telle impétuosité que certaines de leurs voisines en avalèrent leur thé de travers. Corbin se tint à l'écart, attendant, raide et emprunté, que ces effusions prennent fin, puis tendit la main.

— Ravi de vous voir, Jonathan.

Sturdevant leur indiqua deux chaises inoccupées.

— Vous devez tous deux être transis. Asseyez-vous et laissez-moi vous commander quelque chose de chaud. Ou un verre d'alcool, à moins que vous ne teniez à respecter la tradition à la lettre.

Il fit son possible pour éviter de sonder Corbin d'un regard par trop clinique. Mais il avait toujours agi ainsi les quatre ou cinq fois où il avait rencontré Jonathan. Il y avait quelque chose de singulier chez ce garçon, quelque chose qu'il ne parvenait pas à cerner.

— Un café fera parfaitement l'affaire, merci.

Corbin, se sentant nerveux, aurait préféré un whisky, mais il ne voulait pas prendre le risque de glisser dans le passé au beau milieu de la clientèle huppée du *Plaza* à l'heure du thé. Il lui paraissait déjà suffisamment inconvenant d'avoir pénétré en ce lieu sans cravate noire.

— Je prendrai également un café. Et quelques scones, s'ils en ont.

— Mais ils en ont, ma chérie.

Harry Sturdevant adressa un signe à un serveur posté assez près de leur table pour avoir entendu leurs propos, puis se pencha vers Corbin.

— Bon, désirez-vous entrer dès maintenant dans le vif du sujet, ou préférez-vous d'abord vous détendre en parlant de choses et d'autres ?

— Pourrais-je d'abord vous demander ce que vous savez exactement ?

— En d'autres termes, est-ce que je pense que vous débloquez ?

— Oncle Harry !

Tout en gardant ses yeux sur Corbin, Sturdevant posa une main apaisante sur celle de Gwen.

— Je vous connais, assez mal il est vrai, depuis deux ans déjà, Jonathan. Et Gwen m'a chanté vos louanges plus souvent que je ne puis m'en souvenir. C'est une jeune femme sensée, pour laquelle j'ai beaucoup d'af-

142

fection. Et le plus grand respect. Je suis sûr qu'elle n'aurait pu rester attachée aussi longtemps à un être instable. Je n'ai, pour ma part, jamais rien relevé d'inquiétant dans votre comportement. Vous m'avez toujours paru normalement équilibré.

— En fait d'individu équilibré, je suis loin d'être un modèle du genre depuis quelque temps.

— Ce qui nous amène au coup de fil de Gwen. Quels que soient vos problèmes actuels, est-il exact qu'ils n'existaient pas avant votre arrivée à New York ?

— En gros, oui.

— En gros, ou tout à fait ?

— J'étais déjà... troublé par certaines choses avant mon arrivée à New York. Mais elles ne semblaient pas, à l'époque, avoir d'importance.

— Ce qui n'est plus le cas maintenant ?

— Non, en effet.

Corbin se laissa aller contre le dossier de sa chaise. Son attention dériva vers le violoniste, à l'autre bout de la salle. Sturdevant leva un sourcil interrogateur vers Gwen qui lui répondit d'un simple haussement d'épaules.

— Votre attitude, poursuivit Sturdevant à l'adresse de Corbin, trahit votre réticence à dévoiler vos pensées. Ce qui m'incite à vous demander si vous ne préféreriez pas que je pose mes questions à Gwen. Mais j'imagine qu'elle ne possède pas tous les éléments du problème ?

Corbin n'avait pas détaché les yeux du musicien qui entamait sa troisième reprise de *If Ever I Would Leave You.*

— Je me souviens avoir demandé à ce violoniste, commença-t-il d'une voix hésitante, je pense que c'était ici, s'il pouvait me jouer quelque chose de Gilbert et Sullivan. Un morceau extrait de *Iolanthe*, pour être exact. Il s'en alla aussitôt trouver le maître d'hôtel, lequel s'approcha alors de moi pour me dire, avec tout le tact voulu, que Gilbert et Sullivan seraient tout à fait déplacés dans un tel cadre, et que jouer un air d'opérette sur l'Amati du musicien relèverait du sacrilège. Il ajouta aussitôt que si toutefois je souhaitais entendre un morceau de Strauss, de Brahms, de Vivaldi ou de Corelli, il se ferait un plaisir de m'obliger. Je me souviens très clairement de notre conversation. J'étais fort contrarié et le traitais intérieurement de cuistre.

— Continuez, l'encouragea Sturdevant, qui l'observait, fasciné.

— Cette conversation n'a jamais eu lieu. Je ne suis pas particulièrement fana de Gilbert et Sullivan, et je ne pense pas avoir jamais entendu *Iolanthe*. J'ignore même qui était Corelli et ce qu'il a pu composer.

— Mais vous vous souvenez de cette scène de façon précise ?

— Ce n'était qu'un exemple parmi d'autres.

— N'avez-vous jamais poussé la curiosité jusqu'à écouter *Iolanthe* ou vous documenter sur Corelli, pour voir si l'un ou l'autre évoquait quelque chose pour vous ?

— Vous ne comprenez pas.

Corbin se redressa sur son siège.

— Ça vient juste de me revenir. Là, à l'instant, quand j'ai aperçu le violoniste. Je vois des choses, des choses anodines, et je me retrouve submergé de souvenirs.

— Ça dure depuis longtemps ?

— Depuis toujours.

— C'est fréquent ?

144

— Par le passé, ça m'arrivait par à-coups, une ou deux fois par an au grand maximum. Mais maintenant, c'est fréquent. Très fréquent.

— Vous dites que ce phénomène vous affectait déjà auparavant. Avez-vous jamais essayé d'en parler à un spécialiste ?

— Oui. A l'université.

— De quoi vous plaigniez-vous à l'époque ?

— J'avais l'impression d'être quelqu'un d'autre. Par moments seulement.

— Et à qui vous en êtes-vous ouvert ?

— A un professeur de psychologie.

— Que vous a-t-il suggéré ?

— Il pensait que j'éprouvais probablement des difficultés à m'adapter à la vie universitaire, à suivre les traces de mon père — qui avait été la coqueluche du campus dans les années quarante. Toujours selon ce professeur, je souffrais probablement en outre d'un problème d'identité du fait que ma mère s'était remariée et que j'avais été dans l'obligation de porter pendant un temps le nom de mon beau-père.

— Il me semble que ce furent là des conclusions bien simplistes de la part d'un psychologue expérimenté !

— Le pauvre bougre ne pouvait guère faire mieux. Voyez-vous, quand il me demanda si selon moi ces souvenirs et sensations étaient réels, je lui répondis par la négative. Ce qui était un mensonge.

— Puis-je vous en demander la raison ?

— Il m'est arrivé de feuilleter des ouvrages de psychiatrie, docteur Sturdevant. Croire à la réalité de ces souvenirs aurait fait de moi un psychotique. Je n'avais guère envie de voir apparaître ça dans mon dossier universitaire.

— Jonathan...

Le vieil homme fit indolemment tinter ses glaçons dans son verre.

— Je vous sais gré de votre franchise, mais vous m'accorderez que ce fut là une étrange façon d'affronter le problème.

— Sans vouloir vous offenser, vous n'avez toujours pas compris. Mes souvenirs étaient réels, j'en suis plus certain que jamais. Mais qui pouvait m'aider à résoudre un tel casse-tête ?

— Supposez que j'appelle un de mes amis qui...

— C'est hors de question, le coupa Corbin.

— Mais alors, pourquoi avoir accepté de me parler ?

— Parce que Gwen m'a demandé d'essayer de comprendre, avec son aide, l'origine de ce phénomène et parce que, à son avis, vous étiez susceptible de pouvoir nous dire si les faits dont je me souviens ont réellement existé. Puis-je vous demander, à ce propos, ce qu'elle vous a raconté exactement ?

— Que certains souvenirs ancestraux particulièrement vivaces semblaient vous hanter, que vous en ressentiez une terreur bien légitime, et que votre comportement s'en était trouvé quelque peu affecté. Elle m'a également parlé d'une fille de joie du XIXe siècle prénommée Margaret qui lui aurait depuis toujours disputé votre affection.

— Je n'ai jamais dit ça ! protesta une Gwen rouge comme une pivoine. A présent, Jonathan va s'imaginer que je t'ai fait des confidences sur notre vie intime.

« Sur notre soirée d'hier, par exemple, quand il m'a prise pour Margaret au moment où je m'apprêtais à lui tailler une pipe sur la carpette du salon. »

146

— Ce n'est pas grave, la rassura Corbin en lui pressant la main.

— Si, justement ! Ma vie privée n'a rien à voir avec le problème qui nous occupe.

— J'ai bien peur que si, Gwen. Même si je ne l'avais pas compris à l'époque, c'est à cause de Margaret que nous avons plus ou moins rompu l'an dernier. Personnellement, ça ne me gêne pas d'en parler.

— Moi si, bon sang ! Je n'ai aucune envie de laver mon linge sale en famille !

— Jonathan, demanda à brûle-pourpoint Sturdevant, vous n'auriez pas un coup de fil à donner ou envie de vous laver les mains ?

— Merde ! murmura Lesko.

Corbin s'était levé et se dirigeait vers les toilettes.

« Et toi, l'abruti au feutre, quand on surveille un client dans un resto, on évite de se poster au beau milieu du chemin qu'il va fatalement emprunter s'il lui prend l'envie d'aller pisser ! »

Posté, lui, à proximité du jet d'eau, Lesko roula des yeux effarés tandis que l'abruti en question plaquait une main décharnée sur son visage et tentait de se faire tout petit derrière un pilier.

L'ancien flic retint son souffle puis laissa échapper un colossal soupir. Après être passé sous son nez, Corbin avait continué son chemin sans lui prêter la moindre attention. Il y avait vraiment un dieu pour les pochards et les imbéciles. Ou alors le pauvre Corbin marchait tellement à côté de ses pompes qu'il n'était plus dans la course ! « A ce propos... »

Lesko se faufila jusqu'au comptoir derrière lequel œuvrait un chasseur qui s'était fendu d'un sourire jusqu'aux oreilles et d'un grand signe de la main à l'adresse du gros bonhomme assis à la table de Corbin et de sa copine.

— Excusez-moi.

— Oui, monsieur ?

— Vous savez ce que c'est de reconnaître un visage et d'être incapable de lui mettre un nom dessus, n'est-ce pas ?

— Oui, monsieur.

— Cet homme plutôt enveloppé, là-bas, il me semble avoir déjà vu sa tête dans les journaux.

— Vous êtes policier, c'est ça ?

Lesko soupira de nouveau.

— Je dégage un parfum spécial, ou quoi ?

Mais son étonnement était feint. Les poulets et les curetons ! Où qu'ils soient, quoi qu'ils aient sur le dos, il se trouvait toujours quelqu'un pour les flairer. Le chasseur haussa les épaules et reprit :

— Après avoir hésité entre danseur étoile et chercheur à la Nasa, j'ai fini par opter pour le flic. Quant à votre bonhomme, vous l'avez effectivement vu dans les journaux. Il s'occupe pas mal de sport. Pour les jeux Olympiques. C'est le Dr Sturdevant !

Oui. Lesko se souvenait, à présent.

— Henry, Harry, quelque chose comme ça, non ?

— Harry, confirma le chasseur.

— C'est ça. Au fait, puisqu'on parle de sport, combien ont fait les Knicks cet après-midi ?

— Cinq points de moins que les Celtics. Ils vont redescendre de vingt-deux points dans le classement.

— Nom de Dieu !

Le faciès de Lesko devint mauvais.

— Qu'est-ce qui vous arrive ? Vous avez misé le montant de votre loyer sur les perdants ?

148

— Nom de Dieu ! répéta Lesko.

Le vieux s'était débiné.

Harry Sturdevant étala une généreuse couche de marmelade d'orange sur le scone destiné à Gwen.

— Bien. A présent, explique-moi à quoi tu joues.

— Je te l'ai déjà dit, certaines choses sont et doivent rester personnelles.

— Un homme pour qui tu as la plus grande estime vient, sur ta demande et au risque de se faire traiter de fou furieux, raconter ses problèmes à un étranger, et tu décrètes subitement que la conversation prend un tour trop personnel en ce qui te concerne !

— Une femme qui s'est fait proprement éconduire après avoir demandé un homme en mariage accepte mal que sa mésaventure fasse l'objet d'une conversation clinique, oncle Harry ! Dieu sait combien de fois lui et moi avons évoqué le problème en privé.

— Et comme tu l'as dit toi-même, tu as cru qu'il était sur le point de déballer tout votre linge sale devant moi ?

— C'est effectivement ce qu'il s'apprêtait à faire.

— En tout cas, quelles que soient les raisons qu'il t'a données pour justifier son refus, tu sais maintenant qu'elles n'avaient rien à voir avec la vérité.

— Ce qui ne les empêche pas de faire mal. Margaret a toujours été là, n'est-ce pas ?

— Par intermittence, oui.

— Pourquoi ne m'en a-t-il rien dit ?

— D'après ton propre témoignage, jusqu'à hier soir elle n'avait même pas de nom. Qu'aurait-il pu te dire ? Et surtout, qu'aurais-tu pu comprendre ?

149

— En attendant, depuis trois ans... Depuis trois ans il vit avec moi, mais c'est à elle qu'il fait l'amour !

— Ne dis pas n'importe quoi.

— Je ne dis pas n'importe quoi ! C'est arrivé hier soir.

— Et ce n'est qu'hier soir qu'elle a acquis pour lui une certaine réalité. La plupart des gens normaux ont occasionnellement recours à des partenaires sexuels imaginaires, toi y compris en toute probabilité, ma chérie. Mais ce n'est pas le cas ici. Margaret existe pour Jonathan depuis sa plus tendre enfance. Pour le petit garçon, elle représentait une sœur ou une mère idéalisée. Pour l'homme, elle est devenue une amoureuse imaginaire. Mais ne va pas en conclure pour autant qu'il s'adonne en secret à de joyeux ébats avec cette créature. Je peux même te garantir que Jonathan déteste ces intrusions. Elles le troublent profondément. Et il est, je suppose, plus troublé encore par les sentiments contradictoires que cette femme lui inspire.

Gwen approuva machinalement :

— C'est ce qu'il a dit. Il voudrait lui faire l'amour, mais en même temps ça lui paraît terriblement mal. Comment pouvons-nous... peut-il se débarrasser d'elle ?

— En découvrant qui elle était, pour commencer.

— A t'entendre, on dirait que tu la crois réelle !

— Tu ne la crois pas réelle ?

— Depuis aujourd'hui, si.

Après s'être lavé et relavé les mains, Corbin flâna quelques instants devant les vitrines qui tapissaient le hall du *Plaza* puis rasa timidement la haie de plantes vertes délimitant le salon de thé, ne sachant pas s'il

150

devait regagner la table ou attendre qu'on l'y convie d'un signe.

Il savait qu'ils parlaient de Margaret. Par deux fois déjà, il avait vu son nom éclore sur les lèvres de Gwen. Il remarqua que la jeune femme écoutait plus qu'elle ne parlait, ce qui signifiait qu'elle avait pratiquement tout raconté à son oncle le matin au téléphone. Mais Corbin s'en moquait éperdument.

Les sourcils de Sturdevant s'arrondirent insensiblement tandis qu'il survolait les quatre pages de notes que Gwen avait remplies depuis le matin.

— Tout ça est arrivé aujourd'hui ?

— Oui. Principalement au cours des deux dernières heures de notre randonnée.

— Le tout ayant été provoqué par les appartements du *Osborne*. Et tu dis que, par deux fois, le double de Jonathan a pris le dessus ?

— Plus de deux fois. Ça a commencé à deux pas de chez moi. De son index, elle indiqua les premières lignes de ses notes.

— Ah oui. « Arbres, fils électriques et bar du nom d'*O'Neill's, invisibles pour moi.* »

— Plus tard, avant d'engloutir ce colossal petit déjeuner, il a réclamé au serveur des plats que je ne l'ai jamais vu manger.

— « Haddock fumé et hareng saur », lut Sturdevant.

— Et puis tous ces noms qui ne cessent de fuser de sa mémoire.

Le doigt du docteur zigzagua d'un nom souligné à l'autre.

— « *Tony Pastor's,* boxeur nommé John Flood, Ansel Carling, Jay Gould, le *Hoffman...* »

— C'est là où il a été mêlé à cette rixe.

— « ... une femme, sa femme, dont le nom ressemble à Emma. Un certain Johnson, électricien, les *Appartements espagnols...* » Dieu du ciel, un autre cadavre congelé ! « George... un enfant illégitime, encore un autre. Tilden ? »

— On dirait que ce nom te rappelle quelque chose.

— « Tilden » ! Gwen, ma chérie, crois-tu qu'il pourrait s'agir de la part de Jonathan d'un coup monté ? D'une comédie parfaitement mise au point ?

— Qu'aurait-il à y gagner ?

— Je ne sais pas. Pour une raison que je n'arrive pas à m'expliquer, le mot argent vient de me traverser l'esprit. Cela dit, je ne parviens pas à imaginer pourquoi il se serait donné la peine de me duper ni comment il aurait pu te duper, toi.

— Oncle Harry, Jonathan est incapable de jouer la comédie. La notion de ruse lui est totalement étrangère. Je ne l'ai jamais vu mentir délibérément.

— Et pourtant...

— Oui ?

— Ça ne te surprend pas qu'une foule de souvenirs lui reviennent brusquement, comme ça, en moins d'une heure ? Il est vrai que tu l'as soumis à un nombre impressionnant de stimuli. Mais ne trouves-tu pas étonnant qu'après avoir été une véritable loque pendant trois mois il prenne aujourd'hui ces soudaines révélations avec une incroyable sérénité ?

— Il est dopé à mort !

— Pardon ?

152

— J'ai subrepticement glissé dans son café ce matin deux de ces cachets miracles que tu m'avais donnés...

— Rectificatif, protesta Sturdevant, les sourcils froncés. Si tu fais allusion aux capsules de propranolol, je ne te les ai pas *données* mais *prescrites*. Qui plus est, le propranolol n'est pas un tranquillisant. Il s'agit d'un médicament utilisé dans le traitement des maladies cardiaques, qui a la propriété de soulager les effets de la peur et du trac sans affecter les capacités du patient. Je t'avais prescrit ces capsules pour t'aider à dominer ta nervosité à l'occasion de la série d'émissions à laquelle tu devais participer l'automne dernier à Londres. Non pour que tu les distribues au petit bonheur à tes amis.

— Si tu continues à me faire la leçon, je grimpe sur tes genoux, le menaça-t-elle.

— Écoute-moi, sale gamine...

— Oh, oncle Harry, elles lui ont fait un bien fou ! Si tu avais vu Jonathan hier ! Je ne pense pas qu'il aurait pu tenir le coup plus d'une demi-heure sans elles. Et regarde tout ce que ça nous a permis d'apprendre.

— En jouant avec sa santé.

— Je les ai diluées dans son café, protesta-t-elle avec une innocence désarmante.

— Combien de capsules te reste-t-il ?

— Tu m'en avais donné six. J'en ai pris une en septembre. Il m'en reste donc trois.

— Que j'entends récupérer dès demain matin.

— Oncle Harry, je t'adore.

— C'est entendu, mais tu m'as bien compris ?

— Trois capsules dès demain matin. Parole de scout !

— Dans ce cas, je t'adore aussi. Mais sans doute pas

autant que le jeune homme qui trépigne comme un malheureux devant le chariot de pâtisseries.

— Je vais l'appeler.

— Non, va le chercher. J'en profiterai pour relire tes notes.

En fonçant tête baissée vers la sortie donnant sur la 58e Rue, Lesko se traitait de tous les noms. « Soixante secondes ! » pesta-t-il. Il avait relâché son attention soixante malheureuses secondes, et le vieux en avait profité pour se faire la malle.

Dehors, il faisait presque nuit. Il repéra néanmoins son homme immédiatement. Il était à cent mètres de là, courbé en deux, progressant en direction de Bergdorf Goodman et de la Cinquième Avenue.

« Vive les feutres, se dit Lesko. Et vive leurs contours qui se détachent si distinctement dans la lueur crépusculaire des réverbères. »

En dépit de sa démarche incertaine, le vieux allait bon train. Toutes proportions gardées, s'entend. Cap sur le sud, apparemment. Il traversa la Cinquième Avenue, descendit la 58e Rue sans lever une fois le nez, comme un homme branché sur pilotage automatique, et tourna sur Madison. A l'angle de la 53e Rue, Raymond Lesko avisa un hôtel, le *Beckwith Regency*. L'homme en noir, comme aimanté par le cuivre et l'émail de son imposante entrée, pressa le pas. A son approche, le portier se mit prestement au garde-à-vous et se fendit d'un salut auquel l'autre ne daigna même pas répondre. Ignoré par le cerbère, Lesko s'engouffra à son tour dans la porte à tambour.

Dans le hall, tous les membres du personnel semblaient également être au garde-à-vous. Chacun suivit la progression du vieux, un sourire de commande aux lèvres au cas où il lèverait les yeux. Mais il ne les décolla pas de la moquette et continua sur sa lancée jusqu'aux portes d'un ascenseur qu'un groom compassé, vêtu d'un uniforme impeccable, referma derrière lui.

Lesko se détendit. Une journée fructueuse en fin de compte.

Qu'avait-il appris, au juste ?

Que Corbin était obsédé par un événement ayant eu lieu bien avant sa naissance et bien avant celle du vieux en noir, à en juger par les bouquins achetés par l'Anglaise. Quel qu'ait été cet événement, Lesko savait où il s'était produit, ou du moins où Corbin et sa dulcinée pensaient qu'il s'était produit. Il était d'autre part presque sûr que l'argent que Dancer lui avait remis la veille, y compris la prime de mort de quinze mille dollars, provenait de la poche du vieux. Cependant, au vu du second coup de fil donné par Dancer, le vieux n'était pas seul dans la course. A ce propos, que venait faire l'homme des jeux Olympiques, personnage fortuné et plutôt du genre influent — il n'était d'ailleurs pas impensable que le vieux l'ait reconnu —, dans le tableau ? Enfin, Lesko savait qu'il apprendrait quand il le voudrait le nom de la vieille carcasse au portefeuille rembourré qui semblait être le maître des lieux.

Un jour faste, à vrai dire.

Et un jour maigre. Il ne s'était rien mis sous la dent depuis la veille exception faite pour un mini-paquet de gâteaux secs acheté le matin chez le Grec et grignoté à la va-vite dans le métro.

Il décida de souffler un moment, de coucher quelques notes et de feuilleter le livre acheté chez Barnes and Noble, *New York, hier et aujourd'hui* avant de se payer

155

un bon petit resto aux frais de cette pédale de Dancer. Ayant avisé un fauteuil accueillant, il s'y laissa choir, dépiauta son premier cigare de la journée et s'abandonna bientôt à la contemplation absente du voile épais de sa fumée.

Alors que le nuage malodorant se dissipait, il remarqua, sur le mur opposé, une brochette de portraits dans des cadres dorés. La galerie de la dynastie, sans doute. On pouvait admirer des collections du même style dans la moitié des banques de la ville et dans toute autre boîte portant le nom de son fondateur. Le portrait de gauche, le premier de la série, représentait généralement un homme affublé d'une barbe et d'un col empesé. Avec des cheveux blancs et un regard fixe. Ils avaient toujours le regard fixe. Le suivant, le fils du premier, qui avait dû attendre d'avoir la soixantaine pour que son vieux se décide enfin à caner, arborerait, lui, un petit air content de lui, semblant dire : « Maintenant que la vieille carne nous a enfin débarrassé le plancher, place à l'innovation. »

Le sujet du troisième portrait ne faisait d'ordinaire pas partie de la famille. Soit que le type précédent ait aligné conneries sur conneries, soit qu'il n'ait engendré que des dégénérés ou des alcoolos. Le troisième, donc, aurait une mine Grande Dépression, du genre Herbert Hoover. Un regard gentil et un peu mélancolique, histoire que chacun sache combien il était douloureux de flanquer la moitié du personnel à la porte et de diviser le salaire des autres par deux.

Puis viendrait le portrait du premier sujet en costume moderne. Il sourirait, en partie parce que c'était la guerre et que tout le monde avait du boulot, mais aussi parce que c'était l'époque où tous les grands patrons

156

s'évertuaient à se faire portraiturer les manches retroussées et à pondre des slogans expliquant pourquoi acheter leur camelote aiderait à flinguer plein de Japs. Enfin, au moins, il ferait l'effort de sourire. Pas comme cette face de carême, là. L'exception qui confirme la règle. On aurait dit que le dernier de la série avait avalé un manche à balai. « Eh, mais... »

Lesko bondit sur ses pieds.

C'était lui... Le vieux. Avec environ vingt-cinq ans de moins. Mais c'était lui. Lesko s'avança, les yeux rivés à la plaque de cuivre placée au bas du tableau.

Tilden Beckwith II. Président du conseil d'administration des Entreprises Beckwith. Lesko laissa échapper un sifflement. Une huile. Cet hôtel n'était qu'une infime partie de son patrimoine. Une mine chafouine. Des yeux sournois. Tout à fait le genre de type à louer les services de cette petite merde de Dancer. D'une pichenette, Lesko ouvrit son calepin et passa au portrait précédent.

Le père de Tilden. La même tête décharnée. Le même air arrogant. Mais sans la stupidité et la sournoiserie si flagrantes chez l'homme en noir. Non, celui-là avait tout d'un serpent. Il examina la plaque : Huntington B Beckwith. Une autre initiale sans point. 1888-1965.

« Hé, ne nous emballons pas ! »

Lesko sentit un fourmillement au creux de sa nuque. Qui était né en 1888 ? Jonathan T Corbin, premier du nom. N'en croyant pas ses yeux, presque avec effroi, il s'approcha du portrait suivant.

— Nom de..., murmura-t-il.

Il ferma les yeux, recula d'un pas et les rouvrit. Tilden Beckwith I. Pas de deuxième prénom. Pas d'initiale. Né en 1860. Mort en 1944. Environ quarante-cinq ans. Les tempes grisonnantes mais apparemment d'allure svelte et athlétique. Un nez cassé. Une cicatrice familière brisant la ligne du sourcil gauche. Raymond avait sous les yeux le portrait de Jonathan Corbin.

— Réconciliés ?

Sturdevant leva les yeux. Corbin et Gwen avaient passé dix bonnes minutes à chuchoter et à se faire des mamours près d'un arbre en pot.

— Nous avons eu une petite conversation, précise Gwen en prenant place sur la chaise que lui avançait Jonathan.

Sturdevant tapota le carnet de Gwen.

— C'est extraordinaire. Vous plairait-il que je vous fasse un récapitulatif de la situation ?

— Avant toute chose, pourriez-vous me dire ce que vous pensez de tout ça ?

— Vous sentiriez-vous rassuré si je vous disais que vous n'êtes pas le premier à avoir vécu une telle expérience ?

— Des patients à vous ?

— Non. Mais il existe des ouvrages de référence sur le sujet. J'ai déjà effectué quelques recherches aujourd'hui, recherches que je compte approfondir dès demain.

— Docteur Sturdevant, ces ouvrages doivent avoir des titres, être regroupés sous une rubrique...

— Vous craignez, je présume, que la rubrique en question n'ait pour nom schizophrénie ?

— Quelque chose dans ce genre, oui.

— Eh bien, ce n'est absolument pas le cas. Son

158

appellation officielle est « mémoire génétique », ou encore « mémoire ancestrale ».

— Un homme nommé ou prénommé Tilden a vécu entre 1885 et 1892 dans un appartement du *Osborne.*

La tête rejetée en arrière, Harry Sturdevant parcourait à l'aide de ses minuscules lunettes de lecture les notes de Gwen, à présent surchargées de ses propres commentaires.

— Ce Tilden avait un enfant, un garçon, et une épouse qui s'appelait Amma, ou quelque chose d'approchant. Par une nuit de blizzard, elle fuit le *Osborne.* Tilden la pourchasse. En chemin, il trébuche sur le cadavre d'un certain George. Plus tard, la femme tente d'accéder à un immeuble que vous croyez avoir reconnu aujourd'hui et que vous appelez les *Appartements espagnols.*

— Oui.

— S'agissait-il du *Navarro Hotel* ?

— Je ne sais pas, je n'ai pas vu d'enseigne.

— Il y avait là, à l'époque, un énorme ensemble d'appartements connu sous le nom d'*Appartements Navarro* ou encore *Appartements espagnols.* Le *Navarro Hotel* est plus récent. La femme passe sous la voie aérienne enjambant la Sixième Avenue. Vous êtes frappé par l'ironie du sort qui l'amène à chercher secours là, alors que, d'une manière ou d'une autre, elle s'est servie de cette ligne pour vous trahir et causer la perte de certaines personnes, notamment d'un homme pour qui vous aviez « beaucoup d'estime ». Voyant qu'elle ne trouvera aucune aide à cet endroit, elle tente en vain d'attirer l'attention de deux policiers. Puis elle pousse jusqu'à la Cinquième Avenue et parvient à une grille en fer forgé s'ouvrant sur une grande demeure. Il s'agit sans doute de la maison de Cornelius Vanderbilt II. Elle se trouvait juste en face de l'emplacement actuel de Bergdorf Goodman. Après s'être détournée du refuge qu'aurait pu lui offrir la maison des Vanderbilt, elle échoue devant un chantier de construction, qui aurait très bien pu être celui de cet hôtel. Qu'en pensez-vous, Jonathan ?

— Pourquoi pas ? J'ai pourtant l'impression qu'il y a quelque chose qui cloche.

— Vous avez raison. Le *Plaza* d'aujourd'hui fut bâti en 1909. Mais auparavant, sur le même emplacement, s'élevait un autre hôtel *Plaza*. Quand nous partirons, je demanderai en quelle année il a été construit. Mais quelque chose me dit que la réponse sera 1888. A présent que nous avons déterminé la date probable de ces événements et identifié, du moins partiellement, deux des victimes de la tempête, il ne devrait pas s'avérer trop difficile de retrouver leurs noms et le vôtre. Et, bien que cela risque de nous poser plus de problèmes, nous pourrons toujours tenter de découvrir si un Ansel Carling a jamais habité les *Appartements Navarro*. C'est bien le nom de l'homme que vous avez étrillé au *Hoffman,* n'est-ce pas ?

— Oui.

— Où se trouvait le *Hoffman ?*

— Je ne sais pas. Quelque part dans le centre.

Corbin eut un geste d'impuissance.

— Vous résistez, Jonathan. Essayez de voir à travers les yeux de votre double. Décrivez-nous le bar du *Hoffman*.

— Je... c'est impossible. Je ne l'ai vu qu'en rêve, et ça date d'hier.

160

— C'est encore frais dans votre esprit, insista Sturdevant. Les notes de Gwen font état d'une immense peinture, d'une véritable fresque de nus folâtres.

— Et d'un vestiaire. Tu y as déposé ton manteau et ta canne. Au bar étaient présents deux hommes que tu connaissais, l'un d'eux avait les cheveux longs.

— Des acteurs, murmura Corbin.

— Qui ?

— Les deux du bar. L'un jouait dans un spectacle sur le Far West. J'ai presque envie de l'appeler Buffalo Bill.

— Il n'est pas impensable qu'il se soit effectivement agi du colonel Cody.

— L'autre faisait du théâtre. Un peu plus petit... il avait également un rapport avec le *Osborne*. Y vivait-il ?

— C'est à vous de me le dire. Son nom vous dit-il quelque chose ?

— Non.

— Décrivez-le-moi.

— Des cheveux roux. Pas très grand. Mince.

— Portait-il la barbe ou la moustache ?

Corbin ferma un instant les yeux.

— Je ne crois pas, non. Maintenant que vous m'y faites penser, il me semble qu'il était le seul, dans la salle, à n'avoir ni l'une ni l'autre.

— Très bien, Jonathan. Les acteurs devaient généralement être rasés. Dites-moi son nom.

— Je ne peux pas.

— Et le maître d'hôtel qui met fin au combat ? Oscar. Quel était son nom de famille ?

— On l'appelait Oscar, tout simplement.

161

— Il n'était pourtant pas courant, vers 1888, d'appeler un homme par son prénom, quel que fût son rang.

— Oscar du *Waldorf,* balbutia Jonathan. Par la suite, on l'a appelé Oscar du *Waldorf.* Le *Waldorf Astoria* avait débauché le maître d'hôtel du *Hoffman.*

— Vous vous en souvenez ou vous l'avez lu ?

— Je me souviens l'y avoir vu. Il était plus âgé, mais encore jeune.

Sturdevant semblait intrigué par la mention du *Waldorf.*

— Quand vous êtes entré, le bar était sur votre gauche ou sur votre droite ?

— Sur ma gauche.

— Et le vestiaire ?

— A ma droite.

— Et le tableau de nus ?

— Sur la gauche.

— Décrivez-moi le bar.

— Je ne sais pas. C'était un bar, tout simplement. En bois sculpté. Le comptoir devait être en marbre. Mais quel intérêt ?

— Un peu de patience. Y avait-il un miroir derrière le bar ?

— Non.

— Un bar sans miroir ?

— Non. Je crois qu'il y avait une peinture. La même que... Attendez. Non, il y avait bien un miroir. Mais fixé en hauteur. En levant la tête, on voyait les immenses nus auxquels on tournait le dos.

— Excellent ! Comment s'appelle l'acteur ?

— Je ne...

Les mots moururent sur les lèvres de Corbin. Gwen lui toucha le bras.

162

— Ça va, Jonathan ?

— Oui.

— Jonathan ? Tu es bien Jonathan, en ce moment ?

— Oui, oui ! Ça va !

— Il vient de se passer quelque chose, n'est-ce pas ? tu te souviens de son nom ?

— Ella !

— Ella ?

— Ella. La femme de la tempête. Son nom est Ella.

— Comment diable cela t'est-il revenu ?

— L'acteur. Elle pensait qu'on n'aurait jamais dû tolérer sa présence au *Osborne*. Mais elle n'aimait pas la résidence, de toute façon. Trop loin de tout, sauf du quartier noir. J'aimerais bien boire quelque chose...

— Nom de Dieu ! répéta Lesko en réglant l'objectif de son Nikon.

Tilden Beckwith. Il prit plusieurs clichés du portrait puis photographia ceux de Huntington Beckwith et de Tilden II.

« A présent, réfléchissons ! Où le frère siamois de Corbin a-t-il été pêcher son I ? Seuls les rois et les papes pratiquent cette numérotation. Ce type n'avait pas l'air du genre de corniaud à se bombarder roi. »

Mais la plaque de cuivre avait été placée là après sa mort. Pour souligner une relation qui aurait pu échapper à l'observateur. Parce que Tilden II n'avait pas l'ombre d'un brin d'une ressemblance avec Tilden I. Le vieux Huntington lui ressemblait un chouïa. Mais d'une curieuse façon. Lesko recula. « Mais oui, bien sûr ! » C'était ça qui lui avait paru bizarre quelques instants plus tôt. Le portrait avait été retouché. Les traits avaient subi de subtiles modifications, de façon à donner à

163

Huntington un semblant d'air de famille avec son père, le portrait craché de Corbin.

Jonathan T Corbin. Pas de point après l'initiale. « Que signifie ce T, Corbin ? Le sais-tu seulement ? Pose-moi la question, et je te parierai tout ce que tu voudras que ça veut dire Tilden. »

Lesko s'apprêtait à examiner le portrait du fondateur de Beckwith et Compagnie, Stanton Orestes Beckwith, lorsqu'un souvenir fulgurant annihila toute autre pensée en lui. Il effleura la plaque de cuivre au bas du portrait... Encore 1944. Le jumeau de Corbin, né en 1860 avait passé l'arme à gauche la même année — et, il y avait tout à parier, le même mois — que la moitié de la famille Corbin à Chicago.

Lesko prit du recul pour étudier le visage cadavérique de Huntington Beckwith.

« C'est toi, mon salaud. Toi et ton pantin de fils, là. Tu les as tous fait buter, sauf le polichinelle qui était encore dans son placard. »

Lesko perçut le soupir des portes à tambour. Il n'y aurait pas prêté attention s'il n'avait vu, du coin de l'œil, tous les employés se remettre aussitôt au garde-à-vous, comme à l'arrivée du vieux. Derrière lui, des pas rapides se firent entendre sur l'épaisse moquette. Quand ils l'eurent dépassé, il se retourna pour voir un petit homme vêtu de noir entrer à grandes enjambées dans l'ascenseur emprunté dix minutes plus tôt par Tilden II.

Eût-il été moins fatigué et moins préoccupé par la galerie de portraits, Lesko aurait réalisé qu'une fois dans l'ascenseur l'homme allait fatalement se retourner. Mais, plus qu'exténué, Lesko était en fait abasourdi. Il ne faisait pour lui plus aucun doute qu'un massacre s'était commis en mars 1944. Et quelque chose lui disait qu'il n'avait pas encore exhumé tous les cadavres. « Quand on se lance dans une opération de cette envergure, on s'arrange généralement pour nettoyer dans les coins. » Ce fut au moment où cette pensée s'insinuait dans l'esprit du détective que le petit homme, impatient que les portes se referment, fit volte-face. Il se crispa.

Son regard venait de télescoper celui de Raymond Lesko.

— Laissez-moi d'abord terminer, dit Harry Sturdevant. Et, si ça ne vous dérange pas, je préférerais que nous nous passions de boissons alcoolisées jusqu'au dîner.

Sturdevant s'inquiétait en fait de la dose de propranolol toujours active dans l'organisme de Corbin.

— Revenons-en à Tilden et à Ella, en supposant que ces noms soient exacts. A la mi-mars 1888, encore une supposition, Tilden cause la mort de sa femme de façon non préméditée. D'après ce que nous savons, Ella avait un amant qui lui fit un enfant et qu'elle tenta, au prix de sa vie, de rejoindre au *Navarro*. Tilden semblait être au courant de leur liaison...

— Je pense qu'il venait de l'apprendre, le coupa Corbin.

— Quand, ce soir-là ?

— Margaret...

Corbin s'interrompit et prit une profonde inspiration.

— Je ne sais pas si je ne suis pas en train de fabuler...

— Raconte-nous quand même, Jonathan.

— Je crois que je n'avais pas la moindre idée de la durée d'une grossesse.

— Beaucoup d'hommes et de femmes de cette époque étaient très ignorants en la matière. Il existait bien un ou deux traités d'éducation sexuelle, mais leurs auteurs se retrouvaient fréquemment derrière les verrous pour attentat à la pudeur. Vous évoquiez Margaret ?

— Je pense qu'elle a essayé de lui ouvrir les yeux, d'attirer son attention sur le fait qu'il était en voyage quand le bébé fut conçu. Il a fini par piger et par interroger Ella. C'est ainsi qu'elle lui a tout avoué.

Corbin observa une pause. La colère qui avait point en lui n'avait pas échappé à Sturdevant.

— Pour Carling ?

— Il y avait autre chose. Je ne sais plus quoi exactement. Une machination liée à ses affaires. Jay Gould y était impliqué.

— Ensuite, si je comprends bien, vous vous êtes vengé de Carling. Celui-ci a alors proféré des menaces à l'encontre de Margaret, et, inquiet pour la sécurité de la jeune femme, vous l'avez éloignée.

— Elle devait avoir son enfant ! intervint Gwen.

— Quel enfant ?

— Il voulait un fils, répondit la jeune femme. Il devait installer Margaret à Greenwich et lui procurer une nouvelle identité. J'ai appris tout ça de la bouche de Jonathan, en jouant le rôle de Margaret.

— Alors qu'il était devenu Tilden ?

— Oui.

— Jonathan, que vous rappelez-vous de cette conversation ?

— Pratiquement rien.

166

— Vous souvenez-vous d'avoir demandé à Margaret de porter votre enfant ?

— Non, répondit-il à voix basse. Mais je sais que c'est vrai.

— D'après Gwen, votre Tilden a, au cours de ces dernières vingt-quatre heures, pris possession de vous complètement à plusieurs reprises et partiellement à d'autres.

— Partiellement ?

Corbin lança un regard interrogateur à Gwen.

— Comment ça ?

— Gwen a mentionné, entre autres exemples, votre copieux petit déjeuner, inhabituel pour vous, et les plats que vous avez essayé de commander. Les gens de l'époque victorienne avaient l'habitude de se lester de solides petits déjeuners. La conclusion qui s'impose est que les goûts de Tilden et, par conséquent, sa conscience empiète sur les vôtres plus souvent que vous ne le croyez. Ce qui a peut-être été le cas toute votre vie.

— Il m'est arrivé de faire certaines choses, murmura Corbin, et de me demander ensuite ce qui m'y avait poussé. Mais tout le monde en est là.

— Avez-vous déjà souffert d'absences, de trous de mémoire ?

— Non, mentit Corbin.

— Jamais ?

— Tout allait bien avant mon arrivée à New York, mentit-il à nouveau.

— Avant que nous n'allions plus loin, j'aimerais consulter certains ouvrages de ma bibliothèque. J'habite à dix minutes d'ici.

— Que m'arrive-t-il ? interrogea Corbin. Suis-je en train de perdre la raison ?

167

— Non.

— Suis-je hanté, possédé ?

— Ne dites pas de bêtises !

— Alors, que reste-t-il ? Ai-je eu une vie antérieure ?

—D'une certaine façon, oui, Jonathan.

8

— C'est lui, répéta le vieillard.

Effondré dans son fauteuil à haut dossier, derrière son
immense bureau Sheraton, il paraissait frêle et diminué.
Son chapeau traînait sur la table devant lui, mais il avait
gardé son manteau.

— C'est lui, et il sait.

— Non, monsieur, il ne sait rien.

L'homme que Lesko connaissait sous le nom de Dancer se tenait parfaitement droit, les mains dans le dos,
devant l'énorme bureau.

— Pour le détective, c'est une autre histoire, reprit-il.
J'ai eu tort de le sous-estimer.

Lauwrence Ballanchine s'approcha du téléphone dont
il décrocha le combiné.

— Que comptez-vous faire ?

— Mettre un terme à cette affaire, du moins je
l'espère.

— Attendez ! Attendez un instant. Nous devons
d'abord réfléchir. Nous concerter.

168

— Mais, monsieur, soupira l'impeccable petit homme, c'est tout réfléchi, il me semble. Vous venez de dire que Corbin a, cet après-midi même, reconstitué l'itinéraire suivi par votre grand-mère la nuit où elle a été assassinée. Il dispose de toute évidence de certaines informations. Et sa connaissance des faits ne va pas tarder à devenir embarrassante, surtout s'il vous a reconnu.

— Je peux vous garantir que non... je me suis montré très discret... très habile.

— Il est effectivement possible que vous ayez rendu un grand service à la firme, monsieur Beckwith. Vous avez néanmoins pris un risque considérable, inacceptable. A l'heure qu'il est, le détective a propablement établi la nature du lien qui vous unit à Corbin. Sans parler de mon rôle dans cette affaire.

— Mais alors, ce Lesko est le seul à savoir. Par conséquent le seul maillon qui me lie à Corbin. Brisez ce maillon, et toute la chaîne se disloquera. Et Corbin et ses amis en seront pour leurs frais.

— Monsieur...

Ballanchine roula des yeux excédés.

— Tenez-vous vraiment à passer le reste de votre vie dans la peur de vous retrouver nez à nez, au détour d'une rue, avec Jonathan Corbin ?... Ses amis ? Quels amis ?...

Le vieillard se contenta de secouer stupidement la tête.

— Monsieur Beckwith, auriez-vous aperçu Corbin et Mlle Leamas en compagnie de quelqu'un d'autre ?

— Heu... ils ont simplement pris le thé au *Plaza*, avec un monsieur de mon âge. Un médecin, il me semble.

— Comment le savez-vous ?

— Je les ai vus, je les ai épiés...

— Non, comment savez-vous que l'autre est médecin ?

— Je le connais vaguement. J'ai oublié son nom. Il passe sa vie à discourir sur les nageurs et les champions de toutes sortes.

— Et ils ont rejoint ce médecin après avoir fait étape au *Osborne*. Leur rencontre n'était donc pas le fait du hasard ?

— Probablement pas, mais ça ne prouve rien.

— Le dernier des Corbin s'acharne à reconstituer les ultimes instants de votre grand-mère, et vous voulez me faire avaler qu'à quatre heures pile il a mis cette histoire au placard pour aller gentiment deviser de choses et d'autres devant une tasse de thé ?

— Je ne sais pas... je...

Ballanchine empoigna à nouveau le combiné du téléphone.

Aussitôt que Sturdevant eut effleuré la sonnette silencieuse, une petite voix de femme résonna dans l'interphone. En l'entendant, Corbin se contracta et cligna nerveusement des yeux. Puis la porte fut promptement ouverte et le trio accueilli par la gouvernante du médecin, une grande et grosse Noire avenante qui étouffa Gwen de baisers et que Jonathan se vit présenter sous le nom de Mme Starling. Corbin, de l'avis de Sturdevant, parut plus que déconcerté. Peut-être croyait-il la connaître ? Ou était-ce simplement que son fantôme n'avait pas l'habitude d'être ainsi présenté aux domestiques. Il se promit d'élucider la question au plus tôt.

Le bureau du docteur se révéla être tel que Corbin

170

l'avait imaginé : trois murs uniquement constitués de rayonnages, sur le quatrième étaient exposées une vingtaine de photos et de lettres encadrées couvrant une période de plus de soixante ans. Sturdevant, qui avait étonnamment peu changé au fil des ans, avait posé, échangé des poignées de main et bavardé avec toute une pléiade de grands personnages, dont sept présidents. Corbin passa en revue les illustres occupants de la Maison-Blanche. Gerald Ford... Franklin Roosevelt... Woodrow Wilson... La série s'achevait sur Theodore Roosevelt. Sturdevant ne devait guère avoir plus de quinze ans sur ce dernier cliché. Sur la photographie jaunie apparaissait un troisième homme, que Corbin identifia comme le père de son hôte. Immortalisé en compagnie de Teddy Roosevelt. Teddy. Même face à cette image, Corbin avait du mal à concevoir que Theodore Roosevelt ait été président. Non qu'il trouvât à y redire. Absolument pas. Seulement...

— Veuillez vous asseoir et vous mettre à l'aise, je reviens dans cinq minutes.

Sturdevant désigna d'un geste la congrégation de fauteuils capitonnés disposés devant son bureau et quitta la pièce, refermant la porte derrière lui.

— Je ne vois ni Carter ni Reagan, fit remarquer Corbin en indiquant le chapelet de présidents.

— Oncle Harry ne leur a jamais pardonné d'avoir saboté les deux dernières olympiades. Il possède également, dans ses dossiers, un cliché le représentant avec Adolf Hitler aux jeux Olympiques de 1936. Mais il en veut aussi beaucoup à Hitler. Tu ne te sens pas bien ?

— Je vais très bien, je t'assure.

La seule chose qui le tracassait était qu'il ne parvenait pas à se souvenir où il avait pu rencontrer cette femme,

Mme Machin, là, la gouvernante. Autrement, tout allait pour le mieux.

— Mlle Gwen et son ami vont rester à dîner, docteur Sturdevant ? s'enquit Cora Starling alors que son employeur franchissait le seuil de la cuisine.

— Oui. Pourriez-vous nous servir un dîner léger d'ici environ une heure, Cora ? Je crois que je vais également leur demander de passer la nuit ici. Navré de vous prévenir à la dernière minute.

— Aucun problème, docteur. Je vous avais préparé une sole meunière, mais je crains que ça ne soit un peu juste pour trois. Que diriez-vous d'un potage et de quelques sandwiches ?

— Ce sera parfait, Cora. L'essentiel est que ça ne vous cause pas trop de tracas... Au fait, Cora, que pensez-vous de M. Corbin ? N'y a-t-il rien dans son attitude qui vous ait frappée lorsqu'il vous a saluée ?

— Il m'a l'air d'un gentil garçon, répondit Cora avec une pointe d'hésitation dans la voix. Mais Mlle Gwen le connaît mieux que moi.

— Cora, vous êtes dotée d'une intuition exceptionnelle. J'aimerais vraiment connaître votre opinion.

— Il m'a dévisagée d'une drôle de façon. Sur le moment, j'ai cru qu'il avait quelque chose contre les gens de couleur. Mais, à la réflexion, j'ai plutôt l'impression qu'il a été surpris que vous nous présentiez l'un à l'autre. Il m'a ensuite détaillée de pied en cap, à la manière de quelqu'un qui cherche à se remémorer quelque chose.

— Il croit avoir vécu une vie antérieure, Cora. Pour être plus précis, il croit porter en lui la mémoire d'un autre.

172

— Qui aurait vécu quand ?

— Au siècle dernier.

— A l'époque où les Blancs préféraient faire comme si les Noirs n'existaient pas ?

— Ils se comportaient ainsi envers tous les domestiques, Cora. Peut-être lui avez-vous fait penser à quelqu'un qu'il aurait connu dans son autre vie !

Cora opina du bonnet.

— C'est dans les yeux. Ils se reconnaissent par les yeux.

— De quoi parlez-vous ?

— C'est ce que disait ma grand-mère. Elle croyait à ces histoires de vies antérieures. Elle prétendait qu'ils se reconnaissaient par les yeux.

— Elle pensait que les gens ayant vécu d'autres vies se reconnaissaient au premier coup d'œil ?

— Non, pas vraiment. Elle disait qu'ils captaient un signal quand leurs regards se croisaient. Comme lorsque vous rencontrez quelqu'un dans une boutique ou à l'arrêt du bus, que vous trouvez immédiatement sympathique, antipathique, voire effrayant, tandis que cette personne vous regarde à son tour en ayant l'air de se demander où elle a bien pu vous rencontrer.

— Ne s'agit-il pas tout simplement de voir un visage qui vous en rappelle un autre ?

— Peut-être.

— Oui ou non ?

— Dans vos bouquins, on appelle ça une réaction de dénégation. Ce qui revient à dire qu'on ferme son cœur pour écouter la voix de la raison. C'est ce qui maintient tant de gens dans l'ignorance, disait ma grand-mère.

— Votre grand-mère, dites-vous ! glissa malicieusement Sturdevant.

— Je crois que je ferais mieux de retourner à mes fourneaux !

Sturdevant frappa avant d'entrer.

— Mme Starling va nous apporter du sherry dans un instant, annonça-t-il avant de se choisir un siège devant la petite table de salon et d'inviter, d'un geste, les deux jeunes gens à se joindre à lui.

Puis, ayant placé le carnet de Gwen devant lui :

— En attendant, je vais vous poser quelques questions.

— Docteur Sturdevant, attaqua Jonathan bille en tête, j'aimerais que nous en venions au fait. Vous parliez de vie antérieure.

— C'est vous qui m'avez posé la question. Et j'ai répondu : « D'une certaine façon. »

— Mémoire génétique ou mémoire ancestrale, quel que soit le terme qui s'applique à mon cas, j'aimerais au moins savoir de quoi il retourne.

— En somme, j'ai suffisamment atermoyé comme ça !

— Oncle Harry, intervint Gwen, quoi que tu aies à lui annoncer, Jonathan n'est pas du genre à se rouler par terre en s'arrachant les cheveux.

— Ce n'est pas ça.

Le docteur accompagna sa réponse d'un grand geste de dénégation.

— Le fait est que je ne sais par où commencer. Si j'ai étudié le phénomène que je m'apprête à vous décrire, je suis loin d'être un expert en la matière. Je doute d'ailleurs que quiconque puisse se targuer de l'être et...

— Et vous craignez que je vous trouve encore plus fou que moi ?

174

— A peu près, Jonathan.

Un coup discret fut frappé à la porte.

— Sauvé par le gong !

Cora Starling fit son entrée et déposa devant eux un plateau chargé d'une bouteille de Malmsey et d'un assortiment de fromages.

— Parfait, Cora, merci.

— L'un de vous désire-t-il que je mette ses chaussures à sécher ?

Elle regarda Corbin.

— Jonathan ? intervint le docteur.

— Ça va, merci.

Il savait qu'il l'avait ouvertement dévisagée. Que, lors des présentations, son attitude avait frisé l'impolitesse.

— C'est très gentil, madame Starling, parvint-il enfin à articuler avec un sourire contraint.

— Je croyais me souvenir qu'elle s'appelait Lucy, reprit-il une fois que la grosse Noire les eut laissés.

— Elle s'appelle Cora. Ça fait trente ans qu'elle est à mon service. Puisqu'on parle de noms, celui de Bridey Murphy vous dit-il quelque chose ?

— Heu... oui... N'existe-t-il pas un bouquin sur la réincarnation où l'on relate le cas d'une femme qui était persuadée d'avoir vécu au siècle dernier dans la peau d'une Irlandaise nommée Bridey Murphy ?

— C'est exactement ça.

Sturdevant pivota sur son fauteuil, sa main alla saisir sur une étagère un livre hérissé de marque-pages.

— Comme vous le voyez, depuis ma conversation téléphonique avec Gwen, je me suis employé à me rafraîchir la mémoire sur la question. Ce livre a suscité, dans les années cinquante, une polémique qui ne s'est, du reste, pas encore apaisée. Cette affaire mit en scène une brave mère de famille du Colorado et un hypnotiseur amateur qui devint par la suite l'auteur du livre. Sous hypnose, la femme était replongée dans ce qui semblait être une vie antérieure. Elle savait par exemple qu'elle était née à Cork en 1798 et morte à Belfast à l'âge de soixante-six ans. Elle était capable de citer les noms de ses voisins, de ses proches, de décrire les boutiques et les fermes des environs, et le tout dans un authentique patois irlandais. Elle fournit une multitude de détails obscurs qui firent l'objet de vérifications ultérieures. Mais ce qui rendait les enregistrements de ces séances d'hypnose si convaincants était le caractère résolument prosaïque de la vie de Bridey Murphy. La plupart des individus prétendant avoir vécu dans le passé ont en effet tendance à s'arroger des titres de prince égyptien ou de comtesse française. Personne ne semble jamais se rappeler avoir été plombier.

Ce fut alors que Corbin, l'air modérément intéressé, reprit la parole :

— Si je ne m'abuse, on a établi depuis que ces souvenirs n'étaient que le fruit, ou le résidu, de ses lectures et d'histoires entendues dans son enfance. Et beaucoup des détails obscurs qu'elle avait donnés auraient été erronés.

— Oui, ce fut là l'un des arguments principaux retenus contre la pauvre femme : à défaut d'être coupable d'imposture, elle aurait été victime de ses illusions. Elle aurait attrapé son parler irlandais auprès de quelques cousins. Ses récits n'auraient été qu'un tissu de fantaisies et de bribes de souvenirs. Malheureusement pour ses détracteurs, il leur fut impossible de lui dénicher le moindre petit cousin qui connût les mêmes détails, qui fût né à Cork, ou qui eût ne serait-ce qu'entendu parler du village qu'elle décrivait. Cette femme connaissait des choses qu'elle n'avait eu aucun moyen d'apprendre. Des détails ignorés de tous jusqu'à ce qu'aient été effectuées des recherches dans de vieilles archives irlandaises...

— Mais, l'interrompit Gwen, comment expliques-tu les détails inexacts ?

— C'est très simple, s'empressa de répondre le docteur, sa mémoire lui jouait des tours !

— Un peu léger comme explication, oncle Harry !

— Qu'arriverait-il si je te demandais de me relater dans le détail un événement mineur dont tu aies été témoin il y a quatre ou cinq ans ? Tu commettrais fatalement assez d'erreurs grossières pour que je sois en droit de douter de ta présence lors dudit événement.

— Très bien ! repartit Gwen en jetant un regard vers son ami pour voir comment il prenait les choses. Admettons qu'elle ait eu une vie antérieure. Crois-tu oui ou non qu'il en soit de même pour Jonathan ?

— Pas si vite, répondit le docteur. Tout d'abord, sachez qu'à mon avis notre ménagère du Colorado n'a jamais vécu dans le passé. Une école de pensée, à laquelle je souscris, postule que le phénomène Bridey Murphy et les centaines de cas qui s'y apparentent n'ont rien à voir avec la réincarnation mais procèdent en fait de ce qu'il convient d'appeler la mémoire ancestrale.

— Cette affaire a eu un grand retentissement dans la presse de Chicago, se souvint Corbin. Une partie de la famille de cette femme habite là-bas. Si ma mémoire est bonne, il fut établi que, n'ayant aucun lien familial avec Bridey Murphy, elle ne pouvait avoir hérité de ses souvenirs.

— Et qui vous dit qu'elle ne descendait pas de Bridey Murphy ?

— Elle l'aurait su. Ou du moins, sa mère ou sa grand-mère l'aurait su.

— Pas nécessairement, Jonathan. Il est rare que quiconque puisse retracer avec certitude son ascendance au-delà de trois générations. Les livres d'histoire sont truffés d'enfants illégitimes : Vinci, Alexandre Dumas, Guillaume le Conquérant, Richard Wagner, pour ne citer qu'eux. Pour chaque bâtard connu, il en existe certainement des centaines d'insoupçonnés, qu'ils aient été le fruit d'adultères ou encore des enfants volés, vendus ou achetés. La généalogie peut difficilement prétendre au titre de science exacte.

— Vous êtes en train de me dire que je pourrais être le descendant du fils que Margaret a donné à Tilden, logiquement leur arrière-petit-fils ?

— Je dis que c'est une voie à explorer.

— Mon arrière-grand-mère s'appelait Charlotte Whitney Corbin. Il n'y a aucun doute à ce sujet.

— Elle a peut-être adopté ton grand-père ? avança Gwen.

D'un haussement d'épaules, Corbin rejeta cette hypothèse.

— D'après le photos que j'ai vues d'elle, je lui ressemble beaucoup trop. Admettons cependant que tel soit le cas, il n'en reste pas moins qu'entre accepter cette idée et accepter que je me trimbale dans la cervelle les pensées de Tilden, il y a quand même une marge ! Et puis, cette histoire de mémoire génétique n'est que pure spéculation.

— C'est plus qu'une simple théorie, Jonathan. En

fait au cours de son existence, chaque créature stocke des informations qui vont se transmettre de génération en génération. C'est précisément ainsi que s'accomplit l'évolution des espèces. C'est ce qui leur permet de se développer, de s'adapter. Souvenirs et expériences sont emmagasinés dans les gènes. Hélas, ayant du mal à se faire à l'idée de disposer d'un tel patrimoine, notre esprit nous empêche d'en faire grand usage. Aussi recourons-nous à d'autres hypothèses, moins gênantes, pour expliquer les sensations étranges que nous éprouvons parfois, les profondes attirances qu'il nous arrive de ressentir pour certaines personnes et certains endroits, ou encore les phobies auxquelles nous ne trouvons pas de raisons dans notre vécu. Voilà pourquoi l'hypnose est souvent un excellent moyen d'accéder à la source même des problèmes de nature émotionnelle. Le sujet sous hypnose devient capable de se remémorer une expérience refoulée et d'apprendre à l'accepter, à « vivre avec ».

— Mais pas une expérience de vie antérieure ?

— C'est en effet peu fréquent ! concéda Sturdevant. Car nous sommes confrontés là à un autre problème. En effet, si le patient est traité par un psychiatre adhérant aux théories freudiennes, lesquelles n'épousent pas la théorie des existences « parallèles », il y a fort à parier que ce praticien n'envisagera jamais que son client puisse être le dépositaire des souvenirs d'un autre. Un psychiatre jungien, en revanche, pensera tout de suite à la conscience subsidiaire et s'acharnera à la traquer. Vous, Jonathan, refusez de vous en remettre à un psychiatre, et vous avez probablement raison. Ce ne serait qu'un coup d'épée dans l'eau.

— Tu parlais de conscience subsidiaire, fit Gwen en

fronçant les sourcils. S'agit-il de dédoublement de la personnalité ?

— Non. L'un est une sous-catégorie de l'autre. Il existe diverses formes de dédoublements de la personnalité, la plupart n'impliquant pas une existence antérieure. Carl Jung était cependant convaincu que nos vies passées influaient sur nos vies et personnalités présentes. Certains behaviouristes en veulent pour preuve l'exemple classique du débile mental qui, après avoir entendu une fois un prélude de Bach, est capable de le rejouer séance tenante. Certains attardés mentaux sont devenus des mathématiciens de génie. D'autres parlent des langues étrangères qu'ils n'ont, sinon jamais entendues, du moins jamais apprises. Et quand cela se produit, l'individu attardé ne s'en trouble pas le moins du monde. Contrairement à vous et à moi, il ne cherche pas d'explication. Il n'est sujet à aucun phénomène de dénégation.

Apparemment fascinée, Gwen revint à la charge.

— Tu as mentionné Bach. Et qu'en est-il pour les vrais génies ? Mozart, par exemple, qui composa une sonate à l'âge de quatre ans ?

— Ou sir William Hamilton, renchérit Sturdevant, qui apprit l'hébreu à l'âge de trois ans. Je ne suis pas sûr que l'on puisse parler de génie. Les enfants de cet âge, je vous le rappelle, ne réalisent pas qu'ils ne sont pas censés accomplir de tels prodiges. A cet égard, ils réagissent comme les handicapés mentaux.

— Et tu penses que ce don leur vient de quelque lointain ancêtre ?

— Qu'as-tu d'autre à me suggérer ?

— L'environnement ?

— La théorie de la mémoire génétique offre une

180

explication parfaitement logique au phénomène des enfants prodiges. Et pourtant, les adultes la rejettent, car elle sent un peu trop le soufre. Pire, elle devient synonyme de fatalisme. Notre désir d'être les maîtres de nos destinées nous entraîne à nier cette simple vérité, à savoir : nous sommes tous les produits de ce qui nous a précédés.

— Pourtant, répliqua Gwen, toujours sceptique, tu nous parles d'enfants ou de handicapés mentaux. Mais Jonathan est un adulte tout ce qu'il y a de plus normal.

— Un adulte qui admet avoir été sa vie durant perturbé par la sensation d'être habité par deux personnalités. Ce qui, soit dit en passant, est relativement courant, même si personne n'aime l'avouer.

— Qu'entendez-vous par courant ? demanda Jonathan d'une voix feutrée.

— Le général Patton, dit Sturdevant en se grattant la tête, pensait avoir participé aux plus fameuses batailles de l'Histoire.

— Ce qui nous ramène à la réincarnation.

— Selon Patton. Je pencherais personnellement pour une autre explication. Prenons un meilleur exemple : T. E. Lawrence, dit Lawrence d'Arabie. Parfait produit de la haute société britannique, il ne s'en sentit pas moins toute sa vie irrésistiblement, certains diront pathologiquement, attiré par le désert. Et puis, il y a eu Heinrich Schliemann, l'homme qui localisa et dégagea les ruines de Troie, à une époque où il était communément admis que la ville n'était qu'un mythe. Schliemann n'avait rien de l'érudit helléniste. On l'avait placé en apprentissage chez un épicier à l'âge de quatorze ans.

Et pourtant, il « sentait » la ville de Troie, il la visualisait, pouvait décrire la vie quotidienne de ses habitants.

— Comme Bridey Murphy, en somme ! lança Gwen.

— Comme Jonathan quand il nous dépeint le *Hoffman*.

Avec un hochement de tête, Jonathan se mit sur ses pieds et dériva insensiblement vers le mur tapissé de photos.

— Vous avez déjà deviné ce que j'attends de vous, j'imagine ? émit Sturdevant en le suivant des yeux.

— Vous allez me demander de passer à l'action.

Raymond Lesko déboucha de Queens Boulevard, un emballage McDonald's sous le bras, et franchit d'un pas leste les rues qui le séparaient du petit appartement qu'il occupait à Jackson Heights. Comme chaque fois qu'il regagnait son domicile de nuit, il prit soin de se tenir à bonne distance des renfoncements de portes et des ruelles obscures comme celle dans laquelle s'était fait estourbir, en décembre dernier, ce brave M. Makowski, qui logeait au bout de la rue. Non qu'il fût du genre nerveux mais, depuis la mésaventure de M. Makowski, Lesko avait prié pour que l'un de ces junkies se sente assez en manque pour oser s'en prendre à lui. Juste pour le plaisir de lui casser les reins et de balancer son cadavre sur le toit d'une voiture en stationnement. Son cadeau au quartier.

Mais rien à craindre de ce côté-là, ce soir. Les loubards ne sortaient pas par temps froid. Ils n'aimaient pas sentir sous leurs pieds une couche de neige trop épaisse pour qu'ils puissent déguerpir à toutes pompes après avoir fait sa fête à un pauvre gus qui passait par là.

182

Mais ça viendrait... un jour, ou plutôt une nuit, deux de ces petits merdeux s'enhardiraient, et la denture parfaite de Lesko serait la dernière chose qu'ils auraient le temps d'apercevoir avant d'aller se présenter chez saint Pierre.

Quoi qu'il en soit, ce petit plaisir attendrait encore un peu, car il allait devoir changer d'air quelque temps. En effet, dès le lendemain, le quartier risquait d'être fréquenté par quelqu'un de beaucoup plus dangereux pour lui que ces petites frappes camées jusqu'aux oreilles. Il n'était d'ailleurs pas exclu qu'il ait de la visite avant le matin ! Tout dépendrait de l'état de nervosité de Dancer et du temps qu'il lui faudrait pour établir certains contacts. Mais Dancer n'avait certainement pas une liste de tueurs professionnels sous la main. Sinon, il ne se serait pas fatigué à en recruter un par l'intermédiaire d'un journal.

— Je cherche un homme efficace et discret ayant besoin d'argent.

Dancer avait prononcé deux mots magiques. Argent et discret. Lesko était discret, mais il avait encore plus besoin d'argent.

L'ancien flic ne s'attendait pas vraiment à avoir de la visite. Pas ce soir. Il prévoyait plutôt un coup de téléphone — Dancer cherchant à apprendre ce qu'il savait exactement. Mais il laisserait le gaillard mariner dans son jus jusqu'au matin. Il s'offrirait ses huit heures de sommeil pendant que l'autre passerait une nuit blanche à se demander ce qu'il avait découvert et qui il était en train de mettre dans la confidence. Dancer serait tenté d'envoyer un tueur dans la nuit, à supposer qu'il en ait finalement un sous la main. Mais il y renoncerait. Il voudrait d'abord en savoir davantage. Il appellerait dans la matinée. Et si par hasard il n'appelait pas, il n'y aurait qu'une conclusion possible : en ouvrant sa porte, Lesko se trouverait nez à nez avec quelqu'un qui ne lui voudrait pas du bien.

— Ces souvenirs peuvent être aussi réels que ceux que vous gardez de votre enfance, Jonathan, il vous faut accepter ce fait.

— Je l'accepte, il me semble.

Le jeune homme fit un pas vers la photo encadrée sur laquelle Teddy Roosevelt souriait de toutes ses dents à un très jeune Harry Sturdevant et à son père.

— Teddy Roosevelt vous rappelle quelque chose ? Se pourrait-il que vous l'ayez connu ?

— J'en ai l'impression, oui. Mais ça vient probablement du fait que j'ai lu pas mal de livres sur lui.

— Vous faites de la dénégation, Jonathan. Essayez de ne pas porter de jugements. A propos, combien de livres avez-vous lus sur lui ?

— Je ne sais pas exactement, beaucoup, il me semble. Des ouvrages qui m'étaient tombés sous la main. Mais je n'ai jamais eu envie de les lire jusqu'au bout. Ils étaient trop... Je ne sais pas.

— Superficiels ?

— J'imagine que c'est le terme qui convient. Oui.

— Comme si leurs auteurs n'avaient pas personnellement connu le personnage ?

— Oui.

— Comment était-il, Jonathan ? J'aimerais qu'en examinant cette photo vous donniez libre cours à votre imagination.

— Plein d'allant, passionnant.

Un sourire timide pointa sur les lèvres de Corbin.

— Il avait une vitalité exceptionnelle.

— Même lorsqu'il était enfant ?

— Je crois.

Le sourire de Jonathan s'effaça, son expression devint lointaine.

— Je sais qu'il était malade. Il avait de l'asthme. Il ne sortait pas beaucoup de chez lui.

— Plus tard, alors ! A quoi ressemblait-il, plus grand ? Et où cela se passait-il ?

Corbin se mit à cligner des yeux. Sturdevant devina qu'une image se formait dans l'esprit du jeune homme et que celui-ci tentait de la rejeter.

— Jonathan, fit-il d'une voix lénifiante, j'aimerais que vous essayiez de vous le représenter. Laissez les images, les scènes se mettre en place. Installez-vous confortablement dans ce fauteuil à haut dossier.

Corbin se tourna vers le docteur, un soupçon de contrariété dans les yeux.

— Y a-t-il sur cette photo un détail qui vous mette mal à l'aise ?

— Non. Bien sûr que non.

— Alors, nous allons commencer par là. Avez-vous ressenti une certaine surprise en la découvrant ?

— Oui, en constatant qu'il était président, répondit Corbin.

Aussitôt son regard se brouilla, comme s'il s'étonnait d'avoir émis pareil commentaire. Non, cette pensée l'amusait, c'est tout. Il réprima un sourire.

— Vous avez l'air de trouver ça drôle ! Qu'y a-t-il d'étonnant à ce que Roosevelt soit président ?

— Qu'il ait... réussi son coup. Personne n'aurait jamais osé imaginer qu'il finisse...

185

La voix de Corbin s'éteignit, mais il sourit franche-ment cette fois.

— Par devenir président ?

— Oui.

— Vous rappelez-vous comment ça s'est passé ?

— Non... Oui. Il était vice-président. Puis McKinley a été assassiné.

— Vous le connaissiez ?

Corbin hésita un instant. La réponse était oui. Mais il répugnait à l'admettre. Le fauteuil à haut dossier sem-blait accueillant, tout compte fait.

— C'est bien, Jonathan. Laissez-vous aller. Déten-dez-vous. Vous sentez votre corps devenir lourd, très lourd. Presque inerte.

La main de Gwen se posa sur celle de son oncle. Ses lèvres ébauchèrent le mot « hypnose ». Sturdevant sou-rit.

— Nous parlions de Teddy ! poursuivit le docteur.

— Uh-huh !

— Si vous avez vécu dans la même ville à la même époque, vous avez dû vous connaître ?

— Je le connaissais de nom. Nos parents se fréquen-taient.

— Mais vous ne comptiez pas parmi les amis de Teddy ?

— Je ne crois pas qu'il en ait eu beaucoup, à l'époque. Il n'allait pas à l'école. Il avait des précepteurs. D'autre part...

— D'autre part... ?

— Il était plus vieux que moi. De deux ans.

— Quel âge avait-il ?

— Seize ans.

— Et vous quatorze ?

— Oui. Mais j'étais déjà aussi grand que lui.

— Où l'avez-vous rencontré ?

— Au club *Rhinelander*. C'est également là que j'ai connu John Flood.

Gwen fit voltiger les feuilles de son carnet, entoura le nom de John Flood et le montra à son oncle, qui opina.

— Ce John Flood est l'homme qui vous a appris à boxer ?

— Oui.

— Quel âge avait-il ?

— Dix-huit ans, peut-être. Mais il faisait beaucoup plus âgé. Teddy était son élève. Quand il se faisait insulter par Todd Fisher, Teddy cherchait toujours à se défendre avec ses poings, et il avait immanquablement le dessous. Une fois qu'il avait salement dérouillé, John Flood lui a conseillé de prendre du poids et d'apprendre la boxe.

— Et Teddy a suivi son conseil ?

— Oui, il est allé prendre une leçon avec John Flood, qui lui a montré comment placer ses poings, envoyer un direct. Mesurer et amortir les coups, feinter son adversaire et l'envoyer au tapis. En réalité, son père lui faisait donner des leçons de boxe depuis un an déjà. Il avait même fait installer un gymnase chez lui, sur la 20ᵉ Rue. Teddy savait donc boxer. Mais John lui a appris à se battre. Ce qui n'est pas la même chose. Après ça, Teddy s'est mis en quête de Todd Fisher.

— Et cette fois, il a eu le dessus ?

— Non, l'autre l'a battu à plate couture. Il l'a flanqué par terre et lui a sauté dessus. Après quoi, il s'est mis à lui bourrer le visage de coups. Je ne pouvais pas laisser faire ça, alors j'ai attrapé Todd par la tignasse et je l'ai arraché de là. Je l'ai cogné, dur. Je me suis même déchiré le poing sur ses dents.

Corbin leva son poing droit comme pour leur montrer la cicatrice.

— Après avoir pris quelques leçons supplémentaires, Teddy a remis ça. Mais, cette fois, il avait appris à parer les coups. Il a fini par lui démolir la mâchoire et lui coller deux yeux au beurre noir.

— Et c'est ainsi que s'est terminé l'épisode Fisher ?

— Oh non, monsieur !

Corbin tâta avec fierté son nez cassé.

— Quinze jours plus tard, il s'en est pris à moi.

— Avec une mâchoire cassée ?

— Oui, mais avec un coup-de-poing nickelé. Il m'a pété le nez et ouvert l'arcade sourcilière d'un seul direct avant que j'aie le temps de le plaquer et de le mettre par terre. Mais, après, je lui ai laissé un joli petit souvenir de moi. Vous pouvez me croire, monsieur.

— En tout cas, je suppose qu'à partir de ce moment-là Teddy et vous êtes devenus grands amis ?

— Oui, jusqu'à la rentrée.

— Et par la suite ?

— Sa famille a déménagé pour s'installer sur la 57e Rue. Depuis, on ne se voit plus beaucoup.

— Avez-vous déjà entendu le nom de John L. Sullivan ? demanda Sturdevant au jeune garçon qui avait pris possession de l'esprit de Corbin. D'un titre que lui aurait disputé John Flood ?

— Non, monsieur.

Gwen Leamas leva les bras au ciel et souffla à l'oreille de son oncle :

— Je ne sais pas comment tu t'es débrouillé pour

188

arriver à ça, mais je voudrais bien que tu le branches sur un autre sujet que cette foutue boxe. Pose-lui des questions utiles. Et pour l'amour du ciel, ne l'appelle pas Jonathan !

— C'est fascinant, chuchota Sturdevant. Comme une fenêtre ouverte sur une autre époque. Jonathan semble s'être greffé sur une expérience ancestrale limitée. Il n'a jamais entendu parler de Sullivan pour la bonne raison qu'il était totalement inconnu à cette époque. Et si je l'interrogeais sur Margaret ou Ella, il ne saurait même pas de qui je parle.

— Tu peux l'interroger sur lui. Demande-lui son fichu nom !

— Évidemment ! s'écria Sturdevant en se frappant le front. Jeune homme, reprit-il d'un ton plus posé, le nom de Tilden vous dit-il quelque chose ?

La question parut déconcerter Corbin.

— Vous faites allusion au gouverneur ?

— Non, pas le...

Le docteur se racla la gorge.

— ...Quel gouverneur ?

— Samuel Tilden, monsieur. Le gouverneur de New York.

— Est-ce le seul Tilden que vous connaissiez ?

Gwen montra les dents.

— Vas-tu te décider à tout simplement lui demander son nom ?

— Oh mon Dieu ! hoqueta Harry Sturdevant.

— Qu'est-ce qui se passe ?

— La boxe ! souffla-t-il. Je viens de réaliser pourquoi le visage de Jonathan m'avait toujours paru familier. Maintenant, je sais où je l'avais déjà vu.

— Oncle Harry, je vais finir par t'écorcher vif !

— Jeune homme, vous vous appelez également Tilden, n'est-ce pas ?

— Oui, monsieur !

— Vous êtes Tilden Beckwith !

— Oui.

— Comment se nomme votre père ?

— Stanton Beckwith !

— Tilden, vous souvenez-vous d'un certain Schuyler Sturdevant ?

— Bien sûr, monsieur. Il assiste parfois aux soirées que donne ma mère.

Gwen planta ses ongles dans le poignet de son oncle.

— Qu'est-ce que c'est que cette histoire ? Qui est ce Sturdevant-là ?

— Mon grand-père ! C'est incroyable !

Perché en équilibre sur l'extrême bord de son fauteuil, Sturdevant étira le cou vers son cobaye.

— Tilden, où êtes-vous en ce moment ?

— Dans le parc, monsieur.

— Quel parc ?

— Gramercy Park.

— Je vois. Où est Jonathan ?

— Ça y est, tu as tout foutu en l'air ! s'étrangla Gwen.

— Jonathan ?

— Oui, Jonathan Corbin ! Connaissez-vous ce nom ?

— Non, monsieur.

— Oncle Harry, bon sang !

Gwen sentit son estomac se nouer.

— C'est ce qu'il redoute le plus. Ne plus pouvoir refaire surface.

190

— Tout va bien, chut...

— Tu dois le faire revenir, maintenant !

— Ce n'est pas moi qui l'ai fait « partir ».

— Tu l'as hypnotisé !

— Non, Gwen, je ne l'ai pas hypnotisé, répliqua Sturdevant, qui s'était mis à suer abondamment.

« Jonathan Corbin », se répéta le jeune garçon. Le nom lui semblait en effet familier, mais il était certain de ne pas connaître la personne en question. D'ailleurs, le seul Corbin dont il ait entendu parler était le beau-frère d'Ulysses Grant, Abel Corbin. L'un de ces intrigants qui, avec Jay Gould, avait tenté de s'approprier toutes les réserves d'or du pays sous le premier mandat du président. Tilden n'avait pas bien compris comment ils s'y étaient pris, mais son père et ses amis n'avaient parlé que de ça pendant plusieurs semaines. Certains avaient même failli être ruinés par leurs manœuvres, dont ils semblaient pourtant admirer l'audace. Mais son père n'avait aucune admiration pour Corbin, qu'il traitait de crapule cupide aux principes d'esclavagiste. Et pas davantage pour M. Gould, dont sa mère disait qu'il ne saurait être reçu dans une maison honnête.

Tilden observa l'ombre croissante que jetait un érable japonais puis, à travers ses feuilles pourpres, le ciel vespéral. Son père n'allait pas tarder à rentrer pour dîner. Et il n'avait pas encore appris le nouveau chapitre du *Tour du monde en quatre-vingts jours* qu'il avait promis de réciter au dîner.

— Jonathan ?

Tilden plissa les yeux. Il n'avait pas remarqué cette femme. Elle venait d'apparaître aux côtés du vieux monsieur. Et... bonté divine... elle portait un pantalon.

191

Et une chemise d'homme. Et elle était maquillée comme une cocotte de la Sixième Avenue.

— Jonathan, c'est moi, Gwen.

« Encore ce nom. » Dont la sonorité lui paraissait à présent plus familière. Il aurait voulu lui dire qu'il n'était assurément pas ce Jonathan, qu'il n'avait pas eu le plaisir de lui être présenté. Pourtant, elle ne lui semblait pas inconnue. Inconcevable. Il n'avait, de sa vie, rencontré une femme pareille. Une femme belle. Exceptionnellement belle. Mais si directe. Si... presque masculine. Oh, oh... Juste ciel ! Alors qu'il s'interrogeait sur sa mise garçonnière, il posa les yeux sur ses seins. Ils... Ils bougeaient. Rebondissaient au rythme de ses pas tandis qu'elle s'avançait vers lui, comme une voiture sur ses essieux. Incapable de détourner son regard, Tilden sentit le rouge lui monter aux joues. L'échancrure de sa chemise découvrait un triangle de chair dorée, aussi hâlé que la peau des marins. Elle était maintenant toute proche. S'agenouilla à côté de lui. Ses longs doigts frais se posèrent délicatement sur ses oreilles. Il ressentit une pulsation au-dessous de son ventre tandis qu'elle attirait son visage vers elle, le pressait contre son corps plus tendre que le plus moelleux des oreillers de plume.

Tilden aurait voulu tendre les mains, la toucher, palper la chair ferme de son ventre et de ses hanches qui, il le savait, ne seraient pas comprimés par l'acier et les baleines d'un corset. Ses mains, sur ses seins, ne rencontreraient pas ces objets de ferraille semblables à deux passoires jumelles, tels ceux qu'il avait aperçus dans la chambre de sa mère. Mais ses mains demeurèrent immobiles, soigneusement croisées sur son bas-ventre, afin de dissimuler son humiliation, qui ne cessait de

192

grandir et de durcir, à son corps défendant. Cela n'avait pu lui échapper. Elle devait être furieuse. Bouleversée. « Elle me secoue ! Oh, quelle situation embarrassante. Et le vieux monsieur qui me scrute par-dessus son épaule. Si seulement je pouvais mourir, tout de suite. Me secoue ?... Attendez... Une seconde... »

— Gwen ?

— Dieu soit loué, soupira-t-elle en lui lâchant les épaules.

Corbin se frotta les yeux.

— Que se passe-t-il ? M'étais-je assoupi ?

— Tout va bien, assura Sturdevant en pinçant le bras de Gwen à la dérobée. Vous somnoliez, tout simplement. Et vous avez sans doute fait un mauvais rêve.

— Un mauvais rêve ?

Corbin s'étira et secoua la tête.

— Non. Il s'agissait de Gwen, je crois.

De Gwen et de son oncle. Que, dans son rêve, il ne connaissait pas. Il avait été frappé de découvrir combien elle était attirante, excitante, comme la première fois où il avait posé les yeux sur elle. Curieux que l'on puisse s'habituer aux bonnes choses de la vie au point de ne plus y faire attention.

— Ça n'avait rien d'un mauvais rêve, reprit-il à l'adresse de Gwen. Je crois que je retombais tout simplement amoureux de toi.

— J'aimerais bien que vous passiez tous deux la nuit ici, déclara Sturdevant en rassemblant ses notes pour faire de la place au plateau de Cora. La chambre d'amis est équipée de lits jumeaux. Il serait bon, je crois, que nous ne nous quittions pas pendant quelques jours.

Mais Corbin n'écoutait plus, il s'était remis à somnoler.

« Se coucher tôt, quelle bonne idée. »

Des bribes de rêve flottaient à sa rencontre. Un détail flou ici et là. L'érable japonais. Le petit parc. Un curieux sentiment d'intimité avec ce président disparu depuis longtemps. Son nez douloureux. Il se remémorait même des événements qui, sans faire partie de son rêve, s'y rattachaient néanmoins. Il se souvenait par exemple qu'il était censé lire un livre et, quoiqu'il ne pût en retrouver le titre, revoyait le grand bureau de chêne sur lequel il l'avait posé, à côté d'une antique lampe à huile composée d'un large pied en cuivre et de deux globes de verre émeraude. Sur le mur, derrière le bureau, était étalée une peau d'animal dont quelqu'un lui avait fait présent. Et, accrochés derrière la dépouille, étaient cachés deux exemplaires de *Police Gazette*.

Ces souvenirs n'avaient rien de déplaisant. Vraiment rien. Il n'aurait pas détesté s'attarder un peu plus dans cette pièce. Un endroit agréable. Surtout en été.

— Voulez-vous faire un brin de toilette, Jonathan ? demanda la voix de Sturdevant.

— Hmmm ?

— Vous trouverez tout ce qu'il faut dans la chambre d'amis. Le potage et les sandwiches attendront bien quelques minutes.

Resté seul dans son bureau, les mains repliées sous son menton, Harry Sturdevant réfléchissait. Il regrettait d'avoir renoncé à la pipe. Rien de tel que quelques bonnes bouffées pour se remettre les idées en place.

Par où commencer ? Par une exploration méthodique de ses rayonnages, puisque aucune bibliothèque publique n'était ouverte de nuit. Mais que chercher ? Croyait-il en la sincérité de Jonathan ? Il y croyait

194

encore sans réserve quelques minutes plus tôt. Parce que, jusqu'alors, il n'avait réussi à imaginer ce qui aurait pu inciter l'ami de Gwen à mettre au point une supercherie aussi abracadabrante. Mais c'était avant que le nom de Tilden ne revienne sur le tapis. Avant que ne se soit dessiné un mobile crédible : l'argent. Des millions de dollars.

Supposons qu'un jeune homme se découvre par hasard une ressemblance frappante avec un richissime homme d'affaires disparu depuis longtemps et décide de revendiquer un lien de parenté avec lui. Encore mieux, de se prétendre son unique héritier. D'affirmer qu'un échange de bébés s'est jadis produit. S'appuyant sur la menace d'un scandale, il se prépare à monnayer son silence. Mais qui, aujourd'hui, s'inquiéterait d'une fable pareille ? Loin d'être des anges de vertu, les Beckwith se riraient probablement d'une aussi naïve tentative d'extorsion. Peut-être sacrifieraient-ils à la rigueur quelques dollars pour s'épargner la corvée d'entrevues fastidieuses avec leurs avocats, mais ils ne feraient certainement pas plus de cas de cette affaire.

Sturdevant se leva brusquement. Non, décida-t-il, rien dans la personnalité de Jonathan ne permettait de conclure à la simulation et, *a fortiori,* à une tentative d'escroquerie aussi complexe. Trop complexe pour avoir une chance de succès. Faire avaler une fable aussi énorme exigerait de remarquables qualités d'acteur. Et une tournure d'esprit largement plus subtile que celle de Corbin. Les boxeurs amateurs au nez cassé étaient rarement des prodiges de machiavélisme.

Sturdevant contourna sa table de travail et s'avança vers la section sport de sa bibliothèque. Il en délogea une encyclopédie de la boxe dont il consulta immédiatement l'index. *Flood John, p. 107-109.* Ses souvenirs ne l'avaient pas trompé. Flood avait affronté Sullivan à poings nus en mai 1888. *Mis K.-O. en huit rounds.*

Et Roosevelt ? Une biographie de Roosevelt. Oui, il avait ça quelque part. Sturdevant exhuma un livre fatigué dont les lettres dorées avaient depuis longtemps été grignotées par l'usure. Roosevelt avait bien entendu pratiqué le noble art, appartenu à l'équipe de boxe de Harvard et continué à enfiler les gants jusqu'à la fin de sa vie. Mais avait-il jamais vécu près de Gramercy Park ? Oui, dans sa jeunesse, sur la 20e Rue. Pas tout à fait la porte à côté. Mais le jeune Tilden n'avait jamais prétendu le contraire. Il s'était contenté de mentionner qu'ils avaient tous deux appris à se battre avec John Flood. Pour en revenir à Roosevelt, la famille s'était installée sur la 57e Rue durant l'été 1875. Au n° 6. Adresse que le futur président n'abandonna qu'à son mariage et à laquelle il revint après la mort de sa première femme. A une rue du *Plaza.* A deux du *Osborne,* où le Tilden Beckwith de l'époque avait apparemment vécu. Les deux hommes étaient-ils restés amis ? Jonathan ne l'avait pas précisé. Ne le savait pas. Du moins pas encore.

Biographies.

L'index de Sturdevant courut le long de la rangée de volumes, jusqu'à la reliure rouge d'un *Who's Who. Tilden Beckwith II, Président-Directeur général des entreprises Beckwith, regroupant les hôtels Beckwith, les immeubles Beckwith, l'immobilière Beckwith* et toute une flopée de sociétés de moindre importance. *Siège au conseil d'administration de la société d'investissements Beckwith, Stone & Waring, anciennement Beckwith et Compagnie.* Pas d'autres sièges. Étonnant, pour un homme de sa position. Pas même aux conseils d'administration d'hôpitaux ou d'organismes de charité. Pourquoi ? Serait-il paresseux ? Idiot ? D'un autre côté, ni l'un ni l'autre n'empêchait quiconque de siéger dans les conseils d'administration. Il suffisait, pour jouir de ce privilège, d'être un gros actionnaire. *A fait ses études à Harvard.* Pas de diplôme mentionné. Ce qui signifiait vraisemblablement qu'il n'avait pas été fichu d'en décrocher un. Il n'avait pas accompli son service militaire et n'était membre d'aucun club, pas même celui d'Harvard. Pas vraiment le palmarès d'une personnalité. Un fils à papa comme tant d'autres. On devait à tous les coups l'avoir surnommé Tillie.

Sturdevant referma le livre et le réinséra à sa place. Puis sa main se dirigea vers un petit volume entoilé de bleu. Le *Social Register* fournirait peut-être de plus amples renseignements, si toutefois la famille Beckwith avait daigné s'y inscrire. Ah ! *Tilden Beckwith II. Domicilié à New York et à Palm Beach. Époux d'Elvira Payson. Deux enfants : Huntington et Barbara.* Huntington, qui avait hérité du prénom de son grand-père, avait approximativement l'âge de Jonathan, et Barbara celui de Gwen.

Alors que Sturdevant s'apprêtait à replacer le petit livre bleu, ses yeux tombèrent sur un paragraphe qu'il avait failli sauter. Ça alors : *Beckwith. Ella Huntington.* Résidant à Greenwich, par-dessus le marché.

— Oncle Harry ?

Précédée de deux coups discrets, la tête de Gwen apparut dans l'entrebâillement de la porte. Sans interrompre la série de « uh-uh » qu'il émettait dans le combiné du téléphone niché au creux de son épaule, son oncle lui fit signe d'entrer. Il remercia son interlocuteur, lança un vague « Déjeunons ensemble un de ces jours » et replaça le combiné sur son socle.

— Oncle Harry, tu n'étais pas en train de raconter l'histoire de Jonathan, au moins !

— Son nom n'a pas été prononcé, la rassura-t-il. Je me faisais rafraîchir la mémoire sur la famille Beckwith. Comment va-t-il, à propos ?

— Il a l'air un peu dans les vapes, mais à part ça, ça va. Si tu n'y vois pas d'inconvénient, je vais monter nos sandwiches et le mettre au lit. Ensuite, je ferai un saut chez moi pour prendre quelques affaires.

— Ça ne peut pas attendre jusqu'à demain ?

— Je verrai. Ça dépendra de son état.

Elle s'appuya sur la porte, qui se referma avec un déclic.

— Oncle Harry, que signifie cette histoire de Tilden Beckwith ? Où es-tu allé pêcher ce nom ?

— Je l'ai connu.

Le visage de Sturdevant s'anima.

— C'est une histoire tout à fait extraordinaire. Figure-toi que, depuis que tu m'avais présenté Jonathan, j'avais toujours eu l'impression d'avoir déjà vu son visage quelque part. Eh bien, ton ami est le portrait craché de Tilden Beckwith jeune, y compris le nez cassé et cette cicatrice sur l'arcade sourcilière que Tilden devait apparemment à Todd Fisher. Au fait, comment s'est-il fait ça ?

— Je ne lui ai jamais posé la question. En faisant de la boxe à l'université, j'imagine. Oncle Harry, ne trouves-tu pas incroyable que tu aies précisément connu cet homme ?

198

— Non. Tout le monde le connaissait à cette époque.

— Il était célèbre ?

— Dans mon milieu, oui. Il est mort pendant la guerre. D'une chute dans son bureau. Il avait à peu près l'âge que j'ai aujourd'hui.

Il désigna le téléphone, comme pour indiquer la source de ses informations.

— Il assistait souvent aux matches du vendredi soir, aux vieilles arènes de Saint Nicholas, et ne manquait pratiquement jamais les championnats du Madison Square Garden.

— Je n'arrive pas à y croire, oncle Harry !

— New York est une grande ville, mon petit. Mais les cercles de relations qui s'y créent sont souvent très étroits. Les adeptes d'un même sport lient facilement connaissance et, au-dessus d'un certain revenu, fréquentent les mêmes endroits. Il y a une soixantaine d'années, les enragés de boxe et de base-ball avaient établi leur quartier général au *Hoffman*.

— Tu ne vas pas me dire que tu y as croisé Tilden ?

— Non.

Il sourit.

— Jeune garçon, je n'y suis allé que quelques rares fois, en compagnie de mon père. Mais j'ai connu Oscar, l'homme qui empêcha l'affrontement entre Jonathan... entre Tilden et la clique de Carling de tourner à la rixe de dockers. En voici un qui fut une célébrité. Il devint Oscar du *Waldorf* quand le *Waldorf Astoria* ouvrit ses portes, dans les années quatre-vingt-dix, et il fit pratiquement partie des meubles de cet établissement pendant les trente années qui suivirent.

L'expression d'impatience contrôlée qui passa sur les traits de Gwen n'échappa pas à Sturdevant. Oscar, bien sûr, n'avait pas d'importance en soi. Cependant, le fait que Jonathan se souvienne de lui sous le nom d'Oscar du *Waldorf* constituait la facette la plus déconcertante de ce kaléidoscope pour le moins étrange. La mémoire génétique obéissait théoriquement à des règles strictes. Seuls pouvaient être transmis les souvenirs possédés par l'ascendant avant la conception de son héritier. La tempête de 1888, la mort d'Ella, la scène du *Hoffman* étaient des événements suffisamment dramatiques, traumatisants même, et proches de la conception de l'enfant de Margaret pour avoir pu s'imprimer dans ses gènes. Mais pourquoi Jonathan se souviendrait-il de quoi que ce soit s'étant passé après ? Et surtout, comment pouvait-il avoir développé cette fixation sur le Connecticut, alors que Margaret ne s'y était installée qu'au moment de sa grossesse ? Peut-être parviendraient-ils à tirer tout cela au clair demain...

— A propos de nom, en plus d'un Tilden Beckwith, directeur des hôtels Beckwith, il existe une Ella Beckwith. Et je te donne en mille où elle habite.

— Pas à Greenwich, quand même ?

— Si.

— Nous ferions bien de passer la voir dès demain.

— Pas si vite, ma chérie. A supposer que Jonathan soit le descendant direct de Tilden Beckwith et que l'enfant de la première Ella ait bien été d'Ansel Carling, il en découle que, depuis 1888, aucun Beckwith n'est légitime. A mon avis, la famille ne va pas accueillir la nouvelle avec un enthousiasme délirant. Si toutefois elle n'est pas déjà au courant. D'autre part, les Beckwith

200

sont loin d'être des gens particulièrement sympathiques.

— Ton coup de fil ?

Sturdevant acquiesça.

— Le fils de Tilden, ou plutôt d'Ella, s'appelait Huntington. Mon collègue pense que c'était le nom de famille d'Ella. Je me souviens de lui, bien que je ne l'aie à vrai dire jamais rencontré. C'était un homme froid, taciturne, dur. Un individu particulièrement déplaisant, sans amis. Il se fit même blackbouler du University Club, qui est à peu près aussi fermé que les tripots du New Jersey. Il ressemblait à bien des égards à Jay Gould, dont le nom ne cesse de revenir dans cette histoire. A part que ce dernier ne fit jamais le moindre effort pour pénétrer dans la bonne société. Huntington essaya quant à lui sans relâche de s'y faire admettre, et sans succès, ce qui ne contribua pas à lui améliorer le caractère.

— Tu dis que le Tilden de Jonathan était un homme influent. Comment se fait-il que la haute société, qui faisait si grand cas du père, n'ait pas accepté le fils ?

— Bien que Tilden ait veillé aux études de Huntington et qu'il lui ait confié un poste dans l'entreprise familiale, les deux hommes ne se fréquentaient pas. Personne ne se serait aventuré à les inviter à la même réception. On chuchotait beaucoup sur leur manque de ressemblance. Ce qui n'empêcha pas Huntington de faire un bon mariage, duquel naquirent deux enfants, un autre Tilden et une Ella. Si je ne me souviens pas avoir jamais vu ou même entendu parler de sa fille, il m'est arrivé de rencontrer Tillie de temps à autre, sans jamais lui accorder beaucoup d'attention. Tu pourrais penser que je me rappellerais l'avoir comparé, à son désavan-

201

tage, à son grand-père. Même pas. Mon esprit a toujours dissocié les deux hommes. C'est sans doute pour cela qu'il m'a fallu tant de temps pour faire le rapprochement. Pendant que j'y pense, il y a encore une génération de Beckwith. Eric Ludlow, l'ami que j'ai appelé, m'a rapporté que la femme de Tillie, une certaine Elvira Payson — qui vit à l'heure actuelle, perdue dans les brumes de l'éthylisme, dans leur propriété de Palm Beach — a produit deux Beckwith de plus, un garçon et une fille. Le fils réside à Greenwich, où il est connu comme le loup blanc pour sa propension à tricher, lors de ses rares moments de sobriété, tant au bridge qu'aux courses nautiques. La fille, Barbara, a disparu de la circulation peu après la fin de ses études.

Gwen croisa les bras sur sa poitrine et frissonna. Sturdevant haussa un sourcil.

— Que se passe-t-il, Gwen ?

— Rien, répondit-elle après un instant d'hésitation.

— Si tu as un pressentiment ou une intuition, j'aimerais que tu m'en fasses part.

— Ce Huntington Beckwith, le fils d'Ella, est bien mort, n'est-ce pas ?

— Depuis au moins une vingtaine d'années, pourquoi ?

— Nous avons été suivis, aujourd'hui. Jonathan s'en est également rendu compte.

— Par qui ? As-tu vu qui c'était ?

— Un vieil homme en noir que j'avais aperçu à plusieurs reprises au cours de notre balade sans y prendre garde. Nous venions de nous retrouver sur la Cinquième Avenue quand tout à coup Jonathan s'est retourné, l'air furieux, comme s'il avait senti une présence derrière nous. C'est à ce moment-là que, bien que nous n'ayons vu personne, j'ai fait le rapprochement.

— Jonathan t'a-t-il dit qui, à son avis, était cet homme ?

— Non.

Elle demeura un moment silencieuse, ses lèvres remuant sans effet, puis balbutia enfin :

— Il y a un autre homme qui hante depuis toujours l'esprit de Jonathan.

— Gwen...

Harry Sturdevant vrilla son regard dans celui de sa nièce.

— Qui vous suivait, à ton avis ?

— Je sais que c'est impossible.

— Qui, Gwen ?

— J'ai l'impression... je crois qu'il s'agissait de Huntington Beckwith.

Lesko ne se faisait aucune illusion. Il était inutile de se mettre au lit comme si de rien n'était. Pour commencer, il se payait des brûlures d'estomac. Sans doute dues à la sauce dont il avait noyé ses frites ou au téléphone qui lui avait écorché les tympans pendant son dîner. La dernière fois, il avait compté dix-huit sonneries. Depuis, tout était calme. Trop calme. Comme dans un vieux film de guerre juste avant que les Japs n'attaquent.

Combien de temps s'était-il écoulé depuis que le téléphone s'était tu ? Lesko consulta sa montre. Un peu plus d'une heure. Et maintenant ? Dancer laisserait-il pisser jusqu'au matin ? Non, pas assez cool, le bougre. Il avait le choix : envoyer quelqu'un ou se déplacer en personne. S'il se pointait, ce serait avec l'idée de racheter les notes de son employé avant que celui-ci n'ait pu les mettre à l'abri et d'assurer ses arrières d'une façon ou d'une autre. La meilleure étant de se débarrasser de Lesko. Car Dancer allait bien finir par piger que son dévoué serviteur avait flairé dans toute cette embrouille le moyen de s'offrir une retraite dorée. Donc il enverrait quelqu'un. C'était du moins sur cette éventualité qu'il fallait tabler. Mais si les choses prenaient cette tournure et si quelqu'un se faisait descendre, en admettant que ce ne soit pas lui, Lesko ne tarderait pas à avoir les flics et la presse aux fesses.

« J'aurais peut-être intérêt à les attendre dehors, dans la caisse de M. Makowski, qui ne ferme jamais ses portières pour épargner aux malfrats du secteur la peine de bousiller une vitre pour des prunes. »

Il fallut à Lesko trente minutes pour atteindre la rue. Il passa les cinq premières revolver au poing à inspecter l'escalier et le hall avant de revenir sur ses pas pour verrouiller sa porte. Puis il grimpa en catimini les quatre volées de marches menant au toit, où il constata avec soulagement qu'aucune empreinte ne déparait la neige fraîche. Enfin, perché sur le rebord du toit, laissant ses yeux s'accoutumer à l'obscurité, il consacra dix autres minutes à surveiller la rue. Il n'eut au moins pas à se fatiguer à passer au crible les voitures en stationnement puisque seuls deux pare-brise étaient encore visibles.

Quinze minutes après, il maudissait M. Makowski qui, pour une fois, avait oublié de laisser sa voiture ouverte, et une heure plus tard, alors que ses pieds engourdis arpentaient la ruelle faisant face à son immeuble, il comprit qu'il avait raisonné comme un imbécile. Personne ne viendrait lui rendre visite. Il n'était pas le problème. Aux yeux de Dancer, il représentait certes un emmerdement imprévu, éventuellement des frais supplémentaires, mais son cas n'était pas prioritaire. C'était à Corbin que revenait cet honneur.

Lesko s'élança vers la bouche de métro de Greenwich Boulevard.

9

Les lits jumeaux.

— *Les lits jumeaux sont le dernier cri.*

Il n'avait jamais aimé les lits jumeaux.

A présent, il les détestait. Ils n'avaient pourtant fait sur lui aucune impression particulière quand il avait pénétré dans la chambre d'amis de Harry Sturdevant alors que Cora Starling, qui semblait l'observer du coin de l'œil, en retapait les oreillers.

— *Tout le monde ne parle que de lits jumeaux, et j'entends bien être parmi les premières à en avoir.*

Corbin nota confusément que tout l'ameublement de la pièce avait un air début du siècle. Pas vraiment victorien, comme à la *Homestead,* mais presque aussi ancien et certainement de plus grande valeur. Gwen avait-elle parlé de l'auberge à son oncle ? Et des souvenirs qu'elle avait réveillés en lui ? Il l'ignorait. Peut-être le Dr Sturdevant avait-il eu de lui-même l'idée de les faire coucher dans cette chambre dont le décor pourrait contribuer à réexpédier son hôte dans le passé ou à ramener quelqu'un de ce même passé. Là encore, Corbin ne savait pas trop à quoi s'en tenir. C'était voué à

l'échec, de toute façon. Il se sentait vraiment trop claqué. Il attendit patiemment que Mme Starling en ait fini
de son petit remue-ménage avec les serviettes et les
gants de toilette et, aussitôt qu'elle eut refermé la porte
derrière elle, envoya promener ses chaussures et se
laissa aller contre la fraîcheur de son oreiller.

— *Je ne tolérerai pas un refus, Tilden. Il me semble
que les innombrables sacrifices auxquels, en bonne
épouse, j'ai consenti ne m'ont rapporté jusque-là que
trop peu de considération.*

Corbin décolla brusquement la tête de son oreiller.
« Lève-toi. Fais quelques pompes et asperge-toi le
visage d'eau froide. » Il savait ce qui lui arrivait. Il
appelait cela des demi-songes. Du genre de ceux qui
s'emparent de l'esprit quand on n'est ni tout à fait
assoupi ni vraiment éveillé.

— *Et dire que, dans l'espoir de profiter des plaisirs et
des charmes de la société new-yorkaise, j'ai renoncé à
Philadelphie, où je serais sans doute à l'heure actuelle
l'heureuse épouse d'un Drexel, pour unir mon destin à
celui d'un homme qui préfère le base-ball au quadrille et
qui n'a, dans la vie, de but plus élevé que la construction
d'une hideuse voie de chemin de fer destinée à des hordes
d'ouvriers sales et malodorants.*

« Il m'avait mis en garde, songea Corbin. Il m'avait
dit que nos conceptions de la réussite et des fréquenta-
tions convenables pourraient diverger. Voyons, réfléchissons, qui m'avait mis en garde ? Teddy. Teddy Roosevelt. Non, je dois faire erreur. »

— Merci quand même. Je suis sensible à ton amicale
sollicitude. Cela dit, elle se montre très enthousiasmée
par mon projet de ligne aérienne et adore m'écouter
parler de sport. Quant à mes relations, ce qui, en

New York, attire le plus Mlle Ella est son libéralisme social. Tu connais le dicton, à Boston on vous demande ce que vous savez, à New York combien vous gagnez, et à Philadelphie qui était votre grand-père. Elle meurt d'envie de rencontrer des visages nouveaux, des individus entreprenants, ayant fait leur chemin tout seuls. Des hommes tels que Cyrus Field ou Jim Brady. Et même des parias comme Gould et Russel Sage.

— Ces hommes sont riches et puissants, Tilden. Tous tes amis ne le sont pas. Elle aura bien du mal à triompher de son éducation philadelphienne et surtout de son mépris congénital pour les hommes aux mains rudes et les femmes dont la garde-robe ne renferme pas une douzaine de toilettes de Paris.

— Tu ne la connais pas, Teddy.

— Et je me suis probablement laissé aller à trop en dire.

— Elle est très belle.

— C'est un fait.

— Et pleine de vie. Je sais que des bruits ont couru sur elle. Je n'ignore pas que d'aucuns la trouvent égoïste, autoritaire et impétueuse, qu'elle a la fâcheuse habitude de sortir sans chaperon. Mais son nom n'a jamais été mêlé au moindre scandale. C'est là l'enthousiasme de la jeunesse. Eût-elle été moins pétulante, elle serait restée enterrée dans les faubourgs huppés de Philadelphie.

— Ella, vous ne croyiez pas réellement que les bébés naissaient dans les choux ?

— Non. Non, pas vraiment. Mais ce ne peut être ainsi qu'on les fait.

— Adam et Ève eurent le privilège d'inaugurer cette

tradition. Depuis, les couples mariés s'en sont remarquablement peu écartés.

— Je vous interdis de vous moquer de moi.

— N'avez-vous jamais vu de servante jeter des seaux d'eau sur deux chiens dont l'un semblait vouloir grimper sur l'autre ?

— Si, parce qu'ils faisaient des choses sales.

— Ils copulaient, Ella. C'est ainsi que les chiots viennent au monde. Est-il possible que personne ne vous ait jamais expliqué cela ?

— Je ne sais ce qu'il en est à New York, mais à Philadelphie ce n'est pas là un sujet de conversation pour les jeunes filles.

— Vous ne m'étonnez pas. C'est triste à dire, mais vous ne m'étonnez pas le moins du monde.

Il fallut attendre plusieurs nuits et la visite d'un médecin pour qu'Ella consente enfin à admettre que la répugnante suggestion de son mari n'était peut-être pas sans fondement. Et, raidie de tout son corps, se mordant les lèvres comme si elle subissait une flagellation, se retenant de respirer ou d'émettre le moindre son, elle capitula. Bientôt, cependant, elle se montra plus patiente, presque consentante. Ses protestations outragées se firent sinon moins fréquentes, du moins moins prolongées, et l'expression de son dégoût se reporta imperceptiblement de l'acte lui-même à l'apparente incapacité de son mari à refréner ses instincts animaux. Bien que pour rien au monde elle ne l'eût avoué à quiconque, elle commençait même à trouver un certain piquant à la chose. Elle découvrit que, en dépit de la répulsion qu'il lui inspirait, l'acte charnel lui procurait parfois un frisson intérieur des plus surprenants. Mais, persuadée qu'aucune autre femme au monde n'éprou-

208

vait pareille sensation, elle prit soin de garder ses impressions pour elle.

Tilden, de son côté, se sentait profondément perplexe. Cette même femme qui, au départ, avait été un véritable glaçon, émettait à présent des critiques sur la façon dont il se comportait au lit. Après l'avoir renvoyé à son lit jumeau, ce dont il souffrait de moins en moins, elle se livrait systématiquement aux plus obscurs et aux plus enrageants commentaires sur ce qui venait de se passer entre eux. Tilden ne comprenait rien à ses sous-entendus, d'autant qu'elle refusait de s'exprimer clairement sur un sujet aussi délicat. Il n'appartenait pas à une femme, se plaisait-elle à lui faire remarquer, d'instruire un homme en matière de virilité. A ce régime, Tilden ne mit que quelques mois à conclure que sa vie conjugale était un fiasco.

Contrairement aux filles des maisons closes fréquentées au temps de son célibat, Ella ne cherchait aucunement à lui complaire. Les pensionnaires de Georgina Hastings avaient au moins la délicatesse de se prétendre satisfaites, d'écouter sa conversation. Or, l'intérêt qu'Ella avait porté à ses activités s'était envolé le jour même de leur mariage. Elle jugeait à présent la plupart de ses distractions vulgaires, ses activités professionnelles mornes et ennuyeuses, et sa réticence à s'insinuer dans les bonnes grâces de la société à laquelle appartenait déjà sa famille à la fois égoïste et stupide. Et elle ne tarda pas à remarquer d'autres hommes qui savaient, eux, saisir les occasions propices et en tirer le meilleur parti possible. Certains des associés de Jay Gould, notamment, pour ne rien dire de Gould lui-même. Imaginez un homme qui, après s'être vu refuser une loge à l'Académie de musique, n'avait eu de cesse qu'il n'ait

fait bâtir son plus impitoyable concurrent, le Metropolitan Opera. Un homme qui, s'étant vu interdire l'entrée
du Yacht Club new-yorkais, s'était empressé de fonder
le Yacht Club de Westchester. Voilà qui était agir en
homme. Hélas, Gould n'avait ni le loisir ni l'envie de
courtiser les femmes. Mais il ne manquait pas, dans son
entourage, de jeunes gens qui ne demandaient pas
mieux. Des garçons audacieux et puissants. D'intrépi-
des aventuriers, dignes des héros de Stevenson. Des
hommes tels qu'Ansel Carling. Qu'était un Tilden Beckwith comparé à un Ansel Carling ?

Bien qu'aucun aspect de la vie et de la personnalité de
Tilden ne trouvât grâce à ses yeux, ce fut sa décision
d'emménager dans cet appartement ridicule qui exas-
péra la jeune femme plus que tout. Un appartement,
Dieu miséricordieux ! A l'ouest de la ville, pour tout
arranger. Et non une vaste demeure sur la Cinquième Avenue. Un mouchoir de poche à deux rues du
quartier nègre. Si proche qu'il fallait, quand le vent
soufflait de l'ouest, fermer toutes les fenêtres si l'on ne
voulait pas se faire empuantir par leur détestable odeur
de musc.

Une résidence où vivait même, au quatrième étage,
un *acteur* ! Ce Nat Goodwin qui divorçait tous les deux
ou trois ans et à qui Tilden avait eu le front d'adresser la
parole dans cet ascenseur à vapeur qui n'allait du reste
pas manquer de faire sauter tout l'immeuble d'un jour à
l'autre. Et comme si l'acteur ne suffisait pas, Tilden
avait eu l'outrecuidance d'inviter chez elle l'un de ces
voyous du ring, un Irlandais de surcroît, et de lui offrir
un brandy dans l'un de ses beaux verres en cristal ! Heu-
reusement, elle y avait mis le holà, elle avait fait comprendre à ce rustre qu'il serait certainement plus à son

aise dans un autre cadre. Et, à propos de cadre, puisqu'il lui fallait tolérer, même temporairement, de vivre en appartement, Tilden aurait au moins pu porter son choix sur un immeuble ayant un tant soit peu de cachet, comme le *Navarro,* par exemple, où Ansel Carling avait installé sa garçonnière. « En voilà un qui n'a rien à envier à personne en matière d'éducation et d'influence. Et surtout de virilité. Cela irradie de toute sa personne. Je le vois dans ses yeux quand il me regarde, et je le sens, là, au plus profond de moi. »

Ce fut environ à cette époque qu'Ella commença à croiser plus fréquemment Ansel Carling en faisant ses emplettes ou lors de la cérémonie des visites qui, dans son quartier, avait lieu le mardi. Le jour des visites était un autre de ces rites que Tilden, dans son ignorance, tenait pour une absurde perte de temps. Au début de leur mariage, il y avait pourtant sacrifié, afin d'aider son épouse à s'établir dans la société new-yorkaise. A l'instar de la plupart des hommes, il s'était vite lassé de devoir vanter les charmes de chaque saison dans chacun de ces salons guindés, et dûment réjoui une fois qu'il avait pu considérer son devoir comme accompli.

— Il n'est jamais accompli, protesta Ella. Si l'on veut ne pas tomber dans l'oubli, figurer sur les listes d'invitation les plus prestigieuses, il faut se faire voir dans les meilleures maisons.

— Mais je *suis* connu, Ella. Il ne s'est pas passé une semaine cette année sans que nous ayons eu à assister à l'un de ces assommants dîners où chacun fait montre d'un enthousiasme tempéré pour les sauces et les vins et s'enquiert si ma journée a été bonne sans se soucier le moins du monde de ma réponse.

— Justement, chez les Whitehead, l'autre soir, vous

avez fait bâiller tout le monde en vous étendant plus de cinq minutes sur la façon dont vos chaussures avaient été cirées.

— Vous vous plaignez, madame, lorsque je parle affaires ou sport. Mais si je dois être ennuyeux, autant que j'en fasse un art consommé.

— Vous êtes désespérant.

— Que vous est-il arrivé, Ella ? demanda-t-il d'une voix radoucie. Vous étiez gaie, autrefois. Se pourrait-il que deux années à New York aient tué toute gaieté en vous ? Ou votre amour de la vie ne serait-il qu'un masque que que vous mettez et ôtez, comme tout accessoire de votre garde-robe, selon les besoins du moment ?

— Je n'entends rien à vos allusions.

— Non, sans doute.

— Il se fait tard, Tilden.

Elle se composa un visage moins sévère.

— Je suppose que vous souhaitez partager mon lit, ce soir ?

— Non, Ella. Il se trouve que je ne le souhaite pas.

« Ansel Carling ne ferait pas la fine bouche, lui ! » se dit-elle avec humeur avant de frémir de l'audace de cette pensée.

Le hasard ne tarda pas à réunir dans les mêmes maisons, les jours de visite, Ella et Carling qui, bientôt, déjeunaient discrètement en tête à tête dans un café de Greenwich Village où les serveurs chantaient des airs d'opéra. Peu après, Ansel Carling faisait à l'épouse de Tilden les honneurs de sa bibliothèque où elle eut tout loisir d'admirer sa petite mais fort précieuse collection de manuscrits enluminés.

Tilden ne suspecta rien, il nota simplement qu'Ella paraissait le supporter avec de plus en plus de difficulté.

L'annonce du séjour de plusieurs semaines qu'il devait effectuer à Londres fit même naître dans ses yeux une lueur d'excitation inattendue. Il pensa, l'espace d'un instant, qu'elle allait le supplier de la laisser l'accompagner. Mais elle sembla surtout s'intéresser à la durée de son absence. Paradoxalement, Tilden s'en trouva à la fois froissé et chagriné. Le jour de son départ, seul son père l'accompagna au port.

Dix semaines plus tard, après un voyage d'affaires peu fructueux, Tilden retrouvait un New York que les fleurs de mai avaient miraculeusement ramené à la vie. Pourtant, dans son appartement, l'hiver paraissait s'éterniser. Il se replongea à corps perdu dans le travail.

Par un bel après-midi, huit jours après son retour, il décida de quitter son bureau à 5 heures, deux heures plus tôt qu'à son habitude, afin de s'accorder une longue marche reconstituante sur la Cinquième Avenue et, éventuellement, un sherry dans l'un de ses clubs. A mesure que ses pas le rapprochaient d'Ella, son humeur gagnait en morosité. A l'angle de la 36e Rue, sans raison précise, il fit une pause, à deux pas de la maison de Georgina Hastings. Mais s'y présenter lui semblait, en sa qualité d'homme marié, de la dernière inconvenance. Pourquoi, après tout ? Chez Georgina, le sherry était tout aussi bon qu'ailleurs et la conversation incomparablement plus divertissante. Il ne s'y attarderait pas plus d'une heure.

— Bonsoir, monsieur.

Le visage de Wilkins, le maître d'hôtel, s'éclaira à la vue de Tilden.

— C'est Mme Hastings qui va être contente de vous revoir !

213

— Merci, Wilkins, répondit un Tilden déjà ragaillardi par la cordialité de cet accueil. Je passais par là et j'ai pensé que..., commença-t-il à expliquer en tendant sa canne et son chapeau.

— Serait-ce par hasard Tilden Beckwith ?

Une voix aux suaves accents du Sud roula comme une coulée de miel dans l'escalier, et Tilden vit apparaître des souliers argentés, une chatoyante jupe de brocart de chez Worth et, enfin, le buste étroit et le chaleureux sourire de bienvenue de la propriétaire de la maison de plaisir la plus réputée de New York. Georgina avait dans les trente-cinq ans et venait, disait-on, de Charleston.

— Georgina ! s'exclama joyeusement Tilden en s'avançant vers elle et en prenant la main dégantée qu'elle lui offrait. Vous êtes resplendissante !

Resplendissante, elle l'était, la première femme dont il eût partagé la couche ! Tilden n'oublierait jamais combien elle s'était montrée patiente, tendre et encourageante envers le jeune diplômé de Harvard emprunté et maladivement timide qu'il était alors.

— Êtes-vous venu en client ou suis-je en droit d'espérer que vous rendez visite à une vieille amie ? s'enquit-elle.

— La vérité est que, de passage dans le quartier, je n'ai pu résister à l'envie d'entrer un instant dans cette aimable... dans cette heureuse maison. Mais simplement pour me faire offrir un verre de votre excellent Malmsey.

— Une maison plus heureuse que d'autres, si je comprends bien. Venez.

Elle s'empara de son bras.

— Venez vous asseoir un moment avec moi.

214

Elle l'entraîna vers le plus tranquille des trois salons du rez-de-chaussée. En passant devant l'une de ces luxueuses pièces, Tilden entr'aperçut plusieurs hommes de sa connaissance. Un riche plaisancier, un conseiller municipal et un autre personnage qui, crut-il se souvenir, exerçait la profession de juge et qui pour l'heure jouait au whist avec une minuscule blonde habillée d'un costume de marin et ne paraissant guère avoir plus de treize ans. Annie. La petite Annie. Il l'avait déjà crue aussi jeune quand il l'avait vue pour la première fois, lors de cette fameuse soirée que ses amis lui avaient imposée pour qu'il enterre dignement sa vie de garçon. Pourtant, il avait appris à l'époque qu'elle comptait déjà plus de vingt printemps. « Grand Dieu, se dit-il, personne ne vieillit donc jamais dans cette maison ? »

— Je lis dans vos yeux une rare lassitude, Tilden !

Il foula à la suite de Georgina l'épais tapis de velours et s'assit à ses côtés sur un délicat sofa que surplombait, entre deux tableaux d'excellente facture, un somptueux miroir à dorure. Un grand piano occupait l'un des coins de la pièce.

— J'espère que vous allez bien. Et votre père, comment se porte-t-il ?

— Il n'est plus aussi vigoureux que jadis. Vous savez, cela fait à peu près vingt ans qu'il combat les effets du choléra. Il parle de se retirer en Californie.

Elle hocha la tête.

— Il a attrapé ça à bord d'un des câbliers de Cyrus Field, si je me souviens bien ?

— Quelle mémoire vous avez, Georgina ! Quand ai-je pu vous parler de ça ? Il y a au moins cinq ans...

Un plateau apparut, porté par Wilkins. Tilden resta muet tandis que le maître d'hôtel versait le liquide grenat puis se saisissait des deux verres et tendait le premier à sa maîtresse.

— Qu'en est-il de vous, Tilden ? Maintenant que vous êtes ici, que puis-je faire pour vous être agréable ?

— Mais votre aimable présence m'a déjà comblé, chère amie.

Georgina lui pressa la main.

— Cela fait longtemps que nous n'avons pas eu, vous et moi, une conversation sérieuse. Il existe dans ma maison plus d'une façon de trouver un peu de réconfort.

Cette remarque était ce que Georgina avait trouvé de moins malséant pour l'interroger sans détour sur Ella. Certes, on ne posait sous ce toit jamais de questions personnelles à un client, même à un ami tel que Tilden, à moins qu'il ne manifestât l'envie de s'épancher. Mais le jeune homme était venu chercher conseil auprès d'elle un an plus tôt, l'ayant alors priée de l'éclairer sur les mystères de la femme, notamment sur l'art de lui donner du plaisir et sur l'humeur maussade qui s'emparait d'elle chaque mois. Puis, il y avait de cela une quinzaine de jours, dans cette même maison, Georgina avait entendu prononcer, avec force ricanements équivoques, les noms de Tilden et de sa femme, et surpris quelques commentaires ironiques sur la facilité avec laquelle Ella s'était laissé séduire et sur le peu d'estime dans lequel elle tenait son mari, pour l'heure à l'étranger. La clique de Jay Gould. Quelque chose d'autre, que Georgina n'avait pas bien saisi, avait été ajouté. Il était question d'affaires. Le nom de Cyrus Field lui avait fait dresser l'oreille. Ella avait-elle par-dessus le marché trahi son mari sur le plan professionnel ? Georgina l'ignorait. Elle avait en tout cas fait dire à ces hommes que leur présence ne serait désormais plus souhaitée chez elle.

— Puis-je vous offrir une collation ? proposa-t-elle. Que diriez-vous d'une assiette anglaise ?

— Rien pour moi, je vous remercie. A vrai dire, il est temps que je reprenne le chemin de mon domicile.

— Je ne le permettrai pas, Tilden. Aucun de mes amis n'est autorisé à quitter cette maison en gardant un poids, aussi léger fût-il, sur le cœur. Puis-je vous proposer un peu de musique ?

Elle désigna le Steinway.

— Vous êtes un inconditionnel de Bach, si mes souvenirs sont exacts.

— Vous avez appris à en jouer ! s'écria-t-il, ravi de cette suggestion qui lui épargnait l'embarras d'une conversation.

— Non, j'ai bien peur d'être trop âgée pour cela. Mais je vais vous présenter une jeune femme qui réside chez moi depuis peu. Elle joue divinement bien.

Elle était merveilleuse. Timide, nerveuse, évitant le regard de Tilden, elle vint s'asseoir au piano, se forçant à répondre par un pauvre mais ravissant sourire à la petite toux encourageante de Georgina. Mais dès que ses doigts se furent posés sur les touches et que s'éleva le mélodieux murmure d'une sonate de Bach, une expression de contentement rêveur se peignit sur son visage.

— Où l'avez-vous trouvée ? chuchota Tilden.

— Un peu de patience ? le tança Georgina en le gratifiant d'une petite tape affectueuse sur la main.

Puis elle réunit les extrémités de ses doigts sous son menton et adressa à la jeune pianiste un salut à la manière orientale. Un nouveau son emplit alors la

217

pièce, une mélodie délicate et obsédante, évoquant des visions de jardins japonais.

— Quel est ce morceau ? souffla Tilden. Ce n'est pas du Bach !

— C'est de Gilbert et Sullivan. Leur nouvelle opérette. N'avez-vous jamais entendu *Le Mikado* ?

— Non.

— Elle raffole de Gilbert et Sullivan. Un de ces jours, je lui demanderai de chanter pour vous.

— Demandez-le-lui maintenant.

— Elle est trop timide, chut...

— Mais c'est son travail. C'est une de vos pensionnaires.

— Pas exactement. Tenez-vous tranquille, Tilden !

Une servante leur apporta un plateau de fromages qu'elle déposa devant eux. Mais il n'y prit garde, il ne parvenait pas à détacher les yeux de la délicieuse jeune fille brune vêtue d'une robe verte à col montant dont le cœur s'était laissé emporter jusqu'à la cour lointaine de l'empereur du Japon. Quand enfin le morceau fut achevé, Tilden bondit sur ses pieds et applaudit bruyamment, effarouchant la brunette comme une biche sauvage.

— Merci, monsieur, réussit-elle à articuler.

Ses immenses yeux noisette rencontrèrent un instant ceux de Tilden qui sentit son cœur bondir dans sa poitrine.

— Margaret, ma chère, intervint Georgina, je vous présente M. Beckwith. C'est un ami. Bien qu'il lui arrive d'être bruyant, il n'en est pas moins un homme charmant.

Quelque chose changea dans l'attitude de la jeune

218

fille. Derrière sa timidité, elle se mit à l'étudier, à le jauger.

— Tilden, je vous présente Margaret Barrie. Elle vit sous mon toit, me rend quelques services, joue du piano, comme vous venez de l'entendre, et fait parfois la conversation à mes invités. Ce sont là ses seuls devoirs.

— Enchanté, mademoiselle Barrie.

« Soulagé » eût été plus près de la vérité.

— Merci, monsieur, répliqua-t-elle avec une révérence. Peut-être aurons-nous le plaisir de vous revoir prochainement.

— Oui, mademoiselle, nous nous reverrons certainement.

— Margaret, vous pouvez demeurer avec nous, à moins que vous ne préfériez vous éclipser.

— J'ai encore quelques lettres à taper, fit-elle avec un geste en direction de l'escalier.

— Ce sera pour une autre fois, alors.

— Qu'est-ce que c'est que cette histoire ? s'impatienta Tilden une fois qu'ils furent à nouveau seuls.

— Que voulez-vous dire ?

— Si votre maison n'était pas ce qu'elle est, je jurerais que vous jouez les entremetteuses. Elle m'évaluait comme si j'étais un futur prétendant.

— Vous dites des bêtises. Elle vous trouvait intéressant, voilà tout !

— Loin de moi l'idée d'oser contredire une femme, repartit-il courtoisement. Surtout une intrigante aussi impénitente que vous. Mais avouez que vous jouez les entremetteuses.

— Ciel, me voilà percée à jour ! admit-elle en riant.

— Margaret est-elle une de vos filles, oui ou non ?

— Elle doit prendre sa décision. Tilden...

Georgina se leva pour aller fermer la porte.

— Je lui ai promis qu'elle et moi choisirions son premier client ensemble lorsqu'elle se sentirait prête.

— Et j'ai eu l'honneur d'être pressenti ?

— Oui. Êtes-vous consentant ?

Tilden se sentit consterné. Désireux de ne pas froisser Georgina, il cherchait désespérément une échappatoire.

— Je ne pense pas que je pourrais supporter cela.

— Puis-je vous demander pourquoi ?

— Eh bien...

Il leva les bras au ciel, comme si la réponse allait de soi.

— Prendre du bon temps avec une fille qui a choisi cette voie est une chose, déflorer une vierge pour en faire une prostituée en est une autre.

— Margaret n'est pas exactement vierge, Tilden. C'est une femme charmante dont les possibilités se sont vues du jour au lendemain réduites par les circonstances. Je lui ai proposé cette solution parmi d'autres. Mais la décision lui appartient en dernier ressort.

Tilden sentit soudain le rouge lui monter aux joues. Il lui déplaisait d'apprendre que Margaret n'était pas la petite chose pure qu'elle semblait être. Bien qu'à l'âge de vingt-sept ans il eût perdu beaucoup de sa candeur, il ne lui était jamais venu à l'idée qu'une femme pût prendre délibérément et en tout état de cause la décision de devenir fille de joie. Il se leva, s'approcha du piano et laissa courir ses doigts sur les touches encore tièdes.

— Elle pourrait enseigner le piano, avança-t-il

220

posément. Pourquoi ne donne-t-elle pas de leçons de piano ?

— Elle pourrait également enseigner le français, qu'elle parle couramment. Mais, pour gagner convenablement sa vie, il faut recruter des élèves dans les meilleures maisons. Et les maisons en question exigent des références qu'elle n'est pas en mesure de fournir.

— Pourquoi ?

— L'histoire de Margaret est semblable à bien d'autres, Tilden, répondit-elle d'une voix feutrée. A la mienne, par exemple. Margaret fut élevée dans une famille honorable, rencontra un jeune homme, fut trahie à la fois par son propre cœur et par son galant et se retrouva à la rue, privée de tout espoir de jamais faire un mariage convenable.

— Qui est sa famille ? D'où vient-elle ?

— Je ne le lui ai pas demandé.

— J'aimerais le savoir.

— De quel droit ?

— J'aimerais comprendre comment une jeune fille, compromise ou non, désavouée par sa famille ou non, peut venir directement frapper à la porte de Georgina Hastings, dans l'intention d'y faire l'apprentissage du métier de fille publique.

Tilden s'était emporté, sans toutefois en comprendre la raison.

— Cette histoire est ridicule, Georgina. De la même veine que ces mélodrames de quatre sous que le Eagle Theater joue pour son public de pleureuses. Une fille comme Margaret a bien un ami, un protecteur.

— Je suis son amie, rétorqua placidement Georgina.

— Vous êtes son...

221

Tilden se mordit la langue.

— Vous vous apprêtiez à dire que j'étais son mauvais ange. Tilden, comment vous figurez-vous que je recrute mes filles ? Qui ont la réputation d'être les plus belles et les plus cultivées de tout New York.

— Je n'ai jamais réfléchi à la question.

— Évidemment, elles sont là, à votre disposition. Vous les oubliez aussitôt que vous les quittez. La façon dont elles ont abouti chez moi vous importe peu.

Tilden poussa un profond soupir.

— Je m'arrête ici pour prendre tranquillement un verre, et je me vois dépeint comme un monstre d'insensibilité. Quand j'achète une chemise, ai-je un cœur de pierre si je ne m'apitoie pas sur le sort de la pauvre cousette qui s'abîme irrémédiablement les yeux pour cinquante *cents* par jour ?

— C'est vous qui avez commencé à me poser des questions, lui rappela Georgina. Vous m'avez demandé d'où elle venait. Vous vous êtes également permis d'émettre des jugements alors que rien ne vous y autorisait.

Tilden leva les bras en signe de reddition.

— Comment a-t-elle abouti ici, Georgina ?

— Je l'ai trouvée. Elle était à New York depuis un an. Elle avait tenté, comme vous le disiez tout à l'heure, de donner des leçons de piano. Puis, ayant mis sa dextérité au service de la dactylographie, elle s'était fait engager au *New York World,* où l'un des patrons l'avait remarquée et renvoyée séance tenante quand elle avait repoussé ses avances. C'est un journaliste qui m'a rapporté l'anecdote. Après quelques mois de chômage, son propriétaire lui a offert d'effacer son ardoise en échange

222

de ses faveurs. Elle a refusé et s'est retrouvée à la rue. C'est là que je l'ai ramassée, avec toutes ses affaires.

— Comment avez-vous su ?... Comment se fait-il que vous ayez volé à son secours au moment voulu ?

— Le journaliste, que je rétribue pour ouvrir ses yeux et ses oreilles, me l'avait recommandée.

— Un maquereau, en somme.

— Un dénicheur de talents.

— Et vous l'avez embobinée.

— Je lui ai témoigné de l'amitié, Tilden.

Seul l'éclat de son regard trahissait la colère qu'elle s'efforçait de contenir.

— Margaret était et reste libre de me quitter quand il lui plaira. Je lui verse un petit salaire, en échange de quoi elle tape ma correspondance et tient ma comptabilité. Tout ce que je souhaite est qu'elle travaille ici le temps de mettre assez d'argent de côté pour pouvoir recommencer une nouvelle vie ailleurs.

— Je vous demande pardon, Georgina.

Il détourna la tête.

— Mais je persiste à trouver tout cela épouvantable.

— C'est tout à votre honneur. La plupart des hommes sauteraient sur l'occasion sans se soucier de son sort. Mais souvenez-vous qu'elle est seule, sans ami et, partant, une proie facile pour des personnes sans scrupule. Dites-moi donc dans quelles pattes vous auriez préféré la voir tomber. Je mettrai son argent à la banque, le ferai fructifier et, lorsque je me séparerai d'elle, quand elle aura vingt-cinq ans, elle sera à l'abri du besoin.

— Si tant est que vous vous sépariez effectivement d'elle.

— Ne m'insultez pas, Tilden.

— Et comment pouvez-vous être sûre qu'elle n'ira pas offrir ses services à une autre maison ?

— Si elle le fait, elle perdra ses droits sur l'argent que j'aurai placé pour elle. Elle a signé un papier le stipulant. Aucune de mes filles n'a jamais échoué dans l'un de ces bouges irlandais ou allemands de la Sixième Avenue. Aucune d'entre elle, et *a fortiori* Margaret, ne fera jamais le trottoir.

— A condition qu'elle accepte votre proposition.

— A condition qu'elle l'accepte, oui.

— Et qui vous dit que je ne vais pas m'employer à l'en dissuader ?

— Libre à vous d'essayer.

Georgina sourit. « Mais vous n'essaierez pas, Tilden, songea-t-elle. Ou du moins vous n'y mettrez pas trop de conviction. Quel est l'homme qui s'acharnerait à sauvegarder la vertu déjà bien compromise de Margaret quand il lui faudrait pour cela renoncer à une nuit de plaisir avec un corps aussi délicieux et un visage aussi angélique ? »

— Je dois réfléchir, Georgina, finit-il par bredouiller. Ce n'est pas tous les jours que l'on reçoit pareille proposition.

— Ne réfléchissez pas trop longtemps. On m'a déjà offert mille dollars pour sa première nuit. Un homme très haut placé, au demeurant, quoique plus âgé et bien moins raffiné que vous.

— Très bien. Quel prix me ferez-vous ?

— Avec les compliments de la maison, répliquat-elle en se penchant pour déposer un baiser sur sa joue. Sauf, bien entendu, tout don qu'il vous plaira de faire à

224

Margaret et que j'investirai dans vos affaires, naturellement.

— Naturellement.

Tilden ne put s'empêcher de laisser poindre un rictus.

— Je vais réléchir. Me permettrez-vous de passer vous apporter ma réponse demain, à la même heure ?

— Vous serez toujours le bienvenu dans cette maison, mon ami.

Ce fut d'un pas lent que Tilden remonta la Cinquième Avenue. Il devait mettre de l'ordre dans les divers sentiments qui l'agitaient. Tandis qu'il longeait les impressionnantes murailles, semblables à celles d'une forteresse, du réservoir d'eau, il se laissa aller, le sourire aux lèvres, à imaginer le corps exquis de cette jeune femme qui jouait si remarquablement du piano et jetait autour d'elle des regards d'oiseau blessé. Hélas, alors que se profilaient les échafaudages et les flèches squelettiques de Saint Patrick, cette vision enchanteresse fit place à une autre, horrifiante. Celle de ce corps livré aux enchères d'hommes gras et chauves aux dents jaunies par le tabac. Tout le problème était là. Sa conscience s'accommodait mal du fait qu'il pût être son premier client. Mais il ne pouvait supporter l'idée que ce corps soit possédé par un autre que lui. Cette sorcière de Georgina avait bien entendu prévu quel dilemme serait le sien. Mille dollars. Quelqu'un avait offert mille dollars. Était-ce là pure invention, l'une de ces ruses dont Georgina était coutumière ? Mais, au fond de son cœur, Tilden savait qu'elle avait dit vrai. N'était-il pas lui-même prêt à payer ce prix pour assouvir le désir qui brûlait en lui ?

225

— Jonathan ?

Il était assis à l'extrémité du lit, près de la fenêtre, quand Gwen entra. Il cilla en entendant son nom.

— Jonathan ? Tu vas bien ?

Sa tête pivota indolemment dans sa direction, ses yeux interrogèrent ses traits, sa silhouette, ses vêtements, l'espace d'un instant, avant de la reconnaître.

— Je vais bien, trésor. J'ai un petit coup de pompe, c'est tout.

Elle lui présenta le plateau qu'elle portait.

— Que dirais-tu d'un sandwich ?

— Non, merci, sans façon.

Il examina le potage à présent froid et les sandwiches. Il s'était attendu à du fromage, accompagné de sherry. Ce qui ne lui aurait pas davantage fait envie, du reste. C'était étrange. Il avait un goût de sherry dans la bouche. En avait-il bu ? Ah oui, en bas, tout en écoutant du piano. Non, tout en discutant. De Bridey Murphy, entre autres...

— Tu as l'air crevé. Pourquoi ne te déshabilles-tu pas ?

Le regard de son compagnon s'attarda sur les lits jumeaux.

— Jonathan ?

Ses paupières se remirent à battre.

— Ça t'ennuierait qu'on les mette côte à côte ?

— Non, répondit-elle en souriant. Bien sûr que non.

L'humeur de Raymond Lesko n'allait pas en s'améliorant. Il avait lentement arpenté le côté sud de la 77e Rue, notant au passage qu'aucune lumière ne brûlait dans l'appartement de Gwen Leamas, et qu'un homme, affublé d'un bonnet de ski, était vautré sur le siège avant de la voiture sombre garée en double file devant l'entrée de l'immeuble.

Et, depuis une heure, il attendait que quelque chose se passe. Que Corbin et son Anglaise rappliquent ou que le type de la voiture aille faire un saut dans le hall de l'immeuble. Ses pieds s'engourdissaient davantage de minute en minute. Les yeux trop fatigués pour faire le point sur le cadran de sa montre dans la pâle lueur du porche où il s'était dissimulé, il estima qu'il devait être environ 22 heures.

Il était sûr que le type à la cagoule ne l'avait pas repéré. Il ne s'était même pas retourné pour le suivre des yeux quand il avait dépassé sa voiture. Ce qui signifiait sans doute qu'il ignorait son existence. Peut-être ignorait-il aussi celle de Corbin. Mais, dans ce cas, pourquoi faisait-il le poireau dans une bagnole non chauffée, par un froid sibérien, le museau obstinément pointé vers le 145, en prenant bien garde à ce que sa caboche ne dépasse pas de l'appuie-tête ?

Et si, au lieu d'un tueur, ce n'était qu'un simple gorille expédié là pour flanquer la pétoche à Corbin. Ou le passer à tabac. Peu vraisemblable. Les gorilles, comme les bonnes sœurs, se déplaçaient toujours par deux. Surtout quand ils s'apprêtaient à faire sa fête à un pèlerin qui, comme Corbin, était susceptible de se défendre.

« Imbécile, évidemment qu'ils sont deux ! Celui qui a gagné à pile ou face a bricolé la serrure de la porte d'entrée du 145 et attend bien au chaud dans le hall ou même, pourquoi pas, carrément dans l'appartement de la demoiselle. »

Et impossible d'aller voir ce qu'il en était. Le temps

qu'il se soit à son tour dépêtré de la porte d'entrée, le klaxon de la bagnole aurait déjà averti le deuxième compère qu'il se passait quelque chose de louche. Il pouvait toujours attendre que ce dernier finisse par ramener sa fraise. Non, il ne ressortirait que lorsqu'il en aurait suffisamment sa claque de croquer le marmot pour décider de remettre ça au lendemain. Ce qui, si Corbin et sa copine découchaient, risquait de prendre des heures. Et d'ici là Lesko serait trop ankylosé ou trop frigorifié pour faire autre chose que les regarder se débiner. Il y avait peut-être mieux à faire. Il avait peut-être intérêt à laisser un message et à rentrer chez lui.

Dans l'appartement de Gwen Leamas, Ed Garvey progressait à tâtons en direction de la cuisine. Arrivé à destination, il ouvrit le réfrigérateur, cueillit de sa main gantée un litre de lait et but au goulot quelques longues gorgées reconstituantes. Puis il remit la bouteille de plastique en place et retourna se poster dans le salon, près de l'entrée. Une fois là, il s'assit et rajusta le petit pied-de-biche qu'il portait à la ceinture. L'homme, qui était de la taille de Lesko mais nettement moins corpulent, avait déjà pris soin de tester le parquet afin de repérer les lattes grinçantes qu'il lui faudrait éviter lorsque Corbin et sa bonne femme seraient sur le palier. Avec un peu de chance, tout se déroulerait rapidement et sans accroc. Il n'avait pas manqué d'établir mentalement la liste des objets de valeur que possédait Gwen Leamas. Une fois sa besogne achevée, il les raflerait, non sans oublier de foutre un peu le bazar au passage. En découvrant les deux oiseaux avec le crâne défoncé, la police goberait toute crue la version cambriolage.

Trois brefs coups de klaxon.

— Trois ?

Qu'est-ce que ça pouvait bien vouloir dire ?

Ed Garvey resta un instant aux aguets mais, n'entendant aucun bruit, se dirigea vers les fenêtres donnant sur la rue et, sans même toucher aux rideaux, plongea son regard dans la nuit. Il ne put distinguer quoi que ce soit derrière le pare-brise embué. L'abruti ! Comment était-on censé voir quelque chose avec un pare-brise dans cet état ?

Il y eut trois nouveaux petits coups de klaxon. Puis un mouchoir blanc essuya la vitre, côté conducteur, sur un rayon de quinze centimètres. Le pot d'échappement éructa sa fumée blanche.

Garvey écarta les rideaux et plaqua un visage interrogateur contre la fenêtre du deuxième étage. Pour toute réponse, un bras lui fit signe de descendre.

Raymond Lesko remonta la vitre, se coula sur la banquette arrière et redressa le corps inerte de l'homme au bonnet de ski, qui répondait au nom de Coletti, comme il avait fini par en convenir. Ça s'était passé entre le moment où ledit Coletti avait répondu à cette espèce de clown qui lui demandait son chemin d'aller se faire voir ailleurs et celui où Lesko lui avait balancé son coude dans la tempe. Le canon du revolver de l'ancien flic l'avait ensuite persuadé de mettre le moteur en marche.

Moins d'une minute plus tard, la silhouette de Garvey se découpait devant l'entrée du 145. L'homme hésita quelques instants, inspectant la rue, puis, avec un petit hochement de tête perplexe, s'avança à grandes enjambées vers la portière côté passager, l'ouvrit et fit mine de grimper dans la voiture. Mais, pratiquement en état de lévitation, il se raidit tandis que se profilaient à la périphérie de sa vision un poing et un cylindre noir qui se rapprochèrent dangereusement de sa tempe.

— Ferme la portière ! grogna Lesko. T'as été élevé dans un moulin, ou quoi ?

Garvey ne broncha pas, évaluant ses chances, s'il effectuait un roulé-boulé sur le trottoir, de se mettre à temps hors de portée des balles de l'autre.

Lesko haussa les épaules.

— Alors, tu te décides ?

Garvey reprit sa respiration puis introduisit dans la voiture sa jambe qui pendait toujours à l'extérieur et referma la portière. Il loucha vers Coletti et se rendit compte qu'il avait les yeux fermés.

— Qu'est-ce que vous lui avez fait ?

— T'occupe, c'était l'heure de sa sieste. Mets tes pognes sur le tableau de bord !

— Qui êtes-vous ?

Lesko appuya le canon de son P.38 contre sa nuque.

— Tu ne veux pas me montrer tes menottes ? T'as envie que je devienne nerveux ?

Garvey allongea les bras.

— Bon. Maintenant, tu sais ce que je vais te faire ? Je vais te fouiller. Et t'as pas intérêt à te trémousser, vu ?

Garvey hocha la tête. Lesko, le canon de son arme toujours menaçant, entreprit de le palper de haut en bas, lui subtilisant tour à tour son petit pied-de-biche, une trousse de plastique renfermant toute une panoplie de crochets à serrure et, enfin, un long tournevis.

— Maintenant, penche-toi, intima Lesko. Je vais

230

vérifier ce que tu as dans tes poches de derrière. Ensuite, tu me sortiras ton portefeuille, lentement, avec ta main droite.

Garvey s'exécuta en silence.

— Pas d'armes, Ed ?

Lesko ne s'était pas attendu à ce que sa petite exploration lui rapporte un couteau ou un flingue. La version cambriolage. Ça se plaidait toujours bien en cas de pépin. Coletti lui avait déjà abandonné le petit automatique qu'il portait à la cheville et le pétard planqué sous le siège.

— Non, répondit Garvey.

Lesko vrilla le canon de son arme sous l'oreille de l'homme.

— Voilà déjà un bobard, Ed. Et ce tournevis, et cette pince-monseigneur, c'est pas des armes ? Attends, je vais te faire une petite démonstration.

Lesko lui assena un coup bien senti sur la clavicule.

Garvey hurla et bascula vers l'avant, plaquant sa main droite sur son épaule meurtrie. Lesko ne pouvait voir sa main gauche, mais il était prêt à parier qu'elle cherchait frénétiquement le pistolet habituellement dissimulé sous le siège de Coletti.

— Quand tu voudras, Ed. Tu peux te redresser...

— Que voulez-vous ? haleta Garvey.

— J'ai idée que tu t'apprêtais à faire bobo à quelqu'un, là-haut, avec ton pied-de-biche, ou encore avec ton tournevis.

— Vous êtes dingue ?

— Tu veux que je te fasse revenir à de meilleurs sentiments ?

— Non !

— Écoute, tu as dû remarquer que je t'appelais par

ton petit nom. Ce qui veut dire que ton copain Coletti m'a fait des confidences. Alors comme ça tu restes là-haut au moins une plombe, et quand je te klaxonne tu te ramènes les mains vides. Tu ne vas pas me dire que la petite dame n'a pas au moins une bague ou deux dans ses tiroirs ?

Garvey secoua la tête.

— A en croire vos papiers, Coletti et toi travaillez chez Beckwith, dans les services de sécurité.

— On était en train de faire une vérification. On nous avait dit que la gonzesse qui crèche là et son petit copain avaient fait un coup dans un de nos hôtels.

— Oh, je vois. Ça explique tout.

Garvey se crispa à nouveau.

— Voilà ce que je veux que tu fasses, Ed. Je veux que tu descendes ta vitre d'environ trois centimètres et que tu glisses tes battoirs dans la fente jusqu'aux poignets. Allez, vas-y, Ed.

Garvey obtempéra. Lesko fit passer son P.38 de sa main gauche à sa main droite et se mit à remonter la vitre, forçant sur la manivelle jusqu'à ce que Garvey hurle de douleur. Coletti grogna et revint à un semblant d'état de conscience. Lesko le rendormit illico d'un coup de coude sur la tempe puis, à l'aide du pied-de-biche, s'employa à rendre Garvey d'humeur plus loquace.

— Tu sais qui je suis, Ed ?

— Non.

Lesko tapa plus fort.

— Vraiment ?

— Je vous le jure. Pourquoi est-ce que je vous mentirais ?

— Et M. Dancer, tu connais ?

232

— Non.

— Tu me racontes encore des boulettes, Ed.

— Je vous jure que non. Citez-moi un nom que je connais et je vous répondrai.

« O.K., pensa Lesko. Je suis peut-être le seul à jouir du privilège de l'appeler Dancer ! »

— C'est un type tout petit, Ed, qui porte des costumes sombres. On dirait un jouet mécanique. Il ne sue jamais, ne prend même pas la poussière.

— C'est Ballanchine, Lawrence Ballanchine.

Ballanchine ? Lesko écarquilla les yeux. Ballanchine. Dancer. Il y avait un gus qui avait dirigé les Ballets new-yorkais. Pendant une éternité. Il avait fini par caner. George Ballanchine. Oui. Probablement pas de la famille. Lawrence Ballanchine. Cette sale petite crapule s'était choisi Dancer pour nom de guerre sans doute persuadé de faire preuve de beaucoup d'esprit. Ballanchine-Dancer. Intellectuel, non ? Finalement, le bougre avait un certain sens de l'humour.

— Qui t'a envoyé, lui ou quelqu'un d'autre ?

— Le chef des services de sécurité. Tom Burke.

— Et Burke, il dépend de qui ?

— De Ballanchine.

— Et Ballanchine, il obéit à qui ?

— Au vieux, j'imagine. Beckwith. Ou à la famille. Il y a un paquet de Beckwith.

— Ce type, Tom Burke, quel âge avait-il en 1944 ?

— Hein ?

— O.K., quel âge a-t-il ?

— Je sais pas, moi ! Cinquante berges, peut-être.

— Tu expliqueras à Ballanchine que je t'ai posé cette question. Tu lui diras aussi que je voudrais bien savoir si, en 1944, Burke était assez vieux pour piloter une bagnole dans les rues sombres de Chicago, ou pour fouiner dans les non moins sombres appartements de la même ville. Tu sais de quoi je parle, hein, Ed ?

— Chicago, 1944 ? Comment pourrais-je le savoir ? J'y ai jamais foutu les pieds. J'étais même pas né, à l'époque !

— C'était juste une question piège, Ed. Je te crois sur parole.

— Écoutez, j'ai mal aux mains.

— T'inquiète pas, je vais arranger ça.

Lesko fit disparaître les deux automatiques dans les poches de son imperméable, s'empara du permis de conduire de Garvey et balança le portefeuille sur le siège avant.

— Comme ça, je saurai où te trouver.

Puis il rengaina son P.38, ramassa le pied-de-biche, se glissa vers la portière de droite et s'extirpa du véhicule. Enfin, ayant claqué la portière derrière lui, il se retourna et examina les mains enflées de Garvey.

— J'ai un autre message à te confier pour Ballanchine. Dis-lui de ne pas toucher à Corbin et à la fille tant que je ne lui aurai pas donné le feu vert. Dis-lui que je deviens très méchant quand les petits salauds de ton espèce viennent nous emmerder, nous les honnêtes gens. Montre-lui tes mains, et il te croira.

Garvey ne saisit pas tout de suite la dernière partie de ce discours. Mais un éclair de compréhension fusa de son cerveau au moment où il vit l'homme aux dents étincelantes prendre du recul et rejeter une épaule en arrière comme un bûcheron s'apprêtant à fendre un rondin. Puis ses yeux s'exorbitèrent lorsque, avec un sifflement, le pied-de-biche vint lui fracasser une main. Une douleur fulgurante lui transperça le cerveau, comme si on lui avait arraché le bras. Mais son cri avorta dans sa gorge. Le pied-de-biche percuta son autre main et fit gicler un flot de sang qui, à travers le mince interstice, lui tavela le visage. Il émit un drôle de bruit de sirène enrayée et bondit en arrière, brisant du même coup la vitre et s'y tailladant cruellement mains et poignets.

Lesko avait déjà parcouru la moitié du chemin qui séparait l'immeuble de Gwen Leamas de Lexington Avenue quand il entendit le premier cri que le tueur de Dancer fut capable de pousser. Arrivé devant les marches du métro, il avisa une grille d'égout à travers laquelle il laissa tomber le petit pied-de-biche et les deux pistolets. Puis il dévala l'escalier et attendit tranquillement son métro pour Queens Boulevard.

10

— Avez-vous bien dormi, Jonathan ? s'enquit Harry Sturdevant, déjà attablé devant son petit déjeuner.

— Très bien, merci, répondit Corbin.

Pourtant, il lui semblait avoir passé la nuit à dériver d'un rêve morcelé à un autre.

— Gwen se prépare. Bonjour, madame Starling.

— Bonjour, monsieur Corbin.

Il vit le regard de la femme dévier vers Sturdevant et en conclut qu'il avait dû faire les frais de la conversation entre le médecin et sa gouvernante. C'était d'ailleurs le cadet de ses soucis. En revanche, il aurait vraiment aimé retrouver qui elle lui rappelait. Il ne lui paraissait pas impensable qu'elle ait tenu un rôle dans l'un de ses rêves de la nuit. A moins qu'il ne se soit agi de quelqu'un qui lui ressemblait étrangement, quelqu'un qu'il avait envie d'appeler Lucy. Il avait tellement rêvé. De Margaret. Et d'une autre femme, Georgia. Non, Georgina. Puis il y avait eu du grabuge. Mais, cette fois, il n'y était pas impliqué. Un homme, une armoire à glace, s'était fait broyer les mains. Se les était abominablement entaillées sur des éclats de verre. C'était horrible. Pourtant, Corbin ne le plaignait pas.

— Prenez donc un croissant, Jonathan ! offrit Sturdevant en lui passant la corbeille. Je me laisserais moi-même volontiers tenter par un autre. Malheureusement, Cora ne me lâche pas des yeux.

Cora renâcla mais ne répondit pas. Elle ne manqua cependant pas de se démancher le cou pour compter les pâtisseries restantes avant de servir le café de Gwen qui, annoncée par un craquement dans l'escalier de bois, fit son entrée dans la pièce.

Corbin avait également rêvé d'elle. Oui. Gwen et Margaret s'étaient enfin rencontrées. Et Margaret avait dit combien elle était heureuse qu'il se soit trouvé une aussi charmante compagne. Un rêve agréable. Vraiment très agréable. C'était, maintenant qu'il y réfléchissait, la première fois qu'il voyait Margaret tout en demeurant Jonathan Corbin. Il avait fait un autre rêve tout à fait délicieux, au cours duquel il s'était vu apprendre à Margaret à monter à bicyclette. La jeune femme riait à gorge déployée, car il ne se montrait guère plus habile qu'elle dans la pratique de ce sport. Tilden. Il avait été content de découvrir que Tilden avait connu quelques bons moments.

236

— Quand vous aurez fini votre café...

Harry Sturdevant avala la dernière gorgée du sien.

— Nous pourrons y aller. Mon garage est au coin de la rue. Si j'ai bien compris, Gwen, tu aimerais faire un saut chez toi avant que nous ne filions sur Greenwich ?

— J'en aurai pour dix minutes maximum.

Le téléphone mural de la cuisine bourdonna soudain. Cora décrocha.

— Résidence Sturdevant...

Elle écouta.

— Qui est à l'appareil ?

Son front se plissa.

— Consentirez-vous à la fin à me dire votre nom ?

Elle écouta à nouveau, les yeux rivés sur son employeur.

— Non, nous ne sommes pas intéressés pour le moment, je vous remercie... Des gens qui proposaient leurs services pour nettoyer les tapis, expliqua-t-elle après avoir raccroché. Docteur Sturdevant, avant de partir, vous avez des chèques à signer dans votre bureau.

Sturdevant la rejoignit.

— Que se passe-t-il, Cora ?

— C'est la deuxième fois ce matin qu'on demande M. Corbin. Deux personnes différentes. La première fois, il était sous la douche, et j'ai proposé de prendre un message. Mais la personne a répondu que c'était sans importance et a raccroché. Cette fois-ci, j'ai essayé de lui faire dire son nom avant de lui passer M. Corbin. Curieusement, la communication a alors été coupée.

— Et vous avez inventé cette histoire de tapis pour ne pas inquiéter notre invité ?

237

Elle acquiesça.

— Cora, je ne suis pas certain qu'il y ait lieu de s'alarmer, mais j'aimerais mieux que vous évitiez de sortir aujourd'hui et surtout que vous n'ouvriez à aucun visiteur inconnu. De toute façon, je vous appellerai.

Garé en double file devant le 145 de la 77e Rue, Sturdevant attendait que Gwen ait fini d'empaqueter ses affaires. Ne s'étant pas senti rassuré à l'idée de la laisser pénétrer seule dans son appartement, Corbin l'avait accompagnée.

Il avait eu une vague réminiscence de son rêve sur l'homme aux mains ensanglantées en entendant un crissement de verre sous ses semelles. Une fois dans l'appartement de Gwen, tandis qu'il faisait les cent pas dans le salon en attendant que s'écoulent les dix minutes imparties à la jeune femme, ses yeux se heurtèrent sans cesse à la chaise qui faisait face à l'entrée. Il n'arrivait pas à s'enlever de la tête l'idée qu'elle avait été déplacée de quelques centimètres. N'y tenant plus, il finit par la remettre à ce qu'il croyait être sa place habituelle. Puis, alors que Gwen enfilait un gros pull et une jupe en jean, il alla faire un tour à la cuisine. Sa main effleura le métal du réfrigérateur, enserra la poignée chromée. Une colère sourde gronda en lui. Il ouvrit la porte.

— Tu as encore faim ? lui cria-t-elle de la salle de bains. J'ai bien peur de ne plus avoir grand-chose...

— Non, en effet !

Le réfrigérateur renfermait un pot de fromage blanc, des restes de poulet, quelques œufs et une bouteille nappée d'un fond de lait caillé. Il s'en saisit, laissa se rabattre la porte du réfrigérateur et examina l'objet dans sa main. Il vit ses doigts trembler un instant puis se crisper et écraser le plastique. Le bouchon sauta et roula sur le sol. Quelqu'un était venu. L'homme aux mains en charpie. Corbin n'avait pas plus tôt formulé cette pensée que son esprit se rebiffa. Il n'avait rien vu. La présence d'une bouteille de lait quasi vide dans le réfrigérateur de Gwen signifiait tout simplement que Gwen avait placé une bouteille de lait quasi vide dans son frigo. Point à la ligne. Il savait que, logiquement, l'homme aux mains déchiquetées n'existait pas. Et pourtant, il savait aussi qu'il existait et qu'il avait bel et bien tenu cette bouteille de lait.

L'objet de plastique tout bosselé alla échouer dans la poubelle.

— Gwen, mon enfant, as-tu pensé à me rapporter les médicaments que je t'avais réclamés ?

— Oh, je suis désolée, oncle Harry, ça m'est complètement sorti de la tête, mentit-elle.

Alors que les pneus de la Mercedes crissaient sur la route coupant à travers Central Park à partir de la 72e Rue, Corbin, la main dans celle de Gwen, se laissa aller contre le dossier de la banquette. Il commençait imperceptiblement à se décontracter. Le parc était somptueux. Le soleil matinal n'avait pas encore fait fondre la neige qui avait changé chaque arbre et arbuste en une fragile sculpture de cristal. Tilden et Margaret. Venaient-ils souvent se promener par ici, en hiver ? Oui. Pour patiner. Sur la pièce d'eau, près des *Appartements Dakota*. Peut-être Tilden patinait-il seul, Margaret étant enceinte. Elle allait s'asseoir près d'un feu de joie et dégustait un chapon tout en suivant les évolutions du jeune homme qui essayait d'épater les badauds, pouffant chaque fois qu'il s'étalait sur la glace.

La Mercedes laissa le parc derrière elle et s'élança vers l'autoroute de l'Ouest. Corbin se redressa afin de profiter du paysage. La route de béton se déroulait devant lui, sans obstacles jusqu'au pont George-Washington, mais il préféra s'attarder sur la paisible berge bordée de coquettes demeures donnant sur le fleuve et les vertes collines du New Jersey.

Il croisa les bras sur le dossier du siège avant inoccupé et y laissa reposer son menton. D'autres ravissantes demeures défilèrent le long de la rive. Où il... où Tilden et Margaret faisaient de la bicyclette. Il y avait une auberge. Le *Claremont*. Où ils dînaient. Mieux, ils y logeaient. Oui, c'était bien ça. Margaret y occupait une chambre en attendant que la maison soit prête à la recevoir.

— Quelqu'un a envie d'une grappe de raisin ? lança Gwen en ouvrant le panier que Cora leur avait préparé.

— Pas pour l'instant, très chère, murmura Corbin.

Gwen rabattit doucement le couvercle en osier et tapota l'épaule de son oncle. Celui-ci fit signe qu'il avait entendu.

« Parle-moi, Tilden. Suis-je vraiment ton arrière-petit-fils ? Réponds-moi. C'est vrai, à la fin, tu me laisses planté là, à regarder cette pauvre Ella se refroidir, tu m'entraînes dans des bars, dans des maisons de passe new-yorkaises. Cette maison de passe, Tilden... Tu n'aimes pas beaucoup ce terme, n'est-ce pas ? Que dirais-tu de sérail ou de harem ? Tu ne dois guère être plus enthousiaste pour bordel. Établissement ! Tu préfères établissement ? A ton aise. C'est dans cet établissement que tu as rencontré Margaret pour la première fois, pas vrai ? Elle en était l'une des... bon... inutile de

240

remettre ça. Quoi qu'elle ait pu y faire, c'est là que tu l'as connue. Il me semble qu'elle joua du piano pour toi et que tu cherchas un moyen de te réserver l'exclusivité de ses services. Tu pris un abonnement, en somme... Pardon ?... »

Soudain, Corbin tressaillit et se sentit aussi honteux que s'il venait de recevoir une gifle.

« Je suis navré... Sincèrement. Elle comptait beaucoup pour toi. Je le sais parce qu'elle compte également beaucoup pour moi. Et tu t'es débrouillé pour la sortir de là. Pourtant, tu avais beau être pincé, tu n'avais pas l'intention de remettre les pieds dans ce... là-bas. Mais tu y es tout de même retourné et... hein ? Tu as payé la tenancière pour soustraire Margaret à cette vie, c'est bien ça, Tilden ? A moins que je ne me trompe. Non, ce n'est pas ainsi que les choses se sont passées. Je le devine, car je commence à sentir une nouvelle bouffée de honte. Sauf que, cette fois, ce n'est pas vraiment moi qui ai honte. Ça ne fait rien. L'essentiel est que tu l'aies finalement sortie de là. »

Tilden l'avait effectivement sortie de chez Georgina Hastings. Mais pas dans l'immédiat. A cause des lits jumeaux. Des murs de glace qui s'étaient dressés entre Ella et lui. D'une nuit d'insomnie passée à imaginer, dans l'obscurité, la silhouette élancée de Margaret, ses beaux yeux pleins d'une tristesse craintive. De sa virilité, qui avait incessamment réclamé son dû, sous son drap. Et il s'était senti pris d'un profond goût pour lui-même, car il avait compris qu'il n'aurait pas la force de résister à la froide logique de la proposition de Georgina. Il avait besoin de temps pour réfléchir. Mais il devait donner sa réponse le lendemain soir. Passé ce délai, s'il fallait en croire Georgina, Margaret serait livrée au plus offrant. Et cette diablesse de Georgina savait parfaitement que Tilden Beckwith ne le permettrait pas.

— Margaret, demanda une Georgina Hastings rayonnante, vous vous souvenez de M. Beckwith, n'est-ce pas ?
— Naturellement.
— Dans la première pièce à droite de l'urne grecque, vous trouverez, dans un seau à glace, une bouteille de champagne, expliqua Georgina à l'attention de Tilden. Un souper léger vous sera monté d'ici peu. Mais, en attendant, je suggère que vous preniez le temps de faire plus ample connaissance.

Tilden passa une main nerveuse sur le menton qu'il s'était, pour l'occasion, rasé une deuxième fois au bureau et regretta de ne pas avoir pu reprendre un bain avant de venir. Il ne s'était pas attendu à transpirer autant.

— Vous pouvez monter dès maintenant, si vous le désirez.
— Oui, oui, bien sûr, s'empressa-t-il de répondre avant d'offrir solennellement le bras à une Margaret visiblement aussi mal à l'aise que lui.

— Parlez-moi de vous, l'invita Tilden en remplissant à nouveau, d'une main plus ferme cette fois, le verre de la jeune femme.
— Ce n'est pas l'usage, ai-je entendu dire...

Son regard doux et franc affronta celui de Tilden.

— Je veux dire d'abord des questions personnelles.

242

— Au contraire. Non que j'aie une grande expérience des usages de la maison, mais plusieurs des filles m'ont raconté, dans les moindres détails, l'histoire de leur vie.

— Qu'elles avaient improvisée pour la circonstance, ou apprise par cœur, je crois, répondit-elle d'une voix mal assurée. Connaissez-vous la petite Annie ?

— Celle qui s'habille en gamine ?

— Elle m'a aidée à m'en inventer une. Vous plairait-il de l'entendre ?

— Mais, chère enfant, quel en serait l'intérêt si elle n'est pas vraie ?

— De satisfaire votre curiosité sans vous troubler outre mesure.

— Avez-vous l'intention d'ainsi me tromper, Margaret ?

— Oh non, monsieur Beckwith !

Elle semblait réellement bouleversée de lui en avoir donné l'impression.

— Ma seule intention est de vous complaire. Je vous aurais volontiers conté mon histoire sur-le-champ, mais je ne suis pas encore assez habile.

— Pour quoi ? Pour mentir ?

— Dans l'art de distraire.

Ses yeux s'embuèrent. Elle réalisait visiblement combien elle se tirait mal de son rôle.

— Margaret...

Tilden s'interrompit, cherchant ses mots.

— Que savez-vous de l'art de plaire à un homme ?

— Les autres filles m'ont expliqué certaines choses, montré des livres.

— Mais vous n'êtes pas, ainsi que vous l'avez dit, très habile en la matière.

Une larme solitaire traça un sillon argenté sur sa joue.

— Je vais faire mon possible pour vous donner satis- faction, monsieur Beckwith.

Un coup discret fut frappé à la porte. Margaret se leva prestement, sécha ses yeux et alla ouvrir à une servante en uniforme chargée d'un plateau. Aussitôt qu'elle se fut retirée, ayant paré son visage d'un masque d'enjoue- ment, Margaret entreprit de servir Tilden.

— Margaret...

— Ces huîtres sont délicieuses. Agrémentées de coriandre et de miel.

— Margaret...

Tilden se rapprocha d'elle.

— Pourquoi faites-vous cela ?

La jeune femme ravala ses larmes.

— Je croyais que Mme Hastings vous avait expliqué ma situation.

— Dans les termes les plus vagues. Elle m'a simple- ment dit que vous envisagiez... envisagiez seulement, une vie de... ce genre de vie, disons.

— Oui, ma décision est prise.

Elle baissa les yeux.

— J'aimerais à présent essayer de vous donner satis- faction.

— Margaret...

Il lui caressa la joue.

— Ne pourrions-nous pas attendre de nous connaître un peu mieux ?

Sa lèvre inférieure tremblait. Elle la mordit puis, ayant rassemblé tout son courage, posa une main sur le revers de sa veste.

244

— Margaret...

Il fit un pas en arrière.

— Toute cette affaire est ridicule. Vous n'avez rien à faire dans un endroit pareil.

— Je peux le faire.

De nouvelles larmes emperlèrent ses yeux.

— Je serai capable de vous complaire. Oh, monsieur Beckwith, nous faut-il vraiment tant parler ?

— Non.

Il la saisit par les épaules et l'attira contre lui, gentiment, comme pour consoler une petite fille. Il sentit sa poitrine se soulever et son dos se cabrer. Elle ne portait pas de corset. Elle était si douce... si douce...

— J'aimerais bien goûter à ces huîtres, dit-il enfin.

Il toucha à peine aux huîtres et aux tranches de coq de bruyère présentées sur des toasts ronds et ne fit guère plus honneur au sorbet au citron.

Si Margaret avait rapidement recouvré son sang-froid — elle l'entretenait à présent aimablement de sujets, sans nul doute dûment étudiés, pour lesquels il était réputé avoir un intérêt particulier —, Tilden avait, lui, l'esprit en ébullition. Il se trouvait en présence de l'une des plus charmantes créatures qu'il lui ait été donné de connaître, laquelle était toute prête à le laisser disposer de son corps à sa guise. Il avait du mal à empêcher ses yeux de s'attarder sur ses seins, sa taille et ses mains dont il avait déjà pu admirer la merveilleuse habileté. Mais, en dépit du désir dévorant qu'elle lui inspirait, mille bonnes raisons de ne pas passer à l'acte tourmentaient sa conscience. Il était simplement impossible qu'aucune autre solution ne s'offrît à elle. Partout des femmes devenaient professeurs, bibliothécaires, journalistes, médecins ou même avocates. Margaret connaissait déjà la dactylographie et la comptabilité. Des atouts non négligeables pour une femme. Tilden était sûr qu'il pourrait l'aider à trouver une situation. Mille dollars par an lui permettraient de subsister jusqu'à ce qu'un époux convenable se présente. Certes, ses chances de faire un bon mariage dans les couches de la société où l'on se montrait sourcilleux sur l'honneur et la lignée de la promise étaient plus que compromises. Mais il ne manquait pas de bons et honnêtes jeunes gens dans les milieux où l'on ne se souciait guère de ce genre de détails.

— Je vais me déshabiller maintenant, si vous le voulez bien, proposa-t-elle en pliant sa serviette et en la replaçant sur la petite table.

« Non, ce n'est pas ce que je veux ! cria-t-il intérieurement. Je veux vous arracher à cet endroit. Je veux que vous appreniez à m'apprécier et à m'aimer. Parce que vous êtes tout ce que je cherchais en Ella. Tout ce qui m'a été refusé. »

— Oui, s'étrangla-t-il. Si vous êtes sûre d'être prête.

Il la regarda se lever, se diriger lentement vers le lit à baldaquin et, lui tournant le dos, déboutonner son corsage. Il la vit frissonner. Une épaule apparut, puis l'autre. Son dos était merveilleusement droit et sa peau brune comme celle de certaines Françaises qu'il avait rencontrées. Elle laissa tomber sa jupe vert bouteille, la plia soigneusement et la déposa sur le dossier d'une chaise. Puis ses doigts s'attaquèrent aux lacets de sa chemise brodée.

— Pourrait-on baisser la lumière, demanda-t-elle, toujours de dos.

— Si vous préférez, répondit-il d'une voix blanche.

Quand seul dans la pénombre ne dansa plus qu'un petit croissant bleu, il leva à nouveau les yeux sur elle. Elle se tenait nue, les bras croisés sur ses seins. Comme elle paraissait fragile ! Tilden traversa la pièce, la prit par les épaules et la fit pivoter. Peu à peu, elle se décontracta, laissa aller sa tête contre les revers de sa veste et aventura timidement les mains sur ses hanches. Une douce odeur d'amande montait de sa chevelure.

— Margaret...

« Je vous en prie, ne dites plus rien, supplia-t-elle silencieusement. Faisons-le, c'est tout. »

Elle lui ôta sa veste, qui rejoignit sa jupe sur la chaise, lui déboutonna sa chemise et batailla un instant avec le nœud de sa cravate. Il se débarrassa en un tournemain de ses chaussures et de son pantalon puis souleva l'édredon, invitant la jeune femme à venir se glisser contre lui.

— Margaret...

Elle l'embrassa et, d'un doigt, lui scella les lèvres. Son autre main parcourut lentement le torse et le ventre de Tilden puis s'immobilisa, le temps d'un soupir, avant de se poser sur lui et de le caresser, comme Ella l'avait fait un jour où elle s'était laissée aller à boire trop de vin. Tilden frémit. Le rythme de sa respiration s'accéléra. Elle le guida et le fit entrer en elle. Il la sentait tendue. Pourtant, il la pénétra facilement. Elle avait dû se préparer. Georgina lui avait probablement montré comment procéder.

— Margaret, tu es si douce, si belle.

Le corps de Tilden entama un va-et-vient lent et enivrant. Mais il avait peur de peser trop lourd sur elle. Arc-bouté sur ses poignets, il se leva légèrement.

— C'est mieux ainsi ? chuchota-t-il.

En guise de réponse, elle lui entoura la taille et l'attira contre elle.

— Comme ça, Tilden. Jouis de moi, à présent.

— Je suis très honoré, dit-il quand ce fut fini.

Ces mots, quoique incongrus dans ces circonstances, traduisaient pourtant exactement sa pensée.

— Et moi comblée, répondit la jeune femme.

— Tu n'avais pas besoin de me dire cela, dit-il en fronçant les sourcils. J'avais presque oublié que j'étais ton client.

Margaret lui embrassa la main.

— Je suppose que je l'avais également oublié.

Il décida de la croire. Il était content que cela lui ait plu. Il se souvint du temps où il se serait choqué d'apprendre qu'une femme pût tirer de cet acte d'autres satisfactions que celle du devoir accompli. Après tout, nul n'ignorait la déclaration du Dr Otis Willard, selon laquelle le simple fait de supposer que la femme pût prendre à l'acte de reproduction un plaisir animal constituait la plus infâme des calomnies contre l'âme de cette noble créature.

Pourtant, des amis lui avaient affirmé que certaines femmes n'hésitaient pas à prendre l'initiative de l'acte charnel, ne craignaient pas de rire ou de bavarder pendant son accomplissement ni de se réjouir d'y avoir pris part. Il en avait aussitôt conclu que de telles créatures ne pouvaient qu'avoir une âme de courtisane. On lui avait même soutenu que certaines gémissaient ou criaient, non de douleur mais de plaisir. Un ami, enfin, lui avait prêté un livre publié par une femme médecin à l'usage des femmes, dans lequel il avait lu, écrit noir sur blanc, que la nature avait rendu cet acte éminemment agréable pour les femelles de toutes espèces, et plus particulièrement pour celles appartenant à la seule espèce douée d'imagination.

— Margaret, que va-t-il se passer à présent ? Après ce soir, j'entends.

— Je l'ignore.

— Peut-être... Tu pourrais peut-être, tant que tu n'auras pas pris de décision et si je puis arranger cela, ne recevoir que moi. Je veux dire... pas forcément dans une chambre. Même pas du tout, si tu préfères. Nous pourrions simplement bavarder. Tu me jouerais du piano. Peut-être pourrions-nous même nous échapper d'ici pour aller assister à une opérette de Herbert et Sullivan.

— Gilbert !

— Gilbert, oui ! Sais-tu jouer aux cartes ? Nous pourrions faire des parties de cartes...

— Ce serait charmant, Tilden ! Si tu penses ce que tu dis.

« Oui, se dit-elle, tellement charmant ! »

Mais elle ne pouvait se permettre d'espérer que son ardeur de ce soir survivrait jusqu'au lendemain.

— Pourquoi ne penserais-je pas ce que je dis ?

— Cher Tilden !

— Tu dis « cher Tilden » comme si tu t'adressais à un enfant !

— Non, Tilden, je le dis comme une femme qui aimerait mieux éviter de souffrir.

— Jamais je ne te ferai souffrir, Margaret !

Elle l'embrassa.

— J'aimerais mieux mourir !

Peu après, ils firent à nouveau l'amour.

— On dirait Berlin à la fin de la guerre ! fit observer Gwen en contemplant la longue perspective d'immeubles à moitié calcinés qui bordaient la voie express du Bronx.

Tous n'étaient pas d'anciens taudis. Beaucoup, même, faisaient encore très bourgeois, surtout celui qui, perché sur un tertre boisé, était agrémenté de ravissantes terrasses en rotondes. Gwen songea qu'il avait dû faire bon vivre ici, jadis.

— Ce sont les quartiers sud du Bronx, commenta Harry Sturdevant. Aujourd'hui une ville fantôme. Des milliers d'immeubles livrés à la décrépitude ou à moitié détruit par les flammes.

— Qu'est-il arrivé ?

Sturdevant haussa les épaules.

— Il s'agissait pour la plupart de logements à loyers contrôlés. Quand les tarifs de l'électricité et le prix du fuel ont monté en flèche, les propriétaires, ne faisant plus de bénéfices et ne parvenant pas à les vendre du fait de la dégradation de l'environnement, les laissèrent à l'abandon, purement et simplement.

Corbin, d'humeur irritable, tenta de s'abstraire de leur conversation. Il avait somnolé un instant et fait un rêve des plus excitants.

— Et maintenant, voilà la poubelle de New York, continua Sturdevant. Vous allez apercevoir des rues entières jonchées d'épaves de voitures. Mais ne vous y fiez pas, je n'en donne pas pour dix ans à ce quartier pour devenir un îlot de verdure. Un beau jour, des promoteurs feront raser tout ça et repartiront littéralement à zéro, car ce quartier est merveilleusement bien situé par rapport au centre. Malheureusement, les premières résidences devront être conçues comme de véritables

250

bunkers. Le taux de criminalité du Bronx est l'un des plus élevés du monde.

Corbin loucha, s'efforçant de se rappeler qui était ce bonhomme. Celui qui parlait de promoteurs. Quelle importance ? Mais pourquoi avait-il parlé de criminalité ? Qu'y avait-il à voler par ici ? Des poules ? En tout cas, sa vision de l'avenir était juste. Bientôt, toutes ces fermes ne seraient plus qu'un souvenir. New York étendrait ses chemins carrossables et son réseau de transports métropolitains jusqu'ici. De nouveaux villages se créeraient dans ces espaces vierges délimités par les voies de chemin de fer bâties par Cornelius Vanderbilt.

Consciente qu'il n'était toujours pas décidé à sortir de son mutisme, Gwen se pencha pour examiner ses yeux. Ils étaient ouverts. Son regard n'était pas vitreux. Un peu absent, peut-être. Elle rejeta la tête en arrière et se mit à lui masser distraitement l'épaule. Il poussa un petit grognement de plaisir. Sa main alla se poser sur la cuisse de Gwen.

— Tu as des doigts de magicienne, murmura Tilden.

Il était allongé à plat ventre sur le lit à baldaquin, entièrement vêtu, ayant seulement troqué son manteau contre un long peignoir en soie japonaise. Margaret était accroupie à ses côtés, ses longues jambes repliées sous son ample robe d'été blanche qui la faisait ressembler à une mariée.

— Ils font merveille sur des touches de piano, transforment les muscles les plus raides en mélasse. Pas tous, bien entendu.

— Ah ! çà, Tilden !

Elle lui administra une petite tape sur la tête.

— C'est la première remarque licencieuse que je t'entends faire.

— Je plaide non coupable. On m'a ensorcelé. Je ne suis plus l'homme que j'étais.

— Tant que tu es un homme plus heureux !

— Oui, je suis heureux. Vraiment heureux, dit-il gravement.

— Je ne vous ai pas demandé si vous étiez content, monsieur, le réprimanda-t-elle en lui bourrant gentiment les côtes. Un cochon se roulant dans la fange est content. Je vous ai demandé si vous étiez heureux. Vous devez prendre un air heureux en répondant, sinon je saurai bien vous y obliger à force de chatouilles.

— Je vous préviens, femme, que pendant que, enfant, vous faisiez des gammes, je m'entraînais, moi, à chatouiller mes semblables. Je suis même venu à bout, à l'âge de huit ans, de la grosse Bertha Bumpus en deux coups de cuillère à pot. Avant d'avoir dix ans, j'étais... Aïe !...

Margaret s'était jetée sur son dos et avait planté ses deux majeurs sous sa cage thoracique.

— Tu perds ton temps ! s'écria-t-il, le visage violacé. Tu vois, je suis fait de marbre. Job lui-même aurait envié mon stoïcisme.

Les lèvres de Margaret frôlèrent son oreille.

— Tu as peut-être eu raison de la grosse Bertha Bumpus, mais nous allons voir ce qu'il va en être avec Maggie Barrie la Madrée.

Une langue chaude s'insinua dans son oreille. Les deux doigts s'activèrent de plus belle. Tilden hurla.

— Tu te rends ?

252

— C'est de la triche ! rugit-il. Une scélératesse insigne !

— Alors, te rends-tu ?

— Je ne te le pardonnerai pas.

— C'est ta dernière chance, Tilden.

— C'est bon, je me rends.

— Promis ? Pas de revanche ?

— Tu as ma parole, Margaret.

Elle fit progressivement cesser son supplice puis, persuadée qu'il n'allait pas exercer de représailles, reporta son attention sur sa robe, qu'elle s'appliqua à défroisser. Ce fut là son erreur.

— Tu m'avais promis ! glapit-elle tandis que Tilden se dressait comme un ours en colère et s'abattait sur elle.

Tous deux roulèrent avec fracas sur le sol, où ils combattirent farouchement jusqu'à ce qu'un coup frappé à la porte ne les force à mettre immédiatement fin aux hostilités. Margaret se hissa sur ses pieds et, remettant un peu d'ordre dans sa coiffure, courut à la porte.

— Tout va bien, à ce que je vois ! entendit-il Georgina s'exclamer.

— Oui, Georgina. Juste un moment de vertige.

— Nous faisions une bataille de chatouilles, corrigea une Margaret pantelante.

Georgina eut un sourire désabusé.

— Je me souviens avec nostalgie de l'époque où cette maison était un havre de paix. Je ne vous regretterai pas, mes enfants, pas une seule seconde !

Avec un gloussement, Margaret referma doucement la porte et refit face à Tilden. L'étrange expression de son compagnon lui mit la puce à l'oreille.

— Qu'a-t-elle voulu dire, Tilden ? Pourquoi ne nous regrettera-t-elle pas ?

— Je m'apprêtais à t'en parler.

Sa bonne humeur s'envola immédiatement.

— Qu'as-tu fait ? Te serais-tu chargé de prendre une décision à ma place ?

— Pas du tout, se hâta-t-il de répondre. Je t'ai tout simplement préparé le terrain.

— Qu'entends-tu par là ?

— Viens.

Il lui prit la main.

— Viens t'asseoir et écoute-moi jusqu'au bout.

— Tilden ?

— J'ai demandé à Georgina de te libérer de toutes les obligations que tu pourrais encore avoir envers elle. Tu comprends, je devais régler cela avant de te demander de partir d'ici et de t'installer dans un logement convenable.

— A titre de maîtresse ?

— A titre d'amie.

— Ma réponse est non, Tilden.

Margaret se détourna.

— Je ne serai pas une femme entretenue.

— Je t'en prie, écoute-moi.

Il s'approcha d'elle, sans oser la toucher.

— Je suis prêt à essuyer un refus, Margaret. Mais je te supplie de m'écouter jusqu'au bout.

Margaret resta muette.

— Tu es titulaire d'un compte chez Beckwith et Compagnie sur lequel ont été déposées quelques centaines d'actions. Bien gérées, elles t'assureront un revenu qui, quoique modeste, te permettra toute ta vie de vivre

254

à l'abri du besoin. Ce transfert de titres est irrévocable, Margaret. Et tu ne me dois rien en échange.

— Rien ? répéta-t-elle d'un ton dubitatif.

— Rien du tout. Tu peux me chasser de ta vie sur-le-champ, et je n'aurai d'autre choix que de m'exécuter. Je n'ai aucun droit sur toi.

— Mais tu es certain que je ne te le demanderai pas, n'est-ce pas ?

— C'est mon vœu le plus cher.

— Je peux revendre ces actions puis...

Elle fit claquer ses doigts.

— ... t'envoyer au diable.

— Je te conseillerais de ne pas t'en défaire, mais, oui, tu le peux.

— Et quelles autres dispositions as-tu prises ?

— Aucune.

— Tu ne nous as pas arrangé un petit nid d'amour ? Décidé où je devais vivre ?

— Non, je savais que cela t'aurait froissée.

— Quand suis-je censée quitter cette maison ?

— Quand tu le voudras. Et *seulement* si tel est ton désir.

Tilden la prit par les épaules et la guida jusqu'à un fauteuil placé près de la fenêtre. Il s'était attendu à une certaine réticence de sa part. Ce qu'il lui proposait allait considérablement changer sa vie. Il ne comprenait cependant pas pourquoi le statut de maîtresse la choquait à ce point alors qu'elle avait été à deux doigts d'embrasser la carrière de prostituée.

— A quoi penses-tu, Margaret ?

— Je ne sais pas.

Elle se tamponna les yeux avec un mouchoir.

— La tête me tourne.

— Dieu sait combien j'aimerais être libre de...

Il n'acheva pas la phrase. Il aurait sincèrement aimé pouvoir l'épouser.

— Bien que n'ayant pris aucune disposition quant à ton... notre avenir, j'ai néanmoins quelques suggestions à te faire.

Elle leva les yeux sur lui.

— Il nous faut avant toute chose te trouver un logement convenable. Dimanche. Nous nous en occuperons dimanche. Je me ferai passer pour ton avocat. Tu seras quant à toi la jeune veuve d'une victime de l'influenza. De ce fait, personne ne prendra en mauvaise part les visites fréquentes que je te rendrai. Tu pourras changer de nom si tu le souhaites. Tu entameras une toute nouvelle vie, parfaitement respectable.

— Jusqu'à ce que tu commences à passer la nuit chez moi.

— Non, cela ne sera pas possible, tu as tout à fait raison. Nous devrons nous rencontrer ailleurs.

— Oh, Tilden, cela entraînera tant de mensonges. Tout est tellement plus honnête, tellement plus simple quand je te reçois ici.

— Mais c'est un bordel, Margaret. Je ne veux plus venir te retrouver dans un bordel.

— Peut-être... peut-être que, ce lieu étant ce qu'il est, j'y attends beaucoup moins de toi, Tilden. Ici, il est naturel que les hommes aillent et viennent selon les exigences de leur emploi du temps. Et, entre deux de tes visites, je peux compter sur la compagnie de Georgina, d'Annie et des autres filles. Devenir ta maîtresse me laisse entrevoir une vie terriblement solitaire.

New Rochelle, Larchmont, Mamaroneck, Rye, Port Chester. Les bourgades que longeait l'autoroute 95 se télescopaient dans le champ visuel de Corbin, comme si la Mercedes ne mettait que quelques dixièmes de secondes à couvrir la distance qui les séparait les unes des autres. « *Le Connecticut vous souhaite la bienvenue.* » « *Prochaine sortie Greenwich.* » Comme à chaque fois, Corbin se sentit soudain très heureux. Aujourd'hui, il avait compris pourquoi. Du moins en partie. Une fois passées les cabines de péage, il s'attendait à retrouver Margaret. Il laisserait la gare derrière lui et marcherait, par cette chaude journée d'été, vers le porche où, après s'être donné un dernier coup de peigne, elle s'était postée pour guetter son arrivée, un sourire radieux aux lèvres.

Cette fois-ci, elle ne serait pas là. Et l'été était encore loin. Pourtant il se sentait bien. Détendu, avec Gwen à ses côtés. C'était déjà quelque chose. Il aimait Gwen. Il l'aimait plus que quiconque. Et pourtant, maintenant encore, Margaret corrompait ce sentiment.

— Après la sortie, je prends cette direction ?

Sturdevant mit son clignotant.

— Pardon ?

— Nous arrivons à la sortie 3. Où dois-je aller ensuite ?

— Prenez à gauche après la rampe puis suivez jusqu'au bout la route qui monte en lacets.

Corbin se laissa retomber contre le dossier de la banquette, saisit la main de Gwen et y déposa un baiser. Ce geste, qu'elle prit pour une manifestation de tendresse, tenait en fait plus de l'excuse. Pour la déception et la contrariété qu'il avait ressenties en découvrant que la femme assise à ses côtés s'appelait Gwen et non Margaret.

Comme si Gwen s'ingérait dans leur bonheur. Il espéra qu'elle ne s'était rendu compte de rien. Mais elle était si perspicace. Pour tout arranger, il avait somnolé tout au long du chemin. Rêveries en état de torpeur. Hypnose de la route. Comment savoir ce qu'il avait dit ou fait ? Et que lui répondrait-il si un beau jour elle lui demandait : « Que ferais-tu s'il te fallait choisir entre Margaret et moi ? » Non, elle ne lui demanderait pas ça. Les questions de Gwen étaient toujours plus subtiles, du style : « Jonathan, ne serait-il pas temps que tu dissocies une fois pour toutes les sentiments que tu éprouves pour la femme vivante qui t'aime et ceux que t'inspire encore celle que tu as aimée il y a près d'un siècle ? » Bon. D'accord. Mais que puis-je faire pour me débarrasser de Margaret ? Quitter New York ? Non, ça ne marcherait pas. Surtout si Sturdevant a raison et que cette femme dont je suis à moitié amoureux se révèle en fin de compte être mon arrière-grand-mère. Non, à Greenwich, je suis chez moi.

— Et maintenant ?

La Mercedes avait grimpé une colline et stoppé devant un croisement en T.

— Prenez à droite. Puis la première à gauche. Juste après la bibliothèque municipale, vous tournerez au feu. J'habite Maple Avenue, à cinq cents mètres de là.

— Vous dites que la bibliothèque est ouverte le dimanche ?

— Jusqu'à une heure, je crois.

— Objecteriez-vous à ce que nous nous y arrêtions quelques instants ? J'aimerais effectuer certaines vérifications. Ils ont sûrement des microfilms de journaux datant du siècle dernier.

— Allons-y.

Après avoir suivi le parcours fléché, Sturdevant finit par aboutir à la section microfilms. Celle-ci mettait à la disposition des usagers quatre visionneuses et deux armoires renfermant les anciens numéros du journal local, le *Greenwich Time,* de son ancêtre, le *Greenwich Graphic,* et, enfin, les numéros antérieurs à la guerre de Sécession du *New York Times.* Les microfilms étaient classés par périodes allant de deux à cinq ans. Sturdevant ouvrit le tiroir sur lequel était inscrit « *New York Times* Nov. 1887-Févr. 1890 » et en retira la bobine où devaient figurer les numéros de mars 1888. Il la tendit à Corbin.

— Tenez, Jonathan, mettez-moi ça en place le temps que j'en déniche deux ou trois autres.

Corbin porta son regard de la bobine au projecteur le plus proche, qu'il contempla un long moment, apparemment interdit, avant de se rendre compte que le mode d'emploi de l'engin figurait sur son couvercle. Ce qui ne l'empêcha pas de positionner dans un premier temps la bobine à l'envers. Sturdevant, qui, mine de rien, n'avait pas cessé de l'observer, sentit se raffermir en lui la certitude que le jeune homme allait voir ces pages pour la première fois. Du moins en tant que Jonathan Corbin.

Le vieil homme s'avança une chaise et actionna le défilement rapide jusqu'à ce qu'apparaisse sur l'écran la date du 10 mars 1888. Un samedi.

Le fameux blizzard, comme il le savait déjà, ne s'était déclaré que le 11 au soir, mais le docteur jugea qu'il ne leur serait peut-être pas inutile de se replonger dans le contexte général. Un aperçu des gros titres lui remit en mémoire que la Maison-Blanche était occupée par

Cleveland et la mairie par Abram Hewitt, l'homme qui avait battu Teddy Roosevelt aux élections municipales de 1886. Le journal ne semblait en gros se préoccuper que de l'avènement du printemps. L'hiver précédent avait été le plus doux qu'eût connu la région en dix-sept ans. Des rouges-gorges avaient déjà commencé à faire leur apparition, les arbres à bourgeonner, les crocus à percer. On prévoyait pour le week-end une température de quatorze degrés, exceptionnelle pour la saison. De retour de ses quartiers d'hiver, le cirque Barnum avait prévu de célébrer ses retrouvailles avec la ville par une parade aux flambeaux dans les rues de Manhattan. Ada Rehan jouait *Le Songe d'une nuit d'été,* et la légendaire Ellen Terry donnait la réplique à Henry Irving dans *Faust* au Star Theatre. Sturdevant passa au 11 mars.

L'édition du lundi, jour où la tempête s'était déchaînée, était pour le moins succinte et, dans l'ensemble, peu instructive. Son caractère disparate donnait à penser qu'elle avait été bouclée par une équipe réduite à sa plus simple expression. Sturdevant se demanda combien d'exemplaires étaient, au bout du compte, parvenus aux mains des lecteurs.

Mardi. « Nous y voilà ! » L'effroyable cataclysme s'étalait dans toute son ampleur sur la manchette du *New York Times* du mardi 13. Les pluies diluviennes du dimanche s'étaient transformées en neige. Et quand avait sonné six heures le lundi matin, quand les employés du *New York Times* et les autres citadins s'étaient levés pour se rendre à leur travail, la température avait chuté de vingt-trois degrés et continuait à descendre. Les vents soufflaient en moyenne à soixante kilomètres à l'heure, atteignant parfois des pointes de cent kilomètres à l'heure. Les rues étaient jonchées de fils électriques. A elle seule, la Dixième Avenue totalisait cent cinquante poteaux renversés. Dès midi il avait fallu couper l'électricité, de peur que des fils à nu n'entament une danse macabre dans les rues. Les transports avaient pratiquement cessé de fonctionner. S'avérant incapables, avec leurs petites locomotives, de gravir la moindre déclivité, les rames de chemin de fer restèrent paralysées au-dessus des rues. Des petits malins se procurèrent des échelles et exigèrent, en échange de leur utilisation, un dollar de chaque passager en détresse. Plus bas, sur les chaussées encombrées de véhicules renversés ou de cadavres de chevaux, des conducteurs de cabs se firent payer des sommes astronomiques pour des courses qui, en temps ordinaire, n'auraient guère pris plus de dix minutes. Certains parvinrent à destination des heures plus tard, d'autres jamais.

Le numéro du mardi était truffé de récits édifiants sur la vénalité, la futilité ou l'héroïsme de l'âme humaine. Le grand magasin B. Altman avait ouvert ses portes le lundi et accueilli en tout et pour tout un client dans la journée. Une femme, venue acheter une bobine de fil. *Macy's,* sur la 14e Rue, ferma plus tôt que d'habitude et convertit son rayon ameublement en dortoir pour le personnel. Quatre clients se présentèrent chez *Tony Pastor* pour assister au dîner-spectacle, qui eut lieu comme prévu et fut suivi d'une tournée de champagne offerte à la troupe et aux spectateurs. Plusieurs hommes dignement vêtus vinrent frapper aux portes de la prison municipale pour s'y faire, en leur qualité de vagabonds, incarcérer, alors même que les autorités à court de personnel proposaient aux véritables traîne-savates de les relâcher, offre qui fut courtoisement mais unanime-

ment déclinée. Un policier découvrit un cocher capara-
çonné de glace. Une fois revenu à lui, l'homme eut un
choc en apprenant où il se trouvait. Il s'était cru au
chaud, dans son lit, à Brooklyn.

D'autres ne se réveillèrent jamais. Des corps, de
morts ou de moribonds, furent dégagés un peu partout
dans la ville. La vieille vendeuse de fleurs installée
devant l'immeuble *Herald* mourut de froid dans sa gué-
rite de bois avant que quiconque n'ait pu se rendre
compte qu'elle ne bougeait plus. On trouva les corps de
quelques enfants, dont certaient avaient été envoyés par
leurs parents mendier dans les rues. Au niveau de la
50e Rue, un asthmatique, négociant en malt et en hou-
blon, s'était effondré, épuisé, dans un banc de neige, à
moins d'une rue de chez lui, alors qu'il essayait de
gagner son bureau.

— Eh !

Sturdevant leva les yeux sur Corbin qui, en compagnie de Gwen, visionnait une bobine du *Greenwich Graphic.*

— Jonathan, le nom de George Baremore vous dit-il
quelque chose ?

— Baremore.

Il réfléchit un instant.

— Ne serait-ce pas le George que j'ai trouvé mort
dans un banc de neige ?

— C'est à vous de me le dire.

— Je n'en suis pas sûr. Mais ça pourrait être ça.

— Le connaissiez-vous bien ?

Corbin haussa les épaules.

— Tout ce que je peux vous dire, c'est que je me vois
le saluer dans l'ascenseur et échanger quelques menus
propos avec lui. Il vendait de la bière, il me semble.

262

— A quoi ressemblait-il ?

— Il était grand. Fort. Bien plus fort que moi. Mon âge, environ.

Sturdevant se frotta les mains. L'article précisait qu'il avait trente-sept ans et remarquait que même un homme de cent kilos ne faisait pas le poids contre une tempête pareille.

— Saviez-vous qu'il était asthmatique ?

Corbin secoua la tête, l'air quelque peu agacé.

— Ne vous occupez pas de Baremore. Puisque vous en êtes à la chronique nécrologique, essayez de trouver Ella.

— Non, il n'y a pas de chronique nécrologique, juste des anecdotes isolées.

Le *New York Times* du mercredi 14 mars décrivait une ville coupée du monde. Plus un train ne circulait. La neige tombait sans discontinuer. Les vents ne montraient aucun signe d'accalmie. D'autres personnes furent retrouvées. La plupart des survivants durent être amputés d'un ou plusieurs membres. Sturdevant s'apprêtait à appuyer sur la touche « avance rapide » afin de passer au numéro suivant lorsqu'il sentit la main de Jonathan se poser sur la sienne.

— Non, murmura-t-il. La page suivante.

Sturdevant la fit apparaître sur l'écran. Avant d'avoir pu l'examiner, il vit le doigt de Corbin indiquer une colonne en haut de page à droite, juste à côté d'une publicité pour l'Emulsion de Scott. Le nom, perdu au milieu d'une douzaine d'autres, lui sauta aux yeux.

Portée disparue, Mme Tilden Beckwith. Age 24 ans.
Ella.

Disparition signalée par son mari. Aperçue pour la dernière fois dans la soirée du 12 mars, marchant en

direction de la 58ᵉ Rue. Destination inconnue de
M. Beckwith.

— Comment osez-vous m'accuser ?
— Répondez-moi, Ella, répéta-t-il d'une voix mesu-
rée. Comment cet enfant peut-il être de moi ?
— Par le procédé habituel, j'imagine. Si la reproduction des êtres humains demeure un mystère pour vous,
je vous signale qu'il existe des ouvrages traitant de la
question.
A présent, il réalisait pleinement ce que Margaret
avait tenté de lui faire comprendre. Margaret qu'il avait
dû, un mois à peine après l'avoir sortie de chez Georgina, cruellement négliger, Ella lui ayant annoncé
qu'elle attendait un enfant. Ella qui, pour la première
fois de sa vie, l'avait presque supplié de partager son lit
la deuxième nuit après son retour d'Angleterre. Ella qui
n'avait plus jamais, depuis, fait montre de tels appétits.
Margaret, chez qui il allait chercher réconfort et amitié,
non sans quelques remords depuis que son enfant
arrondissait le ventre de sa femme. Margaret qui avait
essayé de lui ouvrir les yeux. A sa manière délicate, elle
l'avait amené à compter les mois. Jamais elle n'aurait
osé lui dire : « Tilden, un enfant qui naît à la mi-janvier
ne peut avoir été conçu qu'à la mi-avril de l'année précédente. Et tu étais à l'étranger alors. Où tu es resté
jusqu'à la fin du mois de mai. Tu t'es fait cocufier, Tilden ! » Non. Margaret avait choisi d'évoquer les
mamans chats et le nombre de jours après la conception
au bout duquel naissaient leurs petits. Soixante-trois
seulement. Temps de gestation tellement moins long
que celui des vaches et des femmes, qui était de neuf
mois.

264

Mais c'était Georgina qui l'avait dessillé. Deux jours plus tôt, un samedi, elle lui avait rendu visite à son bureau pour discuter de ses investissements et en avait profité pour demander des nouvelles du bébé. Elle s'était enquise, avec son air le plus innocent, de son nom de baptême.

— Ella désire l'appeler Huntington, lui avait répondu Tilden. Mais le baptême ne se fera que dans une semaine.

— Décrivez-le-moi, avait-elle enchaîné. De quelle couleur sont ses cheveux ?

Peu à peu, ses questions s'étaient faites plus ambiguës, et Tilden l'avait sommée de s'expliquer sur cet interrogatoire. C'était alors qu'elle lui avait rapporté les propos méprisants, entendus chez elle au mois d'avril, sur son absence et la disponibilité complaisante d'Ella. Propos émis par des hommes qui s'étaient ensuite gaussés sans vergogne du manque de discrétion de la jeune femme sur les affaires de son mari avant de faire une allusion, bien obscure pour elle, à la ruine de Cyrus Field. Ces hommes, à qui elle avait condamné sa porte, s'appelaient Albert Hacker et Ansel Carling. Elle n'arrivait malheureusement plus à se souvenir du nom du troisième larron.

— Il existe des ouvrages traitant de la question, avait raillé Ella de son ton le plus méprisant.

— Ce n'est pas de livres dont j'ai besoin, mais d'un calendrier. Seul un aveugle oserait affirmer sans rire que cet enfant est de moi. De qui est-il, Ella ?

— Quel idiot vous faites, Tilden !

— Nous pouvons d'emblée éliminer Albert Hacker. Il est gras, a les dents gâtées et ne se brosse pas les ongles. Il m'est difficile de vous imaginer en train de faire des galipettes avec un tel rustre. Il y en a un autre, dont j'ai oublié le nom, qui mâchonne des cigares à longueur de journée et promène toujours des taches de bave brune sur son gilet. Inutile de s'appesantir sur lui. Ça ne laisse donc qu'Ansel Carling, à ce qu'il semble, Ella.

Elle se figea mais se ressaisit aussitôt.

— Un séjour dans un asile vous ferait décidément le plus grand bien. Songez-y donc à l'occasion, mon bon ami.

— Parlez-moi donc d'Ansel Carling, Ella. C'est un gentleman très cultivé, n'est-ce pas ? Et un véritable tigre en affaires. Un Ivanhoe des temps modernes !

— Il me paraît tout à fait déplacé, monsieur, de vous moquer ainsi d'un homme que vous ne pourrez jamais prétendre égaler.

— Ce n'est certainement pas le genre d'homme, continua Tilden, qui se permettrait de se vanter dans un bordel de la 36e Rue de la facilité avec laquelle il fait la conquête des femmes des autres !

Elle blêmit.

— Que voulez-vous dire ?

— Il s'est moqué de vous, Ella.

— Vous mentez !

— Oh, je n'ai, de mon côté, guère été épargné. Il s'est moqué de ma crédulité, à juste titre, mais il n'a guère été plus tendre pour vous. Parce qu'il vous a eue facilement. Parce qu'il vous trouve sotte.

— Menteur ! cria-t-elle.

— A part cet enfant si brun et au teint si inexplicablement mat...

Il fit un geste vers la nursery.

— ... Que lui avez-vous donné, Ella ? Des renseigne-

266

ments sur les affaires de Cyrus Field ? Lui avez-vous donné les moyens de détruire un homme qui valait mille fois mieux que vous ?

Elle écarquilla les yeux et le fixa un long moment, le mépris qui déformait son visage fit place à une expression apeurée.

— Je n'en entendrai pas davantage ! s'écria-t-elle en lui tournant le dos.

— Je veux que vous partiez, Ella, énonça-t-il calmement. Dès demain, si les trains se remettent à fonctionner. Je veux que vous rentriez à Philadelphie avec votre enfant. Et emportez vos lits jumeaux, tant que vous y êtes. Je vous informe que j'ai l'intention de demander le divorce pour adultère.

— Vraiment ?

Elle lui refit face.

— Le plus rapidement possible. Et si vous ne partez pas de votre plein gré, je vous flanquerai, vous et vos affaires, sur le trottoir.

— Pour faire de la place à votre catin, je présume ?

Ce fut au tour de Tilden de pâlir.

— Hypocrite ! cracha-t-elle.

Bien qu'alarmé par l'emploi du mot « catin » — si Ella connaissait l'histoire de Margaret, Carling, et par conséquent Jay Gould, la connaissaient aussi —, Tilden se retint de répliquer.

— Il n'y aura de divorce que lorsque je le désirerai, Tilden, et à mes conditions. Je vous conseille de ne pas revenir là-dessus, sinon je vous jure que je briserai votre vie.

— Comme celle de Cyrus Field ?

— Il est presque aussi stupide que vous, mais il n'a,

lui au moins, pas commis la folie de se louer les services d'une putain privée.

Tilden fit deux pas dans sa direction, la considéra avec une expression empreinte de tristesse, puis la gifla à toute volée. Sa lèvre se mit à saigner.

— Demain, Ella, lui rappela-t-il. Demain vous serez partie.

Elle avait manqué tomber à la renverse, mais moins sous la violence du coup que sous son impact psychologique. Il ne lui était jamais venu à l'idée que Tilden pût la frapper. Personne n'avait jamais levé la main sur elle.

« C'est un fou, une bête. Ansel ! Je trouverai refuge auprès d'Ansel. Je dois le rejoindre. Il me protégera. Quand je lui raconterai ce qu'il m'a fait, quand je lui montrerai, il me vengera. Oh, comme il rira de ces mensonges puérils. Facile, vraiment ? Sotte ! »

Elle attrapa le premier manteau qui lui tomba sous la main, l'enfila tant bien que mal puis s'escrima à atteindre l'un de ses cartons à chapeaux, faisant dégringoler du même coup toute une série de boîtes qui s'ouvrirent et libérèrent leur contenu. Elle faucha, au milieu de ce déballage, une petite toque tout à fait inadaptée aux conditions météorologiques du moment et, ne faisant aucun cas des trois paires de bottes alignées au fond du placard, se dirigea vers l'entrée.

Tilden songea à la retenir. Elle était dans un état d'égarement dangereux. Mais à quoi bon, décida-t-il, persuadé qu'elle ne ferait pas deux pas dans la tempête. Il tournait le dos à la porte quand il entendit celle-ci claquer et que lui parvinrent, du palier, une exclamation de rage et une série de petits coups secs. Elle devait passer sa colère sur la commande de l'ascenseur. Déplorant que le liftier de nuit dût la voir dans un tel état, il perçut enfin le grincement des portes coulissantes et le fracas de la grille.

— *Tilden !*

Il sursauta à l'écho de son nom.

— *Vous n'êtes pas un homme, Tilden !*

« Oh, non ! » Il ferma les yeux. Le liftier. Les voisins...

— *Je sais ce qu'est un homme véritable. Dormez bien, Tilden. Mais ne vous étonnez pas si demain matin vous recevez la visite d'Ansel Carling. Et s'il vous fouette à mort...*

— Mon Dieu, est-ce possible ? hoqueta-t-il.

« Aurait-elle le front d'aller chez lui ? En pleine nuit ? Seule. »

Il ne saurait le tolérer. Il se précipita vers le placard, en extirpa un manteau et un chapeau. « Et l'enfant ? » songea-t-il en enfilant ses gants. A cause de la tempête, pas plus Bess, la gouvernante, que Mme Vickers, la nounou, n'avaient paru. Pouvait-il le laisser seul ? Tilden alla jeter un coup d'œil à la nursery. Tout y était tranquille. Tout irait bien pendant les quelques minutes qui lui seraient nécessaires pour rappeler Ella à ses devoirs et la ramener, de gré ou de force, dans l'appartement.

Tilden se choisit une robuste canne de marche, passa la porte, qu'il referma doucement derrière lui, et se dirigea vers l'escalier.

— Une visite d'Ansel Carling ! marmotta-t-il en dévalant les marches. Je n'ose espérer une telle aubaine. Mais nous nous reverrons, Carling ! Tu peux y compter. Et c'est moi qui me déplacerai.

Tilden se retrouva dans le hall puis au cœur de la tempête. Personne ne l'avait vu sortir.

Sturdevant décala sa chaise afin de permettre aux deux jeunes gens d'examiner la page projetée sur l'écran, guettant leurs réactions. Surexcitée, Gwen eut un spasme en découvrant le nom de Tilden Beckwith, qu'elle lut à haute voix. Fasciné dans un premier temps, Corbin avait à présent l'air interdit, hébété et, de l'avis du médecin, passablement irrité.

Mardi 15 mars. Page 2. « Victime de la tempête : Ella Huntington Beckwith, 24 ans, épouse de Tilden Beckwith, demeurant au *Osborne*. Portée disparue le 12 mars. Découverte entre deux piles de briques dans le chantier de construction du nouvel hôtel *Plaza*. Une enquête est en cours. »

« Une enquête ? Pourquoi ? s'interrogea Sturdevant. Ah oui. Les statistiques. » Deux personnes résidant dans le même immeuble périssant la même nuit au cours de la tempête. Une fois que la police aurait établi qu'il n'existait aucune relation entre Ella Beckwith et George Baremore, la thèse de la coïncidence ne ferait plus de doute.

— Pouvez-vous m'accorder quelques minutes d'entretien, monsieur ?

Le policier, un individu lourd et massif, qui s'était présenté sous le nom de Williams, inclina la tête vers John Flood, lequel rendait quotidiennement visite à Tilden depuis qu'Ella avait disparu.

Flood se leva.

— Je vais faire un tour dans ta salle de bains dernier cri. T'auras qu'à donner de la voix si tu as besoin de moi.

Il rencontra le regard de l'inspecteur et le soutint.

— John Flood, la « Terreur des rings ». C'est bien ça ?

— En effet.

— Je l'ai vu combattre Sullivan à Yonker. A ce propos, monsieur, comment se fait-il qu'un homme du monde tel que vous fréquente des individus de son espèce ? Vous n'avez pourtant pas besoin de garde du corps ?

— John est un ami d'enfance. Pourrions-nous en venir au fait, inspecteur ?

— Bie sûr, bien sûr.

Tilden attendit patiemment la suite.

— Vous comprendrez aisément que le fait que Mme Beckwith et M. Baremore résidaient dans le même immeuble ait éveillé notre curiosité. Pourrait-il y avoir un lien entre ces deux accidents ?

— Non. Ils se connaissaient de vue, tout au plus.

— C'est bien ce que je pensais.

Williams croisa les bras.

— Baremore a quitté l'immeuble pour se rendre à son travail, dans la matinée, une bonne douzaine d'heures avant que votre femme ne sorte à son tour. Bizarre, pourtant ! Il a pratiquement fallu qu'elle enjambe son cadavre pour échouer là où on l'a retrouvée.

Tilden ne releva pas.

— Avez-vous la moindre idée de l'endroit où elle cherchait à se rendre ? Je suppose qu'elle devait avoir de bonnes raisons pour courir les rues par une nuit pareille !

— Non, je l'ignore.

— Eh bien, voilà qui me met dans une situation terriblement embarrassante, monsieur, mais il est de mon devoir de vous dire que j'ai entendu une tout autre version des faits. Selon ce que l'on m'a rapporté, il y aurait eu une dispute entre votre femme et vous, dispute qui aurait apparemment été émaillée de coups. On l'aurait même entendue dire qu'un certain Ansel Carling viendrait bientôt vous apprendre à vivre.

Le cou de Tilden s'empourpra. Le sang lui monta au visage. Il ne savait ce qui, dans toute cette histoire, le mettait le plus en rage : que le seul acte de violence dont il se fût jamais rendu coupable à l'encontre d'une femme fût connu de tous, que le nom de son épouse fût publiquement associé à celui d'Ansel Carling, ou encore que cet abruti de policier se permette d'envisager qu'Ansel Carling pût espérer rester vivant deux minutes face à lui.

— Cet Ansel Carling ne vivrait-il pas par hasard aux *Appartements Navarro* ?

— Si. Pourquoi ?

Williams plongea la main dans la poche de son manteau et produisit un objet enveloppé dans du papier.

— Votre femme ne portait pas de chapeau quand on l'a trouvée, mais on a ramassé ceci devant l'immeuble où vit Ansel Carling.

Sous le nez de Tilden, il soupesa la masse informe de tissu et de plume.

— On dirait un oiseau mort, vous ne trouvez pas ? Ne serait-ce pas son chapeau, par hasard ?

— Si.

Tilden reprit sa respiration.

— Y a-t-il autre chose pour votre service, inspecteur ?

— Non, monsieur.

Williams déposa la toque sur une petite table.

— Je vais vous laisser à votre chagrin, à présent.

Il se dirigea vers la porte, mais s'arrêta à mi-chemin.

— Au fait, êtes-vous sorti de chez vous cette nuit-là ?

— Non.

— En êtes-vous certain ?

— Oui, à cause du bébé.

— Le bébé ! Bien sûr...

— J'aimerais vous poser une question.

— Je vous en prie.

— Comment se fait-il que l'on ait confié cette histoire à quelqu'un d'aussi haut placé que vous ?

— Eh bien...

Williams y alla d'un grand geste qui embrassa Tilden et l'ameublement luxueux de l'appartement.

— Mes hommes n'ont pas le tact nécessaire pour mener une enquête auprès d'une personne telle que vous. Certains n'auraient pas hésité à vous demander si vous n'auriez pas une amie au sujet de laquelle vous préféreriez rester discret, et d'autres seraient peut-être même allés jusqu'à laisser entendre qu'un petit cadeau pourrait les aider à tenir leur langue. La vérité est que je suis passé chez vous à titre de faveur envers un ami commun, j'ai nommé M. Gould.

— Jay Gould ? s'exclama Tilden, médusé.

— Il n'y a qu'un M. Gould. Et il s'avère qu'il est particulièrement bien disposé à votre endroit. Il espère que ce sera réciproque.

— Bonsoir, inspecteur.

Flood actionna la chaîne du réservoir en bois sculpté des toilettes, et aussitôt, avec force borborygmes de tuyauterie, une cataracte d'eau se déversa dans la cuvette. Ce remue-ménage permettrait à Tilden de

273

croire, si telle était son envie, que son ami n'avait rien entendu. En fait, John Flood avait laissé la porte entrouverte, non tant pour surprendre ce qui s'était dit que pour voler à la rescousse de Tilden au cas où son entretien avec Wiliams aurait pris une vilaine tournure.

— Tu as entendu ? s'enquit d'emblée Tilden comme le boxeur entrait dans le salon.

— Pas un mot, mon gars. A moins bien sûr que tu préfères que je te dise le contraire.

Tilden exhala un long soupir et se dirigea à pas lents vers la fenêtre d'où il dominait tout New York.

— Y a-t-il dans cette ville une seule personne, interrogea-t-il d'un ton désabusé, qui ne soit pas au courant de mon infortune ?

— Y en a pas tant que ça, mon gars. Pas tant que ça.

— Et parmi tous ces gens, combien croiront jusqu'à la fin de leurs jours que je l'ai tuée ?

— J'ai rien entendu de tel, Tilden. Et je ne veux pas l'entendre.

Flood avait résolu de croire qu'il s'agissait, au pire, d'un accident, au mieux d'un suicide.

— L'aurais-tu fait mourir de tes propres mains que je ne t'en aurais pas blâmé. Mais tu n'y es pour rien. C'est elle qui est tombée, sans que tu la pousses. C'est elle qui s'est moquée de toi et qui t'a craché à la figure jusqu'à la dernière seconde quand un seul mot de repentir aurait suffi à la sauver. Le Tilden que je connais pouvait-il la laisser courir se jeter dans le lit de Carling sans réagir ?

— C'est ce que j'aurais dû faire. Revenir ici.

— Et elle serait morte quand même. Oublie ça, mon

gars. C'était pas un meurtre. T'avais pas l'intention de la tuer.

Tilden resta silencieux un long moment, perdu dans la contemplation de la ville qu'il détestait tant à présent. La tempête était tombée depuis cinq jours déjà, mais, au coin de chaque rue, le long de chaque trottoir, d'énormes monticules de neige témoignaient encore de son passage. A peine plus froid mort que vivant, le corps d'Ella attendait sur un lit de glace, à la morgue de la Neuvième Avenue, que les fossoyeurs aient littéralement comblé le retard gigantesque que les événements leur avaient fait prendre ou que sa famille de Philadelphie réponde par l'affirmative au télégramme par lequel il lui demandait s'il ne serait pas préférable qu'Ella repose parmi les siens. Il espérait de tout cœur qu'ils voudraient bien la reprendre, ce qui lui épargnerait le supplice d'assister à ses obsèques. Le révérend Bellwood, de la paroisse Saint-Thomas, était passé lui offrir son soutien moral et s'enquérir de ses intentions quant au baptême de l'enfant.

— Samedi prochain, avait répondu Tilden.

« Et qu'on n'en parle plus. »

— Quel nom lui donnerez-vous ? avait interrogé l'ecclésiastique.

— Le nom de sa mère. (« Pas le mien. ») Appelez-le Huntington.

— Et comme second prénom ?

— Pardon ?

— Oui, voyez-vous, il est d'usage de donner à un enfant, en plus de son prénom, le nom d'un autre de ses proches. Son héritage, en quelque sorte.

— Son héritage, dites-vous ?

— C'est la coutume, monsieur Beckwith.

— Alors, ajoutez l'initiale « B » à son prénom.

— « B » ? Qu'est donc censée représenter cette lettre ?

— Son héritage.

Et que Dieu me pardonne, songea Tilden. Mais puisque la bâtardise fait partie de son héritage, qu'il en porte le fardeau. Et que Dieu me pardonne également de ne pas être capable d'aimer cet enfant si peu aimable. Il est vrai qu'on ne peut lui tenir rigueur des fautes de sa mère. Mais quand bien même il aurait été beau et doux, comment aurais-je pu le regarder sans que ses traits me rappellent, jour après jour, Ella Huntington et Ansel Carling ?

Par la fenêtre donnant sur la 57e Rue, il contemplait le poste d'aiguillage de la voie de chemin de fer aérienne. L'œuvre de Cyrus Field. A laquelle avait contribué le père de Tilden. Une incontestable réussite. L'accomplissement d'un rêve et les prémices d'un autre. Les encombrements dans les rues de la ville appartiendraient bientôt au passé. Et la New York Elevated Company faisait de solides bénéfices. Bien supérieurs à ceux de sa rivale, la Metropolitan Railway Company, qui gérait la ligne aérienne de la Deuxième Avenue, sous la direction de ces deux rapaces de Jay Gould et Russell Sage. Cyrus avait pourtant accepté la fusion des deux sociétés, contre l'avis de Tilden et de son père.

— Une extension cohérente des moyens de transports new-yorkais passe par une meilleure coordination de leurs structures, leur avait-il soutenu.

— Certes, lui avait répondu Stanton Beckwith, mais il ne peut rien sortir de bon d'une association avec ces deux bandits. Ils n'auront de cesse qu'ils n'aient saigné à blanc tous les usagers et se livreront aux plus invraisemblables trafics avec les actions de la compagnie.

C'était ce qu'ils avaient fait, évidemment, Gould ne tarda pas à doubler le prix des billets. Mais, quand le *New York Times* condamna ouvertement le procédé en constatant que, chaque semaine, la nouvelle compagnie prélevait à l'employé moyen un dollar sur les huit qu'il gagnait, Cyrus Field profita de l'occasion pour imposer un retour aux anciens tarifs. Gould capitula. Apparemment sans rancune. Mais Cyrus Field avait osé le défier. Gould n'était pas homme à le lui pardonner. On disait de lui qu'il appliquait volontiers le dicton « La vengeance est un plat qui se mange froid ». Il attendrait son heure.

C'était environ à cette époque qu'Ansel Carling était devenu l'un des plus proches collaborateurs de Gould. Il avait pour la première fois fait parler de lui quelque dix ans plus tôt à San Francisco, où il s'était présenté à la direction des Chemins de fer du Pacifique, une lettre d'introduction de la Compagnie des Indes en poche. La lettre expliquait que, après avoir servi dans l'armée anglaise et s'y être brillamment illustré, Carling, troisième fils de sir Andrew Carling, avait travaillé pour la compagnie où il était rapidement devenu l'un des artisans les plus dynamiques de la réalisation de la voie reliant Lucknow à Calcutta, en repoussant avec la même vigueur les ingérences gouvernementales et les attaques sikhs. Le président des Chemins de fer du Pacifique, Collis Huntington, qui n'avait aucun lien de parenté avec Ella, l'avait engagé. Puis, quand Jay Gould était venu s'installer à New York, dans le manoir qu'il avait fait bâtir sur la Cinquième Avenue, face à celui des Vanderbilt, Ansel Carling, disposant désormais de deux lettres de recommandation, était allé lui proposer ses services. Gould, à cette époque, possédait, outre la Railway Company, plusieurs concessions ferroviaires, la compagnie des télégraphes Western Union et un journal, le *New York World*. L'ancien apprenti épicier ne manqua pas de se laisser impressionner par le tempérament de flibustier et plus encore par les origines aristocratiques du jeune Anglais. Aussi l'engagea-t-il et finit-il par en faire son bras droit.

En 1885, Cyrus Field commença à racheter, dans le plus grand secret, des actions de la Manhattan Elevated Company, dans le but d'y devenir actionnaire majoritaire et d'en évincer Gould et Sage, opération qu'il effectua par l'entremise de Beckwith et Compagnie. Ce fut au début de l'année 1886 que Gould perça à jour les manœuvres de Field, mais il attendit patiemment que les cours montent grâce aux spéculations de son adversaire. Au moment venu, après que Field, qui avait été obligé d'acheter au prix fort, eut épuisé son crédit, Gould et Sage déversèrent leurs actions sur le marché, à un indice inférieur de six points à ce que Field avait dû les payer. Celui-ci fut ruiné.

Tilden et son père n'avaient pas ignoré que leur ami jouait un jeu dangereux. Si Gould était au courant de ce que tramait Field, il était à prévoir qu'il remuerait ciel et terre pour connaître le moment opportun pour frapper. Il s'efforcerait sans doute de suborner un de leurs employés afin d'apprendre quelles opérations camouflaient les transactions de Field. Pour se prémunir contre ce risque, Tilden avait jugé préférable de garder le dossier chez lui. Gould aurait certes vent de cette mesure de sécurité, mais, à moins de commanditer un cambriolage, il devrait renoncer à mettre la main dessus. Tilden n'avait naturellement pas imaginé une seconde que Jay Gould chargerait Ansel Carling de séduire sa femme.

Une sonnerie stridente ramena Tilden à la réalité et figea John Flood dans une posture défensive. Elle retentit une deuxième fois. Flood se boucha les oreilles.

— Seigneur Dieu ! cria-t-il pour couvrir le bruit. Je m'habituerai jamais à cette invention !

Tilden se hâta vers le téléphone dont l'encombrant boîtier de chêne et de cuivre était accroché sur le mur du salon, près de la porte.

— Allô ? Qui est à l'appareil ?

Il parla très fort dans l'embout en forme d'entonnoir.

— Oui, Nat. Oui, je vous entends.

Flood devina qu'il s'agissait de Nat Goodwin, l'acteur vivant à l'étage du dessous, quoiqu'il ne pût imaginer pourquoi, s'il était dans son appartement, il avait recours à cet appareil quand il lui aurait suffi d'ouvrir sa fenêtre et de crier un bon coup. Mais qui que fût cet interlocuteur invisible, et quoi qu'il fût en train de raconter, le visage de Tilden avait viré au rouge.

— Combien sont-ils ? interrogea-t-il.

Sa question ayant reçu une réponse, il acquiesça, apparemment satisfait.

— Je vous en suis très reconnaissant, Nat... Dans trente minutes au plus tard, essayez de les retenir, quitte à leur payer une tournée. Je vais de ce pas m'habiller.

Tilden raccrocha l'écouteur.

— Carling ? demanda placidement Flood.

— Oui.

Tilden passa devant lui pour se rendre dans sa chambre.

— Il est au *Hoffman,* avec une poignée d'amis.

— Je viens avec toi.

— Non, John.

Tilden retira sa chemise et son pantalon. Dans une armoire qu'il avait déjà débarrassée des affaires d'Ella, il se choisit un habit de soirée.

— Nat Goodwin assurera mes arrières s'il le faut. Il y a également ce type, Cody, qui joue dans ce spectacle sur le Far West. Je ne veux pas qu'il soit dit que j'aurai eu besoin du seul homme qui ait jamais donné du fil à retordre à Sullivan, pour régler son compte à une fripouille telle qu'Ansel Carling.

— Mouais, bougonna Flood. Espérons que tu prendras pas un coup de canne-épée dans les reins ou que tu te feras pas défoncer le crâne dès que t'auras le dos tourné !

— Ne t'inquiète pas. Merci quand même. Tu es vraiment un ami dévoué, John.

— Assez dévoué pour te dire en face que je trouve cruel de ta part de même pas avoir dans tout ça une pensée pour Margaret !

Corbin secoua tristement la tête.

— Jonathan ?

Il sursauta violemment.

— Jonathan, qu'y a-t-il ?

— Je ferais mieux de me mettre en route, murmura-t-il.

Il se redressa et tourna les talons. Les lumières fluorescentes qui tombaient du plafond lui arrachèrent une grimace. Harry Sturdevant repoussa brusquement sa chaise et le happa par le bras. Corbin se dégagea.

280

— Ça va. Ça va bien, merci.

Le maelström qui avait enflé dans son cerveau commençait à se désagréger. Pensées éparses et souvenirs fugitifs se remirent peu à peu en place. Il savait où il était. La bibliothèque ! Inutile de partir après Carling. C'était déjà fait. Terminé.

Il n'était pas davantage nécessaire de se reprocher d'avoir négligé Margaret. Il avait également réglé cette question. Sans doute. Il se voyait flâner avec elle alors que l'enfant, son propre enfant, était sur le point de naître. Elle lui posait des questions sur sa future maison de Greenwich et sur la merveilleuse vie qui allait désormais être la leur. Ils déambulaient le long de la 58ᵉ Rue, et il lui expliquait que sa demeure serait la première de tout Greenwich à avoir l'électricité.

Non, non, une minute ! Cette conversation ne se déroulait pas sur la 58ᵉ Rue mais dans une auberge. Au *Claremont*. Où il l'avait installée quand son ventre avait commencé à s'arrondir, en attendant que la maison soit prête. Un nouveau nom. Oui.

— Je crois que je choisirai Charlotte. C'est un nom qui m'a toujours plu. Il évoque une certaine gaieté, tu ne trouves pas, Tilden ?

— Que dirais-tu de Whitney, en guise de patronyme ? Pour ma part, je trouve que c'est un nom qui en impose. C'est décidé, je serai M. Harry Whitney pendant notre séjour au *Claremont*. Les Harry sont toujours de braves types. Je deviendrai marchand d'équipement de base-ball. Ce qui expliquera mes absences répétées et nous donnera une bonne excuse — et tu en vois mon égoïsme ravi — pour passer plus de temps sur les stades.

« Charlotte Whitney. » Corbin se frotta les yeux. Le

nom de sa grand-mère paternelle. Charlotte Whitney Corbin. Hier soir, dans le bureau de Sturdevant, il avait admis que Margaret Barrie et Charlotte Corbin aient pu être la même femme. Mais de là à s'en faire une raison, il y avait un grand pas !

Gwen l'embrassa.

— Allons, viens, Jonathan, allons prendre l'air.

— Non !

Il s'adossa à l'armoire à microfilms.

— Laisse-moi souffler une minute.

Était-ce parce qu'il n'avait pas oublié les menaces de Carling qu'il l'avait cachée au *Claremont* ?

Des bagarres. Encore des bagarres. Pas avec Carling, cette fois. Avec qui alors ? Il se souvenait de deux gangsters, probablement à la solde de Carling, et il se battait avec eux, dans une ruelle sombre, de nuit. Il avait le dessous, était jeté à terre, puis se battait à nouveau avec l'un d'entre eux, cette fois de jour, au milieu d'autres hommes qui se repaissaient du spectacle. Dans une arrière-salle ?

Il ferma les yeux, pour tenter de mieux discerner tous ces gens. De nouvelles scènes de violence défilèrent dans sa tête à un rythme fou. Dans l'une, il vit une pluie de verre tomber autour de lui. Dans une autre des personnages en costume de ville et un Tilden plus vieux, bien plus vieux, qui jouait toujours des poings. Ne l'avait-on donc jamais laissé tranquille ?

Enfin, Corbin se vit, lui. Il était encore très jeune. Vingt ans environ. Lui aussi se trouvait dans un endroit sombre, face à deux hommes. Des hommes dangereux, même si chacun avait la soixantaine bien sonnée. Il ne les connaissait pas mais les haïssait de tout son être et prenait plaisir à leur faire passer un sale quart d'heure. Il était blessé et saignait, mais ce n'était rien à côté de ce qu'il leur faisait subir.

Ce rêve lui était familier. Il l'avait souvent hanté.

Il savait qu'il ne reposait sur aucune réalité. Qu'il n'était qu'une revanche fictive prise sur deux hommes qui l'avaient attaqué sans raison — ils ne lui avaient même pas volé son portefeuille — dans le parking en sous-sol de l'hôtel *Drake*, à Chicago, pendant les vacances de Noël.

Corbin chassa cette vision de son esprit. Elle l'embarrassait trop. Il se voyait l'emporter puis briser méthodiquement les genoux, les coudes et enfin le crâne de ces deux hommes. Il savait néanmoins que les choses ne s'étaient pas passées ainsi, qu'il avait à peine eu le temps de les entrevoir avant de se retrouver à leur merci, étendu sur le sol glacial du parking.

« Concentre-toi sur Margaret. Pourquoi ce changement de nom, pourquoi cette installation au *Claremont* ? »

Corbin était certain qu'il était allé la rejoindre, probablement juste après la bagarre au *Hoffman*. Parce qu'il avait peur pour elle. De Carling. Et parce que Williams connaissait apparemment son existence... Williams ? Oh, bon sang, qui diable pouvait être ce Williams ? Un homme à la botte de Jay Gould. Oui, c'était bien ça. Bref, Tilden s'était rendu chez Margaret et, la nuit même, ou peu après, lui avait demandé de lui donner un enfant.

« Voyons voir, Noël... »

Grand-père Jonathan était né le jour de Noël 1888. Il avait donc été conçu fin mars. Oui, tout collait parfaitement. Margaret avait dû accepter. Elle avait dû jeter ses petites éponges imbibées de vinaigre.

« Curieux que ce vieux Tilden me permette de voir certaines choses et non d'autres. »

Corbin loucha vers Sturdevant. Un brave type. « Tous les Harry sont de braves types... » Il parlait à Gwen. Il était question qu'il visionne d'autres microfilms, que Gwen prenne la voiture, qu'il les rejoigne à pied plus tard. Corbin se demanda s'il devait lui expliquer que Tilden exerçait une censure sur ses visions. Non, autant éviter. Sturdevant le regardait à nouveau comme un échantillon de laboratoire. Car il venait de faire faire un sacré bond à sa théorie gentillette sur la mémoire génétique. En effet, dans ce nouveau cas de figure, Tilden devenait une personne réelle, capable de réfléchir, de prendre des décisions et même de flanquer des taloches à ses descendants quand d'aventure ceux-ci lâchaient inconsidérément une vanne sur les abonnements dans les bordels.

« Reviens-en à Margaret. Qui travaille. Tilden l'a installée dans un logement près de la 60ᵉ Rue, et elle s'est trouvé un emploi. Dans un journal ou quelque chose comme ça. Les femmes journalistes étaient très en vogue à l'époque. Nelly Bly avait fait un tabac avec son tour du monde en quatre-vingts jours. Mais Margaret attendait l'enfant de Tilden. Elle ne pouvait, dans son état, garder un appartement ou un emploi sans être mariée. D'où l'auberge *Claremont*. Charlotte et Harry. Et c'est là qu'intervient un nouveau personnage. Je ne connais pas son nom, mais je le vois très nettement. Le colonel quelque chose. Le colonel Dan, peut-être. Il possède un journal. Pas celui pour lequel Margaret travaille. Et il essaie de te soutirer de l'argent. Menace de mêler ton nom et celui de Margaret à un scandale. Tu lui dis d'aller se faire voir. Mais il revient à la charge, pour te vendre quelque chose. Sur Carling. »

— Docteur Sturdevant ?

La fermeté de la voix qui l'avait interpellé surprit l'oncle de Gwen.

— Auriez-vous entendu parler d'un patron de journal dont le nom aurait été quelque chose comme « colonel Dan » ?

— A la fin du XIXe siècle ?

— Oui.

— Seriez-vous en train de parler du colonel Mann ? Il publiait une feuille à scandales qui s'appelait *Town Topics*. Son véritable nom était William D'Alton Mann.

— N'avait-il pas un petit air de père Noël ?

— Maintenant que vous m'y faites penser, il avait toujours les poches bourrées de sucres et de bonbons qu'il distribuait aux chevaux et aux enfants. Mais c'était un maître chanteur notoire. Pourquoi ?

— Pour rien.

« Ça ne te regarde pas, mon vieux. »

11

Raymond Lesko ouvrit en grand le robinet d'eau chaude de la douche et s'assit, entièrement vêtu, sur la cuvette des cabinets, le regard rivé sur la porte d'entrée de son appartement. Son revolver pendait au bout de sa main droite. Il consulta sa montre. Huit heures dix. Dancer ne s'était toujours pas manifesté.

Il fallait se rendre à cette triste évidence, il avait décidé de ne pas négocier. Et donc, logiquement, de lui envoyer des tueurs. Ou encore le personnel des services de sécurité de Beckwith et Compagnie. Si lesdits tueurs faisaient déjà le guet devant sa porte, le bruit de l'eau les inciterait certainement à passer à l'action, à enfoncer la porte et à transformer en passoire le rideau de la douche. Par conséquent, Lesko avait décidé d'offrir dix minutes de bruitage à quiconque pouvait traîner sur son palier. On n'était jamais trop prudent ! Et si personne ne se pointait, la vapeur aurait au moins eu le mérite de lui défroisser son costume. Comme ça il n'aurait pas tout perdu !

Rien. Aucun bruit ne filtra du palier. Il pouvait prendre le risque de se laver vite fait. Il coinça une chaise sous le bouton de la porte d'entrée et orienta le panneau de la salle de bains de façon que le miroir qui l'ornait lui permette de surveiller le vestibule.

Moins de quinze minutes plus tard, l'ancien policier, séché et habillé, se versait une deuxième tasse de café. Huit heures vingt-cinq. D'ici un petit moment, il entendrait la tribu Tomasi dévaler les escaliers pour se rendre à la messe de neuf heures, à Saint-Agnes.

« Voyons s'il y a pas moyen de gâcher son petit déj' à cette enflure de Dancer », se dit-il en s'approchant du téléphone.

Il composa le numéro de l'hôtel *Beckwith* et demanda à parler à M. Ballanchine.

— Qui dois-je annoncer, s'il vous plaît ?

— Sam Babcock, polyvalent.

— Veuillez patienter un instant...

Lesko se demanda à la réflexion quel genre de petit déjeuner il pouvait bien s'envoyer. Des œufs au bacon ? Non, Dancer était le genre œufs à la coque. Qu'il devait se faire servir dans des coquetiers en porcelaine, avec un de ces petits bidules pour les ouvrir bien proprement par le petit bout. Et du jus de pruneau, beaucoup de jus de pruneau, relevé de levure de bière.

— Il ne répond pas, monsieur Babcock.

— M. Ballanchine serait-il par hasard en train de se dérober à ses devoirs envers l'oncle Sam ?

— Oh, je suis certain que non, monsieur. Ne quittez pas, je vais me renseigner.

Lesko patienta. La voix revint en ligne.

— Il semblerait que M. Beckwith et M. Ballanchine soient partis dans le Connecticut pour la journée. Ils ont quitté l'hôtel peu avant huit heures, heure à laquelle je prends mon service. Vous aviez rendez-vous avec lui ?

— Il a essayé de me joindre hier soir. Nous n'arrêtons pas de nous manquer depuis quelque temps. Avez-vous un numéro où je pourrais le joindre ?

Le standardiste hésita.

— Au cas où nous nous manquerions encore, pourriez-vous lui laisser un message de ma part ?

— Je vous écoute.

— Dites-lui qu'oncle Sam espère ne pas être obligé de lui taper sur les doigts. Il comprendra.

— Peut-être serait-il préférable que vous le lui disiez directement, monsieur. Je suppose que vous devriez pouvoir le toucher à la résidence Beckwith, à Greenwich. Le numéro est dans l'annuaire.

Lesko savait pertinemment que le standardiste

connaissait le numéro en question, mais il savait aussi qu'il essayait de se mouiller le moins possible.

— Bon. Au fait, quel est le Beckwith qui vit à Greenwich ?

— La sœur de M. Beckwith, je pense. Mlle Ella Beckwith.

Lesko lui souhaita une bonne journée.

La sœur du vieux. Lesko se demanda si elle était aussi gourde que son frangin. A son avis non. Pas si c'était à elle que Dancer avait donné son deuxième coup de fil vendredi soir, à la Gare Centrale.

Il ouvrit son calepin et composa le numéro de Gwen Leamas. Pas de réponse. C'était couru. Il appela les renseignements pour se faire communiquer le numéro d'un Harry ou Harold Sturdevant.

— Résidence Sturdevant..., répondit une voix de femme.

— Je désirerais parler à M. Corbin.

— Qui est à l'appareil, s'il vous plaît ?

Lesko soupira. Corbin était bien là. Comme il s'apprêtait à raccrocher, la femme insista d'une voix forte, presque revêche.

— Consentirez-vous à la fin à me dire votre nom ?

Lesko recolla l'écouteur à son oreille. L'envie le démangea de demander à la bonniche pourquoi elle était de si mauvais poil ce matin. Si par hasard ce ne serait pas parce que d'autres que lui avaient déjà demandé à parler à Jonathan Corbin sans daigner s'annoncer.

Lesko coupa la communication et se mit en devoir de passer un dernier coup de fil. A M. Makowski, cette fois, qui répondit que, oui, il pouvait lui emprunter sa

288

Chevrolet, que la clé était toujours cachée dans le cendrier arrière sous un papier de chewing-gum, mais qu'il était prié de s'abstenir de fumer l'un de ces abominables cigares qui, la dernière fois, avaient empesté la voiture pendant un mois.

A l'étage supérieur, comme tous les dimanches à la même heure, M. Tomasi s'époumonait :

— Allons, pressons. Je vous préviens, je ne vous attendrai pas toute la sainte journée.

Lesko jeta son manteau sur ses épaules, écarta précautionneusement la chaise qui bloquait la porte, attendit que les Tomasi aient commencé à se répandre sur leur palier et, revolver au poing, risqua un œil à l'extérieur. Personne. Tout allait bien. Il camoufla son arme, referma la porte derrière lui et s'engagea dans l'escalier.

Plus bas, les McCaffrey négociaient chaque marche avec la lenteur dont ils avaient fait un principe immuable depuis que Mme McCaffrey s'était esquinté la hanche. Lesko leur emboîta le pas, conscient qu'il était peu civique de se servir de ses pieux voisins comme bouclier, mais néanmoins prêt à parier que, contrairement aux Boliviens ou aux Colombiens, le personnel de chez Beckwith ne donnerait pas dans la boucherie gratuite.

Le détective parvint sans encombre à la voiture de M. Makowski, gratta la neige incrustée sur le pare-brise et ouvrit la portière sous le regard réprobateur de Mme Tomasi, qui s'était un instant prise à espérer qu'il allait enfin honorer Saint Agnes de sa présence. Une fois à l'intérieur du véhicule, ce fut revolver en main qu'il alla pêcher la clé dans sa cachette. Mais rien ne vint troubler la tranquillité de cette matinée dominicale. Pas même le bruit d'un autre moteur démarrant brusquement. Surpris autant que soulagé, Lesko mit son clignotant. La voiture s'arracha à la bordure du trottoir, laboura la chaussée enneigée de la petite rue, traversa Queens Boulevard et s'élança sur la bretelle de la voie express, en direction du centre ville.

Lesko avait décidé de faire à tout hasard le tour du pâté de maisons. Il aurait pourtant pu s'en passer.

L'autre voiture, une BMW garée devant un bateau, à cent mètres de l'entrée de la demeure de Harry Sturdevant, de l'autre côté de la rue, était si repérable que Lesko crut tout d'abord avoir la berlue. Le conducteur, ostensiblement enfoncé dans son siège, avait abaissé sa vitre et laissé tourner son moteur pour ne pas avoir à se priver de chauffage. Lesko avait remarqué la fumée de son pot d'échappement aussitôt qu'il s'était engagé dans la rue.

Il envisagea de stationner en double file derrière la BMW et d'attendre la suite des événements. Mais si l'autre zèbre s'avisait de jeter un œil dans son rétroviseur latéral, les deux hommes risquaient de passer la matinée à se regarder en chiens de faïence. Et puis merde. Autant passer à l'action.

Il arrêta son véhicule à hauteur de la BMW, bloquant la voiture et son conducteur, puis se pencha pour descendre la vitre côté passager.

— Bonjour, fit-il, toutes dents dehors. Je suis Raymond Lesko.

Le visage qui se tourna vers lui lui rappela celui de certains marines de sa connaissance. Forts maxillaires, traits burinés. Brosse grisonnante. Dans les yeux bleus inexpressifs de l'homme passa une brève lueur de compréhension.

— Pardon ?

290

Le mouvement de son épaule droite n'échappa pas à Lesko

— Et je parie que ton nom à toi, c'est Tom Burke. Un certain Ed Garvey travaille pour toi. Mais, à ce que j'ai compris, il s'est mis en congé maladie.

— Vire ta tire de là, mon gros, intima tranquillement l'autre.

Lesko se pencha davantage et, adoptant un ton confidentiel, dit :

— C'est pas pour t'embêter, mais franchement, ça la fout plutôt mal pour un type des services de sécurité de se laisser coincer comme ça quand il est sur une filature. Car tu attends quelqu'un, hein, Tom ?

— Vire-moi ta tire tout de suite.

L'épaule bougea à nouveau.

Lesko coupa le moteur de la Chevrolet de M. Makowski, secoua la clé de contact quasi sous le nez de l'autre, tira la langue et y déposa le petit objet. Tom Burke le regarda avec de grands yeux.

— Autre chose, poursuivit Lesko avec une diction baveuse. Ça fait tout drôle de voir quelqu'un faire ce genre de boulot avec, collé sur son pare-brise, le macaron des hôtels Beckwith. Et ton flingot, je peux le voir ? Es-tu correctement équipé, au moins ?

Les maxillaires s'empourprèrent, mais les yeux bleus revêtirent une expression bovine. « Qu'est-ce que c'est que ce charlot ? » semblait se demander Burke.

Tirant à nouveau la langue, Lesko fit un instant réapparaître la clé avant de la loger sous la lèvre supérieure.

— Sauf que, quel que soit l'engin que tu trimbales, t'as pas intérêt me tirer dessus.

Il envoya une main derrière lui et enfonça le loquet de la portière gauche.

— Mettons que tu me descendes. Là-dessus, il faudra que tu t'extraies de ta bagnole et que tu viennes péter ma vitre pour ouvrir la portière. Tu me suis ? Ensuite, si tu veux déplacer ma charrette, tu seras fatalement obligé d'essayer de repêcher la clé que j'ai dans la bouche et que j'aurais probablement avalée d'ici là. Ça fait beaucoup de tintouin, pour, au bout du compte, se récolter une contredanse pour stationnement gênant, tu ne trouves pas ?

Burke darda dans la rue des regards incertains. Lesko y lut plus de frustration qu'un réel espoir d'obtenir le secours d'un tiers. Soudain, alors qu'ils s'étaient tournés vers le domicile de Sturdevant, les yeux de Burke s'élargirent. Lesko loucha. Trois personnes étaient apparues sur le trottoir d'en face et s'avançaient dans leur direction.

— Regarde ce que j'ai dans la main, Tom.

Lesko leva la main droite. Le barillet de son P.38 alla heurter le montant de la portière.

— Maintenant que je t'ai montré mon flingue, à toi de me montrer le tien.

Burke ne trahit pas la moindre appréhension, persuadé que Lesko ne tirerait pas. Pas devant témoins.

Ce fut alors que Lesko poussa un hurlement. Un cri âpre et sourd qui fit sursauter Burke. Puis, tandis que, le visage violacé, les yeux exorbités, l'ancien flic remettait ça, Burke sentit le canon de son revolver s'enfoncer brutalement dans son aisselle.

— Donne, hoqueta Lesko en salivant. Donne ton joujou.

Burke se figea. Son cœur se serra dans sa poitrine. Sa

292

bouche se dessécha. Ce foutu débile, tout droit sorti d'un film d'exorciste, allait le buter.

— O.K., couina le chef des services de sécurité de Beckwith et Compagnie. C'est pas la peine de s'énerver.

Lentement, précautionneusement, il amena la crosse en bois d'un fusil à canon scié à la portée de Lesko. Ce dernier le happa de sa main gauche et le laissa tomber sur le plancher de la voiture. Sa paume ouverte revint se placer sous le nez de Burke.

— L'autre, à présent.

Toujours avec autant de précautions, Tom Burke produisit un Beretta étincelant et, l'espace d'un instant, le tint hors d'atteinte de Lesko.

— Tu peux peut-être te contenter du chargeur, cette fois ?

Les yeux de Lesko s'enflèrent, il reprit sa respiration, prêt à expulser un nouveau cri. Burke laissa aussitôt tomber le petit automatique dans sa main. Lesko se redressa et jeta un œil par-dessus son épaule droite. Corbin, Gwen Leamas et Harry Sturdevant descendaient la rampe d'accès d'un parking souterrain. La jeune Anglaise scrutait les alentours, comme pour déterminer l'origine de l'étrange cri qu'elle avait entendu. Sturdevant avait, quant à lui, l'air nerveux. Tous trois disparurent sous terre.

— Ton imper !

De son index, Lesko désigna le trench-coat plié sur le siège passager.

— Sors ton portefeuille et mets-le dans la poche de l'imper... Plus vite que ça !

Burke s'exécuta.

— Maintenant, les clés.

Burke coupa son moteur, retira la clé du contact et s'apprêta à la détacher du trousseau auquel elle était accrochée.

— Toutes !... Dans la poche... Maintenant, passe-moi l'imper...

Blême de rage, Burke obtempéra. Lesko réceptionna le vêtement, l'envoya rejoindre l'artillerie qui encombrait le plancher de la voiture puis tendit l'oreille. Il venait d'entendre le ronronnement poussif d'un moteur gravissant une côte en première. Une fois de plus, il regarda furtivement derrière lui. La Mercedes de Sturdevant émergea des profondeurs du parking souterrain.

— Chut, murmura-t-il. Ferme les yeux très fort, comme ça ils ne te verront pas.

Abasourdi par cette nouvelle absurdité, Burke obéit.

— A dix tu pourras faire coucou. Mais je te rappelle qu'il est très vilain de tricher.

Lesko commença à compter. Un. La Mercedes dépassa les deux voitures. Cinq, il recracha la clé et mit le moteur en marche. Huit, la voiture de Sturdevant touna sur la Cinquième Avenue. A dix, il démarra en trombe, abandonnant derrière lui un chef des services de sécurité des Entreprises Beckwith ouvrant des yeux complètement éberlués.

— Pauvre pomme ! lança dans son rétroviseur un Lesko souriant et plutôt fier de sa sagacité.

Certains se dégonflaient illico dès qu'on leur montrait les dents. D'autres, comme la tête au carré qui en était restée comme deux ronds de flan derrière lui, ne se laissaient bluffer que si on leur sortait le numéro de la débilité intégrale. Évidemment, ça avait toujours plus de chances de marcher s'ils étaient un peu cons.

Con ou pas, Burke était du genre dangereux. Du genre qui avait déjà dû en rétamer plus d'un. Et, à en juger par ce fusil à canon scié, il s'apprêtait allégrement à ajouter trois noms à son tableau de chasse, à moins que ce soit déjà la saison du tir aux perdrix à Central Park.

Ayant repéré la Mercedes qui était sur le point de bifurquer sur la 64e Rue, Lesko accéléra pour ne pas se retrouver coincé par le feu. Puis il se baissa pour récupérer le trench-coat, emprunté dans le seul but de camoufler l'arsenal qui jonchait le plancher de la voiture, et en tâta les poches, à la recherche du portefeuille de Burke. Quand il eut mis la main dessus, il se livra à une rapide vérification. Tom Burke. Ouais. Chef des services de sécurité. Hôtels Beckwith. Bien vu. Il était certain que, lorsqu'il aurait le temps d'examiner ces papiers de plus près, il découvrirait que ce brave Burke était un ancien para ou garde-côte, ou encore un de ces agents un peu trop déphasés que la CIA renvoyait dans leurs foyers avec la promesse de ne pas leur faire de misères tant qu'ils ne se découvriraient pas une vocation d'écrivain. Ce n'était sûrement pas un ancien flic, en tout cas.

Pourtant, tous ces types travaillaient habituellement en tandem. Or, Burke était seul. Un homme, une voiture. Lesko jeta un œil dans son rétroviseur. Rien. Personne ne le suivait. Ce qui expliquait pourquoi il n'avait pas reçu de visite ce matin. Évidemment ! Les Entreprises Beckwith n'étaient pas la Mafia. Avec Ed Garvey sur la liste des disponibilités et Coletti sans doute toujours dans les choux, il ne devait plus rester que ce vaillant soldat de Burke pour se taper toute la besogne en attendant qu'ils aient le temps de passer une annonce.

A une rue de là, la Mercedes signala son intention d'obliquer sur la Deuxième Avenue. Lesko suivit, à distance respectable, et se laissa remorquer jusqu'à la 77ᵉ Rue. L'adresse de l'Anglaise. Espérons qu'Ed Garvey n'a pas foutu le chambard là-haut. Il ne manquerait plus que les flics au milieu pour que ce soit complet.

Il se rangea derrière une camionnette tandis que, abandonnant Sturdevant dans sa voiture garée en double file, Corbin et Gwen escaladaient un monticule de neige et se hâtaient vers l'entrée de l'immeuble. Sturdevant, qui avait eu l'air passablement inquiet en quittant son domicile, ne semblait guère se préoccuper de vérifier s'ils n'avaient pas été suivis. Ses doigts pianotaient sur le tableau de bord. Probablement encore un peu nerveux à propos des coups de fil du matin. Lesko se pencha et souleva un coin du trench-coat de Tom Burke. Le fusil était un Remington 1000, un cinq-coups, dont le canon avait été scié. Un sifflement lui échappa. A cinq minutes près, il serait arrivé à point nommé pour voir le trio éclabousser les murs et les trottoirs de la 68ᵉ Rue.

Décidément, il y avait derrière tout ça quelqu'un qui ne rigolait pas. Quelqu'un au ciboulot assez fêlé pour avoir ordonné un tel massacre. Sturdevant n'était pas le premier venu. Déjà que, dans son quartier pourri de fric, on voyait le maire et le préfet de police rappliquer dès qu'on s'avisait de jeter un papier par terre !

Gwen Leamas, chargée d'un petit fourre-tout en toile, émergea de l'immeuble dix minutes plus tard. Corbin suivait derrière. Lesko se fit tout petit. Si la jeune femme n'avait pas l'air affectée le moins du monde par ce qu'elle avait pu voir là-haut, pour Corbin c'était une autre histoire. Il scrutait les alentours, nez au vent, avec cet air bizarre que Lesko lui avait vu la veille, quand il s'était subitement aperçu que le vieux lui filait le train. Quand il avait tout à coup paru plus grand. Différent. Comme s'il était devenu quelqu'un d'autre. Pour la deuxième fois, Lesko s'efforça de chasser cette impression.

Il laissa la Mercedes prendre un peu d'avance.

A la bibliothèque municipale de Greenwich, l'ancien policier se choisit un gros livre intitulé *Les principaux courants de l'art moderne*, sujet qui ne risquait pas de l'absorber, et se choisit une chaise d'où il pourrait garder un œil sur ses protégés.

Le trio s'était directement rendu à la section microfilms. Lesko prit mentalement note du tiroir d'où ils avaient extrait leurs bobines. Il ne manquerait pas de vérifier ça plus tard, mais il était d'ores et déjà certain que la période concernée correspondait à celle que couvraient les livres achetés la veille par Corbin chez Barnes and Noble. Lesko regretta de ne pas s'être muni d'un magnétophone de poche. Il aurait pu, après lui avoir trouvé une place sur l'une des étagères avoisinantes, le laisser tourner tandis qu'il serait revenu se plonger dans l'art moderne.

Et qu'aurait-il enregistré ? s'interrogea-t-il. Des histoires de fantômes ? De fantômes ! Raymond Lesko ne croyait pas aux fantômes.

« Bon. O.K., Raymond. Dans ce cas, explique-moi ce qu'ils foutent là-bas. Crois-tu avoir affaire à trois grandes personnes sensées effectuant des recherches rationnelles et objectives dans de vieux journaux ? Non, tu as affaire à un Jonathan Corbin qui, non content de voir des trucs qu'il est le seul à voir, se paie en plus le luxe d'être le sosie d'un type décédé l'année de sa naissance et de jouer à l'occasion les Dr Jekill et Mr Hyde. Tu n'as pas rêvé tout à l'heure, quand il est ressorti de l'appart' de la fille. On aurait dit qu'il avait reniflé l'odeur de Garvey. Et s'il se métamorphose en quelqu'un d'autre, la question est de savoir en qui. En Tilden Beckwith, peut-être. Je sais que tu refuses d'avaler ça. Mais force-toi un peu parce que, dans cette histoire, tu n'es entouré que de gens qui y croient dur comme fer. »

Lesko plongea le nez dans son livre. Corbin était sur le point de partir. Gwen Leamas et lui enfilaient leurs manteaux, mais Harry Sturdevant semblait décidé à prolonger son stage dans le département microfilms et, du point de vue du détective, fort peu emballé à l'idée de voir les deux jeunots tirer leur révérence. Comme Lesko, du reste. Déjà qu'il ne savait plus où donner de la tête quand ces trois-là restaient groupés ! A présent, le vieux tendait ses clés de voiture à Corbin et lui expliquait d'une voix assez forte pour que Lesko puisse entendre qu'il ferait le chemin à pied, que Maple Avenue n'était pas si loin. Mais Corbin déclina son offre, arguant que dix minutes de marche leur feraient le plus grand bien. Ils prépareraient du café et attendraient Sturdevant pour s'attaquer au déjeuner préparé par une certaine Mme Starling.

Lesko n'aimait pas ça du tout. Il n'avait guère envie que Corbin trotte, insouciant et sans protection, jusque chez lui. Mais il tenait absolument à apprendre sur quoi portaient les recherches auxquelles Sturdevant comptait s'adonner. Il décida de couper la poire en deux. Ayant attendu pour se mettre en mouvement que Corbin et son Anglaise aient dépassé le bureau d'information et tourné à droite en direction des portes automatiques, il les regarda ensuite couper par le parking et atteindre, apparemment observés par nul autre que lui, le trottoir de Putnam Avenue. Puis il fonça tête baissée vers la voiture de M. Makowski et prit la direction de Maple Avenue. La maison de Corbin était juchée en haut de la colline, après une église de pierre et la statue équestre d'un héros de la guerre d'Indépendance du nom d'Israel Putnam. La mairie avait beau ne pas avoir lésiné sur le sablage des chaussées, il gravit la pente avec assez de difficultés pour se promettre de vanter au plus tôt les mérites des pneus neige à M. Makowski. Il passa devant la bicoque victorienne de Corbin sans ralentir, son intérêt se portant en priorité sur les voitures. Celles qui auraient pu être garées aux alentours. Spécialement les BMW imatriculées à New York. Mais il n'avisa aucun autre véhicule que ceux stationnés dans les allées privatives. Il fit demi-tour, repassa devant la maison de Corbin et s'arrêta, cette fois, pour vérifier si le tapis de neige qui recouvrait l'allée ne présentait pas de traces suspectes. Non. Il ne vit que les empreintes d'un chien solitaire qui avait traversé la pelouse et, devant la boîte aux lettres, celles des pneus d'une camionnette des postes. En effectuant leurs déblayages matinaux, les agents de la voirie avaient abandonné une crête de neige granuleuse devant le portail. Autrement, personne n'était venu rôder devant la maison. Un point positif. En revanche, Corbin se mettrait peut-être en tête de déneiger son allée pour que Sturdevant puisse entrer sa voiture. Et ça, ce serait plus embêtant. Lesko enclencha la marche arrière, effondra la masse poudreuse puis braqua à fond. Après une embardée, la voiture repartit en direction de l'église. Voilà qui dissuaderait probablement Corbin de ressortir avec sa pelle. Au bout de la rue, Lesko vira sur Putnam Avenue qu'il descendit lentement tout en guettant ses protégés.

Il repéra le couple à mi-chemin de la bibliothèque. Corbin gesticulait comme un beau diable tout en racontant quelque chose que la petite Leamas avait l'air de trouver captivant.

En réintégrant la bibliothèque de Geenwich, Lesko aperçut aussitôt Harry Sturdevant qui était planté devant le bureau d'information. L'ex-flic hésita. Peut-être avait-il le temps de filer jusqu'au département microfilms pour jeter un coup d'œil sur les notes du docteur.

Deux femmes se tenaient derrière le comptoir en U. Lesko trouvait que la plus âgée, celle qui avait levé le nez sur Sturdevant, détonnait : vêtements coûteux, coiffure impeccable, petit collier de perles. Il voyait ça d'ici. Sans doute un mari directeur de société qui passait ses week-ends à bosser et des enfants partis vivre leur vie. Son psychiatre avait dû lui conseiller de se prendre un boulot peinard plutôt que de noyer ses angoisses dans la vodka. Lesko n'en revenait pas de sa façon de travailler. C'était la panique, il n'y avait pas d'autre mot. C'était bien de ces bonnes femmes pleines aux as qui faisaient du bénévolat pour tuer le temps de cultiver l'incompétence la plus crasse, histoire qu'on n'aille pas s'imaginer qu'elles étaient là pour gagner leur vie. L'autre fille, plus jeune et plutôt bien de sa personne, était quant à elle visiblement là pour gagner la sienne. Elle manipulait prestement une pile de fiches et se faisait refiler par sa collègue tous les appels téléphoniques pour lesquels il s'agissait d'indiquer autre chose que l'heure de fermeture de l'endroit.

300

Lesko s'apprêtait à passer son chemin quand un curieux changement s'opéra dans la physionomie de Mme Panique Organisée. On aurait dit que le docteur venait de lui demander si la bibliothèque ne possédait pas quelques bonnes cassettes pornos de derrière les fagots. Lesko se rapprocha, frôlant le docteur, pour aller feuilleter un atlas géant qui s'ouvrit sur la carte du Pérou.

— Seriez-vous par hasard journaliste ? s'enquit sèchement le collier de perles. Ou écrivain ?

— Non.

Sturdevant prit un air un tantinet surpris. Il savait que sa question avait jeté un froid.

— Mon intérêt pour le sujet est strictement personnel.

— Eh bien, nous n'avons rien de ce genre, je puis vous l'assurer.

— Dans une bibliothèque de cette taille ? J'ai peine à le croire !

— Navrée, monsieur.

Lesko vit les sourcils de la plus jeune employée s'arquer.

— Auprès de qui pourrais-je me renseigner ? insista Sturdevant. J'avais espéré que vous me feriez gagner du temps en m'indiquant où trouver un document traitant de l'affaire Anthony Comstock et...

L'autre employée qui, tandis qu'il parlait, avait griffonné quelque chose, arracha une feuille de son bloc-notes jaune et la lui tendit.

— Allée 7, monsieur. Tout au bout. Les étagères de droite.

Sturdevant jeta un coup d'œil sur le titre qu'elle avait inscrit.

— Je vous remercie beaucoup, mademoiselle, dit-il aimablement en insistant sur ce dernier mot.

Là-dessus, il s'éloigna en branlant du chef. Lesko décida de s'instruire sur le Pérou une minute de plus.

— Pourquoi avez-vous fait ça ? s'indigna la plus âgée des deux femmes.

— Parce que nous sommes une bibliothèque, Barbara, répondit l'autre avec infiniment de patience.

— Et comment savez-vous qu'il n'écrit pas pour l'un de ces torchons qui se vendent aux caisses de supermarchés ? Savez-vous seulement s'il vit à Greenwich ?

— Nous sommes également une bibliothèque publique, Barbara.

— Dont la vocation est de servir notre ville, répliqua Barbara Blackthorn, pas d'y faire éclater des scandales.

L'autre grimaça mais ne pipa mot. Sa collègue se leva.

— Je m'en vais de ce pas en référer à M. Hoagland.

Lesko la regarda se diriger vers les ascenseurs, à l'autre bout de la salle.

— Elle a l'air en pétard, dites donc !

— Pardon ?

Carol Oaks leva les yeux du catalogue qu'elle compulsait.

— Je n'avais pas l'intention d'être indiscret, mais je n'ai pas pu m'empêcher d'entendre. Au fait, qui était Anthony Comstock ?

— Un de ces types qui, au XIXe siècle, avaient entrepris une croisade contre le vice, répondit-elle. Un vrai fanatique, doublé d'un fieffé imbécile.

— Et quel rapport avec Greenwich ?

— Je ne sais pas exactement. J'ai entendu parler d'un scandale à propos d'anciennes prostituées new-yorkaises qui auraient épousé des gens d'ici.

— Et alors, il est venu embêter d'anciennes tapineuses ? Mais, à l'époque, le moindre bled paumé avait sa paire.

— Sans doute. Mais ici, nous sommes à Greenwich. La plupart d'entre nous s'en fichent comme de l'an quarante, mais certaines vieilles familles, celle de Mme Blackthorn entre autres, sont plutôt chatouilleuses sur la question. Déjà que ces gens-là ne supportent pas que l'on sache qu'ils vont aux toilettes comme tout le monde, alors vous voyez d'ici le tableau si on commence à tourner autour de leur arbre généalogique autrement que face contre terre !

Lesko referma son atlas. Il trouvait la fille sympathique et la conversation instructive, mais il n'était pas certain que tout cela fasse beaucoup avancer ses affaires. Pourtant, Sturdevant avait manifestement l'impression d'être sur une piste. Voyons, un certain Anthony Comstock avait débarqué à Greenwich un siècle plus tôt dans le but d'y débusquer d'anciennes prostituées. Cette histoire devait bien avoir un lien avec Tilden, le sosie de Corbin. Oui, mais quel rapport pouvait-il exister entre Tilden et les prostituées de ce patelin ?

— Merci beaucoup, mademoiselle.

Il souleva un chapeau imaginaire et s'en alla nonchalamment vers l'allée 7. Sturdevant était agenouillé, un livre sous le bras, un autre — dont il consultait l'index — à la main. Lesko estima qu'il disposait d'une bonne minute pour aller examiner la bobine que le trio avait visionnée.

Le médecin avait laissé l'appareil allumé. Une page

floue était projetée sur l'écran. *Greenwich Graphic,* 1890. Le nom de Comstock lui sauta immédiatement aux yeux.

« *Comstock tombe sur un os* », disait le titre sur deux colonnes. Juste au-dessous, un sous-titre en caractères gras précisait : «*Après avoir été précipité au bas d'un escalier*». Qui l'avait précipité au bas d'un escalier ? Beckwith ? Non, un docteur. Un certain Palmer. Bien joué, doc !

Sur la tablette du projecteur traînait, ouvert, le carnet de Sturdevant. Les deux pages étaient couvertes de notes télégraphiques et de noms.

Comstock. Margaret! Charlotte, peur ?

Dr Miles Palmer. A mis au monde grand-père J ?

Carrie Todd et Belle Walker. Anc. Prost. Laura Hemmings idem ? Reconnu Margaret ?

Charlotte ? Lesko haussa un sourcil. S'agirait-il par hasard de Charlotte Whitney Corbin ? L'arrière-grand-mère de Corbin. Aurait-elle vécu à Greenwich ? En tout cas, Sturdevant le pensait. Et elle y avait eu un gosse. Le grand-père de Corbin, son homonyme.

Toutes ces femmes dont Sturdevant avait relevé le nom étaient apparemment d'anciennes prostituées. Charlotte Corbin également, sans doute. Sinon pourquoi aurait-elle eu peur de Comstock ? Margaret. Margaret/Charlotte.

Eh, mais...

Bon Dieu de bon dieu.

Lesko recula d'un pas pour s'assurer que Sturdevant n'allait pas surgir à l'improviste. Non. Quelqu'un lui avait mis le grappin dessus. Un sexagénaire bon chic bon genre — probablement le M. Hoagland de Mme Blackthorn — qui le soumettait à un interrogatoire en règle. Sturdevant n'avait pas l'air d'apprécier. Mais, trop bien élevé pour envoyer paître le quidam, comme Lesko n'aurait pas manqué de le faire à sa place, le docteur attendit la fin du sermon puis ouvrit un de ses livres et posa à son tour une question. Estimant que l'intermède durerait bien une minute de plus, Lesko revint en toute hâte vers la visionneuse et passa à la page précédente du carnet de Sturdevant.

Encore des noms. « Colonel Mann, *Town Topics.* » Le colonel en question aurait fait chanter Tilden. Des notes sur un blizzard. « George Baremore. Baremore découvert avant Ella. » Lesko tourna la page.

« Nous y voilà ! » « Margaret Barrie et Charlotte Corbin, une seule et même personne. » Lesko parcourut rapidement le reste de la page. Le nom d'Hiram Corbin l'arrêta. « Mort dans une catastrophe ferroviaire, faisant de Charlotte une veuve. » Sturdevant semblait douter de l'existence de cet homme, ou du moins du fait qu'il ait jamais été marié à Margaret, mais était en revanche persuadé que Tilden avait installé sa copine ici, probablement munie d'un passé fabriqué de toutes pièces. Lesko laissa le carnet tel qu'il l'avait trouvé.

« Bon, se dit-il. Récapitulons. Qu'avons-nous appris au juste ? Tilden avait une maîtresse, sans doute une pute. Un beau jour, elle tombe enceinte, probablement délibérément, car, même à cette époque, les putes savaient se prémunir contre ce genre de pépin. Il l'installe ici, sous une fausse identité, afin qu'elle ait son bébé en paix. Mais voilà qu'un peu plus d'un an après entre en scène un certain Anthony Comstock qui flanque une telle panique dans le secteur que le sujet fait encore grincer bien des dents aujourd'hui... »

Lesko s'intéressa à nouveau à la page du *Greenwich*

Graphic projetée sur l'écran de la visionneuse. L'article sur Comstock et sa chute dans les escaliers ne développait que succinctement le titre, se contentant de préciser que le bonhomme s'était fêlé trois côtes. Apparemment, ses exploits défrayaient régulièrement la chronique, et sa mésaventure avec le Dr Palmer n'en était jamais que le dernier épisode. En dehors de cela, la page du quotidien contenait quelques nouvelles locales, des réclames et une tribune libre sur l'opportunité de faire électrifier la grand-rue. Soudain, il rencontra le nom de Laura Hemmings. L'un des noms que le vieux avait notés sur son carnet. L'article était consacré à la Ligue des femmes chrétiennes de Greenwich pour la tempérance, laquelle organisait un thé dansant prévu pour le mois de septembre. Suivait la liste des tâches dévolues à chacune. Laura Hemmings serait responsable du comité de danse et... aha !... Charlotte Corbin de la décoration. L'article précisait ensuite que les deux inséparables amies avaient déjà mis sur pied le défilé costumé de la fête de l'Indépendance ainsi que l'hilarante soirée sur patins à roulettes du mois de mai.

Lesko renifla dédaigneusement. Les putes repenties ne valaient décidément guère mieux que les ivrognes repentis.

— Excusez-moi, mais j'utilise cet appareil ! entendit-il dire derrière lui.

« Et merde ! »

— Oh, désolé.

Lesko s'écarta.

— Ces vieilles réclames m'ont attiré l'œil.

De son index, il indiqua la page projetée.

— « La nouvelle découverte du Dr King contre la phtisie. »

Il sourit.

— Ils précisaient même que ça contenait du chloroforme et de l'opium. J'imagine que, passé deux prises, toutes vos petites misères ne devaient plus être qu'un mauvais souvenir. J'ignorais que l'opium se vendait si facilement à l'époque.

— Oh mais si, l'opium comme la cocaïne, embraya le docteur. A cause de spécialités pharmaceutiques comme celle-ci, le pays comptait des millions de toxicomanes au début du siècle. Même l'aspirine de Bayer contenait de la cocaïne.

— Sans blague !

Lesko ouvrit de grands yeux.

— J'avais bien entendu dire que ces vieux médicaments contenaient un taux d'alcool respectable, mais pour ce qui est de la drogue, je tombe des nues. Un jour, dans une pharmacie, j'ai vu une vieille affiche célébrant les vertus d'un ancien remède contre les maux d'estomac. Eh bien, figurez-vous que, sous la réclame, un petit encadré précisait que cette panacée contenait quarante-quatre pour cent d'alcool. Une dose plutôt honnête, n'est-ce pas ?

« Allons, mon vieux, l'encouragea *in petto* le détective, fais-moi une risette. Je ne suis jamais qu'un inoffensif rat de bibliothèque. Pas de risette ? Bon, tant pis, on va essayer autre chose... »

— Ma grand-mère ne buvait jamais, mentit-il. Je veux dire... elle faisait partie de la Ligue pour la tempérance. Ce qui ne l'empêchait pas, lorsqu'elle ne se sentait pas bien, de s'envoyer une bonne lampée d'une certaine potion appelée Extrait de Lydia Pinkham. Et croyez-moi, comme je devais le découvrir plus tard, ça valait bien le Martini.

— La Ligue pour la tempérance ?

Sturdevant était subitement devenu tout ouïe.

— Ici, à Greenwich ? Votre famille y est installée depuis longtemps ?

— Depuis la fin de la guerre de Sécession. Elle tenait une boucherie dans le centre.

— Le nom de Charlotte Corbin vous dirait-il quelque chose, par hasard ? enchaîna le médecin. Votre grand-mère l'a peut-être connue.

Lesko secoua la tête.

— Non, ça ne me dit rien du tout.

— Et Laura Hemmings ?

Lesko haussa les épaules.

— Navré, je ne me souviens pas avoir entendu ces noms-là.

« Allez, continue... »

— Votre grand-mère vous a-t-elle jamais parlé d'un certain Anthony Comstock ? insista Sturdevant. Il a provoqué un scandale dans les années 1890, à propos d'anciennes prostituées venues se retirer à Greenwich.

— Cet illuminé ? Très peu, non. Vous savez, aujourd'hui encore, certaines personnes se montrent plutôt chatouilleuses sur ce chapitre.

— J'ai eu l'occasion de m'en rendre compte.

Sturdevant soupesa les deux volumes qu'il tenait à la main.

— Et ces études sur Greenwich ne m'ont guère éclairé. On y fait à peine mention de l'épisode Comstock.

— Vous essayez de retrouver la trace de ces deux dames que vous avez citées tout à l'heure ? Elles étaient quoi ? Prostituées ou dames de la Ligue ?

— Je ne sais pas exactement à quoi m'en tenir sur leur passé. En tout cas, elles appartenaient à la Ligue.

— Essayez donc Chicago ! lança Lesko à brûle-pourpoint.

Comme il s'y était attendu, Sturdevant resta interdit.

— Chicago ? Comment savez-vous que...

Il s'interrompit.

— La Ligue, expliqua Lesko, avait installé son quartier général là-bas. A Evanston. Quand elle voulait retrouver quelqu'un qu'elle avait perdu de vue, ma grand-mère leur écrivait. Et, s'ils avaient l'adresse, ils la lui faisaient parvenir.

— C'est une excellente suggestion, monsieur... ?

Lesko feignit de ne pas avoir entendu la question.

— Autrement, vous pouvez consulter le registre des contributions. Même si vous n'avez pas d'adresse, un nom devrait suffire. Ou encore tenter votre chance à la Compagnie générale des eaux. Surtout que c'est à cette époque que la plupart des ménages se sont fait amener l'eau courante.

— Vous auriez fait un excellent détective ! s'extasia Sturdevant.

— Ouais. Bon, ce n'est pas que je m'ennuie, mais il faut que j'y aille.

Il cueillit son manteau sur la chaise où il l'avait jeté.

— Et bonne chance dans vos recherches.

Là-dessus, Lesko fila vers le hall d'entrée. Devant le téléphone public qui jouxtait le bureau d'information, il se mit en devoir de consulter l'annuaire de Greenwich.

« Beckwith E. Round Hill Road. »

Soufflant un baiser à l'adresse de Carol Oaks, il franchit les portes automatiques.

— Ce n'est pas très malin de ta part, si tu veux mon avis, déclara Gwen tandis qu'ils cheminaient en direction de Maple Avenue.

— Ton oncle n'a pas besoin de tout savoir, s'entêta-t-il. Comme tu le disais si bien toi-même hier, certaines choses doivent rester strictement personnelles.

— Mais il ne s'agit que de quelque obscur ragot que le colonel Mann fit imprimer dans son journal il y a près d'un siècle.

— Oui, mais elle en a été profondément blessée. Et effrayée.

Elle lui prit la main.

— Jonathan, dois-je recommencer à me faire du souci pour toi ?

— Comment ça ?

— Tu réalises qu'elle est morte depuis longtemps, n'est-ce pas ? Tu parles d'elle comme si elle était encore de ce monde.

— Je réalise qu'elle est morte. Enfin, la plupart du temps. Écoute, Gwen...

Il lui pressa la main.

— Quand j'évoque tout ça à voix haute et que tu prends cet air préoccupé ou que ton oncle me regarde comme si j'étais un rat de laboratoire, ça me met mal à l'aise. Tu peux quand même bien comprendre ça ? Et puis je commence à en avoir ma claque que tout le monde prenne des notes dès que j'ouvre la bouche. Voilà pourquoi je n'ai pas envie de parler du colonel Mann.

310

— Et si je te promets de ne pas prendre de notes, tu me raconteras ?

— Je ne vois pas ce que ça changera !

— Et si j'affiche un air résolument insouciant, comme ça ?

Roulant des yeux en billes de loto, elle escamota sa lèvre inférieure derrière une rangée de dents blanches.

S'efforçant de ne pas rire, Corbin tourna les yeux vers la chaussée. Une voiture passa. Cette voiture... « Oh, merde ! Arrête ça ! » Il reporta son attention sur Gwen dont le visage était resté obstinément figé sur cette grimace de demeurée. Il abdiqua.

— Il n'y a pas grand-chose à en dire.

— Ça ne fait rien. Raconte-moi ton histoire. Cette fois, essaie de ne pas te préoccuper de savoir d'où tu la sors.

— Il dirigeait un journal. Le *Town Topics*. Ainsi que l'a dit ton oncle, c'était un vieux monsieur d'apparence débonnaire qui se plaisait à distribuer du sucre aux chevaux. Mais sous ces dehors bonhommes se cachait le roi des salauds.

— Un maître chanteur, quoi !

— Il s'arrangeait pour acheter aux domestiques des anecdotes croustillantes sur leurs patrons. Lorsque les informations obtenues étaient suffisamment compromettantes, il prenait contact avec les intéressés et leur proposait un abonnement à vie à son canard... en échange de quelques milliers de dollars. La situation fut bientôt tellement intenable que les maîtres de maison en vinrent à s'arranger pour que de petites histoires, inventées de toutes pièces, parviennent aux oreilles de leurs domestiques. Si l'une d'entre elles se retrouvait dans le *Town,* le personnel était fichu à la porte séance tenante.

— Et Tilden fut trahi par l'un de ses domestiques ?

— Je crois que le mouchard fut Ansel Carling. Mais Mann n'hésitait pas à jouer double jeu. Cette année-là, en 1888, je dirais, Tilden et Margaret assistèrent aux championnats nationaux de base-ball. Il me semble que les Giants affontaient les Browns, de Saint Louis. Les quatre premiers matches se disputaient à New York. Quoi qu'il en soit, après le quatrième match, tout le monde put lire l'entrefilet suivant : *Mais quel est donc cet héritier d'une respectable société de Wall Street ayant perdu sa femme récemment dans des circonstances mal élucidées qui assistait aux championnats nationaux de base-ball en compagnie d'une ravissante créature de réputation douteuse, pour l'heure dans une situation intéressante ?* Il ne fallait pas être grand clerc pour savoir de qui il était question car, chaque fois qu'il pondait l'un de ces charmants rébus, le colonel Mann prenait soin de mentionner, dans la colonne voisine, le nom de la personne visée. Margaret lisait *Town Topics,* comme tout le monde à l'époque.

— Qu'arriva-t-il ensuite ?

— Ils essayèrent de se faire oublier. Ils étaient déjà installés au *Claremont,* à l'époque.

— Mais tu as dit qu'elle s'était sentie blessée, qu'elle avait peur. Avait-elle peur de Tilden ?

— Non. L'allusion à son passé de prostituée l'avait vivement atteinte. Surtout à cause de l'enfant qu'elle portait. Je la vois pleurer puis placer les mains de Tilden sur son ventre. Je le vois, lui, la prendre dans ses bras et lui promettre de s'occuper de Mann. Et c'est ça qui l'effrayait le plus. Je ne saurais dire s'il lui avait jamais

312

révélé qu'il avait tué Ella, mais elle craignait qu'il se soit mis en tête de régler son compte au colonel Mann. En fait, le moyen le plus simple de mettre fin à son chantage était encore de le payer. Aussi étrange que cela puisse paraître, une fois que sa victime lui avait versé la somme réclamée, Mann mettait un point d'honneur à ne jamais plus se servir de son nom. Non, le vrai problème, c'était Carling.

— J'imagine que Tilden a dû en découdre avec lui une seconde fois ?

Corbin secoua la tête et se tut quelques secondes.

— A partir de là, tout s'embrouille. Il me semble qu'il a été mêlé à toute une série de bagarres. Après celle du *Hoffman,* peut-être une quinzaine de jours plus tard. En tout cas, c'était après qu'il eut demandé à Margaret de lui donner cet enfant. Ça a dû être une entrevue tout à fait intime, car il ne m'en laisse rien voir...

— Eh !

Gwen le força à s'arrêter.

— Que veux-tu dire par « Il ne m'en laisse rien voir » ? A t'entendre, on dirait que Tilden est toujours parmi nous !

— Je pense qu'il est en moi.

Il affronta son regard.

— Mais tu ne crois tout de même pas qu'il est vivant ? Qu'il vit en toi en ce moment même ?

— Je ne sais pas. C'est ce que ton oncle a l'air de croire.

— Rectification, Jonathan. Oncle Harry croit, tout comme moi, que tu portes en toi... que tu as hérité d'un nombre exceptionnel de gènes de ton arrière-grand-père et, partant, de ses souvenirs. De là à croire qu'il est encore vivant, il y a une marge !

— Pourtant, tu m'as dit à plusieurs reprises qu'il m'était arrivé de devenir Tilden sous tes yeux...

— De devenir semblable à lui. Par le biais de ta mémoire génétique, et pas autrement.

— Bon.

— Mais que crois-tu, *toi* ?

— Écoute, trésor, je croirai n'importe quoi pourvu que ça m'aide à comprendre ce qui m'arrive. Mais, si ça peut te rassurer, en fait, non, je ne crois pas que Tilden soit vivant en moi.

Pointant le menton en direction de Maple Avenue, Jonathan incita Gwen à se remettre en marche.

« Comment m'en suis-je tiré ? » se demanda-t-il.

« Très bien ! » répondit-il.

12

Reprenant la main de son compagnon, Gwen se décida à rompre le silence méditatif qui s'était établi entre eux.

— Désolée de t'avoir chapitré, Jonathan. Je crois que mes nerfs commencent à craquer.

— Ce n'est pas grave, dit-il en s'efforçant de sourire.

— Où en étions-nous ?

— J'espérais que nous changerions de sujet.

— Tu disais que Tilden allait devoir affronter le colonel Mann, et peut-être Ansel Carling, mais qu'en attendant il avait été mêlé à d'autres échauffourées. Alors, qui d'autre a-t-il rossé ?

Corbin ne répondit pas tout de suite. Il s'était cabré.

— On ne peut pas gagner à tous les coups, lâcha-t-il enfin.

— *Bonsoir, monsieur...*

Gwen sentit la main de Jonathan broyer la sienne et se transformer en poing.

— *C'est que vous avez peut-être bien du feu, mon prince.*

Deux hommes. L'un vêtu d'un caban crasseux. L'autre, celui qui s'était adressé à lui, d'un manteau en peau de mouton.

Tilden venait d'émerger dans le halo dispensé par l'éclairage électrique du *Osborne* lorsqu'il s'entendit ainsi interpeller. Il hésita. N'eût-il été si tard, n'eût-il encore été baigné de la douceur de ces quelques heures passées avec Margaret, il aurait raffermi l'étreinte de sa main sur le pommeau de sa canne et passé son chemin avec un vague signe de tête. Les deux hommes n'en auraient pas espéré plus pour leur impertinence. N'eût été le souvenir des larmes de Margaret, de sa tendre sollicitude, il se serait certainement demandé pourquoi deux individus de leur acabit étaient venus s'égarer dans cette partie de la ville. Des gueux. Des Blancs qui avaient l'air d'arriver du quartier noir où pourtant aucun Blanc, hormis les policiers et les collecteurs d'impôts, ne s'aventurait jamais. Margaret ne lui eût-elle demandé, en réponse à sa prière, une semaine de réflexion, huit jours sans contact entre eux, condition qui pesait lourd sur son cœur, il ne se serait jamais arrêté, n'aurait jamais fouillé ses poches à la recherche d'allumettes qu'il n'avait même pas sur lui.

— C'en est un à cinquante *cents*.

L'homme au manteau en peau de mouton inspecta son cigare.

— Je me souviens d'une époque où une journée passée à manier la pelle ne me rapportait même pas de quoi me payer un cigare comme cet excellent havane.

Tilden leva machinalement la tête. Le poing vint percuter son ventre. Impossible de l'esquiver. Sa canne cingla l'air, comme par réflexe, mais manqua son but. L'homme au caban para le coup et riposta avec une sape de plomb qui envoya balader son chapeau et lui déchira le cuir chevelu. Il y eut une explosion de lumière blanche, puis il sentit ses genoux heurter durement le pavé. Aveuglé, il comprit qu'il était tombé.

« Protège-toi la tête ! Ramène tes genoux contre ta poitrine et tes bras sur ta tête ! »

Mais ses bras n'étaient plus que de la guimauve, refusaient de lui obéir.

« Alors, roule-toi en boule. N'offre pas de cible à leurs bottes. »

Hélas, son corps ne répondit pas davantage.

Une main l'attrapa par les cheveux. Puis une voix douce et calme lui parvint à travers le voile de lumière diffuse.

— Tu t'es conduit comme un vilain garnement, tu comprends ? Tu t'es encore battu.

Une paume vint s'écraser sur sa joue.

— Allez, avoue. D'après ce qu'on m'a dit, on ne peut plus prendre un verre tranquillement quelque part sans que tu débarques et que tu casses tout.

Carling.

Une nouvelle gifle lui fit valser la tête. Le choc se répercuta sous son crâne, dissipant partiellement le nuage éblouissant qui l'enveloppait.

« C'est ça, continue à me parler. »

— Les vilains garçons finissent toujours par être punis, tu ne le savais pas ?

Un troisième coup claqua, sur la même joue.

— Puis vient le tour des vilaines filles.

La main s'abaissa à nouveau. Doucement, cette fois. Les doigts lui caressèrent le visage.

— Et pour les punir, on les marque. On les marque de façon qu'il y ait toujours un miroir pour leur rappeler leurs vilaines manières.

Tilden sentit un pouce glisser sur sa joue et s'immobiliser au coin de son œil gauche. Ils allaient lui faire sauter les yeux et les rapporter à Ansel Carling. Maintenant. Maintenant ou jamais.

Un hurlement. La main s'écarta brusquement de son visage. L'homme à qui elle appartenait hurlait comme un dément. Une autre main, celle de l'homme au caban, agrippait toujours sauvagement sa chevelure, mais celle de l'arracheur d'yeux s'escrimait à présent sur les doigts de Tilden qui s'étaient resserrés sur ses parties génitales. Toujours sur les genoux, Tilden récupéra sa canne et, ayant rassemblé toutes ses forces, en planta sauvagement l'embout dans l'aisselle de l'homme au caban. Bramant à son tour, celui-ci se rejeta violemment en arrière, arrachant ce faisant au jeune homme une touffe de cheveux. Apparemment insensible à la douleur, Tilden décocha un nouveau coup. Cette fois, le pommeau d'argent rencontra l'oreille de l'homme au caban qui vacilla. Tilden tenta alors de frapper son deuxième agresseur, mais la canne manqua sa cible et atterrit sur une petite grille, où elle se cassa en deux. Avant qu'il n'ait pu songer à s'improviser, avec le bout acéré qui lui était resté dans la main, une arme plus dissuasive, l'homme au manteau de mouton, fou de rage, parvint à se libérer et, lesté de ses lourdes bottes, se mit à le bourrer de coups de pied.

— C'est une poivrière que je tiens à la main. Alors, en arrière, misérables !

La voix semblait très lointaine. Elle avait une résonance particulière, une tonalité chaude et mélodieuse. Il connaissait cette voix.

— Reculez bien gentiment, ou par Dieu tout-puissant je vous truffe de plomb.

Nat ! Nat Goodwin.

— Tilden, pouvez-vous tenir debout ?

Il fit signe que oui, mais lorsqu'il tenta de se relever ses jambes se dérobèrent sous lui. Une main le saisit par le bras et l'aida à se remettre sur ses pieds.

— Fais pas de bêtises avec ça, Nat, fit l'homme au manteau de mouton, on va en rester là pour aujourd'hui.

— Vous allez surtout rester où vous êtes.

Tilden vit les deux malandrins refluer vers les ténèbres. Celui au caban se tenait l'oreille. Son col était inondé de sang. Leurs regards semblaient magnétisés par les huit petits canons du pistolet de Nat Goodwin.

— On a rien contre toi, Nat. On faisait juste un petit boulot, c'est tout.

Les deux hommes continuèrent à reculer.

— Dépêchez-vous de rentrer, Tilden ! intima Goodwin en poussant son ami vers l'escalier.

Peut-être les deux gredins en avaient-ils leur compte pour la soirée. Mais il se pouvait aussi qu'ils soient munis de pistolets plus longs que la petite poivrière de Nat et qu'ils aient pris du champ pour ajuster leur tir. Nat Goodwin les tint en respect jusqu'à ce que les portes en verre s'ouvrent brusquement, livrant passage au gardien de nuit affolé qui se précipita pour soutenir Tilden. Goodwin entra dans l'immeuble à reculons, son pistolet toujours braqué sur les deux escarpes.

Il portait une robe de chambre qui lui tombait jusqu'aux pieds. En soie rouge, se souvint Corbin. Ornée d'un col de velours maculé de taches de fard.

Nat Goodwin, l'acteur.

— Merci, Nat, je vous dois une fière chandelle.

Tilden s'était effondré sur la banquette du hall.

— Remerciez plutôt M. Pebble, ici présent. En voyant ces deux-là vous colleter, il est venu me réveiller.

— Merci beaucoup, fit-il avec un petit signe de gratitude. Mais surtout pas un mot de tout cela à quiconque.

— Venez, mon ami.

Nat Goodwin l'aida à se relever.

— Voyons ce que je peux faire pour vous remettre en état.

— Nat, vous les connaissez, n'est-ce pas ? chuchota Tilden quand ils se furent éloignés du gardien de nuit.

— Ce n'étaient jamais que deux de ces voyous dont New York pullule.

— Qui sont-ils ?

Tilden se laissa enfourner dans l'ascenseur.

— Inutile d'appeler la police, Tilden, dit l'acteur. Le type que vous avez failli émasculer est à tu et à toi avec le capitaine Devery et Clubber Williams.

Goodwin poussa la porte de son appartement et le conduisit à la salle de bains, où il l'installa devant une imposante coiffeuse.

— Williams ? répéta Tilden tandis que Goodwin épongeait le sang coulant de sa blessure. Mais c'est Carling qui m'a envoyé ces deux gaillards. Pourquoi Williams aurait-il trempé dans cette histoire ?

— Je ne sais pas. Mais Carling travaille pour Jay Gould, tout comme Williams, quand on a besoin de ses services. Vous êtes certain que c'est Carling qui a manigancé cette agression ?

— L'homme en question me l'a fait comprendre.

Tilden grimaça au contact d'un tampon de chloroforme sur son estafilade.

— Nat, il avait l'intention de m'arracher les yeux.

Goodwin fronça les sourcils.

— Ce n'est pas le style de Clubber. Il veut certes qu'on le craigne, mais non qu'on l'abomine. A mon avis, Williams n'est pas dans le coup. En revanche, c'est peut-être lui qui a recommandé vos agresseurs à votre ennemi.

— Je saurai le nom de cet homme, Nat !

— Mais ils sont des milliers de son espèce, dans cette ville !

Goodwin ouvrit en grand les robinets de sa baignoire et reprit :

— Comme il l'a dit lui-même, il ne s'agissait pour lui que d'un petit travail. Pourquoi courir après le menu fretin quand vous savez qui agit dans l'ombre ?

— Parce qu'il m'a laissé entendre qu'on l'avait également payé pour faire du mal à Margaret. « Les vilaines petites filles, on les marque », a-t-il même eu la délicatesse de me préciser.

Nat Goodwin se mordit la lèvre.

— Et que ferez-vous une fois que vous saurez qui est cet homme ? Vous irez l'affronter seul ? Si c'est là votre plan, ne comptez pas sur moi pour vous livrer son nom.

— John Flood me prêtera peut-être main forte.

Goodwin poussa un profond soupir.

— Ainsi peut-être qu'un ami détenteur d'une poivrière.

Poivrière... Le grand John Flood.

Tilden passa à l'action dès le lendemain. Corbin pensait qu'il aurait dû attendre que ses blessures aient cicatrisé. Il revoyait les gants que John Flood avait apportés à son ami. Des gants de cuir pelucheux, sans doigts, dans les paumes desquels avaient été cousues des petites poches destinées à recevoir du sable ou du gravier. Des bandes de toile rigide y avaient également été piquées, au niveau des articulations.

— T'es-tu occupé de Margaret ? lui demanda Tilden.

— Te fais donc pas de souci pour elle, répondit Flood. C'est toi qui risques d'avoir des ennuis si tu ne gardes pas la tête froide.

Le saloon appartenait à un certain Billy O'Gorman, et l'homme à qui Tilden se proposait de demander des comptes était O'Gorman lui-même. Goodwin passa en premier les portes battantes et alla prendre place à un bout du comptoir, afin de pouvoir tenir à l'œil les deux serveurs. Le nez dans son mouchoir, John Flood fit son entrée juste derrière Tilden et se choisit discrètement un tabouret à côté d'une table de billard autour de laquelle s'activaient deux rudes gaillards, visiblement passionnés par leurs neuf billes.

« Restons calme, mon vieux ! s'exhorta-t-il. Ça les déconcerte toujours. »

Tilden s'avança jusqu'au comptoir. Arrivé là, il se retourna et passa en revue la vingtaine de clients répartis autour d'une demi-douzaine de tables. Des durs de durs pour certains, de véritables têtes de faux jetons pour d'autres. Puis il fit un pas vers la table la plus proche, qu'il éloigna du comptoir. Les chaises suivirent, dont l'une avec son occupant. Les deux serveurs échangèrent un regard. Le plus musclé amorça un mouvement en direction de sa tire-bonde. Nat Goodwin posa la main sur la crosse de son pistolet. Tilden priva ensuite deux clients de leur table, suscitant en eux plus de curiosité que d'animosité. Ils remarquèrent ses mains démesurées dans leurs gants de laine tricotée. Il ne serait pas le premier à pousser la chansonnette ou à faire un numéro de claquettes en échange d'une bonne bière et d'un sandwich. Ou encore à lancer un défi à l'homme le plus fort de la salle avant de faire passer son chapeau entre les tables. Plutôt le rayon de cet homme, à en juger par l'aspect de son nez. D'un autre côté, il était nippé en rupin. A une table plus éloignée, un homme affublé d'un bandage sur l'oreille allongea le bras et empoigna une queue de billard dans le râtelier mural.

— Qu'y a-t-il pour votre service, monsieur ? interrogea le barman musclé.

— Dites à M. Billy O'Gorman que M. Beckwith désire le voir.

Le barman, Joe McArdle, embrassa d'un geste l'espace dégagé par Tilden.

— Vous vous proposez de rencontrer M. O'Gorman ? Vous ne doutez apparemment de rien.

Tilden pointa son index vers le miroir et l'alignement de bouteilles derrière McArdle.

— Je vous demande une dernière fois de m'annoncer, après quoi je me verrai dans l'obligation de balancer une chaise dans tout ceci.

Le barman haussa les épaules puis leva les mains, exhibant un maillet à long manche.

— J'imagine que vous devez détenir de solides atouts. Voici le mien. Cela vous ennuierait-il de me montrer quelques-uns des vôtres avant que j'aille déranger M. O'Gorman dans sa partie de poker ?

— Par ici !

Ces mots étaient sortis de la bouche de John Flood. Tous les yeux, sauf ceux de Tilden, se portèrent vers le champion qui descendit de son tabouret et se dirigea vers l'homme à l'oreille bandée. Celui-ci avait l'air de savoir à quoi s'en tenir, car il repoussa sa chaise et attendit, sa queue de billard prête à frapper. Sans même rompre la cadence de ses enjambées, Flood feinta d'une épaule et esquiva aisément la canne effilée qui siffla à son oreille. Une droite lourde comme une masse s'abattit au-dessous du bandage de l'homme, et un craquement mou indiqua que le malheureux s'était fait déboîter le maxillaire. De sa main gauche, Flood agrippa la chemise du gaillard, qu'il déposa, inconscient, sur sa chaise.

Joe McArdle resta imperturbable mais y alla néanmoins d'un hochement de tête entendu.

— Votre nom ne serait pas John Flood, par hasard ?

— Pour vous servir, répondit le boxeur en faisant une large révérence.

— En d'autres circonstances, j'aurais été ravi de vous serrer la main. Puis-je vous demander s'il est dans vos intentions de vous mettre à deux contre M. Billy ?

— C'est M. Beckwith qui mène la danse. Je ne suis ici que pour veiller à ce que tout se passe dans les règles.

Les deux hommes qui jouaient au billard interrompirent leur partie et prirent appui sur le rebord de leur table. McArdle étudia leurs visages qui lui paraissaient également familiers.

— Dans les règles, dites-vous. J'ai votre parole ?

— Vous l'avez ! repartit Flood.

McArdle s'adressa à l'autre barman :

— Va dire à M. O'Gorman qu'il y a là un gentleman qui désire lui lancer un défi. Tu pourras ajouter qu'à mon avis il devrait en avoir fini avant la prochaine donne.

L'homme au tablier blanc se dirigea rapidement vers une porte, au fond de la salle, frappa deux fois et entra. Il ne reparut qu'une minute plus tard et marmonna d'une voix nerveuse que M. O'Gorman serait là dans un instant. Il loucha vers Tilden puis vers les portes donnant sus la rue.

— Tenez-vous prêt, Tilden, murmura Nat Goodwin. O'Gorman va tenter de vous prendre à revers.

A peine avait-il prononcé ces mots que l'acteur sentit un courant d'air lui chatouiller la joue. Il se tourna, presque avec désinvolture, bras droit tendu, et sa poivrière se retrouva braquée sur le visage éberlué de Billy O'Gorman. O'Gorman était arrivé en position de course, une batte de base-ball à la main. Son effet de surprise désamorcé, il se redressa et cracha sur le sol.

— J'en ai soupé d'avoir cet engin sous le nez, Goodwin. La prochaine fois, je te le ferai avaler.

— Laisse tomber ton gourdin, Billy !

O'Gorman abaissa sa batte mais ne la lâcha pas.

— Je ne pense pas que tu aies envie de finir tes jours à

Sing Sing pour avoir descendu un homme armé d'un malheureux bâton.

— Tâche de ne pas oublier que je ne t'ai pas particulièrement à la bonne, Billy.

— Tu remballeras ton joujou si je laisse tomber mon bâton ? Même si ça tourne mal pour ton copain ?

— A condition que je ne voie apparaître ni pistolets ni couteaux.

— J'ai ta parole ?

— Nous avons déjà réglé cette question.

— Alors adjugé ! hurla O'Gorman.

Il catapulta la batte aux pieds de Tilden et chargea. Le jeune homme se gara d'un bond. Toujours en pleine course, O'Gorman projeta sa jambe sur le côté et son bras en arrière. Le coup de pied rebondit sur la hanche de Tilden, à quelques centimètres seulement de ses parties génitales. Le poing alla s'écraser sur sa tempe. Avec une pirouette, les deux mains levées, Tilden se jeta sur son adversaire et lui martela la mâchoire de trois directs fulgurants, lui ébréchant plusieurs dents et l'envoyant valser contre le comptoir.

O'Gorman secoua la tête. Il porta une main à sa bouche et cracha du sang et des débris de dents. Puis il reporta son attention sur les mains de Tilden.

— Qu'est-ce que vous avez là ?

Sans un mot, Tilden s'avança vers lui.

— Il a des gants lestés ! fulmina O'Gorman en lançant un regard accusateur sur Goodwin.

Rasant le comptoir, il amorça un mouvement de repli.

— Je croyais que ça devait être un combat régulier !

Coupant sa retraite, Tilden fondit sur lui, feignit de

325

décocher un nouveau direct et lui administra une droite meurtrière dans les côtes. L'homme s'étrangla et se plia en deux. D'une pichenette, Tilden le redressa et lui assena deux directs dans l'œil, lui fendant du même coup l'arcade sourcilière. O'Gorman tomba sur les genoux. Sa main rencontra le rebord d'un crachoir en laiton mais, du pied, Tilden envoya valdinguer l'objet avant que son adversaire n'ait pu s'y assurer une prise. Puis le jeune homme attrapa le patron du saloon par les cheveux, lui infligeant le même traitement qu'il avait subi la veille, tout en lâchant une pluie de gauches sur son œil encore intact.

— A l'aide ! bêla O'Gorman en s'affalant sur le sol. Cinquante dollars à tous ceux qui l'arrêteront...

Trois hommes échangèrent un regard, mesurèrent rapidement John Flood et se ruèrent sur les queues de billard. A une autre table, quatre hommes se levèrent, l'un d'entre eux enfilait déjà une paire de coups-de-poing cloutés. Les deux immenses joueurs de billard sourirent.

— Afin que les choses soient claires pour tout le monde, intervint Nat Goodwin de sa voix la plus théâtrale, ces deux messieurs là-bas, près de la table de billard, sont Paddy Ryan et Alf Greenfield. Avec John Flood, ici présent, vous avez devant vous trois des meilleurs boxeurs poids lourds du monde ! D'un autre côté, on ne crache pas sur cinquante dollars. Alors, ne vous gênez surtout pas pour moi !

A la grande satisfaction de Goodwin, et au grand dépit des trois boxeurs, les mains s'enfoncèrent les unes après les autres au plus profond de leurs poches. Tilden empoigna à nouveau la tignasse d'O'Gorman, qu'il retourna comme une crêpe. Puis il s'assit à califourchon sur la poitrine du patron de saloon, lui bloquant les bras avec ses jambes.

— J'en peux plus, arrêtez, pour l'amour du ciel ! supplia O'Gorman.

Tilden se dépouilla de ses gants de laine et les déposa à côté de lui. Enfin, il plaça ses pouces sous les orbites d'O'Gorman et, se penchant, intensifia sa pression.

— Oh mon Dieu ! Pas ça, monsieur Beckwith ! brailla l'homme au-dessous de lui.

— Je n'ai rien contre vous, murmura Tilden, mais votre employeur réclame une paire d'yeux, et j'entends bien la lui apporter.

— Pitié ! J'ai une mère et des enfants !

— On vous a également payé pour faire du mal à une femme. Que comptiez-vous donc lui faire, monsieur O'Gorman ? Lui arracher un de ses jolis yeux, c'est ça ? Ou lui couper le bout du nez ?

— Jamais j'aurais fait ça, je vous supplie de me croire.

L'homme pleurait à présent comme un veau.

— Jocko pourra vous le dire. C'est à lui que vous avez amoché une oreille hier soir. Il vous le dira, lui, que j'ai refusé, que j'aurais jamais levé la main sur une femme, même pour tous ses millions.

— Ses millions ?

Tilden échangea un bref regard avec Nat Goodwin.

— Les millions de qui ?

— De M. Gould. Même pour toute sa fortune, je l'aurais pas fait.

— Qui a loué vos services ? M. Gould lui-même ?

— Non. Son homme de confiance. Il s'appelle Carling. Il m'a dit qu'il venait de la part de Gould et de Clubber Williams.

Tilden accentua sa pression.

— Non, non !

— Vous voulez garder vos yeux, monsieur O'Gorman ?

— Oui, monsieur Beckwith.

— Alors, faites passer ce message à tous ceux de votre espèce. A partir d'aujourd'hui, vous devez protection à la dame. Si le moindre mal ou la moindre frayeur devait lui être faite, que vous soyez responsable ou non, je viendrai vous demander des comptes. En doutez-vous, monsieur O'Gorman ?

— Non, coassa-t-il. Ce sera comme vous l'avez dit, je le jure.

Tilden sentit la main de John Flood se poser sur son épaule.

— Ça suffit comme ça, mon gars, allons prendre l'air.

Il aida Tilden à se remettre sur ses jambes à présent flageolantes et, faisant signe à Goodwin de couvrir leur sortie, entraîna son ami vers les portes battantes. Derrière eux, McArdle sauta par-dessus le comptoir pour aider son patron à se relever. Puis il lui passa sur le visage la serviette imbibée d'eau que son collègue lui avait tendue.

— Beckwith ! appela le vaincu.

Le patron du saloon clignait frénétiquement des yeux pour voir, à travers le sang qui lui dégoulinait du front, Tilden et tous ceux qui avaient assisté à sa défaite.

— Je veux qu'on remette ça. Sans vos foutus gants.

— Vous avez mon adresse, répondit Tilden d'une voix lasse.

— Je vous aurais pris un œil, c'est vrai, mais je vous

328

aurais laissé l'autre. Et je vous ai dit vrai pour la femme.

Tilden fit un pas de plus en direction des portes, mais John Flood l'arrêta.

— Ne fais pas ça, mon gars. Écoute-le jusqu'au bout.

— Beckwith !

Bien que pouvant à peine distinguer son antagoniste, O'Gorman se mit en position de combat. Il brailla :

— Je vous attends, maintenant !

— Dis-lui que tu as ton compte, souffla John Flood. Dis-lui qu'il est l'homme le plus coriace que tu as jamais affronté. Dis-le-lui bien fort, fiston !

Tilden soupira.

— Deux fois me suffisent amplement, monsieur O'Gorman. Je pourrais avoir moins de chance la troisième.

— Si vous aviez menacé de me faire sauter un seul œil, au lieu des deux, je vous aurais craché à la figure. Je vous aurais dit : Prenez-le et allez au diable.

— Je sais, Billy. Mais les deux yeux, ça fait une sacrée différence ! Un homme qui perd ses yeux pour n'avoir pas voulu demander à les garder est un imbécile.

— Ça c'est sûr ! renchérit Paddy Ryan.

O'Gorman avisa plusieurs hochements de tête approbateurs.

— Si je n'étais pas tombé...

— Je vous ai dit que j'avais eu de la chance...

— Je suis pas un enfant de chœur, mais je suis pas un salaud non plus.

— Salaud ou pas, je n'aimerais pas avoir affaire à un homme plus coriace que vous. Bonsoir, monsieur.

Gravissant avec Gwen l'étroit passage déneigé, les yeux obstinément fixés sur le trottoir de Maple Avenue, Corbin pouvait presque entendre la voix de John Flood.

— J'ai pilé des centaines d'hommes dans ma vie, disait-elle. Dans des camps de mineurs, dans des saloons de bleds perdus, sur les rings londoniens. J'ai fait mordre la poussière à certains qui sont aussitôt devenus mes amis. Il en est d'autres que j'ai pris plaisir à battre comme plâtre. Mais j'ai jamais dépouillé un homme de sa fierté, Tilden. J'ai jamais humilié personne. O'Gorman est une ordure, mais tu lui as laissé la possibilité de sauver la face. Carling est également une ordure, mais tu lui as rien laissé, sauf une inextinguible soif de vengeance.

— Je sais.

— Ce sera lui ou toi. Ou Margaret, au besoin.

— Tu es certain qu'elle est en sécurité ?

— Goss et Chandler ont monté la garde toute la journée devant chez elle, dans un fourgon à bestiaux. Ils l'ont vue apparaître à sa fenêtre à plusieurs reprises. Et Nat s'est arrangé pour que deux détectives de l'agence Pinkerton prennent la relève jusqu'à ce que tout danger soit écarté.

— Elle sera toujours en danger. Du moins tant que Carling ne sera pas six pieds sous terre.

— Te mêle pas de ça, fiston. New York est bourré de gars prêts à se charger de cette besogne pour ce qu'ils trouveront dans ses poches. T'as pas l'étoffe qu'il faut, Tilden.

Tilden prit la mouche.

330

— Comment oses-tu dire cela, toi qui m'as vu sur le point d'arracher ses deux yeux à un homme ?

— Tu l'aurais pas fait.

— Qu'en sais-tu ?

Le géant passa son bras autour des épaules de son ami.

— T'es très adroit de tes poings. T'es pas le genre d'homme à plier l'échine. Mais ce genre de boulot n'est pas dans tes cordes. Quant à O'Gorman, ne va surtout pas t'imaginer, parce que tu l'as flanqué par terre, que t'en aurais fait ton affaire. Sans Goodwin derrière toi, et sans mes hommes prêts à tout démolir dans la baraque, tu serais dans un sac à pommes de terre à l'heure qu'il est.

— Ta confiance m'honore ! maugréa Tilden en essayant de se dégager.

— Pour le moment, t'es plein de haine, d'accord. Mais tu sais pas ruser, mon gars. Dans la vie, tu affrontes toujours tout de face. C'est bon sur un ring, devant un arbitre, mais de l'autre côté des cordes, ça te jouera des tours, Tilden. Un de ces jours, tu prendras un mauvais coup.

Plus haut, derrière une haie de genévriers ployant sous la neige, Corbin découvrit sa maison. Un instant auparavant, il croyait fouler le trottoir de la Sixième Avenue. Mais à présent, tout se diluait dans l'immarcescible blancheur du paysage. Visages et noms s'estompaient... certains plus rapidement que d'autres. Nat Goodwin. Corbin savait que Goodwin était acteur, qu'il avait les cheveux roux, et que son amitié avait beaucoup compté pour Tilden. Mais rien d'autre ne lui revenait. Le faciès irlandais de John Flood était plus distinct, le visage d'Ansel Carling un souvenir plus vivace encore. Il le revit tel qu'il l'avait laissé au *Hoffman*. Salement amoché. Plus encore que celui de... de qui ? Un autre homme, dans un autre bar... Une autre bagarre. Tout s'en allait si vite.

Il essaya de se remémorer la suite de l'épisode Carling. Carling avait tenté de prendre sa revanche. De faire mutiler Tilden et Margaret. Tilden s'était certainement mis à sa recherche. Mais, lorsque Corbin essayait de se représenter leur deuxième confrontation rien ne voulait venir. Peut-être ne lui avait-il jamais remis la main dessus.

« Cherche mieux, Jonathan ! Essaie ça : il va au *Navarro* et frappe à la porte de Carling. Ou alors, il guette son homme à la faveur de la nuit. Non, ce n'était pas son style. Bon, dans ce cas, que s'est-il passé ? Essaie de regarder sur le côté, du coin de l'œil... Là, oui. On dirait qu'il y a un homme, là-bas. »

Corbin dut à plusieurs rerpises cligner des yeux pour empêcher l'image de s'évanouir.

Un homme en noir. Gros — pas Carling — qui occupait un bureau en étage. Très haut.

« Tu vois ? Laisse faire. Ça va venir. Peut être Sturdevant est-il dans le vrai. Peut être n'y a-t-il qu'une infime différence entre ces rêveries et la mémoire ancestrale. Bon, pose le décor. Un bureau. Aux murs, des tableaux, peuplés de poteaux télégraphiques. La Western Union. Le vieil immeuble de la Western Union. Et le gros type en noir te montre la porte, te somme de t'en aller, te menace de te faire jeter dehors. »

Albert Hacker.

L'homme qui, au *Hoffman,* avait attaqué Tilden par derrière, avec sa canne.

332

Et voici que Tilden s'avance vers Hacker, dont le visage se décompose à vue d'œil, le saisit par le col et l'accule à une fenêtre grande ouverte. Le gros homme fouette pitoyablement l'air de ses bras pour tenter de se défendre, mais Tilden n'a aucun mal à le faire pivoter et à le contraindre à se pencher jusqu'à la taille par la fenêtre du sixième étage. Hacker hurle quelque chose. Il est question du New Jersey.

— Cela ira comme ça, monsieur Beckwith !

Un petit homme au visage mélancolique a fait irruption dans la pièce. Il porte une longue barbe noire.

— C'est Ansel Carling que je veux ! tonne Tilden en maintenant le gros homme terrifié dans sa fâcheuse posture. Où est-il ?

— En sécurité, monsieur Beckwith, dans le New Jersey. Comme vous et une vingtaine de passants venez de l'apprendre.

— A l'hôtel *Taylor,* je présume ?

L'hôtel *Taylor.* Corbin savait ce qu'était cet endroit. Bâti en bordure de fleuve, à Jersey City. Moins un hôtel qu'une place forte, défendue par douze hommes armés jusqu'aux dents et deux pièces de six contre les hordes de petits épargnants désireux de se venger de cet homme au visage de poète désenchanté qui les avait plumés.

— Un lieu de villégiature judicieusement choisi, tout bien considéré.

Deux hommes coiffés de chapeaux melons et munis de fusils à répétition avaient fait leur apparition. Ils encadraient le président de la Western Union Company. L'homme qui, grâce à Ella, avait ruiné Cyrus Field. Tilden se désintéressa de Hacker.

— Vous ne pourrez le protéger éternellement,

monsieur Gould. Et je vous fais le serment qu'à moins que vos sbires ne me logent une balle dans la tête ou n'essayent cette fois de m'arracher les deux yeux, je le retrouverai un jour ou l'autre.

Le barbu tiqua.

— Suis-je censé comprendre l'allusion à vos yeux ?

— A mon avis, sans le moindre mal.

Tilden fit un pas en avant.

— Et afin de vous rafraîchir la mémoire, je vais vous répéter ce que j'ai dit à votre homme de main, Billy O'Gorman. Si le moindre mal devait être fait à une certaine femme dans le seul but de m'atteindre...

D'un geste de sa main étique, Jay Gould interrompit cette tirade. Son visage trahissait la plus grande perplexité.

— Monsieur Hacker ! appela-t-il à voix basse. J'aimerais vous dire deux mots.

Luisant de sueur, Hacker avait déjà commencé à s'éloigner en catimini de Tilden. Seuls les meubles qui entravaient son chemin l'empêchèrent de rejoindre son patron en courant.

Tilden attendit, les bras croisés, que les deux hommes en aient fini de leur conciliabule. Comme toujours, il était impossible de déduire quoi que ce soit de l'expression désabusée de Jay Gould. Il était en revanche clair qu'Albert Hacker s'efforçait de se justifier, de nier toute responsabilité dans cette affaire, de clamer son innocence sur tous les tons. Gould finit par interrompre sa litanie :

— Allez m'attendre dans mon bureau.

Lorsque Hacker, secouant toujours furieusement la tête, un index incrédule pointé sur sa poitrine, fit mine d'hésiter, Gould loucha vers le garde le plus proche. Ce dernier posa aussitôt une main ferme sur l'épaule du gros homme qui décampa illico, empruntant la porte par laquelle Gould était entré.

Gould regarda Tilden droit dans les yeux.

— Me ferez-vous la grâce de me croire, si je vous donne ma parole que j'ignorais qu'on eût usé de violence contre vous ?

— Évidemment, grogna Tilden. Pourquoi vous acharneriez-vous sur le corps d'un homme quand il vous est si facile de lui briser le cœur, comme vous avez brisé celui de Cyrus Field, entre autres ?

— Une simple réponse par l'affirmative aurait suffi, cher monsieur.

— Si vous dites vrai, livrez-moi Carling !

Gould balaya cette suggestion d'un geste impérieux.

— Je vais lui donner l'occasion d'employer son énergie à de meilleures fins. Il ne vous importunera plus.

— Et vous croyez que je vais me contenter de cela ?

— M. Hacker m'a informé que les désirs de vengeance de M. Carling avaient également mis en danger une personne qui vous est chère. Vous serez, je pense, satisfait d'apprendre que cette personne n'aura désormais plus rien à craindre. J'ose espérer que de ce fait vous serez prêt à voir nos relations reprendre un cours plus fructueux.

Tilden en resta bouche bée. Il avait devant lui un homme tellement obnubilé par l'argent qu'il ne concevait même pas que son interlocuteur puisse s'appesantir sur les menaces dont Margaret Barrie avait fait l'objet. Un homme qui, après avoir au mieux fermé les yeux sur les agissements de son homme de confiance et au pire lui-même conçu le projet de faire séduire Ella pour mettre la main sur les dossiers de Field, semblait à présent dire : « Tirons un trait sur le passé, ne le laissons pas se dresser sur notre chemin s'il y a un dollar à ramasser. »

Tilden ne put que secouer la tête, perplexe.

— Le policier, dit-il enfin. Williams, c'est vous qui me l'avez envoyé ?

— Disons que je l'ai orienté vers certains champs d'investigation.

Tilden sentit ses mâchoires se contracter.

— Dans quel but ?

— Afin de vérifier si l'un de mes collaborateurs ne risquait pas de se retrouver impliqué dans un scandale. Voilà toute l'histoire.

— Et afin de me faire part de vos intentions amicales ?

Jay Gould se laissa presque aller à sourire.

— Je lui avais demandé de vous présenter mes condoléances. Et de vous faire comprendre, comme j'espère qu'il n'a pas manqué de le faire, qu'il n'y aurait pas de supplément d'enquête sur la mort tragique de votre femme à moins...

— A moins...

— Je suggère que nous considérions également ce chapitre comme clos.

— A moins que quoi ? insista Tilden en s'avançant vers le petit homme.

L'un des gardes du corps effleura de son pouce le chien de sa Winchester.

— Je parlais tout à l'heure de donner à M. Carling l'occasion d'employer son énergie à de meilleures fins, mais peut-être n'avez-vous récemment pas dépensé la vôtre avec discernement. Je ne m'attends pas à ce que vous teniez compte de mes conseils en ce qui concerne votre vie privée, mais je ne désespère pas de vous convaincre que vos efforts relatifs au cas de M. Field sont tout à fait malvenus.

— Seigneur Dieu !

Gould ferma les yeux.

— Ne vous butez pas par avance, mon cher. Ayez la bonté de m'écouter jusqu'au bout.

— Seigneur Dieu, n'en aurez-vous donc jamais fini avec ce pauvre homme ? Que voulez-vous lui faire de plus ?

— Ce pauvre homme, comme vous dites, m'a trahi. Ou a essayé de le faire.

— Trahi ! s'indigna Tilden, un instant tenté de reprendre Gould sur le terme.

Mais il savait que ce serait peine perdue. Il se modéra :

— En tout cas, cet homme est anéanti. Quels que soient ses projets, ou les miens, pour redonner à sa famille une place décente dans la société, je puis vous assurer qu'ils ne constituent en aucun cas une menace pour vous.

— Il demeure un mauvais exemple pour les autres, monsieur Beckwith.

— Allez au diable, monsieur Gould !

Quinze jours passèrent avant qu'il ne se décide à renvoyer les détectives de l'agence Pinkerton qui montaient la garde devant l'immeuble en grès brun de Margaret. Ce fut à cette époque que la jeune femme accepta sa proposition. Elle lui donnerait un enfant, s'il lui était permis d'en avoir un, et demeurerait sa compagne tant qu'il le désirerait. Mais si leur histoire devait prendre fin, si Tilden devait un jour se choisir pour épouse une femme plus digne de son rang, il était bien entendu qu'elle ne renoncerait pas à l'enfant, telle une vache ayant rempli sa fonction génitrice. Tilden, horrifié qu'elle ait pu nourrir de telles pensées, attrapa sur le bureau une feuille de papier écolier et s'attela sur-le-champ à lui rédiger une promesse d'amour éternel, promesse doublée d'un engagement sur l'honneur à lui assurer toute sa vie, ainsi qu'à tout enfant qui naîtrait de leur union, soutien moral et financier. Ce même vendredi, Tilden et Margaret se rendirent à l'auberge *Claremont,* où ils s'inscrivirent sous le nom de M. et Mme Whitney.

Ce fut là que l'enfant fut conçu.

A partir du milieu de l'été, Tilden s'arrangea pour passer tous ses week-ends et parfois même quelques jours en semaine avec Margaret. John Flood vint les rejoindre un samedi d'août pour les accompagner aux Polo Grounds. Flood avait juré ses grands dieux que les ecchymoses avec lesquelles Tilden s'était présenté à Margaret quelques mois auparavant résultaient d'un chahut amical entre son ami et lui, et non d'un nouvel affrontement avec Carling et sa clique. Margaret s'était montrée plus que sceptique mais, à présent, tout paraissait oublié. C'était une belle journée d'été. Une journée idéale pour le base-ball. Bien que John Flood ne partageât point la passion de Tilden pour ce sport, ce samedi était pour lui à marquer d'une pierre blanche. En effet, il était prévu au programme que John L. Sullivan lui-même, de retour d'Europe, se produirait dans une exhibition de lancer avant le match opposant les Giants à l'équipe de Providence.

Margaret, installée dans leur voiture et observant le spectacle à travers ses jumelles de théâtre, ne parvenait pas à croire que l'homme qu'elle voyait là était le grand John L. Sullivan en personne. Bien que de deux ans seulement l'aîné de Tilden, il faisait facilement la quarantaine avec son visage flasque et bouffi et l'excédent de graisse qui s'épanchait allégrement par-dessus sa ceinture. La foule avait également remarqué sa piètre condition physique, car son entrée sur le terrain avait été accueillie par plus de murmures que de vivats.

— C'est la bouteille, commenta mélancoliquement John Flood. Trop de bars, trop de tournées avec ceux qui veulent boire à sa santé.

Sullivan se tira honorablement de ses lancers, et la foule, oubliant sa surprise initiale, l'applaudit bientôt à tout rompre. Pourtant, John Flood ne se départit pas de son air morose. Alors que le match-exhibition tirait à sa fin, le boxeur s'excusa et s'avança vers le stand des Giants. Un policier tenta de lui en refuser l'accès, mais plusieurs personnes dans les gradins le reconnurent et se mirent à scander son nom. John Sullivan avait déjà pris son élan quand la rumeur lui parvint. Il s'immobilisa avec une pirouette, passa en revue les visages des spectateurs qui se tenaient derrière la ligne de jeu et découvrit enfin John Flood, en direction de qui il s'inclina.

— Je ne savais pas qu'ils étaient amis ! s'exclama Margaret d'une voix tout excitée.

— Oh si. John raconte toujours qu'après leur fameux match Sullivan et lui se payèrent une bringue à tout casser dans les bars et clubs new-yorkais avant de remettre ça à Philadelphie et à Chicago.

Margaret reporta son attention sur le terrain, où la rencontre amicale s'acheva sur un retour de batte infructueux. Sullivan salua puis, avant même que les acclamations ne se soient atténuées, s'avança à grandes enjambées vers John Flood qu'il gratifia de toute une série de bourrades amicales.

— Mon Dieu ! s'écria la jeune femme. Mais John Flood le dépasse d'une tête. Comment M. Sullivan a-t-il pu le battre ?

— Il a tout dans les mains. Elles sont rapides comme l'éclair, et il cogne plus dur que n'importe qui.

— Oh, regarde !

Elle avait repris ses jumelles.

— On dirait qu'ils se querellent, à présent.

John Flood avait passé un bras autour des épaules de son ami qu'il entraînait maintenant vers leur voiture. A en juger par sa mine, le champion était passablement irrité.

— Je gage que John Flood est en train de lui faire un sermon sur les méfaits du rhum. Bien qu'à mon avis, dans son cas, il conviendrait mieux de stigmatiser les effets néfastes du champagne.

— John Flood ne boit donc jamais ?

— Il y a déjà quatre ans qu'il a fait le serment de ne plus toucher une goutte d'alcool. Et il affirme à qui veut l'entendre que c'est le whisky, plus que les poings de Sullivan, qui lui a coûté le titre de champion poids lourd. Il craint à présent que Sullivan ne le perde pour les mêmes raisons. Il doit bientôt affronter Jake Kilrain, un dur à cuire, qui prend son entraînement très au sérieux.

— Oh !

Margaret vérifia, d'une main, l'ordonnance de sa coiffure.

— Ils viennent vers nous...

340

L'air réprobateur de John Flood et la mine renfrognée de Sullivan se firent brusquement, comme en réponse à un signal, sourires chaleureux alors que les deux hommes s'approchaient du landau de location de Tilden. Sullivan ôta sa casquette devant Margaret et tendit la main à Tilden.

— Ah, jeune Beckwith, vous m'avez l'air en pleine forme. Et, croyez-moi, je suis devenu expert en la matière depuis quelques secondes...

John Flood se racla la gorge.

— Je te présente Mme Charlotte Whitney, dit-il, épargnant ainsi à Tilden l'embarras de mentir à une vieille connaissance.

— Votre plus admiratif serviteur, madame.

Il s'inclina.

— Oserais-je vous dire que vous êtes la plus belle fleur que j'ai vue de tout l'été ?

Un large sourire éclaira le visage de la jeune femme.

— Tous les pugilistes sont-ils aussi galants que vous, monsieur Sullivan ?

— Seulement les champions, madame. Pourtant, certains restent toute leur vie d'infâmes raseurs, enchaîna-t-il en lançant un coup de coude dans le ventre de John Flood. Et votre père, Tilden, j'espère qu'il se porte bien ?

— Il s'est retiré à Charleston et m'affirme dans ses lettres que l'air de la mer lui fait le plus grand bien. Mais rien ne le remonterait davantage que la nouvelle de votre victoire sur Jake Kilrain.

— Dans ce cas, je me ferai un devoir de le battre.

— Nous ferez-vous le plaisir de pique-niquer avec nous, monsieur Sullivan ? l'invita Margaret. Il y aura du poulet froid, du jus d'orange et de délicieuses pêches au sirop.

John Flood toussota.

— On ne saurait rêver déjeuner plus alléchant, madame. Mais je suis attendu par des amis qui ne me regarderont pas de travers chaque fois que j'avalerai une bouchée. Une autre fois, peut-être...

Quelques jours plus tard, en ouvrant le *New York World* à la page sportive, Tilden tomba sur un article relatant avec une étrange précision cette entrevue avec le champion. Il y était même question de délicieuses pêches au sirop qu'il aurait refusé de partager, ayant promis à un ami de surveiller sa ligne, et de sa détermination à vaincre Jake Kilrain, un homme qui prenait son entraînement très au sérieux. L'article ne portait pas de signature, mais il revint à l'esprit de Tilden que Margaret avait, pendant une courte période, travaillé au *World*.

— Serait-il possible, ma chère Margaret, lui demanda-t-il au cours du dîner au *Claremont,* que je connaisse l'auteur de ce reportage ?

— Je n'en ai aucune idée, mon cher Tilden, répliqua-t-elle de son air le plus innocent. Ne trouves-tu pas que ma silhouette commence à ressembler à celle d'un crapaud ?

— Inutile, madame, d'essayer de détourner la conversation.

Il s'efforça de prendre un ton ferme.

— Ou de me faire dire que vous êtes encore plus jolie dans votre état. Et ne comptez pas davantage m'attendrir en m'invitant à sentir les mouvements de l'enfant au beau milieu de cette salle de restaurant. Êtes-vous, oui ou non, l'auteur de cet article ?

342

— Je ne pensais pas que tu m'en poserais jamais la question.

— Comment se fait-il que Margaret Barrie, successivement professeur de piano et de français, dactylographe et comptable, sévisse à présent dans le journalisme ?

— Eh bien, il se trouve que, lors de mon bref stage au journal de M. Pulitzer, je me suis littéralement enthousiasmée pour son esprit d'innovation et pour toutes les actions courageuses que je le voyais entreprendre. Je n'avais jamais imaginé qu'un journal pût constituer une arme aussi efficace pour lutter contre l'injustice sociale ou pour sensibiliser l'opinion aux questions capitales.

— Comme celle de savoir si John Sullivan réussira à faire fondre sa bedaine ?

— Tilden !

— Mes plus humbles excuses.

— De plus, M. Pulitzer a été le premier éditeur new-yorkais à employer les services d'une correspondante. Un petit bout de femme qui est très vite devenue son reporter vedette. Je suis allée la voir. Elle écrit sous le pseudonyme de Nelly Bly. C'est une merveilleuse jeune personne qui a un cran étonnant. Figure-toi que, dernièrement, elle s'est fait interner à l'asile de fous de Blackwell afin de pouvoir écrire un article sur les conditions...

— Je l'ai lu, très chère. J'espère que tu n'as pas l'intention d'endosser un crime afin de pouvoir pondre un article sur les performances de la nouvelle chaise électrique de Sing Sing ?

— Nelly m'avait bien dit qu'il me faudrait essuyer les quolibets des hommes.

— Je te demande une nouvelle fois pardon. Mais...

Puis-je connaître tes projets en ce qui concerne cette nouvelle carrière ? Et savoir comment tu espères la mener à bien en étant coincée ici ?

— Il se passe des choses partout. Et puis, tu sembles connaître tout le monde. Il me suffira d'ouvrir tout grand mes yeux et mes oreilles, comme je l'ai fait lors de notre rencontre avec M. Sullivan, de rédiger un petit article et de le câbler à Nelly.

— Hmmm ! Tu es vraiment une fille pleine de ressources, Margaret.

— Mais tu vas me demander de mettre un frein à mes ambitions ?

— Du tout, ma chère. L'article sur Sullivan ne prêtait pas à conséquence, mais si, à l'avenir, tu avais l'intention d'envoyer à ton journal un article dans lequel je serais d'une quelconque façon impliqué, objecterais-tu à me le faire lire d'abord ?

Elle battit des mains.

— Adjugé ! Oh, Tilden, je suis si heureuse que tu ne t'opposes pas à mes projets.

— Comme il n'y aurait, de toute façon, pas eu moyen de t'y faire renoncer, autant que je passe pour un être conciliant !

A la fin du mois de mai 1888, Tilden assista, en compagnie de Margaret, aux quatre premiers matches des championnats nationaux de base-ball. Une semaine après que les Giants eurent triomphé des Browns de Saint Louis paraissait, dans le *Town Topics,* la pernicieuse petite énigme. Tilden attendit la parution d'un deuxième article du même acabit et, ravalant sa colère et son amour-propre, envoya un message au colonel William D'Alton Mann, par lequel il l'informait qu'il était prêt à lui faire une donation en échange de sa discrétion future. A sa grande surprise, sa missive resta sans réponse.

Un soir, quelques jours plus tard, Tilden quitta son bureau de bonne heure et se rendit à Park Row. Là, il se posta à la sortie des bureaux du *Town Topics*. Il était inutile, il le savait, de tenter de s'introduire de force dans l'antre du colonel Mann. La prudence lui avait depuis longtemps appris à tenir en permanence la robuste porte de son bureau fermée à double tour. Un réceptionniste, installé dans une cage de verre, tenait, lui, à jour la liste des quelque cent personnes susceptibles de se présenter au journal dans des dispositions hostiles. Auquel cas il appuyait incontinent sur une alarme silencieuse. Le fiacre du colonel Mann — il ne possédait pas de voiture — était accueilli chaque matin par un vigile, qui escortait chaque soir son patron jusqu'au véhicule garé devant la porte. Tilden avait donc résolu d'attendre sur le trottoir d'en face que le colonel ait fini sa journée de travail puis de le suivre à pied jusqu'à ce que se présente l'occasion de sauter dans son fiacre.

Il dut patienter presque une heure avant que n'apparaisse l'affable éditeur à barbe de père Noël. Le colonel s'attarda un instant sur le trottoir pour s'extasier devant un bambin passant dans son landau d'osier, offrir un sucre au cheval attelé au fiacre et souhaiter une bonne soirée au vigile. Tilden se mêla à la foule de travailleurs regagnant leurs domiciles et, à la première intersection, alors que le fiacre ralentissait pour laisser traverser les piétons, bondit sur le marchepied.

— Hey ! éructa le cocher. Qu'est-ce qui vous prend ?

— Ce n'est rien.

345

Le colonel, n'ayant rien noté d'immédiatement menaçant dans l'attitude de Tilden, leva la main.

— Mon jeune ami ne va pas s'attarder.

Le colonel accrocha le regard de Tilden et l'aiguilla sur le petit Derringer qui pointait de dessous le plaid jeté sur ses genoux.

— Ne soyez pas ridicule, murmura Tilden d'un ton bonhomme. Je suis ici pour parler affaires.

— Humph ! fit l'éditeur en considérant un instant son arme. Vous êtes sûr que je n'aurai pas à m'en servir ?

— Le fait est que je vous casserais volontiers le bras si cela pouvait m'être d'une quelconque utilité. Mais je sais qu'avec une vieille canaille comme vous je ne ferais que perdre mon temps. Bien. A présent, comment pouvons-nous parvenir à un arrangement ?

— C'est là tout le problème, mon bon monsieur, soupira l'autre. Vous voulez un bonbon ?

— Expliquez-moi plutôt où se situe le problème, colonel.

— C'est que, voyez-vous, je me trouve devant le dilemme suivant : je serais ravi que vous me versiez une petite souscription, mais la personne qui m'a fourni l'information est visiblement plus désireuse de la voir divulguée que vous de la voir rester secrète.

— Ansel Carling ?

— Oh, grands dieux non !

Le colonel pouffa.

— En voilà une bien bonne, Ansel Carling. Vraiment !

Tilden le dévisagea, interdit.

— Désolé de me montrer si grossier, monsieur Beck-with. Vous ne pouvez naturellement goûter le sel de la

346

plaisanterie. La personne en question est M. Gould, bien entendu.

— Et vous l'admettez ?

— Oui, évidemment. M. Gould a insisté pour que nous jouions cartes sur table. Il avait, voyez-vous, deviné que vous me feriez une petite visite, sans toutefois prédire la façon dont vous vous y prendriez. Mon Dieu, mon Dieu, j'espère qu'il ne va pas devenir à la mode d'ainsi sauter dans mon fiacre.

— M. Gould a-t-il également prédit l'issue de cette rencontre ?

Le colonel Mann secoua la tête.

— Il m'a conseillé, et ce pour éviter tout incident fâcheux, de vous dire d'emblée que c'était avec lui que vous deviez traiter. Il m'a également chargé de vous rappeler que son vœu le plus cher était de vous voir devenir son ami.

— Ma seule autre option étant de voir mon nom continuer à faire les beaux jours de votre journal ?

— Vous avez quinze jours pour réfléchir, mon jeune ami. Passé ce délai, vos affaires feront l'objet de nouvelles investigations.

— Je vois. En attendant, vous et moi pourrions peut-être nous arranger pour que votre enquête se restreigne à ma seule personne ?

— J'ai bien peur que ce ne soit tout à fait impossible. M. Gould a été formel sur ce point. J'ai toutefois quelque chose à vous vendre. Cette information dépasse le cadre de mon arrangement avec M. Gould, et je suis sûr que vous la trouverez très utile. Je suis prêt à vous la céder pour la modique somme de deux mille dollars.

— Ne pouvez-vous pas me donner un indice de ce dont il s'agit ?

— Il s'agit d'Ansel Carling.

Tilden eut une moue méprisante.

— Rien de la part de cet homme ne saurait étonner quiconque.

— Mon information vaut son pesant d'or, je vous le garantis. Elle vous procurera une carte maîtresse contre Jay Gould.

Tilden réfléchit un long moment et finit par conclure que, à tout prendre, une carte contre Jay Gould vaudrait toujours mieux que rien.

— Deux mille, avez-vous dit ?

— Et vous faites une affaire.

— Marché conclu. A moins qu'il ne s'agisse d'une information que je connaisse déjà, ou qui se révèle fausse, vous aurez votre argent demain soir.

— C'est un juif !

— Pardon ?

— C'est un juif. Il se nomme en fait Asa Koenig. Il n'a pas plus mis les pieds aux Indes que dans un encrier. Il a effectivement été élevé en Angleterre, mais comme fils d'un valet de pied venu d'Allemagne dans la suite du prince Albert. Arrêté pour contrefaçon, il fut déporté en Australie, au bagne de Botany Bay. C'est là qu'il a appris ce qu'il sait sur les chemins de fer, en posant des voies. Ses lettres de recommandation sont des faux, bien entendu.

Le colonel contempla avec ravissement l'expression ahurie qui s'était peinte sur les traits de son interlocuteur.

— C'est du petit lait, n'est-ce pas ?

— Jay Gould est-il au courant ?

— Depuis quelque temps, confirma Mann avec enjouement. Grâce à vous, du reste, indirectement. Cela

348

remonte à l'époque où tout le monde ne parlait que de la couardise dont il avait fait montre face à vous. L'histoire finit par arriver aux oreilles d'un autre Anglais, lequel se trouvait fort bien connaître la famille Carling. Or, le seul Ansel Carling dont ce brave homme se souvenait était effectivement allé aux Indes, mais il y était mort du choléra. Ayant eu vent de l'affaire, Gould fit sa petite enquête et finit par découvrir le pot aux roses. Il n'a même pas pris la peine de confondre Carling, ou plutôt Koenig, il s'est contenté de l'éloigner de sa vue.

— Et que voulez-vous que je fasse de cette information ? s'enquit sèchement Tilden.

— Mais que vous la monnayiez, bien entendu.

— Que je la monnaie ?

— D'une part, Gould n'a probablement guère envie que l'on sache qu'il s'est fait proprement berner. D'autre part, voilà un homme qui s'est toujours évertué à convaincre ses relations d'affaires qu'il n'était pas juif.

— En somme, vous me suggérez de le faire chanter : mon silence contre son silence. Puis-je vous demander pourquoi un maître chanteur chevronné tel que vous ne tire pas meilleur parti de ces renseignements ?

— Nul ne se met Jay Gould à dos s'il peut l'éviter.

Le fiacre s'engagea sur Canal Street. Devant lui, Tilden vit se profiler la ligne aérienne de la Sixième Avenue, grâce à laquelle il pourrait rallier le *Osborne* en trente-cinq minutes, ou le *Claremont* en trois quarts d'heure. Il n'avait pas prévu d'aller retrouver Margaret ce soir. Charlotte. Il devait s'habituer à l'appeler Charlotte. Il avait envisagé de tenir compagnie à Huntington et à sa nurse. Mais cette perspective lui paraissait à présent moins attrayante que jamais. Il lui avait toujours paru profondément pénible d'avoir à élever l'enfant de ce cafard, de ce lâche de Carling. Mais il semblait à présent, si toutefois l'histoire de ce vieux démon était exacte, qu'il avait donné son nom au fils d'un ancien bagnard. Peu lui importait que Carling fût juif. Les juifs qu'il connaissait cultivaient le sens de la tradition, de la famille et du travail. Carling, lui, tenait plus du catholique irlandais.

— Je descends ici.

— Je puis donc espérer recevoir votre paiement demain ?

Tilden acquiesça et sauta sur la chaussée, au pied des escaliers de la gare.

— Je prierai, colonel Mann, pour qu'un coin d'enfer vous soit spécialement réservé. Bien le bonjour, monsieur.

A Central Park, il acheta un bouquet de reines-marguerites jaunes puis monta dans le train qui l'emporta vers le doux et affectueux sourire de Margaret Barrie.

Ce fut moins d'une semaine plus tard que l'avocat de Tilden, M. Smithberg, vint débusquer son client à son club sportif et, avec un air passablement excité, l'entraîna dans une pièce isolée. Là, il étala sous les yeux d'un Tilden éberlué un numéro du *New York Times* vieux de six jours, en l'occurrence l'édition du 11 octobre, et attira son attention sur un article en première page relatant une terrible catastrophe ferroviaire survenue à Mud Run, en Pennsylvanie. Comme tout New York, Tilden avait lu l'histoire et tenta de le signaler à M. Smithberg. Mais, l'interrompant d'un geste, celui-ci lui montra la liste des victimes où plusieurs noms avaient été soulignés. L'une d'elles, disait le

350

journal, un certain Hiram Forsythe Corbin, laissait dans l'affliction une veuve attendant un enfant.

— Et voilà, monsieur Beckwith, fit l'avocat en aplatissant le journal de la paume de sa main.

— Et voilà quoi, monsieur Smithberg ?

— C'est une erreur. Il n'a ni femme ni enfant. Ni même de famille, pour tout dire. Personne n'est venu réclamer son corps. La municipalité de Wilkes Barre l'a fait inhumer ce matin.

— Il n'avait pas d'amis, pas de relations ?

— Le jeune homme, précisa un Andrew Smithberg rayonnant, n'était installé dans cette ville que depuis deux mois. L'histoire veut que, après avoir servi pendant quatre ans comme second maître sur un clipper chinois, il ait soudain brûlé d'envie de retrouver le plancher des vaches. Il faisait route vers l'ouest avec un chargement de soie chinoise lorsque, faisant étape à Wilkes Barre, il tomba sur un entrepôt à louer. Sur les papiers qu'il avait signés ne figurait personne à prévenir en cas d'accident.

— Et vous pensez qu'il ferait pour Margaret un mari idéal ?

— Pas pour Margaret, corrigea Smithberg. Pour Charlotte. Charlotte Whitney Corbin. C'est une occasion inespérée, monsieur Beckwith.

— Comment ferez-vous pour vous procurer les documents dont elle aura besoin ?

— C'est très simple. Elle possédera déjà la coupure du *New York Times*. Et je me fais fort de lui forger un passé, pièces justificatives à l'appui. Elle sera née dans une ferme, ou dans une de ces villes dont les archives ont, pour une raison ou pour une autre, été détruites.

Quant aux souvenirs qu'elle gardera de son mari, il est facile de se procurer des photos de jeunes marins dans les ateliers des quais. Quelques mètres de soie chinoise, un éventail en ivoire et une ou deux figurines d'ébène devraient suffire à satisfaire la curiosité des futurs visiteurs de notre jeune veuve.

— Corbin, répéta Margaret, essayant le nom comme elle l'aurait fait d'une robe. Cela sonne bien. Charlotte Whitney Corbin.

Deux semaines s'étaient écoulées, marquées par la parution d'un nouveau libelle dans *Town Topics*, lorsque Andrew Smithberg apporta les papiers nécessaires à l'achat par une jeune veuve, du nom de Charlotte Corbin, d'une propriété à Greenwich. Les meubles furent bientôt installés dans la maison équipée de l'électricité, du téléphone et d'une rutilante salle de bains. Personne n'ignorait que le négoce avec la Chine était lucratif. Margaret emménagea à la veille de Thanksgiving.

Le jour même, deux voisines sonnèrent à sa porte, les bras chargés de pain frais et de casseroles fumantes. M. Smithberg était présent, ainsi qu'un Tilden visiblement emprunté et fort soucieux du confort de l'adorable jeune veuve, qui présentait un état de grossesse avancé. Les visiteuses, toutes deux mères de nombreux enfants, décidèrent que M. Beckwith, le précédent propriétaire de cette maison, s'était tout bonnement énamouré de Mme Corbin, dont il venait de faire la connaissance par l'entremise de M. Goldberg. Conclusion qui fut corroborée par l'homme de loi, lequel confia à Mme Gannon et à Mme Redway qu'il ne serait pas surpris outre mesure si le jeune M. Beckwith, lui-même veuf, sollicitait d'ici peu l'honneur de rendre visite à Mme Corbin.

Et, fortes de ces confidences, les braves commères ne tardèrent pas à encourager Margaret à le recevoir.

L'enfant naquit, pour le plus grand bonheur de tous, le matin de Noël. Un garçon vigoureux, mis au monde sans incident notoire par le Dr Miles Palmer, assisté dans sa tâche par une robuste infirmière noire du nom de Lucy Stone. Ce fut Mme Redway, présente auprès de Margaret depuis les premières lueurs de l'aube, qui se chargea d'appeler le Dr Palmer puis de prévenir Tilden Beckwith. Celui-ci avait pour l'occasion pris une chambre à l'*Indian Harbor*. Ce fut également à elle qu'il revint de calmer le visiteur new-yorkais et de lui verser force cafés. Charmée de voir que ce jeune homme, qui ne connaissait Mme Corbin que depuis un mois à peine, se montrait aussi anxieux qu'un père, Mme Redway se prit à rêver. Peut-être le cher chérubin ne serait-il pas longtemps privé de papa !

L'angélus sonna avant que Tilden ne soit autorisé à monter un bref instant pour féliciter la jeune maman. Margaret était pâle mais ne souffrait que modérément.

— Oh, Tilden, regarde ! s'exclama-t-elle en lui rendant son baiser. C'est tout ton portrait. J'ai bien peur que cela ne fasse jaser.

Tilden, qui en son for intérieur trouvait que tous les nouveau-nés ressemblaient à d'affreuses grenouilles, renchérit néanmoins.

— C'est un Beckwith, cela ne fait pas de doute. Mais j'aurais été tout aussi fier qu'il tienne des Barrie.

Margaret sourit puis resta muette quelques instants.

— Tu sais, dit-elle enfin, il m'arrive parfois, quand je rencontre quelqu'un dont j'ignore tout, d'essayer de deviner son nom. Quand je t'ai vu pour la première fois

353

chez Georgina, j'ai pensé que tu devais t'appeler Jonathan. Tu as tout d'un Jonathan.

— Parce que les Jonathan sont nobles et beaux, c'est
ça ?

— J'ai décidé d'appeler notre fils Jonathan. C'est un
nom qui me plaît beaucoup.

— A moi aussi, dit-il, les larmes aux yeux, il me plaît
beaucoup.

— Nous le baptiserons Jonathan T Corbin. Toi et
moi serons les seuls à savoir ce que signifiera
ce « T ».

Le visage de Tilden s'assombrit. Il repensa à l'initiale
dont il avait, dans un moment de colère, gratifié l'enfant
d'Ella.

— Qu'est-ce qui ne va pas, Tilden ?

— Oh, rien, répondit-il en se penchant pour
l'embrasser. Je me demandais simplement s'il serait
vraiment si imprudent de lui donner Tilden pour
second prénom. Après tout, tout Greenwich sait que
nous sommes devenus grands amis.

— Non, ce sera mieux ainsi. Autrement, j'aurais peur
que tu ne te sentes trop lié à l'enfant et à moi.

— Trop lié ! balbutia-t-il. Que je n'entende jamais
plus pareille sottise. Autant dire que je pourrais avoir
peur de me sentir trop lié à mes propres bras et à mes
propres jambes.

— Plus tard, Tilden.

Tilden se mura dans un silence pensif.

— Tilden ?

Il leva un sourcil.

— Joyeux Noël, murmura-t-elle d'une voix assoupie.

— Joyeux Noël, mon grand, mon unique amour.

Gwen Leamas entra dans le salon, apportant sur un plateau du café et quelques tranches de gâteau passées au four. Assis par terre, en tailleur, le dos à la fenêtre, Corbin semblait étrangement serein.

— On va jouer aux Indiens ?

Cette question en valait bien une autre, elle était si lasse de lui demander comment il se sentait.

— Tu ne trouves pas qu'on se croirait à Noël ?

— Hmm !

Elle déposa le plateau devant lui.

— On pourrait peut-être se griller quelques châtaignes, ou au moins faire une bonne flambée.

— Je vais m'en occuper dans un instant.

Il porta une tasse de café à ses lèvres.

— Tu sais quoi ? Je crois savoir où je suis en ce moment.

— Où tu es ? Tu veux dire dans cette maison ?

Il opina.

— J'avais toujours eu l'impression d'y être déjà venu. Mais sais-tu quand la maison me paraît plus familière encore ? Quand je suis assis par terre...

Il pointa un index vers la porte par laquelle elle venait d'entrer.

— Je vois Tilden Beckwith franchir cette même porte, venir par ici et ramasser la balle avec laquelle je jouais. Il la fait disparaître dans sa poche et me prend dans ses bras. Il vérifie si je ne suis pas mouillé et m'embrasse sur le front. Je détourne la tête parce que sa moustache me chatouille. Margaret arrive par la même porte. Elle pique une épingle dans son chapeau tout en parlant à une femme beaucoup plus petite qu'elle qui a de longs cheveux blonds. En me voyant la femme blonde tortille son index comme si elle s'apprêtait à me taquiner. Je me mets à rire et à me trémousser. Tilden rugit et fait mine de me mordre le cou.

— Jonathan ?

— Oui ?

— Rien. Continue...

— C'est tout. Quelques instants de détente avec un bébé. Le bébé, c'est moi.

— Mais, cette vision que tu viens d'avoir...

— Ce n'était pas une vision, mais un souvenir.

— De l'enfant de Tilden et de Margaret ?

Corbin acquiesça et sourit avec ravissement, encore tout imprégné de ces images.

— Et ça ne t'étonne pas plus que ça ?

— Tu veux dire le fait que les souvenirs de Tilden aient fait place à ceux de son fils, mon grand-père ?

Il haussa les épaules, toujours radieux.

— Depuis hier, vous avez passé le plus clair de votre temps, ton oncle et toi, à me seriner que mon cas n'avait rien d'affolant. Tu veux que je recommence à me croire dingue ?

« Et toc ! Apprends donc à tenir ta langue, ma fille ! »

Néanmoins, ce sourire béat ne lui disait rien qui vaille. Même s'il lui flanquait une pétoche de tous les diables, elle préférait encore le Jonathan de ces jours derniers. Celui qui avait peur, et dont la peur accouchait de Tilden. Avec qui elle pouvait communiquer.

— Non, bien sûr.

Elle fixa la porte par laquelle étaient apparues Margaret et la femme blonde.

— Tu disais que Tilden te mordillait le cou et...

356

Jonathan, vas-tu me dire à la fin pourquoi tu as l'air si content de toi ?

— Tu préfères me voir me cacher derrière des rideaux ou hurler dans une baignoire, c'est ça ? Et après ça, c'est moi que l'on trouve bizarre !

Il se mit sur ses pieds, choisit deux bûches et puisa une poignée de petit bois dans le seau en fer forgé placé à côté du foyer.

— Écoute, Gwen, je t'ai toujours dit que je me sentais bien ici. Si je m'y sens bien aujourd'hui, ce n'est pas seulement parce que tu es là avec moi, mais aussi parce que je comprends maintenant pourquoi, dans cette maison, seul le rez-de-chaussée m'était familier, surtout quand j'étais assis par terre. J'étais déjà venu ici. En visite. Je ne savais pas à quoi ressemblait l'étage parce que je n'avais jamais eu de raison d'y monter. J'étais ici même dans la maison de cette femme, avec mes parents. J'étais tout petit et très heureux... Tout était...

— Tout était ?...

— Tout était parfait, répondit-il.

Mais sa joie s'était subitement envolée.

— Dis-moi ce que tu viens de voir.

— Rien. Vraiment. Il me semble que la jeune femme blonde assurait à Margaret que tout irait bien. Mais sans prononcer un mot. Elle le lui faisait comprendre d'un regard et en lui pressant le bras, pour que Tilden ne soupçonne rien.

— Qui était-elle ?

— Et je vais même te dire autre chose, poursuivit-il, à nouveau tout égayé. Tu te souviens de ma réaction quand je me suis trouvé face à Cora Starling pour la première fois ? Je croyais la connaître, et j'avais envie

357

de l'appeler Lucy. Eh bien, Lucy était la nurse du bébé, une grande Noire qui ressemblait à s'y méprendre à la gouvernante de ton oncle.

— Qui était la femme blonde, Jonathan ?

— Je l'ignore, sans doute une amie de Margaret.

Se désintéressant de la question, il enchaîna :

— Sais-tu que je ne fais jamais de mauvais rêve à Greenwich ? Ici, je n'ai jamais le moindre cauchemar. Toute ma vie j'ai eu l'impression que quelque chose n'allait pas ou que quelqu'un me voulait du mal. Toute ma vie j'ai rêvé que je roustais des gens ou que je me faisais rouster. Comme dans un interminable tournoi auquel je n'aurais pu me soustraire. Chaque fois que je participais à un match, à l'université, je dévisageais systématiquement mon adversaire, comme pour voir si cette fois c'était *lui*, et je faisais tout mon possible pour le rétamer, au cas où. Et quand je me suis finalement fait étendre par ces deux hommes, à Chicago, j'en ai rêvé pendant quatre ans. A part que dans mon rêve c'était moi qui les étalais, qui les mettais en pièces. Rien de tout ça n'arrive jamais ici, à Greenwich.

— Jonathan !

Il parlait si vite qu'il en bégayait presque. Elle se leva et envoya une main vers lui. Mais il se rétracta.

— Tu vas tout gâcher, Gwen !

Elle cilla.

— La femme blonde, Jonathan. C'est ma question sur la femme blonde qui a déclenché ça en toi ?

— Fiche-moi la paix, Gwen ! Je ne plaisante pas !

Ses yeux lançaient des éclairs.

Une voiture passa devant la maison. L'espace d'un instant, Gwen souhaita de toutes ses forces que ce soit son oncle. Mais elle reconnut le cliquetis caractéristique d'un véhicule équipé de chaînes.

Qu'est-ce qui pouvait bien le retenir ?

Elle s'approcha de la fenêtre, essayant de dissimuler son appréhension. Ils auraient dû lui dégager l'allée. Non, il pourrait rentrer sa voiture. Un véhicule avait déjà damé la neige devant le portail. Gwen se raidit en entendant le plancher craquer derrière elle. Une main frôla ses cheveux. Elle sursauta.

— Je suis désolé.

Il recula d'un pas et leva les mains, comme pour promettre qu'il ne la toucherait plus.

— Je ne t'avais jamais vu comme ça.

— Moi non plus..., murmura-t-il.

Cherchant désespérément à se donner une contenance, il s'agenouilla et fit un instant mine de vouloir ramasser le plateau. Quand il se releva, elle s'aperçut qu'il avait les larmes aux yeux.

— Jonathan, je ne sais pas quoi faire. Maintenant, j'ai peur de te poser la moindre question.

— Ce n'était pas...

Il jeta autour de lui des regards désemparés.

— Ce n'était pas moi.

« Oncle Harry, que fais-tu ? »

— Gwen, ma chérie. Je ne sais même plus ce que je raconte.

— Jonathan, que dirais-tu d'un bloody mary ?

— Tu m'as demandé... je ne connais pas le nom de cette femme. En fait, si je l'entendais, je le reconnaîtrais. Et ce n'est pas parce que tu m'as posé des questions sur elle. Elle était la meilleure amie de Margaret. Une amie exceptionnelle. Elle lui disait de ne pas s'inquiéter.

— S'inquiéter de quoi, grands dieux ?

359

— Tout était si merveilleux, ici. Seigneur ! Et c'est pour ça... Je me rends parfaitement compte qu'il est stupide de ma part de m'obstiner à vivre ici. Ça me coûte une fortune, c'est loin de tout, et je n'y ai pas d'amis. Pourtant, en dépit de tous ces inconvénients, je m'y sens merveilleusement bien. Au point que je ne serais pas loin de vouloir tuer le premier qui chercherait à mettre mon bonheur en péril.

— Moi en l'occurrence !

— Non.

— O.K.

Gwen alla vers lui, lui prit la main et le remorqua jusqu'au fauteuil à oreillettes placé près de la cheminée.

— Je vais nous préparer deux bloody mary. « A part que la substance blanchâtre qui flottera à la surface du tien ne sera pas du raifort mais le contenu de deux des capsules miracles d'oncle Harry. » Et puis on essaiera de voir plus clair dans cette histoire, d'accord ?

— Laura. La femme blonde était tante Laura...

— Ta tante Laura...

Gwen s'interrompit.

— Quelqu'un essayait de s'opposer au bonheur de Tilden et de Margaret, et Laura faisait son possible pour les aider. Malheureusement, lorsque j'essaie de retrouver qui leur voulait du mal, mon esprit n'est plus qu'un tourbillon de noms et de visages. Il y a Gould... Carling. Non, Carling n'est plus là. Il est mort, je crois. Il y a Ella, qui est toujours en vie. Et ce gros bonhomme dont tout Greenwich a peur... Et puis, il y a Bigelow... Mais... Nom de Dieu !

— Jonathan ? Qu'est-ce qui ne va pas à présent ?

— Bigelow...

Il leva les yeux sur elle.

— C'était l'un de mes agresseurs de Chicago.

— Et alors ?

— Jusqu'à présent, je ne lui connaissais pas de nom. J'ignorais totalement qui ces deux hommes pouvaient être.

— Je t'apporte ton verre dans un instant.

13

— C'est votre détective ?

La fille de Huntington Beckwith décolla l'œil de l'antique télescope de cuivre braqué sur l'entrée principale de sa propriété. C'était une femme élancée, au port encore bien droit si l'on exceptait une légère inclination vers la canne qui soulageait sa hanche arthritique. Ses cheveux auburn, de toute évidence décolorés, étaient coupés très court. De dos, telle que la voyait Lawrence Ballanchine, on aurait pu lui donner quarante ans de moins que son âge, dont elle camouflait les atteintes sous une longue robe agrémentée d'un col montant et de poignets en dentelle.

— Je crains bien que oui.

Ballanchine n'avait pas besoin de jumelles pour reconnaître avec certitude la silhouette floue qui venait de s'extraire d'une voiture en piteux état.

— Comment vous faisiez-vous appeler lorsque vous intriguiez avec lui, déjà ? Dancer, si je ne m'abuse.

— Oui, madame.

— Un nom qui sous-entend une certaine légèreté. Ne vous seriez-vous pas montré un peu trop léger, Lawrence ?

— Je l'ai effectivement méjugé, admit-il.

— C'est le moins qu'on puisse en dire.

Et, recollant son œil sur la lentille du télescope, elle s'appliqua à étudier l'homme qui cherchait une sonnette sur les montants de son portail.

— C'est lui. C'est Lesko.

La voix râpeuse de Tom Burke jaillit de l'interphone situé sur le bureau.

— J'ouvre le portail, ou quoi ?

Ella Beckwith se tourna vers l'appareil.

— Je ne pense pas que M. Lesko soit homme à se décourager si nous choisissons de ne pas nous manifester. M. Ballanchine et moi-même allons entendre ce qu'il a à nous dire. Votre voiture est bien au garage ?

— Oui, madame.

— Ne vous montrez pas. A moins que je ne vous sonne, vous resterez à l'office.

— Très bien, madame. Et pour votre frère, que fait-on ?

— Où se trouve-t-il en ce moment ?

— Dans la salle des trophées. Autant vous dire qu'il n'a pas l'air bien. Il s'est déjà envoyé deux verres.

— Laissez-le à sa bouteille et dites-lui que je lui demande de ne pas bouger de là où il est. Avez-vous pensé à vous refournir en armes, monsieur Burke ?

— Non, madame. Je suis venu directement ici.

— Vous trouverez ce qu'il vous faut dans un coffre, dans la salle des trophées. Et faites-moi la grâce de ne pas choisir une pièce de valeur.

362

Elle relâcha la touche de l'interphone et refit face à la fenêtre. Dehors, devant les grilles qui s'écartaient lentement, Lesko marqua un temps d'hésitation. Soudain, Ella le vit repartir crânement vers sa Chevrolet et en sortir ce qui lui parut être une ceinture d'imperméable avec laquelle il entreprit d'attacher l'un des battants du portail au tronc d'un petit chêne vert. Puis il se remit au volant de sa voiture et s'engagea dans la longue allée escarpée.

— N'aurions-nous pas déjà dû nous occuper de lui, Lawrence ?

— Non. Il fallait d'abord que je récupère ses notes. Corbin était une priorité absolue. Je pensais que Lesko accepterait de se charger de lui, ce qui aurait arrangé tout le monde. Nous aurions eu ensuite tout loisir de l'éliminer, lui.

— Au lieu de quoi, il a préféré empocher mes quinze mille dollars.

Son visage se rembrunit.

— Pire, il s'est empressé de débrouiller les fils de l'écheveau que vous aviez si subtilement tissé.

— Lesko ne savait rien...

Ballanchine pointa le menton.

— ... Rien qui pouvait le mener jusqu'à vous. Il n'aurait jamais mis les pieds au *Regency* s'il avait suivi mes instructions et était venu à Greenwich hier. Ma seule erreur a été de tenir votre frère au courant de l'évolution des événements. Mais comment pouvais-je imaginer qu'il se mettrait en tête de suivre Corbin et qu'il remorquerait du même coup Lesko jusqu'à l'hôtel ?

— Vous n'ignoriez pourtant pas, mon cher, que mon frère était un être instable et que votre Lesko ne brillait

363

pas par son sens de la discipline. Et malgré cela vous vous attendiez à ce que tout ce beau monde vous obéisse aveuglément, par la seule grâce de votre autorité ?

— Je ne mérite pas vos sarcasmes, mademoiselle Beckwith.

Ballanchine sortit un mouchoir et s'en tapota les lèvres.

— Et si je puis me permettre, vous devriez au moins me savoir gré de m'être efforcé d'agir au mieux de vos intérêts. Après tout, vous étiez d'accord pour que nous remettions le problème entre les mains de M. Burke. Si nous avions eu un tant soit peu de chance, Corbin serait à l'heure actuelle mort et défiguré. Et la petite Anglaise aussi, par la même occasion.

— Et si je puis me permettre à mon tour, repartit Ella Beckwith, le plan auquel j'avais donné mon aval était autrement plus subtil que celui que vous avez concocté après coup, lequel entraînait ni plus ni moins qu'un massacre sur le pas de la porte d'une célébrité internationale. Vous aviez sans doute espéré que, par un quelconque miracle, la chose échapperait à l'attention des médias ?

— C'est Burke qui a pris ça sous son chapeau. Je lui avais simplement demandé d'agir avec célérité.

Avec un hochement de tête affligé, Ella Beckwith alla s'asseoir à son bureau.

— Si seulement Bigelow était encore en vie, soupira-t-elle. Votre détective lui ressemble assez, du reste. Il m'a l'air tout aussi efficace.

— Bigelow aurait près de quatre-vingt-dix ans, aujourd'hui, répliqua Ballanchine d'un ton aigre. En tout cas, je crois savoir que s'il n'avait pas, lui aussi, fait

364

sa part de bourdes, Corbin serait déjà mort depuis long-temps.

Ella Beckwith fronça les sourcils.

— Parce qu'il aurait dû, selon vous, deviner l'existence de la petite étudiante de Chicago qui portait en elle l'héritier des Beckwith ?

— Il a eu une seconde chance ! insista venimeusement Ballanchine. D'après votre frère, Corbin lui est passé à portée de la main, vingt ans plus tard. Et il s'y est plus que cassé les dents !

Ella reporta son attention sur la voiture de Lesko qui avait ralenti et s'était arrêtée devant le perron.

— Tilden vous a donc raconté ?

— Il y a plusieurs semaines. Quand vous avez aperçu Corbin planté devant vos grilles. Il m'a également rapporté les dernières paroles de Bigelow, selon lesquelles l'homme qui les avait, lui et son collègue, mis dans cet état n'était autre que celui dont le portrait se trouve aujourd'hui encore dans le hall du *Regency*.

Le moteur de la voiture continua à ronronner. Le détective ne semblait guère pressé de le couper et d'abandonner la sécurité relative de son véhicule.

— Tilden est-il enfin convaincu que l'homme décrit par Bigelow n'était pas un spectre vengeur ?

— Au contraire, il y croit plus que jamais. Il prétend même qu'hier, dans la rue, Corbin s'est sous ses propres yeux métamorphosé en Tilden Beckwith.

Ella hocha lentement la tête. Derrière la soudaine lassitude qui s'était emparée de son regard, Ballanchine crut voir percer une lueur d'angoisse. Mais elle se reprit aussitôt, se carra dans son fauteuil et croisa les mains sur son bureau. Ses traits avaient retrouvé toute leur dureté.

— Voyez-vous, Lawrence, énonça-t-elle de sa voix la plus calme, hormis M. Corbin et son entourage, me voici à présent avec trois problèmes sur les bras. Le premier étant un frère idiot, veule et déséquilibré. Le second un détective qui est loin d'être un imbécile et qui, du fait de votre inconséquence et de celle de Tilden, en sait maintenant bien plus qu'il ne devrait...

— Si vous vous apprêtez à me dire que j'ai l'honneur d'être le troisième...

— Grands dieux non, Lawrence.

Elle le toisa de pied en cap.

— Vous êtes beaucoup trop gourmand pour prendre le risque de perdre les avantages considérables attachés à la position que vous occupez, et vous avez beaucoup trop de choses à vous reprocher pour pouvoir vous permettre de me donner des raisons de douter de votre loyauté. Le troisième est Tom Burke, qui me paraît infiniment moins compétent que vous ne me l'aviez dépeint et qui se trouve en outre avoir vu Jonathan Corbin à la fois en photo et en chair et en os.

— Mais comment vouliez-vous qu'il supprime Corbin sans savoir à quoi il ressemblait ?

— En attendant, mon cher Lawrence, il a sans doute fait le rapprochement. Si votre Raymond Lesko a trouvé le moyen de le faire à la faveur d'une visite fortuite au *Beckwith Regency,* vous pensez bien que M. Burke, qui passe dix fois par jour devant le portrait en question, n'a pas dû manquer de noter la ressemblance.

— Vous ne savez même pas si Lesko a vraiment vu le portrait. Tout ce que vous savez est qu'il a suivi votre frère et qu'il m'a vu entrer. Quant à Burke, je lui ai donné une photo que Lesko avait prise alors que Corbin

366

se tenait derrière une vitre embuée, un jour où il neigeait. Il n'a même pas eu l'occasion de voir Corbin distinctement devant chez Sturdevant pour la bonne raison que Lesko accaparait alors toute son attention. Et Garvey, soit dit en passant, n'a jamais eu autre chose que l'adresse de Gwen Leamas.

— Où se tenait Lesko quand vous l'avez aperçu de l'ascenseur, Lawrence ? Devant le portrait de Tilden Beckwith ?

— Là encore, ça ne prouve rien.

— Dans ce cas, qu'attendons-nous pour lui poser quelques questions ? Faites-le entrer, Lawrence, voulez-vous ?

— Pas avant que vous ne m'ayez expliqué ce que vous comptez faire.

— Je vais m'employer à réduire le nombre de mes soucis.

— Et pourquoi, à propos, avez-vous demandé à Burke de s'armer et d'attendre caché à l'office ? Vous n'avez tout de même pas l'intention de faire descendre Lesko ici ? Je vous rappelle que certains de vos domestiques sont restés dans les communs, au-dessus du garage.

— La maison est bien insonorisée, Lawrence. Mais n'ayez crainte, j'essaierai d'éviter toute extravagance en votre présence.

— Ce qui veut dire ?

— L'homme est venu ici dans l'intention de négocier. Je vais donc négocier avec lui. Il ressemble tellement à Bigelow.

Le bloody mary était parfait. Juste ce dont il avait besoin. Il nota qu'il ne se sentait plus tenté par aucun de ces invraisemblables breuvages tels que le rhum au beurre fondu ou la bière poivrée. Fallait-il en déduire que sa vraie personnalité avait repris le dessus ? Ou qu'à l'époque victorienne on ne s'était pas encore inventé de bons prétextes pour boire avant le déjeuner ? Quoi qu'il en soit, Corbin avait dans l'immédiat d'autres sujets de préoccupation.

Bigelow.

Ainsi, maintenant il avait un nom. Que Corbin avait l'impression d'avoir toujours connu. Pourtant, le jeune homme n'avait guère plus envie de s'intéresser à Bigelow que de se demander quelles raisons avaient pu pousser cet homme et son compère pour l'heure sans nom à lui sauter dessus dans le parking de l'hôtel *Drake*. Non, Corbin préférait imaginer ce qu'il leur ferait passer — ou plutôt ce qu'il leur avait fait passer. Malheureusement, ces fantasmes ne lui remontaient jamais le moral très longtemps. Il finissait toujours par se sentir honteux de ne pas s'être aussi bien défendu dans la vie que dans son univers onirique.

Tilden leur aurait tenu tête, lui.

Tilden les aurait réduits en bouillie.

— Je te demande pardon, trésor, murmura Corbin en jouant avec une mèche des cheveux de Gwen.

Elle était assise aux pieds du fauteuil qu'il occupait. Sa joue reposant sur les genoux du jeune homme, elle observait le feu.

— N'en parlons plus.

— Tu ne me gâcheras jamais rien, Gwen. Au contraire, tu pourrais me rendre la vie bien meilleure.

— Comment ?

— En venant vivre ici, avec moi. En acceptant de m'épouser.

368

Elle leva la tête vers lui.

— Je parle sérieusement ! insista-t-il en se forçant à sourire.

— Et nous habiterions ici ? Dans cette maison ?

— Provisoirement, oui. En attendant d'en trouver une qui nous plaise à l'un et à l'autre.

Gwen s'octroya une solide rasade de son jus de tomate, qu'elle avait préféré ne pas corser de vodka.

— Es-tu certain qu'une telle maison existe ?

— Je ne te suis pas !

— Ici, tu te sens en paix...

— Bah, comme je te l'ai expliqué, je n'y venais qu'en visite. Elle appartenait à une amie de Margaret.

— As-tu essayé de retrouver la maison qu'habitaient Tilden et Margaret ?

— Ce n'est pas ce que j'avais en tête. Je veux dire, pour nous deux...

— Et que se passerait-il si tu la retrouvais ?

— Elle n'existe plus.

Il en était certain. Autrement, il aurait fini par la dénicher.

— J'ai passé des heures à arpenter les rues de Greenwich. Quand il m'arrivait de tomber sur une maison qui éveillait quelque chose en moi, je me plantais automatiquement devant ses grilles, pour essayer de voir à travers ses murs.

Il s'esclaffa.

— Je crois du reste que ça a dû rendre nerveux certains de mes concitoyens. Par deux fois, les flics se sont amenés pour vérifier si je vivais bien dans le secteur.

— Elle a peut-être été modifiée...

— Plus facile à dire qu'à faire, avec une maison à tourelles. De toute façon, pour chaque maison victorienne encore debout, il y en a au moins cinq qui ont brûlé ou qui sont tombées sous les assauts des bulldozers...

— Finis ton verre, Jonathan. Je vais t'en préparer un autre.

Corbin la regarda quitter la pièce par cette même porte où s'était profilée la silhouette de Laura Hemmings. Laura qui serrait Margaret dans ses bras. Qui était son amie. Et qui avait tout gâché. Quel était le problème de Laura Hemmings ? Une pute de luxe. Ces mots lui venaient systématiquement à l'esprit chaque fois qu'il évoquait tante Laura. Mais c'était impossible. Impensable. Elle était si frêle, si délicate. Et si gentille. Elle s'asseyait par terre, sur ce même parquet, et lui lançait sa balle en caoutchouc. Ou le poursuivait à quatre pattes, en bourdonnant comme une abeille et en faisant semblant de le piquer avec son index. Ou encore s'installait au piano, le faisait grimper sur ses genoux et tapotait un petit air avec lui. Non, tante Laura ne pouvait avoir été une prostituée. Mais elle devait être au courant du passé de Margaret, car elle essayait de la protéger. Contre quoi ? Contre un scandale, peut-être. Ou contre la peur du scandale. Pourtant Margaret s'était montrée en public, en toute insouciance, cet été-là, avec Tilden. Alors, que s'était-il passé ?

D'autres noms.

Gould.

Le colonel Mann et sa feuille à scandales. Carling. Le flic. Clubber Williams. Et Bigelow. Toujours Bigelow. Un nom qui n'avait rien à voir avec les précédents.

Voyons. C'était à cause de tous ces gens, à l'exception de Bigelow, que Margaret avait changé de nom. Ils n'avaient certainement pas disparu de la circulation.

Mais trois ans s'étaient écoulés depuis que ces petits articles avaient commencé à paraître dans le *Town Topics*. Corbin en était certain parce qu'il gardait un souvenir vivace de lui-même à l'époque. Il se trouvait sur la pelouse, devant la maison, et essayait de manier une batte à manche raccourci. Tilden, vêtu d'une chemise à rayures et d'un gilet déboutonné, lui lançait une balle de caoutchouc blanche.

« Tu vois ? J'ai au moins deux ans dans cette scène. J'ai grandi depuis l'époque où j'étais assis par terre chez tante Laura. Et toutes ces scènes, tous ces noms qui ne cessent de me harceler.

« Chronologie.

« Peut-être n'est-ce qu'un problème de chronologie.

« Ces souvenirs te reviennent dans le désordre, et tout s'emmêle. Ils t'arrivent comme des signaux incohérents. Des étincelles fortuites. Jaillies de la mémoire génétique, d'après ce bon docteur Sturdevant. Tout le monde a ce genre de souvenirs. Mais comme on ne sait pas à quoi les rattacher, on préfère les oublier ou décréter qu'ils n'ont aucun sens.

« Reviens en arrière. Reprends à partir du colonel Mann ou de Jay Gould. Tilden n'était pas homme à laisser ce genre d'histoire traîner en longueur. Gould non plus.

« Procédons par ordre. Commençons par Mann. »

Corbin ferma les yeux et évoqua la physionomie rubiconde du colonel William D'Alton Mann telle qu'elle lui était apparue dans le fiacre. Mais elle demeura floue, inaccessible. Il ne parvint à en saisir que quelques mimiques fugitives. Corbin essaya de se concentrer davantage, mais déjà il se lassait de cet exercice. Et puis, quelle importance ? Après tout, le colonel n'était qu'un personnage de second plan. « Gould. Passe plutôt à Gould. » Corbin chassa la scène du fiacre, qui fut remplacée par le faciès mélancolique de Méphistophélès. C'est ainsi qu'on l'avait surnommé. Le Méphistophélès de Wall Street. La voix haut perchée du financier lui parvint... « Un instant ! Non, ça ne colle pas. » Gould avait une voix douce et feutrée. Il parlait d'un ton mesuré car, quand il avalait trop d'air, il risquait la crise d'asthme. Cette voix aigre ressemblait davantage à celle de Teddy. Teddy Roosevelt. Corbin jeta Gould aux oubliettes et se mit en quête du visage de Teddy Roosevelt. Mais il buta contre une porte de verre fumé sur laquelle semblait se répercuter la fameuse voix. Teddy criait. Il n'avait pas l'air en colère, mais il criait.

« N'essaie pas de comprendre. Teddy passait sa vie à crier. Parfois, on aurait presque pu croire qu'il ne savait pas s'exprimer autrement.

« Pour ce qui est de visions fragmentées, tu es servi !

« Recommençons. En nous en tenant à la chronologie.

« Que savons-nous, au juste ?

« Nous savons que Tilden est allé trouver le colonel Mann. Que celui-ci a refusé de négocier et l'a renvoyé à Jay Gould mais que, un dollar étant un dollar, il a profité de l'occasion pour lui vendre une information concernant Carling. Qu'est-ce que Tilden avait pu bien faire de cette information ? Était-il allé proposer un marché à Gould ? Gould ne se mêlait plus de sa vie privée, en échange de quoi Tilden gardait pour lui l'histoire Carling. Le financier avait toutes les raisons de capituler. Il n'avait certainement pas besoin que ses ennemis apprennent qu'il s'était fait rouler. Qu'il avait fait confiance à un imposteur, un escroc, un ancien bagnard. Pire, qu'il avait engagé un juif ayant renié sa race, alors qu'il était, lui, soupçonné d'avoir ajouté une voyelle à son nom afin de pouvoir faire son chemin dans la communauté protestante.

« Évidemment. Ses ennemis se seraient payé du bon temps avec l'affaire Carling. Gould serait devenu la risée de tous. Certains auraient peut-être même cru venu le temps de suivre ses évolutions d'un peu plus près, comme ces coyotes décrits par Teddy Roosevelt dans *La Vie au Rancho,* qui cheminent aux côtés d'un bison malade, l'épiant et lui décochant de temps à autre un coup de dents dans les jarrets pour éprouver ses capacités à se rebiffer et à se battre.

« *La Vie au Rancho.*

« Ne t'arrête pas ! Ne te pose pas de questions. C'est le livre de Teddy. Il est sorti l'année où il a tant neigé. Et on a donné une soirée au *Delmonico* pour célébrer sa publication. Tu y étais invité, mais tu n'y es pas allé parce que tu craignais d'entendre des allusions à ta " colombe au passé douteux ", tu craignais que cet homme que tu estimais tant te pose des questions sur Margaret et, ne connaissant pas tes véritables sentiments sur elle, en parle en des termes que tu n'aurais jamais pu lui pardonner. »

— Faites-lui lire ces lignes.

Ces mots, vociférés à la réception, parvinrent à Tilden de derrière la porte en verre fumé de son bureau.

— Faites-les-lui lire à haute voix !

Tilden grimaça au son strident de cette voix nasale qui lui rappela la fraise de son dentiste.

— Faites-lui lire « A mon excellent ami, Tilden, dont je déplore l'absence. » Mais dites-lui bien que je ne m'exprime ainsi, avec un remarquable manque de sincérité, qu'au nom de notre amitié passée et que je ne peux plus le considérer comme tel depuis qu'il m'a si scandaleusement laissé tomber.

Un coup timide fut frappé à la porte, et le premier clerc de Tilden, un certain M. Levi Scoggins, apparut, portant à bout de bras un grand volume ouvert.

— Monsieur, j'ai bien peur... C'est-à-dire que... je dois vous informer...

— Ne vous inquiétez pas, monsieur Scoggins, fit Tilden en souriant. J'ai entendu.

Tilden se leva et délesta son employé de l'énorme livre d'or.

— Demandez à M. Roosevelt si je puis prendre le risque de le faire entrer dans mon bureau sans appeler au préalable la police à la rescousse.

— Mon Dieu ! Où étiez-vous passé ? entendit-il la voix agitée de Cora Starling lui demander dans l'écouteur du téléphone de la bibliothèque. Vous aviez dit que vous appelleriez régulièrement...

Harry Sturdevant regarda sa montre. A peine plus de midi. On aurait pu croire qu'il n'était pas rentré de la nuit.

— Désolé, j'ai perdu toute notion de temps. J'effectue des recherches à la bibliothèque de Greenwich.

— Écoutez, docteur Sturdevant, j'ai peur pour vous trois, je crois que vous avez été suivis.

— Vous avez reçu de nouveaux appels mystérieux ?

— Non. Mais des gens, un homme ou peut-être deux, ont suivi votre voiture quand vous êtes partis ce matin.

— Vous en êtes sûre, Cora ?

— Je peux vous décrire ce que j'ai vu. Vous souvenez-vous avoir dépassé une voiture tout amochée, garée en double file de l'autre côté de la rue ? Eh bien, elle était occupée par un Blanc et elle bloquait une voiture bleue, également occupée par un Blanc. Je ne leur prêtais pas grande attention, mais tout à coup l'homme en double file s'est mis à hurler comme un forcené à la figure de l'autre, qui lui a aussitôt passé par la vitre un objet ressemblant fort à un fusil. J'ai cru devenir folle à ne pas savoir si je devais appeler la police ou non.

— Vous avez bien fait de vous abstenir, Cora.

« Surtout qu'il n'est pas impossible que vous ayez un peu trop regardé la télévision. »

— Vous disiez qu'on nous avait suivis ?

— Le premier homme, celui qui était garé en double file, a démarré juste après votre passage. L'autre a bricolé cinq bonnes minutes sous son volant avant de décoller à son tour, l'air fou furieux.

— Logiquement, celui-là n'a pas pu nous suivre. A quoi ressemblait l'autre ?

— Vous voyez certains de ces anciens footballeurs que vous recevez parfois, ces types qui, sans être à proprement parler gros, ne peuvent passer les portes de face ? Eh bien, le premier avait tout à fait ce style. Et l'air mauvais.

— Merci, Cora ! Je vais ouvrir l'œil.

Mais Sturdevant avait l'étrange impression d'avoir déjà rencontré l'homme à l'air mauvais.

— Quand comptez-vous rentrer ?

— J'imagine que nous dînerons chez Corbin avant de nous remettre en route. Je vous téléphonerai s'il y a un changement.

375

Sturdevant entreprit de rassembler ses papiers, l'esprit absorbé par l'homme de forte carrure, à l'air mauvais mais aux manières affables, qui en savait si long sur Greenwich et qui n'avait pas dû se priver de fourrer son nez dans son carnet quand il s'était éloigné de la visionneuse.

Tandis qu'il se dirigeait vers sa voiture, Sturdevant passa en revue les automobiles stationnées dans le parking de la bibliothèque et dans les rues avoisinantes. Mais il n'en découvrit aucune qui ressemblât à la voiture garée en double file dans sa rue le matin même. Il nota au passage que le soleil s'était éclipsé derrière un bouclier de nuages noirs. Seule une mince bande de ciel bleu subsistait encore, loin vers l'est. L'air véhiculait à présent une odeur de neige.

Lesko n'était pas très chaud à l'idée de pénétrer seul dans cette baraque. Il n'avait jamais, au cours de sa carrière de flic new-yorkais, sonné à une porte sans avoir préalablement posté un collègue à proximité. Et il n'avait jamais mis les pieds dans une bicoque de ce style. Sauf une fois, quand ce gros bonnet de Wall Street, pédé comme un phoque mais qui ne voulait surtout pas que ça se sache, avait descendu un prostitué qui menaçait de devenir bavard. Un gros bonnet. Une grande maison. Une montagne de pognon. Ça impressionne. Ça rend timide. Et avant qu'on se décide à appliquer la méthode forte pour obtenir les confidences du client, celui-ci a déjà six avocats autour de lui.

Tap. Tap. Tap.

Lesko leva la tête et découvrit un Dancer trépignant d'impatience qui faisait tinter sa chevalière contre la vitre. Lesko se sentit subitement moins crispé. Avec

Dancer, il ne risquait pas d'avoir envie de faire des politesses.

— Nous n'avons pas que ça à faire, monsieur Lesko.

Dancer avait ouvert l'une des doubles portes blanches. Le trench-coat de Tom Burke sur le bras, Lesko grimpa les marches du perron et entra dans la place.

— Vous êtes prié de déposer votre manteau sur cette chaise... ainsi que toutes les armes que vous avez sur vous.

— Arrêtez vos simagrées, Dancer! Où est votre patronne ?

— Ou vous déposez votre arme, ou vous sortez.

Dancer croisa les bras et lui barra le passage.

Sans se démonter, Lesko se pencha et lui déposa un baiser sur le front. Éberlué, postillonnant d'horreur, Dancer fit un bond en arrière. Sa main droite se leva à hauteur d'épaule et, l'espace d'un instant, l'ancien flic crut qu'il allait se prendre une claque.

— Pour l'amour du ciel, intervint une voix de femme, allez-vous vous décider à faire entrer cet homme ?

— Je garde le manteau, fit Lesko avec un petit clin d'œil. Merci quand même.

Là-dessus, il tâta le Beretta dissimulé dans les plis du vêtement et, laissant Dancer derrière lui, s'avança vers la pièce d'où était venue la voix.

— Un doigt de sherry, monsieur Lesko ?

Elle était assise derrière un bureau, les mains sur ses genoux. Dancer, qui s'était décidé à suivre Lesko, se campa sur sa droite, les bras toujours croisés.

— Non, rien pour moi, merci...

— Je vous aurais bien offert un café, mais je n'ai malheureusement personne pour vous le préparer.

Lesko fit une grimace.

— Et vous espérez me faire gober qu'à part Dancer, vous et moi, il n'y a pas un chat dans cette maison ?

Elle sonda son regard.

— Mon frère est ici, mais il a été pris d'une légère indisposition. Il dort à l'étage. Les domestiques seront absents jusqu'en fin d'après-midi.

« Pas mal ! songea Lesko. Une rapide. Si j'étais au courant de la présence de Dancer ici, je ne peux manquer de savoir en compagnie de qui il est venu. »

Le regard de Lesko dévala la colline au pied de laquelle se dressait le portail puis revint tourner autour de la fenêtre, à la recherche d'un bouton de commande à distance. Mais il n'en trouva pas. Pourtant, il était sûr d'avoir vu les silhouettes de Dancer et de la vioque s'encadrer dans la fenêtre tandis que les grilles s'écartaient devant lui. Alors, qui les avait ouvertes ?

— Vous me racontez des salades, princesse ?

La politesse. La politesse pouvait vous coûter la vie.

Brassant l'air de ses bras courtauds, il tournait en rond sur le tapis oriental déployé devant le bureau de Tilden qui, assis dans son fauteuil, avait choisi de s'en tenir à un silence résigné. Teddy était déterminé à lui infliger un monologue, et l'interrompre avant que celui-ci n'ait atteint son apothéose, même pour se confondre en excuses, aurait relevé du sacrilège.

— Et moi qui étais *là*...

Il pointa un doigt rigide dans la direction approximative du *Delmonico*.

— ... Coincé derrière une pile de livres — plût au ciel qu'il s'en vende autant qu'il en a distribué gratuitement ce soir-là —, à subir stoïquement les gloses littéraires de toute une flopée de cuistres. J'ai eu tout d'abord droit...

Un index tremblant se dressa.

— ... A la clique des Tammany [1], à l'usage desquels les crachoirs furent inventés, et qui, jusqu'au dernier d'entre eux, n'ont jamais ouvert un livre en dehors du *McGuffrey's Reader* [2]. Les Tammany donc, qui les uns après les autres éprouvèrent le besoin de me dire combien ils brûlaient de dévorer ma prose.

Un deuxième doigt alla tenir compagnie au premier.

— Puis vint le tour des douairières drapées dans leur fourrures et leur indignité, les malheureuses venant d'apprendre que les animaux pouvaient réellement souffrir mille morts pendant qu'on les réduisait à l'état d'étole et que, contrairement aux miséreux de New York, les pauvres petites bêtes ne mettaient pas leur pelisse au clou chaque printemps.

Un troisième doigt se détendit comme un ressort.

— Parlerai-je de mon éditeur, ce digne gentleman, qui est resté obstinément pendu à mon coude pour me souffler des dédicaces personnalisées jusqu'à ce que, n'y tenant plus, je lui plante mon stylo dans la main ?

Roosevelt marqua une pause, mais Tilden se garda bien de mordre à l'appât, de peur de s'entendre dire que

---

1. Branche du Parti démocrate organisée en fraternité. Fondée en 1789.
2. Ouvrage de vulgarisation publié en série par l'éducateur William Holmes McGuffrey (1800-1873).

seule son absence avait été responsable de l'empalement du pauvre homme.

— Sam Clemens !

Teddy brandit une autre main, un autre doigt.

— Samuel Clemens me fit la grâce de passer et de souhaiter à mes modestes efforts une juste rétribution. Comme le firent également Henry James, Ida Tarbell et la petite Nelly Bly qui, soit dit en passant, a demandé des nouvelles d'une de tes amies.

Il y eut une nouvelle pause. Une nouvelle perche que Tilden ne saisit pas.

— Mais de Tilden Beckwith, point.

Roosevelt écrasa son poing dans sa main.

— Et ce fut tant pis pour lui. Eût-il été présent, il aurait eu le plaisir d'entendre Maurice Barrymore réciter *Hamlet* tout en essayant de jongler avec quatre homards vivants. De voir son ami Nat Goodwin donner des vapeurs aux douairières précédemment citées en leur exposant la meilleure technique pour étriper un lièvre. Et notre ami John Flood leur porter l'estocade en leur racontant comment, dans son enfance, il décapitait les poulets à coups de dents dans le comté de Sligo.

L'expression de Roosevelt se radoucit une fraction de seconde.

— Tu m'as manqué, Tilden.

— Je suis navré, Teddy.

Tilden se leva de son fauteuil, la main tendue.

— La vie n'a pas été simple ces derniers temps.

Roosevelt saisit la main que lui offrait son ami et la retint dans la sienne. Derrière ses lunettes, ses yeux accrochèrent ceux de Tilden.

— Et cette petite veuve Corbin, est-elle cette rose

incomparable que, avec force qualificatifs, John et Nelly ne se lassent pas de louer ?

— John t'a raconté ?

— Je l'ai menacé de monter sur le ring avec lui s'il ne m'en disait rien.

— C'est une femme très bonne, Teddy, déclara solennellement Tilden, qui a comblé mon cœur, et que j'honore.

— Alors, que Dieu vous bénisse tous les deux.

Il lâcha la main de Tilden.

— Mais permets-moi d'abord de te maudire pour avoir pensé que ton ami était un tel pharisien.

— Je te le permets. Je le mérite.

Roosevelt croisa les mains dans son dos.

— Et tu as d'autres amis, sais-tu ? As-tu remarqué que ton nom avait disparu du *Town Topics* depuis quelques semaines ?

Tilden l'avait naturellement remarqué, avec autant de soulagement que d'appréhension.

— John et Nat sont tes amis, reprit tranquillement Roosevelt. Eux, à leur tour, ont un ami qui est apparemment allé rendre une petite visite au colonel Mann pour le prévenir, après avoir étalé son garde du corps de quelques coups de matraque, que la prochaine apparition du nom de Beckwith dans sa feuille de chou lui coûterait ses deux yeux. Du coup, on m'a chargé de te transmettre les compliments de Billy O'Gorman.

— O'Gorman ?

Tilden écarquilla les yeux.

— O'Gorman a fait cela pour moi ?

— Je ne connais pas l'homme, mais John m'a dit que tu comprendrais si je te rappelais que tu lui as un jour permis de sauver la face.

« J'ai jamais dépouillé un homme de sa fierté, Tilden. J'ai jamais humilié personne. O'Gorman est une ordure, mais tu lui as laissé la possibilité de sauver la face. Ansel Carling est également une ordure, mais tu ne lui as rien laissé, sauf une inextinguible soif de vengeance. »

— Au fait, que devient John ? J'ai essayé à plusieurs reprises de le joindre ces derniers temps. Sans succès.

— Il est parti à la frontière canadienne avec John L. Sullivan, abattre des arbres et courir les chemins de montagne. Il semble qu'il se soit donné pour mission de tenir John L. à l'écart des bars et des pâtisseries afin que notre champion du monde soit en mesure de défendre son titre contre Jake Kilrain, l'été prochain.

Tilden secoua dubitativement la tête.

— Vu son état la dernière fois que je l'ai rencontré, il n'aura pas trop du temps qui lui reste.

Mais, à en juger par l'expression de Roosevelt, il était clair que, quoique intéressé par le sujet, il était pour l'heure préoccupé par des questions plus graves.

— D'après le rapport d'O'Gorman, le colonel Mann, plus que retourné à la perspective de perdre ses deux yeux, aurait, entre deux pleurnichements, débité quelque fable selon laquelle il t'aurait vendu des renseignements, sur l'un des hommes de Gould, à savoir Carling. Il aurait même laissé entendre que ceux-ci étaient suffisamment compromettants pour que tu sois à même de faire chanter Gould.

— C'est effectivement le cas. Mais j'ai choisi de ne pas en faire usage.

— Pas même pour défendre ton amie ? Pour ne rien dire de tes affaires, auxquelles j'ai entendu dire que Gould faisait le plus grand tort ?

Tilden se cabra.

— Mon amie a un nom, Teddy ! Et j'espère que tu auras le plaisir de lui être présenté d'ici peu.

— Je l'espère également, Tilden. Il n'était pas dans mes intentions de t'offenser.

— Pour ce qui est de nos affaires, nous nous défendons bien, merci. S'il est vrai que certains clients timorés nous ont retiré leurs comptes, je ne m'abaisserai pas à devenir maître chanteur pour les récupérer.

— Et pourtant, tu as acheté l'information en question...

— Mon intention était et reste de prendre Carling par la peau du cou aussitôt que je lui mettrai la main dessus, de lui glisser à l'oreille ce que j'ai appris sur lui et de lui faire comprendre que le climat australien serait moins préjudiciable à sa santé.

— Et qu'as-tu appris de si extraordinaire ?

— C'est personnel !

— Hah !

Roosevelt laissa s'épanouir un énorme rictus.

— Je m'en serais douté. A présent, il est temps pour moi de te faire un aveu. En un mot comme en cent, j'ai pris la liberté de me mêler de tes affaires. Je suis allé voir Morgan à ton sujet. Il t'attend dans son bureau demain matin, à dix heures tapantes !

Tilden couvrit son ami d'un regard médusé. Il savait qui était Morgan, bien sûr. Il n'y avait qu'un seul Morgan.

— Et que peut-il bien me vouloir ?

— Il veut t'aider. Il est au courant des pertes que tu as subies. Quand je lui en ai parlé, il s'est esclaffé et m'a dit qu'il t'aurait fait récupérer cette bagatelle avant l'heure du déjeuner.

Tilden ne put que secouer la tête de stupeur.

— Teddy, j'ai peut-être la comprenette difficile mais... enfin, je fais partie de ses concurrents. Il est vrai que Beckwith and Co. n'est qu'un vulgaire moustique comparé à la maison Pierpont Morgan, mais, tout de même, pourquoi voudrait-il me faire une fleur ?

— Il a de la sympathie pour toi.

— Ne dis pas de bêtises. J. P. Morgan n'a de la sympathie pour personne. L'homme a en tout et pour tout posé trois fois les yeux sur moi. La première, il a froncé les sourcils. La deuxième, il s'est fendu d'un grognement, et la troisième d'un vague signe de tête.

— Tu vois bien ! s'écria un Roosevelt tout guilleret. Il s'est remarquablement vite dégelé. Pour J. P. Morgan, un grognement équivaut à une accolade.

Tilden prit appui sur le rebord de son bureau et croisa les bras.

— Teddy, vas-tu à la fin m'expliquer pourquoi Morgan s'intéresse à moi ?

— D'abord, il méprise Gould, cela va sans dire. Et pour corser l'affaire, il s'est fait rouler par Ansel Carling, qui lui a vendu pour un authentique feuillet d'une bible enluminée des Septante une vulgaire copie datant du XVIIᵉ siècle.

— Ça me paraît une bien piètre raison, Teddy ! L'Europe tout entière s'est employée, ces dix dernières années, à rouler Morgan et la moitié des Américains fortunés, Gould y compris.

— Évidemment ! Leur fortune incommensurable, leurs prétentions tout aussi illimitées et leur rare ignorance dans le domaine de l'art ont permis à plus d'un Français ou d'un Hollandais de se débarrasser à bon compte des rossignols entassés dans son grenier.

Morgan n'est cependant pas un imbécile. Il sait que la valeur d'une œuvre est fonction de ce qu'un amateur est prêt à payer pour la posséder, et il sait également que beaucoup seraient prêts à donner gros pour posséder une pièce ayant appartenu à sa collection. Il existe de nombreuses formes d'escroquerie, vois-tu. Mais il y a une différence entre se faire escroquer par un négociant en art et se faire filouter par Gould ou l'un de ses acolytes. Va le voir, Tilden, c'est une occasion inespérée.

— Dix heures tapantes, dis-tu ? Demain ?

— Wall Street ! Au 23. Il compte t'emmener faire une petite promenade.

— Comment se porte votre père ?

Ce fut par ces mots que, sans même lever le nez de sa table de travail, John Pierpont Morgan accueillit Tilden, que l'un de ses collaborateurs en queue-de-pie venait d'introduire dans son bureau. Tilden fit de son mieux, comme le lui avait recommandé Roosevelt, pour éviter de poser son regard sur l'énorme appendice nasal veiné de bleu du maître de céans.

— Assez bien, monsieur. Sa santé s'est nettement améliorée.

Morgan était en train de dépouiller son courrier, ne consacrant apparemment jamais plus de cinq secondes à une lettre donnée avant de l'annoter en haut de la page ou d'en rejeter les prières instantes d'un trait de crayon méprisant. Attendant le bon plaisir de son hôte illustre, Tilden se mit à examiner la pièce, qui était plus petite qu'il ne l'avait imaginée, et très encombrée. On aurait presque pu se croire dans une salle des ventes. Les murs étaient recouverts de tableaux et de tapisseries, la plupart d'inspiration religieuse. Une bibliothèque encastrée foisonnait de manuscrits fatigués, à première vue sans valeur, coudoyant de somptueux volumes dorés sur tranche et reliés de cuir rouge et marron. Pourtant, d'après Teddy, parmi ces vieux bouquins tout craquelés figurait l'édition originale des œuvres de Sir Walter Scott, ainsi que celle de nombreux recueils de poèmes, notamment de Keats et de Shelley. *Le Corsaire,* de Byron, était accroché sous verre à côté de la photographie du yacht de Morgan, que le milliardaire avait baptisé du même nom.

— Vous vous intéressez à la navigation de plaisance ? interrogea Morgan, toujours plongé dans ses papiers.

— Je ne possède qu'un skiff pour l'instant. Mais il m'arrive de participer à des courses de voiliers. J'aime aussi les croisières d'agrément.

— *Le Corsaire* est un bateau à vapeur.

— Je sais, monsieur.

— Vous préférez la voile ?

— Oui, monsieur.

— Pas moi.

— Oui, monsieur. Puis-je m'asseoir ?

— Nous allons sortir.

Trop avisé pour s'offusquer de la brusquerie de Morgan, Tilden se mit à scruter le plafond. Son interlocuteur était réputé n'avoir que peu de dispositions pour les politesses et pas une once de considération pour ses semblables. Impulsif et autocrate, parfaitement conscient de la suprématie de sa position parmi les hommes d'affaires de son pays, Morgan avait vu plus d'un président venir implorer son aide, qu'il n'accordait jamais sans exiger un droit de regard sur l'utilisation qui serait faite de son argent.

386

— Achetez un bateau !

— Pardon ?

— Naviguez, vous vivrez plus longtemps. *Les dieux...*

Morgan inclina la tête.

— *Les dieux ne décomptent pas...*

Il pianota impatiemment sur son bureau puis brandilla un index en direction de Tilden.

— *Les dieux ne décomptent pas du temps de vie qui nous est alloué les années que nous passons à naviguer.*

— C'est exactement cela, oui.

Peut-être n'était-ce qu'un effet trompeur de la lumière, mais Tilden crut voir un sourire jouer sur les lèvres du banquier.

— Allons nous dégourdir les jambes !

Morgan se leva et passa nonchalamment devant Tilden. Sur quelque invisible signal, la porte s'ouvrit, et l'employé à queue-de-pie apparut avec un pardessus que l'homme d'affaires endossa sans même rompre la cadence de son pas. Son hôte lui ayant intimé, d'un mouvement de sa main droite, de le suivre, Tilden s'ébranla à son tour, et les deux hommes franchirent l'un derrière l'autre toute une succession de portes qui s'ouvrirent devant eux, et débouchèrent sur Wall Street, où ils prirent à gauche pour gravir la butte en direction de Trinity Church.

Tilden n'avait aucune idée de leur destination ni même de ce qui était censé découler de cette promenade vivifiante. Il eut au moins la satisfaction de voir sa première question recevoir une réponse une centaine de pas plus loin quand, sur un signe de tête de Morgan, les portes de la Bourse furent ouvertes devant eux par deux gardes armés.

Le parquet était plongé dans son tohu-bohu habituel. Deux cents voix, dont l'une aurait dû être celle de Tilden Beckwith, beuglaient à qui mieux mieux leurs offres à chaque inscription d'un nouveau cours sur le gigantesque tableau noir. Le tapage décrut sensiblement avec l'arrivée de J. P. Morgan. Tilden sentit une main étreindre son épaule. Celle de Morgan. Qui le pressa de traverser le parquet, de se frayer un chemin parmi tous ces hommes puissants et influents, tous sans exception adeptes inconditionnels de la loi de Spencer sur la survivance du plus apte, théorie fort commode leur permettant de considérer que l'exploitation de l'homme par l'homme était inscrite dans la nature des choses et, partant, que le respect d'autrui n'avait pas plus sa place dans la société qu'au cœur des jungles ou au fond des océans. Certains, pourtant, se complaisaient un peu trop insolemment dans leur rapacité. Et Tilden eut soudain envie d'échapper à Morgan, le temps d'aller souffleter un ou deux des visages goguenards qui se détachaient du groupe des hommes de Gould. Mais Morgan le tenait d'une main ferme et puis, à vrai dire, ce qu'il avait au premier abord pris pour de la morgue commençait à présent à ressembler à de la consternation. Tout au bout du parquet, là où siégeait la maison Pierpont Morgan, Morgan s'arrêta et, faisant face à Tilden, lui dit en lui tendant la main :

— Bonne journée, monsieur Beckwith. Et achetez-vous ce bateau !

— Heu, merci, monsieur Morgan, répondit un Tilden désarçonné.

La main libre de son interlocuteur s'abattit sur son épaule, dans un geste de paternelle affection.

— Je me suis rendu compte que, si j'étais capable de

faire le travail d'une année en neuf mois, j'étais incapable d'abattre la même besogne en quatre trimestres. Prenez des vacances, jeune homme. Vous n'en serez que plus riche.

— Oui, monsieur.

— Quand vous partirez, faites-le avec élégance, la démarche alerte et l'œil vif !

Et, bien que se sentant tout à fait idiot, Tilden fit de son mieux pour se conformer à cette consigne. Les poils de sa nuque grésillèrent sous le feu des regards braqués sur lui. Ce ne fut qu'une fois dans la rue qu'il se permit de ralentir le pas. Puis, comme dans un rêve, il marcha jusqu'à son bureau, où il s'enferma pour méditer sur les étranges événements de la matinée. Au bout d'une heure, M. Scoggins frappa à la porte et entra.

— M. Roosevelt vous demande au téléphone, monsieur. Il insiste pour vous parler.

— Très bien, monsieur Scoggins.

Tilden s'arracha à son fauteuil. Il aurait sans doute dû appeler Teddy dès son retour.

— J'aurai tout à l'heure quelques affaires à vous soumettre. De nature plutôt agréable, à ce qu'il me semble.

Tilden était trop perturbé pour prêter attention aux propos de M. Scoggins, à la suite duquel il traversa la salle principale, où régnait une effervescence inhabituelle pour l'heure, avant de pénétrer dans la salle du courrier et de saisir l'écouteur que lui tendait un employé.

— Allô ? Tu m'entends ? cria-t-il en se bouchant l'oreille pour s'isoler du tapage incessant des télégraphes.

— Il vient de m'appeler, Tilden. Ça a marché comme

sur des roulettes. Épatant pour toi, mon vieux ! grésilla
la voix.

— Qui vient de t'appeler ? Qu'est-ce qui a marché
comme sur des roulettes ?

— Morgan, voyons ! Il m'a dit que vous aviez eu une
longue conversation sur l'art, la littérature, les avantages de la navigation à voile et ceux de la navigation à
vapeur, et enfin sur l'intérêt de prendre de longues
vacances. Et sur ses conseils, si j'ai bien compris, tu vas
t'acheter un bateau.

Tilden resta sans voix. Enfin, après s'être massé la
tempe, il parvint à ânonner :

— Teddy, j'ai bien peur que l'un de nous soit devenu
complètement fou. Art, littérature ?

— Avez-vous eu un entretien, oui ou non ?

— Heu, oui. Mais jeter un coup d'œil sur les murs de
son bureau ou lire le titre d'un poème mis sous verre
peut difficilement constituer une conversation sur l'art
et la littérature.

— Pour Morgan, si. Tu as dû te montrer sensible à
ses goûts. En tout cas, tu as fait de sacrés progrès par
rapport au stade hochements de tête et grognements. Et
ce petit tour à la Bourse ? J'aurais donné cher pour y
assister !

— Assister à quoi, bon sang ? s'emporta Tilden. Il
m'a trimbalé là-bas comme si je n'étais qu'un petit garçon à qui l'on montre où son papa travaille, puis m'a
pour ainsi dire tapoté la joue avant de me convier à
rentrer bien gentiment chez moi.

— Comment peux-tu être aussi obtus, Tilden ? Tu ne
te rends donc pas compte que tu viens d'être fait chevalier ?

Écœuré, Tilden ferma les yeux. Évidemment. Ce

390

soudain vent d'activité soufflant sur ses bureaux. Pierpont Morgan choisissant l'endroit le plus en évidence de toute la Bourse pour s'arrêter, lui serrer la main et donner au monde entier le spectacle de son affectueuse sollicitude.

— Pourquoi, Teddy ? Pourquoi a-t-il fait ça ?

— Je te l'ai dit. Il a de la sympathie pour toi. Et beaucoup de respect pour ton père...

— Et... ?

— C'est aussi un homme d'une vanité phénoménale. Or, quelqu'un lui a récemment affirmé que son pouvoir était si grand qu'une simple poignée de main de sa part équivaudrait pour son heureux bénéficiaire à une lettre de crédit d'un million de dollars.

— Tu es d'un cynisme éhonté, Teddy !

— Indubitablement.

— Un digne émule de Machiavel !

— Irrémédiablement.

— Tu devrais te représenter aux élections municipales. Tes talents d'intrigant méritent un théâtre d'activité plus vaste que l'Assemblée législative de l'État de New York.

— Peut-être m'arrangerai-je un de ces jours pour me faire moi aussi serrer la main par J. P. Morgan.

Tout allait s'arranger, songea rêveusement Corbin. Il allait pouvoir la protéger, tout comme ses amis — ces excellents amis — l'avaient protégé, lui. Nat... John... Ted. Surtout Ted.

— Vous n'avez jamais rencontré Teddy, je crois ?

Debout devant la fenêtre, Gwen lui tournait le dos, regardant voleter les premiers flocons de neige et priant le ciel que son oncle se dépêche.

— Teddy...

Elle fit volte-face.

— ... Teddy Roosevelt ?

— Oui, acquiesça-t-il, le regard perdu dans le vide, un demi-sourire nostalgique sur les lèvres.

— J'ai...

« Que répondre ? »

— ... Je n'ai jamais eu ce plaisir.

— C'est regrettable. Je veillerai à ce que cette erreur soit réparée. Mais vous n'allez que rarement à New York, à présent, n'est-ce pas ?

Ce « vous ». A qui pouvait-il bien s'adresser ?

— Pratiquement jamais, non...

— Peut-être parviendrons-nous à le faire venir jusqu'ici pour une promenade en mer l'été prochain. C'est un barreur hors pair, savez-vous. On ne le devinerait jamais à le voir toujours si nerveux et si agité.

Il se tourna vers elle, son visage s'éclairant comme s'il venait juste de se rappeler une anecdote savoureuse. Mais son expression s'assombrit soudain. Les mots qu'il allait prononcer moururent sur ses lèvres.

— Tilden ?

Il secoua la tête.

— Quelque chose ne va pas, Tilden ?

— Ne... Ne fais pas ça. C'est moi...

Il se frotta les yeux puis se leva et s'ébroua.

— Je rêvais tout éveillé.

— Étais-je Laura Hemmings à l'instant ?

— J'imagine.

— Et pourquoi pas Margaret ?

— Il n'y a pas de quoi en faire un plat ! Nous sommes dans la maison de Laura, c'est tout.

392

Ce n'était pas tout, et il le savait. Il n'aurait su dire combien de fois Tilden avait rendu, seul, visite à Laura, mais il lui semblait que, pendant une longue période, il était souvent venu dans cette maison sans Margaret. C'était sa façon à lui de se sentir plus proche d'elle. Parce qu'elle était partie et qu'il en était très malheureux.

— Chérie, je crois que je vais aller me dégourdir les jambes.

S'il restait, Gwen ne cesserait de le harceler de questions sur Laura. Et certaines choses la concernant ne regardaient personne.

— Il commence à neiger, Jonathan...

Son regard effleura la jeune femme et se porta vers la fenêtre. Il ne ressentit rien. Il n'avait plus peur. N'était même pas soulagé de ne plus avoir peur.

— Tu sais quoi ?

Il suivit les évolutions de quelques flocons isolés.

— ... Je crois que c'est fini.

Gwen comprit immédiatement ce qu'il voulait dire.

— Plus de mains moites ? Plus de revenants ?

Il fit signe que non. Il pouvait revoir, dans son esprit, toutes les scènes, les personnages et les endroits qui lui étaient apparus dans la neige. Mais, à présent, rien de cela ne l'effrayait. Cet univers fantomatique faisait partie de lui. Comme ses propres souvenirs. Il pouvait songer à cette femme qui fuyait devant lui, une nuit de tempête, sans en éprouver la moindre terreur. Car, maintenant, il savait qui elle était. Seule une vague colère frémissait encore en lui à la pensée qu'elle n'ait pu rester ensevelie dans la mort et dans l'oubli.

— Raison de plus pour faire une balade. Je vais pouvoir tester mes nouvelles dispositions.

— Je viens avec toi, dit-elle en se dirigeant vers le placard.

Corbin l'intercepta et referma les bras sur elle.

— Gwen chérie, ça fait près de deux jours que tu ne me lâches pas d'une semelle. Laisse-moi au moins faire quelques pas tout seul.

— Tu resteras en vue de la maison ?

Il se contraignit à sourire.

— Ce serait un peu ridicule, tu ne crois pas ?

— Mais tellement plus raisonnable.

— Ma voiture n'a pas bougé de la gare depuis vendredi matin. Il faudra bien que je finisse par la récupérer.

— Pourquoi n'attends-tu pas oncle Harry ? Il pourra t'y descendre en un rien de temps.

Pourquoi ? Il ne pouvait pas lui dire qu'il avait simplement besoin de sortir parce que cette vague de colère qu'il avait ressentie n'était soudain plus si vague que ça. Colère contre Ella. Colère contre Gwen et ses questions sur Laura Hemmings, car il est des sujets dont un gentleman ne discute pas. Colère contre Margaret, qui était partie. Contre tous ces gens qui ne voulaient pas les laisser vivre en paix. Contre Bigelow. Même contre lui. Surtout contre lui. Contre ceux, qui qu'ils soient, qui étaient en train d'anéantir la paix qu'il savourait dans cette maison, dans cette ville. Depuis si longtemps.

— Laisse-moi simplement une heure...

Il l'embrassa distraitement, lui pressa la main et s'avança vers la porte.

— J'ai besoin d'une heure...

Puis, comme frappé par une inspiration subite, il revint sur ses pas et prit son parapluie dans le cagibi.

— Il se pourrait que ça tourne à la pluie, expliqua-t-il.

Ou que le neige se mette à tomber plus dru.

14

— Vous me racontez des salades, princesse !

Raymond Lesko traversa le salon d'Ella Beckwith et vint se placer devant une petite vitrine abritant des porcelaines de Limoges, face à la porte par laquelle il était entré. Une autre porte se découpait sur sa gauche. Le bureau d'Ella se trouvait à sa droite. Le détective laissa tomber le trench-coat à terre et saisit négligemment son Beretta à deux mains.

— Pourquoi ne demande-t-on pas à ce bon vieux Tom Burke de se joindre à nous ? Afin que je puisse le tenir à l'œil.

Si le pistolet inquiétait Ella, elle n'en laissa rien paraître. En revanche, les yeux de Dancer étaient littéralement vissés sur l'arme.

— Je ne vous suis pas très bien, monsieur Lesko.

Du canon de son arme, Lesko désigna la fenêtre derrière elle.

— Qui m'a ouvert la grille ?

— Mais... moi, évidemment.

— Dans ce cas, vous allez retourner vous mettre devant cette fenêtre et me montrer comment, alors que vous étiez en train de m'épier avec Dancer, vous avez procédé.

— Il s'agit d'un système de commande à distance, bien entendu.

Elle avança ses longs doigts grêles vers les touches de son téléphone, comme pour lui faire comprendre le principe.

— Quand vous voudrez, princesse...

L'ex-flic leva son arme et la braqua sur la porte fermée devant lui.

Elle redressa la tête et le regarda avec une expression cherchant à traduire la stupeur la plus totale. Mais ses yeux affrontèrent ceux de Lesko un peu trop longuement. Elle sembla en prendre conscience, car elle joignit les mains et s'accouda à son bureau.

— Très bien, monsieur Lesko. M. Burke est effectivement ici. Je l'ai envoyé à l'office, et je préférerais qu'il y reste, afin que cet entretien garde un caractère confidentiel.

— Ouais.

Lesko grimaça. Il n'avait toujours pas abaissé son arme.

— Et qu'est-ce qui me prouve qu'il n'est pas planqué derrière la porte ?

— Vous avez ma parole.

— O.K., fit Lesko en montrant les dents.

Là-dessus, il retraversa la pièce pour aller coincer une lourde chaise contre la porte. Enfin, il claqua des doigts à l'adresse de Dancer, à qui il montra la deuxième porte.

— Fermez le verrou ! lui ordonna-t-il.

Ne sachant visiblement que faire, Dancer jeta un regard désemparé à la vieille dame. Mais celle-ci se contenta de claquer des doigts à son tour pour le presser de s'exécuter. Incrédule, le petit homme porta les mains à son cœur.

— Vous n'avez tout de même pas l'intention de nous laisser enfermés avec *lui* ?

— M. Lesko fait simplement montre de prudence, mon cher Lawrence.

Lesko crut dénoter une note admirative dans sa voix.

— De toute façon, il n'est pas venu ici dans l'intention de nous faire du mal, mais pour essayer de m'extorquer de l'argent.

Dancer frissonna mais ne s'en avança pas moins vers la porte dont il se mit à triturer la targette apparemment récalcitrante. Lesko y alla d'une nouvelle grimace à l'adresse de la vieille femme, qui hocha la tête et sourit.

— Lawrence.

Dancer pirouetta et cambra les reins.

— Voilà !

— Verrouillez la porte, voulez-vous ? Pour de bon, j'entends.

Dancer hésita, coula un regard vers Lesko, qui pianotait impatiemment sur la crosse de son Beretta, puis, le visage cramoisi, se retourna et fit prestement coulisser le pêne du verrou.

— Lawrence ? interrogea la vieille femme. J'ose espérer que ce sera là votre dernière tentative pour duper M. Lesko.

— Je voulais simplement...

— Allez vous asseoir, Lawrence.

Puis, se tournant vers Lesko :

— Je sais, cher monsieur, que vous êtes loin d'être un

imbécile, et je me flatte, quant à moi, de ne pas en être une. Pourrions-nous essayer de partir sur ces bases ?

— Ça dépend, répondit Lesko en effectuant une dernière inspection de la pièce. Et votre frère, quelle est la nature de son « indisposition » ?

— Il s'est enfermé seul, avec sa bouteille et ses angoisses. Il ne saurait en aucun cas représenter un danger pour vous.

Ayant, d'un coup sec frappé sur son bureau, banni son frère de la conversation, elle enchaîna :

— Verriez-vous quelque objection à abattre votre jeu, monsieur Lesko ?

— En guise d'entrée en matière, commença-t-il nonchalamment, parlez-moi donc de 1944. Quel âge aviez-vous à l'époque, vingt-cinq, trente ans ? Vous y avez participé, ou vous vous êtes contentée de ramasser les billes ?

— Je vois qu'il va nous falloir finasser, soupira-t-elle. Très bien. Que voulez-vous dire par là, monsieur Lesko ?

Lesko l'étudia. Elle était vieille, maigre et si pâle qu'il se demanda si elle mettait jamais le nez dehors. De temps à autre passait dans ses yeux cette étrange lueur qui anime le regard de certains pensionnaires des asiles psychiatriques. Mais, dingue ou pas, c'était loin d'être une imbécile, comme elle l'avait elle-même précisé. Et elle avait toute sa vie eu l'habitude d'obtenir ce qu'elle voulait. De ne pas se laisser bousculer. Restait à savoir comment elle réagissait quand on la poussait dans ses retranchements.

— Vous avez zigouillé Charlotte Corbin, lâcha Lesko d'un ton neutre, comme s'il énonçait une simple vérité. Ou vous l'avez fait zigouiller. Ainsi que son fils, dont

Corbin se trouve être l'actuel petit-fils. Et vous n'auriez sans doute pas hésité à dégommer le père de Corbin si les frisés ne s'en étaient chargés à votre place.

— Et pour quelle raison aurais-je fait cela, monsieur Lesko ? demanda-t-elle sans sourciller.

D'un geste, Lesko écarta la question.

— Cette même année, le premier Tilden Beckwith eut un malencontreux accident dans son bureau. Si je devais parier, je dirais volontiers qu'il a été le premier de la série et qu'on l'a aidé à faire la culbute. Et tant que j'y suis, je parierais également que, si je me donnais la peine d'aller y voir d'un peu plus près, je dégotterais un ou deux macchabées de plus. Car ce genre de grand nettoyage ne s'effectue jamais aussi proprement qu'on le souhaiterait.

— Je répète...

Elle appuya son menton sur ses mains.

— Pour quelle raison ?

— Le fric, évidemment !

— J'ai plus d'argent que je ne pourrai jamais en dépenser. Ce qui, à peu de chose près, était déjà le cas en 1944.

Lesko opina du bonnet.

— Ce qui ne l'aurait peut-être pas été très longtemps si les Corbin avaient eu l'occasion de se manifester.

— Je vois.

Elle sourit. Lesko eut même l'impression qu'elle était soulagée.

— Vous nous avez enfin trouvé un mobile ! Tilden Beckwith engendra un bâtard, et les Beckwith, craignant qu'il ne prétende à la fortune familiale, finirent par passer toute sa lignée au fil de l'épée. A l'exception de celui qui, tel Moïse dans son berceau, était caché au milieu des roseaux. Est-ce en gros le scénario que vous avez ébauché, monsieur Lesko ?

— A quelques détails près, oui !

— Avez-vous une idée, cher monsieur...

Elle baissa la voix, comme si elle s'apprêtait à lui confier un secret.

— ... du nombre d'enfants illégitimes nés au hasard d'amourettes entre des hommes fortunés et de simples soubrettes ? Ou du nombre de prétendus cousins qui, à la mort d'une riche personnalité, surgissent aussitôt du néant ?

Dancer jugea le moment opportun pour mettre son grain de sel.

— Je suis sûr, monsieur Lesko, que n'importe quel avocat connaissant un tant soit peu son métier conseillerait à M. Corbin, qui ne dispose d'aucun document pour étayer ses dires, de ne pas perdre son temps.

— Et qui vous dit qu'il ne dispose d'aucune preuve ? répliqua Lesko du tac au tac en guettant la réaction de son ancien employeur.

Dancer écarquilla les yeux puis loucha vers Ella Beckwith.

— Telle que ? parvint-il enfin à demander en affectant une dédaigneuse incrédulité.

Lesko ignora la question. Il n'avait aucune idée de ce que Corbin avait pu dégotter, mais il savait au moins qu'il avait fait mouche.

— Que diriez-vous si nous accélérions un peu le mouvement, hmm ? Bon, résumons-nous. Dans un instant, vous allez me sortir que, quels que soient les documents qu'il puisse être en mesure de produire, ils ne changeront rien à l'affaire puisque vous pourrez toujours vous payer plus d'avocats que lui et le faire mariner dans les

400

tribunaux jusqu'à ce qu'il soit assez dégoûté pour accepter les miettes que vous voudrez bien lui jeter. Ce à quoi je vous répondrai : d'accord, mais alors pourquoi avoir cherché à l'éliminer à deux reprises ? Du coup, vous, princesse, prétendrez tomber des nues tandis que je vous ferai remarquer que ce brave Burke ne s'est tout de même pas mis dans la tête de lui faire passer le goût du pain sans raison précise.

Le sourire d'Ella vacilla mais tint bon.

— Une fois qu'on se sera dit tout ça, repartit Lesko de plus belle, vous me servirez qu'il n'existe aucune preuve tangible de ces tentatives de meurtre. Ce qui me paraît évident, vu que je me suis employé à les faire avorter.

— Vous louchez sur mon jeu, monsieur Lesko. Jouez vos propres cartes, voulez-vous ?

— Oh, désolé...

Lesko se gratta la tête.

— Nous en étions aux mobiles. Si l'argent ne vous plaît pas, que diriez-vous du sang ?

— Du sang ?

Lesko n'aurait jamais cru que ce soit possible. Et pourtant, elle avait pâli.

— Du sang, répéta-t-il, comme par exemple dans : Corbin et le premier Tilden Beckwith se ressemblent comme deux gouttes d'eau parce que dans leurs veines coule le même sang. Ou dans : vous et le reste de la famille avez tous la même bobine parce que vous avez tous le même sang. A part que ce n'est pas du sang Beckwith. Il y a autant de sang Beckwith en vous que dans mon chat, ma petite dame !

Le sourire d'Ella se figea.

— Vous ne contrez pas mon annonce ? s'étonna-t-il.

— Il est peut-être en train de tout enregistrer ! avertit Dancer.

— Enregistrer quoi ? Mon solo ?

Ella Beckwith leva une main, comme pour apaiser les craintes de Dancer. L'étrange petite lueur brasilla dans ses yeux.

— Et vous en arrivez à quelle conclusion, monsieur Lesko ?

— La femme de Tilden était votre grand-mère, c'est ça ? Eh bien, elle ne devait pas se gêner pour baiser à droite et à gauche, si vous voulez mon avis.

La trivialité de ces paroles arracha un hoquet horrifié à Dancer. Elle ne broncha pas.

— Quoi qu'il en soit, poursuivit-il, voilà qu'un beau jour elle tombe enceinte, et j'ai comme la furieuse impression que le type par les soins duquel elle s'est retrouvée dans cette situation intéressante était loin d'être reluisant. C'était quoi, un mulâtre ? Ou un type qui s'est fait pendre par les couilles pour avoir abusé des petits garçons ?

A présent, un tic tiraillait une des paupières d'Ella. Lesko comprit que, s'il n'avait pas mis dans le mille, il n'était pas tombé loin. En attendant mieux, il décida de laisser à la question une chance de se décanter et commença à faire les cent pas.

— Bon, reprenons. Voilà que votre grand-mère a son bébé. Au premier coup d'œil sur le marmot, Tilden demande à sa gente épouse si elle ne l'a pas bien regardé. Un instant tenté de jeter femme et enfant dehors, il décide de les garder, vraisemblablement pour sauver les apparences. Mais comme l'idée d'être papa lui trotte maintenant dans la tête et qu'il ne veut plus entendre parler de toucher votre grand-mère, même avec des

402

pincettes, il va voir cette fille, probablement une ancienne prostituée, et lui fait un enfant. A la suite de quoi il l'installe ici, à Greenwich, probablement dans la maison achetée par Corbin. Elle y reste quelques années et y élève le gosse puis, pour une raison ou pour une autre, elle prend peur et fiche le camp à Chicago. Cinquante ans plus tard, en l'espace de six semaines, Tilden, cette femme et son fils passent l'arme à gauche. Et je pense que le fils de son fils y aurait eu droit aussi si vous aviez pu le coincer au moment des funérailles.

— Vous tournez en rond, monsieur Lesko...

Lesko perçut un tressaillement dans sa voix.

— ... Qui plus est, vous ne savez rien. Absolument rien.

— Corbin sera certainement d'un avis différent, rétorqua-t-il avec un air bonhomme. Additionnez ce que je sais à ce qu'il sait et mélangez le tout à ce que Sturdevant a déterré, je suis bien tranquille qu'on ne sera pas loin d'avoir reconstitué toute l'histoire. Et si vous voulez que je m'y essaie dès maintenant, je vous dirais qu'autour du mois de janvier 1944 votre vieux, celui qui avait une tête de serpent, a mis la main sur le testament de Tilden. J'imagine qu'il a découvert que l'héritage allait lui passer sous le nez, ainsi qu'à vous et à votre indisposé frère.

Lesko nota avec satisfaction qu'Ella Beckwith avait à nouveau accusé le coup.

— Tout ça est complètement absurde ! crachota Dancer.

— Lawrence, siffla-t-elle, fermez-la !

— Comment pouvez-vous permettre à ce crétin de...

— La ferme ! hurla-t-elle.

Cette soudaine véhémence fit sursauter Dancer. Même Lesko en fut saisi.

Et, de l'autre côté de la porte que Dancer avait verrouillée, le vieil homme aux yeux hagards qui avait suivi le fantôme de Tilden dans les rues de New York tomba à genoux avec une plainte étouffée. *La ferme !* Les mots se répercutèrent dans sa tête. La ferme, toujours la ferme.

— *Ferme-la, Tillie. Il est mort. Il ne peut plus te faire de mal.*

« Bigelow s'est trompé, c'est tout, disais-tu. Mais tu avais deviné la vérité, n'est-ce pas, Ella ? Tu as toujours été si intelligente. Ella sait toujours tout. »

— *Les fantômes n'existent pas, Tillie !*

« Et pourtant, c'est toi qui te claquemures dans ta maison perchée sur cette colline, portes et fenêtres barricadées, doubles rideaux tirés dès la tombée de la nuit. Tu le savais. Tu l'as toujours su. Tu savais qu'un jour, en regardant par ta fenêtre, tu le verrais. Tu le verrais te regarder. Je t'avais prévenue. »

Prenant appui sur une chaise, le frère d'Ella se hissa péniblement sur ses pieds et se laissa aller contre le chambranle de la porte. De l'autre pièce, seuls filtraient quelques murmures indistincts. Mais quelle importance ? Il savait d'avance comment se conclurait la discussion. Tuer. Encore et toujours. Et tout sera arrangé.

— *Nous défendons ce qui nous revient de droit... Il n'a eu que ce qu'il méritait. Ils n'ont tous eu que ce qu'ils méritaient. Pour ce qu'il a fait à ta pauvre grand-mère. Pour l'affront, l'humiliation qu'il a voulu nous infliger. Jamais un sourire pour toi, pour moi, ou pour notre père.*

404

Tout pour cette putain et son bâtard. Il méritait de mourir.

« Peut-être, Ella. Mais n'as-tu pas compris ? Il ne peut pas mourir. Il revient sans cesse. Et à présent, il nous a retrouvés. Comme il a retrouvé Bigelow. Et il va nous faire subir le même sort. On ne peut pas le tuer. Mais on peut essayer de lui parler. Non, toi tu ne peux pas. Mais moi, oui. Je pourrai lui expliquer. Je n'y suis pour rien. Ce n'est pas ma faute s'ils m'ont donné son nom. »

Tilden Beckwith se redressa et essaya de se rappeler où il avait laissé son verre. Dans la salle des trophées. Titubant, il repartit dans cette direction. En foulant le poil souple et moelleux de la moquette bleue qui absorbait le bruit de ses pas, Tilden, déjà un peu étourdi, se sentit soudain très léger. Libéré. Une si bonne idée. Et c'était son idée, et non celle d'Ella. Évidemment, ça ne lui serait jamais venu à l'esprit. De toute façon, il n'aurait pas accepté de l'écouter, *elle*. Mais rien n'interdisait aux deux Tilden d'avoir une petite conversation. Autour d'un verre. Entre hommes. Il savait apprécier un bon scotch de temps à autre. Du Glenlivet. Il en trouverait probablement une bouteille dans la salle des trophées.

« Emporte-la. Montre-lui que tu ne lui veux aucun mal. Et n'oublie pas de prendre une arme dans la malle que Burke a mise sens dessus dessous tout à l'heure. Excellente idée. »

— Vous parlez de...

Elle déglutit avec difficulté.

— ... De faire part de vos théories à M. Corbin. Puis-je savoir quel intérêt vous espérez y trouver ?

Lesko haussa les épaules.

— Ça risque de valoir le jus quand Corbin et vous réglerez vos comptes...

Il crut qu'elle allait à nouveau éclater. Hurler : « Jamais ! » Mais elle ravala le mot et reprit sa respiration.

— Il me semble, monsieur, que vous avez déjà reçu une somme substantielle pour des services qui n'ont jamais été rendus.

A l'autre bout de la pièce, Dancer, décrivant du doigt un moulinet devant son oreille, essayait de rappeler à sa patronne que Lesko était peut-être en train d'enregistrer la conversation.

Lesko sourit et, d'un air satisfait, se tapota la poitrine au niveau de la poche intérieure de son veston dans laquelle se trouvaient toujours les quinze mille dollars.

— Pour toute instruction, M. Dancer, ici présent, m'avait demandé de donner à mes investigations une conclusion dramatique. J'estime avoir rempli mon contrat en expédiant vos deux guignols de la sécurité à l'hôpital au lieu de me contenter de les faire coffrer.

Elle le dévisagea, puis son regard dévia vers le renflement de son veston. Il nota au passage qu'elle avait maintenant cet air reptilien qui semblait héréditaire chez les faux Beckwith. Il ne s'en inquiéta pas outre mesure mais pensa néanmoins qu'il aurait été plus malin de ne pas lui laisser voir qu'il avait l'argent sur lui.

— N'en parlons plus ! finit-elle par dire en tirant, d'une main impatiente, un trait sur la question des quinze mille dollars.

Puis, ses yeux ayant fait la navette entre Dancer et Lesko :

— Les inquiétudes de Lawrence sont-elles fondées,

monsieur Lesko ? Êtes-vous en train d'enregistrer notre entretien ?

Lesko secoua négativement la tête.

— Parole de scout ! M. Dancer peut même me palper s'il en a envie. A condition qu'il ne donne pas dans la familiarité, bien entendu.

Elle fit signe au petit homme qui, rouge jusqu'à la racine des cheveux, s'avança et s'appliqua à promener deux mains réticentes sur Lesko. Cela fait, il recula et indiqua d'un geste que tout était normal. Mais Ella accrocha son regard et, avec ce même air incommodant, le retint un moment comme pour lui poser une question. Enfin, elle se racla la gorge et reporta son attention sur Lesko.

— Vous parliez d'unir votre destinée à celles de M. Corbin et de son entourage. Il s'agit là d'un investissement à long terme, monsieur Lesko.

— C'est sûr. Mais d'un autre côté, ces gens-là me sont nettement plus sympathiques que vous. D'autant qu'eux, au moins, n'essaieront pas de me descendre à la première occasion.

Ella laissa échapper un ricanement méprisant puis se mordilla un instant les lèvres.

— Monsieur Lesko, reprit-elle avec lenteur, si vous deviez garder pour vous vos conclusions et... disons... veiller à ce que je ne sois plus ennuyée avec cette affaire... à combien estimeriez-vous ma juste reconnaissance ?

— Cinquante mille dollars par an. Je dis bien par an, répondit-il tout de go.

— Une proposition ambitieuse...

— Pas tant que ça. Ce n'est même pas une tentative de chantage. Ce que je veux, c'est un contrat à vie, en tant qu'expert en problèmes de sécurité auprès des entreprises Beckwith. Et c'est largement en dessous de ce que vous versez à Dancer ou à Burke. Qui forment pourtant une sacrée paire d'andouilles.

— Et vous voudriez cette somme en liquide, je présume ?

— Non. Je veux émarger au budget de la firme, en toute légalité.

— Et en quoi consisterait au juste votre contribution à la sécurité de la firme ?

— Je décourage Corbin, mais je ne le tue pas.

Lesko se rapprocha d'un pas du bureau.

— Et vous non plus. Parce que, s'il lui arrive le moindre pépin, j'ameute les flics et la presse. Et s'il m'arrive quoi que ce soit à moi, mes notes et une déposition partent illico chez les flics, aux journaux et chez Harry Sturdevant. En dehors de l'affaire Corbin, pour laquelle vous me donnez carte blanche, je ferai le maximum ou le minimum, selon vos préférences, pour mériter mon salaire, à condition bien entendu que mes fonctions ne dépassent pas les limites du raisonnable.

Un sourire équivoque étira les lèvres desséchées d'Ella Beckwith.

— Et cette déposition que vous venez de mentionner, monsieur Lesko ? s'enquit-elle de son ton le plus innocent. Dois-je conclure qu'elle se trouve actuellement, comme on le dit dans les films policiers, en de bonnes mains ? Avec la consigne d'être remise aux autorités compétentes s'il devait vous arriver malheur ?

— On ne peut rien vous cacher, princesse !

— Puisque vous m'assurez qu'il ne s'agit pas de chantage, monsieur Lesko...

Le sourire s'épanouit.

408

— ... J'en suis donc réduite à penser que vous cherchez à faire monter les enchères. Qu'avez-vous donc à vendre à M. Corbin ? Étant donné que vous ne disposez contre nous d'aucune preuve de tentative de meurtre, vous devez vous être mis en tête de l'aider à reconstituer son arbre généalogique.

Le téléphone émit un bourdonnement. Ella Beckwith n'y prêta pas attention.

— Vous vous proposez en somme d'entrer dans les bonnes grâces de M. Corbin en lui révélant que sa très sainte arrière-grand-mère était en fait une ancienne prostituée. Et, s'il n'est pas trop dégoûté de vos services pour entendre la suite, que son arrière-grand-père, réputé pour son intégrité, n'était ni plus ni moins qu'un assassin. C'est vrai, vous savez, il a tué la femme dont je porte le nom.

— Mais, princesse...

Le téléphone fit entendre sa semonce deux fois encore. Ella Beckwith posa tour à tour les yeux sur l'appareil et sur Dancer, qui se hâta d'aller décrocher, puis elle se mit debout et, prenant appui sur sa canne, s'avança et étira le cou vers Lesko. Elle semblait à présent furieuse.

— Un peu de patience, monsieur Lesko, j'ai gardé le meilleur pour la fin. Croyez-vous aux fantômes ?

Lesko leva les yeux au ciel.

— Vous allez me dire que votre frère y croit. Ce que je sais déjà, princesse !

Lesko lorgna un instant vers Dancer qui, pendu au téléphone, semblait pris de tics nerveux.

— Cela fait vingt ans que mon frère, cette épave que vous avez vue hier suivre Jonathan Corbin dans les rues de New York, se croit traqué par le fantôme de son homonyme. Il ne l'a jamais vu, remarquez. Il n'a pour étayer cette conviction que les dernières paroles d'un mourant, selon lesquelles Tilden Beckwith se serait réincarné en un être jeune et avide de sang.

— Mademoiselle Beckwith !

Dancer avait, de sa main, coiffé le microphone de l'appareil. Lesko vit que le sang lui était monté au visage et que ses yeux faisaient fébrilement la navette entre sa patronne et la fenêtre donnant sur l'allée. D'un geste sec, la vieille femme lui intima de se tenir coi.

Lesko comprit immédiatement ce qui allait suivre. Quelqu'un avait dû tomber nez à nez avec Jonathan Corbin, quelque vingt ans plus tôt. Quelqu'un qui savait à quoi ressemblait Tilden à l'âge qu'avait Corbin à cette époque. Mais elle avait parlé d'un mourant.

« Avide de sang ? Hum... »

— De quoi se mourait donc votre homme ?

— Corbin l'a battu à mort. Oui, Jonathan Corbin a tué un homme nommé George Bigelow et un autre, qui s'appelait Howard Flack. Flack est mort sur le coup. Bigelow le lendemain, des suites de ses blessures.

Sa voix avait grimpé dans l'aigu. Ses lèvres s'ourlèrent d'écume.

— Il les a massacrés à coups de gourdin, leur a mis les coudes et les genoux en miettes.

— Ella ! s'égosilla Dancer. Nous avons un problème !

« Eh bien, résous-le, mon vieux ! Ça devient trop passionnant pour qu'on s'arrête en si bon chemin. »

Mais il vit à la mine catastrophée de Dancer que le problème en question n'était pas qu'un simple prétexte destiné à faire cesser les jacasseries de sa patronne.

410

Celle-ci, du reste, avait commencé à se diriger à reculons vers le bureau.

— Des gens sympathiques, disiez-vous ! cracha-t-elle. Si nous avons tué, comme vous êtes venu nous en accuser, c'était pour défendre notre bien. Pour survivre. Pour que justice soit faite. Mais comment vos gens si sympathiques s'y prennent-ils pour tuer, monsieur Lesko ? Ils assassinent, pour venger leur honneur blessé, une merveilleuse jeune mère et abandonnent son pauvre corps gelé dans un chantier de construction. Ils brisent sadiquement et méthodiquement les os de deux hommes — non pas des hommes jeunes, soit dit en passant, tous deux avaient près de soixante ans — qu'ils laissent pour morts dans un garage d'hôtel.

Elle fit volte-face.

— Qu'est-ce que c'est ? aboya-t-elle à la figure de Dancer qui essayait de lui agripper le bras.

— Burke veut vous parler.

Il lui colla l'appareil dans la main et lui mit presque de force l'écouteur sur l'oreille.

— Oui ! éructa-t-elle.

Lesko vit ses pupilles se dilater puis ses yeux se plisser.

— Et vous avez laissé faire ça ! s'étrangla-t-elle. Vous l'avez laissé filer ?

Elle se mit à scruter le jardin, comme l'avait fait Dancer quelques secondes plus tôt. Lesko l'imita et s'aperçut qu'il neigeait. Il avait bien dû tomber deux centimètres depuis son arrivée. Il distinguait à peine sa voiture, mais des traces de pneus toutes fraîches striaient la surface de l'allée. Ses yeux suivirent la piste qui partait de derrière la maison et zigzaguait vers la route.

— L'imbécile ! siffla-t-elle entre ses dents.

« Uh-huh, se dit Lesko. Son givré de frangin doit encore avoir fait des siennes. »

— Venez ici immédiatement ! ordonna-t-elle avant de faire claquer le combiné sur son socle.

Ce ne fut qu'alors qu'elle parut se souvenir de la présence de Lesko.

— Vous pouvez aller attendre à l'office que j'aie réfléchi à votre proposition, monsieur Lesko ! M. Ballanchine va vous montrer le chemin.

— Hey, une minute, princesse..., bredouilla Lesko, qui se demanda si ses oreilles ne lui jouaient pas des tours.

— Ce sera *tout*, monsieur ! répliqua-t-elle en adressant une nouvelle fois un étrange petit message oculaire à Dancer.

— C'est que j'ai encore quelques questions à vous poser, insista Lesko en soupesant son petit Beretta avec l'air de se demander si tout le monde avait déjà oublié l'existence de son joujou. Comme, par exemple, qui était Bigelow ? Ne serait-ce pas par hasard le type qui, sur vos ordres, a buté Tilden et la famille Corbin en 1944

Lesko perçut un bruit derrière la porte par laquelle il était entré. Dancer, qui l'avait également entendu, se souvint soudain de la chaise qui la bloquait et s'élança. Mais Lesko bondit et l'attrapa par le col de sa veste.

— Hé, pas si vite, Petitpas ! dit-il paisiblement. On répond d'abord à mes questions avant de faire entrer ce cher vieux Tom !

Mais il croyait déjà connaître la réponse. George Bigelow était certainement le Tom Burke de l'époque. Et, comme tel, il avait dû se taper la série de meurtres. Probablement avec l'aide du deuxième larron, Flack. Mais, vingt ans plus tard, ils étaient tombés nez à nez avec Corbin. Qui les avait réduits en bouillie. Alors qu'il n'était à l'époque qu'un petit étudiant ?

— Mademoiselle Beckwith ?

La voix leur parvint du couloir. La porte venait de heurter la lourde chaise.

— Tout va bien ?

Pas de réponse.

Par-dessus son épaule, Lesko décocha un regard à Ella Beckwith. Debout derrière son bureau, les mains crispées sur le pommeau de sa canne, elle le fixait de ses yeux reptiliens.

— Tout va bien, Tom ! répondit-il à sa place. Nous avons presque fini de nous expliquer.

Puis, tiraillant Dancer par le col pour s'acquérir son attention, il chuchota :

— Afin que je puisse dormir tranquille ce soir, racontez-moi tout. Ce sont ces types qui ont retrouvé Corbin, ou le contraire ?

— Je n'en sais rien ! s'étrangla Dancer. Je vous le jure. Personne n'a jamais su ce qui s'était passé !

— Donc, c'est Corbin qui les a retrouvés, hein ? Parce que, avant qu'on ne m'engage pour le vérifier, vingt ans plus tard, personne ne savait si un Corbin avait échappé au massacre...

Dancer ne put que secouer la tête. Lesko avait la conviction qu'il en savait plus long qu'il ne voulait bien l'admettre. Mais probablement guère plus. Vingt ans. Vingt ans qu'ils jetaient derrière eux des regards angoissés. Parce qu'un moribond du nom de Bigelow leur avait affirmé que le type qui lui avait fait la peau était celui dont le portrait trônait encore dans le hall du *Beckwith Regency*. S'il était mourant, Bigelow était sans doute un peu à côté de ses pompes. Mais, en admettant qu'un étudiant soit parvenu à mettre en pièces deux hommes d'âge mûr, des pros par-dessus le marché, pourquoi un pro comme Bigelow serait-il allé accuser Tilden ? Il aurait pu à la rigueur dire que leur agresseur ressemblait à Tilden. Et comment expliquer que Corbin ait reconnu Bigelow ? Si toutefois c'était bien Corbin.

— C'était bien lui...

Les mots avaient été laborieusement articulés par des lèvres tuméfiées.

Huntington Beckwith se pencha sur le lit du mourant, dont les deux jambes étaient suspendues par des appareils de traction et les deux bras maintenus par des attelles en bois.

— Le vieux Beckwith. Il est vivant.

— Non !

Le père d'Ella secoua la tête.

— Non, George, il n'est plus de ce monde. Réfléchissez bien et dites-nous qui vous a mis dans cet état. Nous ferons tout pour retrouver le coupable.

— Il est vivant..., hoqueta l'homme nommé Bigelow. Il est... redevenu jeune et fort.

Huntington Beckwith regarda sa fille avec une expression mêlant stupéfaction et agacement.

— Il a des hallucinations. Ce sont les drogues qu'on lui a administrées contre la douleur.

— C'était lui ! cria Bigelow.

Mais son effort lui valut un spasme qui le précipita au bord de l'évanouissment.

— Non, George. Il est bel et bien mort. Ils sont tous morts et enterrés.

Ella se rapprocha de son père.

— N'en aurait-on pas loupé un, père ? demanda-t-elle

414

dans un chuchotis. L'aviateur n'aurait-il pas laissé un fils ?

Le moribond tourna son visage vers Ella.

— Il sortait d'une librairie au moment où Flack et moi nous engagions dans la rue. Au début, je ne l'ai pas bien vu, à cause de la neige. J'ai juste noté qu'il me rappelait quelqu'un. Lui, de son côté, nous a à peine regardés. Mais quand nous l'avons croisé, j'ai retrouvé à qui il me faisait penser, et je me suis retourné. Il s'était arrêté et se tenait droit comme un i sur le trottoir, le regard braqué sur nous comme s'il nous avait reconnus. Ses yeux avaient changé. On aurait dit ceux d'un loup. J'ai dit à Flack qu'il fallait vérifier qui était ce gamin. Mais Flack voulait laisser tomber et déguerpir. On commençait à se sentir tout drôle devant ce gosse qui d'un seul coup était devenu si différent. Ce n'était plus la même personne.

Ella perçut un geignement derrière elle. Son frère s'était adossé au mur. Elle eut un hochement de tête dégoûté.

— Et alors, monsieur Bigelow ? demanda-t-elle. Vous l'avez suivi, n'est-ce pas ?

— C'est lui qui nous a suivis..., ânonna Bigelow d'une voix râpeuse. On s'est... rendus au parking souterrain de l'hôtel *Drake,* où Flack avait laissé la voiture, et on s'est planqués derrière un pilier pour l'attendre. Il s'est amené tout tranquillement et s'est immobilisé, toujours aussi droit, comme sur le trottoir, à l'affût du moindre bruit. J'ai fini par en avoir marre, et je me suis montré après avoir demandé à Flack de rester caché. A ce moment-là le... gosse s'est approché et m'a fait un signe de tête comme s'il était à présent sûr de m'avoir reconnu. C'est là que j'ai vu qu'il avait le même nez

415

cassé que le vieux Beckwith. Je lui ai demandé qui il était. Il a juste souri et m'a répondu : « Bonjour, George ! » J'ai pris peur et j'ai appelé Flack, qui s'est amené par-derrière et l'a chopé par le cou. Il a continué à sourire, l'air de dire : « Bon Dieu, je crois qu'on va vraiment se marrer. » Alors je lui ai balancé un coup de poing, pour faire disparaître ce sale sourire, et je lui ai ouvert l'arcade sourcilière. C'était un accident, bien sûr, je veux dire l'endroit où je l'avais atteint, mais ça lui faisait une blessure exactement là où le vieux avait sa cicatrice, et il s'est mis à lui ressembler encore plus... et ce sourire qui ne voulait plus partir ! Puis, soudain, avant qu'on ait eu le temps de faire ouf, il a flanqué son pied dans le tibia de Flack et lui a balancé trois directs. Flack s'est retrouvé le cul par terre, entre deux bagnoles. Quand il s'est relevé en se tenant la mâchoire, j'ai cru qu'il allait se tailler, mais il a couru à la voiture pour prendre la matraque qu'il garde toujours sous son siège. Pendant ce temps, le gamin s'est approché de moi, sauf que... à ce moment-là, c'était lui, Tilden. Il tenait ses poings à la manière des anciens boxeurs. J'ai réussi à placer quelques coups, mais il était trop rapide pour moi. Je suis tombé, et il s'est jeté sur moi. A ce moment-là, j'ai vu Flack débouler avec sa matraque, et j'ai cru qu'il allait le rétamer en cinq sec ! J'ai crié : « Vire-le de là, Flack ! » Flack l'a tiré par les cheveux, et il s'est mis à lui labourer les reins avec sa matraque. Mais on aurait dit qu'il était blindé. Je voyais ses yeux, et je savais qu'il ne sentait rien.

La respiration de Bigelow avait tourné au râle. Huntington entendit le bruit de ramonage des glaires et du sang qui allaient s'épandre dans ses poumons et le tuer dans la nuit.

416

— Je l'ai cogné.

Des larmes perlèrent au coin de ses yeux.

— Flack l'a bâtonné. Mais ça n'a servi à rien.

Huntington Beckwith secoua une tête incrédule.

— Je ne comprends pas, George.

— Son regard... n'a jamais fléchi. On aurait dit qu'il était en béton. C'était comme si on avait cogné sur quelqu'un d'autre.

Avachi contre le mur du fond, Tilden Beckwith II sanglotait, une main sur la bouche.

— Ella ! souffla hargneusement Huntington en pointant le menton vers son fils.

Elle pivota sur elle-même et gifla son frère à toute volée.

— Je ne veux plus entendre un bruit ! l'avertit-elle.

Tilden gémit comme un animal blessé et se laissa glisser contre le mur. Il n'ouvrit plus la bouche.

— Monsieur Beckwith..., murmura Bigelow.

— Oui, George.

— Comment a-t-il su ?

— Je ne pense pas qu'il ait pu savoir. Vous devez faire erreur. Mais nous tirerons tout cela au clair, je vous le promets.

— Il savait. Il savait tout.

— Je ne comprends pas, George.

Les yeux de Huntington se rétrécirent.

— Il s'est emparé de la matraque de Flack et s'est attaqué à nos genoux. Pour que nous ne puissions pas nous enfuir. Il a commencé par m'en briser un en criant : « Margaret ! », puis il est passé à l'autre en gueulant : « Jonathan ! » Il a peut-être hurlé ces deux noms une vingtaine de fois avant que je perde conscience. Demandez à Flack, il vous le dira.

Huntington resta muet, Bigelow essaya de soulever la tête.

— Howie ? Howie n'est pas mort, hein ?

— Nous veillerons sur sa famille, George. Nous pourvoirons à leurs besoins. Ainsi qu'aux vôtres, George. Vous n'aurez à vous plaindre de rien, quand vous serez remis. Bien entendu, je m'occuperai de tout d'ici-là. Dans quelques mois, mentit-il, vous serez à nouveau frais comme un gardon.

— Oui...

Bigelow ferma les yeux.

— La police voudra vous interroger, intervint Ella.

— Ne vous en faites pas.

— Bien sûr que non, George, le rassura Huntington.

— Je veux un prêtre.

— Vous n'en aurez pas besoin, George. Honnêtement.

Un choc sourd se fit entendre sur la gauche de Lesko. Burke avait dû décider d'enfoncer la deuxième porte. Alors qu'il virevoltait, forçant un Dancer qui se débattait comme un beau diable à lui servir de bouclier, le détective perçut un bruissement de tissu dans son dos. Son bureau étant en pleine ligne de tir, Ella Beckwith s'était empressée de s'enlever du milieu. Pas folle, la guêpe !

Et voilà comment on peut dire adieu à cinquante mille dollars par an ! pensa-t-il aussitôt. Le coup de pied dans la porte avait sérieusement accru ses doutes sur la sincérité des efforts d'Ella pour aboutir à un accord.

— Hé, princesse ! lança-t-il à l'adresse d'Ella en

agitant son Beretta par-dessus les cheveux en bataille de Dancer pour la convier à s'approcher.

Elle hésita puis s'avança de deux pas.

— Franchement, soupira-t-il avec une mimique affligée, si ce toquard est ce que vous avez de mieux dans vos tiroirs, vous devez vous sentir complexée de temps en temps.

Elle tiqua. Ses yeux brûlaient toujours d'une lueur maligne, mais le sang-froid dont Lesko faisait montre semblait avoir ralenti le rythme de ses battements de cœur.

— En comptant le fait qu'il a laissé filer votre allumé de frère, ça fait la troisième fois aujourd'hui que ce pauvre Tom fait le con, si vous me passez l'expression !

Un nouveau coup ébranla la porte.

— Regardez-moi ça, il se figure sans doute que je n'ai pas entendu la première fois. Et en ce moment même, il se tient soigneusement à l'écart de la porte parce qu'il s'imagine que les balles ne traversent pas le plâtre.

Lesko visa à droite de la porte, là où il estima que devait se trouver le postérieur de Burke, et fit feu à deux reprises.

Les détonations claquèrent comme des coups de tonnerre dans l'espace restreint de la pièce. Dancer poussa un hurlement strident et battit l'air de ses bras comme un pantin désarticulé. Puis, de derrière le mur qui s'ornait à présent de deux trous gros comme le poing, leur parvint le fracas d'une course effrénée. Lesko tendit l'oreille. Aucun bruit de chute de corps ne suivit. Il avait raté sa cible. Mais pas de beaucoup. Burke en aurait sans doute pour l'après-midi à se débarrasser des éclats de frisette dont ses fesses devaient être truffées.

— Vraiment, monsieur Lesko, entendit-il la voix

d'Ella l'interpeller derrière lui, vous avez le don de piquer les gens au vif.

— Mouais, maugréa-t-il. Dancer va me reconduire à ma voiture, à présent. Navré que nous n'ayons pas pu faire affaire.

— A vrai dire, monsieur Lesko, pas autant que moi, répondit-elle d'une voix lasse. Pas autant que moi...

Lesko dressa l'oreille. Il avait noté, dans l'intonation de la vieille femme, une légère altération. Elle avait émis ces quatre derniers mots à la manière contrainte de quelqu'un qui, tout en parlant, soulève un objet lourd.

On brandit une hache.

Ou une canne.

Il avait souvent constaté avec étonnement combien le cerveau réagissait plus vite que le corps. C'était bel et bien une canne qui sifflait maintenant dans les airs. Il eut tout juste le temps de se maudire d'avoir été si stupide, de lui avoir tourné le dos, d'avoir cherché à jouer au plus fin.

La réalité explosa autour de lui en lambeaux de lumière. Puis ce fut la nuit. Et, à travers les ténèbres, jaillirent, de là où aurait dû se trouver sa main droite, de faibles éclairs silencieux. Il entendit, dans le lointain, des hurlements et des cris. Enfin, les éclairs s'éteignirent, soufflés par son corps qui s'abattit comme une masse.

15

En entendant sonner l'horloge qui trônait sur le manteau de la cheminée, Harry Sturdevant vérifia l'heure à
sa montre. Deux heures et demie. Jonathan était parti
depuis près d'une heure. Et Sturdevant n'aimait pas ça
du tout.

Il n'avait pas dû le manquer de beaucoup. Dix minutes tout au plus. Curieux qu'il ne l'ait pas croisé sur la
Post Road. A moins qu'il n'ait emprunté des petites
rues pour gagner la gare. Si Cora avait dit vrai, s'ils
avaient effectivement été suivis par cette espèce de cat-
cheur si serviable, seul sous cette neige battante qui
assombrissait déjà le jour, Jonathan ferait une cible
rêvée.

L'idée que le jeune homme se soit soudain libéré de sa
terreur de la neige ne lui plaisait pas davantage. Rien ne
prouvait, contrairement à ce que Gwen semblait croire,
qu'il ne serait plus sujet à des hallucinations. Il y avait
même tout à craindre qu'il ait commencé à les accepter.
Pire, à les assimiler à la réalité.

— Comment me trouves-tu ?

La voix de sa nièce interrompit le cours de ses
réflexions. Sturdevant tourna le dos à la fenêtre d'où il
avait guetté le retour de Jonathan. Il leva un sourcil et
l'observa tandis qu'elle faisait une pause, au bas de
l'escalier, pour lisser la lourde jupe de velours dont elle

avait dû ramasser les plis avant d'effectuer sa descente. Elle avait revêtu une longue robe blanche, agrémentée de passements sur le buste et aux poignets et d'un col montant qui lui étirait le cou et rehaussait sa grâce naturelle. Ses cheveux blonds, ramenés en un haut chignon, étaient maintenus par des peignes d'écaille noirs et jaunes.

— Où diable as-tu déniché ça ?

— Là-haut, dans le placard de la chambre de Jonathan, répondit-elle d'un ton détaché. Elle ne tombe pas parfaitement sans corset, malheureusement je n'ai pas pu trouver de dessous.

Sturdevant n'aimait décidément pas ça du tout.

— Et comment expliques-tu que Jonathan remplisse ses placards de vêtements féminins du siècle dernier ?

— Non, ce n'est pas ce que tu crois, répondit-elle avec un sourire amusé. Nous sommes allés à une vente aux enchères en novembre, et ces vêtements faisaient partie d'un lot pour lequel Jonathan avait lancé une offre. Il ne voulait même pas les garder, mais je lui ai dit que ce serait un crime de les jeter.

Sturdevant ne se laissa pas amadouer pour autant.

— Et te demande-t-il de t'accoutrer de la sorte chaque fois que tu viens passer un week-end ici ?

— Vas-tu cesser de te faire des idées, à la fin ?

Elle s'approcha de lui et, se juchant sur la pointe des pieds, l'embrassa sur la joue. Puis elle se retourna et lui présenta son dos.

— Je n'arrive pas à atteindre ces boutons.

— Gwen, veux-tu me répondre ? insista-t-il en s'attaquant au premier d'entre eux, regrettant de ne pas avoir sous la main l'un de ces tire-boutons qu'utilisait sa grand-mère.

422

— Non. Il m'a simplement acheté une robe longue à Noël, parce qu'elle était magnifique et que je l'adorais. Cesse de chercher de nouvelles raisons de le croire mûr pour l'asile, oncle Harry !

— Gwen, mon enfant...

Il la fit pivoter et la regarda droit dans les yeux.

— Puis-je savoir, à propos, ce qui t'a poussée à enfiler cette robe ?

Elle lui prodigua son plus charmant sourire.

— J'avais envie de voir quel effet elle ferait sur moi.

— Hmmmph !

Pour un peu, on lui aurait donné le bon Dieu sans confession.

— Bon, maintenant que tu sais qu'elle te va à ravir, si tu allais remettre tes propres vêtements ?

— Tout à l'heure.

Elle lui dispensa une petite tape affectueuse.

— Quand je me serai montrée à Jonathan.

Sturdevant haussa à nouveau un sourcil, qui ne reprit sa position normale que lorsqu'elle eut détourné les yeux. Il croisa les bras.

— Très bien. A quoi joues-tu exactement ?

— Mais à rien du tout, répondit-elle, éberluée.

— Si, justement, tu fais joujou avec ce garçon.

— Si tu t'imagines que je m'amuse, tu te trompes ! J'essaie simplement de l'aider.

— Comme tu l'as aidé hier, en lui faisant avaler des médicaments dont tu ne pouvais prévoir les effets ?

Gwen encaissa le coup sans broncher.

— Et aujourd'hui, dans cette maison ayant apparemment appartenu à Laura Hemmings, tu ne trouves rien de mieux que de t'attifer de façon à ressembler à cette femme qui, d'après ce que tu m'as raconté tout à l'heure, a pour une raison ou pour une autre éveillé l'hostilité de Jonathan.

— Je l'ai vraiment aidé, protesta-t-elle d'un air buté. A présent il sait que les choses qu'il voit ont réellement existé. Il sait qu'il n'est pas fou. Et il n'a plus peur de la neige.

— Tu joues un jeu très dangereux, Gwen. Avec un homme qui, que tu le veuilles ou non, est peut-être victime de dangereuses illusions.

— Ce ne sont pas des illusions ! répliqua-t-elle sèchement.

— As-tu remarqué la tête qu'il faisait quand vous avez quitté la bibliothèque ? Si tu veux mon avis, il ressemblait furieusement à un homme déterminé à régler ses comptes.

— Et comment te sentirais-tu, à sa place, bon Dieu ? En moins de vingt-quatre heures, il a découvert que Tilden était pratiquement son père et que celle qui était pratiquement sa mère avait été contrainte de s'exiler de New York, puis de Greenwich, par la méchanceté des gens qui ne voulaient pas les laisser vivre leur bonheur en paix.

— Leur bonheur ! grommela-t-il. J'ai l'impression qu'il n'y a pas que ça qui le travaille...

Là-dessus, le vieil homme se tourna vers la fenêtre, les yeux dans le vague. Un chasse-neige bringuebalant passa devant la maison. Toujours aucun signe de l'une ou l'autre des voitures décrites par Cora.

— Je crois que je ferais mieux d'aller déblayer l'allée avant que ça ne se mette à geler.

Il attrapa son manteau.

— Ce n'est pas très prudent.

424

— A mon âge, tu veux dire ?

— Ça y est, il est vexé ! fit-elle en lui administrant une bourrade dans l'épaule.

Sturdevant secoua la tête en signe de rémission et se dirigea vers la porte. Avant de sortir, il s'arrêta et fit face à sa nièce.

— Ces comptes à régler dont je t'ai parlé tout à l'heure..., énonça-t-il posément. Si ma théorie est juste et que Jonathan ait réellement l'intention d'en découdre avec les Beckwith, il risque d'aller au-devant de sérieux ennuis.

Il observa une longue pause avant d'exprimer le fond de sa pensée.

— Mais si, et Dieu l'en préserve, il compte s'en prendre à des personnes n'appartenant plus à ce monde depuis longtemps, j'espère qu'il sera désormais clair pour toi que son cas est encore plus grave qu'aucun de nous deux ne l'avait imaginé...

Après avoir coupé la Post Road, Maple Avenue prenait le nom de Milkbank Avenue. Corbin choisit de suivre cet itinéraire qui serpentait à flanc de coteau jusqu'à la gare.

Il était plutôt content de lui. Il marchait dans la neige qui tombait toujours plus dru. Les maisons demeuraient solides, même si les constructions récentes lui paraissaient un peu floues. Les automobiles restaient des automobiles. Elles ne se métamorphosaient plus en chariots ou en traîneaux. Lorsqu'il regardait la rue selon une certaine perspective, il pouvait encore la voir telle qu'elle avait dû être autrefois, mais il se sentait heureux que ce soient les souvenirs de Tilden et non les siens. Un peu plus bas, il répondit au salut amical d'un homme qui, le temps qu'il ait levé la main, avait disparu. Mais il ne ressentait plus rien de son ancienne terreur. Corbin était parfaitement conscient que les choses qu'il voyait étaient réelles, ou l'avaient été jadis pour Tilden. Elles ne pouvaient l'atteindre. Le retenir prisonnier dans une époque révolue. C'était un peu comme s'il retournait sur les lieux de son enfance et revivait les scènes qui s'y étaient déroulées.

« Ici, je relève le défi de marcher en équilibre sur la plus haute branche du grand chêne. Là, je livre mon premier combat aux poings contre Mike McConnell, et c'est lui qui demande grâce. Simple comme bonjour. N'importe qui peut ressusciter le passé. »

Il se sentait bien.

Il était à Greenwich, et il marchait dans la neige. Pourquoi ne se serait-il pas senti bien ?

Il aurait pu s'appesantir sur ces vieux comptes à régler. Ces griefs rabâchés. Mais, là encore, il s'agissait de ceux de Tilden. C'était de l'histoire ancienne. De vieux souvenirs. Bien trop vieux pour accaparer davantage ses pensées.

Corbin les relégua au fond de sa mémoire. Certains lui paraissaient déjà très lointains. Ce cafard d'Ansel Carling, par exemple. Si les conséquences de sa minable séduction semblaient se perpétuer à l'infini, l'homme lui-même n'avait plus d'importance. De toute façon, Corbin avait l'impression qu'il avait rencontré une mort horrible, quelque part au Texas. Tilden devait savoir laquelle, mais il s'en fichait. Il n'avait plus rien à redouter de lui, c'était le principal. Ni du colonel Mann, d'ailleurs. Grâce à Billy O'Gorman. Et aux amis de Tilden.

En atteignant le bas de Milkbank Avenue, Corbin se

surprit à songer combien Tilden avait eu de la chance de posséder de tels amis. Corbin n'en avait pas vraiment, du moins pour le moment. Sauf Gwen, bien entendu. Mais ce n'était pas comme pouvoir compter sur de bons copains tels que John Flood, Nat Goodwin et surtout Teddy Roosevelt. Ou même Georgina Hastings, qui prenait toujours fait et cause pour ceux qui lui étaient chers, comment que tourne le vent.

« Ouais. Mais attends voir... En fait, tu as autant d'amis que lui, de bons amis. Dont plusieurs, à la réflexion, sont de grands sportifs, comme Flood. L'un est acteur, et un autre s'est présenté au Congrès l'année passée. D'emblée, il n'y a aucune tenancière de bordel, mais trois sur quatre, ce n'est déjà pas mal... La différence entre Tilden et toi, c'est que lui ne serait pas resté près de six mois sans rappeler les copains, ni même répondre à leurs cartes de vœux du Nouvel An. Il ne serait pas cloîtré toute la semaine dans son bureau, ni enterré ici le week-end. Montré obstinément taciturne et distant. Tu commences à ressembler à Gould. »

Une vague de colère le submergea.

La colère de Tilden.

Il essaya de la refouler.

Le visage de Margaret se dessina devant lui. Ses yeux brillaient de larmes. Puis il vit Laura Hemmings lui tendre un mouchoir et l'exhorter à ne pas se montrer à Tilden dans cet état.

Corbin s'arrêta et puisa une pleine poignée de neige pour s'en frictionner le visage.

A présent, Laura Hemmings avait disparu. Margaret se tenait debout à côté d'un sac de voyage brodé, donnant la main à un petit garçon. Tous deux avaient l'air terriblement tristes. Tandis que la vision se résorbait, elle souffla du bout des lèvres les mots « Je t'aime ».

— Désolé, Tilden ! soupira Corbin. Je vous aime beaucoup tous les deux, et ça me rend presque aussi malheureux que toi. Mais je ne vois pas ce que je peux y faire.

Une femme, tenant en laisse un chien policier, déboucha sur Milkbank de Railroad Avenue. Elle plissa les yeux puis, entraînant son chien derrière elle, changea de trottoir et repartit en sens inverse.

Corbin l'observa, tout d'abord embarrassé puis inquiet, car elle ne regardait apparemment pas où elle allait et fonçait tout droit sur un homme corpulent aux joues garnies d'épais favoris. L'homme en question ne pouvait la voir, car il était fort occupé à remonter un mécanisme sur ce qui semblait être un appareil photo petit format. Corbin nota alors qu'il portait un costume d'été.

L'homme et la femme passèrent l'un à travers l'autre.

Corbin ressentit un nouvel accès de colère et, cette fois, leva une main impérieuse, comme pour le réprimer.

— C'est Comstock, c'est ça ?

Il fit un petit signe de tête résigné.

— Est-ce bien Anthony Comstock ?

Aucune réponse ne vint. Mais il n'en avait pas besoin. Il savait.

— Écoute !

Il baissa la voix.

— Je ne comprends rien à cette histoire.

Il leva les yeux sur le gros homme qui le croisa sans le voir et continua son chemin en direction de la gare.

428

Tout à coup, Corbin aperçut devant lui un chariot regorgeant de légumes. Puis, à côté, un autre dont la bâche à rayures ombrageait un alignement de cageots remplis d'huîtres et de moules. Corbin réalisa soudain que la neige avait disparu. Les arbres arboraient un feuillage vert foncé de fin d'été. Deux femmes, vêtues de robes qui leur cachaient la cheville, s'avançaient dans sa direction, un filet à provisions à la main. L'une d'elles s'abritait du soleil sous une ombrelle noire. Le gros homme, qui les avait déjà repérées, se précipita à leur rencontre et les intercepta sur le trottoir de bois. La plus âgée des deux femmes s'adressa à lui d'un ton sec, mais il ne parut pas s'en émouvoir, car il cherchait à cadrer son visage dans son viseur. La femme fit alors un pas vers lui et, prenant sa tête pour cible, brandit son ombrelle. Il l'esquiva d'une pirouette qui déséquilibra son chapeau. Le deuxième coup l'atteignit au bras alors qu'il cherchait à le rattraper.

— Comstock est celui qui a entrepris une croisade contre le vice, c'est ça ?

Là encore, il n'eut pas besoin de réponse.

— Gwen et moi avons évoqué cette histoire, et nous ne comprenons pas de quoi Margaret pouvait bien avoir peur.

Il resta un instant à l'écoute de ses propres sentiments. Son sang n'aurait fait qu'un tour s'il avait vécu là à l'époque. Il serait allé séance tenante botter le gros derrière de ce sale bonhomme qui mitraillait inlassablement toutes les femmes qu'il jugeait un tant soit peu équivoques dans l'espoir de les faire épingler comme anciennes prostituées. C'est ce que Tilden avait dû faire. A moins qu'il n'ait eu peur d'attirer l'attention sur Margaret.

— Dans ce cas, pourquoi ne l'as-tu pas emmenée loin d'ici ? En vacances. Vous auriez pu embarquer pour Newport ou retourner quelque temps au *Claremont*.

— Tu ne peux pas faire ça.

Laura Hemmings prit les mains de Margaret dans les siennes.

— Tu vas rester ici, sourire bien gentiment et continuer à vivre ton irréprochable existence comme si cet idiot n'existait pas.

— Oh, Annie !

— Mon nom est Laura. Et le tien Charlotte. Même quand nous sommes entre nous. Comstock ou pas Comstock.

— Il a fait arrêter Carrie Todd ce matin. Et il affirme avoir des soupçons sur trois autres femmes.

— Tu n'es pas concernée, ma chérie. Je te le jure.

— Ce n'est pas seulement Anthony Comstock...

Margaret chiffonnait nerveusement une serviette à thé en dentelle.

— L'inspecteur Williams vient d'acheter une maison à Cos Cob. Tout le monde ne parle que des superbes meubles anglais qu'il y fait venir. Apparemment, il a l'intention de s'installer ici, Laura.

— Il faut bien que Clubber Williams dépense l'argent de ses pots-de-vin quelque part, répondit Laura avec un haussement d'épaules. Et puis, qu'est-ce que ça peut te faire ? Il ne t'a jamais vue, que je sache.

— Non. Mais c'est un des hommes de Jay Gould. Et, bien qu'il n'y fasse jamais allusion, je sais que Tilden a eu des démêlés avec lui. C'est John Flood qui me l'a dit. Qu'arrivera-t-il si Williams nous voit ensemble, Tilden et moi, au yacht-club ou au restaurant ? Qu'arrivera-t-il s'il commence à se poser des questions sur moi ?

— Si, si, si...

Laura l'admonesta d'un index impatient.

— Charlotte, serais-tu en passe de devenir l'une de ces assommantes bonnes femmes qui ne peuvent supporter l'idée d'être heureuses, sous prétexte que ce monde devrait être une vallée de larmes ?

— Nous avons trop à perdre, Laura.

— Et nous ne perdrons rien.

Laura attrapa le chapeau de son amie.

— Allez, viens. Je ne te laisserai pas mener une vie de recluse. Le Dr Palmer m'a invitée à un pique-nique. Jonathan et toi serez de la partie.

Cela faisait maintenant deux ans, depuis le printemps 1889, que Margaret avait de sérieuses raisons de craindre pour son bonheur. Sa vie, dans l'ensemble, la satisfaisait pleinement. Certes, elle aurait aimé voir Tilden plus souvent, pas seulement le week-end. Mais, à cet égard, leur situation ne différait guère de celle de la plupart des foyers de Greenwich, nombre de maris passant en effet leur semaine en ville. Et son désir le plus cher aurait été qu'ils puissent se réveiller dans les bras l'un de l'autre sans avoir pour cela à s'éclipser au *Claremont*. Pourtant, en dépit de cela, ou peut-être pour cette raison même, leurs relations charnelles avaient gardé toute leur volupté initiale.

A l'origine des angoisses qui avaient fondu sur elle quelque deux ans plus tôt se trouvait la Ligue des femmes chrétiennes de Greenwich pour la tempérance. En effet, la semaine même où elle avait emménagé dans sa nouvelle demeure, Margaret avait reçu la visite de plusieurs dames de cette organisation. Elles avaient entendu dire, et purent constater de leurs propres yeux, que la jeune veuve attendait un bébé. Quand l'enfant fut né, elles informèrent Margaret qu'elles seraient très honorées de la voir assister à l'une de leurs réunions du mercredi, et plus particulièrement à l'une de celles se tenant le premier mercredi de chaque mois, à l'occasion desquelles les nouvelles adhérentes étaient officiellement présentées. Margaret se sentit particulièrement touchée par leur gentillesse et fort attristée à la pensée de devoir les abuser. Notamment parce que l'abstinence n'était pas son fort. Après tout, se dit-elle, peut-être ferait-elle mieux de ne plus boire d'alcool. Elle ne pouvait décemment accepter l'invitation de ces dames et être ensuite aperçue dans le magasin de spiritueux du village. Elle pourrait toujours garder une bouteille de sherry dans le placard de la cuisine et, au restaurant, tremper à la dérobée ses lèvres dans le verre de Tilden. Elle n'allait du reste pas tarder à apprendre que nombre de dames de la Ligue recouraient à de tels artifices.

Ce fut quelques jours avant le début du mois de mai que Margaret finit par accepter d'assister au thé de présentation des nouvelles adhérentes. Y avait également été conviée une autre candidate. Un véritable gendarme du nom de Phoebe Peterkin dont le mari avait récemment fait l'acquisition d'une porcherie à l'extérieur de la ville. Il était d'usage que les postulantes servent le thé aux dames de la Ligue en leur faisant un bref récit de leur vie avant d'exprimer leurs convictions sur le problème de l'intempérance.

Ce fut à Phoebe Peterkin qu'il échut de s'acquitter la première de ces devoirs, tandis que Margaret, les yeux

baissés sur ses mains tremblantes, attendait anxieuse-
ment son tour.

Mme Peterkin entama son discours en déclarant que
les lèvres par lesquelles elle s'exprimait n'étaient jamais
entrées en contact avec la moindre goutte d'alcool. Sur
quoi elle leva bien haut une main qui, affirma-t-elle,
n'avait pas hésité à fracasser la coupe de plus d'un
homme sur le point de faire entrer en lui le démon avide
de lui dérober ses esprits. A ce point de son exposé,
Margaret perçut un gémissement puis un reniflement
ressemblant fort à un éclat de rire étouffé. Elle leva la
tête. Plusieurs femmes souriaient. D'autres semblaient
au supplice. Enfin, ses yeux se posèrent sur une délicate
jeune femme qui, la tête enfouie dans les mains, était
secouée de tremblements convulsifs. Quelque chose en
elle parut familier à Margaret qui, souhaitant être à
mille lieues de là, baissa à nouveau le nez.

— Merci, madame Peterkin, entendit-elle la voix de
la secrétaire dire quand la digne matrone eut fini de
vilipender tous les incontinents de la terre. Je suis sûre
que cette profession de foi aura grandement renforcé les
convictions de chacune d'entre nous. Peut-être pourrions-nous à présent donner la parole à Mme Corbin...

Margaret se leva et entreprit de manier l'encombrante
théière, dont elle vida le contenu tant sur les soucoupes
et la petite table que dans les tasses de porcelaine
bleues.

— Je pense que beaucoup d'entre vous connaissent
déjà mon histoire, commença-t-elle d'une voix blanche,
qu'il me serait pénible de répéter... pour de nombreuses
raisons. Aussi, si vous le permettez, préférerais-je ne pas
revenir sur ce qui appartient au passé.

Elle reprit sa respiration, soulagée d'apercevoir quelques hochements de tête compatissants.

— Quant au problème de l'intempérance, reprit-elle en relevant la tête, je crains, d'après ce qui vient d'être dit, de ne pas être digne d'appartenir à votre noble organisation. Car je me dois d'avouer que je ne déteste pas savourer de temps à autre un verre de sherry ou de vin.

Phoebe Peterkin hoqueta puis toisa Margaret d'un regard meurtrier.

— Je vous accorde, poursuivit Margaret, que l'alcool, absorbé avec excès, est l'un des plus grands fléaux de notre temps, et je serais heureuse de m'associer à toute action visant tant à en prévenir les effets néfastes qu'à soulager les maux de ses victimes. Mais je crois avec Voltaire que, pas plus que l'excès, l'abstinence ne saurait rendre un individu heureux. Je bois du vin, avec modération, et n'entends pas renoncer à ce modeste plaisir. Je suis navrée de vous avoir induites en erreur...

Sur ce, Margaret se rassit, les joues brûlantes, souhaitant de toutes ses forces que la terre s'entrouve sous elle.

Mme Gannon toussota et se leva pour s'adresser à l'assemblée.

— Nous avons, d'une façon ou d'une autre, donné à Mme Corbin l'impression que nous vivions dans la plus stricte conformité avec nos principes. Inversement, nous avons laissé Mme Peterkin imaginer que nous étions une congrégation de fanatiques pour qui il n'était de plus grand plaisir que de s'en aller tout casser dans les saloons.

A cet instant, la jeune femme blonde qui avait paru

434

tant se divertir de l'intervention de Mme Peterkin se leva à son tour et, tournant le dos à Margaret, déclara :

— Pour ma part, j'applaudis la sincérité de Mme Corbin, et j'espère que nous aurons le plaisir de la voir plus souvent ici.

Cette voix ? Margaret plissa les yeux. Et cette silhouette déliée...

— J'approuve entièrement le point de vue de Laura, renchérit Mme Gannon.

« Laura ? »

— Pour ce qui est de Mme Peterkin, reprit Laura Hemmings en faisant face à la formidable épouse de l'éleveur de cochons, puisque nous lui avons humblement avoué que nous ne saurions être à la hauteur de sa rectitude morale, peut-être devrait-elle envisager de mettre l'excellence de ses qualités au service d'une autre organisation.

« Mon Dieu ! »

Margaret en resta bouche bée. Elle eut à peine conscience des applaudissements qui saluèrent la déclaration de Laura Hemmings et des protestations indignées du dragon de vertu éconduit.

« Mon Dieu. Mais c'est la petite Annie. »

Laura Hemmings lui adressa un furtif clin d'œil et sourit.

« Bonjour, Margaret Barrie... » lut-elle sur ses lèvres.

Les deux femmes s'avancèrent l'une vers l'autre et se gratifièrent d'un simple baiser de politesse sur la joue, pâle écho de l'étreinte immodérée sur laquelle elles s'étaient séparées quand la petite Annie avait quitté la maison de Georgina pour toujours.

Eût-elle été vêtue en gamine, elle n'aurait guère fait plus de quinze ans constata Margaret avec admiration. Chez Georgina, elle affectionnait les costumes de marin et laissait pendre ses cheveux de façon qu'ils dissimulent en grande partie son visage.

Annie. Une jeune femme ayant reçu une éducation au moins aussi solide que la sienne. Elle avait confié à Margaret la véritable histoire de son enfance et de sa déchéance. Son père, pasteur de son état, avait enseigné dans diverses missions autour du monde, avant de s'être vu attribuer, quand sa fille avait fêté ses dix-huit printemps, une paroisse à Providence, dans Rhode Island. Annie était tombée en disgrâce un an après et avait été contrainte, par la pression familiale et publique, à fuir sa communauté. Depuis, l'ambition d'ouvrir un jour une école pour jeunes filles de bonne famille ne l'avait plus quittée. Elle avait souvent enseigné dans les missions de son père, avait une connaissance approfondie de l'art culinaire, parlait couramment le français et jouait assez honnêtement du piano pour pouvoir elle aussi l'enseigner.

Aussi, une fois partie de chez Georgina, était-elle directement venue s'établir à Greenwich où, s'étant fabriqué un passé irréprochable, elle avait annoncé, au bout d'un an, l'ouverture de l'école pour jeunes filles de Mlle Hemmings dans une maison de six pièces de Maple Avenue, sise à une centaine de mètres de la désormais célèbre maison électrifiée de Margaret Barrie.

— Tilden est-il au courant de ta présence ici ? s'enquit une Margaret tout excitée, quand les deux jeunes femmes purent enfin échanger deux mots dans les toilettes de l'hôtel *Lenox*. Ou est-ce lui qui t'a, à toi aussi, suggéré Greenwich ?

436

— Tilden ne sait rien. Je l'ai croisé à deux reprises en faisant mes emplettes sur la grand'rue, et il n'a pas paru me reconnaître. Tant que je relèverai mes cheveux et que je m'abstiendrai de m'affubler de costumes de marin, il ne devrait pas se poser de questions. Il n'a jamais été de mes clients, de toute façon.

— Oh, alors, nous ne devons rien lui dire. Tu seras simplement la nouvelle amie que je me serai faite à la Ligue. Car nous allons à nouveau être amies, n'est-ce pas, Annie ?

— Oui, à condition que tu cesses de m'appeler ainsi.

— Oui, bien sûr. Mais dis-moi, quand as-tu découvert que j'habitais Greenwich ?

— Dès ton arrivée, à quelque chose près, répondit Laura avec un petit sourire espiègle. J'ai d'abord aperçu Tilden. Il faut dire qu'on ne peut accéder à cette espèce de phare qu'est ta maison sans passer devant la mienne. J'ai même vu John Flood à plusieurs reprises. En fait, je n'ai été sûre qu'il s'agissait bien de toi que lorsque tu es venue ouvrir ta porte au Dr Palmer, un certain soir où je l'attendais dans sa voiture.

Le sourire de Laura s'épanouit.

— Le docteur et moi nous fréquentons depuis un an.

— Je me souviens de cette visite. Je lui avais proposé de faire entrer la dame qui l'accompagnait, mais il m'avait répondu qu'il n'en aurait que pour une minute. Tu devais avoir une peur bleue que je lâche inconsidérément ton nom.

— Oui.

Laura Hemmings lui prit la main.

— Ou de provoquer un accouchement prématuré.

— J'imagine que tu aurais surtout été horriblement gênée de te retrouver nez à nez avec un témoin de ton passé.

— Je ne risquais déjà plus rien de ce côté-là.

Laura se rembrunit, mais ses yeux conservèrent tout leur éclat.

— Tu n'es pas la première, dans cette ville, à me rappeler des souvenirs.

Et Laura de confier à Margaret qu'elles n'étaient pas les deux seules femmes de Greenwich dont le passé gardât quelques secrets. Ainsi, Carrie Todd, une couturière installée dans la ville depuis plusieurs années, n'était ni plus ni moins qu'une ancienne prostituée par la suite reconvertie en faiseuse d'anges. Laura ne l'aurait jamais connue si Georgina ne l'avait rencontrée par hasard en sa présence chez Macy's, au rayon mercerie, où l'ancienne avorteuse était venue s'équiper pour son nouveau commerce.

Puis venait Belle Walker, laquelle avait épousé un ancien client, le fils aîné de l'un des plus grands propriétaires de parcs à huîtres de Greenwich, un garçon qui aurait été sans doute fort étonné de se savoir de cinq ans son cadet. Mme Walker vivait à Greenwich depuis trois ans et avait déjà donné naissance à deux enfants. Elle aussi avait reconnu Carrie, qui lui avait probablement plusieurs fois épargné de goûter prématurément les joies de la maternité. Belle Walker n'avait aucune raison de redouter une dénonciation ou un chantage d'une femme qui avait autant à cacher qu'elle et qui, à vrai dire, n'aspirait qu'à vivre en toute quiétude de son nouveau métier. Mais, affligée d'une ambition sociale démesurée, Belle s'était inventé un passé autrement plus glorieux que ceux de Laura ou Margaret et supportait difficilement que Carrie connaisse la toute autre vérité. Aussi ne ratait-elle jamais une occasion de dénigrer ses talents et son sens de la mode, dans l'espoir de l'inciter à aller se chercher une clientèle ailleurs.

Stupéfaite qu'une si petite communauté compte déjà dans ses rangs trois anciennes prostituées, pour ne rien dire d'une ancienne candidate à la profession, Margaret entendit Laura lui expliquer que, si les statistiques diffusées par divers organismes de bienfaisance étaient exactes, chaque année deux mille des vingt mille femmes qui exerçaient à New York le plus vieux métier du monde quittaient la ville pour changer de vie. Où allaient-elles ? Pratiquement aucune, Margaret en convint, ne devait retourner dans sa ville ou son village d'origine. Seule une poignée devaient partir à l'étranger ou vers l'ouest. La plupart élisaient donc probablement domicile dans les paisibles bourgades de la périphérie new-yorkaise où les plus raffinées d'entre elles ne devaient pas manquer de jeter leur dévolu sur la fine fleur de la jeunesse locale. Si tel était le cas et si le rythme de deux mille défections par an ne se démentait pas, Laura voyait déjà le jour où, à une génération à peine de là, l'élite matriarcale de la société suburbaine ne serait plus composée que de filles de joie en retraite. Les lois de la statistique et de l'algèbre ne semblaient laisser place à aucune autre possibilité.

Margaret trouva l'idée des plus amusantes, et Tilden s'en divertit de très bon cœur lorsque, pour ne pas nommer Laura, elle la lui exposa comme une hypothèse de son cru.

Finalement, ce fut Belle Walker qui fit tourner les rires court. Belle Walker puis Anthony Comstock. Et Tilden devait par la suite avoir matière à se demander si l'ombre de Jay Gould ne s'était pas une fois de plus dressée sur son chemin.

Il semblait à Tilden que, depuis sa plus tendre enfance, les journaux n'avaient parlé que d'Anthony Comstock. Étant gamin, il avait avidement suivi les aventures souvent insolites de cette curieuse figure qui avait voué son existence à une cause éminemment honorable : livrer une guerre sans merci contre le vice sous toutes ses formes. Et, du fait que Comstock voyait le vice partout, il avait toujours trouvé quelque exploit de ce champion de la vertu à se mettre sous la dent dans les numéros de *Police Gazette* qu'il achetait en cachette ou dans le *New York Times* de son père.

Ce dernier quotidien l'avait surnommé, non sans quelque intention malicieuse, de l'avis de Tilden, le Paladin de la Pureté. Toutefois, Comstock et ses expéditions punitives, dirigées sans distinction contre les bibliothèques, les galeries d'art et les boutiques d'articles pornographiques disséminées sur Ann et Nassau Streets, se vendaient bien.

Ce personnage rondouillard à favoris en côtelettes de mouton menait également campagne contre l'avortement, le contrôle des naissances et la publication de toute information sur l'un ou l'autre sujet, criait haro sur toute forme de nudité ou d'inconvenance dans les œuvres d'art, catégorie dans laquelle il rangeait les peintures représentant un couple non flanqué d'un chaperon, guerroyait avec la même fougue contre l'alcool, le jeu et les lettres parfumées. Il avait même fait arrêter une femme ayant usé d'une expression légèrement osée dans une lettre parfumée adressée à son propre mari. Tilden se souvenait très bien de cet épisode, qui avait tellement scandalisé son père que Comstock avait pour une fois alimenté la conversation du dîner. Ce qui, dans cette affaire, avait le plus outré Stanton Beckwith était que ses « ignobles immixtions dans la vie privée des citoyens » fussent totalement légales. En effet, non content d'avoir presque à lui seul été responsable de l'adoption par le Congrès d'une loi interdisant tout envoi postal de lettres traitant de sujets impudiques, obscènes ou lascifs, Comstock avait ensuite sollicité et obtenu l'honneur de veiller lui-même à l'application de la loi. On l'avait donc nommé contrôleur extraordinaire des Postes, le problème épineux de définir la notion d'obscénité ayant été laissé à sa seule discrétion.

Devenu adulte, Tilden en était vite venu à trouver assommant ce qui, à une époque, lui avait paru excitant. De son côté, Comstock avait continué à faire preuve d'un tel manque de discernement dans ses croisades que les journalistes et caricaturistes avaient fini par ne plus voir en lui qu'un sinistre bouffon. En 1887, il se mit en tête de livrer bataille aux peintres français de l'école de Barbizon et opéra une descente dans la prestigieuse galerie d'art de Herman Knoedler afin d'y confisquer les tableaux de Henner, Perrault et Bourgereau, ainsi que les estampes du gigantesque Bourgereau que l'on pouvait admirer au *Hoffman*. Il tenta bien de faire décrocher l'immense peinture elle-même, mais, pris à partie par un groupe de clients, il fut attrapé par la peau des fesses et jeté dans la rue sans autre forme de procès.

Mais l'existence d'Anthony Comstock n'avait pas autrement affecté la vie de Tilden Beckwith avant ce mois de juin 1891 où le gros homme entra comme une tornade dans les bureaux du *Greenwich Graphic* pour annoncer au rédacteur en chef éberlué qu'un cancer rongeait sa ville. Une avorteuse, une sangsue gorgée du sang de centaines de bébés, s'y était déguisée en couturière, et si le rédacteur en chef consentait à l'accompagner dans l'atelier du monstre, nul doute qu'ils y découvriraient des instruments destinés à un usage bien plus criminel que la broderie de vêtements féminins. Les deux hommes se rendirent sur place mais n'y trouvèrent rien de compromettant, Carrie Todd ayant une fois pour toutes tiré un trait sur son passé.

Pa malchance, Carrie était à cette époque affligée d'un banal problème féminin, pour lequel elle se faisait soigner par le Dr Palmer. Comstock trouva trace, dans ses papiers, de fréquentes visites au cabinet du praticien mais ne découvrit, dans ses livres de comptes, aucune indication de paiement de ces consultations. Ayant obtenu l'arrestation de la malheureuse sur simple présomption, il alla sans tarder affronter le Dr Palmer, persuadé qu'il se prêtait occasionnellement à l'ignoble commerce de Carrie Todd.

Miles Palmer garda son sang-froid. Carrie était l'une de ses patientes, ni plus ni moins, et la raison pour laquelle elle venait le consulter relevait du secret médical. Comme beaucoup de ses clients, elle le payait en nature. Quand Comstock exigea d'examiner ses registres, Miles Palmer lui suggéra de déguerpir tant qu'il était encore en état de le faire. Mais l'autre insista, voulut savoir pourquoi le médecin se faisait payer en effets féminins et finit par le sommer de lui remettre une liste des véritables destinataires de ces vêtements. Pour toute réponse, Miles Palmer se leva, attrapa Comstock par le collet, le traîna jusqu'au palier du deuxième étage et le précipita dans l'escalier, brisant du même coup sa rampe et trois des côtes de son peu délicat visiteur.

442

Nullement découragé par sa mésaventure, Comstock annonça que, avant même d'être remis de ses blessures, il aurait nettoyé la ville de toute sa putrescence. Il prétendit disposer de nouvelles informations, selon lesquelles plusieurs anciennes prostituées notoires vivaient, sous l'apparence de la plus totale respectabilité, à Greenwich. Une invention moderne, clama-t-il, l'aiderait à démasquer les coupables. Il parcourrait la ville, armé du tout nouvel appareil photographique Kodak, et prendrait des clichés de toutes les femmes ayant pu être assez attirantes pour qu'un certain type d'hommes aient pu accepter d'acheter leurs faveurs. Ces clichés seraient ensuite transmis à la police new-yorkaise, qui identifierait les brebis galeuses.

Rien ne put le détourner de ses desseins. Il fut frappé trois fois au moins par des maris ou des pères outragés, giflé ou autrement malmené par une bonne douzaine de femmes, et se fit casser deux appareils photographiques, dont l'un sur la tête. Mais le gros de la population, redoutant que la moindre manifestation de réticence pût être interprétée de travers, se prêta vilement à cette pantalonnade.

Tilden, au début du moins, se sentit plus choqué que concerné. Comstock s'était déjà lancé dans de telles entreprises, jusqu'à présent sans grand succès. Laura Hemmings ne se montra pas davantage inquiète. Son passé, elle en était certaine, n'était connu que de Margaret. A supposer que Tilden l'ait identifiée, il se conduisait en parfait gentleman. Il ne faisait pour elle aucun doute que nul ne la reconnaîtrait telle qu'elle se coiffait et s'habillait à présent. Pourtant, quand Comstock s'approcha d'elle pour la photographier un jour où elle faisait du patin à roulettes avec ses élèves, elle ne put s'empêcher de le gifler pour le principe.

Margaret, quant à elle, ne s'alarma pas outre mesure lorsque l'affaire éclata. Elle n'avait jamais appartenu à proprement parler à l'industrie de la chair new-yorkaise. Mais bientôt, à force d'apercevoir dans les rues de Greenwich la silhouette enveloppée de Comstock, à force de voir des femmes se sauver à toutes jambes à son approche, elle commença à s'affoler. A craindre d'être démasquée. Et de tout perdre. Elle devrait abandonner sa jolie maison. Greenwich. Toutes les amies qu'elle s'était faites lui tourneraient le dos. Laura elle-même n'oserait peut-être pas faire front avec elle dans l'adversité. Elle perdrait Tilden. S'il n'avait pas voulu faire d'elle sa femme après qu'elle eut porté son enfant, que pourrait-elle espérer de lui si elle était mise au ban de la société ? La vie de son fils, Jonathan, serait ruinée avant même d'avoir commencé. Et que penserait-il d'elle lorsqu'il aurait l'âge de comprendre les quolibets de ses camarades de classe ?

C'était dans cet état d'esprit que se trouvait Margaret quand Anthony Comstock se présenta avec son appareil photographique à la réunion du mercredi de la Ligue des femmes chrétiennes de Greenwich pour la tempérance.

Ce fut ce même jour que Tilden fut aperçu, fouettant un cheval sur la route de Westminster, une expression de fureur noire sur le visage.

Chiffonnée au fond de sa poche, se trouvait une lettre écrite de la main de Jay Gould.

16

Les arbres de Railroad Avenue étaient à nouveau nus et festonnés de neige. Corbin se frotta les yeux. L'espace d'un instant, il se crut captif dans quelque monde infernal à la limite du présent et du passé. Car la physionomie de la ville demeurait la même. Jusqu'à la poissonnerie Walker, qui était toujours là, même si la bâche et les cageots avaient disparu. Sans savoir au juste pourquoi, il se sentit pris d'une furieuse envie de jeter une pierre dans la vitrine du magasin.

« Allez ! se dit-il. Va récupérer ta bagnole et rentre chez toi. »

Corbin retrouva sa Datsun d'occasion parmi les quelques véhicules éparpillés sur le parking et se mit en devoir d'enlever, à mains nues, la neige entassée sur la carrosserie puis d'extraire du coffre une pelle pliante avec laquelle il dégagea ses roues arrière. La Datsun démarra sans trop de protestations.

Attendant que son moteur chauffe, il sentit un souffle brûlant monter en lui. Une insidieuse colère. Mais il savait à présent distinguer les pensées de Tilden des siennes. Et celles de son arrière-grand-père étaient accaparées par cet homme ventripotent affublé de favoris et d'un appareil photographique, Comstock, et par une des filles Walker. Belle de son prénom. Corbin n'avait qu'une très vague idée de ce qu'elle avait pu faire. Et par

445

Gould, bien sûr. Corbin se demanda si Gould s'était seulement rendu coupable de la moitié des méfaits que Tilden lui reprochait. Il devait tout de même avoir eu mieux à faire que de passer la moitié de sa vie à s'acharner sur Tilden et cet autre type, Cyrus Field. De toute façon, tous ces gens-là étaient morts depuis belle lurette. Tous jusqu'au dernier. Alors, quelle importance ?

Il mit son moteur en prise.

— Désolé, Tilden. Cette fois, c'est fini. Margaret et toi m'avez suffisamment empoisonné la vie comme ça. Maintenant, j'en ai ma claque. Je n'arrive même pas à croire que j'aie pu être aussi nouille ! Une marionnette dont tu tirais les fils, voilà ce que j'ai été. Si ça continue, je vais finir par te détester autant que tu détestes Gould.

Gould ! Colère.

— Rien à faire, marmonna Corbin en déboîtant du parking. Je file directement sur Maple Avenue, j'annonce à Gwen que je bazarde la maison et tout ce qu'il y a dedans, et je propose à cette fille fabuleuse de sauter avec moi dans le premier avion à destination de la Barbade. Je lui apprendrai à faire de la plongée et de la planche à voile, je la ferai danser tous les soirs jusqu'à ce qu'elle demande grâce et lui apporterai son petit déjeuner au lit. Et pendant qu'elle avalera ses croissants, j'inventerai de nouvelles façons de lui prouver que cinq minutes avec elle valent tous les matins de Noël du monde.

Soliloquant de la sorte, Corbin laissa l'aire de stationnement derrière lui et tourna à droite pour récupérer Milkbank Avenue. Mais, avant de réaliser ce qui lui arrivait, il avait bifurqué sur la droite et abouti sur la bretelle d'accès à l'autoroute.

Il laissa échapper un juron et pila net puis, les yeux rivés sur son rétroviseur, entreprit de faire marche arrière.

Gould ! Par pitié !

Il secoua énergiquement la tête.

— Pas Gould, Gwen.

Je t'en prie...

— Et merde !

Un camion s'était engagé sur la bretelle. Corbin se rangea sur le bas-côté pour le laisser passer.

Je t'en supplie, Jonathan...

— La ferme ! cria Corbin. Jay Gould est mort et enterré. Et même s'il ne l'était pas, je viens de te dire que...

Il déglutit.

— Regarde-moi ça. Je décide à l'instant que j'en ai marre d'être dingue, et me voilà assis là en train de me charmailler avec toi.

Il va faire du mal à Margaret !

Corbin soupira et se laissa aller contre le dossier de son siège. La Barbade devenait plus attrayante de seconde en seconde. Pourtant, pour la première fois depuis qu'il avait compris qui était Tilden, il se mit à le prendre en pitié. S'il était vraiment un fantôme et non une accumulation de souvenirs ancestraux, il semblait coincé dans le temps. Que Jay Gould ait ou non fait du mal à Margaret, c'était fini. Révolu. Tilden et Margaret avaient survécu. S'il fallait en croire Sturdevant, Tilden n'était mort qu'un demi-siècle plus tard. Ce qui n'était pas si mal. Tout comme Margaret — grand-mère Corbin.

« Mais il y a Anthony Comstock. Tilden veut me faire partager la colère qu'il ressent contre lui. Et contre

Belle Walker. Et même contre Laura Hemmings. Parce qu'ils sont tous, d'une façon ou d'une autre, responsables du départ de Margaret pour Chicago. Bon, et alors ? Rien d'agréable ne serait arrivé au cours des cinquante ans qui ont suivi ? Vous avez bien dû connaître des périodes de... »

— Périodes, chuchota Corbin.

Tout était regroupé par périodes. Les souvenirs de Tilden. Toutes les scènes qui se jouaient dans la tête de Corbin. Le nouveau livre de Roosevelt. La promenade avec J. P. Morgan. Rien n'avait eu de sens avant qu'il n'ait réussi à établir un ordre chronologique entre les événements. Peut-être était-ce là que résidait le problème de Tilden. Il ne parvenait pas à accélérer le mouvement. A brûler les étapes. Peut-être était-ce tout simplement ce qui le retenait.

— Écoute...

Corbin se tourna vers le siège passager comme si Tilden avait été assis là, à côté de lui, puis, réalisant ce qu'il était en train de faire, se frappa le front.

— Écoute, Tilden, reprit-il lentement, si les routes sont bonnes, il nous faudra vingt minutes pour arriver chez Gould. Il habitait sur l'autre rive de l'Hudson. Ce que tu sais pertinemment. Mais nous n'allons même pas nous torturer les méninges à essayer de comprendre comment je le sais, moi, d'accord ? Tu sais également que sa maison a été transformée en musée, n'est-ce pas ? Et qu'aucun Gould n'y vit plus depuis des lustres ?

Corbin ressentit un soulagement intense et lointain.

— De toute façon, je ne ferai que l'aller-retour, je ne tiens pas à ce que Gwen s'inquiète davantage. Si ça te tire d'affaire, tant mieux. Mais quel que soit le résultat de cette virée, je te préviens que moi...

Il embraya et passa la première.

— Je mets le cap sur le sud. Et si j'étais toi, j'irais faire un tour à Chicago. C'est par là que tu aurais dû commencer, si tu veux mon avis.

— Vous êtes intervenue à point nommé, mademoiselle Beckwith ! lança Tom Burke en entrant dans le bureau maintenant sens dessus dessous d'Ella Beckwith.

Sa tête et ses épaules étaient parsemées de cristaux de neige, son pantalon maculé de plâtre pulvérisé. Il agita un carnet à spirale bleu.

— Il était caché sous le siège arrière de la voiture...

Elle inclina pensivement la tête mais ne détacha pas les yeux de la masse inerte qu'était Raymond Lesko. Le détective s'était trahi en portant involontairement la main à son veston lorsqu'elle avait évoqué le sujet des quinze mille dollars. En effet, s'il n'avait pas eu l'occasion de mettre l'enveloppe en lieu sûr, son carnet ne pouvait pas être bien loin.

Lawrence Ballanchine s'avança clopin-clopant vers Burke et lui arracha le carnet des mains.

— N'empêche que vous avez pris un risque considérable, maugréa-t-il à l'adresse d'Ella. Qu'est-ce qui vous dit qu'il ne les a pas photocopiées ?

Son costume était trempé de sueur et sa jambe droite, qu'avait éraflée l'une des balles folles de Lesko, ensanglantée au-dessus du genou.

— Il n'a pas fait de photocopies, affirma Burke d'un ton péremptoire.

Il s'approcha de Lesko et lui décocha un coup de pied dans le flanc. Aucune réaction.

— S'il avait eu le temps d'en faire, poursuivit-il en

guettant l'approbation d'Ella, il les aurait eues sur lui. Généralement, on cache les originaux. Pas les doubles. Mlle Beckwith a compris ça tout de suite.

— Il va m'abîmer mon tapis, fit-elle d'une voix voilée et lointaine.

Ballanchine se pencha avec effort, récupéra un exemplaire de *Architectural Design* parmi les éclats de verre de la table de salon et le cala sous la tête de Lesko. Puis, s'étant essuyé les mains sur le revers de sa veste :

— Je ne vois pas très bien comment nous allons pouvoir réparer tout ce gâchis, dit-il en jetant un coup d'œil circulaire sur la pièce.

Il dénombra sept trous crénelés dans la cloison de plâtre. Une balle avait fracassé une horloge, une autre était allée se loger dans le coussin d'un fauteuil. Ballanchine n'osa pas imaginer l'état des pièces adjacentes.

— Est-il mort ? demanda Ella.

— Je ne pense pas. Du moins pas encore, répondit-Burke.

— Et que sommes-nous censés faire de lui, à présent ? s'enquit Ballanchine avec dégoût.

Tom Burke se frotta les mains.

— Le mieux que nous ayons à faire est de le charger dans la malle de sa bagnole et de l'y laisser refroidir. Puis, quand il fera nuit, nous pourrons l'emmener à Rye ou dans un autre bled paumé. Une fois là, on n'aura qu'à l'abandonner dans un coin isolé, à bonne distance de sa tire, après l'avoir arrosé de vodka. Comme ça, les flics en déduiront qu'il était paf et qu'il a fait une mauvaise chute avant de pouvoir se souvenir où il était garé.

Burke marqua une pause, attendant qu'Ella réagisse. Mais elle semblait avoir décroché de la conversation.

450

Ballanchine avait blanchi à l'idée de devoir se salir les mains sur Lesko deux fois encore.

— A moins, reprit Burke, qu'on lui redonne un petit coup sur la tête pour plus de sûreté et qu'on appelle la police. Vous leur dites qu'il a fait irruption ici et qu'il vous a menacée. Vous leur montrez les impacts de balles, et vous leur expliquez que c'est M. Ballanchine et moi qui l'avons estourbi à la première occasion.

— Non ! s'écria Ella. Pas la police.

— Vous avez raison, approuva Burke. Il doit bien vous rester du plâtre et de la peinture à la cave. M. Ballanchine et moi devrions pouvoir tout remettre en état avant le retour des domestiques.

Ella releva brusquement la tête.

— De la peinture et du plâtre ! répéta-t-elle à voix haute.

Entendre ainsi parler replâtrage et colmatage alors que le corps de ce détective agonisant gisait à leurs pieds avait inopinément tiré la vieille femme de sa torpeur.

— L'un d'entre vous se souvient-il que mon frère a quitté cette maison en état d'ébriété, un fusil à la main ?

— Je m'apprêtais à partir à sa recherche, affirma mollement Tom Burke qui, comme tout le monde, avait pris l'habitude d'oublier l'existence de Tillie.

Avec une moue dépitée, Ella baissa à nouveau les yeux sur la tête barbouillée de sang de Raymond Lesko, une partie d'elle-même regrettant encore de n'avoir pu parvenir à un arrangement avec lui.

« Vous aviez mille fois raison, cher monsieur. Cet homme est un abruti fini. »

— Lawrence, dites à M. Burke où il pourra trouver mon frère.

— Chez Corbin.

— Expliquez-lui aussi ce qui l'a poussé à se rendre là-bas.

— Avec un fusil ? Il est parti à la chasse aux fantômes.

— Ceci établi, auriez-vous tous deux l'obligeance d'aller le récupérer ? Immédiatement, si possible ? Prenez la voiture de cet homme. Et ayez la bonté de l'emmener avec vous.

Burke intercepta le regard de Ballanchine et lui signifia son intention de se charger des pieds du détective. Dancer prit un air nauséeux mais ne s'en avança pas moins en boitillant.

— Monsieur Burke, lança Ella une fois qu'ils eurent soulevé le corps. Je compte que cette affaire soit définitivement réglée. Si vous ne parvenez pas à rattraper mon frère avant qu'il n'ait parlé à ces gens, faites en sorte que tout soit terminé ce soir. N'entreprenez toutefois rien sans l'approbation expresse de M. Ballanchine.

— Oui, madame.

— Lawrence ?

— Oui, Ella ?

— Mon frère a été pour moi, ma vie durant, une source de soucis et d'embarras.

— Je sais.

— Mettez également fin à cela, Lawrence.

Surplombant l'Hudson, à vingt minutes de Greenwich « quand les routes étaient bonnes », se déployait une spectaculaire perspective de collines onduleuses, qui avait si bien su rappeler aux premiers marchands hollandais les splendeurs de la vallée du haut Rhin qu'ils y avaient édifié d'imposants manoirs après avoir

452

assuré leur prospérité dans le commerce des fourrures. Des châteaux de pierre, flanqués de donjons et de tourelles, se dressaient sur de majestueuses étendues rappelant les grandes propriétés terriennes du Vieux Continent. Jay Gould avait élu ce site pour y bâtir ce qui, du moins l'espérait-il, deviendrait une demeure ancestrale. La grandeur de ce lieu retiré convenait parfaitement à cet homme qui n'avait jamais fait montre du moindre intérêt pour les divertissements futiles ou les bêtifiantes conversations de salon qui meublaient la vie oisive de la haute société. De plus, Lyndhurst — le financier avait baptisé de ce noble nom son sinistre château gothique — offrait de nombreux avantages. Une fois que la forêt de pins ceignant sa propriété s'était refermée sur lui, Gould pouvait se croire au cœur de l'Europe, tout en n'étant qu'à une heure de New York par bateau à vapeur. Et, se trouvait-il dans la pressante obligation de franchir les frontières de l'État, il lui fallait moins de temps encore pour aller se placer sous la bienveillante protection des autorités du New Jersey.

Corbin se souvint subitement où il avait glané ses connaissances sur Lyndhurst. Dans les livres illustrés que Gwen avait trouvés chez Barnes and Noble. Était-ce seulement hier ? Et cela expliquait-il comment, alors qu'il descendait vers le fleuve, il pouvait voir défiler dans son esprit des vues de la propriété, toute une infinité de pièces, et même entendre l'écho de l'un de ces effrayants combats aux poings livrés par Tilden ?

Celui au cours duquel s'étaient brisées ces montagnes de verre ?

Corbin commença à se maudire de s'être laissé embarquer dans cette expédition. Les routes étaient loin d'être bonnes. Il roulait déjà depuis quinze minutes et n'avait toujours pas atteint White Plains. C'était stupide. Pire, dangereux. il commençait à avoir des visions. Il suffisait qu'il laisse son esprit vagabonder, qu'il cesse de se concentrer un instant pour percevoir le balancement régulier de la tête et de la croupe d'un cheval devant le capot de la Datsun. Par deux fois, il s'ébroua pour chasser cette image. Par deux fois, elle revint s'imposer à lui. La deuxième, il sentit le volant prendre dans ses mains la souple consistance d'une paire de rênes en cuir.

— Ça, c'est le bouquet !

Il éleva la voix.

— Je risque d'une seconde à l'autre de devoir freiner pour ne pas me payer un camion, et toi tu me refiles ces foutues courroies qui n'ont pas la moindre réalité !

Le cheval cahotant s'évanouit, et Corbin entendit le mot « désolé ». Il grimaça en réalisant qu'il avait été formé par ses propres lèvres.

Quelques minutes plus tard, Corbin n'était plus très sûr que la disparition du cheval ait arrangé sa situation. Au moins, quand l'animal brimbalait devant lui, il ne neigeait pas tant. Pas du tout, en fait. Et sur le rebord de la route, au lieu d'être étouffée sous trente centimètres de neige spongieuse, l'herbe était verte et drue. Dans les champs, les pommiers ployaient sous le poids de leurs fruits. Hélas, l'apparition de cette aimable saison ne s'accompagnait guère d'aimables pensées. Tout n'était qu'angoisse et colère. Et volonté d'aller braver l'homme qui était à l'origine de tout ce gâchis. D'en finir avec lui. Puis de retourner vers Margaret pour lui annoncer qu'elle n'avait plus rien à craindre. Qu'elle était sauvée. D'être là pour guetter son retour de la réunion qu'elle avait tant appréhendée, de l'enlacer...

— Ça suffit !

Désolé. Vraiment.

— Tilden ?

Corbin vit les grilles de Lyndhurst se profiler devant lui.

— Tilden, à quoi jouons-nous, à la fin ?

Il sentit monter en lui une angoisse lancinante.

Gould.

— Mais il ne vit pas ici. Il est mort. Si tu es si inquiet au sujet de Margaret, pourquoi ne pas faire demi-tour et rentrer à Greenwich ?

L'illogisme de cette question n'échappa pas à Corbin, mais, au point où il en était, elle ne paraissait finalement pas plus absurde qu'une autre.

Votre courtisane de maîtresse... votre fils caché...

Corbin vit les mots s'inscrire dans son esprit. A l'encre noire.

— Qu'est-ce que c'est que ça ? Une lettre ?

...qu'il pourrait par conséquent être dans votre intérêt de m'obliger...

—De Gould ? Il essaie de te faire chanter ?

...une entrevue dans les meilleurs délais... j'espère, d'ici là, que les activités de M. Comstock ne vous cause-ront pas trop de désagréments.

— Gould...

Corbin savait. Il ressentait la rage grandissante qui tenaillait Tilden.

— Gould a envoyé Comstock à Greenwich ?

Pourtant, Jonathan n'arrivait pas à comprendre pourquoi Gould se serait donné cette peine. Ni ce qu'il pouvait lui vouloir. A moins qu'il ne s'agisse encore de cette vieille embrouille avec Cyrus Field.

— Écoute, pourquoi te laisses-tu atteindre par les

magouilles de Gould ? Pourquoi n'épouses-tu pas Margaret ?

Gwen est une traînée. Une putain.

Ces mots avaient enflé dans un recoin de son esprit. Indépendamment de Tilden. Tilden n'aurait jamais dit une chose pareille.

Pour atteindre Jonathan, frappe Gwen. Il a épousé une putain. Ses enfants seront des enfants de putain.

— Tilden ?

La colère qui s'était emparée de Corbin était la sienne propre.

— Que cherches-tu à faire ?

Obéis-moi. Maintenant. Toujours. Sinon je te répéterai sans fin ces mots : traînée. Putain.

Corbin s'engagea dans la grande allée. Sur sa droite se dessinait une immense serre. Au fond la silhouette grise de Lyndhurst. Il colla le nez sur son pare-brise, à la recherche du parking. Aucun panneau. Il aurait dû y avoir des panneaux.

Soudain, il y eut un crissement sous ses roues. Du gravier. Le cheval tentait de reprendre forme. Tandis que les arbres s'étoffaient, la neige se muait en un brouillard vert.

— Non, pas question !

Corbin chassa l'image du cheval.

— Je fais demi-tour immédiatement. Et maintenant, écoute-moi bien...

Le pied de Corbin tâtonna, à la recherche de la pédale d'embrayage. Mais où était passée cette satanée pédale ?

— Si tu t'imagines que tu vas me faire revivre les unes après les autres toutes les étapes de ta vie, tu te fais des illusions. Je n'irai pas plus loin !

456

Corbin releva la tête.

A cet instant, les mots qu'il venait de prononcer ne furent plus qu'un souvenir évanescent. Un souvenir insolite. Il n'avait pas la moindre idée de leur signification, ni de ce qu'il pouvait bien chercher sur le plancher de sa voiture. Il se secoua et reporta son attention sur la lourde porte de chêne derrière laquelle devait l'attendre le serpent phtisique qui l'avait attiré en ces lieux.

La porte s'ouvrit sur un gaillard de très haute taille, à l'œil vigilant, vêtu d'une veste trop étroite pour lui.

Tilden hésita, il mesura un instant des yeux puis s'avança d'un pas. L'homme sourit et l'invita à entrer.

— Bonjour, monsieur Beckwith.

Il tenta une révérence empruntée et ajouta :

— Il sera là dans une minute, le temps de passer une veste. Il vous a vu arriver.

— Nous nous sommes déjà rencontrés...

Tilden s'arrêta sur le seuil de la demeure.

— ...La dernière fois, vous teniez une Winchester.

— Vous avez bonne mémoire, monsieur. Et vous, vous teniez ce pauvre M. Hacker suspendu dans le vide par la fenêtre du dernier étage, à la Western Union.

Le colosse s'apprêta à repousser la porte, mais Tilden la retint d'une main. Pas de majordome. Pas de servante occupée à astiquer les cuivres ou à épousseter les meubles. Pas d'odeurs de cuisine. Il commença à regretter de ne pas avoir pris le temps de demander à John Flood d'assurer ses arrières.

— Comment se fait-il que je ne voie pas de domestiques ? demanda-t-il tandis que sa main se transformait en poing.

457

L'homme, dont le nom était Charley Murtree, comprit.

— Le patron nous a expliqué que vous pourriez devenir nerveux, et il m'a chargé de vous dire qu'on tenterait rien contre vous tant que, de votre côté, vous feriez pas des vôtres. Vous avez ma parole. Quoique, pour être tout à fait franc, il me déplairait pas de me mesurer à vous. Je vous dis ça en toute amitié, bien entendu !

Tilden se contraignit à sourire.

— Je donnerais cher pour voir ça.

Il y avait eu deux fusils ce jour-là. Et celui-là venait de dire « nous ». Tilden banda ses muscles, prêt à lui faire goûter son gauche. S'il était tombé dans un traquenard, c'était le moment ou jamais d'agir. Le sourire du colosse s'effilocha. Le regard figé, il leva la main.

— Je vous ai dit que vous aviez ma parole. Hoss !

Murtree tapa deux fois du pied sur le plancher. Aussitôt, un deuxième lascar, l'autre Winchester, surgit d'une pièce donnant sur le hall.

— Je m'appelle Murtree, et lui, c'est Calicoon. Je suis le garde du corps de M. Gould. Et lui, c'est le mien. Vous avez un gauche prompt à la détente. Mais il aurait pu vous valoir un vilain gnon sur la tête, monsieur Beckwith.

Tilden salua le dénommé Calicoon, qui cligna de l'œil en retour.

— M. Gould m'a chargé de vous fournir certaines explications avant que vous alliez le rejoindre, histoire de déblayer le terrain. Pour commencer, vous entendrez plus parler d'Ansel Carling. Un comanche l'a pendu par les pieds à une barrière et lui a fait frire la cervelle.

458

Quand au vieux Hacker, il a touché sa paie et il est allé se faire voir ailleurs.

— Comment ça, lui a fait frire la cervelle ?

— La mauvaise graine, c'est forcé que ça finisse comme ça un jour ou l'autre, abattu, pendu ou égorgé. Ce gars-là, il avait pas reçu une bonne éducation. Je sais même pas pourquoi M. Gould ne l'a pas viré tout de suite au lieu de l'expédier au Texas. J'imagine que le gaillard devait avoir une carte ou deux en réserve. De toute façon, M. Gould, il s'y entend comme pas un pour tendre aux gens la corde pour se pendre. Un jour qu'il éait parti tirer le wapiti pour passer le temps, il a aperçu deux gosses comanches qui jouaient près d'un réservoir, et il les a descendus tous les deux. Le lendemain, les Comanches ont annoncé qu'ils laisseraient plus rouler un train tant que le coupable leur serait pas livré. Du coup, le chef de la ligne, qui se trouve être le papa de Calicoon ici présent, il a filé à Carling un fusil et un paquet de cartouches et l'a largué sur les voies. Il aurait mieux fait de se servir de son arme. Il a pas eu une mort douce !

Tilden eut un haut-le-cœur en dépit de lui-même.

— Monsieur Murtree, finit-il par demander en s'éclaircissant la voix, sauriez-vous par hasard pourquoi j'ai été convoqué ici ?

Murtree secoua négativement la tête et cracha sa chique par la porte.

— Pour sûr, le patron a une idée derrière la tête. Mais je crois pas qu'il en ait après vous. Je sais reconnaître quand il respecte un homme ou pas. De toute façon, il va pas tarder à éclairer votre lanterne.

— Et puis-je savoir ce qu'il attend, monsieur Murtree ?

Murtree désigna un cordon de sonnette.

— Que j'aie tiré sur ce bout de ficelle pour lui signaler que vous m'avez donné votre parole de pas rendre notre présence nécessaire lors de votre entretien...

— Vous n'imaginez tout de même pas que j'irais lever la main sur un homme souffreteux ?

— Non, mais il me faut votre parole !

— Vous l'avez.

Charley Murtree actionna le cordon de la sonnette.

— Venez donc faire quelques pas avec moi, monsieur Beckwith, entendit-il la voix feutrée de Gould lui proposer du jardin.

Le financier avait dû sortir par une autre porte. L'existence d'un passage secret n'aurait pas surpris Tilden outre mesure. Bien que le temps fût particulièrement clément, le petit homme ramena les revers de sa veste sur sa frêle poitrine. Il réprima un accès de toux et pointa un doigt vers la serre, indiquant ainsi leur destination.

— Ce petit tour à la Bourse sous la houlette de M. Morgan, attaqua-t-il bille en tête, l'ombre d'un sourire flottant sur ses lèvres exsangues, bien joué, monsieur Beckwith. Très bien joué, en vérité !

Tilden ne vit pas l'utilité d'avouer à son interlocuteur qu'il n'avait, sur le moment, rien compris à cette mise en scène.

— Vous est-il venu à l'esprit, cher monsieur, que cette manœuvre comportait un élément de fraude ? Car vous m'avez après tout laissé entendre que vous étiez en relation étroite avec lui que dans le but d'accroître vos revenus.

Tilden stoppa net.

— Monsieur Gould, répliqua-t-il sèchement, si vous espérez établir que, au fond, mes méthodes diffèrent peu des vôtres, nous risquons d'en avoir pour l'après-midi...

— Ah oui, mes fameuses méthodes !

Gould se remit en marche d'un pas lent, branlant du chef, puis s'arrêta à nouveau.

— J'essaie, monsieur Beckwith, maladroitement sans doute, de nous trouver un terrain d'entente. Je vous saurais donc gré d'éviter de ramener nos relations à une sempiternelle confrontation entre les forces du bien et du mal.

Gould avait marqué un point. Il était vrai que Tilden s'était arrogé le rôle du preux et pur chevalier combattant l'ange des ténèbres. Face à un autre homme, il se serait probablement senti mortifié d'avoir été si fat.

— Que me voulez-vous ?

— Venez.

Il poussa la porte de l'immense serre.

— Je vais vous montrer quelque chose d'extraordinaire.

La serre, que Tilden avait remarquée en pénétrant dans le domaine, était facilement trois fois plus grande que toutes celles qu'il lui avait été donné de voir jusque-là.

Une succession de poêles de cuivre sur lesquels chantonnaient des bassines remplies d'eau bouillante y maintenaient une chaleur moite de climat tropical. Partout s'épanouissaient des orchidées. Des milliers d'orchidées.

— C'est ici que je viens chercher un peu de paix, chuchota Gould comme s'il venait de pénétrer dans un sanctuaire. Lorsque le soleil donne, j'ai droit à mon arc-en-ciel personnel.

Il pinça une feuille desséchée qui déparait une de ses plantes puis appliqua délicatement le bout de ses doigts sur la tige blessée.

— Savez-vous que j'ai réussi à créer de nouvelles variétés ? La Société d'horticulture a déjà donné mon nom à deux d'entre elles, ainsi qu'à une rose.

Tilden se demanda s'il prodiguait jamais pareille tendresse à sa famille.

— Où se trouve votre famille, à propos ? s'enquit-il en songeant à la maison qui lui avait paru sinistrement vide.

— Sur mon yacht, répondit Gould d'un air absent. Où elle profite des bienfaits de l'air marin.

— Et vos domestiques ? Je n'ai pas vu de major-dome.

— Il n'y a pas de majordome chez moi, monsieur Beckwith. Ni de valets de pied exhibant sur les boutons de leurs livrées des armoiries suspectes. Ce genre de fadaises ne m'intéresse pas. J'ai ici deux cuisinières, deux femmes de chambre et peut-être une douzaine de jardiniers. C'est tout.

— Et vos gardes du corps.

— Et mes gardes du corps, admit Gould. Qui me tiennent lieu de compagnons. Avez-vous jamais essayé de converser avec des maîtres d'hôtel ? Ils ne valent guère plus cher que les hommes d'affaires, qui pèsent méticuleusement chacun de leurs mots dans les conversations les plus anodines et se demandent systématiquement ce que cache votre question lorsque vous vous avisez de leur demander l'heure.

« Probablement à juste titre », songea Tilden. Gould

s'appliquait à détendre l'atmosphère, nul doute à ce sujet. Tilden ne comprenait toutefois pas comment il espérait y parvenir vu les termes dont il avait usé dans sa lettre. *Votre courtisane de maîtresse. Votre fils caché. Comstock.*

Jay Gould sembla lire dans ses pensées.

— Je désirais que vous veniez jusqu'à moi, commença-t-il lentement. Aussi ai-je jugé préférable d'avoir recours à un langage auquel vous ne pouviez rester indifférent. J'ai ainsi fait allusion à une dame prénommée Margaret, ou Charlotte, si vous préférez, dans des termes dont je vous prie instamment d'excuser la grossièreté.

— Vous n'êtes cependant pas étranger à la venue de Comstock à Greenwich ! lança furieusement Tilden.

Gould eut un signe de dénégation.

— Là encore, j'ai dû user d'un artifice. La coupable est une ancienne grue répondant au nom de Belle Walker, que le voisinage d'une de ses semblables semble avoir indisposée au point de lui inspirer une lettre de dénonciation, lettre qui risque d'ailleurs fort d'entraîner sa propre perte. Votre chère Margaret n'a quant à elle pas d'inquiétude à avoir, car Comstock ne va point tarder à faire ses adieux à Greenwich. Je sais de source sûre que sa croisade est sur le point d'être énergiquement contrecarrée par votre vieil ami l'inspecteur Williams.

Tilden ne broncha pas, abasourdi par la précision des informations de Gould et d'autant moins tenté de l'absoudre de toute responsabilité dans cette affaire.

— Non, reprit Gould en souriant. Je ne suis pour rien non plus dans le départ imminent de M. Comstock, dont vous n'avez à remercier que Mme Williams.

— La femme de Clubber ?

Tilden faillit lui rendre son sourire.

— Également une ancienne grue, si c'est là ce qui vous tracasse. Comstock a commis l'erreur de l'accoster dans la rue et de la photographier.

Tilden ne put se retenir plus longtemps de ricaner. Il lui tardait de repartir à Greenwich pour annoncer la bonne nouvelle à Margaret. Mais son rictus se disloqua quand il lui vint à l'esprit que Jay Gould ne s'était certainement pas si bien renseigné sans avoir une idée derrière la tête.

— Allez-vous vous décider à me dire ce que vous voulez de moi ?

— Il n'y a rien de changé. Je veux que vous retiriez votre soutien à Cyrus Field.

Tilden soupira.

— Comme aimait à le dire mon père, vous avez de la suite dans les idées.

— C'est pour moi d'une importance primordiale.

— Mais, pour l'amour du ciel, pourquoi ? Ne vous suffit-il pas de savoir qu'un pou de votre espèce a pu détruire la santé et anéantir la fortune d'un géant tel que Cyrus Field ?

— Je n'y ai pris aucun plaisir, les affaires sont les affaires. De toute façon, c'est sa propre vanité qui a conduit Cyrus Field à la ruine. Et, par pitié, cessez de croire naïvement que cet homme a toujours été exempt de cupidité et de fourberie. Il a tenté, dans le secret et par la ruse, de m'évincer d'une affaire capitale pour certains de mes projets. Il a acheté des actions en se servant de prête-noms, dans le but de nous ravir, à Russel Sage et à moi, le contrôle de la société.

— Mais vous l'avez appris, et vous l'avez piégé !

— Est-il possible que cela vous choque ? répliqua

464

Gould au mieux de son imperturbabilité. Par l'intermédiaire de ses agents, l'homme avait acquis soixante-dix mille actions en moins d'un an. Ses achats avaient à eux seuls fait grimper les cours de quatre-vingt-quinze à cent soixante-quinze dollars. Sage et moi avons simplement écoulé nos titres parce qu'il y avait là un bénéfice à faire. N'est-ce pas là l'un des principes de base de l'investissement, monsieur Beckwith ?

Tilden jugea préférable de ne pas épiloguer.

— En un sens, oui. Il n'en reste pas moins que je voue une profonde admiration à cet homme et que je ne tolérerai pas de le voir tomber plus bas.

— Je l'admirais également. J'avais confiance en lui.

— Vous ne faites confiance à personne.

— Il était le seul en qui j'avais confiance. Et il m'a brisé le cœur.

Une fois de plus, Tilden en resta médusé. Quelqu'un d'autre, se demanda-t-il, même sa femme, avait-il jamais entendu de telles paroles sortir de la bouche de Jay Gould ? Le financier avait l'air sincère. Tilden lut de la tristesse dans ses yeux.

— Je vais vous dire de quelle façon Cyrus Field m'a atteint.

Gould fit un pas vers Tilden.

— Pendant vingt ans, je l'ai observé tandis qu'il réalisait tous ces projets qui semblaient défier les lois de la nature. Comment, me demandais-je, un homme dont la loyauté, la confiance en son prochain et la patience n'avaient d'égales que celles d'un curé de campagne pouvait-il non seulement survivre dans le monde des affaires, mais encore y prospérer ? Je ne comprenais pas. Voilà un homme qui s'en remettait à la protection divine et à qui celle-ci ne faisait jamais défaut ! Lorsque je me suis associé à lui dans cette affaire de chemin de fer aérien, autant vous l'avouer, ma première pensée a été de bénéficier de cette phénoménale protection. Mais, peu à peu, je me suis mis à admirer l'homme et même à l'aimer. Il n'avait pas le sens des affaires et aspirait un peu trop à la sainteté, mais je le tenais néanmoins en très haute estime.

Un feu grondait derrière la tristesse du petit homme.

— Même quand il s'est opposé à ce que je double le prix des billets, je me suis rendu à ses raisons. A l'époque, j'étais tellement habitué à son altruisme apparent qu'il ne m'est jamais venu à l'idée qu'il pût poursuivre d'autres desseins, qu'il pût comploter avec votre père et vous.

Tilden, qui avait suivi ce monologue avec difficulté, se trouva à ce point totalement perdu.

— Mais de quoi parlez-vous, à la fin ?

— Il ne voulait pas que l'on augmente les tarifs de la ligne parce qu'il craignait que cela ne dévalorise les terrains que vous possédiez au nord de la ville. En fait, c'était un vautour, comme les autres !

Tilden sentit la tête lui tourner. Il n'y avait pas un mot de vrai là-dedans. Cyrus Field n'avait jamais eu d'intérêts dans l'immobilier. Il n'investissait que dans les systèmes, les moyens de communication. Ne rêvait que de rapetisser le globe. Tilden réalisait à présent avec une horreur croissante que la ruine du vieil ami de son père avait tenu à un malentendu. Pire, que la persécution dont il avait fait l'objet depuis trois ans, le tort causé à ses affaires, les menaces contre Margaret et même la désastreuse liaison entre Carling et Ella découlaient d'un unique soupçon, conçu à tort par le cerveau tourmenté de ce petit homme malade.

466

— Avez-vous jamais cherché à lui demander des explications ? demanda Tilden d'une voix éraillée.

— Ce n'était pas nécessaire. Les renseignements de Sage étaient suffisamment éloquents.

— Si je comprends bien, vous vous êtes contenté de croire sur parole ce fesse-mathieu aux dents longues qui n'allongerait jamais plus de dix dollars pour un costume, et vous avez commencé à tendre vos rets.

— Il s'est pris à son propre piège. Quand il a compris que je ne céderais pas une nouvelle fois sur le prix des billets, il a tenté de m'éliminer.

— Et vous n'en avez pas encore fini avec lui ? « Il demeure un mauvais exemple pour les autres », disiez-vous. Voilà pourquoi vous voulez m'empêcher de l'aider. Il doit tomber plus bas encore...

— Au contraire, souffla Gould, je désire le relever. Mais il doit venir à moi.

C'en était trop.

— Pour s'humilier.

— Pour s'excuser.

— S'excuser !

— Je ne lui demanderai pas de se mettre à genoux, si c'est ce dont vous avez peur. Non, je lui tendrai la main, et je le relèverai.

— Il ne viendra pas. Je prierai pour qu'il ne vienne pas. Je donnerai tout ce que je possède pour empêcher cela.

— Alors vous perdrez tout. Tout ce qui vous est cher. Votre maison de Greenwich n'est pas moins faite de verre que celle-ci.

À ces mots, comme il devait s'en souvenir plus tard, son esprit sembla cesser de fonctionner. Lui qui avait arpenté la serre de Jay Gould comme un animal en cage eut subitement l'impression de flotter. Soudain, il vit sa main s'abattre sur un énorme arrosoir. Puis l'arrosoir tournoya autour de lui avant de s'élancer dans les airs pour aller fracasser l'un des panneaux de verre. Sous l'impact, les vitres adjacentes se craquelèrent et s'écroulèrent à leur tour, créant çà et là de cristallines cascades. L'instant d'après, il vit Jay Gould s'étrangler et expectorer au bout du bras qui l'avait saisi par son plastron et soulevé de terre. Tilden s'apprêtait à écraser son poing sur le visage rouge et écumeux du financier quand la voix de Charley Murtree dissipa les brumes qui enveloppaient son cerveau.

— Ç'a été plus fort que vous, hein ?

Les deux gardes du corps s'avancèrent vers lui, leur Winchester à la main. Il laissa retomber Gould et, pour montrer qu'il n'était pas armé, leva bien haut deux mains qui se transformèrent en poings alors que, d'un sourire, il invitait Murtree à venir se mesurer à lui. Murtree sourit à son tour et, imité par Calicoon, posa son fusil à terre.

Si les rounds avaient été comptés, Tilden aurait sans conteste remporté le premier. L'un des deux hommes était tombé sur les genoux, l'autre s'était abîmé dans un bac de bégonias. Tilden en fut navré pour les fleurs. Autour d'eux dégringolait toujours une pluie de verre. Le second se serait sans doute conclu par une égalité.

S'il y en eut un troisième, Tilden ne put jamais s'en souvenir.

Laura Hemmings s'octroya une longue gorgée de son thé tout en épiant, par-dessus le rebord de sa tasse, les visages des femmes présentes dans la salle. Aucune n'avait manqué à l'appel. Même Belle Walker, que l'on n'avait plus vue aux réunions depuis des mois et qui semblait n'avoir attendu de son adhésion à la Ligue que la satisfaction de voir son nom figurer sur une liste de femmes vertueuses, n'avait osé se dérober à cette invitation.

Laura nota que, parmi les autres participantes, certaines semblaient follement s'amuser. Sans doute se sentaient-elles tout émoustillées à l'idée que l'on pût les soupçonner d'avoir eu jadis un corps et des talents que des hommes avaient accepté de payer grassement. D'autres paraissaient fascinées par les récits édifiants de Comstock sur la vertu triomphante. Beaucoup de celles qui jugeaient toute cette affaire ridicule avaient néanmoins pris soin de se parer de leurs plus beaux atours — « C'est vraiment trop gentil, merci. » — pour être immortalisées par l'appareil de Comstock. Quelques-unes, deux ou trois seulement, avaient fait montre d'un enthousiasme sans réserve pour cette sublime croisade, proclamant bien haut leur mépris pour celles qui avaient trahi leur sexe et profané ce noble temple qu'est le corps féminin. Laura se promit de les rayer de son carnet d'adresses. Elle se promit également de fréquenter plus assidûment Peggy Gannon, à laquelle était revenue l'obligation de présenter l'invité du jour et qui, lorsque ce dernier lui avait demandé pourquoi elle ne s'était pas jointe aux applaudissements — applaudissements forts mitigés, au demeurant — qui avaient suivi son allocution, avait répliqué :

— Parce que vous êtes un âne, monsieur.

Peggy fut la première à être photographiée.

Pauvre Margaret. En troisième position. Les membres réguliers étant appelés par ordre alphabétique.

Souris, Margaret. Aie l'air décontractée. Et, pour

l'amour du ciel, pose cette tasse et cette soucoupe avant qu'elles ne s'entrechoquent trop bruyamment.

Sa tasse à la main, Laura se leva et rejoignit prestement Margaret, qui attendait son tour en tremblant. Elle était en train de lui débiter un vague compliment sur sa robe lorsqu'elle se prit malencontreusement les pieds dans l'ourlet de la sienne.

— Oh ! s'exclamèrent simultanément les deux femmes.

La tasse de Laura glissa sur sa soucoupe et déversa son contenu sur le joli lin écru de la robe de Margaret.

— Oh, je vous l'ai toute tachée, ma pauvre Charlotte ! se lamenta Laura, au bord des larmes. Venez, allons nettoyez ça tout de suite. Vous, là-bas...

Elle pointa un doigt vers le gros homme qui farfouillait dans une valise remplie d'appareils Kodak.

— Si vous voulez le portrait de cette dame, prenez-le sur-le-champ. Je ne tiens pas à devoir lui remplacer sa robe parce que vous nous aurez fait lanterner tout l'après-midi avec vos inepties.

Sur ce, elle fit asseoir Margaret sur le siège que Comstock avait placé devant la fenêtre, non sans l'avoir préalablement orienté de façon que la lumière soit moins favorable au sujet.

Comstock fit deux photos de Margaret. Au moment où il prit la première, Margaret baissa malencontreusement les yeux sur la tache qui déparait sa robe, et son visage disparut à demi sous le rebord de son chapeau. Pour comble de malchance, Laura bouscula le gros homme au moment précis où il appuyait sur le déclencheur de son obturateur. Pour la deuxième, il exigea que Margaret relève la tête. Ce qu'elle fit. Hélas, l'appareil ne captura qu'un visage contracté dans une grimace d'inconfort, grimace calquée sur celle que, postée derrière le gros homme, Laura Hemmings avait mimée. Laura s'adjugea aussitôt le tour suivant, ordre alphabétique ou pas, puis fixa sévèrement l'objectif avec une expression que personne n'avait jamais vue sur les traits de la petite Annie.

Laura entraîna ensuite Margaret sur la Post Road, où les deux amies hélèrent un cab. Moins de dix minutes après, alors que la robe de lin trempait dans un mélange de lait et de soude, Laura faisait avaler un sherry à Margaret. Dès leur deuxième verre, Margaret souriait de ses imitations d'Anthony Comstock et des quelques bigotes qui avaient fait chorus avec lui dans son vibrant réquisitoire.

L'histoire de Belle Walker fut jetée en pâture aux lecteurs du *Graphic* dès le mercredi de la semaine suivante, reproduction de son casier judiciaire et photographie extraite des archives de la police new-yorkaise à l'appui. La publication de la véritable date de naissance, de huit ans antérieure à celle qu'elle avait donnée à ses proches, ne lui fut pas non plus épargnée. Le matin de la parution de cet article, Belle attendait depuis une nuit déjà à la prison municipale que sa caution soit payée. Comstock avait obtenu son inculpation en invoquant non pas quelque vieux délit de mœurs resté impuni, mais un envoi de lettre au contenu obscène, la preuve fournie par le chasseur de sorcières n'étant autre que la missive dans laquelle Belle avait décrit, en des termes fort éloquents mais totalement illégaux, les activités passées de Carrie Todd.

Au moment où cet article parut, Margaret était déjà à bout de nerfs. L'obsédante présence d'Anthony

Comstock, les regards appuyés de tous les butors qui, dans Greenwich, s'étaient pris à se demander quel joli oisillon serait bientôt mis en cage, la pensée de policiers libidineux passant à la loupe son portrait, tout ça avait été éclipsé par la plus grande inquiétude de toutes. *Tilden avait disparu.* Neuf jours s'étaient écoulés depuis ce mercredi où, alors qu'elle se préparait pour la séance photographique de Comstock, Tilden lui avait annoncé de but en blanc qu'il avait une course à faire. Neuf jours depuis qu'il lui avait confié s'être conduit comme un imbécile, sans toutefois lui expliquer en quoi, se contentant de lui promettre de tout lui révéler le moment venu.

— Si tu veux mon avis, fit Laura Hemmings en prenant la main de son amie, je crois qu'il a l'intention de t'épouser.

— Non.

Ses yeux se remplirent de larmes.

— Il ne le fera pas. Même s'il n'y fait jamais allusion, il ne pourra jamais oublier d'où il m'a sortie. Que dirait-il à sa famille, à ses amis ?

— Si tu veux une fois encore mon avis, insista Laura, je dirais que c'est sur ce chapitre qu'il considère s'être conduit comme un imbécile. Deux de ses meilleurs amis sont déjà au courant, et John Flood comme Nat Goodwin seraient ravis de lui donner leur bénédiction...

Mais Margaret restait inconsolable, refusant de se laisser bercer d'illusions qui risquaient, d'un instant à l'autre, d'être cruellement anéanties. Et si la réalité s'avérait pire que ses pires frayeurs ? Si, au lieu d'être, comme elle l'imaginait, blessé ou inconscient sur un lit d'hôpital, ou couché dans un fossé ou encore à la morgue, il s'était tout simplement lassé de la triste mine qu'elle lui présentait depuis plusieurs semaines ? S'il avait aspiré à un peu de rire et de gaieté ? S'il avait remarqué les fines rides qui commençaient à fleurir autour de sa bouche et de ses yeux ? Ou les sillons brillants que la naissance de Jonathan avait laissés sur son ventre ? Et s'il s'était trouvé une autre femme ?

— Je connais ce regard ! gronda Laura Hemmings en fronçant les sourcils. Tu mériterais que je te donne une claque.

— Je ne vois pas ce que...

— Dès l'instant où le comportement de son homme devient un tant soit peu bizarre, toute femme s'imagine inévitablement avoir une rivale. Tilden ne te trahira jamais.

Margaret aurait voulu de tout son cœur croire Laura.

— As-tu eu des nouvelles de John Flood ? demanda Laura.

— Ses amis se sont tous mis à la recherche de Tilden. Jusqu'à Teddy Roosevelt, qui est spécialement revenu d'Albany. John m'a suppliée de ne pas m'inquiéter, mais je sais que lui aussi craint le pire.

— Tout ira bien, ma chérie. Je t'assure.

— Je ne peux plus supporter cette situation, Laura.

— Tout va s'arranger, tu verras.

— Supposons que tout s'arrange, comme tu dis. Qu'arrivera-t-il ?

Margaret dégagea la main que son amie tenait dans la sienne et se détourna.

— Pourrons-nous vivre comme avant ? Les gens de

cette ville ne sont ni aveugles ni stupides, Laura. Ils n'ont qu'à regarder Jonathan pour savoir qu'il est le fils de Tilden. Et que je suis sa maîtresse. Et, pourquoi pas, une des putains de Comstock. Même à présent, où que j'aille, les hommes me dévisagent en se posant des questions.

— Moi aussi, ils me dévisagent. Et j'ai la prétention de croire que c'est parce que je suis jolie, même si je ne le suis pas autant que toi.

— Ils ne te regardent pas de la même façon, s'entêta Margaret. Ils t'admirent. Ils ne se posent pas de questions à ton sujet.

Laura Hemmings fut tentée de faire remarquer à Margaret qu'elle avait eu dans sa vie bien plus d'hommes que son amie n'avait de bûches dans sa réserve de bois et que, si quelqu'un devait être sensible aux regards appuyés et aux questions du genre : « Ne vous aurais-je pas déjà rencontrée quelque part ? », c'était bien elle et non une ancienne apprentie prostituée qui, avec ses yeux de biche effarouchée, n'aurait même pas su distinguer un godemichet d'une matraque d'agent de police.

Mais elle choisit de se taire. Plus que de démonstrations logiques, c'était de l'anneau d'or de Tilden dont Margaret avait besoin. De ses bras robustes autour de sa taille. De sa réconfortante présence. De préférence à mille lieues de New York. A condition que Tilden soit toujours de ce monde. Personne ne restait au fond d'un trou pendant neuf jours. Surtout pas un Tilden Beckwith.

« Mille lieues de New York ? Mon Dieu, évidemment. Evanston. Avec le petit. Evanston. Mais comment arranger cela ? »

— Margaret, lança Laura Hemmings, tu as besoin de

474

vacances et moi d'une faveur. Et je te préviens que je ne te laisserai pas tranquille tant que tu ne me l'auras pas accordée.

17

Harry Sturdevant cueillit une dernière pelletée de la neige compacte qui avait menacé de bloquer l'entrée du jardin de Corbin et la lança sur un buisson d'azalées. Puis, ayant pris appui sur le manche de sa pelle, il souffla un instant, se demandant si, tant qu'il y était, il n'allait pas s'attaquer à l'allée.

Il se souvenait de l'époque où, petit garçon, il se serait fait jusqu'à cinquante *cents* pour un tel boulot. Mais il n'était pas certain que cette fois-ci ses efforts lui rapportent autre chose qu'un sermon bien senti sur les risques d'infarctus.

« Bon, puisqu'il en est ainsi, cet ingrat de Jonathan n'aura qu'à déblayer son allée tout seul. »

Comme il s'apprêtait à regagner la maison, son œil perçut un mouvement, à vingt mètres de là, sur le trottoir d'en face.

Sturdevant plissa les yeux et, à travers le voile oblique tissé par les flocons grèges, découvrit un homme. Plus très jeune, à en juger par son maintien. Et certainement pas celui qu'il avait rencontré à la bibliothèque. Pour ce qu'il voyait de ses vêtements sous la croûte blanchâtre qui s'y était accrochée, l'inconnu semblait être vêtu de sombre. N'eût-il fini par changer de position, on aurait aisément pu le confondre avec une ombre ou un petit genévrier. Il portait un feutre qui, avec le cône de neige dont s'ornait sa calotte, lui donnait un air passablement ridicule, et tenait contre sa jambe ce que Sturdevant prit pour un parapluie qu'il aurait oublié d'ouvrir. Le médecin se demanda depuis combien de temps il attendait là. A sa grande surprise, il ne ressentait aucune inquiétude. Quelque chose lui disait que l'autre, en revanche, était mort de peur.

Le docteur pointa le menton et lui adressa un haussement d'épaules interrogateur. L'homme se raidit puis empoigna son « parapluie » et le plaqua contre sa poitrine.

Cette fois, Sturdevant se sentit inquiet, car, à moins que ses yeux ne lui jouent des tours, il lui semblait bien reconnaître la forme d'un fusil.

Il n'y avait pas grand-chose à faire sinon attendre. Si ce type se contentait de se laisser transformer en bonhomme de neige son fusil à la main, il valait sans doute mieux ne pas bouger. Espérer que passe une voiture plutôt que tenter un sprint jusqu'au plus proche abri. D'autant qu'il n'était plus très alerte. Mais, comme s'il avait lu dans ses pensées, l'homme décolla du trottoir et, titubant à la manière d'un ivrogne, s'avança.

Dès son premier mouvement, Sturdevant avait eu l'impression de le reconnaître. Il n'eut plus aucun doute lorsque l'autre eut franchi la moitié de la distance qui les séparait.

— Bonjour, Tillie, lança-t-il à l'homme en noir qui le dévisageait stupidement. Vous devriez être prudent avec ça.

476

A certains moments, Raymond Lesko était persuadé d'être mort, à d'autres il pensait plutôt somnoler au fond de son lit. La douleur qui lui martelait le crâne et la sécheresse pâteuse de sa bouche lui rappelaient vaguement quelque chose. Un abus d'ail dans une soupe de clams arrosée de trop nombreuses bières, le tout couronné d'une bouteille de rouge, lui avait déjà valu de connaître ce genre de sensation désagréable. Trop soûl pour émerger et trop déshydraté pour sombrer dans le sommeil, il était resté allongé dans le noir, assailli de pensées bizarres, convaincu que c'était dans ces moments-là que le commun des mortels pouvait se faire une idée de ce qu'était la folie.

La thèse de la mort gagna en crédibilité quand il vit cette vieille piquée approcher un clou démesuré de sa tempe puis l'enfoncer en lui avec un maillet jusqu'à ce qu'il se retrouve cloué au tapis. Son corps pouvait toujours bouger — il sentait qu'on le secouait et qu'on le tiraillait — mais non sa tête. Des mains fouillèrent sans ménagement les poches de sa veste et lui palpèrent les jambes jusqu'aux chevilles. Puis quelqu'un lui tira un coup de pied. Lesko n'aurait su dire qui. Trop de silhouettes imprécises s'étaient subitement mises à voleter autour de lui.

— Est-il mort ? entendit-il une voix de femme interroger.

— Je ne crois pas. Du moins pas encore.

Quel trou du cul, ce Burke. Toujours à côté de la plaque.

Pourtant, la vieille avait posé une question pertinente car parmi les silhouettes qui flottaient par-ci, par-là, il crut reconnaître Corbin. A part qu'il était vêtu comme le gus du tableau, celui de l'hôtel. Tilden. Il s'approcha insensiblement de lui, l'air inquiet, puis leva la tête vers la vioque en montrant les dents — lui aussi avait de belles dents. Quand il se pencha à nouveau, il sembla vouloir lui caler la tête. Mais juste derrière se tenait Dave Katz, l'ancien coéquipier de Lesko. Il faisait à Tilden un laïus sur les trous dans la tête et lui expliquait qu'il n'y avait pas de quoi se faire du mouron, que les Polacks avaient la caboche aussi dure que des pneus de poids lourds et tout aussi vide.

Peut-être. Mais ça vaut toujours mieux que de l'avoir pleine de coka pourrie comme la tienne, pauvre con. Si au moins tu m'avais parlé. Si tu avais fait confiance à ton partenaire. Je t'aurais aidé à tout arranger. J'ai quand même fini par te venger. Tu étais au courant ? Les mecs à qui tu avais piqué cette cargaison. Au moins, ça a fait deux enflures de Boliviens en moins. Si jamais tu les rencontres un jour, où que tu sois maintenant, balance-leur un bon coup de pied dans les couilles, pour faire bonne mesure.

Oh, doux Jésus. Sa pauvre tête. On la lui avait soulevée pour fourrer quelque chose de froid et de lisse dessous. Une revue. Voilà qu'elle angoissait pour son tapis. Désolé, princesse. Si j'avais su, j'aurais été visiter votre salle de bains. Là au moins, j'aurais été à proximité d'un robinet.

Au-dessus de lui, ça discutait ferme. Mais seules quelques bribes lointaines lui parvenaient. Ses quinze mille dollars. Il pouvait faire une croix dessus. Puis il fut question de ses notes, du frère de la vieille et d'un fusil. Un peu plus tard, l'idée qu'il était mort l'effleura à nouveau. Car, à présent, c'était lui qui flottait. Qui volait même. Ses bras battaient l'air, et il planait juste sous le nez de Dancer qui grognait et haletait comme s'il

essayait de charrier un lit dans un escalier. Minute...
non. C'était lui qu'ils charriaient. Ils le sortaient de la
baraque. Lesko sentit le froid et la neige lui mordre le
visage. Il ouvrit la bouche pour recueillir quelques flocons. Puis il fut retourné comme une crêpe et balancé
dans quelque chose qui puait l'huile, la rouille et le
vieux caoutchouc. Une malle. Le coffre de
M. Makowski. Aucune erreur possible. Quelle autre
voiture pourrait jamais schlinguer à ce point ?

Lesko n'eut plus le moindre doute quand il entendit le
grincement de l'allumage et sentit la voiture tout entière
trembler sous l'effort jusqu'à ce que le pot d'échappement lâche une explosion qui résonna sous sa tête
comme un pétard dans une grosse caisse. Puis son corps
alla s'écraser contre le fond du coffre tandis que la voiture dévalait, dans un tintamarre de couinements de
freins, l'interminable allée. Sa tête valsa à nouveau
quand le véhicule stoppa à la grille avant d'obliquer à
gauche, sur Round Hill Road. Il faisait si froid. Ses
oreilles bourdonnaient abominablement. Des éclats de
voix lui parvinrent. Dancer. Lesko tâtonna dans l'obscurité, à la recherche de quelque chose, un cric par
exemple, dont il pourrait se servir quand ils rouvri-
raient le coffre.

A condition qu'à ce moment-là ses doigts lui obéis-
sent encore.

Le voyage retour fut épouvantablement long, mais
Jonathan Corbin ne devait jamais s'en souvenir.
Comme il ne devait jamais se souvenir non plus des
deux accidents qui s'étaient trouvés sur sa route, ni du
tête-à-queue que fit une autre voiture en cherchant à
éviter sa Datsun. Ni enfin du policier qui, lui ayant fait

signe de s'arrêter, n'eut que le temps de sauter par-dessus le parapet pour ne pas être fauché comme un lapin.

La tempête qu'il traversait n'était rien à côté de celle qui s'était déchaînée sous son crâne. Ses émotions et celles de Tilden se télescopaient et s'amalgamaient en un maelström d'images folles. Corbin retrouva soudain l'élancement des poings en sang, les brûlures du visage et l'engourdissement des bras et des reins qu'il avait ressentis vingt ans plus tôt dans le parking de l'hôtel *Drake*. Et il comprit que Tilden avait été présent ce jour-là. Mais il ne savait toujours pas pourquoi et ne s'appesantit même pas sur la question.

Une paire d'yeux, les yeux de Tilden, ne lui montraient que l'obscurité. Et s'il allongeait les bras, il pouvait sentir la brique froide d'un mur. Sur trois côtés. Le quatrième étant occupé par une porte d'acier et de bois. Il savait qu'il s'agissait d'une cellule, car sa cheville était reliée à un lit de fer par une chaîne qui lui permettait tout juste d'atteindre l'écuelle remplie d'une infâme mixture et le seau d'eau qu'on lui faisait chaque jour passer par un guichet. A combien d'écuelles en était-il ? Dix, au moins. Ou peut-être le double. Ses blessures avaient cicatrisé, leurs croûtes étaient tombées. Mais, à force de vitupérer et de s'époumoner chaque fois qu'il entendait le fracas d'une porte ou des échos de conversation, il s'était donné une extinction de voix. Gould. c'était Gould le responsable. Sans tribunal, sans juge, sans motif sans doute, grâce à un commissaire ou un officier de police complaisant, il l'avait fait mettre au secret.

Margaret. Que pouvait-elle penser ? Terrorisée, comme Laura sans doute, à l'idée de se montrer dans les

480

rues de Greenwich, mais ne voulant pas qu'il soit dit qu'elle évitait cet imbécile avec son appareil photographique, à quelles pensées funestes avait-elle succombé ? Le croyait-elle mort et enterré ? Pensait-elle qu'il l'avait abandonnée ?

« Va la trouver, Jonathan ! Va lui dire que je vais bien, que je reviendrai. »

Corbin essaya de faire taire cette voix implorante. La mémoire était une chose, la voix en était une autre. S'il avait, sa vie durant, porté en lui les souvenirs de ce que Tilden Beckwith avait fait et ressenti, il n'en possédait pas moins son âme propre. La voix, par conséquent, devait être le produit de son imagination. Et puis, il était pour l'heure aux prises avec ses propres visions, qui l'inquiétaient bien davantage que les obsessions de Tilden. La femme anxieuse qu'il avait devant les yeux était Gwen et non Margaret Barrie. Pourtant, n'eût été la couleur de ses cheveux, on aurait vraiment pu s'y tromper, vu la robe dont Gwen s'était affublée. Elle était sur le pas de la porte de sa maison — de la maison de Laura Hemmings — et ne quittait pas des yeux les deux hommes qui se tenaient dans l'allée. Harry Sturdevant et le type qui, la veille, n'avait cessé de se trouver sur leur chemin. Cette fois, il avait un fusil à la main et fixait Gwen avec une expression horrifiée. Comme s'il avait vu la mort.

Corbin cligna des yeux et essaya une fois encore de se concentrer sur la route. Mais d'autres visages affluèrent dans son champ de vision. Un homme à la mine patibulaire. Du genre de Bigelow. Et tout comme Bigelow, dans l'ultime souvenir que Jonathan gardait de lui, il gisait face contre terre. Corbin se pencha. Il connaissait cet homme. Il l'avait vu, la veille, en sortant de chez

Gwen. Il les épiait de derrière la vitrine d'un marchand de journaux. A part qu'à ce moment-là c'était un bar, le *O'Neill's*. Et à nouveau ce matin. Non, ce matin il ne l'avait pas vu. Il avait simplement senti sa présence en redescendant de chez Gwen après être allé y prendre quelques affaires. Mais il n'y avait pas accordé d'importance. Il savait que cet homme ne constituait pas une menace pour eux. Ou peut-être était-ce Tilden qui le savait.

Pour les autres visages, c'était différent. Il y avait un deuxième type du style de Bigelow. Ses cheveux gris coupés en brosse couronnaient un faciès à la fois stupide et cruel. Il était accompagné d'un tout petit bonhomme qui suait abondamment, et dont la jambe de pantalon était maculée de sang. Puis venait une femme. Une vieille femme. Corbin plissa les yeux et fit le point sur elle. S'il n'avait pas su que c'était impossible, s'il avait effacé cinquante ans de rides, s'il l'avait replacée dans une rue de New York, une nuit de tempête, quelque cent ans plus tôt... aucune importance. Il ne pouvait s'agir de la même femme.

Et pourtant, voilà qu'apparaissait Tilden. Non plus dans sa cellule, mais au milieu d'un salon en désordre, à côté de l'homme couché par terre. Il fixait froidement la femme qui, comme si elle avait détecté son invisible présence, fouillait la pièce du regard. A un moment, elle baissa les yeux sur le pommeau de sa canne et effleura, d'un doigt hésitant, la tache de sang qui y avait séché. Ce ne pouvait être que le sang de l'homme qui gisait sur le sol, mais elle ne paraissait pas en être certaine. Elle releva la tête et scruta une fois de plus l'espace occupé par Tilden. Ses pupilles se dilatèrent. Elle ne pouvait le voir, Corbin en était sûr, mais elle savait qu'il était quelque part dans la pièce.

Les yeux de la femme s'exorbitèrent. Et elle resta là, pétrifiée, longtemps après que les autres visages eurent quitté la pièce.

Direction Nouvelle-Angleterre, annonçait le panneau.

Corbin testa ses freins avant de s'engager sur la bretelle sinueuse qui débouchait sur l'autoroute du Connecticut. A un moment, il souhaita que son esprit recrée l'été. Il aurait pu rouler plus vite. Mais il se reprit aussitôt. Si ce souhait se réalisait, il risquait fort de voir à nouveau disparaître la route et la Datsun. Il fallait continuer. Rejoindre Gwen.

Il se rendit compte, avec une impalpable tristesse, qu'il arriverait trop tard pour Margaret. Elle était partie. Elle avait quitté Greenwich depuis deux jours lorsque Roosevelt sonna à sa porte.

— Tu ne peux pas rester ici, insista Laura. Regarde-toi, tu es en train de devenir une véritable loque. Dans cet état, tu as toutes les chances de te trahir. Je te propose simplement de prendre des vacances assez loin d'ici pour que tu te sentes à l'abri de tout danger. Dans un lieu où personne ne te connaîtra, où tes craintes ne seront plus qu'un mauvais souvenir et où, surtout, tu trouveras de quoi t'occuper l'esprit.

— Mais Chicago est si loin.

— A quelques minutes par télégramme. Et je t'en enverrai un aussitôt que j'aurai des nouvelles de lui.

La suggestion de Laura, présentée comme une requête, était que Margaret et l'enfant aillent séjourner quelque temps au quartier général de la Ligue, situé à Evanston, petite ville au nord de Chicago. Laura avait prévu de s'y rendre en tant que déléguée d'un comité réclamant la promulgation par le Congrès d'une loi interdisant aux employés de chemin de fer d'absorber des boissons alcoolisées pendant leurs heures de service. Il s'agissait d'une mission capitale, avait argué Laura. Mais qui, malheureusement, empiéterait sur la rentrée des classes.

Lucy Stone, la gouvernante de Margaret, abonda dans son sens, soulignant qu'un changement d'air ferait le plus grand bien à sa maîtresse. Enfin, Peggy Gannon donna son accord pour que Margaret remplace Laura. Margaret tergiversa deux jours encore, tandis que son amie commençait à lui faire ses valises. Son état dépressif avait nettement empiré. Tilden n'avait plus donné signe de vie depuis quinze jours. Et Comstock vitupérait à présent à tous les coins de rue les « pustules cachées qui déparaient le visage resplendissant de Greenwich ». En cherchant à l'éviter, Margaret avait, la veille, failli se jeter dans les jambes de l'inspecteur Williams et de sa femme qui remontaient la rue principale et senti le rouge lui monter aux joues comme si le policier s'était retourné sur elle. Aussi, le jour venu, se laissa-t-elle mettre dans le train sans trop de résistance. Laura donna un demi-dollar au contrôleur en le priant de veiller sur la pauvre femme et de garder un œil sur l'enfant si d'aventure sa mère se mettait à somnoler. Mais Laura savait qu'elle ferait mieux que somnoler. Elle lui avait en effet fait avaler deux cuillerées à soupe de la « Nouvelle Formule contre la douleur du Dr King ». Avant que le train n'ait atteint Albany et bifurqué sur l'ouest, Margaret serait probablement en état de se faire arracher une dent sans élever la moindre protestation.

Deux jours plus tard, Teddy Roosevelt se présentait à son domicile, où il était accueilli par une Lucy Stone pour le moins interloquée.

Peu d'hommes pouvaient se vanter d'avoir jamais impressionné la gouvernante noire, ceux qui lui arrivaient tout juste à l'épaule encore moins que les autres, mais elle n'était guère préparée à se trouver nez à nez avec une figure politique autant connue pour sa forte personnalité que pour son caractère fantasque. Le visiteur new-yorkais sollicita fort civilement une entrevue avec sa maîtresse, puis parut soudain en proie à la plus vive agitation lorsqu'elle lui annonça que celle-ci ne l'avait pas informée de son lieu de villégiature actuel. Craignant une nouvelle disparition funeste, Roosevelt — dont les liens d'amitié avec Tilden étaient ignorés de la gouvernante — commença à hausser le ton et à exiger la vérité de la pauvre femme. Subitement effrayée, Lucy pointa un doigt en direction de la demeure de Laura Hemmings et lui répondit, avant de lui claquer la porte au nez, que la jeune demoiselle blanche demeurant à l'autre bout de la rue aurait peut-être plus de temps à lui consacrer.

L'entrevue qu'il eut avec Laura Hemmings ne se révéla guère plus fructueuse. Si Laura, contrairement à Lucy, était au courant des liens d'amitié unissant Teddy à Tilden, elle ignorait en revanche ce que ce visiteur de marque était censé savoir de la liaison de Margaret et de Tilden. Elle n'avait en outre guère envie, après s'être donné tant de mal pour mettre Margaret à l'abri, de voir ses efforts anéantis le jour même où son amie défaisait ses valises à Evanston. Aussi raconta-t-elle à Teddy que,

485

sujette à des crises de mélancolie depuis quelque temps, Margaret était partie, du moins le croyait-elle, à Wilkes Barre, où elle comptait séjourner avec son enfant dans la famille de son défunt mari. Roosevelt ne se laissa pas abuser par l'histoire de Laura mais, ayant compris que celle-ci mentait pour protéger son amie, il fut convaincu que la compagne de Tilden ne courait aucun danger. Quant à son véritable point de chute, Wilkes Barre ou autre, il l'apprendrait tôt ou tard.

Roosevelt remercia Laura Hemmings d'avoir bien voulu lui accorder un entretien, regagna la gare et reprit le premier train pour New York.

Où que fût Tilden et quoi qu'il ait pu advenir de lui, Roosevelt avait la conviction que Jay Gould n'était pas étranger à sa disparition. Mais il ne pouvait prendre le risque d'aller ouvertement accuser le financier sur de simples présomptions.

Ce fut en fulminant de rage à la pensée de son impuissance qu'il regagna son domicile, où il fut accueilli sur le pas de la porte par sa gouvernante qui l'informa en roulant des yeux effarés que trois individus peu recommandables l'attendaient au salon. Elle leur avait bien interdit d'entrer, mais elle s'était alors vue soulever de terre par le plus costaud, lequel s'était même permis de l'embrasser sur le front avant de lui préciser qu'une tasse de thé, de préférence relevée d'un doigt de whisky, serait la bienvenue.

— Qui sont-ils ? chuchota-t-il en s'avançant vers le porte-parapluie pour s'y choisir une canne-épée.

— Je ne sais pas, répondit-elle d'une voix étouffée. Mais ils sont irlandais. Et celui qui s'appelle Sullivan a décliné son nom avec plus de fierté que s'il avait été Notre Seigneur Jésus-Christ en personne.

Teddy en ricanait encore de toutes ses dents lorsqu'il pénétra dans le salon. Il tendit successivement la main à John L. Sullivan, à son vieil ami John Flood et à un troisième gaillard au visage spectaculairement amoché qui lui fut présenté sous le nom de Billy O'Gorman.

Roosevelt n'avait plus revu le champion depuis son homérique victoire en soixante-quinze rounds sur Jake Kilrain, près de deux ans auparavant, et guère plus croisé le chemin de John Flood qui, Sullivan ayant accepté de rejouer son titre contre le jeune James Corbett, n'allait pas tarder à remettre son ami au régime sec. En d'autres circonstances, les quatre hommes se seraient assis et auraient parlé boxe bien au-delà du souper. Mais Roosevelt savait qu'il ne s'agissait pas d'une simple visite de courtoisie.

— Il n'est pas impossible que nous ayons découvert où il est, annonça d'emblée John Flood une fois que les poignées de main eurent été échangées. M. O'Gorman, ici présent, avait offert une récompense de cent dollars à quiconque retrouverait la trace de Tilden. Elle a été réclamée hier par un des jardiniers de Gould. Il aurait vu ce qu'il a cru être le cadavre d'un homme correspondant à la description de Tilden être emporté de Lyndhurst, il y a de cela exactement quinze jours. Billy a illico dépêché six hommes à Westchester pour y passer au peigne fin les prisons et les hôpitaux de la région. Deux d'entre eux se sont rendus à la maison d'arrêt d'une bourgade nommée Ardley. L'un est entré tandis que l'autre attendait dehors. Le premier n'est jamais ressorti. Quant au second, il s'est débiné en voyant un maton avec un nez qui pissait des flots de sang débouler sur le trottoir et foncer vers lui, une matraque à la main. C'était le matin. Il a prévenu O'Gorman, qui est venu nous trouver, John et moi, au gymnase. Seulement, je me suis dit que si on devait démolir une prison, on ferait peut-être bien d'avoir un représentant de la loi avec nous. Et tu es ce qu'on a trouvé de mieux...

— Je vais ordonner qu'on fasse avancer ma voiture, se contenta de dire Roosevelt en resserrant son étreinte sur le pommeau de sa canne-épée.

Tilden était effectivement enfermé à la maison d'arrêt d'Ardley.

Teddy en eut la certitude à l'instant où, leur voiture s'étant immobilisée devant le bâtiment, il entendit un claquement de verrou.

Billy O'Gorman posa la main sur le bras de John Flood et, de son index, lui indiqua, sortant d'un trou percé dans la brique du petit bâtiment, un câble noir qui rejoignait un poteau de bois. Flood lui ayant donné le feu vert, O'Gorman sectionna le fil téléphonique d'un coup de couteau si rapide que le boxeur ne put s'empêcher de penser que, se fût-il agi de la gorge d'un homme, le pauvre type en serait encore à se demander pourquoi il n'arrivait plus à articuler un son. Flood fit montre de moins de subtilité. Il prit son élan et, visant l'endroit où devait se trouver le verrou, lança un vigoureux coup de pied dans la porte.

Ne tenant plus au chambranle que par le gond du bas, la porte s'abattit avec fracas. Flood eut juste le temps d'apercevoir deux hommes armés accroupis derrière un bureau avant de se rejeter d'un bond sur le côté, à l'écart de leur ligne de tir. Sur le mur pendouillait l'écouteur du téléphone désormais inutilisable.

— Je suis Theodore Roosevelt, de l'Assemblée législative de l'État de New York. Je vous préviens que je vais entrer et qu'il me déplairait fort d'être accueilli par des projectiles...

— Et moi, je vous préviens que si vous passez cette porte, lança une voix de l'intérieur, ce sera la dernière que vous passerez de votre vie...

— Et moi, par Dieu tout-puissant, je suis nul autre que John L. Sullivan ! rugit le champion.

— Et puis quoi encore ?

Sullivan agita son poing dans l'embrasure de la porte.

— Ne mettez pas ma patience à l'épreuve, les enfants. A moins que vous n'ayez un canon de plus gros calibre que ça, vous feriez bien de lâcher vos armes et de vous conduire en gentlemen.

— Tout à l'heure, vous allez probablement me sortir qu'il y a aussi Jake Kilrain avec vous ?

— Non, mieux que ça ! C'est John Flood en personne qui a démoli votre porte, mes agneaux !

— John Flood ? La Terreur des rings ?

— Lui-même !

— C'est vrai ? C'est bien toi, John ?

— Puisque je vous le dis.

— Alors montre-toi !

La silhouette de Flood s'encadra dans l'ouverture de la porte.

— C'est lui, bon Dieu ! bégaya l'un des gardiens à son collègue. C'est vraiment John Flood !

John Flood inclina la tête vers Sullivan et y alla d'un haussement d'épaules contrit. Teddy Roosevelt soupira. Si, pour mener à bien une opération aussi élémentaire qu'une prise de geôle campagnarde, il fallait préalablement procéder à un vote sur la popularité de

489

ses assaillants, où allait le monde ? Sullivan semblait sur le point de bouder.

— J'ai assisté à un de tes matches.

Le gardien se remit debout.

— Tu affrontais Joe Goss.

Précédé de John Flood, Teddy Roosevelt et Billy O'Gorman s'introduisirent dans le bureau. Sullivan entra en dernier, marmonnant dans sa barbe que même sa vieille tante n'aurait fait qu'une bouchée de Joe Goss.

Le gardien abaissa son fusil mais ne l'en tint pas moins armé.

— Gardez vos distances, les amis. Même toi, John Flood. Je devrais vous arrêter pour ce que vous avez fait. D'autant qu'il ne me déplairait pas de profiter de votre compagnie pendant quelques jours.

Flood pointa le doigt vers la porte renforcée de barres d'acier qui se découpait derrière le deuxième gardien.

— Et qui profite de votre hospitalité en ce moment, les gars ?

— Je n'ai pas le droit de te le dire, John.

Billy O'Gorman, mettant ses mains en porte-voix, cria aussitôt :

— Larry Donovan ? Es-tu là ?

— Qui est-ce ? filtra une voix lointaine de derrière la porte. C'est toi, Billy ?

— C'est moi, je suis venu en compagnie de quelques amis. Beckwith est là-dedans ?

— Il est au sous-sol. Figure-toi qu'ils ont un véritable cachot ici, comme à Newgate.

A cet instant, le premier gardien braqua le canon de son fusil sur la poitrine d'O'Gorman. Sullivan, qui mine de rien avait fait un pas sur le côté, jeta une main rapide

490

comme l'éclair sur la culasse du fusil, coinça son petit doigt sous les chiens jumeaux puis s'empara de l'arme alors même que la détente était actionnée en vain. Dans le même temps, le couteau d'O'Gorman s'était immobilisé sous le menton du plus jeune gardien que, en un tournemain, Teddy Roosevelt délesta de son arme.

Les doigts toujours pincés par les chiens du fusil, Sullivan toisa furieusement son propriétaire.

— Vous n'avez pas entendu ce que j'ai dit tout à l'heure ? Vous n'avez pas compris que je suis John L. Sullivan, le champion du monde ?

— Et vous n'allez pas tarder à vous retrouver champion de Sing Sing si vous ne me restituez pas immédiatement ce fusil. En plus, vous êtes un fieffé menteur. Vous êtes beaucoup trop petit et bien trop sobre pour être John L. Sullivan.

— Hmm... Messieurs..., intervint Teddy Roosevelt en s'avançant d'un pas.

Mais Sulllivan lui fit signe de se tenir coi. Là-dessus, il réarma le fusil et le tendit à son propriétaire.

— Seule la rapidité d'un champion a su empêcher ce fusil d'accomplir son œuvre mortelle. Voulez-vous que je vous refasse une démonstration ? tonna-t-il sous le nez de l'autre. Sauf que cette fois, Dieu m'en soit témoin, je vous montrerai pour pas plus cher ce qu'est la droite d'un champion.

— Je vais d'abord lui prendre ses clés, si ça ne te fait rien, fit Teddy en envoyant une main vers l'anneau métallique accroché à la ceinture de l'homme.

— Ça ne vous avancera pas à grand-chose. C'est le chef qui a la clé du cachot. Et, pour le moment, il est à la pêche à l'alose près de Poughkeepsie.

— Et vous avez laissé cet homme pourrir deux

semaines dans un cachot ? interrogea calmement Roosevelt en ouvrant la porte conduisant aux cellules. On nous a dit qu'il était blessé. A-t-il au moins reçu des soins ?

— Écoutez, je ne suis pour rien...

— Répondez à ma question !

— Il est nourri. La plupart du temps, il mange ce qu'on lui donne.

— Quand l'avez-vous vu pour la dernière fois ? demanda encore Roosevelt en tendant les clés à O'Gorman, qui disparut en direction de la cellule de Larry Donovan.

— Quand ils l'ont amené ici.

Teddy saisit le gardien par le bras avec une douceur qui révolta Sullivan.

— Veuillez s'il vous plaît me mener au cachot.

John Flood, lui, ne se scandalisa pas. Il savait que la main de Teddy ne resterait pas douce longtemps.

En entendant la sonnette de la porte d'entrée, Charley Murtree se mit sur ses pieds en maugréant. La cocarde qui cerclait son œil gauche avait acquis une teinte moutarde, et ses mains avaient dégonflé, mais il faudrait bien compter quinze jours encore avant que ses côtes ne lui permettent de passer une nuit convenable. A tout prendre, il était pourtant mieux loti que ce pauvre Calicoon qui, lui, avait atterri dans une des bassines d'eau bouillante de la serre. La gueulante qu'il avait poussée résonnait encore dans les oreilles de Murtree.

Murtree clopina jusqu'à la baie vitrée et examina les deux hommes qui attendaient devant la porte. Tous deux étaient habillés correctement et ne semblaient pas chercher à dissimuler leurs mains. Le plus petit tenait

492

dans l'une des siennes une sorte de chaîne. Le garde du corps de Jay Gould jeta un œil sur le véhicule qui les avait amenés. Une voiture de riche. Frappée sur la portière d'un R doré. Le conducteur ne portait toutefois pas de livrée. Rien à craindre d'eux, apparemment. Sauf que le petit lui rappelait quelqu'un...

« Roosevelt ! C'est ça, ce type-là est Roosevelt. Et l'autre, à côté... Sacré bon Dieu, c'est le portrait craché de... Non, non. C'est pas possible, ça. »

Il attrapa sa Winchester et s'assura qu'elle était chargée avant de la mettre à la sûreté. Cela fait, il se dirigea vers la porte d'entrée en prenant soin de faire passer son fusil dans sa main gauche, afin que, une fois ouverte, la porte le dissimule aux regards des deux visiteurs.

— Bonjour, messieurs, fit-il en levant une main pour leur signifier qu'ils n'étaient pas autorisés à passer le seuil de la demeure. Puis-je savoir ce qui vous amène ?

Roosevelt lui tendit la chaîne.

— Veuillez remettre ceci à M. Gould en lui précisant que M. Theodore Roosevelt souhaite s'entretenir quelques minutes avec lui.

— Je regrette, mais il est pas là aujourd'hui, monsieur. Si vous voulez bien me laisser ceci avec votre carte, je veillerai à ce que le tout lui soit remis.

— Il n'est pourtant pas sorti, n'est-ce pas ?

— Peut-être pas.

Charley Murtree avait toujours détesté cet aspect de son travail, « il est là... il est pas là ». Il reprit :

— Mais j'ai pour instruction de dire qu'il ne reçoit pas de visite aujourd'hui, et il y a pas à revenir là-dessus.

— Ces fers proviennent de la maison d'arrêt

d'Ardley. Il changera peut-être d'avis en constatant que cet anneau a été scié.

Charley Murtree n'avait pas besoin qu'on lui fasse un dessin. D'une façon ou d'une autre, ces gaillards s'étaient arrangés pour libérer Tilden Beckwith. Non qu'il en fût chagriné, mais voilà qu'il n'allait pas contribuer à améliorer l'humeur de M. Gould.

— Comme je vous l'ai déjà dit, je lui remettrai tout ça quand il aura décidé d'être à nouveau visible. Croyez bien que je regrette qu'il y ait pas moyen de conclure cet entretien plus poliment, mais je vais maintenant devoir vous fermer la porte au nez.

Sullivan, qui n'avait cessé de lorgner bizarrement Murtree, bouscula soudain Teddy et s'avança en bombant le torse.

— Savez-vous qui je suis ?

Pour sûr ce quidam ressemblait à John L. Sullivan. Sauf que...

— Au risque de me répéter, quand bien même vous seriez le bon Dieu, vous êtes pas sur la liste des visiteurs autorisés...

— Je ne suis pas le bon Dieu ! tonitrua Sullivan. Ni le roi d'Angleterre. Mais je n'ai pas l'habitude qu'on me ferme les portes au nez ! Je suis John L. Sullivan, champion du monde de boxe, catégorie poids lourds.

— Mince alors ! Je vous aurais cru plus grand !

Ce ne fut pas que Murtree vît le poing venir, car il n'en eut pas le temps. Mais, entre le moment où il prononça cette phrase et celui où il vit la porte d'entrée s'éloigner de lui à toute vitesse tandis que le sol semblait rebondir sous ses pieds, la dernière lueur vacillant au fond de son esprit lui souffla qu'il aurait peut-être mieux fait de se taire. Il ne devait jamais comprendre pourquoi.

Teddy Roosevelt jeta à toute volée le bracelet métallique et la chaîne sur le bureau de Jay Gould.

Sans même daigner lever la tête, le financier saisit l'instrument d'entrave et le déposa précautionneusement sur son sous-main de cuir. Puis, d'un air mélancolique, il caressa la vilaine cicatrice qui déparait à présent le bois satiné du meuble.

— Il semblerait, monsieur Roosevelt, que tout comme M. Beckwith vous preniez plaisir à détruire les belles choses. Il a saccagé ma serre, savez-vous ?

Roosevelt jeta un coup d'œil derrière lui, vers Sullivan qui attendait sur le seuil de la bibliothèque, et hocha la tête. Le boxeur ferma alors la porte et, croisant les bras, se campa dans une posture de sentinelle. De là où il était, il pouvait voir, par un haut vitrail, Billy O'Gorman qui était resté assis sur le siège conducteur du Brougham, le fusil du gardien-chef adjoint caché sous un plaid.

— Quels que soient vos griefs réciproques, Gould, à partir d'aujourd'hui vous enterrez la hache de guerre.

Les sourcils de Gould firent le gros dos.

— Vous parlez sérieusement ?

— Tout ce qu'il y a de plus sérieusement, je vous le garantis.

Jay Gould joua un instant avec la chaîne.

— Objecteriez-vous à m'expliquer comment vous avez procédé ? J'ose affirmer qu'aucun juge du district n'aurait signé une levée d'écrou sans préalablement me consulter.

— Nous avons, quelques amis et moi, simplement forcé la porte de la maison d'arrêt.

— Mais pas celle de la cellule disciplinaire, je présume ? Notez bien que ma question n'est pas dénuée d'une certaine admiration.

— Nous avons eu la chance qu'un autre prisonnier soit versé dans l'art du crochetage.

Gould hocha lentement la tête.

— Celui qui s'est présenté à la maison d'arrêt ce matin dans le but d'y poser certaines questions. Vous êtes un homme déterminé, monsieur Roosevelt. Et j'imagine que M. Murtree a été mis dans l'incapacité d'assurer sa tâche par cette espèce de lutteur de foire qui monte la garde devant la porte de ma bibliothèque ?

— Vous imaginez bien.

Roosevelt avisa le cordon de sonnette placé à la droite de Jay Gould.

— Cet homme, qui compte également au nombre des amis de Tilden Beckwith, se trouve être champion du monde de boxe, catégorie poids lourds. Je prends la peine de vous le préciser afin que vous ne teniez pas rigueur à votre garde du corps de ne pas lui avoir opposé plus de résistance. Un troisième homme attend dans ma voiture, armé d'un fusil. Je vous en informe afin que vous ne soyez pas tenté de faire courir un danger à un autre de vos gens en tirant sur ce cordon avant que nous n'ayons réglé notre affaire.

— A savoir ?

— Je vous l'ai dit : vous enterrerez la hache de guerre aujourd'hui.

Jay Gould fixa sur Roosevelt un long regard mêlant incrédulité et amusement.

— Si j'ai bien saisi la situation, cher ami, un membre

496

de l'Assemblée législative de l'État de New York s'est, en compagnie d'une poignée de voyous, introduit par effraction dans une respectable maison d'arrêt pour y libérer deux prisonniers placés en détention par les autorités légalement constituées. A en juger par l'aspect de vos mains, vous vous êtes également rendu coupable de voies de fait sur la personne des gardiens.

Roosevelt resta muet. Il était vrai que, après avoir vu dans quel état était Tilden, il avait demandé à ce qu'on le laisse quelques instants seul avec le gardien-chef adjoint. Il résista à l'envie de regarder sa montre. A l'heure qu'il était, John Flood et le perceur de coffres-forts avaient dû faire passer Tilden dans le comté voisin. D'ici peu, ils arriveraient à l'hôpital Bellevue.

— Là-dessus, vous faites irruption chez moi et ajoutez à vos nombreux délits une violation de domicile et de nouvelles voies de fait pour, je suppose, couronner vos exploits du jour par des menaces et une tentative de chantage. Et vous me déclarez le plus sérieusement du monde que nous allons, M. Beckwith et moi, mettre fin au différend qui nous oppose, par simple décision de votre aristocratique volonté !

— Vous avez oublié de citer le vol, monsieur Gould. J'ai dérobé le registre de la prison.

— Le registre de la prison ?

— Oui, vous savez, celui sur lequel sont consignées les arrestations et les incarcérations. Or, figurez-vous que je n'ai pas réussi à y relever la moindre mention de M. Beckwith. Ni de l'homme arrêté ce matin d'ailleurs. Si je ne préférais, pour ma part, que vous restiez ignorant sur le sujet, je vous conseillerais volontiers de prendre un de ces jours le temps de lire la Constitution des États-Unis d'Amérique.

— M. Beckwith attendait que je décide des suites légales à donner à cette affaire.

— Que vous décidiez !

Les deux poings de Roosevelt s'abattirent sur le bureau.

— Nous sommes dans un pays doté de lois, espèce d'insolente vieille canaille. Vous déteniez Tilden Beckwith en toute illégalité. Ce ne fut pas une arrestation, monsieur, mais un rapt.

— Je crois savoir que l'une ou l'autre version pourrait tout aussi bien prévaloir selon le juge à qui il appartiendrait de les entendre, monsieur Roosevelt, répliqua sèchement Gould.

Roosevelt soupira.

— Je suis venu vous communiquer trois messages, monsieur Gould. Le premier émane de Tilden Beckwith. Vous serez certainement soulagé d'apprendre qu'il n'a pas l'intention de porter plainte contre vous pour kidnapping.

— Voilà qui me soulage en effet d'un grand poids !

— En fait, il vous invite même à continuer à ne pas ménager votre peine contre lui. En revanche, si le moindre mal devait être fait à Mme Corbin ou à son fils, Jonathan, ou s'ils devaient souffrir du moindre chagrin par votre faute, il ne resterait à Tilden d'autre satisfaction que de vous loger une balle entre les deux yeux.

Pour toute réponse, Gould eut un sourire las. Une balle dans la tête. Combien de fois avait-il entendu cette menace ? Des centaines, au bas mot.

Roosevelt lui rendit son sourire.

— En toute franchise, monsieur Gould, j'aimerais partager votre scepticisme. Mais passons, si vous le voulez bien, au deuxième message. Il provient d'un homme assez louche qui, pour des raisons inconnues de moi, a choisi de vouer une profonde admiration à Tilden Beckwith. Je puis vous dire qu'il a été arrêté six fois sur présomption de meurtre et onze fois dans le cadre d'enquêtes sur des violences d'une nature particulièrement atroce, sa spécialité étant d'arracher les yeux de ses semblables. Or, il compte fermement ajouter les vôtres à sa collection. Et je crains fort que, quelle que soit l'issue de cet entretien, rien ne le détourne de ce projet.

— Ne s'agirait-il pas par hasard du même homme qui rendit visite au colonel Mann il y a un an ou deux ? Si tel est le cas, vous pourrez lui dire que les menaces, à l'exemple des sauces, font plus d'effet quand on en use avec modération.

— Le troisième message, monsieur, est de moi.

Roosevelt se pencha sur le bureau jusqu'à ce que son visage ne soit plus qu'à une trentaine de centimètres de celui de Gould.

— Si par votre faute le moindre mal est fait à Tilden Beckwith ou à ceux qui lui sont chers, vous aurez affaire à moi. Je vous combattrai avec toutes les armes dont je dispose, tous les amis que j'ai dans le milieu des affaires et au gouvernement et qu'un mépris commun à votre égard unit. Je m'acharnerai sur vous jusqu'à la fin de vos jours, par des moyens loyaux, ou déloyaux.

Gould cilla.

— Je ne vois pas ce que ça changera. Que je sache, vous n'avez guère été mon ami à l'Assemblée législative. Ni dans la communauté financière, à vrai dire.

— Par des moyens loyaux ou déloyaux, ai-je dit. Je me suis jusqu'ici toujours montré correct. Je ne vous ai point, par exemple, lancé un verre à la figure chaque fois qu'il m'est arrivé de vous rencontrer au *Delmonico*, au *Rector* ou chez un hôte peu averti. Je n'ai pas cherché à soudoyer vos employés pour qu'ils me tiennent informé de toutes vos activités. Et quand par hasard il m'est arrivé de tomber sur une information relative à vos affaires, je me suis dispensé d'en faire profiter Morgan ou Harriman, ou un autre de ceux qui auraient grand plaisir à vous mettre des bâtons dans les roues.

Le petit homme au teint cireux se leva de son fauteuil et s'avança vers l'un des nombreux bacs d'orchidées qui égayaient la pièce. Là, il s'arrêta et parut étudier la plus épanouie des fleurs, d'abord pensivement puis avec une tendresse qui surprit Roosevelt.

— Les panneaux de ma serre ont été remplacés, dit-il d'une voix lointaine. Les plantes mutilées repousseront. Tilden Beckwith guérira de ses blessures.

Roosevelt attendit la suite.

— Je veillerai à ce qu'aucune accusation ne soit retenue contre vous. Je maintiendrai cependant ma plainte contre M. Beckwith, mais seulement dans la juridiction d'Irvington et Ardley. Il lui suffira, pour ne pas être arrêté, de se tenir à bonne distance de ma propriété. Je le laisserai également tranquille sur le chapitre de sa putain et de son enfant. Ils ne m'intéressent nullement.

Roosevelt s'avança vers lui.

— Vous allez retirer cela immédiatement...

— Très bien, de cette dame et de son enfant...

Gould balaya le sujet d'un geste las. Cette conversation prenait une tournure fastidieusement familière.

— Et quelles sont vos intentions en ce qui concerne Beckwith et Compagnie ?

— Les affaires sont les affaires, monsieur. M. Beckwith

m'a lui-même invité à ne pas le ménager. Je le prendrai au mot si tel est mon bon plaisir.

— Cela me paraît honnête, répondit Roosevelt. Et lui continuera à aider Cyrus Field si tel est le sien.

Gould resta silencieux un très long moment. Puis, sous les yeux étonnés de Roosevelt, ses épaules se mirent à trembler. D'une main tâtonnante, il s'escrima sur la poche de son pantalon et finit par en extraire un mouchoir, mais trop tard pour enrayer la quinte qui s'était déclarée. Sa toux avait une résonance effrayante et désespérée. Il tourna le dos à son interlocuteur et, courbé en deux, se laissa aller contre le mur tendu de tissu auquel il resta appuyé jusqu'à ce que la crise ait passé. Quand enfin il se fut redressé et eut essuyé les larmes qui avaient coulé sur ses joues, il fixa sur Roosevelt une paire d'yeux rougis où brillait une fièvre qui ne devait rien à son mal de poitrine.

— Cyrus vit à Ardley, fit Gould dans un chuchotement étranglé. Et vous venez de vous engager à ce que Beckwith ne remette jamais les pieds dans le comté.

Roosevelt en convint.

— Il ne vient jamais..., balbutia Gould.

— Qui ne vient jamais ? Field ?

— Peu importe...

Roosevelt plissa les yeux.

— Pour l'amour du ciel, que s'est-il passé entre Field et vous ? Je sais que Tilden vous a déjà posé cette question, mais ne pouvez-vous une fois pour toutes lui foutre la paix ?

La tête de Jay Gould dodelina curieusement. Un bras étique s'agita mollement en direction d'un bac de fleurs, à l'autre bout de la pièce.

— Cette variété... porte mon nom, savez-vous...

Immortalité. Le mot se forma spontanément dans l'esprit de Roosevelt. Posez des questions sur Cyrus Field, et l'on vous parlera d'orchidées. Parlez d'orchidées, et vous découvrirez, comme tant d'autres l'ont déjà fait, que Jay Gould y voit le reflet de son âme. De son âme telle qu'il voudrait qu'elle soit. On dit que tout homme abrite en lui une certaine folie. La folie de Gould, son obsession, ce sont les orchidées. Mais quel rapport avec ce vieil homme miné du nom de Cyrus Field ? *Il doit venir à moi,* avait dit Gould à Tilden. *Qu'il vienne à moi et je le relèverai.* « Rédemption. » C'était le mot qu'avait prononcé Tilden lorsqu'ils l'avaient baigné à la maison d'arrêt d'Ardley. Sur le moment, Roosevelt n'y avait pas prêté attention, l'ayant attribué au délire de son cerveau enfiévré. Mais peut-être Tilden avait-il entrevu, pendant ces deux semaines de nuit, une vérité fondamentale. Peut-être avait-il compris que dans quelque sombre recoin de son cerveau agonisant Jay Gould cultivait l'idée que relever Cyrus Field, un bâtisseur, une âme généreuse, un homme qui le dépassait de mille coudées, lui apporterait la rédemption.

— Tilden vous a-t-il demandé...

Roosevelt avait radouci la voix en dépit de lui-même.

— ... Pourquoi vous n'alliez pas tout simplement vers Cyrus Field pour lui offrir votre aide ?

S'il existait une réponse à cette question, Jay Gould ne put se résoudre à la donner. Dans ses yeux errait cette même expression effarée. « Et s'il me repoussait ? semblait-il dire. Que me resterait-il ? » Bien qu'il n'eût aucun moyen de deviner quelles pensées torturaient cet homme à cet instant précis, Roosevelt crut néanmoins lire à livre ouvert dans son esprit. Comprendre quelle folie désespérée, née d'une vie d'inhumanité, y avait pris corps.

— Au revoir, monsieur, chuchota Jay Gould.

Roosevelt hésita. Il lui semblait qu'il devait dire quelque chose, exprimer la pitié que cet homme malade lui inspirait.

— Au revoir, monsieur, répéta Gould.

Le carré de toile maculé de sang resta dans une main qui se crispait à l'approche d'une nouvelle crise.

Les yeux de Gould redevinrent humides et durs.

— Au revoir, monsieur, répondit Roosevelt.

Il pivota et gagna la porte à grandes enjambées.

— Je dois dire...

Gould ravala sa toux.

— Je dois dire que l'intérêt que vous portez à cette affaire me déconcerte au plus haut point.

Roosevelt s'immobilisa.

— Tilden est mon ami.

— Votre ami, vraiment ? Mais est-il un ami sincère ? Qui ne vous trahira jamais ?

Sans même relever la question, Roosevelt ouvrit la porte.

— Dans ce cas, posez-lui donc cette simple question. Demandez à cet ami si sincère de vous regarder droit dans les yeux et de vous jurer qu'il n'a pas tué sa femme.

18

— Oui, souffla l'homme au feutre. Oui, je vous connais, n'est-ce pas ?

Alors qu'il scrutait le visage de Harry Sturdevant, sa peur sembla s'émousser. Le médecin lut même un certain soulagement dans ses yeux. Mitigé peut-être d'un soupçon de déception.

— Je suis Harry Sturdevant, Tillie. Ça faisait des années...

Sturdevant se déganta et lui tendit la main, espérant ainsi l'attirer assez près de lui pour pouvoir lui subtiliser le fusil de gros calibre qu'il tenait. Effarouché, le vieil homme battit vivement en retraite. Mais il achoppa sur une motte de terre gelée, glissa et tomba lourdement sur une hanche.

— Restez où vous êtes, coassa-t-il alors que Sturdevant se précipitait vers lui.

L'homme qui avait pour nom Tilden Beckwith se mit laborieusement sur ses genoux, le canon de son Weatherby oscillant dangereusement vers Sturdevant. Soudain, alors qu'il palpait fébrilement ses poches, une expression de terreur apparut sur ses traits. Enfin, il plongea la main à l'intérieur de son pardessus et produisit une bouteille de Glenlivet pleine et intacte. Il la dressa victorieusement. Sa peur s'était évanouie. Il semblait même très content de lui.

— C'est pour lui. C'est sa marque préférée.

— Pour lui ? répéta Sturdevant, interloqué.

— Pour Tilden Beckwith. Le Glenlivet a toujours été sa marque préférée.

— Oui, répondit Sturdevant. Oui, ça me revient à présent.

Il tourna la tête vers la maison. Une ombre se mouvait derrière les rideaux du salon. Quand il refit face à son visiteur, il vit que le vieil homme interrogeait de ses yeux caves la masse sombre de la demeure qui se découpait dans le crépuscule aveuglé de neige.

— Il est là, n'est-ce pas ?

La voix mourut dans un chuchotis.

— Il est revenu...

— Tillie...

— Je vous ai vu avec lui, hier. Au *Plaza*. Vous parliez autour d'un verre. Je parie qu'il y avait du Glenlivet dans le sien. Dans le temps, vous étiez plus jeune que lui. Maintenant, vous êtes plus âgé. Mais lui n'a pas changé d'un poil.

— Tillie, ce n'était pas...

Il s'interrompit. Lui expliquer la situation ne servirait probablement à rien. Si cet homme avait suivi Jonathan, ce qui d'après ses propos semblait être le cas, il savait certainement qui il était réellement. Une idée l'effleura soudain.

— Tillie, nous avez-vous fait suivre par quelqu'un d'autre ? Quelqu'un de chez vous faisait-il le guet devant mon domicile, ce matin ?

— Ce n'était pas moi. Je ne suis pour rien dans tout ça...

— Je vois...

— Ça a toujours été Ella. Moi, je lui répétais : « Ne

fais pas ça ! » Mais chaque fois elle me giflait et n'en faisait qu'à sa tête...

— Quel genre de choses faisait-elle, Tillie ?

— Plein de choses. Il est là ?

— Non. Il est sorti. Et vous n'entrerez pas dans cette maison avec un fusil chargé.

— Je n'ai pas l'intention de lui faire du mal. C'est juste pour l'empêcher de m'en faire à moi avant qu'on ait bu un verre et discuté un bon coup. Rien n'a jamais été ma faute.

— Qu'est-ce qui n'a jamais été votre faute, Tillie ?

— C'est Ella qui l'a frappé. Il avait donné un coup à papa, et elle l'a frappé avec sa canne. Après ils m'ont ordonné de partir, d'aller passer quelque temps en Floride, et ils ont envoyé Bigelow à Chicago, pour qu'il s'occupe des autres. Mais il est revenu pour punir Bigelow. Et maintenant ça va être le tour d'Ella...

Sturdevant eut soudain froid. Mortellement froid. Telle une main impudente, la tempête s'était insinuée sous son pardessus.

— Ella, répéta-t-il. Elle l'a tué.

Ce n'était pas une question.

— Il le sait, n'est-ce pas ?

Dans sa voix affleurait ce même soulagement.

— Il vous l'a dit ?

Sturdevant hocha la tête, très lentement, redoutant presque de parler. Son esprit se révoltait, refusait d'ajouter foi aux propos qu'il venait d'entendre, d'accepter la monstrueuse vérité à laquelle ils donnaient forme.

— Les Corbin, murmura-t-il enfin. Ils ont essayé de tuer les Corbin.

Le vieil homme opina d'un air absent. Il fixait obstinément un point, au-delà de l'épaule de Sturdevant, comme s'il suivait attentivement une scène qui se serait déroulée dans le lointain.

— Il est également revenu pour punir mon père, voyez-vous. Il l'attendait quand il est mort. Au pied de son lit. Mon père l'a vu. Ella a essayé de lui faire croire qu'il s'agissait du prêtre. Il ne l'entendait même pas. Il a commencé à crier, à pleurer, à tenter d'escalader la tête du lit. Puis, d'un seul coup, il s'est comme liquéfié. Ils n'arrivaient pas à lui fermer les yeux. Ils ont même dû lui coudre les paupières ; autrement ils ne se seraient jamais fermés.

— Et Bigelow ?

Harry Sturdevant s'efforça de formuler sa question de façon à ne pas trahir son ignorance des faits :

— L'homme qu'Ella avait chargé de liquider les Corbin a-t-il également vu Tilden en mourant ?

Tilden Beckwith II secoua lentement la tête.

— Tilden n'a pas eu à attendre Bigelow. Il était déjà revenu à l'époque. Il était déjà redevenu jeune.

— Il ne m'a jamais parlé de cela, hasarda Sturdevant... Il m'a simplement dit qu'il avait retrouvé Bigelow, sans préciser où ni comment...

Une réponse se forma sur les lèvres de Tilden II et s'y désagrégea. Il resta bouche bée, le regard perdu vers la maison.

— Oncle Harry ! entendit-il la voix de Gwen appeler derrière lui.

— Ohhh !

Le vieil homme recula, les joues striées de larmes.

— Tout va bien ?

En guise de réponse, Sturdevant lui fit un signe de la main, sans toutefois quitter des yeux Tilden Beckwith II et les doigts tremblants qui se crispaient sur la détente du fusil. Il n'avait pas besoin de se retourner pour savoir ce que cet homme brisé avait devant les yeux. Une autre revenante, ressuscitée dans toute sa jeunesse. Il contemplait Gwen Leamas qui, vêtue d'une longue robe blanche de l'époque victorienne, se tenait dans l'encadrement de la porte d'une demeure victorienne. Mais il voyait Charlotte Corbin, une charmante vieille dame assassinée à Chicago quarante ans plus tôt. Il voyait Margaret Barrie.

Margaret n'avait jamais imaginé qu'elle pût ne pas retourner à Greenwich. Si Laura Hemmings avait dit à Roosevelt où elle s'était réfugiée lorsqu'il était venu lui annoncer que Tilden était retrouvé, si Tilden avait pu lui télégraphier directement, sans passer par l'intermédiaire de Laura, nul doute que Margaret aurait sauté dans le premier train en partance vers l'est.

Hélas, le message qu'elle reçut de Tilden avait dûment été remanié, d'abord par un Roosevelt très inquiet pour la santé de son ami, puis par une Laura tout aussi bien intentionnée à l'égard de Margaret. « Il est préférable que tu restes où tu es », fut ce que Margaret lut en filigrane dans le premier courrier. Le deuxième, qui avait subi plus d'avatars encore, lui brisa le cœur. Il était venu à l'esprit de Tilden, à la fin de sa première semaine de convalescence à l'hôpital Bellevue, que Margaret pourrait avoir besoin d'argent. Aussi avait-il pris ses dispositions, par le truchement de Teddy, pour que la banque de Greenwich lui fasse une traite de cinq cents dollars et l'avise qu'une somme d'un montant supérieur avait été déposée sur son compte. Il avait ensuite griffonné un billet doux devant être joint à la traite.

La traite et l'avis de virement furent câblés à Chicago dès que Laura eut communiqué l'adresse de son amie à la banque. Mais la petite note de Tilden ne partit jamais. Eût-il eu l'esprit moins embrumé par le laudanum, le jeune homme aurait réalisé que son banquier, M. J.H. Huckley, ne se serait jamais permis de décacheter une enveloppe scellée pour en joindre le contenu à la traite. En attendant de plus amples instructions à son sujet, M. Huckley rangea le billet dans un tiroir de son bureau à cylindre, où il ne tarda pas à totalement l'oublier. Margaret ne reçut donc qu'une traite de cinq cents dollars et un relevé de compte. Il sembla à la jeune femme atterrée qu'elle avait été payée pour services rendus et proprement remerciée.

Les deux semaines qui suivirent n'apportèrent aucun éclaircissement à ce tragique malentendu. Margaret renvoya sur-le-champ la fameuse traite à Laura, accompagnée d'une missive exposant son interprétation de la situation. Persuadée que son amie avait reçu un message explicite de Tilden, Laura ne remit pas en cause cette version des faits. Furieuse, elle réexpédia la traite au bureau du jeune homme en spécifiant que Margaret ne voulait plus de son sale argent.

Cinq semaines s'étaient écoulées depuis que Tilden avait quitté Margaret pour aller faire sa « course » à Lyndhurst, et trois depuis le départ de Margaret pour Evanston, quand le jeune homme se sentit assez en forme pour demander à son premier clerc, M. Levi Scoggins, de lui apporter son courrier à l'hôpital. Ce fut alors que, à sa grande horreur, Tilden découvrit que

Margaret ne voulait plus entendre parler de lui. Sans doute s'était-elle lassée de vivre dans la peur une relation mal définie. Ou, plus simplement, en avait-elle eu assez de lui. Il s'habilla en deux temps trois mouvements, quitta l'hôpital sans même prévenir ses médecins, fila tout droit à la Gare Centrale et attrapa le premier train pour Greenwich. Moins de trois heures après avoir décacheté sa lettre, il tambourinait à la porte de Laura Hemmings. Trois heures plus tard, un train l'emportait à Chicago.

Jusqu'à la fin de ses jours, Tilden devait ressasser amèrement ce que lui avaient coûté ces trois semaines d'hôpital et cette lettre égarée. Il ne devait d'autre part jamais comprendre les raisons qui avaient décidé Margaret à ne pas rentrer avec lui. Il en vint même parfois à se demander si l'extase vertigineuse de leurs retrouvailles n'avait pas contribué, autant que le reste, à ce qui allait suivre.

— Je pense, lui confia-t-elle, qu'il est plus facile de vivre en permanence dans la tristesse ou dans le bonheur que d'être sans cesse ballotté entre ces deux extrêmes.

Elle avait dans un premier temps refusé de le recevoir et, si elle abandonna cette résolution au bout d'un quart d'heure, ce fut surtout parce que les dames de la Ligue commençaient à craindre que leurs robustes portes ne puissent arrêter ce forcené très longtemps. Après lui avoir fait savoir qu'elle consentait à lui accorder un entretien, elle s'arma de courage et descendit l'escalier menant au foyer où il tournait comme un lion en cage. Mais à peine eut-elle jeté un œil sur ses mains bandées et sur les points de suture dont son visage était couvert, à peine l'eut-elle entendu bafouiller péniblement trois mots à travers ses mâchoires maintenues par un fil métallique, qu'elle fondit en larmes.

Faisant fi du qu'en-dira-t-on, ils passèrent la nuit ensemble, puis la journée du lendemain, au cours de laquelle il y eut rarement un moment où les bras de Tilden n'enserrèrent pas Margaret ou Jonathan, ou la mère et le fils ensemble.

Ce fut au terme de la deuxième journée, au dîner, que Margaret annonça à Tilden qu'on lui avait offert de s'installer définitivement à Evanston. Elle avait en effet confié aux responsables de la Ligue que Jonathan et elle étaient seuls au monde, qu'aucun lien ne les retenait à Greenwich ou ailleurs, et les braves dames avaient évoqué les fantastiques perspectives qui s'ouvraient à présent aux femmes dans ce Chicago tout neuf renaissant de ses cendres après le grand incendie de 1870. Les femmes jouaient un rôle très actif dans la ville, lui avaient-elles expliqué. Il y avait eu trop de travail, un trop grand besoin de tous les bras disponibles pour que l'on continuât à sacrifier à ces mythes ridicules sur le rôle dans lequel devait se cantonner le sexe faible. Un quotidien, le *Chicago Sun,* ayant publié un de ses articles sur le travail de la Ligue, lui en réclamait un autre sur — « Ne ris pas, Tilden ! » — les maisons de tolérance de South Deaborn Street selon le point de vue d'une honnête femme.

Si Tilden avait prêté une oreille attentive à ces projets et n'avait pas manqué de sourire du dernier, il ne leur accordait néanmoins pas de signification réelle. Margaret et Jonathan ne devaient-ils pas repartir avec lui dès que la jeune femme aurait mené à bien la mission qui l'avait appelée en ces lieux ?

Au dîner, le troisième soir, Margaret lui demanda

pourquoi il n'envisagerait pas de venir, lui aussi, s'installer à Chicago. Il pourrait certainement y fonder une nouvelle maison de courtage. Tilden répondit qu'il avait en effet songé à y ouvrir une succursale, mais pas avant un an ou deux.

— Je te promets que, si ce projet aboutit, nous reviendrons très souvent à Chicago, conclut-il.

Ce fut le silence de Margaret qui lui fit relever la tête. Son sourire s'effaça.

— Ne me dis pas que tu ne comptes pas repartir avec moi !

— Je ne retournerai pas à Greenwich.

— Mais tu t'y plaisais. Tu le disais tout le temps !

— C'est vrai, j'aimais la beauté de la ville, notre maison, la compagnie de nos amis. Mais je ne puis hélas en dire autant de tous ces gens de New York qui sont venus s'y installer récemment, notamment ton inspecteur Williams. Je n'aime pas l'idée de vivre assez près d'un de tes ennemis pour sentir chaque jour s'exhaler sur moi son souffle fétide. Et je n'aime pas Anthony Comstock.

— Gould a été mis dans l'obligation de déposer les armes, et Comstock a déguerpi de Greenwich. Tu n'as plus rien à craindre.

— Gould attend simplement son heure. Tu m'as dit toi-même qu'il avait fait sienne la maxime « La vengeance est un plat qui se mange froid. » Quant à Comstock, il a laissé sur cette ville une marque d'infamie que rien n'effacera jamais.

— Alors New York, la pressa-t-il. Marions-nous et allons vivre à New York.

— Je n'y serai pas davantage à l'abri du destin qui a frappé Carrie Todd et Belle Walker.

— Auquel cas nous aurions une excellente raison de venir vivre à Chicago.

Margaret lui saisit les mains.

— Tu es sérieux, mon chéri ?

— A Chicago, à Londres ou au fin fond de la Chine, quelle importance, tant que nous serons ensemble ?

— Alors, qu'attends-tu pour venir t'installer à Chicago ?

— Je ne peux pas.

Il lui baisa le bout des doigts.

— Pas dans l'immédiat. Mon père m'a confié cette affaire, et j'ai des responsabilités vis-à-vis de mes employés et amis. Ils ne m'ont pas lâché dans les moments difficiles, n'ont jamais hésité à faire des sacrifices pour la firme. Je t'en prie, Margaret, dis-moi que tu comprends cela !

— Oui, Tilden, je comprends. Si je n'avais pas d'enfant, je serais dans le train avec toi demain. Mais je n'ai pas le droit d'exposer le nom que porte Jonathan, et je ne veux pas prendre le risque de perdre l'amour et le respect qu'il a pour moi.

Il lui étreignit les mains.

— Ne me quitte pas, Margaret, supplia-t-il, la mâchoire tremblante. J'en mourrais.

— Je ne te quitterai jamais, chuchota-t-elle.

— Ça veut dire que tu...

D'un doigt, Margaret lui scella les lèvres.

— Cela signifie que je t'attendrai, Tilden.

Rien entre eux ne fut vraiment changé. La maison de Greenwich fut vendue. Tilden envoya une partie de l'argent de la vente à Margaret et plaça le reste à son nom. Il revint deux fois à Chicago cet été-là, la deuxième fois accompagné de Lucy Stone qui, ayant entendu dire qu'à Evanston les gens de couleur vivaient dans des maisons aussi jolies que celles des Blancs, avait décidé de venir rejoindre Margaret.

Entre deux de ses visites, Margaret et lui s'écrivaient sans faute chaque semaine. En juillet 1892, le séjour que le jeune homme devait effectuer à Chicago fut retardé par la mort de Cyrus Field. Tilden avait été choisi pour prononcer son oraison funèbre. Alors que du haut de la chaire il passait en revue les rangs de l'assistance, ses yeux tombèrent sur Jay Gould. Sur le coup, il fut sérieusement tenté de laisser de côté l'allocution qu'il avait préparée pour la circonstance et d'en profiter pour clouer au pilori le financier et ses pareils. Mais il choisit de s'abstenir pour ne pas faire insulte à la mémoire du grand homme qui gisait devant lui. Jay Gould, qui fut secoué tout au long de l'office de quintes de toux spasmodiques par lesquelles il semblait expulser le peu de vie qui lui restait, attira de toute façon suffisamment l'attention sur lui.

Le mois suivant, Tilden écrivit à Margaret pour lui proposer une croisière sur le Mississippi à destination de La Nouvelle-Orléans où, en septembre, John L. Sullivan devait défendre son titre contre James J. Corbett. Transportée de joie, Margaret s'empressa d'extorquer au *Chicago Sun* un laissez-passer qui lui permettrait de pénétrer dans l'arène. A cette occasion, ils retrouvèrent John Flood, bien entendu, et, pour la plus grande joie de Tilden, Nat Goodwin, qui avait fait le voyage en compagnie de Bat Materson, un ancien *frontier marshall* à présent reconverti en journaliste sportif. Ces hommes burent à la victoire de Sullivan avant le combat puis,

514

avec un même enthousiasme, à ses qualités de bon perdant.

Quand ils furent de retour à Chicago, la peine que leur avait causée la défaite de Sullivan se mua immédiatement en allégresse à la perspective d'assister au mariage de Lucy Stone avec un entrepreneur de maçonnerie du nom d'Amos Tuttle, auquel Margaret avait fait un jour appel pour colmater une brèche dans son toit. Lucy alla s'installer dans le quartier noir d'Evanston mais n'en continua pas moins à passer l'essentiel de ses journées avec Margaret et Jonathan. Le petit garçon avait commencé à appeler Tilden « oncle Tilden ». Ce dernier aurait certes préféré, comme il le confia amèrement à Margaret, que son fils l'appelât « papa ». Mais quelle raison pourrait-il avancer pour se voir accorder cette joie tant que la jeune femme ne consentirait pas à mettre fin à cette situation ridicule en revenant à New York pour l'épouser ? Margaret se contenta de l'embrasser et de lui répéter une fois de plus avec un sourire embarrassé :

— Je t'attendrai, Tilden.

La fin de Jay Gould survint en décembre de la même année, cinq mois à peine après celle de Cyrus Field. On raconta que, après les funérailles de son ancien associé, le financier déclina à vue d'œil, offrant à ses proches l'image d'un homme à qui toute consolation et tout espoir de rédemption avaient été refusés.

Les années passèrent à une vitesse vertigineuse.

Un jour, Margaret, qui était rapidement devenue au *Chicago Sun* ce que son amie Nelly Bly avait été au *New York World,* tomba sur une dépêche annonçant que Teddy Roosevelt avait été nommé lieutenant-colonel du premier corps de volontaires de la Cavalerie américaine peu après le déclenchement des hostilités avec l'Espagne. Une communication téléphonique avec son bureau confirma l'effrayante intuition qu'avait eue la jeune femme : Tilden Beckwith avait aussitôt demandé à être enrôlé dans les rangs des cow-boys de Teddy.

— Les Rough Riders ne sont pas des cow-boys, ma chère Margaret, ils constituent sans doute le meilleur corps de cavalerie légère du monde.

— Peu importe. Dis-moi que tu ne t'es pas enrôlé.

— Comme si j'avais eu le choix ! Notre pays est en guerre. Puisque je n'ai pas d'épouse pour me regretter, je dois faire mon devoir. Bien sûr, si j'étais marié, le problème serait différent.

— Mais je suis ta femme, Tilden. Licence de mariage ou pas, je suis ta femme depuis dix ans. T'es-tu enrôlé, oui ou non ?

— J'ai juste le temps de me précipiter à Chicago et de t'épouser avant que mon régiment ne s'embarque. Tu pourras ensuite revenir avec moi et me jeter du quai un adieu larmoyant.

— Tilden, tu n'as pas fait ça ?

— Pas encore. Je t'ai laissé une chance de m'en empêcher.

— Je vois.

— Tu vois quoi ?

— Teddy n'a pas voulu de toi.

— Ce n'est pas du tout ça.

Margaret explosa de joie.

— Il t'a dit que tu étais trop vieux, c'est cela, n'est-ce pas ?

— Trente-huit ans n'est pas un âge canonique, que je sache. Teddy en a bien quarante, lui, bon sang !

— C'est bien ce que je disais, pouffa-t-elle, il n'a pas voulu de toi !

— Je ne vois pas ce qu'il y a de drôle à cela, Margaret.

— Viens donc faire un tour par ici, que je voie ce dont un homme de trente-huit ans est encore capable.

— Margaret, voyons ! On ne fait pas de telles propositions au téléphone !

— Quand, Tilden ?

— Vendredi prochain ! Ma femme, as-tu dit ?

— Si tu as besoin d'une preuve, attends de voir la correction que je vais t'administrer pour m'avoir fait de telles frayeurs.

La guerre avec l'Espagne propulsa Teddy au faîte de cette gloire à laquelle il avait toujours aspiré et dont il tira le meilleur parti possible. A peine était-il revenu de la campagne de Cuba en héros qu'il annonçait sa candidature au poste de gouverneur de l'État de New York et remportait les élections haut la main. Margaret et Tilden firent le voyage jusqu'à Albany pour assister à son investiture. Deux jours après qu'il eut pris ses fonctions, Tilden avait avec lui, au petit déjeuner, un entretien privé. Le nouveau gouverneur lui confia d'un air amusé qu'à deux ans des prochaines élections on l'avait déjà pressenti pour la vice-présidence. Il affirma néanmoins que le poste ne l'intéressait pas et qu'il avait déjà suffisamment de pain sur la planche en tant que gouverneur du plus grand État du pays. Il fallait réorganiser l'administration, instruire les enfants indiens, intégrer les enfants noirs dans les écoles publiques, préserver l'environnement. A propos de l'administration, Tilden pouvait-il croire qu'elle pullulait d'individus fermement opposés à l'idée qu'un policier doive savoir lire et écrire, et être capable d'identifier le président des États-Unis ?

— Au fait, Clubber Williams est fini !

Roosevelt renforça cette affirmation d'un coup de poing sonore sur le plateau de la table.

— Je lui ai dit que si je ne recevais pas sa démission d'ici janvier, je le faisais foutre en tôle. Tu seras peut-être intéressé d'apprendre que sa maison de Greenwich, Cos Cob, a largement contribué à précipiter sa chute. Figure-toi qu'il ne parvenait pas à se rappeler comment il avait fait son compte pour s'offrir une propriété dans le Connecticut, un yacht, et se faire construire un bassin de mouillage de trente et un mille dollars, le tout sur un salaire annuel de trois mille cinq cents dollars.

— Grâce à son sens inné de l'économie, sans doute, suggéra sèchement Tilden.

— Il faut quand même rendre hommage à son audace. J'ai toujours prisé les hommes audacieux, quels que soient par ailleurs leurs défauts. J'ai beaucoup admiré celle dont tu as fait preuve, Tilden.

Quelque chose dans la manière dont Roosevelt avait laissé sa phrase en suspens, comme inachevée, intrigua Tilden. Il décida néanmoins de ne pas relever.

— A-t-il continué à t'importuner ? demanda Roosevelt.

— Qui ? Tu veux dire Williams ?

— Oui. A-t-il jamais tenté de refaire pression sur toi, au nom de Gould ou pour son propre compte ?

— Non.

Les yeux de Tilden se rétrécirent.

— Je ne l'ai jamais revu. Sauf à Greenwich, de temps à autre, mais de loin. Pourquoi cette question ?

— Pour rien.

— A d'autres !

Roosevelt se tortilla dans son fauteuil, visiblement mal à l'aise.

— Je pensais que depuis tout ce temps Margaret et toi auriez fini par vous marier...

— Je le pensais aussi. Un jour, peut-être...

— Je me suis souvent demandé s'il n'y avait pas, dans ton passé, quelque secret dont la révélation par Gould, Clubber Williams ou quelqu'un de leur acabit aurait pu ruiner votre mariage.

— Dans *mon* passé, dis-tu ?

— Oui.

— Teddy, où diable veux-tu en venir ?

Son ami détourna les yeux.

— Gould m'a un jour posé une question. Il m'a demandé si tu pourrais jamais me regarder en face et me jurer que tu n'avais pas tué Ella...

— Regarde-moi, Teddy...

Les regards des deux hommes s'accrochèrent.

— Ce soir-là, Ella m'a quitté et a fui dans la tempête. Si je l'ai suivie, ce fut pour l'empêcher de rejoindre Ansel Carling. Mais elle est tombée dans la neige, et je l'ai maintenue à terre pendant ce qui me semble maintenant encore n'avoir été qu'une minute ou deux. En fait, cela a dû durer bien plus longtemps.

— Et c'est ainsi qu'elle est morte ?

— Si je n'étais pas parti à sa poursuite, si je ne l'avais pas maintenue clouée dans la neige, elle ne serait probablement pas morte cette nuit-là. C'est hélas vrai, Teddy. Il n'y a pas à sortir de là.

— Avais-tu, au fond de toi, l'intention de provoquer sa mort ?

— Je ne pense pas.

— Quand tu l'as laissée... quand tu es reparti, quelles étaient tes pensées ?

— Je voulais me débarrasser d'elle. La renvoyer, avec son enfant, à Philadelphie. Et présenter l'addition à Carling.

Tilden montra son poing.

— Tu comptais divorcer, tu veux dire ?

— Teddy...

Tilden se pencha vers son ami.

— ... Tu es sur le point de me dire que si je pensais au divorce, c'est que je ne m'étais pas rendu compte qu'elle était mourante ou morte. Je me suis efforcé de le croire, moi aussi. Ça n'a pas toujours été facile. J'ai fini par me convaincre que je n'avais pas grand-chose à faire, sinon vivre ma vie et attendre le jugement de Dieu.

— Eh bien, repartit Roosevelt, peut-être ne serait-il pas mauvais que tu te présentes devant lui avec l'absolution du gouverneur de l'État de New York en poche.

Les années continuèrent à s'envoler. Teddy accepta finalement de devenir le vice-président de William McKinley et, neuf mois plus tard, une nation en état de choc apprenait que McKinley avait été mortellement blessé et que, du coup, ce « damné cow-boy » allait fatalement accéder à la fonction suprême.

Vers la fin du deuxième mandat de Teddy, Tilden vint à Chicago pour assister à la remise des diplômes de Jonathan, à l'école d'Evanston. Le jeune homme devait entrer à l'automne à la Northwestern University où, pour le plus grand bonheur de Tilden, il pourrait, parallèlement à ses études, suivre un cycle de base-ball. Pendant deux ans, Tilden s'arrangea pour aller voir jouer son fils aussi souvent que son emploi du temps le lui permettait, et lut avec orgueil les rapports faisant état de l'intérêt avec lequel les White Sox de Chicago suivaient ses exploits. Mais son enthousiasme tiédit nettement lorsque, en 1908, Jonathan annonça son intention d'abandonner ses études pour devenir lanceur chez les White Sox, pour le motivant salaire de trois mille dollars par an. Ce qui représentait le double, expliqua-t-il à sa mère, de ce que lui rapporterait tout emploi qu'il pourrait obtenir grâce à ses diplômes.

Cet argument n'impressionna pas plus Margaret que Tilden, lequel dut cependant admettre que les carrières sportives étaient souvent dramatiquement courtes et qu'une telle occasion pourrait ne jamais se représenter.

La carrière sportive de Jonathan, encore plus brève que l'avait prédit Tilden, ne dura que deux saisons. En effet, le lancer sur lequel il avait bâti sa réputation, le *spitball,* fut proscrit par les deux ligues nationales à la fin de sa première année chez les White Sox. Il passa donc l'hiver suivant à essayer de modifier sa technique, ce qui lui valut une tendinite à l'épaule. Les White Sox le gardèrent néanmoins durant la saison 1909 mais, son épaule ne montrant aucun signe d'amélioration, il dut abandonner le circuit professionnel. S'étant retiré assez tôt pour se réinscrire à l'université, il passa son diplôme l'année suivante et demeura à la Northwestern en tant qu'entraîneur de base-ball avant d'y obtenir un poste de professeur de littérature anglaise.

En 1916, alors que la Grande Guerre faisait rage,

Jonathan essaya de s'engager dans l'armée de l'air mais fut réformé en raison de son âge : vingt-sept ans. Margaret, fort soulagée, le décida alors à attendre une année universitaire complète avant de tenter d'intégrer une autre arme. Ce fut précisément au cours de cette année que Jonathan commença à fréquenter assidûment une ancienne actrice, Barbara Holman, alors professeur de théâtre à l'université. Mais, amie de cœur ou pas, il y avait la guerre, et la plupart de ses camarades étaient déjà en France. En juin 1917, il tenta donc de se faire enrôler dans le corps expéditionnaire américain. Il avait passé avec succès la visite médicale et avait pratiquement l'uniforme sur le dos lorsque l'un des officiers qui lui faisaient prêter serment lui demanda de lever le bras plus haut. Jonathan s'exécuta, mais visiblement avec peine. Le même officier — qu'il reconnut comme étant une relation de sa mère — lui demanda alors de sortir des rangs et d'aller se présenter dans une autre salle afin d'y être examiné par un docteur. Le praticien ayant conclu que sa tendinite l'empêcherait de saluer et de tenir correctement un fusil, Jonathan fut renvoyé dans ses foyers. Lorsqu'il demanda à sa mère si elle n'avait pas eu, récemment, l'occasion de s'entretenir avec un certain officier de sa connaissance, celle-ci affirma qu'elle ne voyait pas ce qu'il voulait dire.

Jonathan et Barbara se marièrent à la fin de l'année 1917. Au grand étonnement de Margaret, Tilden loua pour l'occasion un pullman. Il l'avait certes avertie qu'il amènerait peut-être un invité ou deux, mais Margaret laissa échapper un véritable hurlement de joie en voyant Laura descendre derrière lui avec, dans son sillage, le Dr Palmer, depuis longtemps son mari, ainsi que leurs deux filles blondes, l'une et l'autre au seuil de l'adolescence. Venaient ensuite John Flood, vêtu de l'un de ses incroyables costumes à gros carreaux qui ne tombaient jamais bien, Nat Goodwin, accompagné de sa septième et dernière épouse, et, fermant la marche mais précédé de sa voix de stentor, l'ancien champion du monde poids lourds et ses cent cinquante kilos, « Votre très dévoué John L. Sullivan. » Teddy Roosevelt, qui, malade depuis quelque temps, n'avait pu être de la partie, avait joint au convoi six douzaines de roses pour Margaret et, pour les jeunes mariés, une photo de lui, enchâssée dans les griffes d'un ours qu'il avait abattu dans le Wyoming.

Les deux années qui suivirent furent malheureusement émaillées de plus de peines que de joies. Le principal et presque unique événement heureux fut la naissance du fils de Jonathan, Whitney. Margaret avait espéré qu'il porterait le nom de Tilden, mais Jonathan choisit d'honorer sa mère en donnant son nom de jeune fille — dont il n'avait jamais soupçonné qu'il pût être faux — à son premier enfant. Au baptême, Margaret ne put que hausser tristement les épaules à l'adresse de Tilden qui, pour toute réponse, y alla d'une mimique désabusée.

Le premier coup dur fut la mort de John L. Sullivan, qui survint peu de temps après le mariage de Jonathan. L'ancien champion fut emporté par une attaque d'apoplexie, dans sa ferme du Massachusetts, le mois de février suivant. Tilden et Jake Kilrain tinrent les cordons du poêle. Margaret, alors en voyage pour le compte de son journal, ne put assister aux funérailles mais alla un peu plus tard passer quelques jours chez Kate, la veuve de John.

Moins d'un an après, Theodore Roosevelt s'éteignit

dans son sommeil, victime d'une embolie. Avertie par une dépêche tombée au journal, Margaret sauta dans le premier train pour New York, où elle n'avait plus mis les pieds depuis près de trente ans, pour assister, en compagnie de Tilden et de John Flood, aux funérailles du grand homme. Tilden était effondré. Une grande partie de l'hiver passa avant qu'il ne parvienne à accepter l'idée d'un monde privé de Teddy. Après être restée un mois avec lui à New York, Margaret réussit à le traîner à Evanston où il séjourna encore un mois en sa compagnie. Hélas ! A peine avaient-ils commencé à se remettre de cette perte cruelle que la grippe espagnole, qui avait déjà tué des millions de gens à travers le monde, atteignit Evanston et fauchait Barbara Holman Corbin, alors enceinte d'un deuxième enfant. Margaret et Lucy Stone entreprirent donc d'élever le jeune Whitney comme elles l'avaient fait de son père.

Pendant ce temps, Huntington Beckwith, le faux fils de Tilden, avait grandi, était allé à Yale, puis à la faculté de droit de Columbia avant d'être expédié par Tilden, qui cherchait à le tenir à l'écart de Beckwith et Compagnie le plus longtemps possible, partout où il lui chantait d'aller. Margaret dut à plusieurs reprises rappeler à Tilden que Huntington pouvait difficilement être tenu pour responsable des circonstances de sa naissance et qu'à la vérité il avait jusqu'à présent nettement moins de choses à se reprocher qu'eux.

— Mais c'est justement ça ! s'écria Tilden. Il n'y a rien à lui reprocher. Il n'a pas de passions, pas d'amis à proprement parler, il ne s'intéresse pas aux sports et, pour couronner le tout, il est toujours impeccable. Je déteste les gens impeccables. Il ne transpire même pas. On dirait que son corps repousse la crasse. Il n'ouvre la bouche que quand on lui adresse la parole et, en attendant qu'on la lui adresse, il reste là, à vous regarder à la façon des chats. Je déteste autant les chats que les gens impeccables.

— Il ressemble à Ansel Carling, n'est-ce pas ? demanda Margaret.

— J'imagine que oui. Mon poing me démange chaque fois que je me trouve près de lui.

— Tu n'as pas été très gentil avec lui.

— Je ne suis pas non plus gentil avec les chats. Mais eux, au moins, finissent par s'en aller. Lui, non.

— Tu n'as pas le droit de faire retomber la faute d'Ella sur son fils, Tilden. C'est injuste. Et indigne de toi. Ne peux-tu lui donner une place dans ta société si tu ne peux lui en donner une dans ton cœur ?

— C'est déjà fait. Il aura un poste chez Beckwith et Compagnie, puisqu'il a fait les études idoines et qu'il n'y a pas moyen de l'éviter. De plus, il projette de se marier prochainement et, tout bien considéré, je ne puis décemment lui refuser la chance de se faire une situation.

Margaret parut satisfaite, quoiqu'un peu surprise par la nouvelle.

— C'est vraiment décidé ? Tu vas l'engager ?

— C'est décidé depuis trois mois. Il aura ainsi la possibilité de devenir mon associé et, qui sait, de gagner mon estime, bien qu'il y ait loin de mes registres à mon cœur. Et j'ai bien peur que la femme qu'il s'est choisie ne lui simplifie pas la tâche. C'est encore l'une de ces femmes-chats qui passent leur vie à vous épier sans dire un mot. Nul doute qu'ils emploient leurs soirées à chasser les souris ensemble.

Huntington Beckwith épousa sa femme-chat et produisit rapidement deux rejetons. Le premier fut une fille, à laquelle il donna le nom d'Ella, au grand déplaisir de Tilden, et le second un garçon qu'il appela Tilden, à la plus grande exaspération encore du grand-père, qui devait refuser de se considérer comme tel jusqu'à la naissance de Whitney.

Quand Huntington fut entré dans la firme, Tilden, qui lui avait donné à contrecœur la place qu'il aurait souhaité voir occupée par Jonathan, dut néanmoins reconnaître qu'il était travailleur et industrieux. La Grande Guerre, à l'instar de tous les conflits majeurs, permit à ceux qui n'étaient pas sur les champs de bataille de faire de bonnes affaires, et Beckwith et Compagnie connut une prospérité sans précédent. Tilden en profita pour acquérir un vieil et magnifique hôtel qu'il convoitait depuis longtemps, le *Regency,* ainsi qu'une élégante demeure de grès brun sise sur la 36e Rue, à deux pas de la Cinquième Avenue, dont il fit don à la ville pour qu'elle la convertisse en foyer pour jeunes filles sans toit. Il lui plaisait de croire que, où qu'elle soit maintenant, Georgina serait contente.

Les années vingt furent pour Tilden une suite ininterrompue d'événements sportifs : Jack Dempsey, Babe Ruth, les Quatre Cavaliers de Notre-Dame, les White Sox de Chicago et les Giants de New York disputèrent à tour de rôle son attention à Margaret.

Il consacra ce qu'il lui restait de temps, déduction faite de celui qu'il passait à regarder grandir son petit-fils, à sa société. Mais, lorsque la décennie s'acheva avec le krach de Wall Street, précurseur des années grises de la Grande Dépression, Tilden fut contraint d'accorder plus d'intérêt à ses affaires. Bien que considérables, ses pertes ne furent pas catastrophiques. La désastreuse aventure de Cyrus Field lui avait appris à se montrer prudent en matière d'opérations boursières. Hélas ! Huntington n'avait pas bénéficié de la même expérience. Le produit de ses spéculations immobilières fut pratiquement réduit à néant. Tilden mit un point d'honneur à ne faire supporter en aucune manière les conséquences de leurs erreurs de gestion au personnel de Beckwith et Compagnie et, de fait, ne leur imposa ni licenciements ni réductions de salaire. En revanche, il diminua de moitié son propre traitement pendant les cinq années qui suivirent. Huntington s'opposa à ce que pareille ponction soit opérée sur le sien jusqu'à ce que Tilden l'ait informé de la deuxième option qui s'offrait à lui.

Avant la fin de la décennie suivante, la firme avait retrouvé un vigoureux équilibre. Malheureusement, comme le nota lugubrement Tilden, il n'en allait pas de même dans le reste du monde. Partout rôdait une infecte odeur de guerre. Il voyait de plus en plus fréquemment, aux actualités cinématographiques, ce petit putois de Hitler gesticuler devant les foules allemandes.

A cette époque, les amis de Tilden semblèrent mourir en série. En juin 1941, il reçut une lettre d'un cabinet juridique de Los Angeles renfermant, outre une note passe-partout d'un avocat anonyme, une missive tapée à la machine sur papier parfumé.

Cher Tilden,
Si vous lisez ceci, c'est que j'aurai été plus malade que je ne l'imaginais. Je suis à présent une vieille dame de quatre-vingt-dix ans. J'ai peine à y croire, mais je gage

que vous auriez du mal à partager mes doutes si vous voyiez ce qu'il est advenu de ma belle écriture baroque. Vive les machines à écrire !

Je suis installée à Hollywood depuis 1922, où j'ai vécu d'une manière aussi respectable qu'il est permis de le faire dans cette petite communauté. Je fus à l'origine invitée à visiter la capitale du cinéma par un producteur soucieux de voir ses actrices instruites dans l'art de se comporter en grandes dames, en stars et en demi-mondaines. Assez avisé pour comprendre qu'il n'y avait qu'une infime différence entre les trois catégories, le digne homme me confia donc l'éducation de ses protégées. Ce travail m'a rapporté des sommes colossales dont je n'ai pas eu à reverser la moitié au commissaire de police local. Si j'avais su !

Une amie m'a appris ce que vous aviez fait d'une certaine maison sise sur la 36e Rue. Soyez béni pour votre générosité, Tilden. Et soyez également béni pour tout ce que vous avez été pour une certaine dame de notre connaissance. Je tenais à ce que vous sachiez tous deux que vous n'avez jamais cessé d'occuper une place privilégiée dans mes pensées. Peut-être me ferez-vous de temps à autre une petite place dans les vôtres. Bonne chance...

Georgina.

Suivait en post-scriptum une liste d'actrices bien connues, alors sous contrat à la MGM.

Au lieu d'envoyer des fleurs, avait-elle conclu, *allez donc au cinéma admirer ces jeunes femmes. Vous y verrez transparaître un petit rien de Georgina Hastings.*

Tilden prit la résolution d'exaucer ce souhait mais n'en envoya pas moins des fleurs après avoir appelé le cabinet juridique pour que lui soit communiqué le nom du cimetière où reposait Georgina. Le dimanche suivant, alors que de sa loge il assistait à un match de base-ball, une connaissance, un homme de son âge, vint le saluer et lui dire combien il était désolé pour John Flood.

— Oh... je... excusez-moi, Tilden, j'étais persuadé que vous étiez au courant.

Seul un mince entrefilet paru dans le *New York Daily Mirror,* quotidien que Tilden ne lisait que rarement, avait annoncé le décès de son vieil ami. De même que Georgina, il était mort trois semaines plus tôt. A Saratoga, État de New York. D'une crise cardiaque tandis qu'il suivait l'entraînement d'un nouvel espoir poids lourd.

Dès le lendemain, Tilden retourna à son bureau pour apprendre qu'Andrew Smithberg, qui était entré dans la société en tant que jeune avocat stagiaire et s'y était dévoué corps et âme pendant soixante ans, dont vingt en qualité de vice-président, avait été emporté par une attaque la veille. En fin de matinée, alors que, l'âme en peine, il pénétrait dans le bureau de son vieux collaborateur, il trouva Huntington en train d'éplucher les dossiers du disparu sous le regard embarrassé de Chester Wax, un autre des hommes de loi de la maison.

— Que faites-vous ici ? s'enquit-il froidement.

La tête de Huntington se releva un peu trop brusquement.

— Nous regardions ce que renfermaient ces dossiers, répondit-il abruptement. Après tout, la maison doit continuer à tourner.

— La maison continuera à tourner après une période de deuil convenable. Veuillez tous les deux quitter ce bureau immédiatement et ne pas y revenir avant d'y avoir été invités.

— Il n'était pas dans mes intentions de manquer de respect à la mémoire de M. Smithberg, monsieur, dit Chester Wax. Bien au contraire, j'avais besoin de mettre la main sur certains de ses papiers personnels afin de permettre à sa famille de prendre les dispositions nécessaires.

— Ses papiers personnels se trouvent certainement dans son coffre, monsieur Wax. Je les trierai et ferai déposer sur votre bureau ceux dont vous avez besoin.

Resté seul dans le bureau, Tilden s'approcha du coffre d'Andrew Smithberg et, prenant appui sur un genou, en composa la combinaison. A l'intérieur, il trouva deux chemises portant toutes deux la mention « personnel », l'une étant au nom de Smithberg, l'autre au sien. Les papiers de Margaret. Ou plutôt les doubles des originaux.

« Espérons qu'elle a mis ses propres exemplaires en lieu sûr. »

Il passa rapidement en revue le contenu du dossier afin de s'assurer qu'il était complet, et glissa les documents dans sa poche. Ils seraient désormais plus en sécurité dans son propre coffre. Cela fait, il entreprit de trier les papiers de Smithberg — certificat de naissance, de baptême, et testament — qu'il devait remettre à M. Wax et, ayant recomposé la combinaison du coffre, en repoussa la porte. Le claquement sec qu'elle fit en se bloquant couvrit le bruit assourdi d'une autre porte que l'on refermait précautionneusement dans son dos.

Huntington Beckwith enfila le couloir sur la pointe des pieds, s'engouffra dans le bureau de Chester Wax et prit soin de refermer la porte derrière lui. Il avait

530

découvert cinq ans plus tôt que l'avoué distrayait parfois de petites sommes de certains comptes de la société. Ayant alors jugé qu'un employé conciliant pourrait lui rendre des services appréciables, il avait conclu avec lui un accord non résiliable.

— Je veux voir son testament ! chuchota Huntington. Son testament et toutes les autres pièces de ce dossier. Il va probablement les ranger dans le coffre de son bureau.

— Mais je n'en connais pas la combinaison.

— Je veux voir ce dossier ! répéta Huntington en faisant ses yeux de chat.

— M. Beckwith a-t-il un autre avocat ?

— Non, il n'utilisait que les services de Smithberg.

— Alors, pourquoi ne pas attendre quelque temps ? Il me chargera probablement de ses affaires courantes d'ici peu.

Huntington opina.

— Ne perdez pas de temps. Gagnez sa confiance. Devenez-lui indispensable. Et...

Il s'arrêta avant d'ouvrir la porte.

— Cette façon que vous avez de me regarder quand je quitte une pièce ou que je vous tourne le dos... arrangez-vous pour qu'il la surprenne.

Chester Wax ne s'était pas trompé. Huntington non plus.

Tilden ne mit que quelques jours à remarquer la discrète mais réelle circonspection que manifestait l'avoué à l'endroit de Huntington. Wax ne semblait pas plus aimer le « fils » de son patron que lui faire confiance. A cet égard, du reste, il ne différait guère d'Andrew Smithberg. Il avait repris certains des dossiers les plus

531

urgents du défunt sans qu'il ait été besoin de le lui demander et mis de l'ordre dans ses affaires avec la plus grande diligence. Aussi, dès la fin de la semaine suivante, Tilden lui confiait-il certains de ses dossiers personnels. Avant la fin du mois, Wax avait vu Tilden ouvrir son coffre une bonne douzaine de fois et était presque sûr d'en avoir découvert la combinaison.

Quelques jours plus tard, Chester Wax fut convoqué dans la salle du conseil pour assister à la séance le temps qu'il soit débattu du rachat des actions de Smithberg. Huntington fit une offre nettement inférieure à leur valeur réelle. Sans même relever son intervention, Tilden annonça aussitôt son intention de les racheter à leur cours actuel. Quand tous les administrateurs se furent retirés, Wax sembla vouloir s'attarder. Tilden remarqua son air préoccupé.

— Quelque chose vous tracasse, Chester ?

— Ce n'est pas que cela me regarde, monsieur, mais...

— Vous pouvez parler sans crainte. Je présume que cela concerne la société ?...

— C'est juste que la mort de M. Smithberg a été si soudaine, monsieur ! Depuis, il circule des bruits de couloir inquiétants sur ce qu'il pourrait advenir de la société si son président était... frappé d'incapacité.

— Vous voulez dire si je cassais ma pipe ?

— Oui, monsieur !

— Un ordre de succession a été établi. Et j'ai remis à chacun de mes administrateurs une enveloppe scellée renfermant mes dernières directives.

L'inquiétude de Wax sembla s'accroître.

— Mais, monsieur, à ce moment-là votre héritier sera actionnaire majoritaire. Et vos instructions n'auront plus beaucoup de poids si M. Hunt... si votre héritier décide de passer outre.

Le lapsus de l'avoué avait été délibéré.

— Vous avez l'imagination trop fertile, Chester. M. Huntington est cadre salarié, rien de plus. Ce qui lui a été clairement rappelé au moins une fois par an ces trente dernières années.

— Il a dit ça ?

La peau olivâtre de Huntington Beckwith parut se tendre davantage sur les os saillants de son visage.

— Il a vraiment dit ça ? Il a dit que je n'étais pas son héritier ?

— Il l'a en tout cas laissé entendre.

— Je dois voir son testament. Débrouillez-vous pour avoir accès à ce coffre.

— Je crois en connaître la combinaison, glissa Wax d'un air suffisant.

— Vous connaissez la...

Les pupilles de Huntington se dilatèrent.

— ... Alors qu'attendez-vous pour me l'écrire sur un bout de papier ?

— J'en veux cinq mille dollars. En liquide.

— Vous feriez bien de prendre garde à ce que ce ne soit pas plutôt cinq ans de prison.

— Maintenant, c'est six mille dollars. En liquide.

— Six mille dollars, dites-vous ?

La voix avait résonné sur la ligne privée de Huntington.

— Oui. Qu'en penses-tu ?

— Wax gère bien quelques comptes, n'est-ce pas ?

— Oui, mais le seul à être suffisamment approvisionné est celui affecté à l'hospice que Tilden a fondé.

— Pouvez-vous en débloquer les fonds ?

— Je devrais pouvoir m'arranger, oui.

— Alors, prélevez-y si possible la somme dans son intégration. Plus Wax sera compromis, mieux cela vaudra. Mais ne traînez pas. Même si vous devez emprunter ou mendier cet argent, débrouillez-vous pour avoir accès au contenu du coffre avant la fin de la semaine ! Vous m'avez comprise ?

— Oui, je t'ai bien comprise, Ella. Et fais-moi le plaisir de garder ce genre de ton pour ton frère.

Corbin.

Mme Charlotte Whitney Corbin. Huntington fixait le nom d'un regard incrédule. Il savait qui elle était depuis près d'un quart de siècle. Il l'avait même vue aux funérailles de Theodore Roosevelt. La femme chez qui Tilden était toujours fourré, à Chicago. Qu'elle ait reçu quelques marques d'estime, un souvenir, ne l'aurait pas étonné outre mesure. Mais qu'il en fasse sa légataire ! Sa légataire universelle ! Comptes courants, biens immobiliers, portefeuilles d'assurances... tout allait à Charlotte Corbin et à Jonathan T Corbin, son fils, nommé exécuteur testamentaire, et à qui était donné tout pouvoir sur Beckwith et Compagnie. Huntington tourna la page et découvrit que, au fil des ans, toute une série de codicilles étaient venus se greffer au testament. Y apparaissaient successivement un autre Corbin, Whitney de son prénom. Une certaine Lucy Stone Tuttle. Des legs moins conséquents mais toujours substantiels. Et, enfin, Huntington Beckwith.

Huntington Beckwith recevra une rente de quarante-cinq mille dollars, payable pendant dix ans, qu'il reste ou non au service de la société. Si Huntington Beckwith devait dénoncer ce testament, ce legs lui serait alors retiré pour être affecté à la dotation de la Maison Hastings.

Huntington dut se faire violence pour ne pas chiffonner rageusement le document dans son poing. Quarante-cinq mille dollars ! Un codicille ! Pas même mentionné dans le testament proprement dit. Ses enfants, Ella et Tilden, purement et simplement oubliés.

Et Tilden avait eu le front de préciser que s'il dénonçait ce testament il n'aurait rien du tout.

« C'est ce que nous verrons, Tilden. Aucun tribunal au monde n'acceptera d'entériner un tel testament. »

Huntington vérifia l'heure à sa montre. Quatre heures quinze. Il avait peu de chances d'être dérangé. Armé d'un crayon et d'un papier, il s'absorba dans une lecture plus attentive du document.

Le testament de Tilden n'établissait pas clairement le lien de parenté unissant Jonathan au testateur. L'omission avait été délibérée, par égard pour Margaret, qui craignait que son fils n'apprenne par des tiers sa qualité d'enfant illégitime. Il ne fallut cependant pas longtemps à Huntington pour comprendre la vérité. Il avait découvert, dans la même chemise, des photos d'une femme, jaunies et craquelées pour la plupart, et quelques-unes d'un homme qui devait être Jonathan. Le portrait de Tilden Beckwith. Le bâtard de Tilden Beckwith, Huntington considéra longuement et attentivement ce visage et comprit que ce qu'il soupçonnait depuis longtemps était vrai. Qu'il n'était pas le fils de Tilden. Ce qui expliquait beaucoup de choses. Ce qui expliquait pourquoi ils se ressemblaient si peu. Pourquoi ils différaient en tous points. Pourquoi le vieux lui avait témoigné si peu de considération tout au long de sa vie et pourquoi il l'avait finalement déshérité.

Mais alors, de qui était-il le fils ? Que signifiaient ces dates, ces dates de naissance ? Et la mort de sa mère si peu de temps après sa naissance ? Voyons voir. Elle était décédée en mars 1888. Et ce Jonathan était venu au monde en décembre de la même année. Il avait donc dû être conçu immédiatement après la mort d'Ella. Il était par conséquent évident que Tilden et Charlotte se connaissaient déjà à l'époque de la naissance de Huntington. Qu'était-il arrivé à sa mère ? Avait-elle appris la liaison de son mari ? Avait-elle sommé Tilden de s'expliquer ? Avait-elle fui, désespérée, dans la nuit, pour périr dans la tempête ? Une tempête qui n'aurait su tomber plus à pic pour Tilden. Non. C'était lui qui avait plus vraisemblablement exigé d'elle une explication. Sur la naissance de cet enfant avec lequel il s'était trouvé si peu de ressemblance, lui qui avait probablement, même si cela ne pouvait être prouvé, provoqué sa mort.

Il devait payer. Pour ce crime. Et pour tous ces regards méprisants, toutes ces paroles contraintes, ces écoles éloignées, tous ces camouflets, Tilden allait payer.

Des lettres. Des actes notariés. Établis par Andrew Smithberg. *Le présent document certifie que Jonathan Corbin est le* seul *fils légitime de Tilden Beckwith et son héritier... né le 25 décembre 1888 à Greenwich, Connecticut... de celle alors et subséquemment connue sous le nom de Charlotte Whitney Corbin, résidant actuellement à Evanston, Illinois.* Suivait son adresse. *Alors et subséquemment connue sous le nom de...* Quelle étrange formule !

Des actes authentiques. Ansel Carling. Qui était Ansel Carling ? « Ooh, non... enfer et damnation... »

Tout était là, sous les yeux de Huntington. Trois actes faits sous la foi du serment. Le premier signé par un homme, le second par une femme, Georgina Hastings... — « Hastings ? » — qui certifiait avoir entendu Ansel Carling se vanter d'être le père de l'enfant d'Ella Beckwith. Le troisième, écrit de la main de Tilden, constituait un récit détaillé des événements ayant affecté sa vie en 1888. Tilden avait compris que l'enfant n'était pas de lui. Son voyage à Londres, l'année précédente, rendait sa paternité impossible. Il n'avait, semblait-il, découvert la durée réelle de la gestation humaine que dans le courant du mois de mars 1888 et, fort de ses nouvelles connaissances, avait exigé d'Ella une explication. La jeune femme s'était alors enfuie du domicile conjugal. Pour aller retrouver ce Carling. Le paragraphe suivant, qui ressemblait à s'y tromper à un aveu de meurtre, précédait un compte rendu — inutilement détaillé, de l'avis de Huntington — de la bagarre du *Hoffman.* Carling était mort quelque temps après, au Texas « avant que je n'aie pu lui remettre la main dessus ». Venait ensuite une biographie manuscrite — d'une autre main que celle de Tilden — d'Ansel Carling. De son vrai nom Asa Koenig. Un juif ? Un ancien bagnard ? Un escroc ?

C'en était trop. Sa fille, le jeune Tillie et lui-même allaient être spoliés, dépouillés de tout. De leur argent. De leur nom. De leur statut social. Un juif. Les juifs étaient des gens sur qui on faisait des plaisanteries. Des

537

gens que l'on n'acceptait pas dans les clubs. Dans ses propres clubs. Si cette histoire venait à s'ébruiter, il ne leur resterait rien. Rien qu'une indélébile marque d'infamie.

— Restez calme, lui enjoignit Ella. Ces papiers, ce sont des originaux ou des doubles ?

— Des copies. Tous tant qu'ils sont. Le testament est apparemment légal. En revanche, je n'ai rien trouvé tendant à indiquer qu'il ait été enregistré.

— Si vous voulez mon avis, c'est parce que Jonathan Corbin n'a jamais été mis au courant. Vous avez remarqué que son lien de parenté avec Tilden n'est jamais spécifié dans le testament. Voilà qui nous permettra peut-être de sauver les meubles.

— Un juif !

— Pardon ?

— Je suis le fils d'un juif !

— Je vous en prie, père, ne sombrez pas dans le ridicule. Nous parlons de millions de dollars. Connaissez-vous un détective sérieux ?

— J'imagine.

— Oui ou non ?

— A une époque, nous utilisions les services d'un ancien flic de Chicago. Un certain Bigelow. Personnellement, je le trouvais très efficace, mais Tilden n'a plus voulu de lui quand il a appris qu'il avait été démis de ses fonctions à la suite d'une affaire de corruption.

— Chicago, dites-vous ?

— Je crois qu'il a gardé un meublé à New York.

— Engagez-le. Je veux qu'il reconstitue la vie de Charlotte Corbin. Qu'il découvre d'où elle vient. Le pourquoi de cette formule « connue alors et subséquemment sous le nom de... ». S'il y a quelque chose dans son passé que nous pourrions utiliser contre elle.

— Attends, je note tout ça.

— Père.

— Oui ?

— Dites simplement à M. Bigelow de passer me voir.

Le rapport de Bigelow souleva autant de questions qu'il apporta de réponses. Une semaine avait suffi au détective pour établir une biographie succincte, partant de Chicago et remontant jusqu'à Wilkes Barre, de Charlotte Corbin. En revanche, il ne trouva aucune trace de son existence antérieurement au déraillement qui avait coûté la vie à son mari. Il se rendit alors à la bibliothèque municipale de New York où il consulta plusieurs ouvrages consacrés aux catastrophes ferroviaires. Tous mentionnaient celle survenue à Mud Run. L'auteur de l'un des plus récents et des mieux documentés de ces livres vivait à New York. Bigelow alla le trouver à son domicile et lui promit cent dollars s'il parvenait à dénicher dans ses archives des informations concernant une certaine Charlotte Corbin, ou Charlotte Whitney Corbin. L'auteur, un petit homme maniaque vivant dans un appartement encombré de mobilier récupéré dans les trains, rappela le détective le jour suivant. Le seul Corbin ayant péri dans cet accident était un célibataire installé depuis peu à Wilkes Barre. Aucun autre Corbin ne figurait sur les registres de cette municipalité. Oui, il en était sûr.

Si Charlotte Corbin était un nom d'emprunt, ce dont Bigelow avait pratiquement acquis la certitude, quelqu'un s'était visiblement donné beaucoup de mal pour dissimuler sa véritable identité. Le détective avait noté qu'elle était partie précipitamment de Greenwich à l'époque où plusieurs anciennes prostituées s'en étaient fait chasser. Peut-être y avait-il un lien entre les deux faits. Ou peut-être pas. Il ne savait pas non plus quoi penser de ce prénom, « Margaret », dont elle avait signé quelques-unes des lettres trouvées dans le coffre de Tilden Beckwith. Son véritable prénom, sans doute. Malheureusement, la piste s'arrêtait là.

— Ça ne vous laisse guère d'autre possibilité que le bluff, expliqua-t-il à Ella. En ce qui me concerne, je serais prêt à jurer que Charlotte Corbin a jadis exercé le métier de prostituée sous le nom de Margaret. Vous pouvez toujours essayer de lui sortir ça et de voir quelle tête il fera. Ça devrait vous permettre d'être fixés. Et à supposer que nous ayons mis à côté de la plaque, il n'en reste pas moins qu'il y a à Chicago une femme connue et estimée, mère d'un professeur d'université et grand-mère d'un diplômé de Notre-Dame, dont la vie tout entière repose sur une incroyable imposture. A mon avis, en guise de moyen de pression, ce n'est déjà pas si mal.

— Vous vous y connaissez en cambriolage, monsieur Bigelow ?

— J'ai travaillé pendant cinq ans dans les systèmes de sécurité.

— Charlotte Corbin a en sa possession certains papiers sur lesquels je dois absolument mettre la main. Parmi eux se trouve l'original du testament de Tilden Beckwith. Il y a également des actes notariés, de la correspondance, etc.

— Mes honoraires seront de mille dollars. Trois mille si je vous livre la marchandise. Je ne veux pas en être pour mes frais si les papiers ont été mis dans une banque.

— Et pour un incendie, c'est combien ?

— Comment ça ?

— Si vous trouvez ces papiers, je veux que vous brûliez la maison derrière vous.

Dès qu'il eut appris la nouvelle, Tilden usa de toute son influence pour se faire prendre à bord d'un DC 3 à destination de la base aéronavale de Stokie, située non loin d'Evanston. Là l'attendaient Jonathan et la limousine avec chauffeur qu'il avait louée par téléphone. On était à trois jours de Noël.

— Ta mère tient le choc ? demanda gentiment Tilden.

— Elle est plutôt déprimée. Ses albums de découpures, ses lettres, tous les cadeaux que nous lui avions faits depuis des années, tout est parti en fumée. Je ne devrais pas vous le dire, mais elle vous avait tricoté un cardigan et une veste écossaise pour Noël. Ils ont également disparu dans les flammes.

— Jonathan ?

— Oui, oncle Tilden.

— Arrête de m'appeler ainsi.

— Oui, monsieur.

— Jonathan !

— Nous reprenons à zéro ?

— Jonathan, je ne repartirai pas d'ici tant que ta mère ne m'aura pas épousé.

— Sans blague ?

— Qu'en penses-tu ?

— Je pense que c'est une excellente idée. Qu'est-ce qui vous a empêchés de le faire plus tôt ?

541

— Elle, en fait. Au départ, je n'étais pas très chaud, puis ce fut son tour. Enfin, comme tu le vois, ça a été une histoire plutôt...

— Ridicule ?

— J'allais dire compliquée... Et puis, d'autres facteurs sont entrés en ligne de compte. Je... Ta mère et moi allons devoir avoir une longue conversation avec toi, Jonathan.

— Parfait. Et c'est là que je suis censé découvrir que je suis votre fils ?

Tilden s'étrangla.

— Euh, c'est plus ou moins ça, oui.

— Oncle...

Jonathan s'interrompit.

— Ou est-ce que papa conviendrait mieux ?

— Hmm... Papa serait... Nous ferions peut-être bien d'attendre de voir ce qu'en pense ta mère.

— Que diriez-vous de Tilden, en attendant ?

Tilden manifesta son approbation et son soulagement d'un hochement de tête.

— J'ai bien peur que ta mère ne soit très fâchée contre moi quand elle saura que j'ai vendu la mèche.

— Est-il possible ?... Je sais qu'il existe sans doute de très bonnes raisons à cela, mais... serait-il possible que maman et vous ne vous soyez jamais mariés parce que vous ne pouviez imaginer comment nous annoncer la vérité, à Withney et à moi ?

— Il est indéniable que ce fut là l'une des raisons majeures, Jonathan.

— Vous savez que je vous adore, maman et vous. Que j'ai énormément de respect et d'admiration pour vous. En un mot comme en cent, que je vous trouve absolument fantastiques.

542

— C'est vraiment gentil à toi, fiston.

— Alors, vous ne vous offusquerez probablement pas si je vous dis que vous vous êtes tous deux conduits comme une belle paire d'andouilles.

Ils furent mariés trois jours plus tard. Le jour de Noël, jour du quatre-vingt-quatrième anniversaire de Tilden et des cinquante-six ans de Jonathan. Ils allèrent passer leur lune de miel dans une petite auberge, au bord du lac Geneva, dans le Wisconsin, qu'il connaissait bien pour y avoir séjourné. En arrivant, Tilden inscrivit sur le registre, comme il l'avait toujours fait, M. et Mme Tilden Beckwith. Mais la nouvelle épousée lui prit le stylo des mains et, ayant biffé ce qu'il venait de marquer, écrivit : Tilden et Margaret Barrie Beckwith.

Trois courtes semaines plus tard, Margaret et Jonathan accompagnaient Tilden au train. Il lui faudrait un mois tout au plus, leur expliqua-t-il, pour convoquer le conseil d'administration, annoncer son intention de prendre sa retraite et organiser sa succession. Après quoi il reviendrait pour toujours. Jonathan n'avait pas caché qu'il ne se sentait guère d'attaque, à son âge, pour apprendre à diriger une entreprise. Mais bien entendu, en tant qu'actionnaire majoritaire, il se ferait un devoir d'assister à tous les conseils d'administration et veillerait à ce que Beckwith et Compagnie continue à être dirigé dans le respect de ses traditions, et sa place dans la communauté, et dans le meilleur intérêt de ses employés. Lorsque cette guerre serait terminée, Whitney accepterait peut-être même de partager cette tâche avec lui. Si toutefois il n'embrassait pas une carrière de *base-baller*.

— Et ne vous inquiétez pas pour maman, le meublé

qu'elle a loué fera parfaitement l'affaire jusqu'à votre retour. Lucy et moi irons la voir tous les jours.

— Et ne t'en fais pas pour les papiers et ton testament, le rassura Margaret. Ils n'ont plus autant d'importance à présent, n'est-ce pas ?... Fais vite, Tilden. Mais pas trop vite. Laisse-moi le temps de te tricoter un nouveau cardigan.

Ce fut à la fin d'une froide après-midi que Tilden, toujours rayonnant, pénétra dans l'immeuble de Beckwith et Compagnie. Mais son sourire fit place à une expression de stupeur quand il se rendit compte que les bureaux étaient vides. Peut-être la médéo avait-elle annoncé une tempête de neige. Peut-être avait-on permis aux employés de rentrer chez eux plus tôt. Pourtant, une lumière brillait dans son bureau. Il hésita quelques instants, se demandant s'il ne devait pas appeler la police. Soudain, il lui sembla entendre la voix de Huntington derrière la porte de son bureau. Huntington ? Que pouvait-il fabriquer dans son bureau ? Tilden se débarrassa de son pardessus et de son écharpe et les déposa sur la table de travail de sa secrétaire.

— Non, reste ici, Tillie ! entendit-il Huntington ordonner. Reste où tu es.

Tilden poussa la porte.

Quand il entra, il trouva Huntington face à lui, debout, les bras croisés devant son bureau dont il venait apparemment de décoller à l'instant son postérieur. Assis derrière son père, dans son fauteuil, Tillie avait, comme toujours, l'air d'avoir été pris en faute. Ella, quant à elle, se tenait parfaitement droite, dans un fauteuil de cuir, à gauche du bureau. Elle portait un long manteau noir et un chapeau à la Garbo. Ses mains reposaient sur le pommeau de la canne avec laquelle elle affectait de marcher. Comme toujours, en dépit de sa constitution délicate, elle se débrouillait pour avoir l'air plus virile que son frère, que Tilden allait du reste éjecter de son fauteuil dans les trois secondes. A sa droite, à la limite de son champ de vision, nerveux et le regard fuyant, Chester Wax referma brusquement son attaché-case et murmura confusément qu'il devait partir. Assis à ses côtés, un homme de forte carrure complétait le tableau. Celui-ci se leva, s'étira et fit signe à Huntington qu'il attendait dans le couloir au cas où on aurait besoin de lui. Tilden crut le reconnaître. N'était-ce pas ce détective auquel il avait interdit que l'on fasse désormais appel ?

— Il est temps de tenir un conseil de famille, attaqua Huntington bille en tête alors que Tilden entendait le déclic de la porte que l'on venait de refermer derrière lui.

— Vraiment ?

D'un index et d'un regard impérieux, Tilden fit déguerpir le rejeton de Huntington de son fauteuil et l'envoya se placer près de la petite cheminée, derrière le siège de sa sœur.

— 21 à droite, 7 à gauche, 9 à droite et 15 à gauche.

Souriant, Huntington désigna le meuble qui dissimulait le coffre de Tilden.

— Nous savons tout !

— Tu fais allusion, je suppose, aux stipulations de mon testament et aux circonstances de ta naissance ?

— Entre autres.

— Tu viens de perdre ton emploi, Huntington.

— Ça tombe bien, je n'en voulais plus. J'ai décidé que je préférerais être associé à part entière.

— Et tu vas peut-être m'expliquer au nom de quoi le fils d'un certain Ansel Carling aurait de telles prétentions ?

Le sourire devint glacial.

— Je tire vanité d'avoir son sang dans mes veines. C'était un homme audacieux et téméraire, tout comme moi.

Tilden se bâillonna la bouche pour ravaler le rire qui ne demandait qu'à fuser.

— Je pourrais te reprendre sur plusieurs points, mais je me contenterai de te faire remarquer que tu as, tout au long de ta minable existence, tenu trop de propos antisémites pour que j'aie envie de te prendre au sérieux.

— Venons-en au fait ! entendit-il la voix d'Ella presser Huntington.

La jeune femme n'avait pas bougé.

Huntington Beckwith se dressa sur ses ergots.

— Je vous ai dit que nous étions au courant de tout. Vos papiers nous ont appris beaucoup de choses, et nous nous sommes débrouillés pour découvrir le reste. Il est vrai que la perspective d'entendre chuchoter sur nos origines jusqu'à la fin de nos jours ne nous emballe guère. Mais nous avons décidé qu'il s'agirait là d'un inconvénient bien négligeable comparé aux intérêts qui sont en jeu dans cette affaire. Le véritable problème se pose dans ces termes : Tilden Beckwith, le grand, le vénérable directeur de Beckwith et Compagnie, a-t-il vraiment envie de laisser à la postérité le souvenir d'un homme qui a assassiné sa femme dans un accès de jalousie ?

Tilden se contenta de secouer la tête d'un air las.

— Désirez-vous que l'on apprenne que vous avez donné votre nom au fils d'un ancien bagnard et laissé croire que cet enfant était le vôtre dans le seul but de détourner les soupçons qui pesaient sur vous ? Ce qui ne vous a pas empêché de traiter cet enfant toute sa vie comme un chien.

Tilden tressaillit. Cette dernière affirmation était juste. Et il savait que ce n'était pas à son honneur. C'était du reste la seule raison qui l'avait poussé à maintenir Huntington dans ses fonctions et à verser une pension aux deux autres. La seule raison qui le retenait à présent de les flanquer tous les trois à la porte de son bureau avec perte et fracas.

— Désirez-vous qu'il se sache que le grand, l'irréprochable Tilden Beckwith n'était qu'un hypocrite qui engendra lui aussi un bâtard, aux besoins duquel il subvint toute sa vie mais à qui il refusa toujours de donner son nom ? Et tant que nous y sommes, avez-vous envie que la raison de cet état de fait soit divulguée ?

Tilden fit un pas en avant.

— La raison ?

— C'était une putain. Une catin. Une traînée. Avez-vous vraiment envie qu'il se sache que la tout aussi noble et tout aussi irréprochable éditorialiste connue sous le nom de Charlotte Corbin est en fait une ancienne grue prénommée Margaret qui a dans le passé fui Greenwich, Connecticut, par crainte du scandale ?

La tête de Huntington sembla flotter dans le vide. Le bureau de chêne, les murs de la pièce, la jeune femme assise dans le fauteuil de cuir, le jeune homme nerveux qui se tenait devant la cheminée, tout s'était dilué dans un nuage de vapeur grise.

— Une prostituée... Margaret... Vous verrez sa réputation s'envoler en fumée comme...

— Père, taisez-vous !

— Comme sa maison... et tout ce qu'elle contenait... sauf les papiers que nous avons récupérés afin de les utiliser comme preuves si vous ne...

— Père, taisez-vous !

Du coin de l'œil, Tilden vit le coude de Nat Goodwin s'enfoncer dans les côtes du colonel Cody, mais son attention se reporta immédiatement sur la tête ricaneuse qui flottait à la base d'une large fresque où s'ébattaient des nus folâtres. Le visage pincé et scrutateur de la fille de Huntington. Le visage veule et pleurnicheur de son fils.

Et son expression passa, comme celle de Carling des années plus tôt, du mépris à l'incrédulité, et enfin à la peur.

Envoie un direct, mon gars. De ton gauche, une fois, deux fois.

Le visage valsa vers l'arrière.

Ensuite, balance-lui un crochet de ce même gauche dans les côtes. Il rabaisse immédiatement les bras... C'est là que tu fais marcher ta droite, et c'est gagné.

Du sang gicla, et le visage s'écrasa sur le bureau. Tilden perçut un mouvement derrière lui. Tournant la tête à demi, il vit une canne se dresser. La canne d'Albert Hacker. Mais il ne s'en alarma pas. Il savait que la canne ne tomberait pas. Qu'elle serait interceptée par le bras musclé de l'homme aux longs cheveux et au chapeau de cow-boy. Pourtant, elle le frappa à la tempe. Que se passait-il ? Où était le colonel Cody ? Nat ? Nat ? Il essaya de distinguer leurs visages dans le flot de lumière blafarde qui l'aveuglait. Mais seul émergea celui d'Ella.

D'Ella Huntington Beckwith qui ricanait sauvagement, vomissant toute sa haine. Comme cette nuit-là. Ses bras étaient enlisés dans la neige derrière elle, mais elle parvint à en dégager un qui, avec un sifflement, décrivit un large arc de cercle près de sa tête. Et c'était lui à présent qui gisait dans la neige. Ou peut-être était-il encore debout. Il n'aurait su le dire, car ils dérivaient tous deux au sein d'une insondable et glaciale obscurité, au milieu d'une multitude de flocons de neige. Elle lui crachait au visage et sifflait :

— *Mille fois mieux que toi, Tilden. Mille fois mieux et plus encore.*

Le dernier visage qu'il discerna fut celui de Margaret. De Margaret jeune. Elle courait vers lui, les traits tordus par une indicible angoisse.

Les funérailles eurent lieu cinq jours plus tard. Ella Beckwith prononça l'oraison funèbre, et Tilden II dirigea le premier hymne. Terrassé par le choc, anéanti par son chagrin, souffrant en outre de graves blessures nécessitant des soins médicaux constants — il était en effet tombé tête la première en apprenant que son cher père avait fait une chute mortelle dans son bureau —, Huntington ne put participer à la cérémonie.

Aucun Corbin n'y assista. Ils n'avaient naturellement pas été prévenus. Le décès de Tilden Beckwith ne fut même pas annoncé dans la presse de Chicago. Ce fut au cours de la semaine suivante que Margaret, inquiète de ne pas avoir reçu de nouvelles de lui, appela son bureau. Le lendemain, Jonathan et elle arrivaient à New York et se rendaient directement au cimetière de Long Island pour déposer une gerbe sur la tombe de Tilden.

De là, Jonathan conduisit sa mère à Greenwich, où

elle rendit visite à une Laura Hemmings souffrante. Les deux femmes passèrent une heure silencieuse dans les bras l'une de l'autre. Le jour suivant, Margaret se présenta chez Huntington, qui refusa de la recevoir. De retour à Chicago, elle lui écrivit une lettre qui resta sans réponse puis tenta tout aussi vainement de le joindre par téléphone. Le mois de février passa. Début mars, Margaret se décida à lui envoyer une nouvelle lettre dans laquelle elle exprimait le souhait de ne pas être obligée de faire appel à un avocat pour régler une affaire d'une nature aussi délicate.

Moins d'"un mois après avoir posté cette missive, Margaret mourait, apparemment asphyxiée par un appareil de chauffage défectueux, dans son appartement de location. On ne releva sur les lieux ni traces d'effraction ni indices tendant à faire suspecter un acte criminel. Quelques jours plus tard, sans doute distrait pas son chagrin, Jonathan Corbin était renversé par une voiture en excès de vitesse alors qu'il traversait la rue principale d'Evanston pour se rendre chez un avocat. Le chauffard prit la fuite.

George Bigelow conduisit la voiture jusqu'aux quartiers sud de Chicago, où il l'abandonna au premier passant qui se rendit compte que la clé était restée sur le contact.

Deux mois plus tard, un cambrioleur étranglait une vieille femme noire, une autre veuve, du nom de Lucy Stone Tuttle.

Cette fois, le capitaine Whitney Corbin ne put obtenir de permission pour assister à l'enterrement. Avant les premières neiges, il ne faisait plus partie, lui non plus, de ce monde.

Le seul Corbin survivant grandissait, à l'insu de tous, dans le ventre d'Agnes Ann Haywood, de Wilmette, Illinois.

19

Il y a, sur Maple Avenue, un virage qu'il faut dépasser pour arriver en vue de la maison de Corbin. C'est à l'entrée de ce virage que Burke repéra la voiture du vieux. Il descendit sa vitre et indiqua à Dancer qu'il s'arrêtait. Dancer vint se coller derrière lui et, voyant Burke s'extraire de la BMW, coupa le contact de la Chevrolet de M. Makowski.

Burke, qui était parti en éclaireur, s'immobilisa soudain au milieu du virage et lui fit signe d'approcher discrètement. Dancer le rejoignit, retenant d'une main ferme sa toque de fourrure que les assauts de la bourrasque menaçaient d'emporter, puis scruta à son tour l'ombre qui s'épaississait.

Là-bas, se détachant sur la clarté dorée d'une embrasure de porte, se tenait une jeune femme élancée, vêtue d'une longue robe démodée.

Soudain, les deux hommes la virent descendre le perron et, rassemblant ses jupes, se diriger vers les deux ombres qui se découpaient dans l'allée. Aussitôt, la plus grande des deux silhouettes se précipita à sa rencontre et, s'étant à demi retournée, sembla vouloir lui faire un rempart de son corps. La deuxième ombre se mit à son tour en mouvement. Dancer et Burke pouvaient maintenant distinguer le fusil. Le frère d'Ella forçait les deux autres à rentrer dans la maison, ou les y suivait sur leur invitation.

— Allez-y, monsieur Beckwith, butez-les, marmonna Burke entre ses dents.

— Qu'est-ce que vous racontez ?

— Le vieux va peut-être nous faciliter la tâche. Il flingue tous ces braves gens, on le met au cabanon, et ça nous fait quatre problèmes de moins sur les bras.

— Je ne vois pas Corbin.

— Il doit être à l'intérieur, ou alors il ne va pas tarder à rappliquer. Et Lesko ?

— Aucun signe de vie, apparemment.

— Y a des chances qu'on doive le décongeler pour l'extraire de cette malle.

Burke s'esclaffa et reprit :

— En Corée, il fallait parfois casser les bras d'un cadavre avant de l'enfiler dans un sac.

Dancer ferma les yeux. La migraine n'allait pas tarder à frapper.

— Écoutez, Burke. Vous ne comptez tout de même pas prendre au pied de la lettre les consignes de Mlle Beckwith ?

— Je ne vous suis pas très bien.

— Vous n'avez pas l'intention de liquider tous ces gens-là ce soir ?

— C'était ses ordres pour le cas où son frère arriverait jusqu'ici. C'est bien ce qui s'est passé, non ?

— Faudra-t-il que je me tue à vous répéter que les cadavres attirent immanquablement l'attention, monsieur Burke ? D'autre part, elle vous a formellement

552

recommandé de ne rien entreprendre sans mon approbation expresse.

— Bon, alors décidez-vous, monsieur Ballanchine. Il
fait presque nuit, et nous avons la neige et le vent pour
nous. Une occasion pareille ne se représentera pas de
sitôt.

Dancer regretta de ne pas avoir avalé un Valium
avant de partir. Ce n'était pourtant pas la perspective de
cette série de meurtres qui le rendait nerveux. A sa
manière bornée, Burke avait vu juste. Ils pourraient se
débarrasser de Lesko dans l'État voisin. Personne, selon
toute vraisemblance, ne remonterait jamais jusqu'à eux.
Pour ce qui était de Corbin et des deux autres, il serait
facile de maquiller le tout en double meurtre suivi d'un
suicide. Compte tenu du comportement récent de Corbin, ça ne devrait pas étonner grand monde. Les frus-
ques dont s'était attifée l'Anglaise feraient peut-être
même croire à un meurtre rituel. Malheureusement, le
frère d'Ella ne cadrerait pas dans un tel scénario. Pire, il
mènerait les enquêteurs droit chez Ella qui, pas plus que
sa maison criblée de balle, n'était en état de recevoir ce
genre de visite ces jours-ci. A moins que Burke et lui ne
passent la nuit à gâcher du plâtre et à diluer de la peinture. Ensuite... eh bien, ensuite, ce serait sûrement à lui
que reviendrait la tâche de faire son affaire à Burke. Et
avec une patte folle ! Mais au moins, tout serait terminé.
Il serait enfin riche. Deviendrait président des Entreprises Beckwith. Peut-être même l'héritier d'Ella.

En attendant, ce n'était pas en restant planté là dans la
neige pendant que Tillie foutait la merde chez Corbin
que tous ces beaux projets allaient voir le jour !

— Deux choses sont essentielles, dit-il enfin à Burke.
Premièrement, récupérer Tillie et faire en sorte qu'il se

tienne tranquille, même s'il faut pour cela remplir le deuxième coffre. Deuxièmement, il importe que la police croie que Corbin a tué les deux autres avant de se donner la mort. Vous avez compris, monsieur Burke ?

— Adjugé ! Je vais avoir besoin de votre cache-nez et de votre gibus.

Dancer les lui tendit sans comprendre. Burke plaça l'épaisse toque de fourrure sur la gueule de son Beretta et noua l'écharpe autour d'elle.

— Pas mal, hein ? fit-il avec un petit sourire. Comme ça, ça sera un peu moins bruyant.

— Très ingénieux, monsieur Burke, commenta sèchement Dancer.

— Allons-y.

— C'est vous, n'est-ce pas ?

Le frère d'Ella ne pouvait détacher les yeux du visage de Gwen Leamas. Il avait pénétré à leur suite dans la maison de Corbin et s'était adossé à la porte aussitôt après l'avoir refermée.

— Je vous ai vue hier avec lui, enchaîna-t-il d'une voix chevrotante. Vous lui montriez combien la ville avait changé. Et tout ce qui était resté comme jadis...

— Attendez... Attendez un instant, fit Sturdevant en s'interposant entre eux, les mains levées. Peut-être devrions-nous commencer par faire les présentations.

Puis, se tournant vers Gwen et désignant l'homme au fusil qui, bien que de quinze ans son cadet, paraissait infiniment plus âgé que lui :

— Voici Tilden Beckwith. C'est le... petit-fils... nominal du Tilden que tu connais. Et il est pour l'instant très perturbé. Tillie...

Il refit face au frère d'Ella.

554

— Cette jeune femme s'appelle...

— Je suis Margaret, déclara posément Gwen.

Sturdevant laissa échapper un gémissement et écarta les bras, comme pour séparer sa nièce et son visiteur.

— Ne fais pas ça, ma chérie. Tu ne sais pas à quoi tu t'exposes.

— Je constate que M. Beckwith a peur de moi, et je tiens à lui dire qu'il n'y a aucune raison. Puis-je vous offrir une tasse de thé, monsieur Beckwith ?

— Co... Comment... Comment ça, aucune raison ? balbutia-t-il en papillotant des yeux.

— Vois-tu, ma chérie, M. Beckwith s'étonne que tu ne lui en veuilles pas, alors qu'il était présent quand Tilden fut assassiné.

Le médecin laissa à sa nièce le temps de digérer cette information, puis reprit :

— Et que sa famille a organisé la disparition de tous les Corbin vivant à l'époque. Cependant, Tillie m'a assuré qu'il n'y était pour rien, et je l'ai cru. Je sais que Jon... que Tilden le croira lui aussi quand il sera de retour.

Gwen ne broncha pas. Seuls, sous sa longue jupe, ses genoux furent pris de tremblements.

— J'aimerais vraiment que vous posiez votre fusil afin que nous puissions aller prendre le thé, monsieur Beckwith.

Les traits de Tillie trahirent une douloureuse indécision. Soudain, son visage s'éclaira. Il tâta la poche de son pardessus et fit apparaître la bouteille de Glenlivet.

— La marque préférée de *ton* Tilden ! expliqua Sturdevant. Avec qui Tillie a l'intention d'avoir une discussion amicale.

— C'est une très bonne idée, acquiesça Gwen en s'avançant vers lui et en tendant la main pour recueillir son présent.

A son approche, il se raidit puis, ayant calé le flacon sous son bras, se débarrassa de son gant.

— Puis-je vous toucher ? demanda-t-il.

L'espace d'un instant, Gwen ne sut que faire. Enfin, elle allongea le bras et laissa le frère d'Ella lui effleurer le bout des doigts. Celui-ci retira brusquement sa main.

— Votre peau est froide, chuchota-t-il, les yeux écarquillés, tellement froide.

— Ce fusil, dit-elle en montrant son arme. Il ne va pas vous servir à grand-chose, vous savez.

— Au contraire. Il vous servira, à vous. Quand ils viendront, je serai de votre côté.

— Quand viendra qui, Tillie ? Vous voulez dire que nous sommes en danger ?

— Ce sont eux qui sont en danger.

Le frère d'Ella caressa amoureusement la crosse de son Weatherby.

— De toute façon, quand ils essaient de vous tuer, ça ne marche jamais. Comme ce matin ou hier soir, à New York. Chaque fois, Lesko les en a empêchés.

— Attendez, Tillie. Qui est Lesko, exactement ?

— Il ressemble à Bigelow.

— Bigelow, embraya Sturdevant à l'attention de Gwen, est apparemment le tueur à gages qui supprima... qui vous supprima, toi et les autres. Mais Tilden est revenu...

Il guetta l'approbation de Tillie et poursuivit :

— ... Tel qu'il était dans sa jeunesse, et l'a tué à son tour...

— Ainsi que Flack. Il a réglé son compte à Flack par la même occasion.

Sturdevant secoua la tête pour s'éclaircir les idées.

— Et quand dites-vous que ces événements se sont produits, Tillie ?

— Ça fait vingt... En 1964, à Chicago.

— Chicago, répéta le médecin. Un très jeune Tilden Beckwith a tué, en 1964, l'homme qui... t'avait assassinée, toi Margaret.

— Et Flack.

— Et Flack, oui. Margaret, saurais-tu pas hasard... je veux dire, Jonathan t'a-t-il jamais parlé...

Sturdevant s'interrompit et, d'un geste brusque, balaya sa question. Le moment était mal choisi pour avoir une telle discussion. Mais il put voir, à l'expression de Gwen, qu'elle avait compris. Si l'on écartait l'hypothèse d'une intervention surnaturelle, autrement dit d'un fantôme, il ne pouvait s'être agi que de Jonathan. Gwen se souvenait vaguement d'une agression dont il avait été victime des années auparavant. D'une agression qui l'avait profondément troublé. Dont il avait longtemps eu terriblement honte.

Sturdevant se dirigea vers la plus proche fenêtre, dont il tira les tentures.

— Laissez-moi vous servir un verre de scotch, Tillie, dit-il en s'avançant vers la fenêtre suivante. Pendant ce temps, vous pourrez m'expliquer qui est ce Lesko...

La banquette arrière n'était pas bloquée. En faufilant sa main par la déchirure qu'il avait découverte dans la cloison séparant le coffre de l'habitacle, il pouvait la faire bouger.

Burke. Ce trou du cul de Burke. Il avait dû, en

557

fouillant la voiture, à la recherche du carnet de Lesko, rabattre les sièges. Et avait simplement oublié de les rebloquer. Même après l'avoir enfermé dans la malle. Il ne lui était du reste pas davantage venu à l'idée de lui attacher les mains.

« C'est ta cinquième bourde, mon pote. Si jamais j'arrive à me sortir de ce merdier, je te garantis que ce sera ta dernière.

« A condition que j'arrive à me sortir de là. »

Lesko ne sentait plus ses pieds — à force de se démener pour récupérer le cric, il avait même perdu une chaussure —, et ses mains ne valaient guère mieux. Aucun espoir de s'en servir pour faire levier sur la cloison de plastique, même avec le cric. Il fallait devoir essayer de la faire sauter en cognant dessus.

« Allez, salope, cède ! Enfoiré de Makowski. Tout fout le camp dans sa putain de bagnole, sauf ça ! »

Au bout d'un moment, ses efforts furent récompensés par un craquement sonore. « Allez, petit... » Sa main parcourut fébrilement la cloison de plastique et rencontra une fente qui s'étirait verticalement, pratiquement en son milieu. Il pesa de tout son poids sur un côté. Qui plia. Il passa la main par l'ouverture pratiquée. Si seulement il pouvait trouver un bon point d'appui. Depuis combien de temps Dancer était-il parti ? Dix minutes ? Un quart d'heure ? Où pouvait-il bien se trouver ? Il leur fallait récupérer le vieux. C'était du moins ce qu'avait dit sa frangine. Parce qu'il était parti à la chasse aux fantômes. Donc, la voiture est garée à proximité de la bicoque de Corbin.

« Ouais, et puis quoi, gros malin ? A quoi ça t'avancera de savoir où est la bagnole si, en revenant, Burke et Dancer te trouvent là, avec ta grosse tronche de Polack coincée dans les ressorts de cette bon Dieu de banquette arrière ? »

La portière ! Et merde ! Il avait entendu la portière s'ouvrir.

La banquette arrière fut brusquement rabattue. Trop brusquement pour que ce soit Dancer. Lesko agrippa le manche du cric du mieux qu'il put. Peut-être parviendrait-il à gratifier Burke d'un dernier coup bien senti.

« Allez, Tommy. Sois sympa. Ne sois pas moins con que d'habitude. Approche-toi, que je puisse te balancer ça en travers de la gueule. »

La cloison fut à moitié arrachée.

— Vous n'avez pas la clé, je suppose ?

La voix le fit sursauter. Le ton l'intrigua. Il lui rappela celui de son docteur lors de sa dernière visite médicale.

Vous n'avez pas fait beaucoup d'exercice, à ce que je vois !

— Avez-vous une clé ? Ce serait plus facile si je pouvais ouvrir la malle.

La voix était calme. Courtoise. Un tantinet impatiente peut-être. Comme celle d'un type qui veut bien vous donner un coup de main, mais à condition que ça ne lui prenne pas toute la nuit.

— Est-ce que j'ai l'air d'être arrivé là au volant de cet engin ? éructa Lesko. « Non, mais qu'est-ce que c'est que ce con ? »

Lesko vit une main agripper la banquette et la sortir de la voiture par la portière arrière gauche. L'instant d'après, un craquement sourd lui apprit que l'inconnu avait balancé le siège, par-dessus le toit de la Chevrolet, dans un bosquet d'arbres. Puis une ombre emplit son champ de vision, et il sentit deux mains robustes le saisir par les épaules. Une fois dégagé de sa prison de ferraille, il prit appui sur un coude. Il pouvait à présent distinguer le visage de son saint-bernard. Ce nez cassé. Cette mâchoire carrée. Eût-il fait moins sombre, il aurait également vu la cicatrice qui barrait la ligne de son sourcil.

— Corbin ! Vous êtes Corbin.

Le visage se détourna.

— Si nous parvenions à mettre ce moteur en marche, vous pourriez vous réchauffer.

— Aidez-moi à m'installer sur le siège avant.

Lesko n'avait toujours pas retrouvé l'usage de ses jambes. Mais Corbin était fort. Bien plus fort qu'il n'en avait l'air. Il sortit Lesko de la voiture et le maintint debout à côté de lui d'une main, tandis que de l'autre il tripotait la poignée de la portière avant, comme si ce genre de mécanique ne lui était pas familier. Lesko geignit en sentant son sang refluer vers ses pieds.

Enfin, la portière s'ouvrit.

— Attendez, hoqueta Lesko tandis que l'autre le déposait devant le volant. Nous n'avons pas le temps.

— Vous avez tout votre temps, répliqua son sauveur, imperturbable, tout en étudiant le tableau de bord. Je crois qu'il y a moyen de faire démarrer une voiture en joignant des fils. Vous savez comment procéder ?

Lesko se pencha sous l'arbre de direction. Il dégagea les fils en question et les connecta tout en faisant jouer, d'un pied douloureux, la pédale de l'accélérateur. Le moteur toussa et partit.

— Quand vous serez à nouveau en état de conduire, vous n'aurez qu'à vous rendre à la maison de Laura Hemmings. Vous y trouverez un médecin.

— La maison de Laura Hemmings ? Vous voulez dire la vôtre ?

— C'est une maison blanche. Au numéro 10.

— Ouais. Bon. Écoutez-moi, il y a dans les parages un tueur, du nom de Tom Burke et une petite tapette nommée Ballanchine...

— Le médecin nettoiera vos blessures.

Il effleura l'épaisse couche de sang coagulé qui collait les cheveux de Lesko juste au-dessus de son oreille gauche et dit :

— Votre ami ne s'était pas trompé.

Sa main gauche se porta vers la plus proche manette du ventilateur. Un air chaud commença à se répandre dans l'habitacle.

— Au revoir, dit-il enfin en prenant la direction opposée à celle de la demeure de Laura Hemmings.

— Quel ami ? cria Lesko derrière lui. Pas trompé sur quoi ?

— ... tête... pneu..., fut tout ce que le vent lui apporta en guise de réponse.

Il vit Corbin se retourner à demi tout en marchant.

— Celui qui disait que les Polonais avaient la tête aussi solide que des pneus de poids lourd.

Puis la tempête le goba.

Lesko jugea plus prudent de ne pas moisir sur place. Ses mains avaient retrouvé assez de mobilité pour manœuvrer le volant. Et il n'avait aucune envie, même pour faire plaisir à Corbin, d'attendre d'être cuit à point ou de sentir subitement le canon du Beretta de Burke se visser sur sa tempe. Il braqua à gauche, mit la voiture de M. Makowski en prise et s'engagea dans le virage, fracassant au passage l'un des feux arrière de la BMW de Burke.

Il roula lui-même tous feux éteints.

En avisant, à la sortie du grand virage, la maison de Jonathan Corbin, Lesko se raidit de tous ses membres. Le porche était éclairé. Les tentures avaient toutes été tirées. Aucun signe de Burke et de Ballanchine. Aucun signe de quiconque, en fait.

Il attendit d'avoir dépassé la maison pour allumer ses phares, qui illuminèrent une petite Datsun rouge garée sur le bord de la route. Son capot était à peine enneigé, comme si elle venait de faire une longue route. La voiture de Corbin. Celle dont il se servait pour circuler dans Greenwich ou pour descendre à la gare. Si sa bagnole était là, pourquoi diable se baladait-il à pied ? Lesko poussa jusqu'à Putnam Avenue. Là, il fit demi-tour devant la statue du général du même nom et reprit Maple Avenue en sens inverse. Conduire lui devenait plus facile. Ses pieds allaient nettement mieux. Tellement mieux qu'il se rendit compte qu'il lui manquait toujours une chaussure.

« Range-toi derrière la bagnole de Corbin. Quitte à replonger dans ce coffre, autant le faire ici, au bas de la côte. »

Lesko repêcha sa chaussure manquante entre deux bidons d'huile. Quand il remit pied à terre, il suait à grosses gouttes à la pensée que cette boîte à sardines avait bien failli être son cercueil. Il se demanda combien de temps il lui faudrait pour être à nouveau capable d'apprécier une balade dans un coffre !

Bon.

A quoi d'autre pourrait-il penser, histoire de gagner du temps, de reculer le moment où il faudrait aller faire

562

le mariole devant la porte de Corbin sans gilet pare-balles et sans *riot-gun* ? On pourrait par exemple se demander pourquoi Corbin avait l'air si bizarre. Non, ça, ça n'avait rien de nouveau. On pourrait toujours ?...
« Hé, minute... Les Polonais... Les Polacks ont la tête aussi solide que les pneus de poids lourd ? C'est ce que disait le fantôme de Katz à Tilden quand j'étais sur le carreau chez la vieille. Merde alors ! »

Lesko laça sa chaussure.

« Et tout ça, se dit-il, tout ça pour se retrouver au bout du compte Gros-Jean comme devant, sans un rond en poche ! »

Il poussa un profond soupir et alla récupérer le manche de cric qu'il avait laissé à l'arrière du véhicule.

Le jardin de Corbin était délimité sur la gauche par une haie de troènes. A droite, le long d'une autre haie, s'avançait l'allée, dont l'entrée était faiblement éclairée, après la tombée de la nuit, par un réverbère planté sur le trottoir d'en face. Il était aisé, constata Lesko, de se faufiler jusqu'à la maison dans l'ombre protectrice de la haie. Il chercha à relever des empreintes et en dénombra deux séries. L'une se dirigeait vers l'arrière-cour où se profilait un cornouiller de forme insolite. L'autre traversait la pelouse en direction des escaliers, croisant au passage des traces de pas apparemment plus anciennes, et bifurquait pour longer la façade de la maison. Lesko continua à progresser en tapinois, à l'abri de la haie.

Arrivé à hauteur de la maison, il marqua une pause, se demandant s'il devait tenter dès maintenant de s'introduire chez Corbin par l'une des fenêtres du rez-de-chaussée ou commencer par explorer le jardin de derrière, comme Burke et Dancer l'avaient probablement fait avant lui. Comme il se remettait en mouvement, un pan de son manteau s'accrocha à un rameau cassé dépassant de la haie, puis son pied buta contre un amas de branches.

Intrigué, il examina les alentours et constata qu'une partie de la haie était affaissée, comme si quelqu'un y avait été projeté à toute volée. Autour de lui, la neige avait été piétinée. A quelques pas de là, il discerna une petite masse sombre qu'il prit tout d'abord pour un animal mort.

Lesko s'accroupit. Une toque de fourrure. Style russe, avec des rabats sur quatre côtés. Un petit tour de tête. Ce galurin pouvait-il appartenir à Dancer ? Mais que diable s'était-il passé ici ? Peut-être avait-il glissé et tenté de se rattraper aux branches. Lesko poursuivit son exploration.

Il n'avait pas, jusque-là, prêté grande attention à l'étrange cornouiller. Mais, alors qu'il atteignait l'arrière de la maison, il fut frappé de sa forme particulièrement biscornue. La partie supérieure de son tronc semblait se scinder en deux. Lesko s'accroupit à nouveau et ne se releva que lorsque son esprit lui eut confirmé ce dont ses sens avaient choisi de douter.

Son manche de cric prêt à frapper, il s'avança précautionneusement. Il ne distingua d'abord que des jambes qui ballottaient au gré du vent, les pointes de leurs chaussures effleurant à peine le sol enneigé. Puis il avisa des bras qui pendaient mollement. Lesko tâta sa poche, à la recherche de la petite lampe-stylo dont il ne se séparait jamais. Quand il l'eut trouvée, il la braqua, sans l'allumer, sur ce qui lui semblait être une tête soudée à une branche, à environ deux mètres du sol. D'une pichenette, il fit la lumière.

Burke.

Burke le fixait, le visage enflé, les yeux exorbités.

Il avait été hissé à bras-le-corps et suspendu à une fourche formée par deux branches, dont la plus petite lui écrasait la gorge. Une écharpe de laine, nouée autour de son cou et attachée à un haut rameau, le maintenait en place. Son visage avait pris une vilaine couleur noire et son profil droit une drôle de forme, comme si ses os avaient été écrasés.

Lesko éteignit sa lampe. Dans l'obscurité à présent plus dense, il entreprit de palper le corps de Burke, à la recherche du Beretta. Mais il n'avait plus son arme sur lui. L'ancien flic ralluma sa lampe et revint sur ses pas, vers les fourrés devant lesquels il avait ramassé la toque de fourrure. Là, tout près de l'endroit où Burke avait dû se faire tomber dessus, se dessinait une empreinte en forme de L. Il se baissa et dégagea le Beretta.

Le détective repassa devant le corps désarticulé de Burke et continua son tour d'inspection. Il avançait d'un pas plus assuré à présent. Pas uniquement à cause du pistolet. Il suivait les traces d'un autre homme qui, il le savait, ne pouvait être que Corbin, ou l'être en qui il se changeait chaque fois qu'il neigeait. Il savait également ce qu'il allait trouver de l'autre côté de la maison.

— Qu'êtes-vous en train de faire, Harry ? cria le frère d'Ella du fauteuil où il était avachi, un verre à la main, le fusil négligemment posé en travers de ses genoux.

Il avait pleuré. Les larmes lui étaient venues lorsque, ayant demandé à la jeune fille si mourir était douloureux, il l'avait entendue lui répondre que oui, il était pénible de quitter ceux que l'on aimait. Gwen avait parlé avec sincérité. Elle ne savait pas encore si elle pourrait rester avec Jonathan, si quelque chose de sain, de simple et d'heureux pourrait jamais renaître entre eux. Mais, alors que l'alcool déliait peu à peu la langue du viel homme brisé, elle commença à se demander, avec une angoisse lancinante, si elle reverrait jamais son ami vivant.

— Que faites-vous, Harry ?

— J'appelle la police, répondit Sturdevant en décrochant le combiné de téléphone mural de la cuisine.

— Bonne idée, Harry.

Il hocha stupidement la tête.

— Demandez-leur d'apporter quelques cartouches.

— Des cartouches ?

— Oui, j'ai oublié d'en prendre.

— Bondé divine ! soupira Sturdevant.

Il donna son nom et l'adresse de Corbin au sergent qui prit son appel et lui expliqua qu'il avait de bonnes raisons de penser que des rôdeurs avaient pénétré dans le jardin. En fait, alors même qu'il exposait son cas, il avait entendu un bruit. Mais venant de l'intérieur de la maison, et non du dehors. En raccrochant, il sentit un courant d'air froid dans son dos. Ses yeux tombèrent sur une panoplie de couteaux à viande. Sa main amorça un geste dans leur direction.

— Du calme ! entendit-il une voix dire derrière lui. Votre porte n'était pas verrouillée...

Harry Sturdevant pivota lentement et découvrit, sur le seuil de la cuisine, un individu massif dont les jambes étaient recouvertes jusqu'aux genoux d'une épaisse croûte de neige. Une deuxième paire de jambes, plus petite, celle-là, pendait contre son flanc. Des sillons de sang séché couraient sur le visage de l'homme qu'il avait rencontré à la bibliothèque de Greenwich.

— Monsieur Lesko, je présume ?

— Oncle Harry ! s'écria Gwen en faisant irruption dans la cuisine.

La démarche plus chancelante que jamais, le frère d'Ella arriva à son tour avec son fusil. Sturdevant, qui avait repéré l'automatique que tenait Lesko, déposséda sans cérémonie Tillie de son Weatherby et déposa l'arme sur le réfrigérateur.

— Exact ! confirma Lesko en haussant un sourcil interrogateur à la vue de la robe de Gwen puis un autre en reconnaissant le feutre à qui il avait filé le train la veille. Voici, dit-il en pointant le menton vers la paire de jambes. Lawrence Ballanchine. Qui s'apprêtait à vous envoyer tous les quatre *ad patres* !

Lesko donna un coup d'épaule et laissa glisser Dancer sur le sol de la cuisine. Sturdevant vit au premier coup d'œil qu'il avait la mâchoire et le nez brisé. A en juger par les gargouillis qui montaient de sa gorge, celle-ci ne devait pas être en meilleur état.

— Si ça vous dit, Doc, soupira Lesko d'un ton las, il aurait besoin d'un médecin. Pour être tout à fait franc, je me sens moi-même un peu vaseux.

— Tilden ! murmura le frère d'Ella en examinant le visage tuméfié de Dancer.

Lesko leva les yeux sur lui.

— C'est vous qui l'avez mis dans cet état ? demanda Sturdevant.

— Non, c'est Tilden, répondit le vieil homme à sa place.

Ce fut au tour de Gwen Leamas de regarder Tillie, sa tête amorçant un mouvement de dénégation.

— Connaissez-vous Jonathan Corbin ? ânonna-t-elle enfin à l'adresse de Lesko. L'avez-vous vu ?

— Oui, je l'ai vu.

— Il n'a pas... il n'a pas fait ça ?

Elle secouait toujours la tête, l'air malheureux. Lesko ne répondit pas.

« Si c'est comme ça que tu le prends, ma belle, attends un peu de voir ce qui est accroché à ton arbre. »

— Je dois repartir...

Lesko cueillit la bouteille de Glenlivet sur le comptoir de la cuisine et s'envoya une solide lampée du liquide doré.

— ... Il me reste une visite à faire. Dites aux flics que j'en aurai pas pour longtemps.

— C'est Tilden, répéta le frère d'Ella en dodelinant de la tête.

— Où est Jonathan en ce moment ? demanda Gwen d'une voix altérée par la peur. Vous dites que vous l'avez vu. Vous allez le rejoindre ?

Lesko glissa le Beretta dans sa ceinture et passa devant elle sans mot dire. Il se tourna vers Sturdevant.

— Le pistolet de ce type traîne sous votre porche, avec ses empreintes. Tant que vous y serez, demandez donc aux flics d'aller jeter un coup d'œil sur votre cornouiller.

— Était-ce Jonathan ? demanda l'oncle de Gwen sans se départir de son calme.

— Si vous voulez mon avis, répondit Lesko qui pressait déjà le pas vers la porte, c'est le vieux qui est dans le vrai.

— Je viens avec vous ! cria Gwen en courant après lui.

Le téléphone se mit à sonner.

Elle laissa retomber le combiné du téléphone et se mit à mordiller nerveusement les articulations de son poing. On lui avait répondu. Une voix d'homme âgé. Sans doute celle de Sturdevant. Elle avait espéré ne pas obtenir de réponse. Ni Dancer ni Burke, elle le savait, n'auraient décroché s'ils avaient été là. Et s'ils étaient déjà repartis, personne d'autre n'aurait dû être en état de le faire.

Les imbéciles.

Elle retourna à son poste d'observation devant la fenêtre et se heurta à une obscurité totale. Elle ne voyait plus rien, sinon quelques flocons de neige sous la lueur glauque que dispensaient, au bout de l'allée, les lampes fixées au sommet des colonnes du portail.

Tout à coup, elle retint sa respiration. La grille. Elle l'avait complètement oubliée. Elle était toujours grande ouverte, telle que l'avait laissée le détective. Elle revint en toute hâte vers son bureau et dirigea une main vers son interphone. Au dernier moment, elle hésita. Elle pouvait effectivement appeler l'un de ses domestiques dans les communs, au-dessus du garage. Mais elle savait que celui qui affronterait la tempête pour aller détacher la ceinture du trench-coat se poserait inévitablement des questions. Autant ne pas les mêler à cette histoire. Autant laisser la grille... Non, non. Elle ne devait *à aucun prix* rester ouverte. Elle ferma les yeux et frémit, se remémorant le jour où son cœur avait failli s'arrêter de battre alors que, en regardant vers la route, elle s'était vue fixée par un homme qui n'aurait pas dû se trouver là. Un homme qu'elle avait attendu pendant vingt ans. Peut-être même depuis 1944.

La grille. La grille devait être fermée. Elle ouvrit

569

fiévreusement l'un des tiroirs de son bureau et en sortit une paire de ciseaux. Puis, ayant bataillé avec le verrou de la porte encore intacte, elle passa dans le hall et s'arrêta devant un placard, d'où elle retira un long manteau à capuche qu'elle n'avait plus porté depuis au moins un quart de siècle. Mais elle ne trouva pas de bottes. Une servante avait dû, à une époque, les remiser au grenier. Elles ne servaient jamais. Mlle Beckwith ne sortait pas par mauvais temps. Mlle Beckwith ne sortait presque jamais.

La tourmente lui cinglait les joues. La neige de l'allée semblait lui mordiller les chevilles et vouloir grimper le long de ses jambes. Mais elle progressait. En suivant les ornières de l'allée, elle pouvait même aller bon train sans risquer de trébucher. Elle se déplaçait avec raideur, comme un skieur novice, les yeux fixés sur le sol qui surgissait sous ses pas, osant à peine lever le nez pour mesurer la distance qu'il lui restait à parcourir.

« Plus qu'une quinzaine de mètres. Courage. »

Il est des choses que l'on voit avec les yeux et d'autres avec l'esprit. L'œil d'Ella vit la bande de tissu gelée qui entravait un battant de sa grille électrique. Mais, tandis qu'elle reportait son attention sur la surface blanchâtre que crevaient ses pieds et calculait le nombre de mètres qu'il lui restait à parcourir, son cerveau commença à compléter l'image impressionnée par sa rétine.

L'extrémité de la grille. La plus proche colonne du portail, couronnée par sa lampe de cuivre. Enfin, l'autre colonne de pierre. Et, entre les deux, retranchée dans l'ombre, la silhouette d'un homme.

D'un homme immobile.

Elle tenta de nier ce détail que lui transmettait son cerveau. De se dire qu'elle avait rêvé. Elle ne lèverait pas les yeux pour vérifier. Elle prendrait les ciseaux dans sa poche et sectionnerait la ceinture. Aussitôt la grille se refermerait, et elle serait sauvée. A l'abri de tout danger pouvant exister de l'autre côté de son portail.

Enfin, elle atteignit son but. La ceinture. Elle sortit les ciseaux. Hélas, ses doigts engourdis les lâchèrent deux fois avant que leurs mâchoires ne se referment sur la bande de tissu rigide et ne commencent à l'entamer. La ceinture se scinda avec un craquement sec. Ella se sentit gagnée par une joie quasi hystérique.

— Bonsoir, Ella.

« Ferme-toi. Allez, vite... »

— Elle ne se refermera pas, Ella. Elle est bloquée par la neige.

Elle refusait d'entendre cette voix. D'entendre ce qu'elle disait. La grille allait se refermer. Elle était suffisamment lourde. Il n'y avait pas tant de neige que ça. Il faudrait peut-être lui donner un petit coup de main, mais elle se fermerait.

Une ombre bougea. L'homme qui ne pouvait être là se rapprocha.

— Non ! hurla-t-elle sans lever les yeux.

D'une main nue, elle se mit à ratisser la neige qui bloquait la grille, tandis que de l'autre elle pointait ses ciseaux vers l'ombre qui s'avançait vers elle. Et qui franchissait la limite de sa propriété, là où aurait dû se dresser la grille.

— Restez où vous êtes ! N'approchez pas ! s'égosilla-t-elle.

Elle rejeta son bras en arrière et lança de toutes ses forces les ciseaux sur l'intrus. Ils ratèrent leur cible, mais il sembla à Ella qu'ils étaient passés au travers de l'homme. Elle poussa un hurlement de terreur. Sa canne ? Où était sa canne ? Ses mains labourèrent frénétiquement la neige. Enfin, elle la trouva. Vacillante, elle l'empoigna par son bout ferré et la fit sauvagement tournoyer dans la nuit.

— Burke ! glapit-elle. Burke.

— Burke n'est plus, Ella...

La voix était presque douce.

— ... Burke, Bigelow, Flack, ton père. Ils sont tous morts, maintenant.

La frêle poitrine d'Ella fut secouée d'un tremblement. Une écume blanchâtre perla au coin de ses lèvres. Ses yeux exorbités ne cillèrent pas, en dépit de la neige.

— C'est l'heure, Ella ! reprit la voix avec toujours plus de douceur.

— Je te tuerai ! siffla-t-elle.

Il sourit. D'un sourire sans joie, comme si elle venait de faire une pitoyable plaisanterie.

— Le moment est venu de répondre de ce que tu as fait à Margaret, à Jonathan et à cette pauvre Lucy. Tu n'avais aucune raison de faire du mal à Lucy.

La canne l'atteignit en pleine poitrine, mais dans le sens de la longueur, sans force.

Il la rattrapa avant qu'elle ne retombe et la soupesa un long moment comme pour l'étudier. Enfin il la ramena contre sa jambe. Quelque chose dans son attitude arracha un gémissement à la vieille femme. Elle virevolta, comme soûle, les bras tendus vers sa demeure, et s'étala de tout son long dans la neige. Haletante, les yeux rivés sur la bâtisse, elle attendit, terrifiée, que l'ombre la chevauche.

Mais au lieu de l'ombre attendue surgit une lumière. Des phares trouèrent la nuit, illuminant la pente enneigée.

Elle entendit un ronflement de moteur. Une portière claqua. Puis une autre.

« Lawrence... Lawrence et Burke... Menteur ! Ils sont revenus. Tuez-le, Lawrence ! Tuez-le, maintenant, et vous serez riche ! »

— Jonathan !

Gwen accourait vers lui. Elle ne portait pas de manteau. Raymond Lesko suivait derrière. Sa main, dans sa poche, s'était refermée sur la crosse de son revolver tandis que ses yeux s'efforçaient de percer l'obscurité. Soudain, il aperçut Ella.

Gigotant convulsivement dans la neige, elle essayait de battre en retraite. Mais elle ne progressait pas d'un centimètre.

— Tuez-le ! couina-t-elle.

Corbin dévisagea Gwen. Il sembla à la jeune femme qu'il ne savait plus qui elle était. Son regard était si étrange. Enfin, ses yeux s'animèrent, s'emplirent d'affection, de ce qui lui parut être de l'admiration.

— Tu ne dois pas avoir très chaud, comme ça.

Mais Gwen n'avait aucune conscience de la température. Elle resta là, immobile, comme fascinée, tandis qu'il se dépouillait de son manteau et le lui jetait sur les épaules.

— Jonathan ? C'est bien toi...

— Oui, trésor, répondit-il en croisant les revers du manteau sur sa poitrine.

D'un mouvement de la tête, il désigna la femme qui hurlait dans la nuit.

— Et voici Ella Beckwith.

Je sais. M. Lesko m'a tout expliqué.

— C'est elle qui les a tous fait tuer. Elle s'apprêtait à nous faire subir le même sort.

— Je suis au courant. Partons d'ici, Jonathan.

— Dans un instant, trésor, fit-il en lui caressant tendrement la joue.

Mais en se reportant sur Ella, son regard changea à nouveau.

— Dans une petite minute...

Il était venu la chercher. Éblouie par la lumière des phares, Ella cligna des yeux et le vit s'avancer vers elle. Mais où était Lawrence ? Et Burke ? Elle n'avait tout de même pas rêvé ! Elle les avait vus accourir de la voiture. Ils étaient bien deux. Mais à présent il ne restait plus que lui. Pourtant, l'espace d'un instant, elle avait cru apercevoir, à ses côtés, sa putain de Chicago.

« Ressaisis-toi... Réfléchis. Si tu pouvais arriver jusqu'à... jusqu'où ? »

Elle essaya de rassembler ses souvenirs. Elle savait qu'il y avait, quelque part dans la nuit, un immeuble qu'elle essayait d'atteindre. Un endroit chaud et éclairé derrière de robustes portes. Mais la neige devenait plus profonde. Ses pieds s'engourdissaient, la capuche de son manteau s'ourlait de glace. Elle n'y parviendrait jamais. Il allait la rattraper.

Elle se retourna.

Il gagnait sur elle. Inexorablement. Sans se presser. La canne se balançait dans sa main droite. Pourquoi y avait-il si peu de neige sous ses pieds et tellement là où elle était ? Le décor semblait avoir changé. A présent, elle dévalait une pente. Comment était-ce possible, alors que le parc grimpait à pic ?

Enfin, elle accéda à une surface plane. Un site dégagé. Là où auraient dû se trouver sa terrasse et ses treillis de glycines. Mais tout était si différent. Les treillis étaient si hauts. Si imposants. Leurs montants ressemblaient à des piliers d'acier.

Soudain, elle entendit un cri. Un cri étrange. Pas un cri humain. Il lui parvint une deuxième fois. De très loin.

Son regard se porta au-delà des piliers. C'était un cheval. Un cheval qui hennissait parce qu'il était tombé et ne pouvait plus se relever. A ses côtés se tenaient deux hommes. Des agents de police. Sauvée.

— Police ! coassa-t-elle. Police, au secours !

Mais le vent déchiqueta ses mots et les lui renvoya à la figure.

Une voiture de police, gyrophare tournoyant, s'immobilisa après une embardée derrière la voiture de Lesko. Deux policiers mirent pied à terre, la main sur leur arme. En entendant les cris d'Ella, l'un d'eux dégaina.

— Inutile de s'énerver ! leur lança Lesko en levant une main.

Il exhiba son portefeuille et, d'une torsion du poignet, l'ouvrit sur un petit badge doré.

— Police new-yorkaise, indiqua-t-il. A la retraite depuis un an.

— Vous êtes armé ? lui demanda un sergent de haute taille nommé Gorby.

L'arme toujours au poing, son collègue jaugea d'un rapide coup d'œil Corbin, qui tenait tranquillement Gwen par la taille, puis contempla, hébété, la vieille dame.

A quatre pattes sur le sol, elle hurlait dans sa direction, à quelques mètres de la grille.

Lesko tendit le Beretta, crosse la première.

— Ceci appartient à un type nommé Burke. Vous l'avez peut-être aperçu perché sur un arbre ?

Le sergent opina.

— C'est lui qui a fait ça ? demanda-t-il en louchant vers Corbin.

— Pas exactement. Je vous expliquerai.

— Et celle qui hurle là-bas, c'est Mme Beckwith, n'est-ce pas ? repartit le sergent. Que lui avez-vous fait ?

— Rien, sergent. Absolument rien.

Elle reprit sa course incertaine. Le rebord gelé de son manteau lui cisaillait les jambes. Et il avançait toujours derrière elle. Il était tout près, à présent. Soudain, elle se retrouva face à une imposante demeure dont l'entrée était généreusement éclairée. Elle pourrait y trouver refuge. On la laisserait certainement entrer.

Mais, pour une raison inconnue d'elle, elle se détourna de l'accueillante propriété et se dirigea d'un pas toujours plus chancelant vers une sorte de terrain vague jalonné d'une infinité de monticules de neige. Entre eux se dessinait un véritable labyrinthe. Elle pourrait s'y dissimuler, semer son poursuivant. Mais ses jambes s'enlisèrent dans la neige molle qui avait commencé à combler le couloir dans lequel elle s'était engagée. Elle trébucha, se sentit pivoter et tomba à la renverse. Ses bras disparurent dans la masse poudreuse.

Ce fut à ce moment que sa silhouette se dressa devant elle. Devant elle qui n'avait même plus la force de se relever. Elle essaya de lui cracher au visage. Au même instant, elle sentit la pointe de sa canne s'enfoncer entre ses seins.

Curieusement, elle ne ressentit aucune douleur.

Elle ne sentait même plus le froid.

— Je ne sens plus rien.

Elle était fatiguée. Elle allait enfin pouvoir se reposer.

— Je sais, Ella.

— Vous ne pourrez me garder indéfiniment ici.

— Reste où tu es, Ella. C'est ta place.

— Non.

— Adieu, Ella.

Elle hurla.

— Je ne sens plus rien.

Le sergent Gorby lui enveloppa la tête et les épaules dans une couverture puis en jeta une autre sur ses jambes.

— Je sais. Mais tout va s'arranger, maintenant, ne vous inquiétez pas.

— Vous ne pourrez me garder indéfiniment ici.

— On a appelé une ambulance, Ella. Elle sera là d'une minute à l'autre.

— Non.

— Essayez de ne pas bouger, Ella.

Le sergent Gorby se redressa et se tourna vers Corbin, qui se tenait toujours entre les deux montants du portail. Son œil averti de policier nota que seules ses propres empreintes avaient franchi les limites de la propriété. Mais à peine eut-il amorcé un pas en direction de Corbin que la vieille dame se remit à s'époumoner de plus belle, poussant des hurlements si stridents et si prolongés qu'il craignit un instant que son cœur ne lâche.

Il fit volte-face, s'apprêtant à aller une nouvelle fois la calmer. Mais le regard d'Ella glissa sur lui comme s'il n'existait pas, comme si elle ne voyait que Corbin. Et, incompréhensiblement, quand ce dernier se retourna, ses cris se firent plus perçants encore. Si perçants que ses cordes vocales finirent par se casser. Alors de sa bouche ne s'échappèrent plus que de silencieux petits nuages de buée.

Mais, en elle-même, Ella ne cesserait plus jamais de hurler.

Épilogue

Lundi, ce fut le chaos.

Quand la police de Greenwich se présenta pour la deuxième fois chez Jonathan, au point du jour, l'avocat new-yorkais mandé par Sturdevant était déjà arrivé, conduit par son chauffeur, depuis une bonne heure.

Dès que, du commissariat, commencèrent à filtrer des informations concernant les événements de la veille, la presse débarqua en force devant la maison de Maple Avenue. Malgré le policier chargé de refouler les importuns, deux échotiers du *New York Post* réussirent à se faufiler jusqu'à la cuisine où Gwen et Jonathan prenaient leur petit déjeuner en compagnie de Sturdevant et de Lesko. Ce dernier n'eut cependant aucun mal à convaincre les deux intrus de ne pas insister après les avoir, toutes dents dehors, raccompagnés sur le pas de la porte, un bras fraternellement passé autour de chacun de leurs cous.

A neuf heures précises, Gwen appela le bureau et entreprit d'expliquer pourquoi la chaîne devrait se passer de sa présence et de celle de M. Corbin pendant quelques jours. Tout étonné de l'aubaine, un directeur de la rédaction la rappela dix minutes plus tard pour l'informer qu'une équipe serait sur place d'ici une demi-heure afin de recueillir les impressions exclusives des deux cadres de la maison impliqués dans cette étrange affaire. Après avoir répondu avec la plus grande fermeté qu'il n'y aurait pas d'interviews, Gwen raccrocha, persuadée cependant que son refus ne refroidirait pas le moins du monde le zèle professionnel de ses collègues.

L'appel suivant était destiné à Lesko. Le sergent Gorby avait accepté de le prévenir dès que Dancer reprendrait connaissance à l'hôpital de Greenwich. L'ancien flic avait en effet dans l'idée que sa présence à son chevet pourrait contribuer à lui délier la langue. Gorby passa le prendre dix minutes plus tard.

Le frère d'Ella, qui avait été placé en garde à vue et fort commodément inculpé de menaces à main armée, avait passé une partie de la nuit, au mépris des supplications réitérées de son avocat que la police s'était chargée d'appeler à sa place, à se répandre en confidences. Il avoua avoir vu sa sœur assassiner Tilden Beckwith et s'être douté, bien qu'il eût aussitôt après été expédié en Floride, qu'elle avait conçu le projet d'anéantir la lignée de Tilden. Il admit également avoir, avec Ella et Ballanchine, cherché à faire supprimer Corbin, Gwen Leamas et Harry Sturdevant, et expliqua que les deux premières tentatives à cet effet avaient été contrecarrées par Raymond Lesko, et la troisième par Tilden Beckwith lui-même. Dès lors, son récit perdit le peu de cohérence qu'il avait eu jusque-là. La crédibilité de ses aveux fut encore plus sérieusement compromise, au grand soulagement de son avocat, lorsqu'il déclara que Jonathan était en fait Tilden Beckwith et Gwen Leamas Charlotte Corbin, de son vrai nom Margaret, tous deux depuis longtemps décédés. Là-dessus, il s'assoupit, et les enquêteurs décidèrent d'attendre pour le réinterroger de s'être entretenus avec le Dr Sturdevant, lequel semblait seul être capable de trouver un sens à cet embrouillamini.

Sturdevant et Raymond Lesko s'étaient mis d'accord pour servir aux autorités compétentes une version expurgée des événements.

Jonathan Corbin avait vraisemblablement été attiré à Greenwich par le souvenir inconscient de quelques vieux récits entendus dans sa petite enfance. Un jour Ella l'avait aperçu, et sa ressemblance frappante avec le Tilden Beckwith qu'elle avait assassiné et les peurs obsessionnelles de la vieille dame avaient fait le reste. Elle avait loué les services de Lesko pour découvrir l'identité du jeune homme et, quand le détective avait commencé à en savoir trop, décidé une nouvelle fois de procéder à un nettoyage par le vide. Il ne serait pas fait allusion aux hallucinations de Jonathan, celles-ci ayant de toute façon disparu. De même que sa phobie de la neige. Et Tilden, comme Corbin l'avait assuré la veille au soir à Sturdevant, l'avait quitté. Il l'avait senti s'en aller juste avant qu'Ella n'ait commencé à hurler.

Restait l'éventualité que Jonathan soit inculpé de meurtre, avait averti l'avocat à voiture de maître. Certes, il ne faisait aucun doute que Tom Burke avait violé la propriété de son client avec intention de nuire, et de ce fait acculé celui-ci à un acte de violence. Mais pendre un homme à une branche d'arbre après l'avoir désarmé et mis hors d'état de nuire risquait d'outrepasser, au regard de la loi, les limites communément admises de la légitime défense.

— Balivernes ! s'exclama Lesko à son retour de l'hôpital. Ce serait bien la seule ville de ce pays où l'on poursuivrait quelqu'un non pour ce qu'il a fait mais parce qu'il n'y a pas mis les formes.

— Je présume que M. Ballanchine a avoué le rôle qu'il avait joué dans cette affaire ?

— Dancer ! cracha dédaigneusement Lesko. Les types comme lui n'avouent jamais, ils négocient. Il n'avait pas fait surface depuis dix minutes qu'il offrait déjà de manger le morceau en échange d'une levée des charges de tentative de meurtre qui pèsent contre lui. Il veut que je retourne le voir seul. Mais il n'a rien à vendre. Les flics ont son flingue, ils ont le témoignage du vieux gâteux et le mien. S'ils trouvent le temps de perquisitionner dans son bureau, ils y découvriront probablement un enregistrement de la conversation au cours de laquelle il m'a offert quinze mille dollars pour buter Corbin.

Lesko fut tenté, pour souligner ce point, de se tapoter la poitrine. En effet, en trouvant Dancer, la veille, sous le porche, il lui avait fait les poches et récupéré l'enveloppe. Il ne put s'empêcher de frissonner en songeant que ce même geste lui avait, la dernière fois, rapporté douze points de suture et une balade dans une glacière. Cet argent, il ne l'avait pas volé.

— A-t-il fait allusion...

Sturdevant hésita.

— ... A ce qui lui est arrivé ?

Lesko acquiesça.

— Avant de lui démolir le portrait, son agresseur lui a dit quelques mots. Dancer a d'abord affirmé qu'il ne s'agissait pas de Corbin. Il est ensuite revenu sur ses dires. N'empêche que ça a été sa première déclaration à chaud.

— Qu'en pensez-vous, monsieur Lesko ?

Lesko haussa les épaules.

— Je n'en pense rien. Si vous vous imaginez que je

vais me mettre à croire aux fantômes, c'est que vous êtes encore plus toqué que la vieille Ella.

— Vous avez pourtant reconnu que c'était une tout autre personne qui vous avait tiré de cette voiture avant de se diriger vers chez Ella Beckwith. Et, là-bas, aussi bien Gwen que vous l'avez vu se métamorphoser sous vos yeux.

— Désolé, Doc, vous ne m'en ferez pas dire davantage.

Il n'aurait plus manqué qu'il s'emmerde la vie avec des fantômes. Il avait déjà assez de mal à oublier que Tilden Beckwith s'était, en compagnie de Dave Katz, penché sur lui alors qu'il gisait sur le tapis de la vieille, le cerveau en marmelade. Ce qui, en soi, lui aurait suffi comme explication si Corbin... si le type qui l'avait sorti de la malle ne lui avait pas rappelé la vanne de Katz sur le crâne des Polacks. Mais il ne désespérait pas de finir par se convaincre qu'il avait rêvé. L'essentiel était de ne pas se laisser aller à gamberger sur ce genre d'histoires. Il en avait déjà eu plus que son compte à l'époque où, à force d'entendre les bonnes sœurs de Notre-Dame-de-la-Pitié lui seriner que son ange gardien ne le lâchait pas d'une semelle, il était resté près d'un an sans pouvoir se branler en paix.

Lesko savait ce que Sturdevant avait envie d'entendre. Gwen Leamas lui avait vaguement expliqué sa théorie sur la mémoire génétique, théorie pas idiote au demeurant, mais qui s'écroulait complètement dans le cas de Corbin. Censément, Corbin n'aurait dû hériter de Tilden que des souvenirs antérieurs à la conception de son fils. Or, selon l'Anglaise, au moment où il était parti s'expliquer avec la vieille, Corbin se souvenait de la vie entière de son arrière-grand-père. Du coup, Sturdevant, qui n'était pas assez raisonnable pour oublier bien gentiment toute cette histoire, cherchait une autre théorie à se mettre sous la dent.

« Toi, mon vieux, si tu continues à me tanner avec tes fantômes, je te jure que j'embraye aussi sec sur les anges gardiens, histoire que tu voies ce que ça fait de ne plus être capable d'aller aux chiottes tranquille pendant près d'un an ! »

— Dites donc, Doc, reprit-il en désignant l'étage supérieur où Jonathan et Gwen s'étaient éclipsés. Avec les Entreprises Beckwith, Corbin va toucher le pactole, non ? Mais, d'ici-là, ça risque d'être une sacrée foire d'empoigne !

— Je ne suis pas certain qu'il en veuille. Mais si tel est le cas, cela risque effectivement d'être, comme vous dites, une sacrée foire d'empoigne.

— Il en voudra. Sinon pour le fric, du moins pour que d'autres faux Beckwith ne continuent pas à se goberger sur l'héritage de ses ancêtres.

Sturdevant acquiesça.

— J'ai déjà chargé mon avocat de demander que le patrimoine Beckwith fasse l'objet d'une mise sous séquestre.

— Quel avocat ? Cette autre vieille barbe en noir qui a l'air de s'imaginer qu'il faut être nécessiteux pour conduire une bagnole ? Je parie qu'il va vous faire cracher deux cent mille dollars par an pendant au moins cinq ans.

Sturdevant réprima une grimace. Lesko n'était pas loin du compte. Tout avocat digne de ce nom ferait invalider le témoignage du frère d'Ella pour incapacité et dénoncerait la déposition que Ballanchine pourrait être amené à faire comme une suite de on-dit irrecevables pour des événements survenus quarante ans plus tôt. Et comme aux dernières nouvelles Ella avait complètement perdu la raison, il y avait également peu à attendre de ce côté-là. D'autre part, Jonathan serait loin d'être accueilli à bras ouverts par les actionnaires et le conseil d'administration des Entreprises Beckwith, ou par ce propre à rien de Chip, le fils de Tilden II, qui devait pour l'heure téter un bourbon ou un gin sur son yacht, quelque part au large d'Antigua. Il y avait cependant la fille, Barbara, la perle de la famille à en croire certaines rumeurs, qui avait rompu avec les siens et disparu de la circulation peu après avoir obtenu son diplôme de vétérinaire à Cornell University. Il faudrait s'occuper de retrouver sa trace. Contrairement à son frère, elle se laisserait peut-être convaincre d'agir correctement. Oui, le cabinet d'avocats allait devoir engager un bon détective pour...

— Si vous vous apprêtiez à me proposer de continuer à vous occuper de l'affaire, il serait bien entendu complètement stupide de ma part de laisser nos avocats repartir à zéro avec un autre détective.

— Je ne veux pas travailler pour un cabinet juridique. Pourquoi ne m'emploieriez-vous pas directement ? Ça vous ferait économiser du temps et de l'argent.

Sturdevant ne put qu'en convenir.

— Mais pour faire quoi, exactement ?

— Dancer prétend qu'il existe un testament et d'autres documents attestant que les Corbin sont les héritiers légitimes de Tilden Beckwith. Je ne pense pas qu'ils aient réussi à mettre la main sur toutes les copies existantes. Selon lui, avant de foutre le feu à la maison de Charlotte Corbin, Bigelow et son acolyte n'ont réussi à dégotter que des doubles. C'est pour ça qu'ils ont rendu visite à Lucy Stone, quelques mois plus tard. Il paraît qu'elle les aurait envoyés paître avant de se faire étrangler. En tout cas, ils sont revenus bredouilles. C'est ce qui explique aussi pourquoi ils n'ont pas poussé Corbin sous un train aussitôt après avoir découvert son identité. Ils voulaient auparavant s'assurer qu'il n'avait pas de papiers en sa possession.

— Par où commenceriez-vous vos recherches ?

— Il y a pas mal de pistes à explorer.

Il commencerait par Dancer, qui avait demandé à le voir. Il était toujours possible qu'il ait mis la main sur les papiers en question et les ait planqués quelque part. Mais Lesko ne le pensait pas. Autrement, il aurait vécu comme un nabab depuis des années. Ensuite, il se rendrait à Chicago et tâcherait de retrouver les descendants de Lucy Tuttle ainsi que la famille de la mère de Corbin. Il faudrait demander à tous ces braves gens de passer leurs greniers au peigne fin. Auparavant, il traînerait quelque temps ses guêtres à Greenwich, et plus particulièrement dans la maison de Laura Hemmings. Charlotte y était revenue après la mort de Tilden. Peut-être faudrait-il faire quelques trous dans le plancher...

En fin d'après-midi, Lesko effectua une nouvelle visite au pavillon carcéral de l'hôpital de Greenwich. Son expression du style « je-ne-suis-pas-d'humeur-à-me-faire-emmerder », le bandage qui lui ceignait la tête et sa plaque dorée lui permirent de passer le barrage du policier en faction sans être inquiété. Quand il pénétra dans la chambre de Lawrence Ballanchine, celui-ci dut tourner la tête pour le voir. Son profil gauche disparaissait entièrement sous une volumineuse compresse. Une gaze maintenait sa mâchoire en place en attendant qu'on puisse l'opérer. Il semblait soulagé que Lesko soit revenu.

— Fermez la porte, bredouilla-t-il en guise de salutation.

— Vous avez deux minutes.

Lesko laissa la porte ouverte.

— Nous allons pouvoir nous rendre mutuellement service...

Les mots se formaient avec difficulté entre ses lèvres tuméfiées.

— ... J'ai en ma possession quelque chose qui vous intéresse. En échange, vous allez me sortir de là.

— Ben voyons !

Lesko secoua la tête. Les gens comme Dancer ne laisseraient jamais de l'étonner, avec leur manie de lécher les bottes des gens pleins aux as et de traiter le reste de l'humanité comme de la merde !

Dancer ne fit aucun cas de sa réponse.

— L'inculpation de tentative de meurtre ne tiendra jamais devant un tribunal sans votre témoignage. Revenez sur vos déclarations, et je vous donnerai quelque chose que vous pourrez vendre très cher.

— Vous avez le testament et les autres documents ?

— Mieux que ça...

Lesko consulta sa montre.

— Plus qu'une minute. Après ça, je me casse, et votre fringant petit cul ira s'initier aux délices des viols collectifs à Sing Sing.

Dancer ferma son œil valide.

— Cette grossièreté est-elle vraiment de mise, monsieur Lesko ?

— Vous espériez quoi ? Que je vous borde ? Figurez-vous que je perds mes bonnes manières au contact des gens qui m'enferment dans les coffres de voiture.

— Ils étaient mariés, Lesko.

Dancer était sûr d'avoir lâché une bombe. A sa grande stupeur, Lesko ne broncha pas.

— Vous avez entendu ? Je viens de vous dire que Tilden Beckwith et Charlotte Corbin étaient mariés.

— Et alors ? Il n'y a pas de quoi en tomber le cul par terre, mentit Lesko. Ça s'est passé juste avant que les autres ne le butent, c'est ça, hein ?

Il guetta la réaction de Dancer, qui ébaucha un signe de tête.

Ainsi c'était vrai. Dès le début, il s'était douté qu'ils avaient eu, pour exterminer la famille Corbin, une raison impérative. Contre un testament, ils auraient pu se battre. Mais un testament plus une veuve, c'était une autre paire de manches.

— Non, ça remonte à plus loin que ça, mentit Dancer à son tour.

Mais il était trop tard. Il n'avait pu retenir son hochement de tête à temps.

— Je vous communiquerai la date et l'endroit après que vous aurez eu un entretien concluant avec mes avocats.

— Rien à faire, mon vieux. A la revoyure ! dit Lesko en se tournant vers la porte.

Il lui tardait de se retrouver dans le couloir pour donner libre cours à son excitation.

— Vous ne pouviez pas être au courant ! lança Dancer, une note de désespoir dans la voix.

— Peut-être pas, admit Lesko qui ne put résister à la tentation de retourner le couteau dans la plaie, mais vous m'avez mis sur la voie quand vous avez dit que vous aviez mieux qu'un testament.

— Mais vous ne savez même pas où chercher. Je sais, moi, où se trouvent les pièces.

588

— C'est ça, votre offre mirifique ? M'épargner un peu de marche à pied si je vous laisse filer sans payer l'addition ?

— Ça risque de vous prendre des années. Peut-être même ne les trouverez-vous jamais.

— Je suis payé à la journée, mon pote.

— Jonathan ?

Il ne bougea pas. Il était couché, tout habillé, à plat ventre sur le lit, tel qu'elle l'avait laissé pour aller prendre un bain mousseux dans l'énorme baignoire à pieds recourbés. Gwen rassembla les plis de la robe de chambre de Jonathan et, s'étant précautionneusement posée sur le lit, s'adossa contre les deux oreillers.

Elle regretta d'avoir arrêté de fumer, c'était l'un de ces moments rêvés pour griller une cigarette.

Elle tendit la main et palpa le tissu de la robe victorienne qu'elle avait mise à sécher sur la chaise à haut dossier placée près du lit. Seul l'ourlet était maculé de boue. Elle était récupérable. Puis elle laissa son regard errer dans la chambre, s'imprégnant peu à peu de son atmosphère. Elle commençait à comprendre comment il était possible à Jonathan de glisser dans le passé. Cela avait failli lui arriver dans le bain, alors qu'elle regardait la buée s'échapper de l'eau mousseuse. Maintenant encore, c'était sur le point de lui arriver.

Laura Hemmings avait utilisé cette baignoire. Dormi dans cette chambre. Peut-être dans ce même lit qui avait été vendu avec la maison. Et Margaret avait dû souvent monter ici. Pour bavarder. Admirer les dernières toilettes de son amie. Peut-être les deux amies avaient-elles pleuré dans les bras l'une de l'autre. Peut-être était-ce dans cette pièce que Margaret avait pris la décision de ne plus vivre dans la peur, le chagrin et l'incertitude. Gwen comprenait sa réaction. Elle avait elle-même été à deux doigts de prendre ses cliques et ses claques.

Sa main effleura tendrement le dos de Jonathan. Un homme si doux. Si bon. Plein de vie et de drôlerie. Jamais à court de bonnes idées. Du moins était-il ainsi avant. Et peut-être le serait-il à nouveau. Ses yeux étaient plus clairs depuis hier soir qu'ils ne l'avaient été depuis... un an, un an au moins.

Un homme si doux et si gentil.

Qui avait tué trois hommes pas si gentils que ça. A mains nues. Non, c'était Tilden. Décidément, il allait lui falloir un certain temps pour se faire à cette idée.

— Tilden Beckwith. Ce cher vieux Tilden !

Elle imagina les volutes de fumée s'élevant de la cigarette qu'elle ne fumait pas et leur fit prendre la forme de Tilden Beckwith. Voilà. Il était là. Avec ce même petit sourire enfantin qu'affichait Jonathan quand il était content de lui.

— Si je me décide à rester ici quelque temps, tu ne vas pas continuer à rôder autour de nous, dis ? Je veux dire... Attends... Va-t'en, Tilden, c'est à Margaret que je veux parler.

Gwen laissa échapper une nouvelle bouffée de fumée.

Margaret apparut. Elle pressa la main de Tilden et lui sourit. Tilden s'inclina vers Gwen et s'évanouit.

La Margaret de Gwen était plus petite qu'elle ne se l'était imaginé. Elle portait une robe longue ornée d'un col montant. Ses cheveux, d'un châtain brillant, tombaient en boucles soyeuses sur ses épaules. Elle était chaussée de pantoufles. Ce qui expliquait pourquoi elle paraissait si petite. Elle souriait à Gwen.

— Bonjour.

Gwen lui rendit son sourire et agita la main.

Bon, et maintenant ?

— Tu es vraiment ravissante, sais-tu, Margaret !

La Margaret de Gwen rougit et, d'un geste de la main, lui retourna le compliment.

— Margaret ?...

Gwen s'interrompit. Il lui revint subitement en mémoire qu'elle avait pris le dernier comprimé de propranolol d'oncle Harry la veille au soir, après avoir vu Tom Burke accroché à son arbre. Était-ce le médicament qui lui faisait cet effet-là ? Non, elle laissait son esprit vagabonder, tout simplement. Quel mal y avait-il à cela ?

— Margaret ? Êtes-vous ensemble, Tilden et toi ? Je veux dire pour de bon, maintenant ?

Margaret acquiesça gaiement.

— J'en suis très heureuse pour vous.

Margaret, l'air interrogateur, fit un autre geste embrassant Gwen et Jonathan. Elle posait la même question.

— Je pense, oui. Ça dépendra un peu de la réponse à la question que je voulais poser à Tilden. Allez-vous vivre... rester ici, dans cette maison ?

— Oh non, ici, c'est... c'est la maison de Laura, lut-elle sur les lèvres de Margaret qui pointa un index vers la salle de bains.

A cet instant, une minuscule femme blonde, les bras encombrés de serviettes sales, apparut dans la chambre.

— Oh, attends, non, pouffa Gwen.

D'un geste ample, elle effaça cette vision. Laura Hemmings s'évapora.

— Elle n'était pas vraiment là, n'est-ce pas ? Ne me dis pas que cette maison est hantée ?

Margaret lui adressa un clin d'œil rassurant et secoua la tête.

Margaret ?

Elle attendait, souriant toujours gentiment à Gwen.

— Margaret, où allons-nous ? Je veux dire, que se passe-t-il, après ?...

Quoique Gwen ne pût l'entendre, Margaret commença à répondre sans l'ombre d'une hésitation. Mais, à mesure qu'elle parlait, les mots se formèrent avec moins d'assurance. Bientôt, elle s'interrompit. Puis effectua une nouvelle tentative. Elle rappelait à Gwen le passant qui, bien que sachant parfaitement situer un endroit, se découvre incapable d'en indiquer le chemin. Finalement, elle renonça à ses efforts et haussa les épaules en signe d'impuissance.

— Gwen, chérie ?

Elle sentit le souffle de Jonathan sur sa joue.

— Salut, fit-elle en lui pressant la main.

— Tu dormais ?

Gwen s'étira et jeta un regard circulaire sur la chambre.

— Je ne pense pas.

— Tu parlais...

— Oh !

Elle hésita.

— Oui, j'ai dû m'assoupir un instant.

Elle fut sur le point de lui demander de lui décrire à nouveau Margaret et Laura Hemmings, mais elle se ravisa. Une autre fois, peut-être.

— Tu sens rudement bon.

Ses doigts s'insinuèrent dans l'échancrure de sa robe de chambre.

— Bas les pattes ! fit-elle en lui administrant une

petite tape sur le dos de la main. La baignoire est à ta disposition, à présent.

— Tu ne bouges pas d'ici, hein ?

— Tu parles !

« Non, je ne bougerai pas d'ici. Et je serai heureuse quand tu reviendras, propre comme un sou neuf, rasé de près et nu. Mais prends ton temps. »

— Jonathan ?

— Oui, trésor ?

— Tu parlais d'une petite escapade vers une contrée chaude, tout à l'heure ?

— Nous partirons dès qu'on nous en donnera l'autorisation.

— Ça t'ennuierait si nous changions de cap ?

— Non. Où voudrais-tu aller ?

— A Lake Geneva.

— Dans le Wisconsin, en hiver ?

— Il y a de très confortables petites auberges, là-bas. Avec des chambres donnant sur le lac. Chacune a sa cheminée. Et nous pourrons faire du patin à glace, des balades en traîneau...

— Et d'où te vient cette envie subite ?

— Je ne sais pas. Mais ça me ferait vraiment plaisir.

— Gwen ?

— Hum !

— Veux-tu m'épouser ?

— Là-bas ? Je t'épouserai là-bas, à Lake Geneva.

— Heu... pourquoi pas.

— C'est une très bonne idée, Jonathan.

Achevé d'imprimer
le 29-8-1988
par Mohndruck Gütersloh
pour France Loisirs
N° d'éditeur 14058
Dépôt légal: Août 1988
Imprimé en R.F.A.